歷代筆記叢書

南村輟耕録

[明]陶宗儀 撰
王雪玲 校點

全國高校古籍整理工作委員會直接資助項目
陝西師範大學優秀著作出版基金資助出版

出版説明

《南村輟耕録》簡稱《輟耕録》，三十卷，元末明初人陶宗儀撰。

陶宗儀，字九成，號南村，元台州路黄巖州（今浙江省黄巖縣）人，約生於元仁宗延祐三年（1316），卒於明成祖永樂元年（1403），享年八十八歲。

陶宗儀祖籍福建長溪，後遷居浙江永嘉之陶山，遠祖陶榎官台州司户參軍，「遂家於台」。始祖泰和，宋皇祐年間官處州裏溪都巡檢，又遷居湫水，即後世所謂陶陽。曾祖居安，官太府寺簿。祖應雷，曾任國子學録，入元不仕。父煜，字明元，自號白雲漫士，官上虞縣典史，贈承事郎福建江西等處行樞密院都事。

陶宗儀沖襟粹質，灑脱不凡，二十歲參加省試，「執筆論當世事，主者忌之，即拂衣去」（張樞《南村賦序》），從此放棄科舉，「務古學，無所不窺」。三十歲後寓居杭州，遊歷兩浙，隱居松江，閉門著書。四十歲時因躲避戰亂遷居松江（今上海市松江區），以教授爲生。「浙帥泰不華、南臺御史丑閭辟舉行人、校官，皆不就」。至正十四年（1354），張士誠建立政權，十六年（1356）定都平江（今江蘇省蘇州市），「數郡之士畢至，其部帥議以軍咨屈先生，亦謝不往」（孫作《陶先生小傳》）。至正二十六年（1366），陶宗儀五十一歲，撰成《南村輟耕録》，兩年後元朝滅亡。

洪武六年（1373），明太祖朱元璋詔命吏部訪求賢才，陶宗儀應松江郡舉薦赴京師，朝廷欲授以官，托疾固辭，返回華亭。陶宗儀晚年曾被聘爲教官，「非其志也」（《明史·陶宗儀傳》）。洪武二十九年（1396）二月率諸生赴禮部試《大誥》，朝廷給賞，謝恩後東還，不久去世。

陶宗儀一生無意功名，專心著述，成就不凡。宋濂謂：「天台陶宗儀九成，有學之士也，僑居華亭之泗涇，飲水著書，多至一百餘卷。」（宋濂《文憲集·送陶九成辭官歸華亭序》）所著除《南村輟耕録》外，尚有《南村詩集》四卷、《書史會要》九卷、《四書備遺》二卷、《滄浪棹歌》一卷。又編有《説郛》一百卷、《遊志續編》一卷、《草莽私乘》一卷、《古刻叢鈔》一卷，並傳於世。失傳而見於著録的尚有《金丹密語》《陶南村文鈔》《陶南村雜鈔》等。其中以編集的《説郛》和撰寫的這部《南村輟耕録》最爲有名。

《南村輟耕録》主要以摘録宋、元人筆記雜著爲主，間及作者的親身經歷、耳聞目睹及閱讀所得。《南村輟耕録》自成書以來，屢經雕版，刻本綦多，元、明、清三代均有刻本傳世。《南村輟耕録》各刻本之間差異較大，據字體、行款及版式，可分爲元刻本和明刻本兩大系統。

元刻本系統分别有元末初刻本、明初本和成化十年(1474)戴珊本，均爲大黑口、趙體字、四周雙邊，正文條目無標題，凡遇「上」「制」等字提行或空格。明初本仍半葉12行25字。元末初刻本半葉12行25字，此本雖係初刻，但刊刻粗率，舛誤較多，簡筆俗體字觸目皆是。明初本在改正元末初刻本中的部分俗體、異體字的同時，對其中的舛誤也多有校正，明顯優於初刻本。戴珊本半葉10行22字，係江西浮梁人戴珊「督學南畿」時，受時掌南京翰林院事的錢溥(華亭人)之托而刻。戴珊本刊刻不精，傅增湘在其所藏戴珊本題記中已指出「此本誤字極多」，並且存在任意改字、增字現象。三者相較，戴珊本最劣，而元末初刻本又不如後刻之明初本。

明刻本系統分别有彭瑋本、玉蘭草堂本、徐球重修本和《津逮秘書》本。各本均半葉10行21字，歐體或宋體字，白口、左右雙邊，玉蘭草堂本正文條目無標題，徐球重修本和《津逮秘書》本則有標題。彭瑋本刻於成化五年(1469)，未見傳本，似爲10行21字有標題本。玉蘭草堂本版心有「玉蘭草堂」四字，正文内容凡遇「上」「制」等字提行或空格，尚存舊刻面貌。據此本卷四後所附彭瑋跋語，其或出自彭瑋刻本。徐球重修本係明南京刑部、工部侍郎徐陟(華亭人，嘉靖首輔徐階之弟)之子徐球刻於萬曆六年(1578)，據卷首徐球《輟耕録引》，或出自彭瑋本。徐球重修本序跋、目録及正文所見《輟耕録》書名均無「南村」二字，正文内容凡遇「上」「制」等字不再提行或空格。明末毛晉汲古閣彙刊《津逮秘書》，其中第九集收有《南村輟耕録》，行款字體一如徐球重修本，二者當屬同刻，似徐球重修本之書版後入於毛氏汲古閣被收入《津逮秘書》。明刻本系統中玉蘭草堂本校刻精審，相較而言舛誤最少，當爲諸本中的善本。

經仔細比勘，元刻本系統各本訛奪較多，明顯不如明刻本系統。就明刻本系統而言，玉蘭草堂本最善，徐球重修本與《津逮秘書》本略遜一籌。

清代以來，藏書家對《南村輟耕録》刻本認識不一，著録混亂，或混淆版本，或不辨優劣，直接影響影印或整理時底本的選擇。

因元末初刻本、明初本及戴珊本在字體、行款、版式等方面大體相似，不乏有誤明初本或戴珊本爲元刻者。又因元末初刻本、明初本流傳稀少，誤戴珊本爲元刻本則更爲常見。潘祖蔭藏有《南村輟耕録》一部，《滂喜齋藏書記》著録作元刻，潘氏藏本後歸藏國家圖書館，卷首鈐有「潘祖蔭藏書記」印，半葉10行22字，是戴珊本無疑。民國時張元濟主持影印《四部叢刊》其三編所收《南村輟耕録》即以潘祖蔭滂喜齋藏戴珊本爲底本，内封題「上海涵芬樓景印吴縣潘氏滂喜齋藏元刊本」。陶湘覆刻《南村輟耕録》，所用底本則係傳增湘經藏戴珊本，卷首内封題「癸亥孟春武進陶氏景元本刊」，卷末牌記題「癸亥正月陶氏逸園模善本重雕乙丑冬工竣」。顯然張元濟、陶湘均誤戴珊本爲元刻。

除混淆版本外，因藏家或整理者未及通篇校勘，僅憑版式、字體等外在特徵及著録情況判斷優劣，導致對各本的認識産生偏差，尤其因誤戴珊本爲元刻，陶湘據以覆刻，《四部叢刊三編》據以影印，戴珊本廣爲流傳，往往被誤作善本。鄭振鐸《西諦書話》曰：「《輟耕録》爲余常引用之書，然初收者卻爲鉛印本及汲古閣刊本。後復得玉蘭草堂初印本殘帙二册。迨《四部叢刊》影元本出，諸本似皆可廢。武進陶氏之影元刊本，亦已不足重視。」雖然傅增湘在戴珊遞修本的題記中已經指出「此本誤字極多」，但未引起後人注意，後來的整理者仍多以戴珊本或出自戴本的陶氏覆刻本或《四部叢刊三編》本作爲底本。

《南村輟耕録》屬筆記雜著，係陶宗儀隨得隨録，未及排比分類，故顯得雜亂無序，自其成書之後，引用、評説者不一而足，抑揚褒貶，莫衷一是，溢美之聲不絕於耳，貶損之辭屢見不鮮。《四庫全書總目》則綜而論之，謂其於有元一代法令制度，及至正末東南兵亂之事，紀録頗詳，「所考訂書畫文藝，亦多足備參證。惟多雜以俚俗戲謔之語，閭里鄙穢之事，頗乖著作之體。葉盛《水東日記》深病其所載猥褻，良非苛論。然其首尾賅貫，要爲能留心於掌故。故朱彝尊《静志居詩話》謂宗儀練習舊章，元代朝野舊事，實借此書以存。而許其有裨史學，則雖瑜不掩瑕，固亦論古者所不廢矣」。鄧之誠謂雜史之作至蒙元之世而頓衰，「及今流傳，但得數家，唯《輟耕録》頗有次第」（鄧之誠《永憲録跋》）。今天看來，記載元代史事及人物的筆記雜著寥若晨星，無論是與之前的唐宋，還是之後的明清都無法相提並論，僅此一點，《南村輟耕録》的價值即當引起足夠的重視。

《南村輟耕録》的價值是多方面的。就文獻價值而言，它是明、清兩代衆多典籍取之不竭的資料庫。自《南村輟耕録》成書後，摘録引用者代不乏人。《四庫全書總目》謂明人朱廷焕於崇禎間司榷杭州，「復采《西湖志》《鶴林玉露》《容齋隨筆》《輟耕録》及密所著《癸辛雜識》諸書，補綴其闕」，編成《增補武林舊事》一書。又謂清初徐乾學所撰《資治通鑑後編》所載元末事迹「多采《輟耕録》《鐵崖樂府》」。清人杜文瀾所編《古謡諺》中的許多條目即出自《輟耕録》。《宋人軼事彙編》采自《輟耕録》的條目亦不在少數。此外，《南村輟耕録》還具有難以替代的校勘和輯佚價值。《南村輟耕録》所引文獻以宋、元爲多，雖然這些文獻大多尚未遺佚，但現存多爲明、清刻本或叢書本，難免魯魚帝虎之訛，《南村輟耕録》的徵引無疑成爲考察這些文獻流傳及校勘訛誤的首選資料。後人校勘《元史》及《新元史》，《南村輟耕録》是主要參考文獻。而《南村輟耕録》所載詩文詞曲則是《全元文》《全元散曲》等的主要來源之一。

《南村輟耕録》的史料價值也不容小覷。此書内容龐雜，涉及廣泛，諸如帝王譜系、歷史人物、宫闕建置、氏族官制、方言俚語、書畫戲曲、文字聲韻、天文曆算、文物古迹、朝野典故等無所不及，是了解元末明初社會的珍貴資料。乾隆年間三通館編纂《欽定續文獻通考》時，館臣稱「是書載元時朝野舊事，頗有裨於史學」，因此特别重視利用《南村輟耕録》中的史料，如《經籍考》：「臣等謹案：《本紀》但云是年立藝文監及藝林庫、廣成局，其職掌之制未詳，今參以陶宗儀《輟耕録》所載，較爲詳晰。」又《南村輟耕録》卷二十五的「院本名目」、卷二十七的「雜劇曲名」是極其寶貴的戲曲史料，如果没有《輟耕録》的記載，今天就很難獲得這麽詳細的資料。因此今人研究元代的典制、人物、藝術、史事及語言風俗，都離不開《南村輟耕録》。

《南村輟耕録》的價值不容置疑，其中存在的問題也不容忽視。此書屬筆記雜著，隨見隨録，涉及内容廣泛，難免編次雜亂。此外尚存在兩大問題，其一是記載頗多疏漏訛誤。這一方面有作者陶宗儀原著的錯誤，更多的是刊刻傳鈔過程中造成的訛誤。因最早的刻本即元末初刻本刊刻粗率，錯誤疏漏較多，後出的戴珊本在改正原有錯誤的同時，又增加了許多新的錯誤，即使校刻精審的玉蘭草堂本也存在許多錯誤，因此利用時須加以甄别。如錢大昕編《補元史氏族表》，即以《元朝秘史》和《南村輟耕録》卷一「氏族」條所載「蒙古七十二種」「色目三十一種」爲據，而柯劭忞編纂《新元史》時，其《氏族志》則不取《輟耕録》，謂「陶宗儀所稱蒙古七十二種、色目三十一種，舛訛重複，不爲典要，故弗取焉」。其二是部分條目内容未注明出處。《南村輟耕録》主要輯録宋、元人著述而成，有的條目直接或間接注明出處，但仍有部分條目内容不明出處。如卷二十三「葉氏還金」出自元代王逢《梧溪集》卷四《葉公政還金辭（有序）》，卷二十六「詩畫題三絶」、卷三十「只孫宴服」出自元代虞集的《道園學古録》，卷三十「印章制度」的大部分内容出自元吾衍的《學古編》和元盛熙明的

《法書考》。這些條目在利用時需要注意，切不可當作史料直接引用。

筆者於 1998 年曾點校整理過《南村輟耕録》（遼寧教育出版社出版），當時受《四部叢刊三編》本的影響選擇戴珊本作底本，因底本選擇失當多有遺憾。此次整理，首先系統地梳理了版本，試校一過後確定了各本的優劣，選用疏誤最少的玉蘭草堂本作底本，以元末初刻本、明初本、戴珊本爲主校本，輔以徐球重修本和《津逮秘書》本，同時參考陶湘覆刻本和中華書局 1959 年排印本，並盡量采用他校，凡徵引文獻均一一核校，確保點校質量。

古籍整理不易，非經手其事難以體味個中甘苦。遺章散帙理舊學，字裏行間獲新知。伏案點勘，苦中有樂。古人有言「校書如掃塵，旋掃旋生」，點校中難免疏誤，不盡人意之處，敬請讀者批評指正。

王雪玲

二〇二一年二月於長安

凡例

一、本次點校以嘉靖玉蘭草堂本爲底本，參校本分别爲元末初刻本（簡稱元本）、明初本、明成化十年戴珊本（簡稱戴本）、明萬曆六年徐球重修本（簡稱徐本）和毛晉汲古閣《津逮秘書本》（簡稱毛本）。

二、凡底本明顯的錯誤，有校本依據者據改並出校記，無校本依據者，借助他校，只出關係重要的異文。

三、底本與校本之間無關宏旨的異同，如虛詞「矣」與「已」、「邪」與「耶」，實詞「它」與「他」、「已」與「以」之類，一仍底本，概不出校。

四、凡參校各本中明顯的誤字概不出校，以免繁碎。

五、底本中的俗體字、簡筆字及不常見的異體字均改爲規範繁體字，通假字、古今字仍舊。

六、改底本中的雙行小字夾注爲單行小字夾注。

七、底本正文條目原無標題，依目録及徐球重修本、《津逮秘書》本例於每條之首加小標題。

八、本書徵引繁富，加新式標點時，盡可能一一核對原文以明起止，徑引加引號，轉述大意或引文斷續不相連屬者則不加引號。

九、校勘記中凡未注明版本之參校本，正史均用中華書局點校本，十三經用中華書局影印清嘉慶阮元校刻本，今本爲通行之整理本，其餘則爲刻本或叢書本。

目録

南村輟耕録卷二……二七

南村輟耕録卷五……八五

南村輟耕録卷十

南村輟耕録卷十一……二一八

南村輟耕録卷十二……二四〇

南村輟耕録卷二十四

南村輟耕録卷二十五……五〇五

南村輟耕録卷二十六……五一九

南村輟耕録卷二十七……五四九

南村輟耕録卷二十八……五七三

南村輟耕録卷一

大元宗室世系

脱奔咩哩犍妻
阿蘭果火太后

- 博寒葛
- 博合覩撒里吉
- 始祖孛端叉兒
  - 八林昔黑剌
  - 秃哈必畜　一子。
    - 咩麻篤敦　七子。
      - 既拏篤兒罕　一子。——海都　一子。（下接①）
      - 某
      - 某
      - 某
      - 某
      - 某
      - 納真　今兀察兀秃，其子孫也。

①

- 拜住忽兒　一子。
  - 敦必乃　六子。
    - 葛朮虎　今那哈合兒，其子孫也。
    - 葛忽剌急里怛　今大八魯剌斯，其子孫也。
    - 合産　今小八魯剌斯，其子孫也。
    - 哈剌喇歹　今博歹阿替，其子孫。
    - 葛赤渾　今阿答里急，其子孫也。
    - 葛不律寒　七子。
      - 笛不斤八剌哈哈　今岳斯斤，其子孫也。
      - 八里丹　四子。
        - 蒙哥睹黑顔
        - 聶昆大司
        - 烈祖神元皇帝　諱也速該，姓奇渥温氏。（下接②至⑥）
        - 答里真 —— 大納耶耶
          - 小哥王
          - 寧王闊闊出 —— 也里干王
            - 哈魯罕王
            - 寧海王亦思鑾
            - 寧海王拔都兒
            - 寧海王阿海
      - 忽都魯咩聶兒
      - 忽魯剌罕
      - 合丹八都兒
      - 掇端斡赤斤
      - 忽蘭八都兒　庶子。
  - 直拏斯　今大丑兀兀，其子孫也。
- 察剌罕寧兒　收兄拜住忽兒妻，生一子。
- 獠忽直兀禿迭葛　今昔即兀剌，其子孫也。

- ②太祖皇帝
  - 朮赤太子
    - 拔都王
    - 撒里答王
    - 忙哥帖木兒王
    - 脱脱蒙哥王
    - 寧肅王脱脱
      - 肅王寬徹
    - 伯忽王
    - 月即列王
      - 札尼列王
  - 察合台太子
    - 也速蒙哥王
    - 合剌旭烈王
      - 阿魯忽王
      - 八剌王
        - 兗王買住韓
      - 威遠王阿只吉
        - 威遠王忽都帖木兒
        - 赤因帖木兒
          - 越王禿剌
      - 帖木兒不花王
        - 南答失里王
  - 太宗皇帝（下接⑦至⑬）
  - 睿宗皇帝（下接⑭至㉔）
  - 兀魯赤太子
  - 果里干太子 即缺別堅。（下接㉕）

- ③淄王搠只哈撒兒
  - 淄川王也苦
    - 愛哥阿不干王
  - 移相哥王
    - 勢都兒王
      - 齊王八不沙
      - 必烈虎王
      - 黃兀兒王
        - 伯木兒王
        - 齊王龍帖木兒
        - 別兒帖木兒王
  - 脱忽王

- ④濟王哈赤温
  - 濟南王按只吉歹
    - 哈丹王
      - 隴王忽剌出
    - 察忽列王
      - 濟南王也里只
    - 忽列虎兒王
      - 吴王木喃子
    - 吴王朵列納
      - 濟陽王潑皮

- ⑤鐵木哥斡赤國王 即斡真那顔
  - 斡端王
    - 阿朮魯王
    - 愛牙哈赤王
  - 只不干王
    - 塔察兒王
      - 壽王乃蠻台
      - 也不干王
      - 兀剌兒吉歹王
      - 奥速海王
      - 察剌海王
      - 孛羅歹王
        - 西寧王拶魯蠻
          - 卯罕王
          - 本伯王
          - 也只王
          - 不只兒王

- ⑥廣寧王別里古台 即孛魯古歹
  - 也速不花王
    - 廣陵王瓜都
      - 帖木兒王
      - 乃顔王
        - 脱帖木兒王
  - 口温不花王
    - 滅里吉歹王
      - 潢察王
      - 抹扎兒王
      - 撒里蠻王
      - 闊闊出王
        - 定王薛徹干
          - 定王察兒台
    - 瓮吉剌歹王
  - 罕禿忽王
    - 霍力極王
      - 塔出王

- ⑦定宗皇帝
  - 忽察王
    - 亦兒監藏王
    - 完者也不干王
  - 腦忽歹太子
  - 禾忽王
    - 南平王禿魯

- ⑧闊端太子
  - 滅里吉歹王
    - 也速不花王
  - 蒙哥都王
    - 亦憐真王
  - 只必帖木兒王
  - 帖必烈王
  - 曲列魯王
    - 汾陽王別帖木兒
      - 荊王也速不干

- ⑨曲出太子
  - 昔列門太子
    - 孛羅赤王
      - 靖遠王哈歹
      - 襄寧王阿魯灰
        - 襄寧王也速不干

- ⑩哈剌察兒王
  - 脫脫王
    - 月別台
    - 沙藍朵兒只

- ⑪合昔歹王
  - 海都王
    - 汝寧王察八兒
      - 汝寧王忽剌台

- ⑫合丹王
  - 靚爾赤王——小薛王——星吉斑王
  - 也不干王——隴王火郎撒
  - 也迭兒王
  - 也孫脱王
  - 火你王
    - 咬住王
    - 那海王
- ⑬滅里王——脱忽王——俺都剌王
  - 愛牙赤王——陽翟王太平
  - 陽翟王禿滿——陽翟王曲春——陽翟王帖木兒赤
- ⑭⑦憲宗皇帝
  - 班禿王
  - 阿速歹王
  - 玉龍答失王
    - 撒里吉王
    - 衛王完澤——郯王撤徹禿
  - 河平王昔里吉
    - 兀魯思不花王
    - 並王晃火帖木兒
      - 嘉王火你忽
      - 答沙亦思的王
  - 辯都
- ⑮忽覩都
- ⑯次三失其名

- ⑰世祖皇帝
  - 朵兒只（一作都兒真。）
  - 裕宗皇帝
    - 顯宗皇帝
      - 梁王松山
      - 泰定皇帝
      - 湘寧王迭里哥兒不花
        - 湘寧王八剌失里
    - 順宗皇帝
      - 魏王阿木哥
        - 脱不花王
        - 蠻子王
        - 西靖王阿魯
        - 魏王孛魯帖木兒
        - 唐兀台王
        - 答兒蠻失里王
        - 孛羅王
      - 武宗皇帝
        - 明宗皇帝
          - 今上皇帝
            - 皇太子愛猷識理達臘
              - 買的里八剌
          - 寧宗皇帝
        - 文宗皇帝
          - 皇太子阿剌忒納答剌
          - 燕帖古思太子
          - 太平訥太子
      - 仁宗皇帝
        - 英宗皇帝
        - 安王兀都思不花
    - 成宗皇帝
      - 皇太子德壽
  - 安西王忙哥剌
    - 安西王阿難答
    - 秦王按檀不花
      - 月魯帖木兒
  - 北幽王那木罕
  - 雲南王忽哥赤
    - 營王也先帖木兒
      - 脱歡不花太子
      - 脱魯太子
  - 愛牙赤王
    - 阿不干王
    - 孛顏帖木兒王
      - 也古的不花王
  - 西平王奧魯赤
    - 鎮西武靖王也先帖木兒不花
      - 雲南王老的罕
        - 豫王阿忒納失里
      - 武靖王搠思班
        - 乞八王
        - 亦只班王
  - 寧王闊闊出
  - 鎮南王脱歡
    - 鎮南王帖木不花
      - 鎮南王孛羅不花
    - 威順王寬徹不花
    - 宣讓王帖木兒不花
  - 忽都魯帖木兒
    - 阿不也不干王
      - 八魯朵兒只王
- ⑱次五失其名

⑲旭烈兀王
- 阿八哈王—阿魯王
  - 靖遠王合贊
  - 康平王哈兒班答—豳王出伯—豳王喃忽里
- 亦憐真朵兒只王—脱脱木兒王—某—亦憐真八的王

⑳阿里不哥王
- 威定王玉木忽爾
- 乃剌忽不花王
  - 魏王孛顔帖木兒
  - 完者帖木兒
  - 冀王孛羅—鐵木兒脱
  - 定王樂木忽兒—某—燕大王
- 剌甘失甘王—鎮寧王那海

㉑撥綽王—薛必烈傑兒王—楚王牙忽都—楚王脱烈鐵木兒—楚王八都兒
- 燕帖木兒王
- 速哥帖木兒王
- 朵羅不花王

㉒末哥王—昌童王—伯帖木兒王—永寧王伯顔木兒

㉓歳都哥王—速不歹王
- 荆王脱脱木兒—荆王也速不堅
- 哈魯孫王

㉔雪別台王—某
- 月魯帖木兒
- 買閭也先

㉕河間王忽察—忽魯歹王
- 也不干王—八八王
- 八八剌王—安定王脱歡
  - 允脱思脱木兒王
  - 合賓帖木兒王
- 伯答罕王—安定王朵兒只班

列聖授受正統

始祖諱孛端叉兒。

烈祖神元皇帝諱也速該，姓奇渥温氏。

太祖應天啓運聖武皇帝諱鐵木真，國語曰成吉思。

宋開禧二年丙寅十二月，即位於斡難河，自號可汗。至宋寶慶三年丁亥七月己丑，崩於薩里川。在位二十二年，壽六十六，葬起輦谷。

太宗英文皇帝諱窩闊台。

宋紹定二年己丑八月己未，即位於忽魯班雪不只。至宋淳祐元年辛丑十一月，崩於胡闌山。在位一十三年，壽五十六，葬起輦谷。六皇后禿里吉納臨朝稱制，皇后乃馬真氏。

睿宗仁聖景襄皇帝諱拖雷。

憲宗追謚。

定宗簡平皇帝諱貴由。

宋淳祐二年壬寅至乙巳，皇后當國，丙午七月歸政。即位於答蘭答八思，至戊申三月，崩於胡眉斜陽吉兒。在位三年，壽四十三，葬起輦谷。皇太后禿里吉納復治國事。

憲宗桓肅皇帝諱蒙哥。

宋淳祐十一年辛亥六月，即位於闊帖兀阿蘭。至宋開慶元年己未七月二十七日癸亥，崩於釣魚山。在位九年，壽五十二①。

世祖聖德神功文武皇帝諱忽必烈，國語曰薛禪。

宋景定元年庚申四月一日戊辰，即位於開平，建元中統。至至元三十一年甲午正月十九日庚午，崩於紫檀殿。在位三十五年，壽八十，葬起輦谷。中統四，至元三十一。

裕宗文惠明孝皇帝諱真金。

成宗追謚。

順宗昭聖衍孝皇帝諱答剌麻八剌。

武宗追謚。

成宗欽明廣孝皇帝諱鐵木耳，國語曰完者篤。

至元三十一年甲午四月十四日甲午，即位於上都，改至元三十二爲元貞。至大德十一年丁

---

① 「五十二」，原誤作「五十」，據元本、明初本改。案《元史・憲宗本紀》載元憲宗諱蒙哥，戊辰年即南宋嘉定元年(1208)十二月三日生，己未歲即南宋開慶元年(1259)七月癸亥崩於釣魚山，「壽五十有二，在位九年」。

未正月八日癸酉，崩於玉德殿。在位十三年，壽四十二，葬起輦谷。元貞二，大德十一。

武宗仁惠宣孝皇帝諱海山，國語曰曲律。

大德十一年丁未五月十一日甲戌，即位於上都。十二月，詔改大德十二爲至大。至四年辛亥正月八日庚辰，崩於玉德殿。在位四年，壽三十一，葬起輦谷。至大四。

仁宗聖文欽孝皇帝諱愛育黎拔力八達，國語曰普顔篤。

至大四年辛亥三月十八日庚寅，即位於大明殿。九月壬子，詔改至大五爲皇慶。至延祐七年庚申正月二十一日辛丑，崩於光天宫。在位九年，壽三十六，葬起輦谷。皇慶二，延祐七。

英宗睿聖文孝皇帝諱碩德八剌，國語曰革堅①。

延祐七年庚申三月十一日庚寅即位。十二月乙巳，詔改延祐八爲至治。至三年癸亥八月四日癸亥，遇弑，崩於上都途中南坡行幄。在位四年，壽二十一，從葬諸帝陵。至治三。

顯宗光聖仁孝皇帝諱甘剌麻。

泰定追謚，今出廟。

---

① 「革堅」，原誤作「華堅」，據戴本改。案《元史·英宗本紀》：「泰定元年二月，上尊謚曰睿聖文孝皇帝，廟號英宗。四月，上國語廟號曰格堅。」又錢大昕《十駕齋養新録》卷四「客」：「《元史》『怯烈氏』或作『克烈』。英宗國語謚曰格堅皇帝，石刻有作『怯堅』者，蓋亦讀『格』爲『客』，因與『怯』相近也。」

泰定皇帝諱也先帖木兒，元封晉王。

至治三年癸亥九月四日癸巳，即位於上都龍居河。十二月丁亥，詔①改至治四爲泰定。至五年戊辰二月庚申，改致和。七月十日庚午崩，文宗追廢。在位五年，壽三十六②。泰定四，泰定五③改致和，文宗即改天曆。

明宗翼獻景孝皇帝諱和世㻋，國語曰忽都篤。

天曆二年己巳正月二十八日丙戌，即位於和寧北。八月二日，大駕次王忽察都，六日暴崩，不改元。在位八月，壽三十，葬起輦谷。

文宗聖明元孝皇帝諱脱脱木兒，國語曰扎牙篤。

致和元年戊辰九月十三日壬申，即位於大明殿，改元天曆，詔讓大兄明宗。明年己巳五月，帝發京師北迎，八月二日丙戌，遇於王忽察都④。庚寅，明宗暴崩。己亥，復即位於上都。至三

① 「詔」，原誤作「昭」，據元本、明初本改。
② 「三十六」，原誤作「二十六」，據元本、明初本改。案《元史·泰定帝本紀》：「（致和元年）秋七月辛酉朔，寧夏地震。庚午，帝崩，壽三十六。」
③ 「五」，原誤作「伍」，據元本、明初本改。
④ 「王忽察都」，原誤作「忽察都」，據戴本及上文改。案王忽察都即旺忽察都，在今河北省張北縣北。

年庚午五月戊午，改至順。至三年壬申八月十二日己酉，崩。在位五年，壽二十九，葬起輦谷。
後至元六年庚辰六月丙申，以帝謀不軌，使明宗飲恨而崩，詔撤其廟主。天曆二，至順三。

寧宗冲聖嗣孝皇帝諱懿璘質班。

至順三年壬申十月四日庚子，即位於大明殿。至十一月十六日壬午，崩，不改元。年七歲，葬起輦谷。

今上皇帝御名妥歡帖睦爾。

至順四年癸酉六月八日己巳，即位於上都。十月戊辰，改元元統。至三年乙亥十一月辛丑，改至元。至七年正月一日，改至正。元統二，至元六，至正今二十六年。

氏族

蒙古七十二種

阿剌剌　扎剌兒歹　忽神忙兀歹　瓮吉剌歹　晃忽攤

永吉列思　兀魯兀　郭兒剌思　別剌歹　怯烈歹

禿別歹　八魯剌忽　曲呂律　也里吉斤　扎剌只剌

脱里別歹	塔塔兒	哈答吉	散兒歹	乞要歹
列术歹	顔不花歹	歹列里養賽	散术兀歹	滅里吉歹
阿大里吉歹	兀羅歹	別帖里歹	鑾歹	也可抹合剌
那顔吉歹	阿塔里吉歹	亦乞列歹	合忒乞歹	木里乞
外兀歹	外抹歹	阿兒剌歹	伯要歹	揑古歹①
外剌歹	末里乞歹	許大歹	晃兀攤	別速歹
顔不草歹	木温塔歹	忙兀歹	塔塔歹	那顔乞台
阿塔力吉歹	忽神	塔一兒	兀魯歹	撒术歹
滅里吉	阿火里力歹	扎馬兒歹	兀羅羅歹	別帖乞乃鑾歹
答答兒歹	也可林合剌	瓮吉歹	术里歹	忙古歹
外秣歹乃	朶里別歹	八憐	察里吉歹	八魯忽歹
哈答歹	外剌			

① 「揑古歹」，原誤作「担古歹」，據戴本改。案《新元史·察合安不洼傳》：「察合安不洼，揑古歹氏。」又錢大昕《元史氏族表》作「揑古歹」。

色目三十一種

哈剌魯① 欽察 唐兀 阿速 禿八
康里 苦里魯 剌乞歹 赤乞歹 畏吾兀
回回 乃蠻歹 阿兒渾 合魯歹 火里剌
撒里哥 禿伯歹 雍古歹 蜜赤思 夯力
苦魯丁 貴赤 匣剌魯 禿魯花 哈剌吉答歹
拙兒察歹 禿魯八歹 火里剌 甘木魯 徹兒哥
乞失迷兒

漢人八種

契丹 高麗 女直 竹因歹 术里闊歹
竹温 竹赤歹② 渤海女直同。

① 「哈剌魯」，原誤作「吟剌魯」，據戴本改。案《元史・沙全傳》：「沙全，哈剌魯氏。」又《元史・伯顏傳》：「伯顏一名師聖，字宗道，哈剌魯氏。」

② 「竹赤歹」，原誤作「竹亦歹」，據戴本改。案錢大昕《十駕齋養新録》卷九「漢人八種」考辨《輟耕録》所載漢人八種，謂「竹亦歹」當作「竹赤歹」。

金人姓氏

完顔漢姓曰王　烏古論曰商　乞石烈曰高　徒單曰杜　女奚烈曰郎

兀顔曰朱　蒲察曰李　顔盞曰張　温迪罕曰温　石抹曰蕭

奥屯曰曹　孛术魯曰魯　移剌曰劉　斡勒曰石　納剌曰康

夾谷曰仝　裴滿曰麻　尼忙古曰魚　斡准曰趙　阿典曰雷

阿里侃曰何　温敦曰空　吾魯曰惠　抹顔曰孟　都烈曰强

散答曰駱　呵不哈曰田①　烏林答曰蔡　僕散曰林　术虎曰董

古里甲曰汪

平江南

至元十一年甲戌，宋之咸淳十年也。秋七月，世祖命中書右丞相伯顔總制大軍取宋，諭之若曰：「朕聞曹彬不嗜殺人，一舉而定江南，汝其體朕心，法彬事，毋使吾赤子橫罹鋒刃。」伯顔

---

①「田」，原誤作「由」，據戴本改。案《金史·金國語解·姓氏》作「呵不哈曰田」。

叩首，奉命惟謹。既而混一職方，豈非不嗜殺人之驗與？

獨松關

明年乙亥春，諸郡望風降敗，丞相伯顔遣員外郎石天麟詣闕奏聞。世皇喜，顧謂侍臣曰：「朕兵已到江南，宋之君臣必知畏恐，玆若遣使議和，邀索歲幣，想無不從者。」遂敕伯顔按兵。乃命禮部尚書廉希賢、侍郎嚴忠範、計議官宋德秀、秘書丞柴紫芝等，齎奉國書使宋。次建康，希賢等借兵衛送，伯顔曰：「方今兩軍相厄，互有設險，宜令行人先往道意。若便擁兵前進，吾恐别生罅隙，則和議之事必難成矣。」希賢等堅請，乃簡閲鋭卒伍百畀之。至獨松關，戍關者宋浙西安撫司參議官張濡也，以爲北兵叩關，率衆掩擊，殺忠範，執希賢，希賢亦病創死。世皇聞之，大怒，趣進攻。嗟夫！宋之亡也，非有桀紂之惡，特以始之以拘留使者，肇天兵之興；終之以誤殺使者，激世皇之怒耳。藉使獨松之使不死，宋之存亡未可知。其亦有數也與？

浙江潮

明年正月甲申，丞相伯顔駐軍臯亭山，宋奉表及國璽以降，遣千户囊加歹等入城慰諭，令居民門首各貼「好投拜」三字。及聞益王、廣王如婺州，即命分兵屯守諸門。范文虎安營浙江沙滸，太皇太后望祝曰：「海若有靈，當使波濤大作，一洗而空之。」潮汐三日不至，軍馬宴然。文虎，吕文焕婿，安慶守臣降於我者。

宋興亡

宋之興，始於後周恭帝顯德七年，恭帝方八歲。及其亡也，終於少帝德祐元年，少帝時四歲，名顯。而「顯德」二字，竟與得國時合。周以主幼而失國，宋亦以主幼而失國。周有太后在上，宋亦有太后在上。始終興亡之數，昭然如此。

萬歲山

萬歲山在大内西北太液池之陽，金人名瓊花島，中統三年修繕之。其山皆以玲瓏石疊壘，峯巒隱映，松檜隆鬱，秀若天成。引金水河至其後，轉機運㪺，汲水至山頂，出石龍口，注方池，伏流至仁智殿後，有石刻蟠龍，昂首噴水仰出，然後東西流入於太液池。山上有廣寒殿七間，仁智殿則在山半，爲屋三間。山前白玉石橋，長二百尺，直儀天殿後。殿在太液池中圓坻上，十一楹，正對萬歲山。山之東也①爲靈囿，奇獸珍禽在焉。車駕歲巡上都，先宴百官於此。

浙省參政赫德爾②嘗云，向任留守司都事時，聞故老言，國家起朔漠日，塞上有一山，形勢雄偉，金人望氣者謂此山有王氣，非我之利。金人謀欲厭勝之，計無所出。時國已多事，乃求通好入貢，既而曰他無所冀，願得某山以鎮壓我土耳。衆皆鄙笑而許之。金人乃大發卒，鑿掘輦運至幽州城北，積累成山，因開挑海子，栽植花木，營構宮殿，以爲游幸之所。未幾，金亡，世皇徙都之。至元四年，興築宮城，山適在禁中，遂賜今名云。

留守司在宮城西南角樓之南，專掌宮禁工役者。

大軍渡河

世皇取江南，大軍次黃河，苦乏舟楫，夜夢一老叟曰：「陛下欲渡河，當隨我來。」引至一所，

① 戴本「東」下無「也」字。

② 「赫德爾」，原誤作「赤德爾」，據戴本改。案《至正四明續志》卷二《職官・同知》載赫德爾「進士出身，承事郎，至順二年九月之任」。又今本《山居新語》：「江浙參政赫德爾公，字本初，嘗云……」

指曰：「此即是已。」帝遂以物標識之。乃①覺，歷歷可記。明日，循行河滸，尋夢中所見處，果是。方驚顧間，忽有人進曰：「此間水淺可渡。」時帝徵夢中語，因謂曰：「汝能先涉否？」其人乃行，大軍自後從之，無一不濟。帝欲重旌其功，對曰：「富與貴，悉非所願，但得自在足矣。」遂封爲答剌罕，與五品印，撥三百户以食之。今其子孫尚有存者。此事楊元誠太史瑀所云。

檄

世皇下江南檄，枚舉賈似道無君之罪，宋國臣民其不誠服者與？其文曰：「宅中圖大，天開一統之期；自北而南，雷動六師之衆。先謂弔民而伐罪，蓋將用夏而變夷。欲制江浙以削平，極汝海隅而混一。堪嗟此宋，信任非人，處之師相之尊，委以國柄之重。世濟其惡，真凶悖之賈充；謀及乃心，效姦雄之曹操。不學無識，舞術弄權。誇滸黄僅免其身，比河清莫大之績。承君之寵，如彼之專。貪天之功，確乎不拔。惜官爵以總寶貨，苛條法以苦賢才。奪土田而無地可耕，變關會而物價溢湧。藉鄙猥者伴食於廟堂，任反側者失兵於邊徼。恬視雷星之召異，罔

① 「乃」，戴本作「及」。

聞水火之降災。滿朝皆其私人，用將因其重賂。用白札而破世守之法，曲丹筆而容天討之刑。民心已離而不知，天命將革而未悟。方且貪湖山之樂，聚寶玉之珍。弗顧母死，奪制以貪榮；乃乘君寵，立幼而固位。以己峻功碩德，而自比於周公。欺人寡婦孤兒，反不如於石勒。深懷禍慝，自肆姦邪。合正兩觀之誅，可紓百姓之怒。我大元皇帝聰明智睿，神武慈仁。焚香祝天，誓莫殺而混海宇；振兵略地，隨所向而宣皇威。一戰乘勝而渡江，諸將列降而獻土。厥角稽首，迎我前矛，後實先聲，易如破竹。昭然①天順人信之助，成我風行草偃之功。合宇宙以清寧，蘇人民而鎮撫。恩寬幼主以下，罪止元惡之身。自今檄到，應守令以境土投拜，除大支犒賞外，仍其官職。謹檄。」

朝儀

大元受天命，肇造區夏，列聖相承，至於世皇。至元初，尚未遑興建宮闕，凡遇稱賀，則臣庶皆集帳前，無有尊卑貴賤之辨。執法官厭其喧雜，揮杖擊逐之，去而復來者數次。翰林承旨王

① 「昭」下原脱「然」字，據元本、明初本補。

文忠公磐。時兼太常卿，慮將貽笑外國，奏請立朝儀，遂如其言。

科舉

皇慶癸丑冬十一月，詔曰：「其以皇慶三年八月，天下郡縣，興其賢者能者，充賦有司。明年二月，會試京師，中選者朕將親策焉。」按遺山元公好問所撰《廉訪使楊文憲公奂墓碑》云：「太宗即位之十年戊戌，開舉選，特詔宣德課税使劉公用之試諸道進士。公試東平，兩中賦論第一，奏授河南路徵收課税所長官兼廉訪使。」則國朝科舉之設已肇於此。寥寥七十餘年，而普顔篤皇帝克不墜祖宗之令典，尊號曰仁，不亦宜乎？初焉試論賦，蓋反宋、金餘習，後則一以經學爲本，非復向時比矣。

江南謡

汲郡王公《玉堂嘉話》云：「宋末下時，江南謡云：『江南若破，百雁來過。』當時莫喻其意。及宋亡，蓋知指丞相伯顔也。」

白道子

太宗時，諸國來朝者多以冒禁應死，耶律文正王楚材。進奏曰：「願無污白道子。」從之。蓋國俗尚白，以白爲吉故也。

官不致仕

大德七年，詔内外官年及七十，並聽致仕。時郭守敬字若思，順德邢臺人，知太史院事，以舊臣，且熟朝廷所施爲，獨不許其請。至今翰林太史司天官不致仕者，咸自公始。

答剌罕

答剌罕，譯言一國之長，得自由之意，非勳戚不與焉。太祖龍飛日，朝廷草創，官制簡古，惟左右萬户，次及千户而已。丞相順德忠獻王哈剌哈孫。之曾祖啓昔禮。以英材見遇，擢任千户，錫號答剌罕。至元壬申，世祖録勳臣後，拜王宿衛官，襲號答剌罕。

皇族列拜

己丑秋八月，太宗即皇帝位，耶律文正王時爲中書令，定册立儀禮。皇族尊長，皆令就班列拜。尊長之有拜禮，蓋自此始。

内八府宰相

内八府宰相八員，視二品秩，而不降授宣命，特中書照會之任而已，寄位於翰林之埽鄰。埽鄰，宫門外院官會集處也。所職視草制，若詔赦之文，則非其掌也。至於院之公事，亦不得與焉，例以國戚與勳貴之子弟充之。

云都赤

國朝有四怯薛太官。怯薛者，分宿衛供奉之士爲四番，番三晝夜，凡上之起居飲食，諸服御之政令，怯薛之長皆總焉。中有云都赤，乃侍衛①之至親近者，雖官隨朝諸司，亦三日一次輪流入直。負骨朵於肩，佩環刀於要，或二人四人，多至八人。時若上御控鶴，則在宮車之前；上御殿廷②，則在墀陛之下，蓋所以虞姦回也。雖宰輔之日覲清光，然有所奏請，無云都赤在，固不敢進。今中書移咨各省，或有須備録奏文事者，内必有云都赤某等，以此之故。余又究骨朵字義，嘗記宋景文《筆記》云：「關中人以腹大爲胍肞上音孤，下音都。俗音謂杖頭大者亦曰胍肞，後訛爲骨朵。」朵，平聲。

大漢

國朝鎮殿將軍，募選身軀長大異常者充。凡有所請給，名曰「大漢衣糧」，年過五十，方許出官。

貴由赤

貴由赤者，快行是也。每歲一試之，名曰「放走」，以脚力便捷者膺上賞。故監臨之官，齊其

---

① 「侍衛」，原誤作「侍御」，據元本、明初本、戴本改。

② 「則在宮車之前；上御殿廷」十字原脱，據元本、明初本、戴本補。

名數而約之以繩，使無後先參差之爭，然後去繩放行。在大都，則自河西務起程。若上都，則自泥河兒起程。越三時，走一百八十里，直抵御前，俯伏呼萬歲。先至者賜銀一餅，餘者賜段匹有差。

昔寶赤

昔寶赤，鷹房之執役者，每歲以所養海青獲頭鵝者，賞黄金一錠。頭鵝，天鵝也，以首得之，又重過三十餘斤，且以進御膳，故曰「頭」。

南村輟耕録卷二

聖聰

至元六年二月二十五日，上御玉德殿，命史臣榻前草詔，黜謫太師伯顏。詔文有云：「其各領所部，詔書到日，悉還本衛。」上曰：「自蚤至暮，皆一日也，可改『日』字作『時』字。」時伯顏以飛放爲名，挾持皇太子在柳林，意將犯分。詔既成，遣中書平章只理瓦歹齎至彼處開讀，奉皇太子歸國，而各枝軍馬即時散去。蓋一字之中，利害繫焉。「亶聰明，作元后」，於此有以見之矣。

隆師重道

文定王，沙剌班。今上之師也，爲學士時，嘗在上左右。一日體少倦，遂於便殿之側偃臥，因而就寐。上因以籍坐方褥，國語所謂朵兒別真者，親扶其首而枕之。後嘗患癤額上，上於金鉢中取佛手膏，躬與貼之。上之隆師重道，可謂至矣盡矣。王字敬臣，號山齋，畏吾人。

受佛戒

累朝皇帝，先受佛戒九次，方正①大寶，而近侍陪位者必九人或七人，譯語謂之「暖答世」，此國俗然也。今上之初入戒壇時，見馬哈剌佛前有物爲供，因問學士沙剌班曰：「此何物？」曰：「羊心。」上曰：「曾聞用人心肝者，有諸？」曰：「嘗聞之，而未嘗目睹，請問剌馬。」剌馬者，帝師也。上遂命沙剌班傳旨問之，答曰：「有之。凡人萌歹心害人者，事覺，則以其心肝作供耳。」以此言復奏。上再命問曰：「此羊曾害人乎？」帝師無答。

減御膳

國朝日進御膳，例用五羊，而上自即位以來，日減一羊，以歲計之，爲數多矣。

---

① 「正」，今本《山居新語》作「登」。

聖儉

太府少監阿魯奏取黄金三兩，爲御韡刺花用。上曰：「不可。」因請易以銀而鍍金者，上曰：「亦不可。金銀，首飾也。今民間所用何物？」對曰：「用銅。」上曰：「可。」

右五事，楊太史瑀。所言。太史居官時，日侍上，故知其詳。

后德

今上皇太子之正位東宫也，設諭德，置端本堂，以處太子講讀。忽一日，帝師來啓太子母后曰：「向者太子學佛法，頓覺開悟，今乃使習孔子之教，恐壞太子真性。」后曰：「我雖居於深宫，不明道德，嘗聞自古及今，治天下者，須用孔子之道，捨此他求，即爲異端。佛法雖好，乃餘事耳，不可以治天下。安可使太子不讀書？」帝師赧服而退。

端本堂

皇太子方在端本堂讀書，近侍之嘗以飛放從者，輒臂鷹至廊廡間，喧呼馳逐，以惑亂之，將勾引出遊爲樂。太子授業畢，徐令左右戒之曰：「此讀書之所，先生長者在前，汝輩安敢褻狎如此，急引去，毋召責也。」衆皆驚懼而退。

右二事，乃貢尚書師泰。授經宣文閣下，日所目見者。至正丙申間，避地雲間，每談朝廷典故，因及此。

徵聘

中書左丞魏國文正公魯齋許先生，衡。中統元年應召赴都日，道謁文靖公静修劉先生，因。謂曰：「公一聘而起，毋乃太速乎？」答曰：「不如此則道不行。」至元二十年，徵劉先生至，以爲贊善大夫，未幾辭去。又召爲集賢學士，復以疾辭。或問之，乃曰：「不如此則道不尊。」

治天下匠

中書令耶律文正王楚材。字晉卿，在金爲燕京行省員外郎。國亡，歸於我朝，從太祖征伐諸國。夏人常八斤者，以治弓見知於上，詫王曰：「本朝尚武，而明公欲以文進，不已左乎？」王曰：「且治弓尚須弓匠，豈治天下不用治天下匠耶？」上聞之喜，自是用王益密。

以官爲氏

中書平章政事廉希憲，字善甫，封恒陽王，謚文正，本畏吾氏。王之父諱布魯凱，爲回鶻王，歸朝，官至順德諸路宣慰使，封魏國公，謚孝懿。拜廉訪使之命時，適王生，顧曰：「是兒必大吾門。吾聞古者以官受氏，天將以廉氏吾宗乎？吾其從之。」舉族承命。

受孔子戒

世祖一日命廉文正王受戒於國師，王對曰：「臣已受孔子戒。」上曰：「汝孔子亦有戒邪？」

對曰：「爲臣當忠，爲子當孝，孔門之戒，如是而已。」上喜。

不食死

謝君直先生，枋得。號疊山，信州弋陽人。宋景定甲子，江東漕闈校文，發策問「權姦誤國，趙氏必亡」，忤賈似道，貶興國軍。三年，遇赦得還。天兵南下，郡城潰，棄家入閩。至元二十三年，御史程文海、承旨留夢炎等交薦，累召不赴。二十六年春正月，福建行省參知政事魏天祐復被詔旨，集守令戍將，迫蹙上道。臨行，以詩别常所往來者曰：「雪中松柏愈青青，扶植綱常在此行。天下豈無龔勝潔，人間不獨伯夷清。義高便覺生堪捨，禮重方知死甚輕。南八男兒終不屈，皇天上帝眼分明。」夏四月，至京師，不食死，年六十有四。秋八月，子定之奉柩歸葬，門人誄而題之曰「文節先生謝公墓」。嗟乎！伯夷、叔齊，在周雖爲頑民，而在商則爲義士，孰謂數千載後，有商義士之風者，復見先生焉。

染髭

中書丞相史忠武王天澤。髭髯已白，一朝忽盡黑，世皇見之，驚問曰：「史拔都，汝之髯何乃更黑邪?」對曰:「臣用藥染之故也。」上曰:「染之欲何如?」曰:「臣覽鏡見髭髯白,竊傷年且莫,盡忠於陛下之日短矣,因染之使玄,而報效之心不異疇昔耳。」上大喜。人皆以王捷於奏對,推此一事,則餘可知矣。漢人賜名拔都者,惟王與太師張獻武王,弘範。及真定新軍張萬户興祖。耳。

殺虎張

真定新軍張萬户,興祖。中山無極人。至元十九年,丞相楚國文定公阿里海涯。以中書右丞南取漢郢,公實從,有功,授前職。平生射虎數十,一日遇虎,一發而踣,語人曰:「吾聞生虎之髭剔齒疾,可已風。」因拔之。虎怒,爪韡裂,賴其氣息垂盡,不能傷足,由是人目之曰「殺虎張」。後以國言賜名拔突,拔突即拔都,都與突,字雖異而聲相近,蓋譯語無正音故也。

御史舉薦

姚文公先生燧。爲中臺監察御史時,忽御史大夫謂曰:「我天子以汝賢,故擢居耳目之官,今且歲餘，至如興利除害之事，未嘗有片言及之，但惟以薦舉爲務，何邪？」先生答曰：「某所薦者百有餘人，皆經世之才，其在中外，並能上裨聖治，則某之報效亦勤矣，又何待屑屑於興利除害，然後爲監察御史之職任乎？」大夫曰：「真宰相器也。」嘆賞久之。

切諫

太宗素嗜酒，晚年尤甚，日與大臣酣飲，耶律文正王數言之，不聽。一日，持酒槽之金口以進，曰：「此乃鐵耳，爲酒所蝕，尚致如此，況人之五臟有不損耶？」上説，賜以金帛，仍敕左右日惟進酒三鍾而止。夫以王之切諫不已，而上終納之，可謂君明臣良者矣。

丁祭

内翰王文康公，鶚。字百一，開州東明人。國初，自保定應聘北行，時故人馬雲漢以宣聖畫像爲贈。既達北庭，值秋丁，公奏行釋奠禮。世祖説，即命舉其事。公爲祝文，行三獻禮。禮畢，進胙於上。上既飲福，熟其胙，命左右均霑所賜。自是春秋二仲，歲以爲常。蓋上之所以尊師重道者，實公有以啓之也。

高學士

國朝儒者自戊戌選試後，所在不務存恤，往往混爲編氓。至於奉一扎十行之書，崇學校，獎秀藝，正户籍，免徭役，皆翰林學士高公智耀。奏陳之力也。公河西人，今學校中往往有祠之者。

大黄愈疾

丙戌冬十一月，耶律文正王從太祖下靈武，諸將争掠子女玉帛，王獨取書籍數部、大黄兩駝而已。既而軍中病疫，惟得大黄可愈，所活幾萬人。吁！廉而不貪，此固清慎者能之，若其先見之明，則有非人之所可及者。

置臺憲

御史臺，至元五年置，秩從二品。二十一年陞正二品，大德十一年陞從一品。臺有大夫一人，後增一人。中丞二人，後又增二人，隨復故。侍御史二人，治書侍御史二人，殿中侍御史二人，治朝著之事。典事二人，掌幕府文書之事，後改爲都事三人，後又以都事之長蒙古若色目一人爲經歷。檢法二人，後廢。管勾三人，其一人兼照磨。監察御史十二人，後增至十六人，皆漢人。又增蒙古色目人如漢人之數，今三十二人。至元十四年，既取宋，置南行臺。二十七年，專莅江南之地，號江南諸道行御史臺，秩如内臺，而監察御史今二十四人。西行臺，初由雲南廉訪司陞行臺，大德元年移治陝西，號陝西諸道行御史臺，莅陝西、甘肅、四川、雲南之地，延祐間暫廢，隨復其官，秩如南臺，而監察御史今二十人。各道提刑按察司，至元六年置，正三品，有使、副使、僉事、察判、經歷、知事。二十八年，改肅政廉訪司，使、副使、僉事各二人。大司農奏罷各道勸農司，以農事歸憲司，增僉事二人，經歷、知事、照磨各一人。今天下凡二十二道，始建臺時，大夫則塔察兒也。

内御史署銜

内監察御史署銜無「御史臺」三字，以爲天子耳目之官，非御史大夫以下所可制也，行臺則不然。

令史

國朝凡省臺院吏曰掾史，獨江南行臺作令史者，蓋緣至元十四年初立行臺日，御史大夫授三品秩故也。後雖陞一品，而樂因循者不爲申明改正。西臺立，視南臺已陞品秩，則曰掾史焉。

臺字

三臺，凡公文所書「臺」字，並從士從口，不敢作其字頭，若然，則僞文也。按許氏《説文》：「臺，從至從之，從高省。」則「土」乃「之」之正書耳，當從土從口爲是。

詔西番

累朝皇帝於踐祚之始，必布告天下，使咸知之。惟詔西番者，以粉書詔文於青繒，而繡以白絨，網以真珠。至御寶處，則用珊瑚，遣使賫至彼國，張於帝師所居處。

五刑

國初立法以來，有笞、杖、徒、流、死之制。凡七下至五十七下用笞，六十七下至一百七下①用杖。徒之法：徒一年，杖六十七；一年半，杖七十七；二年，杖八十七；二年半，杖九十七；三年，杖一百七。此麗徒者杖數也。鹽徒既決而又鐐之，使居役也。數用七者，建元以前，皆用成數，今匿税者笞五十，犯私鹽茶者杖七十，私宰馬牛者杖一百，舊法猶有存者。大德中，刑部尚書王約數上言，國朝用刑寬恕，笞杖十減其三，故笞一十減爲七。今之杖一百者，宜止九十七，不當反加十也。議者憚於變更，其事遂寢。流，則南之遷者之北，北之遷者之南。死，則有斬，有凌遲，而無絞。

錢幣

世皇嘗以錢幣問太保劉文貞公，秉忠。公曰：「錢用於陽，楮用於陰。華夏，陽明之區；沙

---

① 「一百七下」，原誤作「一百七十」，據戴本改。案《元史·刑法志》：「凡七下至五十七，謂之笞刑，凡六十七至一百七，謂之杖刑。」

漠，幽陰之域。今陛下龍興朔漠，君臨中夏，宜用楮幣，俾子孫世守之。若用錢，四海且將不靖。」遂絶不用錢。迨武宗，頗用之，不久輒罷。此雖術數讖緯之學，然驗之於今，果如所言。

巴而思

河南江北行中書省參知政事姚忠肅公，天福。字君祥，平陽人。至元十一年，拜監察御史，彈擊權臣，無所顧畏，世祖賜名巴而思，國言虎也。後條奏宰相阿合馬罪二十有四，召廷辯。公枚數之，彼輒引服，數至於三，氣沮色喪。上曰：「此三者，罪已不在宥。」因目公曰：「巴而思，臣下有違太祖之制、干朕之紀者，汝抨擊毋隱。」廷臣皆震悚。時方倚相理財，姑釋不問，衆人莫不爲公危之。公之太夫人有賢識，勗之曰：「爲國者忘其家，汝第盡力效忠，果不測，吾追蹤陵母，死日猶生年也。」公泣謝，白其長曰：「萬一得譴，乞不以老母連坐。」語聞，上嘆曰：「是母子有古義烈。」敕侍臣符寶郎董文忠宣付史館書之。

善諫

至元二十四年，桑哥之爲尚書丞相也，專權擅政，虐焰薰天，賄賂公行，略無畏避。中書平章武寧正獻王徹理。時爲利用監，獨奮然數其姦贓於上前。上怒，以爲醜詆大臣，命左右批其頰。王辨不爲止，且曰：「臣思之熟矣，國家置臣子，猶人家畜犬，譬有賊至而犬吠，主人初不見賊，乃箠犬，犬遂不吠，豈良犬哉？」上悟，收桑哥，籍其家。明日，王拜御史中丞。余按《北史·宋遊道傳》，畢義雲奏劾遊道，楊遵彦曰：「譬之畜狗，本取其吠，今以數吠殺之，恐將來無復吠犬。」詔除名。則王之以犬自況，爲有所本矣。

使交趾

翰林學士元文敏公，明善。字復初，清河人。參議中書日，會朝廷遣蒙古大臣一員使交趾，公副之。將還，國之僞主賚以金，蒙古受之，公固辭。僞主曰：「彼使臣已受矣，公獨何爲？」公曰：「彼所以受者，安小國之心；我所以不受者，全大國之體。」僞主嘆服①。

---

① 「嘆服」，元本、明初本、戴本作「嘆伏」。

刻名印

今蒙古色目人之爲官者，多不能執筆花押，例以象牙或木刻而印之。宰輔及近侍官至一品者，得旨，則用玉圖書押字，非特賜不敢用。按周廣順二年，平章李穀以病臂辭位，詔令刻名印用。據此，則押字用印之始也。

國璽

文宗開奎章閣，作二璽，一曰天曆之寶，一曰奎章閣寶，命臣虞集篆文。今上作二小璽，一曰明仁殿寶，一曰洪禧，命臣楊瑀篆文。洪禧，璞純白而龜紐墨色。

宣文閣

天曆初，建奎章閣於西宮興聖殿之西廊，爲屋三間，高明敞爽。南間以藏物，中間諸官入直所，北間南向設御座，左右列珍玩，命羣玉内司掌之。閣官署銜，初名奎章閣，階正三品。隸東宫屬官。後文宗復位，乃陞爲奎章閣學士院，階正二品。置大學士五員，並知經筵事。侍書學士二員，承制學士二員，供奉學士二員，並兼經筵官。幕職置參書二員，典籤二員，並兼經筵參贊官。照磨一員，内掾①四名，内二名兼檢討。宣使四名，知印二名，譯史二名，典書四名。屬官則有羣玉内司，階正三品。置監羣玉内司一員，司尉一員，亞尉二員，僉司二員，典簿一員，令史二名，典吏二名，司鑰二名，司膳四名，給使八名，專掌秘玩古物。藝文監，階正三品。置太監兼檢校書籍事二員，少監同檢校書籍事二員，監丞參檢校書籍事二員，或有兼經筵官者。典簿一員，照磨一員，令史四名，典吏二名，專掌書籍。鑒書博士司，階正五品。置博士兼經筵參贊官二員，書吏一名，專一鑒辨書畫。授經郎，階正七品，置授經郎兼經筵譯文官二員，專一訓教怯薛官大臣子孫。藝林庫，階②從六品，置提典一員，大使一員，副使一員，司吏二名，庫子一名，專一收貯書籍。廣成局，階從七品，置大使一員，副使一員，直長二員，司吏二名，專一印行祖宗聖訓及國制等書。特恩創製象齒小牌五十，上書「奎章閣」三字，一面篆字，一面蒙古字與畏吾兒字，分散各官懸佩，出入宫門無禁。

① 「内掾」，原誤作「内椽」，據元本、明初本改。
② 「階」，原誤作「皆」，據元本、明初本、戴本改。

學士院凡與諸司往復，惟札送參書廳行移而已。命侍書學士①虞集撰記，御書，刻石閣中。今上皇帝②改「奎章」曰「宣文」，其《記》曰：「大統既正，海内定一，乃稽古右文，崇德樂道，以天曆二年三月作奎章之閣，備燕閑之居，將以淵潛遐思，緝熙典學。乃置學士員，俾頌乎祖宗之成訓，毋忘乎創業之艱難而守成之不易也。又俾陳夫内聖外王之道，興亡得失之故，而以自儆焉。其爲閣也，因便殿之西廡，擇③高明而有容，不加飾乎采斲，不重勞於土木，不過啓户牖④以順清燠，樹皮閣以棲圖書而已。至於器玩之陳，非古制作、中法度者，不得在列。其爲處也，跬步户庭之間，而清嚴邃密，非有朝會、祠享、時巡之事，幾無一日而不御於斯。於是宰輔有所奏請，宥密有所圖回，争臣有所繩糾，侍從有所獻替，以次入對，從容密勿。蓋終日焉，而聲色狗馬不軌不物者，無因而至前矣。自古聖明睿知，善於怡心養神，培本浚源，泛應萬變而不窮者，未有易

---

① 「侍書學士」，原誤作「侍讀學士」，據元本、明初本、戴本改。案《元史·虞集傳》：「文宗在潛邸，已知集名，既即位，命集仍兼經筵。嘗以先世墳墓在吴、越者，歲久湮没，乞一郡自便，帝曰：『爾材何不堪，顧今未可去爾。』除奎章閣侍書學士。」又《元史·百官志》：「奎章閣學士院，秩正二品。天曆二年，立於興聖殿西，命儒臣進經史之書，考帝王之治。大學士二員，正三品。尋陞爲學士院。大學士正二品，侍書學士，從二品。」

② 「皇帝」，戴本作「即位」。

③ 「擇」，原誤作「釋」，據戴本改。案今本《山居新語》亦作「擇」。

④ 「户牖」，原誤作「乎牖」，據戴本改。案今本《山居新語》亦作「户牖」。

乎此者也。蓋聞天有恒運，日月之行不息矣；地有恒勢，水土之載不匱矣；人君有恒居，則天地民物有所係屬而不易矣。居是閣也，静焉而天爲一，動焉而天弗違，庶乎有道之福，以保我子孫黎民於無窮哉。至順辛未孟春二日記。」

占驗

傅初庵先生立。以占筮起東南，時杭州初内附，世皇以故都之地，生聚浩繁，貲力殷盛，得無有再興者，命占其將來如何。卦既成，對曰：「其地六七十年後，會見城市生荆棘，不如今多也。」今杭連厄於火，自至正壬辰以來，又數燬於兵，昔時歌舞之地，悉爲草莽之墟，軍旅填門，畜豕載道，乃知立之占亦神矣。立乃番易祝泌①甥，泌精皇極數。

① 「祝秘」，原誤作「祝卜泌」，據戴本改。案《元史·世祖本紀》：「遣使訪求通皇極數番陽祝泌子孫，其甥傅立持泌書來上。」又《新元史·方技傳》：「門人彭復能傳其學。復，宋進士也。復又授鄱陽傅立。……立，鄱陽祝泌之甥。泌精於皇極數，立傳其學。」

權臣擅政

中書右丞相伯顔所署官銜計二百四十六字，曰元德上輔廣忠宣義正節振武佐運功臣、太師、開府儀同三司、秦王、答剌罕、中書右丞相、上柱國、録軍國重事、監修國史、兼徽政院侍正、昭功萬户府都總使、虎符威武阿速衛親軍都指揮使司達魯花赤、忠翊侍衛親軍都指揮使、奎章閣大學士、領學士院知經筵事、太史院宣政院事、也可千户哈必陳千户達魯花赤、宣忠斡羅思扈衛親軍都指揮使司達魯花赤、提調回回漢人司天監羣牧監廣惠司内史府左都威衛使司事、欽察親軍都指揮使司事、宫相都總管府、領太禧宗禋院、兼都典制、神御殿事、中政院事、宣鎮侍衛親軍都指揮使司達魯花赤、提調宗人蒙古侍衛親軍都指揮使司事、提調哈剌赤也不干察兒、領隆祥使司事。當其擅政之日，前後左右，無非陰邪小輩，惟恐獻諂進佞之不至，孰能告以忠君愛民之事。

有一王爵者譯奏①云："「薛禪二字，人皆可以爲名，自世祖皇帝廟號之後，遂不敢用。今太師伯顔功高德重，可以薛禪名字與之。」時御史大夫帖木兒不花亦其心腹，每陰嗾省臣奏允其

---

① 「譯奏」，戴本及今本《山居新語》均作「驛奏」。

請。文定王沙剌班時爲學士，從容言於上曰：「萬一曲從所請，關係非輕。」遂命學士歐陽玄、監丞揭徯斯會議，以「元德上輔」四字代之，加於功臣之上。

又典瑞院①都事某建言：「凡省官提調軍馬者必佩虎符，今太師伯顏難與他人同，宜錫龍鳳牌以寵異之。」制可。遂製龍鳳牌一面，其三珠各函徑寸真珠一枚，而飾以紅剌鴉忽寶石，牌身脱鈒「元德上輔功臣」號字，仍用白玉嵌造。牌成，計直數萬錠。既被貶黜，毀其牌，就以珠寶給還物主，蓋督勒有司和買，元價尚未酬也。

又京畿都運納速剌上言：「太師伯顏功勳蓋世，所授宣命難與百官一體，合用泥金書詞以尊榮之。」省臺院官議不可行，宛轉稟白，止金書「上天眷命皇帝聖旨」八字，餘仍墨筆云。

懷孟蛙

大德間，仁宗在潛邸日，奉答吉太后駐輦懷孟特，苦羣蛙亂喧，終夕無寐。翼旦，太后命近侍傳旨，諭之曰：「吾母子方憒憒，蛙忍惱人耶？自後其毋再鳴。」故至今此地雖有蛙而不作聲。

① 「典瑞院」，原誤作「典端院」，據戴本改。案《元史·百官志》：「典瑞院，秩正二品。掌寶璽、金銀符牌。」

後仁宗入京，誅安西王阿難答等，迎武宗即位，時大德十一年也。越四年，而仁宗繼登大寶，則知元后者天命攸歸。豈行在之所，雖未踐祚，而山川鬼神以陰來相之，不然，則蟲魚微物耳，又能聽令者乎？但迄今不鳴，尤可異矣。

賊臣攝祭

至治癸亥十月六日甲子，先一夕，因晉邸入繼大統，告祭太廟之頃，陰風北來，殿上燈燭皆滅，良久方息。蓋攝祭官鐵失也先帖木兒、赤斤帖木兒等，皆弑君之元惡也。時全思誠以國子生充齋郎，目擊之。此無他，必祖宗威靈在上，不使姦臣賊子得以有事於太廟，而明示嚴譴之耳。彼徒罪無所逃，至於身誅族赤而後已。吁，可畏哉！

叛黨告遷地

至元二十四年，宗王乃顔叛，後伏誅，徙其餘黨於慶元之定海縣。延祐間，倚納脱脱公來爲浙相，其黨屢以水土不便爲訴，乞遷善地。公曰：「汝輩自尋一個不死人的田地，當爲汝遷之。」

衆遂不敢再言。

土人作掾

至正①間，別兒怯不花公爲江浙丞相，議以本省所轄土人不得爲掾史。時左丞佛住公謂曰：「若然，則中書掾當用外國人爲之矣。」相有赧色，議遂不行。

蕭先生

蕭貞敏公𣂏，字維斗，京兆人。蚤歲吏於府，一日呈牘尹前，尹偶墜筆，目公拾之，公陽爲不解，而止白所議公事。如此者三，公曰：「某所言者王事也，拾筆責在皂隸，非吏所任。」尹怒，公即辭退。隱居十五年，惟以讀書爲志，從公遊者屨交户外。平章咸寧王野仙聞其賢，薦之於世祖。徵不至，授陝西儒學提舉。繼而成宗、武宗、仁宗累徵，授國子司業、集賢直學士，未赴，改

① 「至正」，原誤作「至元」，據戴本改。案《元史·別兒怯不花傳》：「至正二年，拜江浙行省左丞相。」又今本《山居新語》亦作「至正」。

集賢侍講。又以太子右諭德徵，始至京師，授集賢學士、國子祭酒。尋復得告還山。年七十七，以壽終，謚貞敏。

端厚

文貞王阿憐帖木兒。嘗言：「婁師德唾面自乾，以爲美事。我思之，雖狗亦不可惡他。且如有一狗自臥於地，無故以足蹴之，或擲以物，狗固不便咬人，亦吠數聲而去，卻有甚好聽處。」

弓字

弓即卷字，《真誥》中謂一卷爲一弓。或以爲弔字及篇字者，皆非。

南村輟耕録卷三

正統辨

至正二年壬午春三月十有四日，上御咸寧殿，中書右丞相脱脱等奉命①史臣纂修宋、遼、金三史，制曰：「可。」越二年甲申春三月，進《遼史》本紀三十卷、志三十一卷、表八卷、列傳四十六卷。冬十一月，進《金史》本紀一十九卷、志三十九卷、表四卷、列傳七十三卷。又明年乙酉冬十一月，進《宋史》本紀四十七卷、志一百六十二卷、表三十二卷、列傳世家二百五十五卷。

初，會稽楊維禎嘗進《正統辨》，可謂一洗天下紛紜之論，公萬世而爲心者也。惜三史已成，其言終不見用，後之秉史筆而續《通鑑綱目》者，必以是爲本矣。維禎字廉夫，號鐵崖，人咸稱之曰鐵史先生。泰定丁卯，李黼榜相甲及第，以文章名當世。表曰：「至正三年②五月日，伏睹皇

---

① 「奉命」，戴本作「奏命」。
② 「年」，原誤作「月」，據元本、明初本、戴本改。

帝詔旨，起大梁張□、京兆杜本等，爵某官職，專修宋、遼、金三史。越明年，史有成書，而正統未有所歸。臣維禎謹撰《三史正統辨》，凡二千六百餘言，謹表以上者右。

伏以歷代①離合之殊，固繫乎天數盛衰之變；萬年正閏之統，實出於人心是非之公。蓋統正而例可興，猶綱舉而目可備。前代異史，今日兼修，是非之論既明，正閏之統可定。奈三史雖云有作，而一統猶未有歸。共惟世祖皇帝以湯武而立國，皇帝陛下以堯舜而爲君。建極建中，致中和而育物；惟精惟一，大一統以書元。嘗怪遼、金史之未成，必列趙宋編而全備。芸臺大啓，草澤高升，宜開三百載之編年，以垂千萬代之大典。豈料諸儒之謙筆，徒爲三國之志書。再觀《春秋》之首例未聞，《綱目》之大節不舉。臣維禎素讀《春秋》之王正月，《公羊》謂大一統之書，《綱目》之紹《春秋》，文公有在正統之説，故以始皇二十六年而繼周統，高祖成功五年而接秦亡，晉始於平吴而不始於泰和②，唐始於滅盜而不始於武德，稽之千古，證之於今。況當世祖命伯顔平江南之時，式應宋祖命曹彬下江南之歲，親傳詔旨，有過唐不及漢之言；確定統宗，有繼宋不繼遼之禪。故臣維禎敢痛排浮議，力建公言，挈大宋之編年，包遼、金之紀載，置之上所，

① 「歷代」，原誤作「一代」，據元本、明初本、戴本改。
② 「泰和」，各本同，疑爲「泰始」之誤。

用成一代可鑒之書；傳之將來，永示萬世不刊之典。冒干天聽，深懼冰競，下情無任瞻天望闕激切屏營之至。

辨曰：正統之説，何自而起乎？起於夏后傳國，湯武革世，皆出於天命人心之公也。統出於天命人心之公，則三代而下，曆數之相仍者，可以妄歸於人乎？故正統之義，立於聖人之經，以扶萬世之綱常。聖人之經，《春秋》是也。《春秋》，萬代之史宗也。首書王正於魯史之元年者，大一統也。五伯之權，非不强於王也，而《春秋》必黜之，不使姦此統也。吴、楚之號，非不竊於王也，而《春秋》必外之，不使僭此統也。然則統之所在，不得以割據之地、强梁之力、僭僞之名而論之也，尚矣。先正論統於漢之後者，不以劉蜀之祚促與其地之偏而奪其統之正者，《春秋》之義也。彼志三國，降昭烈以儕吴、魏，使漢嗣之正，下與漢賊並稱，此《春秋》之罪人矣。復有作《元經》，自謂法《春秋》者，而又帝北魏，黜江左，其失與志三國者等耳。以致尊昭烈，續江左，兩魏之名不正而言不順者，大正於宋朱氏之《綱目》焉。或問朱氏述《綱目》主意，曰在正統。故《綱目》之挈統者在蜀、晉，而抑統者則秦昭襄、唐武氏也。至不得已，以始皇之廿六年而始繼周，漢始於高帝之五年而不始於降秦，晉始於平吴而不始於泰和①，唐始於羣盗既夷之後而不

①　「泰和」，各本同，疑爲「泰始」之誤。

始於降武德之元，又所以法《春秋》之大一統也。然則今日之修宋、遼、金三史者，宜莫嚴於正統與大一統之辨矣。自我世祖皇帝立國史院，嘗命承旨百一王公修遼、金二史矣。宋亡，又命詞臣通修三史矣。延祐、天曆之間，屢勤詔旨，而三史卒無成書者，豈不以三史①正統之議未決乎？夫其議未決者，又豈不以宋渡於南之後，拘於遼、金之抗於北乎？

吾嘗究契丹之有國矣，自灰牛氏之部落始廣。其初枯骨化形，戴豬服豕，荒唐怪誕，中國之人所不道也。八部之雄，至於阿保機披其黨而自尊，迨耶律光而其勢浸盛。契丹之號，立於梁貞明之初，大遼之號，復改於漢天福之日。自阿保機訖於天祚，凡九主②，歷二百一十有五年。夫遼，固唐之邊夷也，乘唐之衰，草竊而起，石晉氏通之，且割幽燕以與之，遂得窺覺中夏，而石晉氏不得不亡矣。而議者以遼乘晉統，吾不知其何統也。再考金之有國矣，始於完顏氏，實又臣屬於契丹者也。至阿骨打，苟逃性命於道宗之世，遂敢萌人臣之將而篡有其國，僭稱國號於宋重和之元，相傳九主，凡歷一百一十有七年。而議者又以金之平遼克宋，帝有中原，而謂接遼、宋之統，吾又不知其何統也。議者又謂完顏氏世爲君長，保其肅慎，至太祖時，南北爲敵國，

① 「三史」，原誤作「二史」，據元本、明初本、戴本改。

② 「九主」，原誤作「七主」，據戴本改。案遼自太祖阿保機立國，經太宗、世宗、穆宗、景宗、聖宗、興宗、道宗七帝至天祚帝，凡九主，二百一十五年。

素非君臣，遼祖神册之際，宋祖未生，遼祖比宋前興五十餘年，而宋嘗遣使卑辭以告和，結爲兄弟，晚年且遼爲翁而宋爲孫矣。此又其説之曲而陋也。漢之匈奴，唐之突厥，不皆興於漢、唐之前乎？而漢、唐又與之通和矣。吴、魏之於蜀也，亦一時角立而不相統攝者也。而秉史筆者必以匈奴、突厥爲紀傳，而以漢、唐爲正統，必以吴、魏爲分繫，而以蜀、漢爲正統，何也？天理人心之公，閲萬世而不可泯者也。議者之論五代，又以朱梁氏爲篡逆，不當合爲五代史，其説似矣。吾又不知，朱晃之篡，克用氏父子以爲仇矣，契丹氏背唐兄弟之約而稱臣於梁，非逆黨乎？《春秋》誅逆，重誅其黨，契丹氏之誅爲何如哉？且石敬瑭①事唐，不受其命而篡唐，謂之承晉，可乎？縱承晉也，謂之統，可乎？又謂東漢四主，遠兼郭周，宋至興國四年始受其降，遂以周爲閏，以宋統不爲受周禪之正也。吁！苟以五代之統論之，則南唐李昪②嘗立大唐宗廟而自稱爲憲宗五代之孫矣。宋於開寶八年滅南唐，則宋統繼唐，不優於繼周繼漢乎？但五代皆閏也，吾無取其統。吁！天之曆數自有歸，代之正閏不可紊。千載曆數之統，不必以承先朝續亡主爲正，則宋興不必以膺周之禪接漢接唐之閏爲統也。宋不必膺周接漢接唐以爲統，則遂謂歐陽子不定五

---

① 「石敬瑭」，各本均誤作「石敬塘」，徑改。案新、舊《五代史》均作「石敬瑭」。
② 「李昪」，原誤作「李昇」，據元本、明初本、戴本改。

代爲南史，爲宋膺周禪之張本者，皆非矣。當唐明宗之祝天也，自以夷虜不任社稷生靈之主，願天早生聖人，以主生靈，自是天人交感而宋祖生矣。天厭禍亂之極，使之君主中國，非欺孤弱寡之所致也。朱氏《綱目》於五代之年，皆細注於歲之下，其餘意固有待於宋矣。有待於宋，則直以宋接唐統之正矣，而又何計其受周禪與否乎？中遭陽九之厄，而天猶不泯其社稷，瓜瓞之系，在江之南，子孫享國又凡百五十有五年。金泰和之議，以靖康爲游魂餘魄，比之昭烈在蜀，則泰和之議，固知宋有遺統在江之左矣，而金欲承其絶爲得統，可乎？好黨君子，遂斥紹興爲僞宋。吁！吾不忍道矣。張邦昌《迎康邸之書》曰：「由康邸之舊藩，嗣宋朝之大統。漢家之厄十世，而光武中興。獻公之子九人，而重耳尚在。兹惟天意，夫豈人謀？」是書也，邦昌肯以靖康之後爲游魂餘魄而代有其國乎？邦昌不得革宋，則金不得以承宋。是則後宋之與前宋，即東漢、前漢之比耳，又非劉蜀牛晉，族屬疏遠，馬牛疑迷者之可以同日語也。論正閏者，猶以正統在蜀，正朔相仍在江東，矧嗣祚親切，比諸光武、重耳者乎？而又可以僞斥之乎？此宜不得以南渡爲南史也明矣。再考宋祖生於丁亥，而建國於庚申。我太祖之降年，與建國之年亦同。宋以甲戌渡江，而平江南於乙亥、丙子之年，而我王師渡江平江南之年亦同。是天數之有符者不偶然，天意之有屬者不苟然矣。故我世祖平宋之時，有過唐不及漢，宋統當絶，我統當續之喻。是世祖以曆數之正統歸之於宋，而以今日接宋統之正者自屬也。當時一二大臣又有奏言曰：「其國可滅，其史不可滅也。」是又以編年之統在宋矣。論而至此，則中華之統正而大者，不在遼、金，而在於天付生靈之主也昭昭矣。

然則論我元之大一統者，當在平宋，而不在平遼與金之日，又可推矣。夫何今之君子昧於《春秋》大一統之旨，而急於我元開國之年，遂欲接遼以爲統，至於咈天數之符，悖世祖君臣之喻，逆萬世是非之公論而不恤也。吁！不以天數之正，華統之大，屬之我元，承乎有宋，如宋之承唐，唐之承隋、承晉、承漢也，而妄分閏代之承，欲以荒夷非統之統屬之我元，吾又不知今之君子待今日爲何時，待今聖人爲何君也哉。於乎！《春秋》大統之義，吾已悉之，請復以成周之大統明之於今日也。文王在諸侯凡五十年，至三分天下有其二，遂誕膺天命，以撫方夏，然猶九年而大統未集，必至武王十有三年，代商有天下，商命始革，而大統始集焉。蓋革命之事，間不容髮，一日之命未絕，則一日之統未集，當日之命絕，則當日之統集也。宋命一日而未革，則我元之大統亦一日而未集也。成周不急文王五十年、武王十三年，而集天下之大統，則我元又豈急於太祖開國五十年及世祖十有七年而集天下之大統哉！

抑又論之，道統者，治統之所在也。堯以是傳之舜，舜以是傳之禹、湯，禹、湯傳之①文、武、

---

① 「禹、湯傳之」四字原缺，據元本、明初本、戴本補。

周公、孔子。孔子没，幾不得其傳百有餘年，而孟子傳焉。孟子没，又幾不得其傳千有餘年，而濂、洛、周、程諸子傳焉。及乎中立楊氏，而吾道南矣，既而宋亦南渡矣。楊氏之傳，爲豫章羅氏、延平李氏，及於新安朱子。朱子没，而其傳及於我朝許文正公。此歷代道統之源委也。

然則道統不在遼、金而在宋，在宋而後及於我朝，君子可以觀治統之所在矣。於乎！世隔而後其議公，事久而後其論定。故前代之史，必修於異代之君子，以其議公而論定也。晉史修於唐，唐史修於宋，則宋史之修，宜在今日而無讓矣。而今日之君子，又不以議公論定者自任，而又諉曰「付公論於後之儒者」，吾又不知後之儒者又何儒也。此則予爲今日君子之痛惜也。

今日堂堂大國，林林巨儒，議事爲律，吐辭爲經，而正統大筆，不自竪立，又闕之以遺將來，不以貽千載綱目君子之笑爲厚恥，吾又不知負儒名於我元者，何施眉目以誦孔子之遺經乎？洪惟我聖天子當朝廷清明、四方無虞之日，與賢宰臣親覽經史，有志於聖人《春秋》之經制，故斷然定修三史，以繼祖宗未遂之意，甚盛典也！知其事大任重，以在館之諸賢爲未足，而又遣使草野，以聘天下之良史才。負其任以往者有其人矣，而問之以《春秋》之大法，《綱目》之主意，則槪乎其無以爲言也。於乎！司馬遷易編年爲紀傳，破《春秋》之大法，唐儒蕭茂挺能議之，孰謂林林巨儒之中而無一蕭茂挺其人乎？此草野有識之士之所甚惜，而不能倡其言於上也。故私著其説，爲《宋遼金正統辨》，以伺千載綱目之君子云。若其推子午卯酉及五運之王以分正閏之説者，此日家小技之論，君子不取也，吾無以爲論。

貞烈

至元十三年丙子春正月十八日，淮安王伯顔。以中書右相統兵入杭，宋謝、全兩后以下皆赴北。有王昭儀者，題《滿江紅》詞於驛云：「太液芙蓉，渾不似、舊時顔色。曾記得、春風雨露，玉樓金闕。名播蘭簪妃后裏，暈潮蓮臉君王側。忽一朝、鼙鼓揭天來，繁華歇。龍虎散，風雲滅。千古恨，憑誰説。對山河百二，淚霑襟血。驛館夜驚塵土夢，宫車曉碾關山月。願嫦娥、相顧肯從容，隨圓缺。」昭儀名清蕙，字冲華，後爲女道士。五月二日，抵上都，朝見世皇。十二日夜，故宋宫人安定夫人陳氏、安康夫人朱氏與二小姬，沐浴整衣，焚香自縊死。朱夫人遺四言一篇於衣中云：「既不辱國，幸免辱身。世食宋禄，羞爲北臣。妾輩之死，守於一貞。忠臣孝子，期以自新。丙子五月吉日泣血書。」明日奏聞，上命斷其首，縣全后寓所。夫此四人之貞烈，視前日之托隱憂於辭章者，相去蓋萬萬矣。

是年，丞相偏師徇台，台之臨海民婦王氏者，美姿容，被掠至師中。千夫長殺其舅姑與夫，而欲私之。婦誓死不可，自念且被污，因陽曰：「能俾我爲舅姑與夫服期月，乃可事主君。」千夫見其不難於死，從所請，仍使俘婦雜守之。師還，挈行至嵊，過上清風嶺，婦仰天竊嘆曰：「吾知所以死矣。」即嚙拇指出血，寫口占詩於崖石上曰：「君王無道妾當災，棄女抛男逐馬來。夫面不知何日見，此身料得幾時回。兩行清淚偷頻滴，一片愁眉鎖未開。回首故山看漸遠，存亡兩字實哀哉。」寫畢，即投崖下以死。死之日距今且將八九十年，石上血漬起，如始寫時，不爲風雨所剥蝕。予昔過其下，尚能讀所寫詩。嵊丞徐君端樹石祠，刻碑於死所。浙東元帥白野泰不華公字兼善，狀元及第。守越日，爲立廟像。鄉之人私表曰「貞婦」。著作李五峯先生孝光。爲記。郡上其事於朝，請封如民所表。

先是，岳州破時，韓氏爲遊卒所掠，以獻諸主將。韓知必不免，乘間赴水死。越三日，有得其屍，於練裙中題五言長句曰：「宋未有天下，堅正臣禮秉。開國百戰功，每陣惟雄整。及侍周幼主，臣心常炯炯。帝曰卿北伐，山戎今有警。死狗莫擊尾，此行當繫頸。即日辭陛下，盡敵心未欲逞。陳橋忽兵變，不得守箕潁①。禪讓法堯舜，民物普安静。有國三百年，仁義道馳騁②。

---

① 「箕潁」，原誤作「箕潁」，據戴本改。案箕潁指箕山和潁水，相傳尧時，賢者許由曾隱居箕山之下，潁水之陽，後因以「箕潁」指隱居者或隱居之地。

② 「馳騁」，原誤作「馳聘」，據戴本改。案郝經《陵川集》卷十《巴陵女子赴江詩》，亦作「馳騁」。

改祖宗法，天胡肆大眚。細思天地理，中有幸不幸。天果喪中原，大似裂冠衽。君誠不獨活，臣實無魏丙。失人焉得人，垂戒嘗①耿耿。江南無謝安，塞北有王猛。所以戎馬來，飛渡以陵境。大江限南北，今此一舴艋。本期固封疆，誰謂如畫餅。烈火燎昆岡，不辨金玉礦。妾本良家子，性僻守孤梗。嫁與尚書兒，銜署紫蘭省。直以才德合，不棄宿瘤癭。初結合歡帶，誓比日月炳。鴛鴦會雙飛，比目願長並。豈期金石堅，化作桑榆景。旄頭勢正然，蚩尤氣先屏。不意風馬牛，復及此燕郢。一方遭劫虜，六族死俄頃。退鷁落迅風，孤鸞弔空影。簪堅折白玉，瓶沉斷青綆。一死空冥府，憂心長炳炳。意②堅志不移，改邑不改井。我本瑚璉器，安肯作溺皿。志節匪轉石，氣噎如吞鯁。不作爝火燃，願爲死灰冷。貪生念麯蛾，乞憐羞虎穽。借此清江水，葬我全首領。皇天如有知，定作血面請。願魂化精衛，填海使成嶺。」此詩士大夫多稱道之。韓名希孟，年十有八，魏公五世孫襄陽賈尚書之子瓊之婦，死且三十年，而其英爽不昧，復能托夢趙魏公爲書其詩，則節婦之名，因公之翰墨而愈不朽矣。

又岳州徐君寶妻某氏，亦同時被虜來杭，居韓蘄王府。自岳至杭，相從數千里，其主者數欲

---

① 「嘗」，戴本作「當」。
② 「意」，元本、明初本、戴本作「妾」。

犯之，而終以巧計脱。蓋某氏有令姿，主者弗忍殺之也。一日，主者怒甚，將即强焉，因告曰：「俟妾祭謝先夫，然後乃爲君婦不遲也，君奚用怒哉？」主者喜諾。即嚴妝焚香，再拜默祝，南向飲泣，題《滿庭芳》詞一闋於壁上，已，投大池中以死。詞曰：「漢上繁華，江南人物，尚遺宣政風流。緑窗朱户，十里爛銀鈎。一旦刀兵齊舉，旌旗擁、百萬貔貅。長驅入、歌樓舞榭，風捲落花愁。清平三百載，典章文物，掃地俱休。幸此身未北，猶客南州。破鑑徐郎何在？空惆悵、相見無由。從今後，斷魂千里，夜夜岳陽樓。」杭徐子祥與韓府居相鄰，嘗聞長老嗟悼之，及見所書詞，故能言其詳。某氏，余偶忘其姓。

噫！使宋之公卿將相，貞守一節若此數婦者，則豈有賣降覆國之禍哉！宜乎秦、賈之徒爲萬世之罪人也。

岳鄂王

岳武穆王飛墓在杭棲霞嶺下，王之子雲祔焉。自國初以來，墳漸傾圮，江州岳氏諱士迪者，於王爲六世孫，與宜興州岳氏通譜，合力以起廢，廟與寺復完美。久之，王之諸孫有爲僧者，居墳之西，爲其廢壞，廟與寺靡有孑遺。天台僧可觀以訴於官，時何君頤貞爲湖州推官，柯君敬仲九思。以書白其事，田之没於人者復歸，然廟與寺無寸椽片瓦。會李君全初爲杭總管府經歷，慨然以興廢爲己任，而鄭君明德元祐。爲作疏語曰：「西湖北山褒忠演福禪寺，竊見故宋贈太師武穆岳鄂王忠孝絶人，功名蓋世，方略如霍驃姚，不逢漢武，徒結志於亡家；意氣如祖豫州，乃遇晉元，空誓言於擊楫。賜墓田棲霞嶺下，建祀祠秋水觀西。落日鼓鐘，長爲聲冤於草木；空山香火，猶將薦爽於淵泉。豈期破蕩子孫，盡壞久長規制。典祊田，隳佛宇，春秋無所烝嘗；塞墓道，毁神棲，風雨遂頹廟貌。休留夜啼拱木，躑跼①春開斷垣。淚落路人，事關世教。蓋忠臣烈士，每詔條有致祭之文；豈狂子野僧，攙國典出募緣之疏。望明有司告之臺省，冀聖天子錫之圭璋，褒忠義在天之靈，激生死②爲臣之勸。周武封比干墓，事著遺經；唐宗建白起祠，恩覃異代。」疏成，郡人王華父一力興建，於是寺與廟又復完美。且杭州③申明浙省，轉咨中書，以求褒贈。適趙公子期在禮部，倡議奏聞，降命敕封並如宋，止加「保義」二字。

① 「躑跼」，元本、明初本、戴本作「躑躅」。
② 「生死」，戴本作「死生」。案鄭元祐《僑吴集》卷七《重建岳鄂王祠寺疏》亦作「死生」。
③ 「杭州」下戴本有「路」字。

自我元統一函夏以來，名人佳士多有詩弔之，不下數十百篇。其最膾炙人口者，如葉靖逸先生紹翁。云：「萬古知心只老天，英雄堪恨亦堪憐。如公少緩須臾死，此虜安能八十年。漠漠凝塵空偃月，堂堂遺像在淩煙。早知埋骨西湖路，悔不鴟夷理釣船。」趙魏公孟頫。云：「岳王墳上草離離，秋日荒涼石獸危。南渡君臣輕社稷，中原父老望旌旗。英雄已死嗟何及①，天下中分遂不支。莫向西湖歌此曲，水光山色不勝悲。」高則誠先生明。云：「莫向中州嘆黍離，英雄生死繫安危。内廷不下班師詔，絶漠全收大將旗。父子一門甘伏節，山河萬里竟分支。孤臣尚有埋身地，二帝遊魂更可悲。」潘子素先生純。云：「海門寒日澹無輝，偃月堂深晝漏遲。萬竈貔貅江上老，兩宫環珮夢中歸。内園羯鼓催花發，小殿珠簾看雪飛。不道帳前胡旋舞，有人行酒著青衣。」林清源先生泉生。云：「誰收將骨葬西湖，已卜他年必沼吴②。孤冢有人來下馬，六陵無樹可棲烏。廟堂短計慚嫠婦，宇宙惟公是丈夫。往事重觀如敗局，一龕燈火屬浮屠。」讀此數詩而不墮淚者幾希。然賊檜欺君賣國，雖擢髪不足以數其罪，翻四海之波不足以湔其惡。而武穆之精忠，藹然與天地相終始，死猶生也。彼思陵者，信任姦邪，竟無父兄之念，亦獨何心

① 「嗟何及」，戴本作「何嗟及」。

② 「沼吴」，原誤作「治吴」，據戴本、徐本、毛本改。案沼吴猶言滅吴，語出《左傳・哀公元年》：「越十年生聚，而十年教訓，二十年之外，吴其爲沼乎！」杜預注：「謂吴宫室廢壞，當爲汙池。」

哉！故余亦有詩云：「精忠祠宇西湖上，再拜荒墳感昔遊。斷碣草深蒙贔屭，空山日落叫鉤輈。天移宋祚難恢復，帝幸燕雲困虜囚。逆檜陰圖傾大業，思陵①無意問神州。偷安甫遂邦家志，飲痛甘忘父母仇。信使北和憐屈膝，策文南駐忍含羞。兩宮五國瞻征幟，丹詔班師下節樓。萬里長城真自壞，中興武績遂云休。烏乎竟死姦邪手，顛沛誰爲社稷憂。黯黯冤魂遊狴犴，紛紛雨淚灑②貔貅。唯餘滿地萇弘血，不見中流祖逖舟。氛③垈已塵金叵匝，冕旒終換鐵兜鍪。姓名竹帛書千載，父子英雄土一丘。老樹尚知朝禹穴，遺黎總解説王猷。復田起廢憐僧寺，移檄褒嘉賴省侯。聖世即今崇祀典，佇看寵渥到松楸。」精忠，宋所賜廟額。此詩在未曾加封前作，故云。時至正己丑也。

① 「思陵」，原誤作「昭陵」，據徐本、毛本改。
② 「灑」，戴本作「泣」。
③ 「氛」，元本作「氣」。

木乃伊

回回田地有年七十八歲①老人，自願捨身濟衆者，絶不飲食，惟澡身啖蜜。經月，便溺皆蜜。既死，國人殮以石棺，仍滿用蜜浸，鎸志歲月於棺蓋，瘞之。俟百年後啓封，則蜜劑也。凡人損折肢體，食少許②立愈，雖彼中亦不多得，俗曰「蜜人」，番言「木乃伊」。

---

① 「七十八歲」，元本、明初本、戴本作「七八十歲」。
② 「少許」，戴本作「匕許」。

南村輟耕録卷四

發宋陵寢

吴興王筠庵先生國器。示余所藏《唐義士傳》，讀之不覺令人泣下，謹録之。《傳》曰：辛亥秋，友人端叟倪君過余溪上，示《遊杭雜稿》，中有識唐玉潛事一篇。余讀大驚，頓足起立曰：「異哉！今世乃有此人，有此事，願詳告我。」叟乃言曰：「唐君名珏，字玉潛，會稽山陰人。家貧，聚徒授經，營滫瀡以養其母。歲戊寅，有總江南浮屠者楊璉真珈，怙恩横肆，勢焰爍人，窮驕極淫，不可具狀。十二月十有二日，帥徒役頓蕭山，發趙氏諸陵寢，至斷殘支體，攫珠襦玉柙，焚其胔，棄骨草莽間。唐時年三十二歲，聞之痛憤，亟貨家具，得白金百星許，執券行貸，得白金又百星許。乃具酒醪，市羊豕，邀里中少年若干輩，狎坐轟飲。酒且酣，少年起請曰：「君儒者，若是，將何爲焉？」唐慘然具以告，願收遺骸共瘞之。衆謝曰：「諾。」中一少年曰：「發丘中郎將，耽耽餓虎，事露奈何？」唐曰：「余固籌矣。今四郊多暴骨，取竄以易，誰復知之。」乃斵文木爲匱，復黄絹爲囊，各署其表，曰某陵某陵，分委而散遺之。菴地以藏，爲文而告。詰旦，事訖來集，出白金羨餘酬，戒勿泄。越七日，總浮屠下令裒陵骨，雜置牛馬枯骼中，築一塔壓之，名曰「鎮南」。杭民悲戚，不忍仰視，了不知陵骨之猶存也。禍淫不爽，流傳京師，上達四聰，天怒赫赫，飛風雷號，令捽首禍者北焉。山陰人始有藉藉傳唐事①者，由是唐之義風震動吴越，聲生勢長，若胥江掀八月之濤，名雖高，困固自若。

明年己卯後上元兩日，唐出觀燈歸，忽坐瘨，息奄奄若將絶者。良久始蘇，曰：「吾見黄衣吏持文書來告曰『王召君』，導我往，觀闕巍峨，宫宇靚麗，殆非人間。有一冕旒坐殿上，數黄衣貴人逡巡降揖②曰：『籍君掩骸，其有以報。』唐乃升謁，造王前，王謂曰：『汝受命窶且貧，兼無妻若子，今忠義動天，帝命錫汝伉儷，子三人，田三頃。』拜謝，降出，遂覺，罔不知其何也。」

逾時，越有治中袁俊齋至，始下車，爲子求師。有以唐薦者，一見，置賓館。一日，問曰：「吾渡江，聞有唐氏瘞宋諸陵骨，子豈其宗耶？」左右指君曰：「此是已。」袁大駭，拱手曰：「君此舉，豫讓不能抗也。」曳之坐，北面而納拜焉，禮敬特加，情款益篤。叩知家徒四壁，惻然嗟矜，

① 「唐事」，原誤作「唐氏」，據元本、明初本、戴本改。
② 「揖」，原誤作「楫」，據元本、明初本、戴本改。

語左右曰：「唐先生家甚寒，吾當料理，使有妻有田以給。」左右逢迎，爰諏爰度，不數月，二事俱愜。聘婦偶故國之公女，負郭食故國之公田，所費一一自袁出。人固奇唐之節，而又奇唐之遇，兩高之，曰：「二公真義士①爾！」後獲三丈夫子，鼎立頎頎。凡夢中神所許，稽其數，無一不合，咄咄怪事乃如此。

唐葬骨後，又於宋常朝殿掘冬青樹，植於所函土堆上，作《冬青行》二首曰：「馬箠問髐形，南面欲起語。野麕尚屯束②，何物敢盜取。餘花拾飄蕩，白日哀后土。六合忽怪事，蜕龍挂茅宇。老天鑒區區，千載護風雨。」又曰：「冬青花，不可折，南風吹涼積香雪。遥遥翠蓋萬年枝，上有鳳巢下龍穴。君不見犬之年，羊之月，劈歷一聲天地裂。」復有《夢中詩》四首曰：「珠亡忽震蛟龍睡，軒弊寧忘犬馬情。親拾寒瓊出幽草，四山風雨鬼神驚。一抔自築珠丘土，雙匣親傳竺國經。只有春風知此意，年年杜宇哭冬青。昭陵玉匣走天涯，金粟堆寒起莫鴉。水到蘭亭轉嗚咽，不知真帖落誰家。珠凫玉雁又成埃，班竹臨江首重回。猶憶年時寒食節，天家一騎奉香來。」余客錢唐③久，熟悉其事，唐至今無恙。

---

① 原「義士」下復有「義士」二字，據元本、明初本删。

② 「屯束」，戴本作「純束」，疑是。案《詩經・召南・野有死麕》：「林有樸樕，野有死鹿。白茅純束，有女如玉。」

③ 「錢唐」，戴本作「錢塘」。

靈卿既具聞始末，謂端叟曰：「江左運窮，天水源涸。宋之亡，非有商辛流毒，爲白旄黄鉞之招也，直以千載河清，六合勢一，木火①運移，衣冠道盡，臥榻側難容他人鼾睡耳。聖朝量包覆燾，恩完獝狘②，煦育亡國遺胤，坦無驚猜，何物異端，無忌憚敢爾。至今言之，可爲痛哭已。抑吾不能無慨，異時會稽近畿，世家林立，雖蓬萊清淺，陵岸變遷，豈無一二慷慨僅存者？卓哉斯舉，乃出閭里一寒士，何歟？豈所養非所用，而民彝物則，獨具於勢卑位下者之資禀與？余又怪世之言命者，窮通禍福，罔不在厥初生，一成而不可變。今忠義所感，定命靡常，六極轉移，易若反掌。乃知元命自作，多福自求，樞機由人，雖天有所不能制，聖言豈欺我哉！一介行通神明，捷於影響，況力又有大者，其積彌厚，其澤當彌長，又可以概量乎哉！吾謂趙氏昔者家已破，程嬰、公孫杵臼强育③其真孤；今者國已亡，唐君玉潛匱藏其真骨。兩雄力當，無能優劣，以其繫人倫，關世教，有足多尚，援筆以紀，待編野史者采焉。」

此雲溪羅先生有開所撰也，先生德興人。董石林吉翁。題其後曰：「釋焰熏天，墨毒殘骨，

---

① 「木火」，原誤作「大火」，據元本、明初本、戴本改。

② 「獝狘」，各本同，疑爲「獝狨」之誤。案《禮記·禮運》：「鳳以爲畜，故鳥不獝；麟以爲畜，故獸不狘。」

③ 「强育」，原誤作「强有」，據元本、明初本改。

不啻鞭屍刖骸之慘。勢張威慴，孰攖①其鋒。儒流唐進士，念世籍陽和生育，雨露涵濡之恩，忠憤激發，毁室捐貲，仗義集儔。潛遺骼於暴露之後，拔游魂於獸髑之中，身首免異處，支體脱烈炎。視漆身隕鉞者盡在下風，精誠動天，奇節震世。錫佳麗偶，送麒麟兒。陽施陰報，捷若影響，善者勸矣。」詹厚齋載道②。復題曰：「嘗疑武王伐商劍鉞斬擊事，竊意王者之師未必爾也。紂死矣，既擊之，又斷其首，注太白，不已甚乎！當時舉天下無非之者，而西山餓夫獨非之。昌黎頌之曰：『若伯夷者，特立獨行，窮天地，亘萬古而不顧者也。』會稽諸陵，非有商辛之虐，不幸而遭樊崇，當時曾無一人動孟陽之哀者。嗚呼痛哉！唐生一寒士耳，其勢位非如孤竹君之子，徒以故國遺黎，不忍視其上之人之禍之慘，憤激於中，毁家取義，爲人所不敢爲於不可爲之時，深謀秘計，全而歸之，智名勇功，足以驚世絶俗，視伯夷固未易同日語。而一念之烈，行之而不顧，豈非韓子所謂千百年乃一人者與？余讀羅君所爲傳，爲之掩卷泣下。嗚呼，尚忍言哉！天地惟一感應之理，有感必應，其得報固其理耳。不然，天者有時而難必，神者有時而難明，善者怠矣。厥後越有新治中來，聞其事，異③其人，下車首物色，得之，亟拜，亟爲禮，羅

① 「攖」，原誤作「攖」，據元本、明初本、戴本改。案《宋史・張叔夜傳》：「宋江起河朔，轉略十郡，官軍莫敢攖其鋒。」
② 「載道」，明初本、戴本作「載采」。
③ 「異」，戴本作「義」。

而致之館下，又從而振德之。唐固義士，治中亦偉人，皆出秉彝好德之真。微唐君不能成治中之義，微治中不能著唐君之忠，是大有功於人倫世教者也。此傳之所以不可不作也。皇慶二年夏五月題。」

及見遂昌鄭明德先生元祐。所書《林義士事蹟》云：「宋太學生林德陽，字景曦，號霽山。當楊總統發掘諸陵寢時，林故爲杭丐者，背竹籮，手持竹夾，遇物即以夾投籮中。林鑄銀作兩許小牌百十，繫腰間，取賄西番僧曰：『餘不敢望收其骨，得高家、孝家斯足矣。』番僧左右之，果得高、孝兩朝骨，爲兩函貯之，歸葬於東嘉。其詩有《夢中作》十首，其一絶曰：『一抔未築珠宫土，雙匣親傳竺國經。只有東風知此意，年年杜宇哭冬青。』又曰：『空山急雨洗巖花，金粟堆寒起莫鴉。水到蘭亭更嗚哽①，不知真帖落誰家。』又曰：『喬山弓劍未成灰，玉匣珠襦一夜開。猶記去年寒食日，天家一騎捧香來。』餘七首猶淒怨，則忘之。葬後，林於宋常朝殿掘冬青一株，植②於所函土堆上。又有《冬青花》一首曰：『冬青花，冬青花，花時一日腸九折。隔江風雨清影空，五月深山落微雪。石根雲氣龍所藏，尋常螻螘不敢穴。移來此種非人間，曾識萬年觴底

① 「嗚哽」，戴本作「嗚咽」。
② 「植」，原誤作「置」，據戴本及上下文改。

月。蜀魂飛繞百鳥臣，夜半一聲山竹裂。」又一首有曰：「君不記羊之年，馬之月，劈歷一聲山石裂。」聞其事甚異，不欲書。若林霽山者，其亦可謂義士也已。此五詩與前所録語句微不同，詩中有雙匣字，則是收兩陵骨之意。得非林義士詩，羅雲溪以傳者之誤而寫入傳中者乎？但曰移宋常朝殿冬青，植所函土上而作《冬青詩》，吾意會稽去杭止隔一水，或者可以致之。若夫東嘉，相望千餘里，豈能容易持去？縱持去，又豈能不枯瘁？作如此想，則又疑是唐義士詩。且葬骨一事，豈唐方起謀時，林已先得高、孝兩陵骨邪？抑得唐所易之骨耶？蓋各行其所志，不相知會，理固有之。

載考之齊人周草窗先生密。《癸辛雜識》所記云：至元二十二年乙酉八月，楊髡發陵之事，起於天長寺①福僧聞②號西山者，成於演福寺剡僧澤③號雲夢者。初，天長乃魏憲靖王④墳寺，

① 「天長寺」，各本同，今本《癸辛雜識》作「天衣寺」。
② 「福僧聞」，各本同，今本《癸辛雜識》作「僧福聞」。
③ 「澤」，各本同，今本《癸辛雜識》作「允澤」。
④ 「魏憲靖王」，各本同，今本《癸辛雜識》作「魏惠憲王」。案《宋史·宗室世系表》：「孝宗四子，長莊文太子愭，次魏惠憲王愷，次光宗，次開府儀同三司、淮康軍節度使、邵悼肅王恪，早亡。」又《宋史·宗室列傳》：「魏惠憲王諱愷，莊文同母弟也。初補右内率府副率，轉右監門衛大將軍、貴州團練使。孝宗受禪，拜雄武軍節度使、開府儀同三司，封慶王。」《嘉泰會稽志》卷六《陵寢》：「魏惠憲王墳在山陰法華山，王諱愷。」

聞欲媚楊髠，遂獻其寺。旋①又發魏王冢，多得金玉，以此起發陵之想。澤一力贊成之，俾泰寧寺僧宗愷、宗允等，詐稱楊侍郎、汪安撫侵占寺地，爲名告詞②，出給文書，將帶河西僧及凶黨如沈照磨之徒，部令③人夫發掘。時有中官陵使羅銑者，守陵不去，與之極力争執，爲澤痛箠，脅之以刃，令人逐去，大哭而出。遂先啓寧宗、理宗、度宗、楊后四陵，劫取寶玉極多，惟理宗之陵所藏尤多。啓棺之初，有白氣亘天，蓋寶氣也。理宗之屍如生，其下皆籍以錦，錦之下承以竹絲細簟，一小厮攫取，擲地有聲，乃金絲所成。或對云含珠有夜明者，乃倒懸其屍樹間，瀝取水銀。如此三日，竟失其首。或謂西番僧回回，其俗以得帝王髑髏，可以厭勝致富，故盜去耳。事竟，羅陵使買棺製衣收斂，大慟垂絶，鄰里爲之感泣。是夕，聞西山皆有哭聲，凡晝夜不絶。至十一月，復發徽、欽、高、孝、光五帝陵，孟、韋、吴、謝四后陵。初，欽、徽葬五國城，數遣使祈請於金人，欲歸梓宫，凡六七年，而後許以梓宫還行在。高宗親至臨平奉迎，易緦服，寓於龍德别宫，一時朝野以爲大事，諸公論功受賞，費於官帑者不貲。先是，選人楊煒④貽書執政，乞奏聞，命大臣

---

① 「旋」，各本同，今本《癸辛雜識》作「繼」。

② 「告詞」，各本同，今本《癸辛雜識》無此二字。

③ 「令」，戴本及今本《癸辛雜識》作「領」。

④ 「楊煒」，原誤作「楊偉」，據元本、明初本、戴本改。 案今本《癸辛雜識》亦作「楊煒」。

取神櫬①之最下者斵而視之。既而禮官請用安陵故事，梓宫入境，即承之以椁，仍納衮冕翬衣於椁中，不改斂。從之。至此，被發掘，欽、徽二陵皆空無一物，徽陵有朽木一段，欽陵有木燈檠一枚而已。蓋當時已料其真僞不可知，不欲逆詐，亦以慰一時之人心耳。而二帝遺骸，浮沉沙漠，初未嘗還也。高宗陵骨髮盡化，略無寸餘，止錫器數件，端硯一隻，硯爲澤所得。孝陵亦蜕化無餘，止頂骨小片，内有玉罏瓶②一副，古銅鬲一隻，亦爲澤所得。昔聞有道之士能蜕骨而仙，未聞並骨蜕者，真天人也。若光、寧與③諸后，儼然④如生，羅陵使亦如前棺斂，後悉從火化，可謂忠且義矣，當與張承業同傳。陵中金錢以萬計，皆爲屍氣所蝕，如銅鐵狀，以故諸凶棄而不收⑤，往往爲村民所得。聞有得貓睛異寶者，一村翁於孟后陵得一髻，其髻⑥長六尺餘，其色紺

① 「櫬」，原誤作「襯」，據元本改。
② 「玉罏瓶」，戴本作「玉爐瓶」，今本《癸辛雜識》作「玉瓶爐」。
③ 「與」，各本同，今本《癸辛雜識》無此字。
④ 「優然」，各本同，今本《癸辛雜識》作「儼然」。
⑤ 「收」，戴本及今本《癸辛雜識》作「取」。
⑥ 「髻」，元本、明初本、戴本及今本《癸辛雜識》作「髮」。

碧，髻根有短金釵，遂取以歸。以其帝后遺物，庋置佛堂①中奉事之，自此家道寖豐②。凡得金錢之家，非病即死，翁恐甚，亟送龍洞中，而此翁今成富家矣。方移理宗屍時，澤③在旁以足蹴其首，以示無懼，隨覺奇痛，一點起於足心，自此苦足疾數年，以致潰爛雙股，墮落十指而亡。聞④既得志，且富不義之財，復倚楊髡勢，豪奪鄉人産業，後爲鄉夫二十人伺⑤道間，屠而臠之。罪不加衆，各不過受杖而已。其愷與楊髡分贓不平，已受杖死，尚有允在。據此説，則雲溪所傳，歲月絶不同。

蓋嘗論之，至元丙子，天兵下江南，至乙酉將十載，版圖必已定，法制必已明，安得有此事？然戊寅距丙子不三年，竊恐此時庶事草創，而妖髡得以肆其惡與？妖髡就戮，羣凶接踵隕於非命，天之所以禍淫者亦嚴矣。但云高宗陵骨髮盡化，孝宗陵頂骨小片，不知唐義士所易者何骨也？林義士所收者又何骨也？惜余生晚，不及識宋季以來老儒先生，以就正其是非，姑以待熟

① 「佛堂」，各本同，今本《癸辛雜識》作「聖堂」。
② 「寖豐」，各本同，今本《癸辛雜識》作「漸豐」。
③ 「澤」，各本同，今本《癸辛雜識》作「允澤」。
④ 「聞」，各本同，今本《癸辛雜識》作「天衣聞僧者」。
⑤ 「伺」，今本《癸辛雜識》作「俟」。

兩朝典故之人問焉。

相術

國初有李國用者，自北來杭，能望氣占休咎，能相人。其人崖岸倨傲，而時貴咸敬之。謝后諸孫字退樂者，設早饌延致。至即據中位，省幕官皆坐下坐，不得其一言以及禍福。時趙文敏公謂之七司户，與謝姻戚，屈來同飯。文敏公風瘡滿面，李遥見，即起迎，謂坐客曰：「我過江僅見此人耳。瘡愈即面君，公輩記取，異日官至一品，名聞四海。」方襄陽未破時，世皇命其即軍中望氣，行逾三兩舍，遄還，奏曰：「臣見卒伍中往往有台輔器，襄陽不破，江南不平，置此人於何地？」噫！李之術亦神矣。國用，登州人，嘗爲卒，遇神仙，教以觀日之法，能洞見肺腑，世稱神相。

前輩謙讓

延祐間，興聖宫成，中宫李丞相邦寧。傳奉太后懿旨，命趙集賢孟頫。書額，對曰：「凡禁扁皆李雪庵所書，公宜奏聞。」既而命李、趙偕至雪庵處。雪庵曰：「子昂何不書，而以屬吾邪？」

李因具言之，雪庵遂不固辭。前輩推讓之風，豈後人所可企哉！

不苟取

胡汲仲先生，長孺①。號石塘，特立獨行，剛介有守。趙松雪嘗爲羅司徒奉鈔百錠，爲先生潤筆，請作乃父墓銘。先生怒曰：「我豈爲宦官作墓銘邪！」是日，先生正絶糧，其子以情白，坐上諸客咸勸受之，先生卻愈堅。觀此，則一毫不苟取於人從可知矣，故雖凍餒有所不顧也。先生《送蔡如愚歸東陽》詩有云：「薄糜不繼襖不暖，謳吟猶是鐘球鳴。」語之曰：「此余秘密藏中休糧方也。」

論詩

虞伯生先生、集。楊仲弘先生載。同在京日，楊先生每言伯生不能作詩。虞先生載酒

---

①「長孺」，原誤作「長儒」，據元本、明初本、戴本改。案《元史・儒學傳》：「胡長孺字汲仲，婺州永康人。」

請問作詩之法，楊先生酒既酣，盡爲傾倒，虞先生遂超悟其理。繼有詩《送袁伯長先生桷。扈駕上都》，以所作詩介他人質諸楊先生，先生曰：「此詩非虞伯生不能也。」或曰：「先生嘗謂伯生不能作詩，何以有此？」曰：「伯生學問高，余曾授以作詩法，餘莫能及。」又以《詣趙魏公孟頫。》詩中有「山連閣道晨留輦，野散周廬夜屬橐」之句，公曰：「美則美矣，若改『山』爲『天』，『野』爲『星』，則尤美。」虞先生深服之。故國朝之詩，稱虞、趙、楊、范、揭焉。范即德機先生，梈①。揭即曼碩先生傒斯。也。嘗有問於虞先生曰：「仲弘詩如何？」先生曰：「仲弘詩如百戰健兒。」「德機詩如何？」曰：「德機詩如唐臨晉帖。」「曼碩詩如何？」曰：「曼碩詩如美女簪花。」「先生詩如何？」笑曰：「虞集乃漢廷老吏。」蓋先生未免自負，公論以爲然。

妻賢致貴

程公鵬舉在宋季被虜，於興元版橋張萬户家爲奴，張以虜到宦家女某氏妻之。既婚之三

---

① 「梈」，原誤作「椁」，據明初本、戴本改。案《元史・范梈傳》：「范梈字亨父，一字德機，清江人。……年三十六，始客京師，即有聲諸公間……」

日，即竊謂其夫曰：「觀君之才貌，非久在人後者，何不爲去計，而甘心於此乎？」夫疑其試己也，訴於張，張命箠之。越三日，復告曰：「君若去，必可成大器，否則終爲人奴耳。」夫愈疑之，又訴於張，張命出之，遂粥於市人家。妻臨行，以所穿繡鞋一易程一履，泣而曰：「期執此相見矣。」程感悟，奔歸宋，時年十七八，以蔭補入官。迨國朝統一海宇，程爲陝西行省參知政事，自與妻別，已三十餘年，義其爲人，未嘗再娶。至是，遣人攜向之鞋履，往興元訪求之。市家云：「此婦到吾家，執作甚勤，遇夜未嘗解衣以寢，每紡績達旦，毅然莫可犯。吾妻異之，視如己女。將半載，以所成布匹償元粥鏹物，乞身爲尼，吾妻施貲以成其志，見居城南某庵中。」所遣人即往尋，見，以曝衣爲由，故遺鞋履在地。尼見之，詢其所從來，曰：「吾主翁程參政使尋其偶耳。」尼出鞋履示之，合，亟拜曰：「主母也。」尼曰：「鞋履復全，吾之願畢矣。歸見程相公與夫人，爲道致意。」竟不再出。告以參政未嘗娶，終不出。旋報程，移文本省，遣使檄興元路，路官爲具禮，委幕屬李克復防護其車輿至陝西，重爲夫婦焉。

奇遇

揭曼碩先生未達時，多遊湖湘間。一日，泊舟江涘，夜二鼓，攬衣露坐，仰視明月如晝。忽中流一棹，漸近①舟側，中有素妝女子，歛衽而起，容儀甚清雅。先生問曰：「汝何人？」答曰：「妾商婦也，良人久不歸，聞君遠來，故相迓②耳。」因與談論，皆世外恍惚事，且云：「妾與君有夙緣，非同人間之淫奔者，幸勿見卻。」先生深異之。迨曉，戀戀不忍去。臨別，謂先生曰：「君大富貴人也，亦宜自重。」因留詩曰：「盤塘江上是奴家，郎若閑時來吃茶。黄土築③牆茅蓋屋，庭前一樹紫荊花。」明日，舟阻風，上岸沽酒，問其地，即盤塘鎮。行數步，見一水仙祠，墻垣皆黄土，中庭紫荊芬然。及登殿，所設像與夜中女子無異。余往聞先生之侄孫立禮説及此，亦一奇事也。今先生官至翰林侍講學士，可知神女之言不誣矣。

賢烈

戴石屏先生復古。未遇時，流寓江右，武寧有富家翁愛其才，以女妻之。居二三年，忽欲作歸計。妻問其故，告以曾娶。妻白之父，父怒，妻宛曲解釋，盡以奩具贈夫，仍餞以詞云：「惜多

---

① 「近」，戴本作「逼」。
② 「迓」，徐本、毛本作「迎」。
③ 「築」，戴本作「作」。

才，憐薄命，無計可留汝。揉碎花牋，忍寫斷腸句。道旁楊柳依依，千絲萬縷，抵不住一分愁緒。捉月盟言，不是夢中語。後回君若重來，不相忘處，把杯酒澆奴墳土。」夫既别，遂赴水死，可謂賢烈也矣。

挽文丞相詩

宋丞相文公，天祥。其事載在史册，雖使三尺之童，亦能言其忠義。翰林學士徐威卿先生世隆。有詩挽之曰：「大元不殺文丞相，君義臣忠兩得之。義似漢王封齒日，忠如蜀將斫顔時。乾坤日月華夷見，嶺海風霜草木知。只恐史官編不盡，老夫和淚寫新詩。」可謂善風刺者矣。虞伯生先生集。亦有詩曰：「徒把金戈挽落暉，南冠無奈北風吹。子房本爲韓仇出，諸葛安知漢祚移。雲暗鼎湖龍去遠，月明華表鶴歸遲。何須更上新亭飲，大不如前灑淚時。」讀此二詩而不泣下者幾希。

禱雨

往往見蒙古人之禱雨者，非若方士然，至於印令、旗劍、符圖、氣訣之類，一無所用，惟取淨水一盆，浸石子數枚而已。其大者若雞卵，小者不等，然後默持密咒，將石子淘漉玩弄，如此良久，輒有雨。豈其静定之功已成，特假此以愚人耶①？抑果異物耶？石子名曰「鮓答」，乃走獸腹中所産，獨②牛馬者最妙，恐亦是牛黄、狗寶之屬耳。

廣寒秋

虞邵庵先生集。在翰苑時，宴散散學士家，歌兒郭氏順時秀者，唱今樂府，其《折桂令》起句云「博山銅細褭香風」，一句而兩韻，名曰「短柱」，極不易作。先生愛其新奇，席上偶談蜀漢事，因命紙筆，亦賦一曲曰：「鸞輿三顧茅廬，漢祚難扶，日莫桑榆。深渡南瀘，長驅西蜀，力拒東吴。美乎周瑜妙術，悲夫關羽云殂。天數盈虚，造物乘除，問汝何如，早賦歸歟。」蓋兩字一韻，比之一句兩韻者爲尤難。先生之學問該博，雖一時娱戲，亦過人遠矣。《折桂令》一名《廣寒秋》，一名《天香第一枝》，一名《蟾宫引》。今中州之韻，入聲似平聲，又可作去聲，所以「蜀」「術」等字，皆與「魚」「虞」相近。

① 「耶」，原誤作「耳」，據戴本及下文改。
② 「獨」，戴本作「狗」。

無恙

《戰國策》趙威后問齊使：「歲無恙耶？王亦無恙耶？」《楚辭·九辯》曰：「還及君之無恙。」《説苑》魏文侯語倉唐①曰：「擊無恙乎？」又曰：「子之君無恙乎」？《漢書》元帝詔貢禹曰：「今生有恙，何至不已。」乃上疏乞骸骨。《聘禮》亦曰：「公問君，賓對，公再拜。」鄭注云：「拜其無恙者。」顧愷之與殷仲堪箋：「行人安穩，布帆無恙。」隋日本遣使，稱「日出處皇帝致書日没處皇帝無恙」。《神異經》曰：「北方大荒中有獸，咋人則疾，名曰㺊。㺊，恙也，嘗入人室屋，黄帝殺之。人無憂疾，謂之無恙。」《爾雅》曰：「恙，憂也。」應劭《風俗通》曰：「上古之時，草居露宿。恙，噬人蟲也，善食人心，人②患苦之，凡相問，曰③無恙。」恙，或以爲獸，或以爲蟲，或謂無憂。《廣干禄書》兼取憂及蟲，《事物紀原》兼取憂及獸。《廣韻》㺊字下云：「㺊，獸，如獅子，食虎豹及人。」恙字下云：「憂也，病也，噬蟲，善食人心。」是㺊、恙二義，《神異經》合而一之，

---

① 「倉唐」，原誤作「倉庚」，據戴本改。案《説苑》作「倉唐」，指魏文侯的使者趙倉唐。
② 「人」，原誤作「大」，據戴本改。案《風俗通義》《能改齋漫録》均作「人」。
③ 「曰」，戴本作「云」，《風俗通義》亦作「云」。

則誤矣。

不亂附妾

維揚秦君昭妙年遊京師，其執友鄧載酒祖餞，既而昇一殊色小鬟至前，令拜秦，因指之曰：「此吾爲部主事某人所買妾也，幸君便航，可以附達。」秦弗敢諾，鄧作色曰：「縱君自得之，亦不過二千五百緡耳，何峻辭乃爾。」秦勉强從命。迤邐至臨清，天漸暄，夜多蟲①蚋可畏，内之帳中同寢。直抵都下，置舍館主婦處，持書往見。主事問曰：「足下與家眷來耶？」曰：「無有。」主事意極不悦，隨以小車取歸。逾三日，謁謝曰：「足下長者也，昨已作答簡，附便驛報吾鄧公，且使知足下果能不孤公付托之意矣。」遂相與痛飲，盡歡而散。夫柳下惠夜宿郭門，有女子來同宿，恐其凍死，坐之於懷，至曉不爲亂。顔叔子獨居，夜大雨，有女子投之，令其執燭，至明不二志，故千古以爲美事。今秦之於此女子也，相從數千里，飲食起居無適而不同，又非造次顛沛者之比，可謂厚德君子矣。後秦之子孫咸至顯宦。

---

① 「蟲」，戴本作「蚊」。

南村輟耕録卷五

角端

金華黄先生溍。嘗云：「子將以舉子經學取科第，有一賦題曰《角端》，亦曾求其事實否乎？」余曰：「未也。」因記《史記·司馬相如傳》「獸則麒麟角觿」之語，退而閲之。按注，郭璞曰：「角觿，音端，似豬，角在鼻上，堪作弓。」又云：「似麒麟而無角①。」《毛詩疏》云：麟，黄色，角端有肉。張揖云：角端似牛角，可以爲弓。以此推之，豈亦麟之屬與？及考《符瑞志》《名臣事略》《癸辛雜識》等書，乃②始得其詳。

蓋太祖皇帝駐師西印度，忽有大獸，其高數十丈，一角如犀牛，然能作人語，云：「此非帝世界，宜速還。」左右皆震懾，獨耶律文正王進曰：「此名角端，乃旄星之精也。聖人在位，則斯獸

---

① 「似麒麟而無角」，元本、明初本作「麒似麟而無角」。案《史記·司馬相如列傳》注引郭璞語亦作「麒似麟而無角」。

② 「乃」，原誤作「仍」，據元本、明初本、戴本改。

奉書而至，且能日馳萬八千里，靈異如鬼神，不可犯也。」帝即回馭。載稽之前志，神禹氏治水功成，天降飛菟，日行三萬里，而未嘗善言也。又后土趹蹄之獸至，善言，而未聞其獨角也。軒轅獲飛黄而獨角，漢武獲獸，並角而五蹄，又未嘗聞其能言善馳也。及聖祖誕膺天命，而角端出焉。夫一角者，所以明海宇之一，萬八千里之涉者，所以示無遠弗屆也。此又天將開天下於大一統之象也。至正庚寅，江浙鄉試，八月二十二日夜二鼓，院中仿佛見一物，馳過甚疾，其狀若猛獸者，軍卒從而喧哄，因出《角端》爲賦題。

劈正斧

劈正斧，以蒼水玉碾造，高二尺有奇，廣半之，遍地文藻粲然，或曰自殷時流傳至今者。如天子登極、正旦、天壽節、御大明殿會朝時，則一人執之，立於陛下酒海之前，蓋所以正人不正之意。

興隆笙

興隆笙在大明殿下，其制：植衆管於柔韋，以象大匏、土鼓、二韋橐。按其管，則簧鳴。簨首爲二孔雀，笙鳴機動，則應而舞。凡燕會之日，此笙一鳴，衆樂皆作，笙止，樂亦止。

尚食麪磨

尚食局進御麥麪，其磨在樓上，於樓下設機軸以旋之。驢畜之蹂踐，人役之往來，皆不能及，且無塵土臭穢所侵，乃巧工瞿氏造焉。

僧有口才

大德間，僧膽巴者，一時朝貴咸敬之。德壽太子病瘢，薨，不魯罕皇后遣人問曰：「我夫婦崇信佛法，以師事汝，止有一子，寧不能延其壽邪？」答曰：「佛法譬猶燈籠，風雨至，乃可蔽，若燭盡，則無如之何矣。」此語即吾儒死生有命之意，異端中得此，亦可謂有口才者矣。

鄧中齋

鄧光薦先生，剡。號中齋，廬陵人。宋亡，以義行著，其所賦《鷓鴣詩》曰：「行不得也哥哥，瘦妻弱子羸牸馱。天長地闊多網羅，南音漸少北語多。肉飛不起可奈何，行不得也哥哥。」其意可見矣。又有《贊文丞相像》曰：「目煌煌兮疏星曉寒，氣英英兮晴雷殷山。頭碎柱兮璧完，血化碧兮心丹。嗚呼！孰謂斯人不在世間。」

汪水雲

汪元量先生，大有。號水雲。天兵平杭日，詩曰：「西塞山邊日落處，北關門外雨來天。南人墮淚北人笑，臣甫低頭拜杜鵑。」又曰：「錢塘江上雨初乾，風入端門陣陣酸。萬馬亂嘶臨警蹕，三宮灑①淚濕鈴鸞。童兒剩遣②追徐福，癘鬼須③當滅賀蘭。若説和親能活國④，嬋娟應是⑤嫁呼韓。」此語尤悲哽。先生詩有《水雲集》。

---

① 「灑」，今本《增訂湖山類稿》作「垂」。
② 「剩遣」，今本《增訂湖山類稿》作「空想」。
③ 「須」，戴本及今本《增訂湖山類稿》作「終」。
④ 「若説和親能活國」，今本《增訂湖山類稿》作「若議和親休練卒」。
⑤ 「應是」，今本《增訂湖山類稿》作「剩遣」。

厚德

徐文獻公，琰。字子方，至元間爲陝西省郎中，有屬路申解到省，誤漏「聖」字，案吏指爲不敬，議欲問罪。公改其牘云：「照得來解内第一行脱去第三字，今將元文隨此發下，可重别申來。」時皆稱爲厚德長者。

毁前朝玉璽

後至元間，太師伯顔出太府監所藏歷代玉璽，磨去篆文，改造押字圖書及鷹墜等物，以分散其黨與，蓋先已奏請故也。獨唐武氏一璽，玉色瑩白，製作如官印，璞僅半寸許，因不可它用，遂付藝文監收之，竟獲永存，豈武氏之智能料①之乎？

① 戴本「料」上有「逆」字。

披秉歌訣

天子郊祀與祭太廟日，百官陪位者皆法服。凡披秉，須依歌訣次第，則免顛倒之失。歌曰：「襪履中單黄帶先，裙袍蔽膝綬紳連。方心曲領藍腰帶，玉珮丁當冠笏全。」

三教

孛术魯翀子翬公在翰林時，進講罷，上問曰：「三教何者爲貴？」對曰：「釋如黄金，道如白璧，儒如五穀。」上曰：「若然，則儒賤邪？」對曰：「黄金白璧，無亦何妨；五穀於世，豈可一日闕哉！」上大説。

授時曆法

《授時曆要法歌》曰：「授時曆法君要知，但以九年舊曆推。古云：但看九年兔望日，便是今年正月一。月大月小起初一，看其初一天地支。天不言干者，爲詩句所拘。然舉支以見干也，當推九年前曆。每月初一是何干支，便以此干支依後法數去。大月天干五支九，且如大月，天干五，地支九。假令初一日甲子，甲至戊，五數也，子至申，九數也，即以戊申爲今月朔。小月天四地八耦。且如小月，天干四，地支八。假令初一日丙寅，丙至己，四數也，寅至酉，八數也，即以己酉爲今月朔。古云：「前九之年起算法，大月五九小四八。」月大三十日無差，如初一日己酉，數至次月朔見己卯，即月大也。月小分明只廿九。如月朔數至次月朔，止廿九日，即月小也。節氣只憑九年曆，假若造甲午年曆，則看丙戌年節氣。二十四氣真端的。要知今年節氣，則看前九年中是何節氣。天干三數地支七，假如癸亥日，癸見乙，三數，亥見巳，七數也。熟記心中須歷歷。定時二十四年取，逢時遇八君無慮。如逢子時交節氣，卻用未時亦交也，中氣如之。若依此法個中推，方省陰陽玄奥處。閏月本來中氣無，古云閏月無中氣。何勞物外更它圖。世人諳得神仙術，不是愚氓是丈夫。」

又歌曰：「九年二月半，便是正月一。前九年二月十五日辰，即今年正月初一日辰。該①九十七個半月，二千八百八十日，六甲轉四十八周。只九年中取，大小無差失。」

又歌曰：「若要求立春，相衝對食神。假如前九年甲子日立春，甲食丙，子衝午，即今年丙午日立春也。二十四氣准此。閏月無中氣，説與惺惺人。」

又一法云：「古有數九九之語，蓋自至後起，數至九九，則春已分矣，正如至後一百六日爲

① 「該」，《七修類稿》作「共」。

寒食之類。」豈特此爲然，凡推算皆有約法。

《推閏歌括》云：「欲知來歲閏，先算至之餘。更看大小盡，決定不差殊。」謂如來歲合置閏，止以今年冬至後餘日爲率。且如今年十一月二十二日冬至，則本月尚餘八日，則來年之閏當在八月。或小盡，則七月。若冬至在上旬，則以望日爲斷，十二日足，則復起一數焉。

《推節氣歌括》云：「中氣與節氣，但有半月隔。若要知仔細，兩時零五刻。」謂如正月甲子日子時初初刻立春，則數至己卯日寅時正一刻，則是雨水節也。

《推立春歌括》云：「今歲先知來歲春，但隔①五日三時辰。」謂如今年是甲子日子時立春，則明年合是己巳日卯時立春。若夫刻數，則用前法推之。

又《求節氣歌》曰：「驚蟄五時二刻求，清明十時四刻流。立夏一日三時六，芒種一日九時周。小暑二日二時二，立秋二日七時四。白露三日零六刻，寒露三日六時至。立冬三日十一二，大雪四日四時四。小寒四日九時六，五日三時交新歲。節遇子時加一日，此爲捷法君須記。」

又《一年約法》云：「一週年，三百六十五日零三時。一月節，三十日零五時二刻。半月一氣，十五日零二時五刻。」

① 「隔」，《齊東野語》《廣陽雜記》作「看」。

又《食神定法》云：「甲食丙，乙食丁，丙食戊，丁食己，戊食庚，己食辛，庚食壬，辛食癸，壬食甲，癸食乙。」其捷要，但取我生之干，陽配陽，陰配陰是也。

又《時刻約法歌》云：「二十四氣漸差除，循環時刻四同途。單逢正四换初一，正三依舊復初初。」

又《乘除法推算二十四氣時刻》云：「其法不論何歲何月，但以日爲百數，時爲十數，刻爲零數。初一至初十，於百上下數。如過初十，於千上下數。假如正月十一日亥正一刻立春，欲求中氣，則先下一千一百數，十一日故也。再下十二數，亥時故也，如子一丑二之類。復加一千五百二十五數，共得一七三三①，則二十七日寅初二刻雨水也。何以知爲初二刻？蓋零一數初初刻，二數初一刻，三②數初二刻，四數初三刻，五數正初刻，六數正一刻，七數正二刻，八數正三刻，此立成法也。今零三數，是乃初二刻矣。欲求二月節，則於前數上加一五二五，即前一千五百二十五也。此項數，節氣中氣皆以之加用。爲前正月小盡，除去二十九日。如遇大月，除去三十日。算中氣則不除大小月。剩下一三五八，則十三日辰時正三刻驚蟄也。餘仿此。十二時爲一日，如遇十三時以上，則退十二時爲一日。八刻爲一時，如遇九刻以上，則退八刻爲一時也。

---

① 「一七三三」，戴本作「二七三三」。

② 「三」，原誤作「五」，據元本、明初本、戴本改。

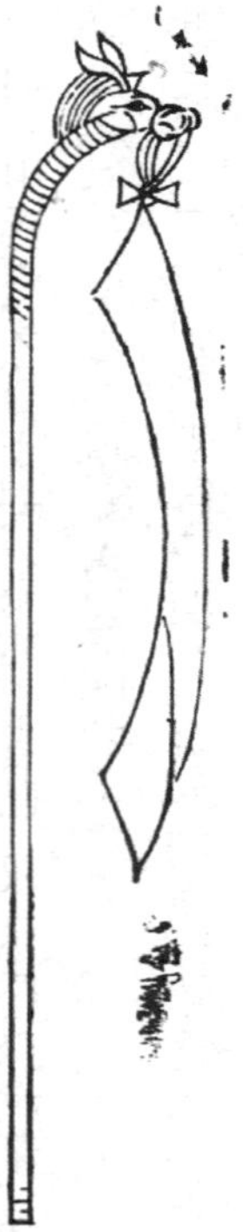

功布

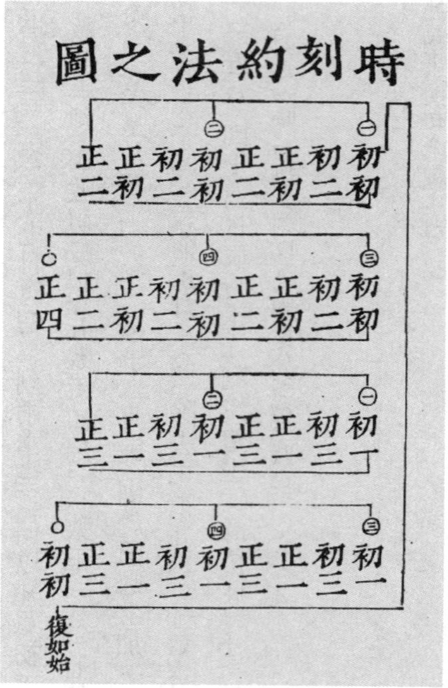
時刻約法之圖
㊀
初初
初二
正初
正二
㊁
初初
初二
正初
正二
㊂
初初
初二
正初
正二
㊃
初初
初二
正初
正二
○
正四
㊀
初丁
初三
正一
正三
㊁
初一
初三
正一
正三
㊂
初一
初三
正一
正三
㊃
初一
初三
正一
正三
○
初初
復如始

《喪大記》云：「士葬用國車，國音船，示專反。或作團，又誤作國。二綍，無碑。比出宮，用①功布。」注云：「比出宮用功布，則出宮而止，至壙無矣。」《舊圖》云：「功布，謂以大功之布長三尺以御柩，居前，爲行者之節度。」又《隱義》云：「羽葆、功布等，其象皆如麾，則旌旗無旒者，周謂之大麾。」《既夕禮》云：「商祝執功布以御柩，執披。」賈釋云：「謂以葬時乘人，故有柩車前執引者，及在柩車旁執披者，皆御治之。」②又注云：「居柩車之前。若道有低仰傾虧，則以布爲抑揚左右之節，使執引者、執披者知之也。」③道有低，謂下坂時也；道有仰，謂上坂時也；傾虧，謂道之兩邊在柩車左右轍有高下也。若道有低，則抑下其布，使執引者知其下坂也；若道有仰，則揚舉其布，使執引者知其上坂也；若柩車左邊右邊或高下傾虧，亦左右布，使知道有傾虧也。假令車之東轍下，則抑下其布向東，使西邊執披者持之；若車之西轍下，則抑下其布向西，使東邊執披者持之。所以然者，使車不傾虧也。大夫御柩以茅，諸侯以羽葆，天子以纛，指引前後左

① 《禮記·喪大記》「用」上有「御棺」二字。
② 《儀禮·既夕禮》疏：「云『以御柩執披』者，葬時乘人，故有柩車前引柩者，及在旁執披者，皆御治之，故云『御柩執披』也。」
③ 《儀禮·既夕禮》疏：「云『柩車之前，若道有低仰傾虧，則以布爲抑揚左右之節』者，道有低，謂下坂時；道有仰，謂上坂時，傾虧謂道之兩邊，在車左右轍有高下。云『以布爲抑揚左右之節』者，道有低則抑下其布，使知下坂；道有仰則揚舉其布，使知上坂。……使引者、執披者知之。」

右，皆如功布之施爲也。又《既夕禮》：「將葬啓殯音異。也，商祝免袒，執功布入，自西階。」①注云：「功布，灰治之布也，執之以接神，爲有所拂抆。方罔反。」賈釋云：「拂抆，猶言拂拭也，故下經云商祝拂抆②用功布，是拂拭去塵也。此始告神而用功布拂拭，謂拂拭去凶邪之氣也。」③出聶崇義《三禮圖》。

人中

錢唐陳鑑如以寫神見推一時，嘗持趙文敏公真像來呈，公援筆改其所未然者，因謂曰：「唇之上何以謂之人中？若曰人身之中半，則當在臍腹間。蓋自此而上，眼耳鼻皆雙竅；自此而下，口暨二便皆單竅。三畫陰，三畫陽，成泰卦也。」

① 《儀禮・既夕禮》：「商祝免袒，執功布入，自西階，盡階，不升堂。」
② 「拂抆」，元本、明初本、戴本作「拂柩」。
③ 《儀禮・既夕禮》疏：「拂抆猶言拂拭，下經云『商祝拂柩用功布』，是拂拭去塵也。此始告神而用功布拂抆者，謂拂抆去凶邪之氣也。」

發燭

杭人削松木爲小片，其薄如紙，鎔硫黄塗木片頂分許，名曰發燭，又曰焠兒，蓋以發火及代燈燭用也。史載周建德六年，齊后妃貧者以發燭爲業，豈即杭人之所製與？宋翰林學士陶公穀《清異録》云：「夜有急，苦於作燈之緩，有知者批杉條，染硫黄，置之待用，一與火遇，得焰穗然，既神之，呼引光奴，今遂有貨者，易名火寸。」按此，則「焠」「寸」聲相近，字之訛也，然引光奴之名爲新。

嫁故人女

沈仲説，右。姑蘇人，年四十未有子，其妻鄒氏候其它適，爲置一年少貌美之妾。及歸，命出拜，將以奉枕席。仲説詢其鄉貫祖父來歷，始不肯言，詢之再，泣而曰：「妾范復初女也，父喪家貧，老母見粥於此。」仲説憫然淚下，因囑妻曰：「此女父吴中名士，乃吾故人，豈可以爲妾，當如己子視之。」即尋其母，使擇婿，仲説備奩具嫁之。邦人稱之，至今不置。夫嫁人之女爲妾、爲妓，爲娼者，古有其人矣，今則未聞也，仲説誠賢矣哉！

平反

中書左丞李忠宣公，德輝。字仲實，通州潞縣人。至元七年庚午，公爲户部尚書，歲旱蝗，世祖特命公録山西、河東囚。行至懷仁，民有魏氏，發得木偶，持告其妻挾左道厭勝謀殺己。經數獄，服詞皆具，自以爲不冤①。公燭其誣，召鞫魏妾，搒掠一加，服不移晷。蓋妒其女君，謂獨陷以是罪，可必殺之也。即直其妻，而杖其夫之溺愛受欺，當妾罪死。觀者神之，或咨賞泣下。

勘釘

姚忠肅公至元二十年癸未爲遼東按察使，武平縣民劉義訟其嫂與其所私同殺其兄成，縣尹

① 「冤」，原誤作「免」，據元本、明初本、戴本改。

丁欽以成屍無傷，憂懣不食。妻韓問之，欽語其故。韓曰：「恐頂囟有釘，塗其迹耳。」驗之，果然。獄定，上讞。公召欽，諦詢之，欽因矜其妻之能。公曰：「若妻處子邪？」曰：「再醮。」令有司開其夫棺，毒與成類，並正其辜。欽悸卒。時比公爲宋包孝肅公拯云。

碑志書法

嘗聞諸翰林大老云：古碑刻中，單書國號曰漢、曰宋者，蓋其建國號詔曰漢、曰宋也。我朝「大元」二字在詔旨，不可單用。又凡書官銜，俱當從實，如廉訪使、總管之類，若曰監司、太守，是亂其官制，久遠莫可考矣。又「篆蓋」二字，止可施諸壙石，若於碑，須曰「篆額」爲是。

雕刻精絶

詹成者，宋高宗朝匠人，雕刻精妙無比。嘗見所造鳥籠，四面花版，皆於竹片上刻成，宮室、人物、山水、花木、禽鳥，纖悉俱備，其細若縷，而且玲瓏活動。求之二百餘年，無復此一人矣。

題跋

劉須溪先生會孟。題《蘇李泣別圖》云："事已矣，泣何爲？蘇武節，李陵詩。噫！"馮海粟先生子振。題《楊妃病齒圖》云："華清宮，一齒痛。馬嵬坡，一身痛。漁陽鼙鼓動地來，天下痛。"陳伯敷先生繹曾。題《楊妃上馬嬌圖》云："此索《清平調》詞赴沉香亭時邪？抑聞漁陽鼙鼓聲赴馬嵬坡時邪？上馬固相似，情狀大不同，觀者當審諸。"余觀三先生之跋語，痛快嚴峻，抑揚感傷，使後世之爲人君而荒於色，爲人臣而失其節者見之，寧不知懼乎？

隆友道

張毅父先生，千載。廬陵人，而宋丞相文公友也。公貴顯時，屢以官辟不就。江南既内屬，公自廣還，過吉州城下，先生來見，曰："今日丞相赴北，某當偕行。"既至燕，寓於公囚所側近，日以美饌饋。凡三載，始終如一。且潛製一櫝，公受刑日，即以藏其首。復訪求公之室歐陽氏於俘虜中，俾出焚其屍。先生收拾骸骨，襲以重囊，與先所函櫝南歸，付公家葬之。後公之子忽夢公怒云：「繩鋸髮斷。」明日起視，果有繩束髮，其英爽尚如此。劉須溪紀其事，贊於公畫像上曰：「閑居忽忽，萬古咄咄。天風慘然，如動生髮。如何尋約，亦念東舠。豈其英爽，猶累形軀。同時之人，能不纇泚。昔忌其生，今妒其死。」鄧中齋題曰：「目炯炯兮疏星曉寒，氣鬱鬱兮晴雷殷山。頭碎柱兮璧完，血化碧①兮心丹。嗚呼！曾謂斯人不在世間。」

朱張

宋季年，羣亡賴子相聚，乘舟鈔掠海上，朱清、張瑄最爲雄長，陰部曲曹伍之。當時海濱沙民富家以爲苦，崇明鎮特甚。清嘗傭楊氏，夜殺楊氏，盜妻子貨財去。若捕急，輒引舟東行。三日夜，得沙門島。又東北，過高句麗水口，見文登、夷維諸山。又北，見燕山與碣石，往來若風與鬼，影迹不可得。稍怠則復來，亡慮十五六返。私念南北海道此固徑，且不逢淺角，識之。杭、

① 「碧」，原誤作「璧」，據元本、明初本、戴本改。

吴、明、越、楊、楚與幽、薊、萊、密、遼、鮮俱岸大海①，固舟航可通。相傳朐山海門水中，流積堆於②江沙，其長無際，浮海者以竿料淺深，此淺生角，故曰料角，明不可度越云。廷議，兵方興，請事招懷，奏可。清、瑄即日來，以吏部侍郎左選③七資最下一等授之，令部其徒屬，爲防海民義，隸提刑，節制水軍。江南既内附，二人者從宰相入見，授金符千户。時方輓漕東南供京師，運河隘淺，不容大舟，不能百里，五十里輒爲堰瀦水，又絶江淮，遡泗水。吕梁、彭城，古稱險處，會通河未鑿，東阿、茌平道中，車運三百里，轉輸艱而糜費重。二人者建言海漕事，試之，良便。至元十九年也。上方注意。向之初年不過百萬石，後乃至三百萬石。二人者，父子致位宰相，弟侄甥婿皆大官，田園宅館遍天下，庫藏倉庾相望，巨艘大舶，帆交番夷中，輿騎塞隘門巷，左右僕從皆佩於菟金符，爲萬户千户，累爵積貲，氣意自得。二人者既滿盈，父子同時夷戮殆盡，没貲産縣官，黨與家破禁錮，大德六年冬也。見胡石塘先生所撰《何長者傳》。

---

①「與幽、薊、萊、密、遼、鮮俱岸大海」，原誤作「與幽、萊、解、密、遼、解俱岸大海」，據戴本改。案胡長孺《何長者傳》（《元文類》卷六十九）亦作「與幽、薊、萊、密、遼、鮮俱岸大海」。

②「於」，明初本、戴本作「淤」。

③「左選」，原誤作「左遷」，據元本、明初本、戴本改。

交誼

陳子方、閔仲達，同舍生也，皆待次杭府史。陳月日在前，閔以計力反先之，陳殊無怒意，因赴都，以薦舉入仕，歷官浙西廉訪司僉事。閔方升書吏，聞陳來，嘆曰：「復何面目見之？」遂稱疾不出。陳下車，即問左右曰：「閔仲達何在？」衆以疾對。陳曰：「必爲我故，非疾也。」亟造其家，閔皇恐出，肅。陳曰：「吾與君氣誼契厚，君昔先我而食禄者，命也。使非此，吾又能致是耶！今幸同一公署，惟有以教正之，幸甚。寧捨我與？」閔感激從事，相好如初。

假宅以死

吾鄉周待制先生，仁榮。字本心，築一室，纔落成，友人楊公道輿疾至門，曰：「願假君新宅以死。」先生讓正寢居之。妻子咸不然，先生弗顧。未幾，楊死，箱財廿八，莫有主者。楊之弟詣先生求分財，先生曰：「若兄寄死於我，意固在是。」喪事之費自己出，終不利其一毫。對衆封籍，自平陽呼其子來，悉付與之。

清風堂屍迹

福州鄭丞相府清風堂石階上有臥屍迹，天陰雨時，迹尤顯。蓋其當宋季，以暮年登科，未幾拜相，至今閭巷表之曰「耆德魁輔之坊」。鄭顯時侵漁百姓，至奪其屋廬以廣居宅，有被逼抑者，遂自殺於此。今所居爲官勢豪奪，子孫不絶如線。因記宋臨川吴曾《能改齋漫録》云：「建炎四年五月，楊勍叛卒由建安寇延平，道出小常村，掠一婦人，逼脅欲犯之，婦人毅然誓死不受污，遂遇害，横屍道旁。賊退，人爲收瘞之，而其屍枕籍處，痕迹隱然不滅。每雨，則其迹乾；晴即濕，宛如人影，往來者莫不嗟異。鄉人或削去之，隨即復見。覆以它土，而其迹愈明。今三十年矣，與順昌軍員范旺事略同。但范現迹街磚，而此現於土上耳。范死以忠，婦死以節。小常村去劍浦縣治二十里。」以《漫録》言之，則二人之死足以驚動萬世，宜其英烈之氣不泯如此。若清風堂者，不過寃抑之志不得伸，以决絶於一時耳，亦何爲而然哉？豈幽憤所積結致是邪？此理殆不可曉。

坐右銘

翰林學士盧疏齋先生，摯。字處道，涿郡人。坐右銘大書一「天」字，其下細注六字云：「有記性，不急性。」可謂知畏天者矣。

掘墳賊

杭瑪瑙寺僧温日觀能書，所畫蒲萄，須梗枝葉皆草書法也。性嗜酒，然楊總統飲以酒，則不一沾唇，見輒駡曰「掘墳賊、掘墳賊」云。

廉介

李仲謙，思讓。滕州鄒縣人。前至元間，由嘉興路吏貢補浙西按察司書吏，廉介有爲，上侍父母，下撫兩弟，每退食自公，則閉户讀書，稽今考古。而教訓之俸薄，奉養不給，婦躬紡績，以益薪水之費。仲謙止有一布衫，或須浣濯補紉，必俟休暇日。至是，若賓客見訪，則俾小子致謝曰：「家君治衣，弗可出。」雷彦正號苦齋者，清正慎許可人也，時爲使，偶戲謂曰：「外郎穿布衲到，敢裹着珍珠。」仲謙略不答，徐至本案，書寫辭退呈狀，壓几上而歸。使知，深悔失言，親謁謝過，請其出，終不允。使去，他使來，復往請，始復役。後仕至憲官。

甲午節氣

至元三十一年甲午歲節氣：正月一日壬子立春，二月二日癸未驚蟄，三月三日癸丑清明，四月四日甲申立夏，五月五日甲寅芒種，六月六日乙酉小暑，七月七日乙卯①立秋，八月八日乙酉白露，九月九日丙辰寒露，十月十日丙戌立冬，十一月十一日丁巳大雪，十二月十二日丁亥大寒。

先輩謙讓

武林錢思復先生惟善。嘗言年十六七時，以詩見息齋李公於州橋寓居。既拜公，公答拜，命坐，辭之再。公曰：「仲尼之席，童子隅坐。」因不敢辭。徐永之先生爲江浙提舉日，客往訪之者，無間親疏貴賤，必送之門外。凡客請納步，則曰：「不可，婦人送迎不逾閾。」

---

①「乙卯」，原誤作「己卯」，據戴本改。案至元三十一年七月己酉朔，七日當爲乙卯。

右二事，可見前輩諸老謙恭退抑，汲引後進，待人接物者如此。

雙竹杖

白廷玉先生，珽。號湛淵，錢唐人。家多竹，忽一竿上岐爲二，人皆異之，賦《雙竹杖》詩。未幾，先生殁。先生有二子，或以爲先兆云。

南村輟耕録卷六

蘭亭集刻

《蘭亭》一百一十七刻，裝褫作十册，乃宋理宗内府所藏，每版有「内府圖書」鈐縫玉池上，後歸賈平章。至國朝有江南，八十餘年之間，凡又易數主矣。往在錢唐謝氏處見之，後陸國瑞攜至松江，因得再三披閲，並録其目，真傳世之寶也。

甲集一十二刻 州郡

修城本 葉仲山跋。　定武闊行 若合一契行闊。　定武肥

定武瘦　定武板刻 霍子明跋。　定武缸石

定武斷石　定武古刻　西京斷石

永興　古懿郡齋　宣城

乙集一十三刻

舊梅花　三衢板刻　安吉古苔真草

臨川麻石　臨賀　豫章二

静江府　復州　鼎州後有「武陵」二字。

古潭　新梅花　宣城南陵

丙集一十刻

蘇州府治　福州府治　福州棗木

道州　金陵三米米芾、米尹仁、米尹知。　永嘉

古雪斷石　隆州　郴州

蘭亭重言

丁集一十刻

紹興府治二　紹興倉司　紹興府學

紹興古刻　餘姚縣治　曲水詩蘭亭

曲水詩前　曲水詩後　婺州府治褚遂良摹。

戊集一十刻内府

高宗臨定武米友仁跋。　唐貞觀　太清開皇

秘省①　内殿　内司四

京師玉堂

己集九刻雜集

玉枕　花石　柳誠懸大字。

唐人硬黄臨　唐人雙鈎　晉唐刻

孫過庭草　京師鵝黄棗木黄紙印。　彭城小字。

庚集一十一刻故家

蔡君謨臨　薛紹彭　秦少游小字。

安定家藏　辛道宗　建康晁謙之

紹興湯氏　南昌京氏　廬陵胡氏

蜀劉涇　唐摹刻

---

①「秘省」，原誤作「秘首」，據元本、明初本、戴本改。

辛集一十四刻

吴詵草書　吴璜　劉無言臨

龍潭潘氏　方朔習寫　周平所藏

臨江張氏　天台丁氏　新安汪氏

江西故家　廬山甲秀堂　九江陶氏

循王家藏米芾跋云：「壬午閏六月九日，大江濟川亭，艤寶晉齋，艎對紫金，浮玉羣山，迎快風消暑，重裝。」

番陽洪氏

壬集一十四刻

金陵畢氏　廬山吴氏　紹興曾氏

紹興石氏二　毘陵尤遂初　李忠愍所刻

新唐李氏　江陰丘氏二　東陽郭氏

昌谷曹氏三

癸集一十四刻

趙虚齋　吕氏家藏　建鄴朱氏

大梁曾朴　陸子與　韓松

陸載之　胡氏將　玉林二
趙菊坡　不題名二　錢唐李和

禊帖考

姜白石先生《禊帖偏傍考》云：「『永』字無畫，發筆處微折①轉。『和』字口下横筆稍出。『年』字懸筆上湊頂。『在』字左反剔。『歲』字有點在山之下、戈畫之右。『事』字脚斜拂不挑。『流』字内公字處就回筆，不是點。『殊』字挑脚帶横。『是』字下疋凡三轉不斷。『趣』字波略反捲向上。『欣』字欠右一筆作章草發筆之狀，不是捺。『抱』字已開口。『死生亦大矣』，『亦』字是四點。『興感』，『感』字戈邊是直作一筆，不是點。『未嘗不』，『不』字下反挑脚處有一闕。右法如此甚多，略舉其大概。持此法，亦可②以觀天下之《蘭亭》矣。」

五字損本者，湍、流、帶、右、天五字有損也。

---

① 「折」，原誤作「拆」，據戴本改。案今本《齊東野語》亦作「折」。
② 「可」，今本《齊東野語》作「足」。

喪師衰絰

顧德玉，字潤之，檇李人，自幼從寧國路儒學教授俞觀光先生學。先生無子，嘗與人曰：「吾昔寢疾於杭，潤之侍湯藥，情至切，若父子，醫爲之感動，弗忍受金。今我行且老，必托之以死。」既而訪醫吴中①，病且革，趣舟歸。潤之進次尹山，卒，時後至元初元閏十二月戊子也。明日，乃至檇李，潤之奉其屍斂於家，衰絰就位。邦人士爲潤之來弔者，潤之拜之。越明年，葬於海鹽，近②顧氏之先塋，歲時祭享惟謹。

或曰：「斂於家，禮與？」曰：「吾聞師哭諸寢，又云生於我乎館，死於我乎殯，非家斂之，則將師尸委諸草莽。生服其訓，死而委諸草莽，有人心者弗爲也。」曰：「師無服，而爲衰絰，固近於掠美者矣。」曰：「疑衰加麻之絰帶，禮也。故曰二三子絰而出，至葬除之，心喪戚容終三年。夫民生於三，師居其一，於父子③也何異？今吾則加一等以行之，蓋出於人心天理之本然，若之

① 「吴中」，戴本作「中吴」。
② 「近」，戴本作「邇」。
③ 「父子」，戴本作「父」。

何其惑也?」聞者嘆伏。

先生諱長孺,越之新昌人。吁!聖遠言湮,世道不古久矣,朝爲師生而莫若途人者,比比皆是,潤之乃獨能行人之所難行於不可行之時,蓋絶無而僅有者,真仁矣哉!天下後世之爲人弟子而忘其師,聞潤之之言,寧不有動於中歟?

法帖譜系

《法帖譜系》云:熙陵以武定四方,載櫜弓矢,文治之餘,留意翰墨,乃出御府所藏歷代①真迹,命侍書王著摹勒,刻板禁中,釐爲十卷,各於卷尾題「奉②聖旨模勒入③石」。此歷代法帖之祖。

① 「所藏歷代」,原誤作「歷代所藏」,據戴本改。案今本《法帖譜系》亦作「所藏歷代」。
② 「奉」上今本《法帖譜系》有「淳化三年壬辰歲十一月六日」十二字。
③ 「入」,今本《法帖譜系》作「上」。

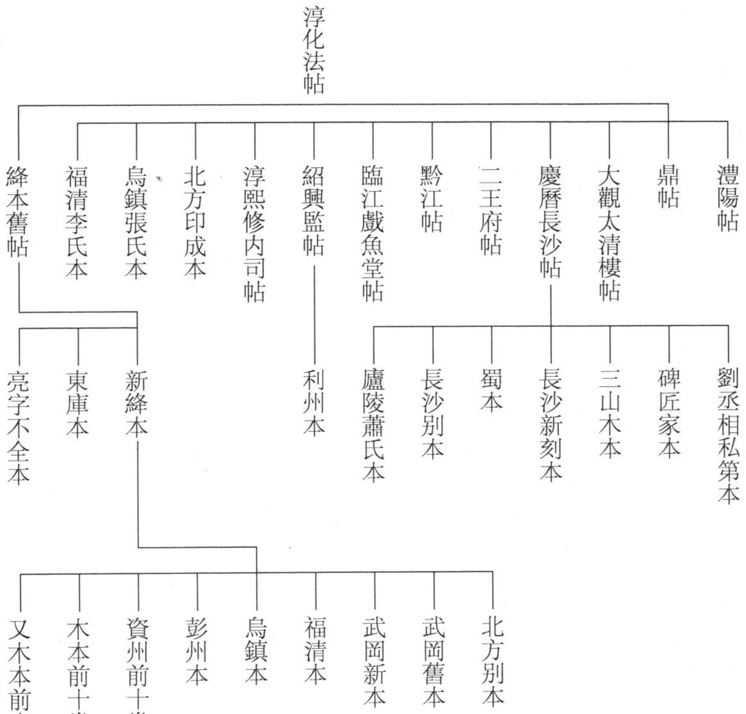
淳化法帖
澧陽帖
鼎帖
大觀太清樓帖
慶曆長沙帖
二王府帖
黔江帖
臨江戲魚堂帖
紹興監帖
淳熙修内司帖
北方印成本
烏鎮張氏本
福清李氏本
絳本舊帖
劉丞相私第本
碑匠家本
三山木本
長沙新刻本
蜀本
長沙別本
廬陵蕭氏本
利州本
新絳本
東庫本
亮字不全本
北方別本
武岡舊本
武岡新本
福清本
烏鎮本
彭州本
資州前十卷
木本前十卷
又木本前十卷

評帖

劉後村先生云：閣帖爲祖，十卷。絳帖次之，二十卷。臨江又次之，潭又次之，武岡又次之，大觀尤妙。武岡佳者可亂絳，臨江佳者可亂閣。潭乃僧希白所模，有江左風味。希白工於摹字，拙於尋行數墨，文理錯繆，然則雖工，其如難讀何？其字比之《淳化帖》爲勝。東坡推潭帖勝閣帖，韓侂胄家開羣玉帖，字好；薛紹彭亦有家塾帖，好。

淳化祖石刻

大梁劉衍卿世昌。云：大德己亥，婦翁張君錫攜余同觀淳化祖石帖，卷尾各有題識。第一卷邊「高平范仲淹曾觀，年、月、日題」。第五卷東坡、張文潛等題，又有姜白石小楷三四十字。第六卷「洛陽伊川老夫」不知爲何人。

又太學博士陳士元云：此正祖石。又有蘇舜欽題。第七卷陳簡齋奉旨觀於秋香亭下，云：「魏晉法書，非人間合有，自我太宗皇帝刻石，寵錫下方，見不滿十數。臣與義頓首謹書。」

第八卷，蘇頌云：「此帖世不多見。是日，賞牡丹，得觀於相君西齋。」張舜民題亦在此卷。第十卷，太宗書「淳化四年六月廿二日賜畢士安」，賜字上寶，後段「畢丞相黄字書，子孫保享」等語百餘字。逐卷有高宗内府印百餘顆，後有賈氏長字印。又有一小印合縫，云是蔡太師印，山和尚錦裝褫。籤頭題云「淳化祖石刻」。及見吴郡陸友仁又云：嘗觀褚伯秀所記，江南李後主命徐鉉以所藏古今法帖入石，名《昇元帖》。此則在《淳化》之前，當爲法帖之祖。劉、陸之説殊不相合。

偶讀劉跂①《暇日記》亦載此事，云：馬傳慶説此帖本唐保大年摹上石，題云：「保大七年倉曹參軍王文炳摹勒，校對無差。」國朝下江南，得此石。淳化中，太宗令將書館所有增作十卷，爲版本，而石本復以火斷缺，人家時收得一二卷，然《閣帖》於各卷尾篆書題云「淳化三年壬辰歲十一月六日，奉聖旨模勒上石」，此侍書王著筆也。而陳簡齋亦云太宗刻石，則衍卿所謂祖石刻，豈即南唐時帖乎？抑太宗增刻者，但不知南唐亦作十卷否。徐鉉、馬傳慶二説又不同。

今世言《淳化閣帖》用銀錠鬥棗木板刻，而以澄心堂紙、李廷珪墨印者，則傳慶板本之説合。故趙希鵠《洞天清録集》亦云用棗木板摹刻，故時有銀錠紋。用李廷珪墨打，手揩之，不污手。余嘗見閣本數十，止三本真者，其紙墨法度，種種迥別，妙在心悟，固難以言語形容。然又傳仁

① 「劉跂」，原誤作「劉跋」，據元本、明初本改。

宗嘗詔僧希白刻石於秘閣，前有目録，卷尾無篆書題字，所謂祖石刻者，豈即此與？

家翁

世言家之尊者曰家主翁，亦曰家公。唐代宗謂郭子儀曰：「鄙諺有云：『不癡不聾，不作家翁。』」

奴材

世之鄙人之不肖者爲奴材，郭子儀曰：「子儀諸子，皆奴材也。」

沙魘

湖南益陽州，夜中同寢之人無故忽自相打，每每有之，名曰「沙魘」。土人熟此，不以爲異，唯取冷水噴噀，候稍息，飲之湯，徐就醒，然猶二三日如醉餘，不知者殊用驚駭。

孝行

延祐乙卯冬，平江常熟之支塘里民朱良吉者，母錢氏，年六十餘，病將死，良吉沐浴禱天，以刀剖胸，割取心肉一臠，煮粥以飲母，母食粥而病愈。良吉心痛，就榻不可起。鄰里憐其且欲絶，乃裒財，命頤貞觀道士馬碧潭者醮告神明，祈陰祐之。是日，邑人俞浩齋聞而過其家，觀①良吉胸間瘡裂幾五寸，氣騰出，痛莫能言。俞爲納其心，以桑白皮線縫合，未及期月，已無恙矣。予因述其事以爲世勸②。吴郡③宋翠巖先生有詩紀之，其小序曰：「夫孝爲百行宗，人以父母遺體而生，乳哺鞠育，教誨劬勞，其恩號罔極。然而剖心刲股，恐其傷生而或死也。父母存而子死，故又有禁止之令焉。觀今世降俗薄，悖逆其父母者視良吉何如哉！如良吉者，自當旌異，爲世教勸，而有司曾莫能省。原其一念之純，剖心之際，動天地，感鬼神，固不待賞之於有司，而天地神明固已陰録其孝矣。《太上感應篇》所謂『若人者，人敬之，天佑之，福禄隨之，衆邪遠之，神靈衛之。

① 「觀」，戴本作「視」。
② 「勸」上原脱「世」字，據元本、明初本、戴本補。
③ 「郡」上原脱「吴」字，據元本、明初本、戴本補。

今日謝世，明日爲地下主，進補仙階』，若良吉者有焉。故爲顯白其孝，以爲人子之勸省也。」

宗儀之先人，有孝感一事，人多傳道①，會稽張君思廉嘗書於楊鐵崖先生所撰墓銘之後矣，今並録於此。云：「元故白雲漫士陶明元氏，諱煜。弱冠時，用道家法，事所謂玄武神甚謹。明元母病心痛，痛則拍張跳躅，嚙牀簀衾褥，號叫以紓苦楚，歲瀕死者六七發，醫莫能愈。明元每掐心嚼舌以代母痛。一日危甚，計無所出，走禱玄武前曰：『刲股割肝，非先王禮，在法當禁，某非不知也。今事急矣，敢犯死取一臠爲湯劑，神爾有靈，疾庶幾其瘳。』禱畢，即引刀欲下，忽有二童自外躍入，叱曰：『毋自損，我天醫也。』明元大駭，伏地乞哀。童子取案上筆，書十數字於几面，擲筆，二童子咸仆地。隨呼家人救之，噀以水，良久蘇，乃鄰氏兒也。叩之，無所知焉。視其書，藥方也，隨讀隨隱。明元私喜，曰：『此必玄武神也，吾母其瘳矣。』即如方治之，藥甫及口，而痛已失，終母身不再舉。張子曰：『齊諧志怪，聖人不道。左氏尚誣，君子非之。』明元之事，遂昌鄭元祐狀行，會稽先生楊維禎誌墓，皆不書，非逸也，畏譏而削之也。彼以謂玄武神者，西北方之氣也，莽蒼無知，非如俞跗岐扁，能切脈察色，投湯熨火，抉腸剔胃，以取人疾，在理所不通，故不書。雖然，動天地，感鬼神，莫大乎孝。焉知冥冥中英魂烈氣不散者，或如俞跗岐扁，

① 戴本「道」下有「之」字。

依馮精魄，以遂孝子之請也。不然，何穹然漠然之體而有所謂天醫乎？明元子宗儀與余友善，其寓殯又在玉笥山下，去余居不遠，以是得其實尤詳，故寧受左氏之譏，不敢没明元之孝。《書》曰：『與其殺不辜，寧失不經。』先王之過蓋如此。會稽張憲撰。」

廉使長厚

徐文獻公爲浙西廉使時，治所尚在平江，有旨遷置於杭，歲云莫矣，擇日啓行。一書吏者，掌照刷支郡諸司案牘，官吏合受稽違罪責，已皆取狀，至是引決。公謂曰：「正旦在邇，此曹乃職官俸吏，禮宜陪位，望闕致賀。受刑而從事，無恥也。否則爲不敬，盍别議之。」吏以白於幕官，因進曰：「相公長厚之道固如此，然將若之何？」公曰：「奚難？立案候明年分司施行可也。」庭下歡聲如雷。此亦厚風化之一端，故記之。

私第延賓

公既遷司至杭，一日，有本路總管與一萬户謁公私第，公以賓禮延之上坐，適書吏從外來，見而趨避。伺其退，入見曰："總管、萬户，皆屬官耳，得無禮貌之過與？"公曰："在公府，則有尊卑之辨；若私宅，須明主客之分。我輩能廉介，則百司自然知懼，何待恃威勢以驕淩之，然後爲尊嚴乎？"吏赧甚。

句曲山房熟水

句曲山房熟水法：削沉香釘數個，插入林禽中，置瓶内，沃以沸湯，密封瓶口，久之乃飲，其妙莫量。

吾竹房先生

吾子行先生，衍。太末人，大父爲宋太學諸生，因家錢唐。先生疏曠，故高不事①之節。其所厭棄者或請謁，從樓上遥謂曰："吾出有間矣。"顧彈琴，吹洞簫，撫弄如意不輟。求室委巷，

① "事"，戴本作"仕"。

教小學，常數十人，與客對笑談喧，樓上下羣童一是肅安。其所著述，有《尚書要略》《聽玄集》《造玄集》《九歌譜》《十二月樂譜辭》《重正卦氣》《楚史檮杌》《晉文春秋》，兼通聲音律吕之學，工篆書。初，先生年四十未娶，所知宛丘趙君天錫，爲買酒家孤女爲妾。年饑，女嘗事人，後夫知妻在先生所，訟之，因逮妾父母。父母至，客先生家。又僞楮幣事覺，因言舍主人。先生固弗知，因邏捽辱先生，南出數百步。録事張君景亮識先生，叱邏曰：「是不知情，攝之何爲？」即解縱遺歸。先生不勝慚，明日，持玄緌緇笠，詣仇山村先生别。值晨出，因留詩一章，詩有「西泠橋外斷橋邊」之句，意將從靈均於斯。明日，有得遺履於橋上者。後衛大隱以六壬筮之，得亥子丑，順流象，曰：「是其骨朽淵泥九十日矣。」西湖多寶院僧可權從先生學，聞先生之死，哭甚哀，乃葬先生遺文於後山，與其師骨塔相對，曰：「皆吾師。」仍乞銘於胡石塘先生，庶幾先生有後世名。銘曰：「生弗瀆，死弗辱，貞哉白。」余習篆書，極愛先生翰墨，得一紙半幅，如獲至珍，以故於書法頗有助。偶與鄭遂昌先生談先生之始末，就識之。竹房、竹素、貞白，皆先生號也。

抗疏諫伐宋

何公巨川者，京師長春宫道士也。會世皇將取宋，乃上疏抗言宋未有可伐之罪，遂命副國信使、翰林學士郝文忠公經。使江南，殁於真州。至正間，詔追贈二品官。有人作詩悼之云：「奇才不泄神仙事，抗疏曾干世祖知。每恨南邦本無罪，比①留北使欲何爲。忠魂久掩孤城館，褒詔新鎸二品碑。地上若逢姦似道，爲言故國黍離離。」

髪膩

婦人頭髪有時爲膏澤所黏，必沐乃解者，謂之膩。按《考工記·弓人》注云：「膩，亦黏也，音職。」則髪膩之膩，正當用此字。

鬼臟

陝西某縣一老嫗者，住村莊間，日有道流乞食，與之無吝色。忽問曰：「汝家得無爲妖異所苦乎？」嫗曰：「然。」曰：「我爲汝除之。」即命取火，焚囊中符篆。頃之，聞他所有震霆聲，曰：

① 「比」，戴本作「空」。

「妖已誅殛，纔遁其一，廿年後，汝家當有難，今以鐵簡授汝，至時亟投諸火。」言訖而去。自是久之，嫗之女長而且美，一日，有曰大王者，騎從甚都，借宿嫗家，遣左右謂曰：「聞嘗得異人鐵簡，可出示否？」蓋嫗平日數爲他人借觀，因造一僞物，而以真者懸腰間不置也，遂用僞獻。留不還，謂曰：「可呼汝女行酒。」以疾辭。大王怒，便欲爲姦意。嫗竊思道流之説，計算歲數又合，乃解所佩鐵簡投酒竈火内。既而電掣雷轟，煙火滿室，須臾平息，擊死獮猴數十，其一最巨，疑即向之逃者。所齎隨行器用，悉係金銀寶玉，赴告有司，籍入官庫。泰不華元帥爲西臺御史日，閲其案，朱語曰「鬼贓」云。余親聞泰公説甚詳，且有鈔具案文，惜不隨即記録，今則忘邑里姓名歲月矣。

居士

今人以居士自號者甚多，考之六經中，惟《禮記・玉藻》有曰「居士錦帶」，注謂「道藝處士也」。吴曾①《能改齋漫録》云：居士之號，起於商周之時。按《韓非子》書曰：太公封於齊，東海

① 「吴曾」，原誤作「吴僧」，據戴本改。

上有居士任矞、華仕①昆弟二人，立議曰：吾不臣天子，不友諸侯，耕而食之，掘而飲之，吾無求於人。無上之名，無君之禄，不仕而事力云②。然則居士云者，處士之類是已。

親家

凡男女締姻者，兩家相謂曰「親家」，此二字見《唐·蕭嵩傳》，今北方以「親」字爲去聲。按盧綸作《王駙馬花燭詩》云「人主人臣是親家」，則是亦有所祖。親家又曰「親家翁」，《五代史·劉昫傳》：昫與馮道爲姻家而同爲相，道罷，李愚代之。愚素惡道之爲人，凡事有稽失者，愚必指以誚昫曰：『此公親家翁所爲。』」蘇氏《開談録》③：「馮道與趙鳳同在中書，鳳有女適道中子，以飲食不中爲道夫人譴罵，趙令婢長號知院者來訴，凡數百言，道都不答。及去，但云『傳語親家翁，今日好雪』。」

① 「任矞、華仕」，各本同，或當作「狂矞、華士」。案今本《韓非子·外儲説右上》：「太公望東封於齊，齊東海上有居士曰狂矞、華士，昆弟二人者立議曰……」

② 「不仕而事力」，各本同，今本《韓非子》作「不事仕而事力」。

③ 「開談録」，各本同，疑爲「閑談録」之誤。案《宋史·藝文志》著録蘇耆《閑談録》二卷，《説郛》收有宋蘇耆《閑談録》。

官奴

今以妓爲官奴，即官婢也。《周禮・天官》：酒人，奚三百人。注：今之侍史官婢。

梵嫂

唐鄭熊《番禺雜記》：「廣中僧有室家者，謂之火宅僧。」宋陶穀《清異録》：京師大相國寺①僧有妻，曰梵嫂。

房老

王子年《拾遺記》：石季倫有妾名朔風②，及色衰，退爲房老。

---

① 「大相國寺」，原誤作「大相寺國」，據戴本改。案《清異録・天文門・梵嫂》作「相國寺」。

② 「朔風」，各本同，今本《拾遺記》作「翔風」。

寶晉齋研山圖

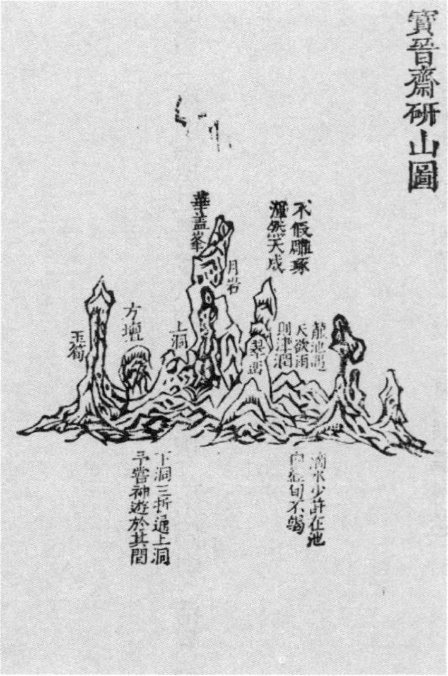

右此石是南唐寶石，久爲吾齋研山，今被道祖易去。中美舊有詩云：「研山不易見，移得小翠峯。潤色褭書几，隱約煙朦朧。巉巖自有古，獨立高崧巃。安知無雲霞，造化與天通。立璧照春野，當有千丈松。崎嶇浮波瀾，偃仰蟠蛟龍。蕭蕭生風雨，儼若山林中。塵夢忽不到，觸目萬慮

空。公家富奇石，不許常人同。研山出層碧，峥嶸實天工。淋漓上山泉，滴瀝助毫端。揮成驚世文，主意皆逢原。江南秋色起，風遠洞庭寬。往往入佳趣，揮掃出妙言。願公珍此石，美與衆物肩。何必嵩少隱，可藏爲地仙。」今①每誦此詩，必懷此石。近余亦有作云：「研山不復見，哦詩徒嘆息。唯有玉蟾蜍，向余頻淚滴。」此石一入渠手，不得再見，每同交友往觀，亦不出示，紹彭公真忍人也。余今筆想成圖，仿佛在目，從此吾齋氣秀②尤不復泯矣。崇寧元年八月望，米芾書。

余二十年前，嘉興吴仲圭爲畫圖，錢唐吴孟思書文。後攜至吴興，燬於兵。偶因清暇，默懷往事，漫記於此。

衛夫人

《翰墨志》云：「衛夫人名鑠③，字茂漪，晉汝陰太守李矩妻，善鍾法，能正書，入妙，王逸少師之。」《西溪叢語》云：夫人，廷尉展之弟，恒之從妹，中書郎李充之母。

①「今」，明初本、戴本作「余」。
②「氣秀」，元本、明初本、戴本作「秀氣」。
③「鑠」，原誤作「鑠」，據戴本改。案《翰墨志》及今本《西溪叢語》均作「鑠」。

南村輟耕録卷七

趙魏公書畫

魏國趙文敏公孟頫。以書法稱雄一世，畫入神品。其書，人但知自魏晉中來，晚年則稍入李北海耳。嘗見《千字文》一卷，以爲唐人字，絶無一點一畫似公法度，閱至後，方知爲公書。公自題云：「僕廿年來寫《千文》以百數，此卷殆數年前所書，當時學褚河南《孟法師碑》，故結字規模八分。今日視之，不知孰爲勝也。田君良卿於駱駝橋市中買得此卷，持來求跋，爲書其後。因思自五歲入小學學書，不過如世人漫爾學之耳。不意時人持去，可以粥錢，而吾良卿又捐錢若干緡以購之，皆可笑也。元貞二年正月十八日，子昂題。」則知公之書所以妙者，無帖不習也。

又嘗見公題所畫馬云：「吾自幼好畫馬，自謂頗盡物之性。友人郭祐之嘗贈余詩云：『世人但解比龍眠，那知已出曹韓上。』曹韓固是過許，使龍眠無恙，當與之並驅耳。」然往往閱公所畫馬及人物、山水、花竹、禽鳥等圖，無慮數十百軸，又豈止龍眠並驅而已哉！

又聞公偶得米海岳書《壯懷賦》一卷，中闕數行，因取刻本摹搨以補其闕。凡易五七紙，終不如意，乃嘆曰：「今不逮古多矣！」遂以刻本完之。

公之翰墨爲國朝第一，猶且服善如此，近有一等人，僅能點畫如意，便自誇大者，於公寧不愧乎？

金鼇山

吾鄉于佩遠先生演。題《金鼇山詩》曰：「金鼇之山金碧浮，重玄寶坊居上頭。鐘聲夜度海門月，樹色遠攬豐山秋。龍伯國人真妙手，掣此巨靈鎮江口。丹丘逸士來跨之，石窪爲尊江當酒。黄鬚天子七寶鞭，黄頭漁郎棹江船。百年塵迹果何在，芒碭雲去山蒼然。歷試諸難固天造，中興開國何草草。腹心有疾日月昏，英雄無聲天地老。兩宫不歸汴水流，此地空傳帝子遊。惜無健筆驅風雨，一洗江山萬古愁。」此詩至今膾炙人口。

山枕海屬臨海縣章安鎮。初，宋高宗在潛邸日，泰州人徐神翁云能知前來事，羣閹言於徽宗。召至，以賓禮接之。一日，獻詩於帝曰：「牡蠣灘頭一艇横，夕陽西去待潮生。與君不負登臨約，同上金鼇背上行。」及兩宫北狩，匹馬南渡，建炎庚戌正月三日，帝航海，次章安鎮，灘淺閣舟，落帆於鎮之福濟寺前以候潮，顧問左右曰：「此何山？」曰：「金鼇山。」又問：「此何所？」曰：「牡蠣灘。」因默思神翁之詩，乃屏去警蹕，易衣徒步登岸，見此詩在寺壁間，題墨若新，方信其爲異人也。時住持僧方陞坐，道祝聖之詞，帝趾忽前，聞其稱贊之語，甚喜，戒左右勿驚怖，而諦①聽之。少焉，千乘萬騎畢集，始知爲六龍臨幸。野僧初不閑禮節，恐怖失措，從行有司教以起居之儀。山下曰黄椒村，村之婦女聞天子至，咸來瞻拜龍顔，歡聲如雷，曰：「不徒②今日得睹天日。」帝喜，敕夫人各自逐便，故至今村婦皆曰夫人，雖易世，其稱謂尚然不改。《宋史》但載御舟幸章安鎮，而不見金鼇之詳。偶與張善初話鄉中舊事，因筆之。善初，章安人也。

委羽山

吾鄉台之黄巖諸山，脈絡相連，屬大江，越州治北。自州出南門，陸行四五里許，有委羽山，特立不倚，形如落舞鳳，故得名。然州人與之朝夕者，倶弗自知其爲勝。山旁廣而中深，青樹翠

---

① 「諦」，原誤作「締」，據戴本改。
② 「不徒」，戴本作「不圖」。

蔓，蔭翳蓊鬱，幽泉琮琤，若鳴珮環於修竹間，千變萬態，不可狀其略。中藏洞穴，仙家所謂「空明洞天」者是也。好道之士嘗持炬入，行兩日，不可窮，聞櫓聲，乃出。洞之側産方石，周正光澤，五色錯雜，雖加琢磨，殆不是過。大者三四分，小者比米粒而小，以斧粉碎之，亦無不端方。見長老言，嘗有素服靚妝飄飄若仙之女者，當風清月白時，則逍遥乎松杉竹柏之下，或時變服叩里人門求水火。里人所居，去洞所不能百步，異其狀，密覘之，迤邐從洞中去。里人以爲怪，糞其地。越數日，里人家夜失火，勢張甚，不可滅，室宇一空，妻子僅以身免，遂派離他處。識者以爲厭穢仙境，故致此奇禍。自是仙女不復出矣。余幼時尚及見里人故址，至今有欲得方石者，裹糧撮許，往洞口撒之，隨意拾地上土，則有石在土中，不爾，絶無有也。

斛銘

鎮國上將軍福建宣慰使費榮敏公，寀。余内子之曾大父也，吴興人，今著籍松江之上海。器度弘厚，不以富貴驕人，輕財好施，勇於爲義，人皆稱曰「費佛子」。陵陽牟先生巘①。所撰墓

①「巘」，原誤作「瓛」，據元本、明初本、戴本改。

誌銘載其事甚詳。家之量衡無二致，刻銘於斛之四面曰：「出以是，入以是，子孫永如是。」推此，則真古仁人之用心者矣。內子之大父良顯佚，拱辰。父昭武大將軍，雄。皆世守其業，克不墜先志云。

孝感

越楓橋里人丁氏，母雙目失明，丁至孝，每朝盥潄訖，即舐母之目，積有年矣。俄而母左目明，未久，右目復明。憲司上其事於朝，表其閭曰「孝子之門」，至治年間也。

因讀《江南別録》：彭李者，世爲義門陳氏之傭夫，喪明已久，有子一人，嘗聞陳之子弟言舜爲父瞽叟舐目而致明，乃歸效之。不旬日，父目忽然明朗。

右二事誠孝行所感。今段吉父①先生母夫人劉，雙目久失明，醫弗能愈。先生中鄉舉，一目忽自見物；先生及第，一目又如之。雖夫人喜溢於中，不自知其然而然，亦先生學業有成所致與？傳曰：「立身揚名，以顯於後世，孝之至也。」其此之謂焉。先生諱天佑②，汴梁蘭陵人，

---

① 「吉父」，各本同，疑爲「吉甫」之誤。案《書史會要》：「段天祐，字吉甫，汴人，官至江浙儒學提舉，亦號能書。」

② 「天佑」，各本同，疑爲「天祐」之誤。案《書史會要》作「天祐」。

仕至江浙儒學提舉。

火失剌把都

火失剌把都者，回回田地所産藥也，其形如木鼈子而小，可治一百二十種證，每證有湯引。

屈戌

今人家窗户設鉸具，或鐵或銅，名曰環紐，即古金鋪之遺意，北方謂之屈戌，其稱甚古。梁簡文詩「織成屏風金屈戌」，李商隱詩「鎖香金屈戌」，李賀詩「屈膝銅鋪鎖阿甄」，屈膝，當是屈戌。

回回石頭

回回石頭種類不一，其價亦不一。大德間，本土巨商中賣紅剌一塊於官，重一兩三錢，估直中統鈔一十四萬定，用嵌帽頂上。自後累朝皇帝相承寶重，凡正旦及天壽節大朝賀時則服用之。呼曰剌，亦方言也。今問得其種類之名，具記於後。

紅石頭四種，同出一坑，俱無白水。

剌淡紅色，嬌。　避者達深紅色，石薄方嬌。

昔剌泥黑紅色。　苦木蘭紅黑黄不正之色，塊雖大，石至低者。

緑石頭三種，同出一坑。

助把避上等暗深緑色。　助木剌中等明緑色。

撒卜泥下等帶石，淺緑色。

鴉鶻

紅亞姑上有白水。　馬思艮底帶石，無光，二種，同坑。

青亞姑上等，深青色。　你藍中等，淺青色。

屋撲你藍下等如水樣，帶石，渾青色。　黄亞姑

白亞姑

貓睛

貓睛中含活光一縷。　走水石新坑出者，似貓睛而無光。

甸子

你捨卜的即回回甸子，文理細。　　乞里馬泥即河西甸子，文理粗。

荆州石即襄陽甸子，色變。

黄巢地藏

趙生者，宋宗室子也，家苦貧，居閩之深山，業薪以自給。一日，伐木溪滸，忽見一巨蛇，章質盡白，昂首吐舌，若將噬己，生棄斧斤，奔避得脱。妻問故，具以言。因竊念曰：「白鼠白蛇，豈寶物變幻邪？」即拉夫同往。蛇尚宿留未去，見其夫婦來，回首遡流而上。尾之，行數百步，則入一巖穴中。就啓之，得石，石陰刻押字與歲月、姓名，乃黄巢手瘞。治爲九穴，中穴置金甲，餘八穴金銀無算。生掊取畸零，仍舊掩蓋。自是家用日饒，不復事薪。鄰家疑其爲盜，告其姊之夫嘗爲吏者，吏詢之嚴，不敢隱，隨饋白金五錠。吏貪求無厭，訟之官。生不獲已，主一巨室，悉以九穴奉巨室，廣行賄賂，有司莫能問。迨帥府特委福州路一官往廉之，巨室私獻金甲，因回申云：「具問本根所以，實不曾掘發寶藏。」其事遂絶。路官得金甲，珍襲甚，至任滿他適，其妻徙置榻下。一夕，聞繞榻風雨聲，頃刻而止。頗怪之，夫歸共取視，鐍鑰如故。啓籠，乃無有也。

生無子，夫婦終老巨室。

嗟夫！天地間物苟非我有，雖得之亦終失也。巢之亂唐天下，剽掠寶貨，歷三四百年，至於我朝，而爲編氓所得。氓固得之，不能保之，而卒歸於富家。其路官者得金甲，自以爲子孫百世計，一旦作神物化去，是皆可爲貪婪妄求者勸。

鴛衾

孟蜀主一錦被，其闊猶今之三幅帛，而一梭織成。被頭作二穴，若雲版樣，蓋以叩於項下如盤領狀，兩側餘錦則擁覆於肩，此之謂鴛衾也。楊元誠太史言，兒時聞尊人樞密公云，嘗於宋官庫見之。

奚奴温酒

宋季，參政相公鉉翁於杭將求一容貌才藝兼全之妾，經旬餘，未能愜意。忽有以奚奴者至，姿色固美，問其藝，則曰能温酒，左右皆失笑，公漫爾留試之。及執事，初甚熱，次略寒，三次微温，公方飲。既而每日並如初之第三次，公喜，遂納焉。終公之身，未嘗有過不及時。歸附後，公攜入京。公死，囊橐皆爲所有，因而巨富，人稱曰「奚娘子」者是也。吁！彼女流賤隸耳，一事精至，便能動人，亦其專心致志而然。士君子之學爲窮理正心修己治人之道，而不能至於當然之極者，視彼有間矣。

挂牌延客

江右胡存齋參政能折節下士，賓客至，如家焉，故南北士大夫有經過其地，無不願見者。每虞閽人不爲通刺，苟不出日，即於門首挂一牌云「胡存齋在家」。

買宅有識

松江在城金世昌者出繼夏氏，嘗買廢宅，修葺前廳，梁内有鑿成「金世昌」三字，必昔時客商所記姓名，人以爲有定數云。

待士

恒陽廉文正王，希憲。字善父，畏吾氏，由父孝懿王布魯凱。官廉訪使，氏焉，國初拜爲平章政事。秉政日，中書右丞劉武敏公整。以初附，爲都元帥，騎從甚都，詣門求見。王之弟兄凡十人，後皆至一品。内王弟昭文館大學士、光禄大夫、薊國公希貢。猶布衣，爲通報。王方讀書，略不答。薊公出，整復浼入言之，因令徹去坐椅，自據中坐，令整入。整展拜，起，側立，不予之一言。整求退，謂曰：「此是我私宅，汝欲有所言，明日當詣政事堂。」及出，慚赧無人色。頃之，宋士之在覊旅者，寒餓狼狽，冠衣襤褸①，袖詩求見，王之兄弟皆揶揄之。薊公復爲入言，急令鋪設坐椅，且戒内人備酒饌，出至大門外。肅入，對坐，出酒饌，執禮甚恭，且録其居止。諸儒但言困苦，乞歸。王明日遂言於世皇，皆遂其請。是夜，諸兄弟問曰：「今日劉元帥者，主上之所倚任，反菲薄之。江南窮秀才，卻以禮遇，如此其至，我等不能無疑。」王曰：「我是國家大臣，言動嚬笑，繫天下重輕。整雖貴，賣國叛臣也，故折辱之，令其知君

---

① 「襤褸」，原誤作「檻縷」，據明初本、戴本改。

臣義重。若寒士數十，皆誦法孔子者也。在宋，朝不坐，燕不與，何故而拘執於此。況今國家起朔漠，斯文不絶如綫，我更不尊禮，則儒術且將掃地矣。」王之作興斯文若此，是大有功於名教者也。

雇僕役

許魯齋先生在中書日，命牙儈雇一僕役，特選一能應對閑禮節者進，卻之，曰：「特欲老實耳。」他日，領一蓬首垢面愚騃之人來，遂用之。儈請問其故，先生曰：「諺云：馬騎上等馬，牛用中等牛，人使下等人。馬上等能致遠，牛中等良善，人下等易馴。若其聰明過我，則我反爲所使矣。假如司馬温公家一僕，三十年止稱君實秀才，蘇子瞻學士來謁，聞而教之。明日，改稱大參相公。公驚問，以實告。公曰：『好一僕，被蘇東坡教壞了。』這便是樣子。」

志異

至正壬辰春，自杭州避難居湖州。三月廿三日，黑氣亘天，雷電以雨，有物若果核，與雨雜下，五色間錯，光瑩堅固，破其實食之，似松子仁，人皆曰娑婆樹子。閏月十二日，復雨。八月，過杭州，因知三月十八日亦雨如湖州，郡人初不以爲異。及九月十日，紅巾犯省治，雨核之地悉被兵火，無有處，屋宇如故。余弗之信。九月廿六日，湖州陷，儀鳳橋四向焚戮特甚。追思雨核時，橋四向爲最多，信前言不誣也。後聞池州亦然，與杭日同，池州之禍尤可慘也。按白樂天詩集載月中嘗墜桂子於天竺寺，葉石林《玉澗雜書》亦云仁宗天聖中，七月、八月兩月之望，有桂子從空降如雨，其大如豆，雜黄、白、黑三色，食之味辛，寺僧道式①取以種，得二十五本。二書豈盡妄耶？此理殊不可曉。但今又爲時讖，尤可異也。

課馬

俗呼牝馬爲課馬者，《唐六典》：凡牝，四遊五課，羊則當年而課之。課，歲課駒犢也。

---

①「道式」，戴本作「遵式」，疑是。

客作

今人之指傭工者曰「客作」，三國時已有此語。焦光：「飢則出爲人客作，飽食而已。」

鹹杬子

今人以米湯和入鹽草灰以團鴨卵，謂曰「鹹杬子」。按《齊民要術》用杬木皮淹漬，故名之。若作「圓」字寫，則誤矣。

鷹背狗

北方凡皂雕作巢所在，官司必令人窮巢探卵，較其多寡。如一巢而三卵者，置卒守護，日覘視之，及其成鷇，一乃狗耳，取以飼養，進之於朝。其狀與狗無異，但耳尾上多毛羽數根而已。田獵之際，雕則戾天，狗則走陸，所逐同至，名曰「鷹背狗」

官制資品

品	爵	勳	母妻	服色
正一	國公	上柱國	國夫人	公服俱右衽，幞頭系舒脚，紫羅服，大獨斜花，直徑五寸，玉帶。
從一		柱國		
正二	郡公	上護軍	郡公夫人	紫羅服，小獨花，直徑三寸，花犀帶。
從二		護軍		
正三	郡侯	上輕車都尉	郡侯夫人	紫羅服，散答花，直徑二寸，荔枝金帶。
從三		輕車都尉		
正四	郡伯	上騎都尉	郡君	紫羅服，小獨雜花，直徑一寸半，荔枝金帶。
從四		騎都尉		
正五	縣子	驍騎尉	縣君	紫羅服，小獨花，直徑一寸半，烏犀帶。
從五	縣男	飛騎尉		
正六			恭人	六品、七品緋羅服，小雜花，直徑一寸半，烏犀帶。
從六				
正七			宜人	八品、九品明緑無紋羅服，烏犀帶。
從七				
正八				路提控案牘，府、州都吏目，典吏等檀褐羅窄衫，烏犀束帶。
從八				

續表

文			武		
開府儀同三司 儀同三司	崇進 特進	金紫光禄大夫 銀青榮禄大夫			
光禄大夫	榮禄大夫				
资德大夫	資政大夫	資善大夫	龍虎衛上將軍	金吾衛上將軍	驃騎衛上將軍
正奉大夫	通奉大夫	中奉大夫	奉國上將軍	辅國上將軍	鎮國上將軍
正議大夫	通議大夫	嘉議大夫	昭武大將軍	昭教大將軍	昭勇大將軍
太中大夫	中大夫	亞中大夫	安遠大將軍	定遠大將軍	懷遠大將軍
中議大夫	中憲大夫	中順大夫	廣威將軍	宣威將軍	明威將軍
朝請大夫	朝散大夫	朝列大夫	信武將軍	顯武將軍	宣武將軍
奉政大夫	奉議大夫		武節將軍	武德將軍	
奉直大夫	奉訓大夫		武義將軍	武略將軍	
承德郎	承直郎		承信校尉	昭信校尉	
儒林郎	承務郎		忠武校尉	忠顯校尉	
文林郎	承事郎		忠勇校尉	忠翊校尉	
徵仕郎	從事郎		修武校尉	敦武校尉	
登仕郎	將仕郎		保義校尉	進義校尉	
登仕佐郎	將仕佐郎		保義副尉	進義副尉	

司天		太醫		內侍	教坊	
				中散大夫		
				中尹大夫		
				中儀大夫		
欽象大夫	正儀大夫	保康大夫	保宜大夫	中御大夫	雲朝大夫	仙韶大夫
明時大夫	頒朔大夫	保和大夫	保安大夫	中衛大夫	長寧大夫	德和大夫
保章大夫		保順大夫		中治大夫	協律大夫	
司玄大夫		保中大夫		通侍郎	嘉成大夫	
授時郎		保全大夫		通衛郎	純和郎	
靈臺郎		成安大夫		侍正郎	調音郎	
候儀郎		成和大夫		侍直郎	司樂郎	
司正郎		成全大夫		司謁郎	協樂郎	
平秩郎		醫正郎		司閽郎	和樂郎	
正紀郎	事壺郎	醫效郎		司僕郎	司律郎	司音郎
司曆郎	司辰郎	醫痊郎		司奉郎 司引郎	和聲郎	和節郎

續表

文官子蔭	正五兩考，須歷上州尹一任，如無上州尹缺，再歷正五一任，方入四品。正從四品，內外不分，通八十月與三品。正從三品，非有司定奪。
正五	
從五	三考陞正五
正六	二考陞從五
從六	三考陞從五
正七	二考陞從六
從七	三考陞正七呈省
正八	二考陞從七
從八	三考陞從七
正九	二考陞從八
從九	三考陞從八
省劄六十月，陞從九品。	外任官轉陞例
務提領七十二月，陞從九。	至元六年三月，奏准外任若三考不及九十月、八十一月之上陞，兩考不及六十月、五十五月之上陞，所少月日，後任貼補。朝官一考陞一等，一十五月之上，減外任一資，二十五月之上，同一考所，少月日，後任貼補，通陞二等止。
務使一百八月，陞從九。	
都監百四十四月，陞從九。	
大德四年八月，奏準色目人比漢人高一等。	

奎章政要

文宗之御奎章日，學士虞集、博士柯九思常侍從，以討論法書名畫爲事。時授經郎揭傒斯亦在列，比之集、九思之承寵眷者則稍疏，因潛著一書曰《奎章政要》以進，二人不知也。萬幾之暇，每賜披覽。及晏朝，有畫《授經郎獻書圖》行於世，厥有深意存焉。句曲外史張伯雨題詩曰：「侍書愛題博士畫，日日退朝書滿牀。奎章閣上觀政要，無人知有授經郎。」蓋柯作畫，虞必題，故云。

義奴

劉信甫，揚州人，郡富商曹氏奴。曹瀕死，以孤托之。孤漸長，孤之叔利孤財，妄訴於府曰：「某家貲産未嘗分析，今悉爲侄所據。」郡守劉察其詐，直之。叔之子以父訟不勝，慚且憤，毒父死，而復訴於府曰：「弟挾怨殺吾父。」適達魯花赤馬馬火者，受署之初，與守不和，竟欲置孤法，並得以中守。引致百餘人，皆抑使誣服，曰：「孤俾某等殺叔，守受孤賄若干。」末鞫信甫，信甫曰：「殺人者某也，孤實不知，守亦無賄。」既被鍛煉，無完膚，終無兩辭。初，信甫先遣人密送孤過①京師，避於一達宦家，囑之曰：「慎毋出。」至是，乃厚以金帛賂達魯花赤，孤得無預，而信甫減死。既而叩蹕陳告，達魯花赤以罪罷去，守復官。凡獄訟道里費蓋巨萬計，孤歸，悉算償。信甫曰：「奴之富，皆主翁之蔭也，今主有難，奴救脱之，分内事耳，寧望求報哉！」力辭不受。

① 「過」，戴本作「至」。

忠倡

至正壬辰秋，邊寇陷常州，守吏望風奔潰。徐婦倡者，寇命以佐燕，乃憤詈弗從，竟刺死之。未幾，江浙平章定定來克復，儒流吴寅夫、趙君謨等以從逆伏誅。嘉興張翔南翼。作《忠徐倡》詩以白於世曰：「西神峨峨，睢孽蔓乘。兵塗甿膏，國武乏興。嗜爾尸素營賄朋，城弗典守妖狐凌。彼章逢之徒，冠倫魁能，蒲伏讋服，倒授太阿倢以承，天廓不白暑雨冰。綱常淪隳，線絶罔憑。胡爲優徐倡，冶容倚市矜。鬟妖驅之俾侑樂，頩玉肆詈無陵兢①。噤謳褫舞餘，怒鬟植鬅鬙。鉛爲鋼，刃劃膺，載營霸，灼上升。顧守臣巨儒，汗恧銜愧死莫懲。二儀②磅礴忠義氣，猶③出下里孰可仍。桓桓執夷徒，乃反經溝塍。爾倡丹衷燭日月，易粉黛譽聲繩繩。污瀆流，回清澂。」蓋吴嘗室其少妹，且與生子，名教中所不齒者，一死固有餘辜。趙頗純謹老成，乃亦在列，可哀也已。

《隨隱漫録》載宋端平二年，滎全據高郵城叛，召官奴毛惜惜佐酒。罵曰：「汝本健兒，官家

① 「陵兢」，戴本作「淩兢」，今本《元詩紀事》作「陵競」。
② 「二儀」，戴本作「二義」。
③ 「猶」，戴本「獨」，今本《元詩紀事》作「猶」。

何負於汝而反？吾有死耳，不能爲反賊行酒。」全以刃裂口，立命臠之，罵至死不絶。後閫臣以聞，特封英烈夫人，且賜廟。潘紫巖有詩曰：「淮海豔姬毛惜惜，蛾眉有此萬人英。恨無匕首學秦女，向使裹頭真杲卿。玉骨花顔城下土，冰魂雪魄史間名。古今無限要金者，歌舞筵中過一生。」噫！當是時也，姦凶得志，勢焰熏天，雖厚禄重臣，峨冠世儒，罔不效力執事，戰兢奔走於指揮之下。而倡優下賤，乃能奮不顧身，獨何人與？夫徐氏之與英烈夫人，同一死耳，而無有爲之舉申朝廷，褒贈封號，以爲世勸，惜哉！

志怪

至正乙未正月廿三日日入時，平江在城忽聞①東南方軍聲且漸近，驚走覘視，他無所有，但見黑雲一簇中，仿佛皆類人馬，而前後火光若燈燭者，莫知其算，迤邐由西北方而没。惟葑門至齊門居民屋脊龍腰悉揭去，屋内牀榻屏風俱仆。醋坊橋董家雜物鋪失白米十餘石，醬一缸，不知置之何地。此等怪事，竟不可曉。

① 「聞」，原誤作「望」，據戴本改。

粥爵

至正乙未春，中書省臣進奏，遣兵部員外郎劉謙來江南，募民補路府州司縣官。自五品至九品，入粟有差，非舊例之職專茶鹽務場者比。雖功名逼人，無有願之者。既而抵松江，時知府崔思誠惟知曲承使命，不問民間有粟與否也，乃拘集屬縣巨室，點科十二名。衆皆號泣告訴，曾弗之顧，輒施拷掠，抑使承伏，即填空名告身授之。平江路達魯花赤卒不避譴斥，力争以爲不可，竟無一人應募者。崔聞之，深自悔赧。

還金絶交

曹公克明，鑑。號以齋，宛平人。爲湖廣行省員外郎日，麻陽主簿顧淵白致書問訊，且以辰砂一包見寄。未及啓封，漫爾置篋笥中。後有憲官過訪，因論製藥，謂①苦無好辰砂。公曰：

---

①「謂」，原誤作「爲」，據元本、明初本、戴本改。

「我一故人嘗以此爲惠，當奉送。」及取視，乃有砂金三兩雜其内。公驚嘆曰：「淵白以我爲何如人也！」時淵白已没，呼其子歸之，其廉潔如此。官至禮部尚書，謚文穆。

畫鬼

王淵，字若水，錢唐人，善山水人物，尤長於花竹翎毛。幼時獲侍趙魏公，故多得公指教，所以傅色特妙。天曆中，畫集慶龍翔寺兩廡壁。時都下劉總管者總其事，劉命若水於門首壁上作一鬼，其壁高三丈餘，難於着筆，因取紙連黏粉本以呈。劉曰：「好則好矣，其如手足長短何？」若水不得其理，因具酒禮再拜求教於劉。劉曰：「子能不恥下問，吾當告焉。若先配定尺寸，畫爲裸體，然後加以衣冠，則不差矣。」若水受教而退，依法爲之，果善。

南村輟耕録卷八

寫山水訣

黄子久散人公望。自號大癡，又號一峯。本姓陸，世居平江之常熟，繼永嘉黄氏。穎悟明敏，博學强記。畫山水宗董、巨，自成一家，可入逸品。其所作《寫山水訣》亦有理致。邇來初學小生多效之，但未有得其仿佛者，正所謂畫虎刻鵠之不成也。

寫山水訣

近代作畫，多宗董源、李成二家筆法，樹石各不相似，學者當盡心焉。

樹要四面俱有幹與枝，蓋取其圓潤。

樹要有身分，畫家謂之紐子。要折搭得中，樹身各要有發生。

樹要偃仰稀密相間，有葉樹枝，軟面後皆有仰枝。

畫石之法，先從淡墨起，可改可救，漸用濃墨者爲上。

石無十步，真石看三面，用方圓之法，須方多圓少。

董源坡脚下多有碎石，乃畫建康山勢，董石謂之麻皮皴。坡脚先向筆畫邊皴起，然後用淡墨破。其深凹處，著色不離乎此。石著色要重。

董源小山石，謂之礬頭。山中有雲氣，此皆金陵山景。皴法要滲軟，下有沙地，用淡墨掃屈曲爲之，再用淡墨破。

山論三遠：從下相連不斷，謂之平遠；從近隔開相對，謂之闊遠；從山外遠景，謂之高遠。

山水中用筆法，謂之筋骨相連，有筆有墨之分。用描處糊突其筆，謂之有墨。水筆不動描法，謂之有筆。此畫家緊要處，山石樹木皆用此。

大概樹要填空。去聲。小樹大樹，一偃一仰，向背濃淡，各不少①相犯。繁處間疏處，須要得中。若畫得純熟，自然筆法出現。

畫石之妙，用藤黄②水浸入墨筆，自然潤色。不可用多，多則要滯筆。間用螺青入墨，亦妙。吴妝容易入眼，使墨士氣。

① 「少」，戴本作「可」。
② 「藤黄」，原誤作「滕黄」，據戴本及下文改。

皮袋中，置描筆在内，或於好景處見樹有怪異，便當模寫記之，分外有發生之意。登樓望空闊處氣韻，看雲采即是山頭景物。李成、郭熙皆用此法。郭熙畫石如雲，古人云天開圖畫者是也。

山水中唯水口最難畫。

遠水無灣①，遠人無目。

水出高源，自上而下，切不可斷派，要取活流之源。

山頭要折搭轉换，山脈皆順，此活法也。衆峯如相揖遜，萬樹相從，如大軍領卒，森然有不可犯之色。此寫真山之形也。

山坡中可以置屋舍，水中可置小艇，從此有生氣。山腰用雲氣，見得山勢高不可測。

畫石之法，最要形象不惡②，石有三面，或在上，在左側，皆可爲面。臨筆之際，殆要取用。

山下有水潭，謂之瀨，畫此甚有生意，四邊用樹簇之。

畫一窠一石，當逸墨撇脱，有士人家風，纔多，便入畫工之流矣。

① 「灣」，戴本作「痕」。

② 「惡」，原誤作「要」，據戴本改。案今本《西湖遊覽志餘》亦作「惡」。

或畫山水一幅，先立題目，然後著筆。若無題目，便不成畫。更要記春夏秋冬景色，春則萬物發生，夏則樹木繁冗，秋則萬象肅殺，冬則煙雲黯淡。天色模糊，能畫此者爲上矣。

李成畫坡脚，須要數層，取其濕厚。米元章論李光丞有後代兒孫昌盛，果出爲官者最多，畫亦有風水存焉。

松樹不見根，喻君子在野。雜樹喻小人峥嶸之意。

夏山欲雨，要帶水筆。山上有石，小塊堆在上，謂之礬頭。用水筆暈開，加淡螺青，又是一般秀潤①。畫，不過意思而已。

冬景借地爲雪，要薄粉暈山頭。

山水之法，在乎隨機應變，先記皴法不雜，布置遠近相映，大概與寫字一般，以熟爲妙。紙上難畫，絹上礬了，好著筆，好用顏色，易入眼。先命題目，此爲之上品。古人作畫，胸次寬闊，布景自然，合古人意趣。畫法盡矣。

好絹用水噴濕，石上槌眼匾，然後上幀子。礬法：春秋膠礬停，夏月膠多礬少，冬天礬多膠少。

---

① 「潤」，原誤作「閏」，據戴本改。

著色：螺青拂石上，藤黄入墨畫樹，甚色潤好看。

作畫只是個理字最緊要，吴融詩云：「良工善得丹青理。」

作畫用墨最難。但先用淡墨，積至可觀處，然後用焦墨、濃墨，分出畦徑遠近，故在生紙上有許多滋潤處。李成惜墨如金，是也。

作畫大要：去邪、甜、俗、賴四個字。

鄧山房①

平江會道觀主鄧山房，道樞。綿州人，在宋季爲道士時，齋法已精，際遇理、度兩朝。一日，謝后遣巨璫召至内後門，泣降德音，且令其責軍令狀，使無他泄。後②謂曰：「吾昨夜夢見濟王，怒甚，以爲吾且將兵由獨松關入，滅汝社稷矣。吾此夢頗可怪，汝可就南高峯頂，爲牓心章，哀告上帝。」已而黄頭先鋒斬關而來。宋亡後，鄧遂築今觀。

---

① 此條出自鄭元祐《遂昌山人雜録》。
② 「後」，《遂昌山人雜録》作「后」。

狗站

高麗以北名别十八，華言連五城也，罪人之流奴兒干者必經此。其地極寒，海亦冰，自八月即合，至明年四、五月方解，人行其上，如履平地。征東行省每歲委官至奴兒干給散囚糧，須用站車，每車以四狗挽之。狗悉諳人性，站有狗分例，若克減之，必噬其主者，至死乃已。

五馬入門

吾鄉陳剛中先生，孚。臨海縣人，國初時，嘗爲僧以避世變。一日，大書所作詩於其父執某之粉墻上云：「我不學寇丞相，地黄變髮髮如漆。又不學張長史，醉後揮毫掃狂墨。平生紺髮三十丈①，幾度和雲眠石上。不合感時怒衝冠，天公罰作圓頂相。肺肝本無兒女情，亦豈惜此雙鬢青。只憶山間秋月冷，搔首不見鬔鬆影。」父執見之，曰：「此子欲歸俗也。」呼來館穀之，命

① 「三十丈」，戴本作「三千丈」。

養髮。經半年餘，謂曰：「汝當娶，吾將以女事汝。」先生辭謝再三，既而命寓他所，遣媒妁行言，擇日迎歸。父執喜曰：「五馬入門矣。」先生雖獲佳偶，自妻母以至妻之兄姊弟妹皆不然，遂挈家入京。館閣諸老交章薦舉，入翰林。會朝廷遣使交趾，授先生禮部郎中，副之。至交州，嘗有詩曰：「老母越南垂白髮，病妻塞北倚黄昏。蠻煙瘴雨交州客，三處相思一夢魂。」及抵安南國，以文字言語諭之，其國遂降，將其世子並國相入朝。後以功授治中，典鄉郡，終老焉。若父執者，可謂識人也已。

隱逸

吾鄉呂徽之先生□□，家仙居萬山中，博學能詩文，問無不知者，而安貧樂道，常逃其名，耕漁以自給。一日，攜楮幣詣富家易穀種，值大雪，立門下，人弗之顧。徐至庭前，聞東閣中有人分韻作雪詩，一人得「滕」字，苦吟弗就，先生不覺失笑。閣中諸貴遊子弟輩聞得，遣左右詰之。先生初不言，衆愈疑，親自出，見先生露頂短褐，布襪草屨，輒侮之，詢其見笑之由。先生不得已，乃曰：「我意舉滕王蛺蝶事耳。」衆始嘆伏，邀先生入坐，先生曰：「我如此形狀，安可廁諸君子間？」請之益堅，遂入閣。衆以「藤」「滕」二字請先生足之，即援筆書曰：「天上九龍施法水，人間二鼠嚙枯藤。鷙鶻聲亂功收蔡，蝴蝶飛來妙過滕。」復請和①「曇」字韻詩，又隨筆寫云：「萬里關河凍欲含，渾如天地尚函三。橋邊驢子詩何惡，帳底羔兒酒正酣。竹委長身寒郭索，松埋短髪老瞿曇。不如乘此擒元濟，一洗江南草木慚。」寫訖，便出門。留之，不可得，問其姓字，亦不答。皆驚訝曰：「嘗聞吕處士名，欲一見而不能，先生豈其人邪？」曰：「我農家，安知吕處士爲何如人？」惠之穀，怒曰：「我豈取不義之財！」必易之，刺船而去。遣人遥尾其後，路甚僻遠，識其所而返。雪晴，往訪焉，惟草屋一間，家徒壁立。忽米桶中有人，乃先生妻也，因天寒，故坐其中。試問徽之先生何在，答曰：「在溪上捕魚。」始知真爲先生矣。至彼，果見之，告以特來候謝之意。隔溪謂曰：「諸公先到舍下，我得魚，當换酒飲諸公也。」少頃，攜魚與酒至，盡歡而散。回至中途，夜黑，不良於行，暫憩一露棚下，適主人自外歸，乃嘗識面者，問所從來，語以故，喜曰：「是固某平日所願見者。」止客宿。翼旦，客别。主人躡其蹤，則先生已遷居矣。又一日，先生與陳剛中治中遇於道，治中策蹇驢，時猶布衣，見先生風神高簡，問曰：「得非吕徽之乎？」曰：「然。」「足下非陳剛中乎？」曰：「然。」握手若平生歡。共論驢故事，先生言一事，治中答一事，互至四十餘事，治中止矣。先生曰：「我尚記得有某出某書，某出某傳。」又三十餘事，

①「和」，元本、明初本作「粘」。

治中深敬之。

關節梯媒

《杜陽雜編》云元載寵姬薛瑶英善爲巧媚，載惑之。瑶英之父曰宗本，兄曰從義，與趙娟相遞①出入，以構賄賂，號爲關節。趙娟本岐王愛妾，後出爲薛氏妻，生瑶英。三人更與中書主吏卓倩等爲腹心，而宗本輩以事告者，載未嘗不頷②之，天下齎寶貨求大官，無不恃載權勢，指薛、卓爲梯媒。又李肇《國史補》總敍進士科云：「造請權要，謂之關節。」牛輖③《牛羊日曆》云：「由是輕薄奔走，揚鞭馳騖，以關節緊慢爲甲乙。」以此推之，則諺所謂打關節、有梯媒者，不爲無祖矣。

① 「相遞」，今本《杜陽雜編》作「遞相」。
② 「頷」，原誤作「領」，據戴本改。案今本《杜陽雜編》亦作「頷」。
③ 「牛輖」，各本同，疑爲「劉輖」之誤。案《新唐書·藝文志》《直齋書録解題》皆著録《牛羊日曆》一卷，劉輖撰。

利市

利市之説，到處皆然。《易·説卦》：巽爲①利市三倍。

志苗

楊完者，字彦英，武岡綏寧之赤水人，爲人陰鷙酷烈，嗜斬殺。初，羣無賴嘯聚溪洞，完者内深賊，持權詐，故衆推以爲長。王事日棘，湖廣陶夢禎氏舉師勤王，聞苗有衆，習鬭擊，遣使往招之，由千户累階至元帥。夢禎死，樞密院判阿魯恢總兵駐淮西，仍用招納。既得旁緣入中國，不復可控制，略上江，順流而下，直抵揚州。禽獸之行，絶天逆理，民怨且怒，共起義，攻殺之，餘黨奔潰。度揚子，宿留廣德、吴興間。至正十六年春二月朔，淮人陷平江，時江浙行中書省丞相搭失帖木兒，有旨得便宜從事。嘉興北連平江，南去杭州無二百里，爲藩鎮喉舌，有司

① 案《周易·説卦》「爲」下有「近」字。

告援急星火，驛①使交道中不絶。丞相兵少，策無所出，以完者來守之。完者取道自杭，以兵劫丞相。陞本省參知政事，填募民入粟空名告身予之，即拜添設左丞。所統苗獠洞猺、答剌罕等，無尺籍伍符，無統屬，相謂曰阿哥，曰麻線，至稱主將亦然。喜著斑斕衣，製衣袖廣狹修短與臂同，衣幅長不過膝，褲如袖，裙如衣，總名曰草裙、草褲。固脰以獸皮，曰護項。束要以帛，兩端懸尻後若尾。無間晴雨，被氈毯，狀絶類犬。按《邕管雜記》《溪蠻叢笑》等書所載，五溪之蠻，盡槃瓠種屬，曰貓，曰猺，曰獠，曰犵狑，曰犵狫，字皆從犬，則諺所謂苗犬者，信然。軍中無金鼓，雜鳴小鑼以節進止，其鑼若賣貨郎擔人所敲者。夜遣士卒伏路，曰坐草。軍行尚首功，資抄掠。抄掠曰檢刮，檢刮者，盡取而靡有孑遺之意。所過無不殘滅，擄得男女，老羸者、甚幼者、色陋者，殺之。壯者曰土乖，幼者曰賴子，皆驅以爲奴。人之投其黨者，曰入火。婦人豔而皙者，畜爲婦，曰夫娘。人有三四婦，多至十數，一語不合，即剚②以刃。與之處者，得至日莫無恙，則心竊自賀。古云「好則人，怒則獸」，形容盡之矣。是月，丞相又以王與敬攝元帥事，守松江。與敬據郡應平江，完者遺部將蕭亮、員成來，與敬奔。苗有松江，火一月不絶，城邑殆無噍類，偶獲免

① 「驛」，元本、明初本、戴本作「馹」。
② 「剚」，原誤作「剸」，據元本、明初本、戴本改。

者，亦擧刵①去兩耳。掠婦女，劫貨財，殘忍貪穢，慘不忍言。官庾尚有粟四十萬餘，籍爲己有。越五十日，平江兵破澱湖柵，苗夜遁去。秋，平江兵入杭，苗將吴大旺敗，完者自嘉興來，駐兵城東②菜市橋外。未即進，民自爲戰，勝完者兵，淫刑以逞。嘉興僅保孤城，城之外悉遭兵燹，有窮目力所至，無寸草尺木處。完者雖陽浮尊事丞相，生殺予奪，於己是決，丞相僅得署成案。然浙江之南，則行御史臺總督官邁里古思，建德路則達魯花赤古篤魯丁，各自爲守，苗不敢犯其境。完者之威令，僅行於杭州、嘉興兩郡而已。築營德勝堰，周圍三四里，子女玉帛皆在焉，且以爲郿塢計。用法刻深，任勢立威。而鄧子文、金希尹、王彦良之徒，又悉邪佞輕佻，左右交煽，氣焰翕忽。時左丞李伯昇、行樞密同知史文炳、行樞密同僉吕珍等，皆先魁淮旅而降順者，丞相以其衆攻殺之。既受圍，遣吏致牲酒於文炳，爲可憐之意，曰：「願少須臾毋死，得以底裏上露③。」報不可。完者乘躁力戰，敗，盡殺所有婦女，自經以死，獨平章慶童女，以先往在富陽得免。平章女已嘗許嫁親王，爲完者强委禽焉。至是，未及三月，故數其罪者此居首。諸軍開門納款，惟恐弗先。文炳解衣裹屍瘞之，祭哭盡哀，十八年秋八月也。完者部將宋興在嘉興閉城

① 「刵」，原誤作「刖」，據明初本、戴本改。
② 「東」，原誤作「中」，據元本、明初本、戴本改。
③ 「露」，原誤作「路」，據戴本改。案《後漢書·竇融傳》有「自以底裏上露，長無纖介」之語。

自守，亦攻降之。城中燔毀者三之二，民遇害者十之七。

南村野史曰：苗入華夏，民之不幸，亦國家之不幸也。國以民爲本，本不固矣，邦奚以寧？爲之將若相者，在於明黜陟，嚴賞罰，奉將①天威，降者招之，逆者討之，以培國家之本可也。顧於此而不爲，又無他奇謀遠略，而乃借重於非類，正猶開虎兕之匣而使赴犬羊耳，尚冀保民命爲社稷計，一何愚哉！罪惡貫盈，天怒於上，敗亡戮辱，身膏草野，民争以爲快，實亦自取之也。惟完者則有説焉。完者寵榮過望，豈有貳志？忠君愛民之道，頗亦見諸行事，獨矜己犯分，貪財好色，固夷性所然。君子責備賢者，於此可以略之，則罪亦未至於死也。兼以所部吏卒，視完者起身等寒微，故威令有所不信，急之則恐内變，緩之則壞法敗度，遂卒至於如此，亦可哀矣。又惜乎草草之舉，斷自一時，吾恐國家之本剷刈殆盡，雖有智謀之士，亦無如之何矣！天乎？人乎？吾不得而知也。

雙硯堂

周待制月巖先生仁榮。買地於府城之鄭捏兒坊，創義塾以淑後進。築礎時，掘地深纔數尺，

①「將」，元本、明初本作「行」。

有青石，獲雙硯，硯有款識，乃唐鄭司户虔故物。塾既成，遂名雙硯堂。爾後先生之弟本道先生仔肩。登庚申科①，仕至惠州判官。虔字弱齊，俗訛爲捏兒云。

嫁妾猶處子

先師錢先生，璧。字伯全，壬申科進士，端重清慎，語不傷氣。嘗内一女鬟，風姿秀雅，殊可人意。室氏勸先生私之，正色而答曰：「我之所以置此者，欲以侍巾櫛耳，豈有他意哉？汝乃反欲敗吾德耶。」即具貲嫁之，果處子也。先生雲間人。

聶碧窗詩

京口天慶觀主聶碧窗，江西人，嘗爲龍翔宫書記。國初時，詔赦至，感而有詩曰：「乾坤殺氣正沉沉，又聽燕臺降德音。萬口盡傳新詔好，累朝誰念舊恩深。分茅列土將軍志，問舍求田

① 案《元史·儒學傳》戴周仁榮弟仔肩延祐五年登進士第，爲戊午科，庚申科在延祐七年。

父老心。麗正立班猶昨日，小臣無語淚霑襟。」又《哀被虜婦》云：「當年結髮在深閨，豈料人生有别離。到底不知因色誤，馬前猶自買胭脂。」又《咏胡婦》云：「雙柳垂鬟别樣梳，醉來馬上倩人扶。江南有眼何曾見，争捲珠簾看固姑。」

玉腴

《江鄰幾雜志》云：丁正臣齎玉腴來館中，沈休文①云：福州人謂之佩羮，即今魚脬是也。

蟹斷

陸龜蒙《蟹志》云：稻之登也，率執一穗以朝其魁，然後任其所之。蚤夜曹沸②，指江而奔，漁者緯蕭承其流而障之，名曰蟹斷。然「緯蕭」二字尤奇。

① 「沈休文」，《江鄰幾雜志》作「沈景休」。

② 「曹沸」，各本同。案《全唐文》本、《唐文粹》本《蟹志》皆作「觱沸」。又《詩經》「觱沸檻泉，言采其芹」，毛傳：「觱沸，泉出貌。」

作今樂府法

喬孟符吉。博學多能，以樂府稱。嘗云作樂府亦有法，曰「鳳頭、豬肚、豹尾」六字是也。大概起要美麗，中要浩蕩，結要響亮，尤貴在首尾貫穿，意思清新。苟能若是，斯可以言樂府矣。此所謂樂府，乃今樂府，如《折桂令》《水仙子》之類。

岷江緑

太師伯顔擅權之日，剡王徹徹都、高昌王帖木兒不花皆以無罪殺。山東憲吏曹明善時在都下，作《岷江緑》二曲以風之，大書揭於五門之上。伯顔怒，令左右暗察得實，肖形捕之。明善出避吴中一僧舍，居數年，伯顔事敗，方再入京。其曲曰「長門柳絲千萬縷，總是傷心處。行人折柔條，燕子銜芳絮，都不由鳳城春做主」，「長門柳絲千萬結，風起花如雪。離别重離别，攀折復攀折，苦無多舊時枝葉」也。此曲又名《清江引》，俗曰《江兒水》。

温暾

南人方言曰温暾者，乃懷暖也。唐王建《宮詞》：「新晴草色暖温暾。」又白樂天詩：「池水暖温暾。」則古已然矣。

飛雲渡

飛雲渡風浪甚惡，每有覆舟之患。有一少年子放縱不羈，嘗以所生年月日時就日者問平生富貧壽夭。有告曰：「汝之壽莫能逾三旬。」及遍叩他日者，言亦多同。於是意謂非久於人世，乃不娶妻，不事生産作業，每以輕財仗義爲志。嘗俟船渡旁，見一丫鬟女子徘徊悲戚，若將赴水，少年亟止之，問曰：「何爲輕生如此？」答曰：「我本人家小婢，主人有姻事，暫借親眷珠子耳環一雙，直鈔三十①餘定，今日送還，竟於中途失去。寧死耳，焉敢歸？」少年曰：「我適拾

---

① 「三十」，元本、明初本作「三千」。

得，但不審果是汝物否？」方再三磨問顆數裝束，實是。遂同造主人，主人感謝，欲贈以禮，辭不受。既而主人怒此婢，遣嫁業梳剃者，所居去渡所只尺間。期歲，少年與同行二十有八人將過渡，道遇一婦人，拜且謝，視之，乃失環女也。因告其故於夫，屈留午飯。餘人先登舟，俄風濤大作，皆葬魚腹。蓋少年能救人一命，而造物者亦救其一命以答之。後少年以壽終。渡在温之瑞安。

漢子

今人謂賤丈夫曰漢子。按北齊魏愷自散騎常侍遷青州長史，固辭，文宣帝大怒，曰：「何物漢子，與官不就。」又段成式《廬陵官下記》：韋令去西蜀時，彭州刺史被縣令密論訴，韋前期勘知，屈刺史詣府陳謝。及回日，諸縣令悉遠迎，所訴者爲首，大言曰：「使君今日可謂朱研益丹矣。」刺史笑曰：「則公便是研朱漢子也。」

長年

吾鄉稱舟人之老者曰長年①。長，上聲，蓋唐已有之矣。杜工部詩云：「長年三老歌聲裏，白晝攤錢高浪中。」《古今詩話》謂川峽以篙手爲三老，乃推一船之最尊者言之耳。因思海舶中以司柁曰大翁，是亦長年②三老之意。

龍見嘉興

檇李郭元之言，至正乙未秋七月三日，城東馬橋上白龍挂，盲風怪雨，天暗黑若深夜然，壞民居五百餘所，大木盡拔，木自半空墜下，悉折爲二，雜以萬瓦亂飛，溪水直立，人皆叫號奔走，不暇顧妻子。龍由馬橋歷城北北麗橋，望太湖而去。時方在家，家去城可三里許，如聞萬屋齊

① 「長年」，原誤作「長老」，據元本、明初本、戴本改。案戴埴《鼠璞·篙師》：「海壖呼篙師爲長年，……蓋推一船之最尊者言之。」又《宋景文筆記》卷中：「蜀人謂柁師爲長年三老。」

② 「長年」，原誤作「長老」，據元本、明初本、戴本改。

壓，急出户四望，黑雲洶湧，失府城所在。經一二時，方乃開霽。不一年，爲戰鬬之地。凡龍所過處，荆棘寒煙，衰草野燐，視昔時之繁華，如一夢也。

星入月

松江孫元璘言，至正乙未①七月六日夜自平江歸，泊舟城西栅口，方掀篷露坐，忽見一星，大如杯碗，色白而微青，尾長四五丈，光焰燭天，戛然有聲，由東北方飛入月中而止。此時月如仰瓦，正乘之，無偏倚，若人以手拾置其中者。嘗記宋張端義《貴耳集》云：「丁亥年，余爲儀真録參，十月二十三日夜，因觀天象，見一星入月。筭曆者鄒淮絶早相别，云：昨夜星入月，恐兩淮兵動，不可住。徑唤渡過建康。余問之：古有此否？鄒云：漢獻帝時，一次星入月，今再見也。十一月十二日，劉倬舉兵僇孝②姑，姑反戈，一城狼狽，僅以身免，繼此兵禍未泯也。」據此説，則松江之禍亦非偶然。松江自丙申二月十八日軍亂，越三日，苗來復，首尾兩月之間，焚殺擄掠，十里之城，悉化瓦礫之區，視他郡尤可畏。是則星入月，不知此時在於何所分野，顧乃松

① 「乙未」，原誤作「己未」，據戴本改。案至正元年辛巳，十五年乙未。
② 「孝」，戴本作「李」，《貴耳集》作「季」。

江獨應其兆與？

軍中禮士

浙省參政董公摶霄，字孟起，以名行。當至正癸巳之間，總兵戍昱嶺、獨松、千秋三關日，號令嚴肅，民賴以安。及克復諸郡，不殺擄，不抄掠。其御將帥也，凛然不可犯，而四方之士歸之者，禮遇勤至，尊酒在前，起立捧觴，既恭且和，然復取其所長而任之。若董公者，可謂得待士之體矣。

不耐煩

「不耐煩」三字，見《宋書》庾登之弟仲文《傳》。

阿誰

「阿誰」二字，見《三國志・龐統傳》。

南村輟耕録卷九

文章宗旨

盧疏齋先生《文章宗旨》云：大凡作詩，須用《三百篇》與《離騷》，言不關於世教，義不存於比興，詩亦徒作。夫詩，發乎情，止乎禮義。《關雎》樂而不淫，哀而不傷，斯得性情之正，古人於此觀風焉。賦者，古詩之流也，前極宏侈之規，後歸簡約之制，故班固二都之賦，冠絶千古，前極鋪張巨麗，故後必稱典謨訓誥之作終焉。厥後十數作者，仿而效之，蓋詩人之賦，必麗以則也。古今文章大家數，甚不多見，六經不可尚矣。戰國之文，反覆善辨，孟軻之條暢，莊周之奇偉，屈原之清深，爲大家。西漢之文，渾厚典雅，賈誼之俊健，司馬之雄放，爲大家。三國之文，孔明之二表，建安諸子之數書而已。西晉①之文，淵明《歸去來辭》、李令伯《陳情表》、王逸少《蘭亭敍》

① 「西晉」，各本同，疑爲「兩晉」之誤。

而已。唐之文，韓之雅健，柳之刻削，爲大家，夫孰不知。然古文亦有數。漢文，司馬相如、揚雄，名教罪人，其文古；唐文，韓外，元次山近古，樊宗師作爲苦澀，非古。宋文章家尤多，老歐之雅粹，老蘇之蒼勁，長蘇之神俊，而古作甚不多見。蓋清廟茅屋謂之古，朱門大厦謂之華屋可，謂之古不可。太羹玄酒謂之古，八珍謂之美味可，謂之古不可。知此者，可與言古文之妙矣。夫古文以辨而不華、質而不俚爲高，無排句，無陳言，無贅辭。夫記者，所以紀日月之遠近、工費之多寡、主佐之姓名。敍事如書史法，《尚書·顧命》是也。敍事之後，略作議論以結之，然不可多，蓋記者以備不忘也。夫敍者，次序其語，前之説勿施於後，後之説勿施於前，其語次第不可顛倒，故次序其語曰敍，《尚書序①》《毛詩序》，古今作序大格樣。《書序》首言畫卦書契之始，次言皇墳帝典三代之書，及夫子定書之由，又次言秦亡漢興求書之事。《詩序》首言六義之始，次言變風變雅之作，又次言二南王化之自。碑文惟韓公最高，每碑行文，言②人人殊，面目首尾，決不再行蹈襲。神道碑揭於外，行文稍可加詳。埋文壙記，最宜謹嚴，銘字從金，一字不泛用。善爲文者，宜如古詩雅頌之作。行實之作，當取其人平生忠孝大節，其餘小善寸長，書法

---

① 「序」，原作「敍」，據元本、明初本、戴本改。
② 「言」下原有「道」字，據元本、明初本、戴本删。

宜略。爲人立傳之法亦然。跋，取古詩「狼跋其胡」之義，犯前則躐其胡。跋語不可多，多則冗。尾語宜峻峭，以其不可復加之意。説則出自己意，横説竪説，其文詳贍①抑揚，無所不可，如韓公《師説》是也。真公編次古文，自西漢而下，他並不録，迄唐，惟尊韓公四《記》、柳公《游西山》六記而已。古文之難，豈其然乎？

麻答把曆

耶律文正王於星曆、筮卜②、雜算、内算、音律、儒、釋、異國之書，無不通究。嘗言「西域曆，五星密於中國」，乃作《麻答把曆》，蓋回鶻曆名也。

續演雅發揮

白湛淵先生《續演雅十詩》發揮云「海青羽中虎，燕燕能制之。小隙沉大舟，關尹不吾欺」

① 「詳贍」，原誤作「詳瞻」，據明初本、戴本改。
② 「筮卜」，元本、明初本、戴本作「醫卜」。

者，海青，俊禽也，而羣燕緣撲之即墜。物受於所制者，無小大①也。右一。

「草食押不蘆，雖死元不死。未見滌腸人，先聞棄簀子」者，漠北有名押不蘆，食其汁立死，然以他藥解之即蘇。華佗洗腸胃攻疾，疑先服此也。右二。

「誰令珠玉唾，出彼藜藿腸。仁人不爲寶，良賈宜深藏」者，和林有尼，能吐珠玉雜寶也。右三。

「嬰啼聞木枝，羝乳見茅茹。何如百年身，反爾無根據」者，漠北種羊角，能産羊，其大如兔，食之肥美。嬰啼木枝，見《山海經》所載。右四。

「西狩獲白麟，至死意不吐。代北有角端，能通諸國語」者，角端，北地異獸也，能人言，其高如浮圖。右五。

「纔脱海鶴啄②，已登方物輿。仰面勿啾啾，我長非僑如」者，小人長僅七寸，夫婦二枚，形體畢具也。右六。

「羯尾大如斛，堅車載不起。此以不掉滅，彼以不掉死」者，西漢有羯，尾大於身之半，非車載尾，不可行也。右七。

「八珍殽龍鳳，此出龍鳳外。荔枝配江𧋍，徒誇有風味」者，謂迤北八珍也。所謂八珍，則醍

---

① 「小大」，今本《湛淵遺稿》作「大小」。

② 「啄」，戴本、今本《湛淵遺稿》作「喙」。

醐、麆沆、野駝蹄、鹿唇、駝乳糜、天鵝炙、紫玉漿、玄玉漿也。玄玉漿即馬奶子。右八。

「灤人薪巨松，童山八百里。世無奚超勇，惆悵度易水」者，取松煤於灤陽，即今上都。去上都二百里，即古松林。千里，其大十圍，居人薪之，將八百里也。右九。

「兩駝侍雪立，終日飢不起。一覺沙日黄，肉屏那足擬」者，沙漠雪盛，命兩駝趺其旁，終夜不動，用斷梗架片氊其上，而寢處於下，暖勝肉屏，且不起心兵也。右十。

面花子

今婦人面飾用花子，起自唐昭容上官氏所製，以掩黥迹。大曆已前，士大夫妻多妒悍，婢妾小不如意，輒①印面，故有月黥、錢黥。事見《酉陽雜俎》。

奇疾

今上之長公主之駙馬剛哈剌咱慶王因墜馬，得一奇疾，兩眼黑睛俱無，而舌出至胸，諸醫

① 「輒」，原誤作「輟」，據戴本、今本《酉陽雜俎》改。

罔知所措。廣惠司卿聶只兒，乃也里可温人也，嘗識此證，遂剪去之。頃間，復生一舌，亦剪之，又於真舌兩側，各去一指許，卻塗以藥而愈。時元統癸酉也，廣惠司者，回回之爲醫者隸焉。

磨兜鞬

襄州穀城縣城門外道旁石人缺剥，腹上有字云：「磨兜鞬，慎勿言。」是亦金人之流也。距縣四五十里，有石人二，相偶而立，腹上題刻，一云「已及」，一云「未匝」，不可得而詳也。《浮休閲目集》。

葛大哥

吾鄉臨海章安鎮有蔡木匠者，一夕手持斧斤自外歸，道由東山。東山，衆所殯葬之處。蔡沉醉中，將謂抵家，捫其棺曰：「是我榻也。」寢其上。夜半，酒醒，天且昏黑，不可前，未免坐以待旦。忽聞一人高叫，棺中應云：「唤我何事？」彼云：「某家女病損證，蓋其後園葛大哥淫之耳，卻請法師捉鬼，我與你同行一觀如何？」棺中云：「我有客至，不可去。」蔡明日詣主人曰：

「娘子之疾，我能愈之。」主人驚喜，許①以厚謝。因問屋後曾種葛否，曰然。蔡遍地翻掘，内得一根，甚巨，斫之，且有血，煮啖女子，病即痊②。

萬柳堂

京師城外萬柳堂，亦一宴遊處也。野雲廉公一日於中置酒，招疏齋盧公、松雪趙公同飲。時歌兒劉氏名解語花者，左手折荷花，右手執杯，歌《小聖樂》云：「緑葉陰濃，遍池亭水閣，偏趁涼多。海榴初綻，朵朵蹙紅羅。乳燕雛鶯弄語，對高柳、鳴蟬相和。驟雨過，似瓊珠亂撒，打遍新荷。人生百年③有幾，念良辰美景，休放虚過。富貧前定，何用苦張羅。命友邀賓宴賞，飲芳醑、淺斟低歌。且酩酊，從教二輪，來往如梭。」既而行酒。趙公喜，即席賦詩曰：「萬柳堂前數畝池，平鋪雲錦蓋漣漪。主人自有滄洲趣，游女仍歌白雪詞。手把荷花來勸酒，步隨芳草去尋詩。誰知只尺京城外，便有無窮萬里思。」此詩集中無。《小聖樂》乃小石調曲，元遺山先生好問。

① 「許」，戴本作「諾」。
② 「痊」，徐本、毛本作「除」。
③ 「百年」，元本、明初本作「百歲」。

所製，而名姬多歌之，俗以爲「驟雨打新荷」者是也。

樹鳴

金石草木之變異，雜見於傳記，數年來，天下擾攘，怪事尤甚，信前人之書不誣也。至正丙申，浙西諸郡皆有兵，正月，嘉興楓涇鎮戴君實門首柳樹若牛鳴者三，主人與僕從悉聞之，斬其樹。不一月，苗軍抄掠貲産。又兩月，屋燬於兵。是歲寒食日，海鹽州趙初心率子侄輩詣先壟汛掃松楸，忽聞如老鶴作聲，戛戛不絶，審聽所在，乃是一柏樹。頃間，衆樹同聲和之，一二時方止，舉家惶惑。至八月，苗軍火其居。明年六月，紅軍掠貨財婦女，而侄善如死於難。予①親見君實館賓黄伯成與初心之孫元衡説。元衡，善如子也。其事雖遲速不同，而二家之遭禍則一。吁，誠異哉！

---

① 「予」，元本、明初本、戴本作「余」。

松江官號

至正丙申正月，常熟州陷，松江府印造官號，給散吏兵佩帶，以防姦僞。號之製作，畫爲圓圈，繞圈皆火焰，圈之内二「府」字，以府印印「府」字上，圈之外四角，府官花押。民間謡曰：「滿城都是火，府官四散躲。城裏無一人，紅軍府上坐。」不二月，城破，悉如所言。

割勢

杭州赤山之陰曰筲箕泉①，黄大癡所嘗結廬處。其徒弟沈生，狎近側一女道姑，同門有欲白之於師，沈懼，引廚刀自割其勢，幾死。衆救得活，而瘡口流血，經月餘不合。偶問諸閹奴，教以煅所割勢，擣粉酒服。如其言，不數日而愈。

---

① 「筲箕泉」，原誤作「簫箕泉」，據元本、明初本、戴本改。

題屏謝客

三寶柱，字廷珪，色目人，頗以才學知名。雖湛於酒色，而能練達吏事，剛正有守。爲浙省郎中日，大書四句於門屏之上曰：「逆刮蛟龍鱗，順捋虎豹尾。若將二伎論，尤比干人易。」其意蓋以杜絶人之求請耳，然亦隘矣哉。終不顯達，而死於難。

婚啓

至元間，平原郡公趙氏，與芮。宋福王也，其子娶全竹齋少保之女，婚啓内一聯云：「休光薊北，苟安公位之居；回首江南，惟重母家之念。」盡有味。

陶母碑

陶侃母得古正之道，發人倫之本，將示教於天下，謂朴散俗壞，樂潰禮闕，有子不教，不至於道，若失大訓，不可登於偉望。乃求師傅，延英茂，終日迫於用，不欲子卻客。俄而車蓋載止，饞饋並竭，苟失其人，子將不進。計畫始成，確然獨斷，謂髮可棄，訓不可失。乃金刀既止，黰髮雲散，怡然無咨嗟之色，儼若待賓之具。上恐不足以顯恭，下未可謂訓子。顧其母激忿填膺，寸晷是學，不迨於至，以超聖人之域，焕乎賢者之業。且禮信仁義，君子之事，婦人何得而知？蓋世道①大喪，其俗已亂，故婦人賢者得以行其事。千古之下，厥行獨明。當時爲人之父，爲人之母，睹斯行，聞斯舉，得不激厲乎？苟天下皆如陶母之志，則天下皆陶之子也。蓋人謂子幼而蒙穉，不致精訓，致悖大道，亂人紀，良可惜哉！銘曰：「髮也者，爲養之具；賓也者，致教之英。苟非異禮，孰能作世之程？千載之下，如陶之母，安可繼乎齊英。」

宗儀因讀唐皇甫持正先生湜。文集，見《陶母碑》，不覺淚數行下。追惟先妣拳拳於教子，真有陶母之志。是故今翰林承旨蜕庵張先生翥。所撰墓銘有曰「夫家貧，劬力紡績，以給諸子，無廢學」之辭。自顧不肖，不克勉於學，以成令名，罪莫大焉。謹録於此，庶亦可以自懼也。

許文懿先生

婺州許白雲先生，謙。字益之，隱居金華山，四十年不入城府，著書立言，足以垂教後世。浙

① 「世道」，戴本作「至道」。

東廉使王公繼學訪先生於山中，謂先生清氣逼人可畏。既退，明日以學行薦於朝。有録其舉文至者，先生方講説，目不一少視，其無意於仕宦如此。先生殁，追謚文懿先生。

謡言

後至元丁丑夏六月，民間謡言朝廷將采童男女，以授韃靼爲奴婢，且俾父母護送，抵直北交割。故自中原至於江之南，府縣村落，凡品官庶人家，但有男女年十二三以上，便爲婚嫁，六禮既無，片言即合。至於巨室，有不待車輿親迎，輒徒步以往者，蓋惴惴焉惟恐使命戾止，不可逃也。雖守土官吏，與夫韃靼、色目之人亦如之，竟莫能曉，經十餘日纔息。自後有貴賤、貧富、長幼、妍醜匹配之不齊者，各生悔怨，或夫棄其妻，或妻憎其夫，或訟於官，或死於夭，此亦天下之大變，從古未之聞也。吴中僧祖柏①號子庭者，素稱滑稽，口占絶句曰：「一封丹詔未爲真，三杯淡酒便成親。夜來明月樓頭望，惟有姮娥不嫁人。」又有人集古句云：「翡翠屏風燭影深，良宵一刻直千金。共君今夜不須睡，明日池塘是緑陰。」可謂深於

---

① 「祖柏」，原誤作「祖伯」，據明初本、戴本改。案祖柏係元代詩僧，著有《不繫舟集》，《四庫全書總目》曰：「元又有嘉定僧祖柏，其詩亦名《不繫舟集》，見顧嗣立《元詩選》。」

命意者矣。

獸醫

世以療馬者曰獸醫，療牛者曰牛醫。《周禮・天官冢宰》篇：「獸醫，下士，八人①。」注：「獸，牛馬之屬。」按此，則療牛者亦當曰獸醫矣。

想肉

天下兵甲方殷，而淮右之軍嗜食人，以小兒爲上，婦女次之，男子又次之。或使坐兩缸間，外逼以火，或於鐵架上生炙，或縛其手足，先用沸湯澆潑，卻以竹帚刷去苦皮。或乘②夾袋中，入巨鍋活煮。或刲作事件而淹之。或男子則止斷其雙腿，婦女則特剜其兩乳。酷毒萬狀，不可具言，總名曰「想肉」，以爲食之而使人想之也。此與唐初朱粲以人爲糧，置搗磨寨，謂「啖醉人

① 「八人」，《周禮・天官冢宰》作「四人」。
② 「乘」，戴本作「盛」。

如食糟豚」者無異，固在所不足論。

唐張鷟《朝野僉載》云：武后時，杭州臨安尉薛震好食人肉，有債主及奴詣臨安，止於客舍，飲之醉，並殺之，水銀和煎，並骨銷盡。後又欲食其婦，婦知之，逾墻而遁，以告縣令。令詰之，具得其情，申州録事奏，奉敕杖一百而死。

段成式《酉陽雜俎》云：李鄘在潁州，獲火光賊①七人，前後殺人，必食其肉。獄具，鄘問食肉之故，其首言：「某受教於巨盜，食人肉者，夜入人家，必昏沉，或有魘不寤者。」

《盧氏雜説》云：唐張茂昭爲節鎮，頻吃人肉。及除統軍到京，班中有人問曰：「聞尚書在鎮好人肉，虛實？」笑曰：「人肉腥而且膃②，争堪吃？」

《五代史》云：萇從簡家世屠羊，從簡仕至左金吾衛上將軍，嘗歷河陽、忠武、武寧諸鎮，好食人肉，所至多潛捕民間小兒以食之。趙思綰好食人肝，及長安城中食盡，取婦女、幼稚爲軍糧，每犒軍，輒屠數百人。

① 「火光賊」，《酉陽雜俎》作「光火賊」。
② 「膃」，《賓退録》引《盧氏雜説》作「臊」。

《九國①志》云：吴將高澧②好使酒，嗜殺人而飲其血，日暮必於宅前後掠行人而食之。

宋莊季裕《雞肋編》云：自靖康丙午歲，金狄亂華，盜賊官兵以至居民更互相食，全軀暴以爲腊。登州范温率忠義之人泛海到錢唐，有持至行在猶食者。老瘦男子，廋詞謂之「饒把火」，婦人少艾者名之「不美羹」③，小兒呼爲「和骨爛」，又通目爲「兩脚羊」。

趙與時《賓退録》云：本朝王繼勳，孝明皇后母弟，太祖時屢以罪貶，後以右監門衛率府副率分司西京，殘暴愈甚，强市民間子女以備給使，小不如意，即殺而食之。太宗即位，會有訴者，斬於洛陽。又知欽州林千之，坐食人肉，削籍隸海南。

嗟夫！食人之肉，人亦食其肉，此兵革間之流慘耳，君子所不願聞者。其薛震輩，當天下宴安之日，而又身爲顯宦，豈無珍羞美膳足以厭其口腹，顧乃喜啖人肉，是雖人類而無人性者矣，終至於誅斬竄逐而後已。天之報施，不亦宜乎？

---

① 「九國」，原誤作「三國」，據元本、明初本改。

② 「高澧」，原誤作「高灃」，據元本、明初本、戴本改。

③ 「不美羹」，戴本作「不羡羹」，《雞肋編》作「不羡羊」。

王眉叟

王眉叟，壽衍。① 號溪月，杭州人，出家爲道士，受知晋邸，後以弘文輔道粹德真人管領郡之開元宫。浙省都事劉君時中致。者，海内名士也，既卒，貧無以爲葬。躬往弔哭，周其遺孤，舉其柩葬於德清縣，與已之壽穴相近，春秋祭掃不怠。然此事行之於異教中，尤不易得。

錢唐

「錢唐」二字，其來甚遠。按《史記·始皇本紀》：至雲夢，浮江下丹陽，至錢唐。臨浙江，上會稽，立石刻，頌秦德。《西漢·地理志》亦有錢唐縣。今唐字從土，則誤矣。蓋以錢易土，及捐錢築塘等事，皆傅會之辭，自注《世説》者已然，况後世乎？

---

① 「壽衍」，原誤作「壽延」，據元本、明初本、戴本改。《至順鎮江志·人材·方外·道》載張嗣真（字伯雨，號真居、句曲外史）嘗從開元王壽衍入朝，被璽書，賜驛傳。《新元史·馬端臨傳》：「延祐四年，遣真人王壽衍訪求有道之士，至饒州路，録其書上進。」

漱芳亭

道士張伯雨，雨。號句曲外史，又號貞居，嘗從王溪月真人入京。初，燕地未有梅花，吴閑閑宗師全節。時爲嗣師，新從江南移至，護以穹廬，扁曰「漱芳亭」。伯雨偶造其所，恍若與西湖故人遇，徘徊既久，不覺熟寢於中。真人終日不見伯雨，深以爲憂，意其出外迷失街道也。夢覺，日已莫矣，歸道所由，嗣師笑曰：「伯雨素有詩名，宜作詩以贖過。」伯雨遂賦長詩，有「風沙不憚五千里，將身跳入仙人壺」之句。嗣師大喜，送翰林集賢嘗所往來者袁學士伯長、謝博士敬德、馬御史伯庸、吴助教養浩、虞修撰伯生和之。他日，伯雨往謁謝諸公，惟虞先生全不言儒者事，只問道家典故。雖答之，或不能詳。末問能作幾家符篆，曰：「不能。」先生曰：「某試書之，以質是否。」連書七十二家。伯雨汗流浹背，輒下拜曰：「真吾師也。」自是托交甚契。故與先生書，必稱弟子焉。伯雨，杭州人。

食品有名

水之鹹淡相交處産河豚。河豚，魚類也，無鱗頰，常怒氣滿腹，形殊弗雅，然味極佳，煮治不精，則能殺人。所以東坡先生在資善堂與人談河豚之美，云：「據其味，真是消得一死。」浙西惟江陰人尤珍之，每春首初出時，必用羞祭品畢，然後作羹，而鄰里間互相饋送以爲禮。腹中之腴曰西施乳。夫西施，一美婦耳①，豈乳亦異於人耶？顧千載而下，乃使人道之不置如此，則夫差之亡國非偶然矣。若鰽魚子，名螳螂子，及松江之上海、杭州之海寧人皆喜食。蟛蜞螯，名曰鸜哥嘴，以有極紅者似之故也。二物象形而云，又非西施乳之比矣。按《類編》魚部引《博雅》云：鯸鮔，盈之反。鮀也，背青腹白，觸物即怒，其肝殺人，正今人名爲河豚者也，然則「豚」當爲「鮀」。

火災

至正辛巳莫春之初，江浙行省平章政事只理瓦台入城之②任之日，衣紅。兒童謡曰：「火殃來矣。」至四月十九日，杭州災，燬官民房屋、公廨、寺觀一萬五千七百五十五間，燒死七十四人。明年壬午四月一日，又災，尤甚於先，自昔所未有也。數百年浩繁之地，日就凋弊，實基於此。

① 「耳」，原誤作「也」，據元本、明初本、戴本改。
② 「之」，戴本作「知」。

落水蘭亭

予①嘗見《落水②蘭亭》一卷，乃五字不損本，今吴中分湖陸氏所藏，而趙彝齋之物也。彝齋，宋宗室子，諱孟堅，字子固，彝齋其自號，居嘉興之廣陳③，酷嗜古法書名畫，能作墨花，於水仙尤長。此帖姜白石舊藏，後歸霅川俞壽翁，彝齋復從壽翁易得，喜甚，乘夜回棹。至昇山，大風覆舟，行李皆渰溺無餘。彝齋立淺水中，手持此帖，示人曰：「《蘭亭》在此，餘不足介吾意也。」因題八字於卷首④云：「性命可輕，至寶是保。」

陰府辯詞

李子昭者，松江府提控案牘李宗慶子也。側室刁氏有娠，妻怒之，箠撻苦楚，晝夜不息。數

---

① 「予」，戴本作「余」。

② 「落水」，原誤作「洛水」，據徐本、毛本、戴本改。

③ 「廣陳」，原誤作「廣戍」，據戴本改。案趙孟堅，浙江嘉興廣陳人，《齊東野語》謂趙孟堅「居嘉禾之廣陳」。

④ 「卷」原缺「首」字，據戴本補。案今本《齊東野語》「卷」下有「首」字。

次自經與溺，以省覺，不得死。竊自念曰：「我若①就蓐，亦必死耳。等死，何自求早死之爲幸。」因多食海蟄與冷水，胎既落，血上充心②，而身遂亡。不數日，鬼怪百出。妻得奇疾，宛若死者，但只③心胸微温，支體不僵。其家就牀褥作一竅，任其便溺。時以少飲④納口中，輒咽，不與，亦不言飢。經三年餘，形骸枯槁，無復生理，家人益厭之。一夕，忽詣舅姑所，扣寢室户。舅姑曰：「汝惡得至此？必爲鬼矣。」曰：「妾以復生，實非鬼也，願見舅姑，具告所然。」舅姑驚恐，呼家人悉起，取火燭之，果此病軀。及覘其臥榻，已空，始信之。因問其詳，曰：「妾爲亡婢訴冤，攝至陰府，即今獄祠也，命妾與婢對詞。妾以『汝懷孕時，打駡則或⑤有之，然未嘗令汝吞藥損墮』，婢仇執甚堅，妾不得白，遂招承，枷禁幽圄中，日得小叔以餅餌粥飯之類相饋，故不餒。今復得送妾還，入門，弄其兒，戲撻之一下，兒哭，遂推妾置竈上，即若夢覺者。但覺怠倦，故勉强至此。」舅姑曰：「汝既被禁，何自得釋？」曰：「會上帝有赦故也。」急呼小郎妻問

① 「若」，原誤作「苦」，據元本、明初本、戴本改。
② 「充心」，戴本作「衝心」。
③ 「只」，元本、明初本作「即」。
④ 「飲」，元本、明初本作「飯」。
⑤ 「或」，元本、明初本作「亦」。

之，曰：「適間兒子驚啼，云夢見乃父擊其首。」小郎蓋提控之次子泰甫，先爲其妹夫金可大所殺者。此婦至今强健，與夫見寓府城西郭，又復生兩子矣。志怪古或多，然漫書於此，以爲世之妒婦勸。

詩法

趙魏公云：「作詩用虚字，殊不佳，中兩聯填滿方好，出處纔使唐已下事，便不古。」

姓名考

莊綽《雞肋編》云：「太史公作《伯夷傳》，但云『伯夷、叔齊，孤竹君之二子』也。而《論語》音注引《春秋少陽篇》，謂：『伯夷姓墨，名允，一名元，字公信。叔齊名智，字公達。夷、齊，謚也。』陸德明取之。不知《少陽篇》何人所著，今世猶有此書否？」

吾衍《閑居録》云：「孤竹君姓墨音眉。名台，音怡。初見《孔叢子》注中，子名伯遼，見周曇《咏史詩》，注：伯，當作仲。」

若如吾説，則伯夷、叔齊，似又是名，非謚矣。

女諫買印

淮海龔翠巖先生開。寓吴門日，一僧權道衡者，頗聰慧，識道理，先生與之遊。偶市肆粥漢印一顆，權嘗酬價，歸取鏹。先生適見，主人以實告，遂用十五緡買之。語諸女，女曰：「大人乃亦奪人所好。」先生驚悟，即持送權。遇諸道，權①曰：「先生愛而收藏，奚以贈？」曰：「在彼猶在此也。」權固辭，曰：「在彼猶在此也。」相讓久之，沉諸淵而別。吁！若先生者，可謂善矣，孰謂異端中有此哉！然先生之女尤可敬也。

吴江塔顛箭

吴江華嚴寺浮圖之顛，望之，二矢著其上，簳羽宛然可辨。相傳宋南渡初，金人黏罕乘快，

① 「遇諸道，權」四字原脱，據元本、明初本、戴本補。

一發而中。又賈似道出督時，祝矢自誓，亦中焉。故留題者有「至今塔杪①留遺迹②，猶是元戎金僕姑」之句。大德庚子，其寺主僧善信大修浮圖，更其顛而新之。視向二矢，實圓鐵條二，交貫横亘，蓋必昔人以是③輔顛，且以防鸛鶴之巢故耳。傳者所謂④大妄也，且⑤著此以袪後世之惑。長樂郭德基，嘗有《華嚴塔顛⑥辨疑》行於時。蓋郭嘗官此州，目擊其非。

素領

項後白髮曰素領。漢馮唐白首爲郎官，素髮垂領。

① 「杪」，原誤作「抄」，據明初本、戴本改。
② 「遺迹」，戴本作「遺鏃」。
③ 「是」，原誤作「示」，據元本、明初本、戴本改。
④ 戴本「謂」下有「乃」字。
⑤ 「且」，戴本作「因」。
⑥ 「顛」，原誤作「潁」，各本誤同，據上下文改。

南村輟耕録卷十

御史五常

周景遠先生馳名能文，爲南臺御史時，分治過浙省，每日與朋友往復，其書吏不樂，似有舉刺之意，大書壁上曰：「御史某日訪某人，某日某人來訪。」御史忽見之①，呼謂曰：「我嘗又訪某人，汝乃失記，何也？」第補書之。因復謂曰：「人之所以讀書爲士君子者，正欲爲五常主張也，使我今日謝絶故舊，是爲御史而無一常，寧不爲御史，不可滅人理。」吏赧服而退。

官倉入粟

今官府收斂秋糧之際，比先涓吉，啓倉於青龍方，廒房入粟六石六斗六升六合以應日。蓋

① 「之」，原缺，據元本、明初本、戴本補。

國家初無定制，不知各處何以一皆如此，予①意必取上下四方六合之意耳。

食物相反

凡食河豚者，一日内不可服湯藥，恐内有荆芥，蓋與此物大相反，亦惡烏頭、附子之屬。予②在江陰時，親見一儒者因此喪命。其子尤不可食，能使人脹死。嘗水浸試之，經宿，顆大如芡實。世傳中其毒者，亟飲穢物乃解，否則必亡。又聞不必用此，以龍腦浸水，或至寶丹，或橄欖，皆可解。後得一方，用槐花微炒過，與乾燕支各等分同搗粉，水調灌，大妙。

先輩諧謔

趙魏公刻私印曰「水晶宫道人」，錢唐周草窗先生密以「瑪瑙寺行者」屬比之，魏公遂不用此印。後見先生同郡崔進之藥肆懸一牌曰「養生主藥室」，乃以「敢死軍醫人」對之，進之亦不復設

---

① 「予」，戴本作「余」。
② 「予」，戴本作「余」。

此牌。魏公語人曰：「吾今日方爲水晶宮吐氣矣。」先輩雖諧謔，自是可喜。

馬判

馮公士啓夢弼。嘗言爲八番雲南宣慰司令史日，嘗因公差抵一站，日已莫矣，站吏告曰：「今夜馬判上岸，麻線須暫停驛程以避之。」問其故，閉目摇手不敢言。公怒，便上馬，行數十里，至大溪，忽見一物如屋，所謂烏剌赤者，下馬跪泣，若告訴狀。呼問何爲，亦閉目摇手弗答。於是下馬祝之曰：「某許昌人，竊禄來此，苟天命合盡，爾其啖之，否則容我行。」祝畢，即轉入溪中。腥風臭霧，觸人口鼻。既而各上馬，比曙，抵前站。站吏驚曰：「是何麻線，大膽若是耶？」公問此爲何物，始敢言，曰：「馬蟥精也。」麻線，方言曰官人；烏剌赤，站之牧馬者。公官至禮部尚書。

字訓

「善」字訓「多」字。《詩・載馳》：「女子善懷。」鄭箋：「善猶多也。」《漢書》：「岸善崩。」善亦多也。

丘真人

大宗師長春真人姓丘氏，名處機，字通密，號長春子，登州棲霞縣濱都里人也。祖父業農，世稱善門。金皇統戊辰正月十九日生。生而聰敏，有日者相之，曰：「此子當爲神仙宗伯。」大定丙戌，年十九，辭親居昆侖山，依道者修真。丁亥，謁重陽全真開化王真君嚞①。於海寧，請爲弟子。戊申，召見闕下，隨還終南山。貞祐乙亥，太祖平燕城，金主奔汴。丙子，復召，不起。己卯，居萊州，時魯齊②入宋，宋遣使來召，亦不起。是年五月，太祖自乃蠻國遣近侍劉仲禄持一手詔致聘，十二③月至隱所。詔文云：「制曰：天厭中原，驕華大極之性；朕居北野，嗜欲莫生之情。反朴還淳，去奢從儉。每一衣一食，與牛豎馬圉共弊同饗。視民如赤子，養士若④兄弟。謀素和，恩素畜。練萬衆以身人之先，臨百陣無念我之後。七載之中成大業，六合之内爲一統。

---

① 「嚞」，原誤作「嘉」，據元本、明初本改。案王真君嚞即王重陽。

② 「魯齊」，戴本作「齊魯」。

③ 「十二」，徐本、毛本作「十一」。

④ 「若」，元本、明初本作「爲」。

非朕之行有德，蓋金之政無恒。是以受天之佑，獲承至尊，南連趙宋，北接回紇，東夏西夷，悉稱臣佐。念我單于國千載百世以來，未之有也。然而任太守，重治平，猶懼有闕。且夫刳舟剡楫，將欲濟江河也；聘賢選佐，將以安天下也。朕踐祚已來，勤心庶政，而三九之位，未見其人。訪聞丘師先生體真履規，博物洽聞，探賾①窮理，道冲德著，懷古君子之肅風，抱真上人之雅操，久棲巖谷，藏身隱形，闡祖宗之遺化，坐致有道之士，雲集仙徑，莫可稱數。自干戈而後，伏知先生猶隱山東舊境，朕心仰懷無已。豈不聞渭水同車、茅廬三顧之事？奈何山川懸闊，有失躬迎之禮。朕但避位側身，齋戒沐浴，選差近侍官劉仲禄備輕騎素車，不遠千里，謹邀先生暫屈仙步，不以沙漠悠遠爲念，或以憂民當世之務，或以恤朕保身之術。朕親侍仙座，欽惟先生將咳唾之餘，但授一言斯可矣。今者聊發朕之微意萬一，明於詔章。誠望先生既著大道之端要，善無不應，亦豈違衆生之②願哉？故兹詔示，惟宜知悉。五月初一日筆。」

庚辰正月，北行。二月，至燕，欲候③駕回朝謁，仲禄令從官曷剌馳奏。真人進表陳情④。

①「探賾」，原誤作「探頤」，據戴本改。
②「之」，戴本作「小」。
③「候」，戴本作「俟」。
④「陳情」，戴本作「陳請」。

表曰：「登州棲霞縣志道丘處機近奉宣旨，遠召不才，海上居民，心皆恍惚。處機自念謀生太拙，學道無成，辛苦萬端，老而不死。名雖播於諸國，道不加於衆人。内顧自傷，衷情誰測。前者南京及宋國屢召不從，今者龍庭一呼即至，何也？伏聞皇帝天賜勇智，今古絶倫，道協威靈，華夷率服。是故便欲投山竄海，不忍相違，且當冒雪衝霜，圖其一見，蓋①聞車駕只在桓撫之北。及到燕京，聽得車駕遥遠，不知其幾千里，風塵澒洞，天氣蒼黄，老弱不堪，切恐中途不能到得。假之皇帝所，則軍國之事，非己所能，道德之心，令人戒欲，悉爲難事。遂與宣差劉仲禄商議，不若且在燕京德興府等處盤桓住坐，先令人前去奏知。其劉仲禄不從，故不免自納奏帖。念處機肯來歸命，遠冒風霜，伏望皇帝早下寬大之詔，詳其可否。兼同時四人出家，三人得道，惟處機虚得其名，顔色憔悴，形容枯槁，伏望聖裁。龍兒年三月日奏。」

十月，曷剌回，復奉敕旨曰：「成吉思皇帝敕真人丘師：省所奏應召而來者，具悉。惟師道逾三子，德重多方。命臣奉厥玄纁，馳傳訪諸滄海。時與願適，天不人違。兩朝屢召而弗行，單使一邀而肯起。謂朕天啓，所以身歸。不辭暴露於風霜，自願跋涉於沙磧。書章來上，喜慰何言。軍國之事，非朕所期；道德之心，誠云可尚。朕以彼酋不遜，我伐用張。軍旅試臨，邊陲底

① 「蓋」，戴本作「兼」。

定。來從去背，實力率之故然；久逸暫勞，冀心服而後已。於是載揚威德，略駐車徒。重念雲軒既發於蓬萊，鶴馭可遊於天竺。達磨東邁，元印法以傳心；老氏西行，或化胡而成道。顧川途之雖闊，瞻几杖以非遥。爰答來章，可明朕意。秋暑，師比平安好，旨不多及。十四日辛巳。」十一月，至邪迷思干城。壬午三月，過鐵門關。四月，達行在所。時上在雪山之陽，舍館定，入見。上勞曰：「他國徵聘皆不應，今遠逾萬里而來，朕甚嘉焉。」賜坐，就食，設二帳於御幄之東以居之。約日問道，以回紇叛，親征不果。至九月，設庭燎，虚前席，延問至道。真人大略答以節欲保躬，天道好生惡殺，治尚無爲清淨之理。上説，命左史書諸策。癸未，乞東還。賜號神仙，爵大宗師，掌管天下道教。甲申三月，至燕。八月，奉旨居太極宫。丁亥五月，特改太極爲長春。七月九日，留頌而逝，年八十。至元己巳正月，詔贈五祖七真徽號，而曰長春演道主教真人。

已上見《蟠溪集》①《鳴道集》《西遊記》《風雲慶會録》《七真年譜》等書。

初，真人自行在歸，道由宣德日，一富家新居落成，禮致下顧，將冀一言以爲福。既入其室，

① 「蟠溪集」，各本同，當爲「磻溪集」之誤。案磻溪係水名，在今陜西寶雞東南，源出南山，合成道宫水，北流入渭，丘處機曾居此。《千頃堂書目》著録丘長春《磻溪集》五卷。

默然無語，輒以所持鐵拄杖於窗户墻壁上，頗毁數處而出。主人再拜，希解悟。曰：「爾屋完矣，美矣；完而必毁，理勢然也。吾不爾毁，爾將無以圖厥終。今毁矣，爾宜思其毁而欲完，克保全之，則爾與爾子子孫孫，庶幾歌斯哭斯，永終弗替。」主人説服。吁！真人真知道哉！

南池蛙

宋季，城信州，掘土處爲濠百畝許，在郡南，曰南池。池之旁可居，舊爲里人屋。歸附後，達魯花赤滅徹據有其地。每春夏之交，羣蛙聒耳，寢食不安。會三十八代天師張廣微與材。朝京回，因以告。天師朱書符篆新瓦上，使人投池中，戒之曰：「汝蛙毋再喧。」自是至今寂然。

雁子

《漢書》：「太液池中，鳧雛雁子，布滿充積。」①用雁子甚佳。王維詩：「蘆笋穿荷葉，菱花罥

① 「太液池中，鳧雛雁子，布滿充積」，此十二字不見於《漢書》，《西京雜記》：「太液池邊，皆是雕胡紫萚緑節之類。……菰之有首者，謂之緑節，其間鳧雛雁子，布滿充積。」

雁兒。」又新。

趁辦官錢

浙省廣濟庫，歲差杭城諲實户若干名充役庫子以司出納。比一家中侵用官錢太多，無可爲償，府判王某素號殘忍，乃拘其妻妾子女於官。又無可爲計，則命小舟載之，求食於西湖，以貲納官。鬼妾鬼馬，不肖輩羣趨焉。鮮于伯幾先生樞。作《湖邊曲》云：「湖邊蕩槳①誰家女，緑慘紅愁羞不語。低回忍淚傍郎船，貪得船頭强歌舞。玉壺美酒不須憂，魚腹熊蹯棄如土。陽臺夢短匆匆去，鴛鎖生寒愁日莫。安得義士擲千金，遂令桑濮歌行路。」後王之子孫有爲娼者。天之報施，一何捷也！

鼎作牛鳴

義興王子明家饒於財，所藏三代彝鼎、六朝以來法書名畫，實冠浙右，每年必祈一籤於烈帝

① 「槳」，原誤作「漿」，據徐本、毛本改。

廟以卜休咎。一歲，籤詞有曰：「開溝鑿井，當得古鼎。」殊不以爲意。家人以商賈至汴，夾谷郎中者藏一商彝，絶精妙，示之曰：「恐爾主翁未必有此物也。」歸以白，即遣齎金購得之。比舊藏，皆不能及。至正壬辰，寇起蘄黄，將由義興取道犯浙西，子明罄其所藏，鑿深窖以埋之，彝亦在列。既入窖，作牛鳴者七夜，頗可怪，取出寄田家。其窖後遭發掘，獨此彝獲存。

鏖糟

俗語以不潔爲鏖糟。按《霍去病傳》「鏖皋蘭」下注「世①俗謂盡死殺人爲鏖糟」，然義雖不同，卻有所出。

越民考

邁里古思，字善卿，西夏人，僑居松江。家貧，授徒以養母。性至孝，然落落不羈，善諧謔，

---

①「世」上原有「以」字，據戴本删。案《漢書·霍去病傳》注：「晉灼曰：『世俗謂盡死殺人爲鏖糟。』」

名人士多與之遊。至正甲午進士及第，授紹興路録事司達魯花赤。比視篆，天下雲擾，所在悉痌瘝。君撫字周至，民愛之如父母。乙未秋，杭破，尚即克復。浙省左丞楊完者以本部苗將持露布至，統洞蠻甚衆，意實覘視虛實，又將流毒於我民也。縱虐恣暴，民皆束手，惴惴不敢與争。無故劫府架閣照磨陳修家，妻妾幾被污。君激怒填膺，指揮吏兵收之，郡民歡呼從事，苗遂盡死。後完者聞越民結義且固，終不敢調兵渡浙江。方集慶陷時，江南行臺官流避抵慶元，奉旨置治所於越，遂檄君總統義民，護城池。君更募得勇悍者二千餘人，以「果毅」二字爲號，曰果毅軍，練習武事，分撥守要害。乃日與常所往來者擊鮮飫醲①，酣咏叫嘯，以爲娱樂。雖户外上官坌至，不少延納。永康寇起，據有縣境，君收復。朝廷旌其功，除江南浙西道廉訪司知事。未上，又除江東建康道經歷。浙省丞相塔失帖木兒，便宜除行樞密院判官，君即自署諸參謀爲幕官，曰經歷、曰都事者，不可枚舉。時御史大夫拜住哥，任情禍吏爲爪牙，又自統軍三千，曰臺軍，紀律不嚴，民横被擾害。有訴於君，君輒抑之，衆軍皆怨怒。然拜委瑣齷齪，惟以鈎距致財爲務，君不禮之。或以諫君，曰：「吾知上有君，下有民耳，安問其他？」拜頗聞，銜之，遂與臺軍元帥列占、永安張某、萬户閻塔斯不花、王哈剌帖木兒等謀殺之，未得間。戊戌十月廿二日首

① 「飫醲」，戴本作「飲醲」。

事，出兵逾曹娥江，與平章方國珍部下萬户馮某鬬，既不利，駐軍東關，單騎馳歸。拜意決矣，廿三日遲明，召君私第議事。入至中門，左右以鐵楎撾殺之。初甚秘，守閽軍自相謂：「無已殺總督官，我輩幸也。」民始有聞之者，走白君部將浙東僉元帥黄中。諸參謀聞變，奔避不顧，至有墜城以出行四五十里者。初夜二鼓，中提軍入城，屯戒珠山，拜未及知。中臥病，方飲藥，得少汗，尚昏憒困頓，左右扶翼，擐甲上馬，遇臺軍於江橋，鬬十數合，破陣陷堅，身當矢石。郡民老幼皆號泣曰：「殺我總督官，我尚何生爲？」壯者助中軍殊死戰，臺軍一敗塗地。屠其二營，入拜家，姬侍奴隸，死者相枕藉，一女爲隊官陳某所掠。舉君屍，無元。大索三日，得於溺池中。拜與二子匿梵宇幽隱處，民搜見之，齊唾其面，且罵曰：「瞎賊！我總督官何罪，而令致於此耶？」不自殺，執以歸中，冀中殺之。中解其縛，率諸軍羅拜之，曰：「總督官忠肝義膽，照映天地，人神所共知。公信任憸邪，使國家之柱石隕於無辜，我之復仇，明大義也。殺我主將者既已斬之，公幸毋罪。」拜執中以泣曰：「我之罪尚何言？尚何言？」繼而軍民爲君持服爲位以祭，私謚曰越民考。越六日，拜自刎，納印綬去。其印是夜遺失，中以白金百兩購得於一卒，以還行臺者。君未死先三日，有星大如杯碗，紅光燭天，墜鎮粤門，化爲石。及君出師，識者已卜君之有死兆矣，至是果驗云。

南村野史曰：兵，凶器也；戰，逆德也，聖人不得已而用之。故吾夫子必以臨事而懼，好謀而成，答子路行三軍之問。夫邁里古思受任之初，殊有古賢縣令①之風。一握兵柄，志滿意得，酣觴廢事，輕謀首亂，不旋踵而身首異處，蓋亦平昔越己之過有以釀成此禍與！微中，則老母稚子亦皆几上之肉耳。原其忠君愛民之心，炳然與日星相昭明者，則無可議也。拜住哥②爲國大臣，坐鎮四省，百官庶司，孰不聽令③。邁之不奉臺檄，擅興師旅，明問其罪，黜之可也，斬之可也，而乃陰結小醜，作爲此態，是盜殺之，非公論矣。民心之所以不服，良以是也。噫！享有尊爵重禄，而當國步艱難之日，既不思涓埃補報之道，又不責自己貪饕之非，反以謀害忠良爲先務，謂之無罪，得乎？故其妻妾子女遭罹戮辱，實自取之，尚復可憐哉！

三姑六婆

三姑者，尼姑、道姑、卦姑也；六婆者，牙婆、媒婆、師婆、虔婆、藥婆、穩婆也，蓋與三刑六害同也。人家有一於此，而不致姦盜者幾希矣。若能謹而遠之，如避蛇蝎，庶乎淨宅之法。

① 「賢縣令」，元本、明初本作「名將」。
② 「拜住哥」，原脱「哥」字，據戴本補。案《元史·邁里古思傳》載拜住哥時爲御史大夫。
③ 「聽令」，元本、明初本作「服令」。

不中用

不中用，不可用也。《左傳》成二年：郤子曰：「克於先大夫，無能爲役。」杜預注：「不中爲之役使。」①

國字

杜清碧先生本。字伯原，有所編五聲韻，自大小篆、分隸、真草以至於外蕃書，及國朝蒙古新字，靡不收録，題曰《華夏同音》。至正壬午，中書奏修三史，以翰林待制聘先生。起至武林，辭疾不行，盤桓久之。浙省平章康里子山公巙巙時來訪，一日語及聲律之學，因問國字何以用可侯此喉音也，有音無字。字爲首，先生曰：「正如嬰兒初墮地時，作此一聲，乃得天地之全氣也。」平章甚説服。

① 「不中爲之役使」，《左傳·成公二年》杜注作「無能爲之役使」。

水畜

陶朱公《養魚經》曰：「夫治生之法有五，水畜第一。」水畜，魚也，此二字亦奇。

纏足

張邦基《墨莊漫録》云：「婦人之纏足，起於近世，前世書傳皆無所自。《南史》：齊東昏侯爲潘貴妃鑿金爲蓮花以帖地，令妃行其上，曰：『此步步生蓮花。』然亦不言其弓小也。如《古樂府》《玉臺新咏》，皆六朝詞人纖豔之言，類多體狀美人容色之姝麗，及①言妝飾之華，眉、目、唇、口、要支、手指之類，無一言稱纏足者。如唐之杜牧之、李白、李商隱之輩②，作詩多言閨幃之事，亦無及之者。韓偓《香奩集》有《咏屧子詩》云「六寸膚圓光緻緻」。唐尺短，以今校之，亦自小也，而不言其弓。」

① 「及」，今本《墨莊漫録》作「又」。
② 「輩」，今本《墨莊漫録》作「徒」。

惟《道山新聞》云：李後主宫嬪窅娘，纖麗善舞，後主作金蓮，高六尺，飾以寶物細帶纓絡，蓮中作品色瑞蓮，令窅娘以帛繞脚，令纖小，屈上作新月狀，素韈舞雲中，回旋有淩雲之態。唐鎬詩曰：「蓮中花更好，雲裏月長新。」因窅娘作也。由是人皆效之，以纖弓爲妙。以此知札脚自五代以來方爲之，如熙寧、元豐以前，人猶爲者少，近年則人人相效，以不爲者爲恥也。

溺水不躍

漳州龍溪縣澳里人陳端才之妻蔡氏三玉，後至元間，本處寇起，掠其里，里媪集里中婦女同舟避難。寇追及，三玉亟以水漬衣。寇視三玉有姿色，欲先污之。三玉紿曰：「衣濕，更求衣。」間寇取衣，投水死。寇曰：「溺者必躍。」以長竿絡鈎，俟其躍而舉之，屍竟不躍。寇退，三玉之父端廣舟次上流，屍遂逆流附父舟，捭之不去。移舟遡河而上，屍從之上者三。父異甚，視，則其女也。夫三玉一婦人耳，寧死不辱，出於天性，宜其貞爽不昧如此。

鎖陽

韃靼田地野馬或與蛟龍交，遺精入地，久之，發起如笋，上豐下儉，鱗甲櫛比，筋脈連絡，其形絶類男陰，名曰鎖陽，即肉從容之類。或謂里婦之淫者就合之，一得陰氣，勃然怒長。土人掘取，洗滌去皮，薄切曬乾，以充藥貨，功力百倍於從容也。

輥咨論三卦

淮南潘子素純。嘗作《輥卦》，譏世之仕宦人以突梯滑稽而得顯爵者，雖曰資一時之謔浪調笑，不爲無補於名教。卦辭曰：「輥，亨，可小事，亦可大事。象曰：輥，亨，天地輥而四時行，日月輥而晝夜明，上下輥而萬事成，輥之時義大矣哉！象曰：地上有木，輥，君子以容身固位。初六，輥，出門，無咎。象曰：出門便輥，又何咎也。六二，傳於鐵轄。象曰：傳於鐵轄，天下可行也。六三，君子終日輥輥，厲無咎。象曰：終日輥輥，雖危無咎也。九四，模棱，吉。象曰：模棱之吉，以隨時也。六五，神輥。象曰：六五神輥，老於事也。上六，或錫之高爵，天下揶揄之。

象曰：以輥受爵，亦不足敬也。」此篇或者又謂自宋末即有，非潘所造，未審是否。

後平江蔡宗魯衛。作《吝卦》以配之曰：「吝，亨，利居閑，不利有所爲。彖曰：吝，鄙嗇也，利居閑，無所求也，不利有所爲，恐致禍也。初六，居富，吝於周急，悔亡，無攸利。象曰：吝於周急，莫①恤其貧也。悔亡無攸利，已終有望也。六二，聽婦言，至吝。不養其親，不恤其弟，貞凶。象曰：聽婦言，昵於私也；不養其親，忘大恩也；不恤其弟，失大義也。雖養弗時，亦致災也，故貞凶。九三，極吝，吝其財，不吝其身，於行非宜。象曰：吝其財，斯致富也；不吝其身，乃輕生也。六四，太吝，君子吉，小人凶。象曰：吝於君子，雖有言，無尤也；吝於小人，雖不有言，終有悔也。六五，不吝於色，務所欲，終以死亡，凶。朋來②，吝於酒食，弗克歡，無咎。象曰：不吝於色，惑於淫也；務所欲，樂其順從也；終以死亡，凶可知也；朋來，從其類也。吝於酒食，誠大謬也，雖弗克歡，可無③咎也。上九，居其家，不吝於內。吝於教子，弗叶吉。象曰：居其家，妄自尊也；不吝於內，畏寡妻也；吝於教子，終無所成也。」

近扶風馬文璧琬。又作《諞卦》曰：「諞，貞亨，初吉終凶。利見小人，不利於君子。彖曰：

---

① 「莫」，徐本、毛本作「不」。
② 「朋來」，原誤作「朋友」，據徐本、毛本、戴本及下文改。
③ 「可無」，徐本、毛本作「而無」。

貞，正也；亨，通也。通乎正言，諞或庶幾也。終凶，諞不由初也。利見小人，猶同類也。不利於君子，入於邪也。象曰：麗口掉舌，諞。君子以求名干禄。初九，諞於同朋，無咎。象曰：同朋於諞，又誰咎也。九二，略施於民，吉。象曰：九二之吉，以新衆聽也。六二①，來其諞，酒食用享。象曰：來其諞，民取則也；亨其酒食，以崇功也。九四，飾言如簧，以娱彼心，乃②獲南金。象曰：娱人獲金，不足道也。九五，君子終日高諞，王用徵，安車以迎，終歲弗寧，後有凶。象曰：以諞受徵，不羞也；終歲弗寧，只足煩勞也；後有凶，不副實也。上六，莽諞不已，四方欲殺之。象曰：莽諞衆怒③，殺之何過也。」

右三卦切中時病，真得風刺之正，因並録之。

烏蜑户

廣東采珠之人，懸絙於腰，沉入海中，良久得珠，撼其絙，船上人挈出之，葬於黿鼉蛟龍之腹

① 「六二」，各本皆作「六三」。
② 「乃」，徐本、毛本作「用」。
③ 「衆怒」，戴本作「取怒」。

者比比有焉，有司名曰「烏蜑户」。蜑，音但。仁宗登極，特旨放免。時敬公威卿①爲江西行省參知政事，俾該管掾史立案，令廣東帥府抄具烏蜑户，一一籍貫姓名，置册申解他省。官曰：「中書咨文無是，恐不必也。」公曰：「萬一乃②申明舊典，庶不害及良民。」未幾，太后中使至，人咸服公先見之明。

重臺

凡婢役於婢者，俗謂之重臺。按《左氏傳》昭公五年：「日之數十，故有十時，亦當十位。自王以下，其二爲公，其三爲卿。」注云：「日中爲王，食時爲公，平旦爲卿，雞鳴爲士，夜半爲皂，人定爲輿，黄昏爲隸，日入爲僚，晡時爲僕，日昳爲臺，喁中日出③，闕不在第，等④王公，曠其位。」又昭公七年：天有十日，人有十等。故王臣公，公臣大夫，大夫臣士，士臣皂，皂臣輿，輿臣臺。

---

① 「威卿」，原誤作「戴卿」，據戴本改。案《元史·敬儼傳》：「敬儼字威卿，其先河東人，後徙易水。……（皇慶）二年，拜江西等處行中書省參知政事。」

② 戴本「萬一」下無「乃」字。

③ 「喁中日出」，原誤作「喁日中出」，據戴本改。又「喁」，各本同，疑爲「隅」字之誤，《左傳·昭公五年》作「隅中日出」。

④ 「等」，《左傳·昭公五年》杜注作「尊」。

則所謂臺者，十等之至卑，今豈亦本是與？然加以「重」字，尤有意。

日子

《文選》曹公《檄吳將校部曲文》「年月朔日子」，注：發檄時也。

南村輟耕録卷十一

寫像訣

王思善繹。自號癡絶生，其先睦人，居杭之新門，篤志好學，雅有才思。至正乙酉間，檇李葉居仲廣居。寓思善之東里教授，余從永嘉李五峯先生孝光。往訪之。時思善在諸生中，年方十二三，已能丹青，亦解寫真。先生即俾作一圓光小像，面部僅大如錢，而宛然無毫髮異。先生喜，作文以華之。爾後，余復托交於其尊人日華，曄。遂與思善爲忘年友。思善繼得吴中顧周道逵。緒言開發，益造精微，是故於小像特妙，非惟貌人之形似，抑且得人之神氣。嘗授余秘訣並采繪法，今著於此，與好事者共之。

寫像秘訣

凡寫像須通曉相法。蓋人之面貌部位，與夫五岳四瀆，各各不侔，自有相對照處，而四時氣色亦異。彼方叫嘯談話之間，本真性情發見，我則静而求之，默識於心，閉目如在目前，放筆如在筆底。然後以淡墨霸定，逐旋積起，先蘭臺廷①尉，次鼻準。鼻準既成，以之爲主。若山根高，取印堂一筆下來；如低，取眼堂邊一筆下來；或不高不低，在乎八九分中，則側邊一筆下來。次人中，次口，次眼堂，次眼，次眉，次額，次頰，次髮際，次耳，次髮，次頭，次打圈。打圈者，面部也。必宜如此一一對去，庶幾無纖毫遺失。近代俗工，膠柱鼓瑟，不知變通之道，必欲其正襟危坐，如泥塑人，方乃傳寫，因是萬無一得，此又何足怪哉！吁！吾不可奈何矣。

采繪法

凡面色，先用三朱、膩粉、方粉、藤黄、檀子、土黄、京墨合和襯底，上面仍用底粉薄籠，然後用檀子、墨水斡染。面色白者，粉入少土黄，燕支不用。胭脂則三朱：紅者，前件色入少土朱。紫堂者，粉、檀子、老青入少胭脂。黄者，粉、土黄入少土朱。青黑者，粉入檀子、土黄、老青各一點，粉薄罩，檀墨斡。已上看顔色清濁加減用，又不可執一也。

口角：燕支淡。如要帶笑容，口角兩筆略放起。

眼中：白染瞳子外兩筆，次用煙子點睛，墨打圈，眼梢微起，有摺，便笑。

口唇上：胭脂蘸。

---

① 「廷」，原誤作「庭」，據元本改。

鼻色：紅胭脂微籠。

面雀斑：淡墨水斡。麻：檀水斡。

髯：色黑者，依鬢髮渲；紫者，檀墨間渲；黄紅者，藤黄、檀子渲。

髮：先用墨染，次用煙子渲，有間渲、排渲、亂渲，當自取用。

手指甲：先用胭脂染，次用粉染根。

凡染婦女面色，胭脂粉襯，薄粉籠，淡檀墨斡。

凡染法：白紙上先染，後卻罩粉，然後再染提掇。絹則先襯背後。

凡調合服飾器用顔色者：緋紅，用銀朱、紫花合。○桃紅，用銀朱、胭脂合。○肉紅，用粉爲主，入胭脂合。○柏枝緑，用枝條緑入漆緑合。○黑緑，用漆緑入螺青合。○柳緑，用枝條緑入槐花合。○官緑，即枝條緑是。○鴨頭緑，用枝條緑入高漆緑合。○月下白，用粉入京墨合。○柳黄，用粉入三緑標並少藤黄合。○鵝黄，用粉入槐花合。○磚褐，用粉入煙合。○荆褐，用粉入槐花、螺青、土黄標合。○艾褐，用粉入槐花、螺青、土黄、檀子合。○鷹背褐，用粉入檀子、煙墨、土黄合。○銀褐，用粉入藤黄合。○珠子褐，用粉入藤黄、胭脂合。○藕絲褐，用粉入螺青、胭脂合。○露褐，用粉入少土黄、檀子合。○茶褐，用土黄爲主，入漆緑、煙墨、槐花合。○麝香褐，用土黄、檀子入煙墨合。○檀褐，用土黄入紫花合。○山谷褐，用粉入土黄標合。

○枯竹褐，用粉、土黄入檀子一點合。○湖水褐，用粉入三緑合。○葱白褐，用粉入三緑標合。○棠梨褐，用粉入土黄、銀朱合。○秋茶褐，用土黄入三緑、槐花合。○油裹墨，用紫花、土黄、煙墨合。○玉色，用粉入高三緑合。○鮀色，用粉漆、緑標墨入少土黄合。○毯子，用粉、土黄、檀子入墨一點合。○藍青，用三青入高三緑合。○金黄，用槐花、粉入胭脂合。○雅青，用蘇青襯，螺青罩。○鼠毛褐，用土黄、粉入墨合。○不老紅，用紫花、銀朱合。○葡萄褐，用粉入三緑、紫花合。○丁香褐，用肉紅爲主，入少槐花合。○杏子絨，用粉墨、螺青入檀子合。○毯綾，用紫花底，紫粉搭花樣。○番皮，用土黄、銀朱合。○鹿胎，用白粉底，紫花樣。○水獺氊，用粉、土黄合。○牙笏，用好粉一點，土黄粉凝。○皂韡，用煙墨標。○柘木交椅，用粉、檀子、土黄、煙墨合。○金絲柘，同上，不入墨。○紫袍，用三青、胭脂合。○其餘一一不能①備載，在對物用色可也。

凡合用顔色細色，頭青、二青、三青、深中青、淺中青、螺青與蘇青、二緑、三緑、花葉緑、枝條緑、南緑、油緑、漆緑、黄丹、飛丹、三朱、土朱、銀朱、枝紅、紫花、藤黄、槐花、削粉、石榴、顆綿、胭脂、檀子。其檀子用銀朱淺入老墨、胭脂合。

① 「一一不能」，戴本作「不能一一」。

相地理

江陰州，宋季時兵馬司在州治東南里許平地上，司之後置土牢。歸附後，有善地理者，以爲宜帝王居之，人問其故，曰：「君山龍脈正結於此，是以知其然也。」皆弗之信。越數年，就其上起①蓋三皇廟，亦奇術哉！君山，州之主山也。

狎娼遭毒

姑蘇鄭君輔放浪不羈，爲漕府小吏，時督運至直沽，狎游羣娼，挑達太甚，殊弗堪之。或有進藥於鄭曰：「此助陽奇劑也。」鄭試傅之。數日後，陰器消縮，若閹宦然，竟以此終其身。漫書爲後人戒。

---

① 元本、明初本「上」下無「起」字。

夢

應之紹，才。錢唐人，以鄉貢下第，任嘉興學正。丁父憂，仍寓居授徒。至正壬辰秋，避難於其諸生李氏子家，去城數十里，曰奉賢鄉。李之從祖號太無，爲道士，住持紫虚觀，之紹一見，若平生歡。八月廿九日，太無得中風疾，之紹饋藥療之，獲蘇，日一再詣問。九月四日，又自紫虚問疾還寓，忽得疾，一中而殂。其妻楊氏，太史同僉瑀之女，就所館治喪，且以訃其母若弟於海寧及嘉興城中。紫虚之徒以其疾與太無同，不以告。是夜將半，太無忽呼弟子卓處潛輩謂曰：「適得夢甚怪。」俾取紙筆書之，云於本觀所奉岳祠之前，見有某姓名一吏及卒二人，押男女各一，并持公文而來。因讀其詞，曰：「嘉興路城隍司准海寧州城隍司牒：爲陸小蓮告至正八年内溺水事，冤屈未伸，今發陳喜兒、應偉前去勒要應才，同解岳祠周府君取問。」太無詢來使之詳，答曰：「陸小蓮者，嘉興百福坊人，而應才之婢也，爲其妻妒，逐之，遂赴水死。陳喜兒者，才之母也，時居海寧。偉字之奇，才之弟也，居嘉興城東，謂彼時不爲救護，故連逮耳。」太無見陳氏帶鎖，衣白衣黄裙，問之，年六十有四。應偉荷校，衣青衣，録其罪狀，皆歷歷可記。來使云：「今若貴司移牒温都統，爲之解釋，則尚可也。」遂覺，始知之紹已逝。王昌言與之紹有交承之好，同寓其所，明旦來紫虚，太無因問應母之年及之奇之貌，皆如所夢，乃以告之。昌言馳報楊氏，楊即詣紫虚，拜懇太無於牀下，謂夢中事皆實有之，復自訴其詳，且言其夫胸間尚温，手足猶軟，故求移文解釋。仍躬禱岳祠，冀之紹之復生也。是日午後，之奇自城東來，衣青衣，云昨日亦得疾，與兄同，所見如太無夢，今雖少甦，猶憒憒莫知所以然。至夜，楊氏以憂懼，亦疾作，旋即無他，而之紹氣已絶矣。時建德邵青溪①偶宿紫虚，目擊其事，翌日遂行，不知往訃陳氏者歸報何如，及之奇之死生耳。

白醉

開元時，高太素隱商山，起六逍遥館，各製一銘。其三爲冬日初出，銘曰：「折膠墮指，夢想負背。金鑼騰空，映簷白醉。」見《清異録》。樓攻媿嘗取「白醉」二字以銘閣。

---

① 「邵青溪」，原誤作「邵清溪」，據元本、明初本、戴本改。案邵青溪即邵亨貞，字復孺，號青溪野史。

賢母辭拾遺鈔①

聶以道宰江右一邑日，有村人早出賣菜，拾得至元鈔十五定，歸以奉母。母怒，曰：「得非盜來而欺我乎？縱有遺失，亦不過三兩張耳，寧有一束之理？況我家未嘗有此，立當禍至，可急速送還，毋累我爲也。」言之再，子弗從。母曰：「必如是，我須訴之官。」子曰：「拾得之物，送還何人？」母曰：「但於原拾處俟候，定有失主來矣。」子遂依命攜往。頃間，果見尋鈔者。村人本朴質，竟不詰其數，便以付還，旁觀之人皆令分取爲賞。失主靳曰：「我原三十作定，今②纔一半，安可賞之？」爭鬧不已，相持至廳事下。聶推問村人，其詞實。又密喚其母審之，合，乃俾二人各具「失者實三十定、得者實十五定」文狀在官。後卻謂失主曰：「此非汝鈔，必天賜賢母以養老者。若三十定，則汝鈔也，可自别尋去。」遂給付母子，聞者稱快。

---

① 此條内容出自《山居新語》。

② 「今」，原誤作「方」，據元本、明初本、戴本改。

女奴義烈

朵那者，杭城東偉兀氏之女奴也，年十九，勤敏謹願。主卒某郡官所，朵那奉主婦日謹，主婦亦委以腹心。至正壬辰秋七月初十日，寇陷杭，劫官民府庫。至偉兀氏家，不得物，乃反接主婦柱下，拔刀礪頸上。諸侍婢皆散走，朵那獨以身覆主婦，請代死，且告曰：「將軍利吾財，豈利殺人哉？凡家之貨寶，皆我所藏，主母固弗知。若免主母死，我當悉與將軍不吝。」寇允解主婦縛，朵那乃探金銀珠玉幣帛等，散置堂上，寇争奪之，竟又欲犯朵那身。朵那持刀欲自屠，曰：「我主二千石，我誓不奴他姓①主，況汝賊乎？」寇驚異，捨而去。朵那泣拜主婦，曰：「棄主貨，全主命，權也。妾受命主鑰貨，今失貨而全身，非義也，請從此死。」遂自殺。時人莫不稱之，曰「義烈」「義烈」云。

龍廣寒

龍廣寒，江西人，移居錢唐，挾預知之術，遊湖海間，咸推爲異人，或謂專持寂感報耳秘咒故

---

① 「姓」，原誤作「性」，據元本、明初本、戴本改。

爾。寂感，即俗所謂萬回哥哥之師號也。釋氏《傳燈録》：師姓張，九歲乃能語，兄戍安西，父母遣問訊，朝往夕返，以萬里而回，號萬回。又《護法論》：虢州閿鄉張萬回法雲公者，生於唐貞觀六年五月五日，有兄萬年，久征遼左，相去萬里。母程氏思其信音，公早晨告母而往，至暮持書而還。《護法論》乃宋無盡居士張商英撰，必有所據。按此，則師之靈通容有之。廣寒又行服氣導引之法，常佩小龜十數於身，至晚仍解飼之。事母至孝，六月一日母生辰，方舉觴爲壽，忽見北窗外梅花一枝盛開，人皆以爲孝行所感，士大夫遂稱之曰孝梅。贈詩者甚多，惟張菊存一篇最可膾炙，曰：「南風吹南枝，一白點萬緑。歲寒誰知心，孟宗林下竹。」至治初間，廣寒卒，時年百有八歲，猶童顔緑髮云。

夜航船

凡篙師，於城埠市鎮人煙湊集去處，招聚客旅裝載夜行者，謂之夜航船，太平之時在處有之。然古樂府有《夜航船曲》，皮日休詩有「明朝有物充君信，攜酒三樽①寄夜航」之句，則此名亦古矣。

---

① 「攜酒三樽」，戴本作「攜酒三瓶」，《能改齋漫録》《皮子文藪·皮日休集外詩文》及《松陵集》均作「榼酒三瓶」。

不快

世謂有疾曰不快，陳壽作《華陀①傳》，亦然。

雷雪

至正庚子二月六日，浙西諸郡震霆掣電，雪大如掌，頃刻積深尺餘②，人甚驚異。後閲李復中《青唐雜記》云：宋元符二年九月廿一日夜，鎮洮大雷，自初更至四鼓，凡一百三十餘雷，雪深二尺。後旬日，西羌叛，以有備無患，出師大捷。又周密《癸辛雜識》云：庚寅正月二十九日癸酉，余至博陸，大雷，雪下如織③，而雷不止，天地爲之陡黑，平生所未見。據二説如此。然杭州自去歲十二月被圍，至三月兵退，豈即《青唐》之讖與？

① 「華陀」，戴本作「華佗」。
② 「餘」，戴本作「許」。
③ 「如織」，今本《癸辛雜識》作「如傾」。

分疏

人之自辨白其事之是否者，俗曰分疏。疏，平聲。《漢書·袁盎傳》：「以不親爲解。」顔師古注曰：「解者，若今分疏矣。」①《北齊書·祖珽傳②》：高元海奏珽不合作領軍，並與廣寧王交結。珽亦見帝，令引入，自分疏。

西皮

髹器謂之西皮者，世人誤以爲犀角之犀，非也。乃西方馬韉，自黑而丹，自丹而黄，時復改易，五色相疊，馬鐙磨擦有凹處，粲然成文，遂以髹器仿爲之。事見《因話録》。

---

① 「以不親爲解」，戴本作「不以親爲解」。案《漢書·袁盎鼂錯傳》：「夫一旦叩門，不以親爲解，不以在亡爲辭，天下所望者，獨季心、劇孟。」顔師古注：「解者，若今言分疏矣。」

② 「傳」，原缺，據戴本補。

暖屋

今之入宅與遷居者，鄰里醵金治具，過主人飲，謂之曰暖屋，或曰暖房。王建宮詞「太儀前日暖房來」，則暖屋之禮，其來尚矣。

鬼室

温州監郡某，一女及笄，未出室，貌美而性慧，父母之所鍾愛者，以疾卒，命畫工寫其像，歲序張設哭奠，常時則庋置之。任滿，偶忘取去，新監郡復居是屋，其子未婚，忽得此，心竊念曰：「娶妻能若是，平生願事足矣。」因以懸於臥室。一夕，見其下，從軸中詣榻前，敍殷勤，遂與好合，自此無夜不來。逾半載，形狀羸弱，父母詰責，以實告，且云至必深夜，去以五鼓，或齎佳果啖我，我答與餅餌，則堅卻不食。」父母教其此番須力勸之，既而女不得辭，爲咽少許。天漸明，竟不可去，宛然人耳，特不能言語而已。遂真爲夫婦，而病亦無恙矣。

此事余童子時聞之甚熟，惜不能記兩監郡之名。近讀杜荀鶴《松窗雜記》云：唐進士趙顔於畫工處得一軟障，圖一婦人甚麗。顔謂畫工曰：「世無其人也，如可令生，余願納爲妻。」工曰：「余神畫也。此亦有名，曰真真，呼其名百日，晝夜不歇，即必應之。應，則以百家彩灰酒灌之，必活。」顔如其言，乃應曰「諾」，急以百家彩灰酒灌之，遂活，下步言笑，飲食如常。終歲，生一兒。兒年兩歲，友人曰：「此妖也，必與君爲患。余有神劍，可斬之。」其夕，遺顔劍。劍纔及顔室，真真乃曰：「妾，南岳地仙也，無何爲人畫妾之形，君又呼妾名，既不奪君願，今疑妾，妾不可住。」言訖，攜其子卻上軟障。睹其障，惟添一孩子，皆是畫焉①。

讀竟，轉懷舊聞，已三十餘年。若杜公所書不虚，則監郡子之異遇有之矣。

牙郎

今人謂駔儈者爲牙郎，本謂之互郎，謂主互市事也。唐人書「互」作「牙」，「互」與「牙」字相似，因訛而爲牙耳。

① 「皆是畫焉」，今本《松窗雜記》作「仍是舊畫焉」。

墓屍如生

松江蟠龍塘普門寺側一無主古墓，至正己亥春，爲其里之張雕盗發，有誌石，乃宋時錢參政良仁①妹，諱惠淨，以該恩奏封孺人，生一男五女，年六十有五。嘗捨田入寺，因於紹熙②四年十月，袝夫墓之右。破棺，無穢氣，顔色如生，口脂面澤，若初傅者。冠服鮮新，亦不朽腐。得金銀首飾器皿甚多。至脱其繡履，傳相玩弄，人以爲異。余聞漢廣川王去疾發魏王子且渠冢，無棺椁，有石牀，牀下悉是雲母。牀上二屍，一男一女，皆年二十餘。東首裸臥，顔色如生人，鬢髮亦如生人，此恐③雲母之功。今此婦葬日，距今百七八十年，而亦不損壞，其理又何邪？

① 「良仁」，戴本作「良臣」，疑是。案《宋史·孝宗本紀》：「（淳熙五年十一月）乙亥，以錢良臣參知政事。」

② 「紹熙」，原誤作「紹興」，據元本、明初本、戴本改。

③ 元本、明初本、戴本「恐」下有「是」字。

枯井有毒

平江在城峨嵋橋葉剃者，門首簷下有一枯井，深可丈許。偶所畜貓墮①入，適鄰家浚井，遂與井夫錢一緡，俾下取貓。夫父子諾，子既入井，久不出，父繼入視之，亦不出。葉惶恐，繫索於腰，令家人次第放索。將及井底，亟呼救命，比拽起，下體已僵木如屍，而氣息奄奄。鄉里救活之，白於官。官來驗視，令火下燭②，仿佛見若有旁空者。向之死人，一横臥地上，一斜倚不倒。鈎其髮提出，遍身無恙，止紫黑耳。衆議以恐是蛟蜃③之屬，實之土焉。余意山嵐蠻瘴，尚能殺人，何況久年乾涸，陰毒凝結，納其氣而死，復奚疑哉？此事在至正己亥秋八月初旬也。後讀《酉陽雜俎》有云：「凡冢井間氣，秋夏多殺人，先以雞毛投之，直下，無毒；回舞而下者，不可犯。當以泔④數斗澆之，方可入矣。」得此一章，信余意之誠是也。

---

① 「墮」，元本、明初本、戴本作「墜」。
② 「令火下燭」，戴本作「令籠次下燭」，或當作「令懸火下燭」。
③ 「蛟蜃」，原誤作「蛟唇」，據元本、明初本、戴本改。
④ 「泔」，今本《酉陽雜俎》作「醋」。

賢孝

前至元間，杭州有鄭萬户者，天性峻急，不能有所容，而奉事母夫人備極孝道。母誕日垂至，預市文繡氁段製袍爲壽。鍼工持歸，縫綴既成，爲油所污，時估貴重，工莫能償，自經不死。鄰婦有識其母者，潛送入白之。至日，臥不起。子至，候問安否，見有憂色，請其故。曰：「昨莫偶視新袍，適几上油缶翻，濺漬成玷，我情思殊不佳耳。」子告曰：「一袍壞，復製一袍可也，大人①何重惜乃爾。」母陽爲自解，遂起受子孫拜賀，如常歲儀。人咸以此爲賢母，而益見萬户之孝。

國朝婦人禮服，達靼曰袍，漢人曰團衫，南人曰大衣，無貴賤皆如之，服章但有金素之别耳，惟處子則不得衣焉。今萬户有姓者而亦曰袍，其母豈達靼與？然俗謂男子布衫曰布袍，則凡上蓋之服或可概曰袍。

① 「大人」，原誤作「夫人」，據元本、明初本改。

事物異名

暇日讀書，遇事物之異名者，偶記一二，以備采覽云。

割政割剥之政也。《史記・帝紀》三。

毳布罽也。《説文》曰：「西胡毳布。」

藏魚《説文》：「鮓，藏魚也。」

猊糖獅子乳糖也。《後漢・顯宗紀》。

毛席氈也。《後漢・西域傳》注。

竹萌笋也。《説文》。

南威橄欖也。《太平廣記》。

木密棗子也。同上。

脂炬燭也。《杜陽雜編》。

調香和香也。《華嚴經》曰：「粥香長者善調香。」

獵碣石鼓曰獵碣，蘇勖《載記》。

父馬牡馬也。《史記・平準書》。

香物《夢書》曰：「夢得香物，婦女歸也。」

清室獄也。《史・袁盎傳》。

令草宜男花也。傅玄《賦》。

竹練竹布也。庾翼《與燕王書》曰：「竹練三端。」

練香和香也。李賀詩：「練香薰宋鵲。」

石密櫻桃也。同上。

雜馥合香也。《通典》四十三。

竹胎笋也。《説文》。

毛布褐也。《詩・七月》箋。

玉窪酒器也。《緯略》。

挾日從甲至甲凡十日①也。《周禮·天官》。　浹②辰辰，十二辰，自子至亥也。《左傳》成九年。

丹若石榴也。《酉陽雜俎》。

金鎞刺肉

木八刺字西瑛，西域人，其軀幹魁偉，故人咸曰長西瑛。云③一日方與妻對飯，妻以小金鎞刺臠肉，將入口，門外有客至，西瑛出肅客，妻不及啖，且置器中，起去治茶。比回，無覓金鎞處。時一小婢在側執作，意其竊取，拷問萬端，終無認辭，竟至損命④。歲餘，召匠者整屋，掃瓦瓴積垢，忽一物落石上有聲，取視之，乃向所失金鎞也，與朽骨一塊同墜。原其所以，必是貓來偷肉，故帶而去，婢偶不及見，而含寃以死。哀哉！世之事有如此者甚多，姑書焉以爲後人鑒也。

---

① 「十日」，原誤作「十一日」，據戴本改。案《周禮·夏官·大司馬》鄭注：「挾日，十日也。」
② 「浹」，原誤作「挾」，據元本、明初本、戴本改。
③ 「云」，原脱，據元本、明初本、戴本補。
④ 「損命」，戴本作「隕命」。

杭人遭難

杭民尚淫奢，男子誠厚者十不二三，婦人則多以口腹爲事，不習女工。至如日用飲膳，惟尚新出而價貴者，稍賤，便鄙之，縱欲買，又恐貽笑鄰里。至正己亥冬十二月，金陵遊軍斬關而入，突至城下，城門閉三月餘，各路糧道不通，城中米價湧貴，一斗直二十五緡。越數日，米既盡，糟糠亦與常日米價等，有貲力人則得食，貧者不能也。又數日，糟糠亦盡，乃以油車家糠餅搗屑啖之。老幼婦女，三五爲羣，行乞於市，雖姿色豔麗而衣裳濟楚，不暇自愧也。至有合家父子、夫婦、兄弟結袂把臂，共沉於水，亦可憐已①。一城之人，餓死者十六七。軍既退，吴淞米航輻輳，籍以活，而又太半病疫死。豈平昔浮靡暴殄之過，造物者有以警之與！

承天閣

平江承天寺，初畜大木，將造千佛閣，會浙省災，責有司籍所在木植，官酬以價。寺一黠僧於

① 「已」，戴本作「也」。

閣木上皆鑿「萬歲閣」三字，於是有司不敢取。及閣成，其字固在。諸寺觀凡起造，必作儷語題梁間，其餘則記住持檀越主名，此所必然，獨承天諸殿俱否。至正丙申春，今張太尉士誠。未歸順時，僞稱誠王，國號大周，改元天佑，曆曰明時。由淮渡浙，攻破平江，即承天以居，盡撤去殿上像，設坐於其中，且以僧元鑿字名其閣，豈亦有定數乎？

阿癐癐

淮人寇江南日，於臨陣之際，齊聲大喊「阿癐癐」，以助軍威。按《朝野僉載》：武后時，滄州南皮縣丞郭勝静①每巡鄉，唤百姓婦，托以縫補而姦之。其夫至，縛勝静，鞭數十。主簿李懋②往救解之，勝静羞，諱其事，低身荅云「忍痛不得」，口唱「阿癐癐」，勝静不被打，阿癐癐」。據此，乃有所本。

海運

國朝海運糧儲自朱清、張瑄始，以爲古來未嘗有此。按杜工部詩《出塞》云：「漁陽豪俠地，

① 「郭勝静」，今本《朝野僉載》作「郭務静」。
② 「李懋」，元本、明初本及今本《朝野僉載》均作「李悊」。

擊鼓吹笙竽。雲帆轉遼海，粳稻來東吴。」又《昔遊》云：「幽燕盛用武，供給亦勞哉。吴門持粟帛，泛海凌蓬萊。」如此，則唐時已有海運矣，朱、張特舉行耳。

夫婦死孝

杜陽父，友開。江陰人，隱居教授，妻吴辟纑以資之。天曆間，浙右災荒，米價騰踴，學徒散去，困於飢餓。吴之兄弟屢勸斬丘木，粥墓地①，以少延餘息，陽父堅持不可。繼欲挈吴歸，吴曰：「夫既盡孝，妾獨以不義自處，寧不食若粟。」遂相枕藉而卒。

豬妖

至正辛卯春，江陰永寧鄉陸氏家一豬產十四兒，内一兒人之首、面、手、足而豬身。

---

①「墓地」，原誤作「基地」，據戴本改。

南村輟耕録卷十二

園池記

唐南陽樊宗師，字紹述，所撰《絳守居園池記》艱深奇澀，讀之往往昧其句讀，況義乎哉！韓文公謂其文不蹈襲前人一言一句，觀此記，則誠然矣。宋王晟、劉忱嘗爲解釋，今不復有。偶得濼陽趙仁舉字伯昂箋注本，句分字析，詞理煥然，因書其記，傳其句讀，以便披覽云。有未解者，又須觀全注可也。

點法：○爲句，△爲讀。《記》曰：

絳即東雍○雍，去聲。爲守去聲。理所○禀參所今切。實沈分○分去聲。氣畜兩河潤○有陶唐冀遺風餘思○思去聲。晉韓魏之相剥剖○世説總其土田士人○今無磽①口交切。雜擾○宜○得

① 「磽」，戴本作「曉」。

地形勝瀉水施法○豈新田又蕞猥不可居○州地或自有興廢○州字或屬上句。人因得附爲奢儉○將爲守悦致平理與○與平聲。益侈心耗物害時與○與平聲。自將失敦窮華○終披夷不可知○陴緬音脾，睨也；緬疑作緬①。孤顛○跼倔上苦下切，下渠勿切。玄武踞○守居割有北○自甲辛苞太池泓○横硤旁○潭中②癸次○木腔瀑③三丈○餘或屬上句。涎玉沫珠○子午梁貫亭曰洄漣○虹蜺雄雌○穹鞠覰蜃○時忍切。礙佷胡懇切。島坻音池。淹淹委委平聲。莎靡縵○莫半切。蘿蓄④翠蔓紅刺相拂綴○南連軒井○陣中湧曰香○承守寢睟雖遂切。思○西南有門曰虎豹○左畫⑤虎搏補各切。立○萬力千氣○底音旨。發○龘匿地○努肩腦口牙快⑥抗○雹火雷風黑山震將合○右胡人鬍○黄帤於元切。累力追切。珠○丹碧錦襖○身刀囊鞾檛縚○土刀切⑦。白豹玄班○飫距○掌脾⑧

① 「緬」，元本、戴本作「陑」。
② 「中」，戴本作「甲」。
③ 「瀑」，原作「暴」，據元本、戴本改。
④ 「蓄」，元本、戴本作「蔷」。
⑤ 「畫」，原誤作「書」，據元本、明初本、戴本改。
⑥ 「快」，元本作「怏」。
⑦ 「土刀切」，原誤作「上刀切」，據明初本、戴本改。
⑧ 「掌脾」，元本、明初本、戴本作「掌胛」。

○意相得○東南有亭曰新○前含音頷。　曰槐○有槐扆虚器切。　護○罫鬱蔭後頤○渠決決緣①池西直南折廡赴○可宴可衙○又東騫渠曰望月○騫音軒。　又東騫窮角池○研雲曰栢○有栢蒼青官士○擁列與槐朋友○巉鉏銜切。　陰洽色○北俯渠○憧憧來○刮級面②西○巽嵎疑作隅。　間○黄原玦天○汾水鉤帶○白言謁○行旦艮間○遠岡青縈○近樓臺井閭點畫察○可四時合奇士○觀雲風霜露雨雪○所爲去聲。　發生收斂賦歌詩○正東曰蒼塘○遵瀕西漭望○瑶翻碧瀲○光文切鏤○黎深撓撓奴巧切。　收窮○正北曰風堤○乘攜左右○堤勢北回股努○墆徒計切。　捩力計切。③　蹴墉○御渠歆池○南楯檻○景怪孅④○蛟龍鈎牽○寶龜靈廲○薄猛切，一音脾。　文文章章○陰歆呼合切。　墊都念切。　敵○呼恬⑤切。　煙潰靄聚桃李蘭蕙○神君仙人衣裳雅冶○可會脱赤熱○西北曰鼇○蝝音灰。　原○開咍呼來切。　儲○虚明茫茫○嵬眼湏耳○可大客旅鐘鼓樂○提鷴挈鷺○傜音弼。　池豪渠○憎乖憐圍○正西曰白濱○薈烏外切。　深憐梨○素女雪舞百佾○水翠披

① 「緣」，原誤作「緑」，據元本、明初本、戴本改。
② 「面」，元本、戴本作「回」。
③ 「力計切」，原誤作「刀計切」，據元本、戴本改。
④ 「孅」，元本、戴本作「孎」。
⑤ 「恬」，原誤作「括」，據元本、明初本、戴本改。

○嘟嘟虚郭切。千幅○迎西引東土①長崖○挾横埒○埒音劣。日卯酉○日或作自。樵途隝徑幽委○蟲鳥聲無人○風日燈火之○晝夜漏刻詭娧魚毁切。絢化○大小亭餖池渠間○走池堤上亭後前○陴乘墉○如連山羣峯擁○地高下○如原隰堤溪壑○水引古○自源三十里○鑿高○槽絶○竇墉○爲或作其。池溝沼渠瀑潨音叢。潺終出○汩汩於筆切，音骨非。街巷畦町阡陌間○入汾○巨樹木○資士②悍○水沮○將預切。宗族盛茂○旁蔭遠映○錦繡交葉枝香○畹麗麗③上④下可通作一句。絶他郡○考其臺亭沼池之增○蓋豪王才侯襲以奇意相勝○至今過客尚往往有指可創起處○余退常吁○後其能無○果有不○音否。補建者○池由於煬⑤○及當作反。者雅文安○薛雅、裴文安二人。發土築臺爲拒○幾平聲。附於污宫○水本於正平軌○病井滷生物瘠○引古○沃浣人便○幾附於河渠○嗚呼○爲附於河渠則可○爲污⑥於污宫其可○書以薦後君子○長慶三年五月十七日記。

① 「土」，元本、明初本、戴本作「土」。
② 「士」，元本、戴本作「土」。
③ 「麗麗」，元本、戴本作「麗」字。
④ 元本、戴本「上」上有「又」字。
⑤ 「煬」，戴本作「湯」。
⑥ 「污」，元本、戴本作「附」。

又見一本，亦注解者，不著姓名，所分句讀，與前略有不同處，並附於此。

絳△即東雍爲守理所作一句。世説△土田△士人△宜△得地形勝△自將失暾①窮華△陴緬孤顛△跼倔玄武△守居○割有北△自甲辛苞大池△泓横硤旁作一句。潭中△癸次木腔作一句。△瀑三丈餘作一句。△子午梁△虹蜺雄雌穹鞠覷蜃作一句。△莎靡縵△南連軒井△陣△左畫虎搏立△萬力千氣底發作一句。△𡙡匿地△電火△雷風△右胡人△鬅△黄帑纍珠△丹碧錦襖△身刀△囊△鞾△摑△縚△白豹玄班△飫距掌脾②作一句。有槐肩護霸作一句。△鬱蔭△渠決決△緣池西△直南折廡赴△擁列△與槐朋友△巽隅間△白言謁行△旦艮間△遠岡青縈△近△可四時合奇士△觀雲△風△霜△露△雨△雪△所爲發生收斂△正東曰蒼塘蹲瀕西漭望作一句。△瑶翻碧瀲△正北曰風堤乘攜左右作一句。△堤勢北回股努墆捩③蹴墉作一句。△南楯楹△景怪爥△蛟龍鈎牽△煙潰④靄聚△開哈儲△虛明茫茫△提鷳△潔鷺△瞰瞰千幅△迎引西東⑤

① 「暾」，元本、戴本作「敦」，明初本作「墩」。
② 「脾」，明初本、戴本作「胛」。
③ 「捩」，原誤作「披」，據元本、戴本及上文改。
④ 「潰」，元本、戴本作「潰」，上文作「潰」。
⑤ 「迎引西東」，元本、戴本作「迎西引東」，上文作「迎西引東」。

△日卯酉樵途隝徑幽委○蟲鳴①聲○晝夜○大小亭餖○池渠間○走池堤上○亭後前陴乘墉作一句。如連山羣峯△擁地高下作一句。鑿高槽作一句。絶賨墉作一句。爲此作其。池溝沼渠瀑潨每字。△汨汨街巷△町畦②阡陌每字。△間入汾作一句。水沮③宗族茂盛作一句。旁蔭遠映△錦繡交菓枝香畹△麗絶地郡作一句。考其臺亭沼沚之增△後其能無果有不補建者作一句。池由於煬及者雅文安作一句。誅△此本多此字。病井滷△生物瘠△引古沃浣作一句。人便幾附於河渠作一句。

廁籌

今寺觀削木爲籌，置溷圊中，名曰廁籌。《北史》：齊文宣王嗜酒淫泆，肆行狂暴，雖以楊愔爲相，使進廁籌，然則愔所進者，豈即此與？按《説文》：廁，清也，從广，則聲。韻書④：初吏切，間也，雜也，次也，圊也。居高臨垂邊曰廁，高岸夾水曰廁。《史記·太倉公傳》：豎奉劍從

---

①「鳴」，元本、戴本作「烏」。上文作「烏」。
②「町畦」，元本、戴本作「畦町」，上文作「畦町」。
③「沮」，原誤作「祖」，據元本、戴本改。上文作「沮」。
④「書」，原缺，據元本、戴本補。

王之廁。《汲黯傳》：衛青大將軍侍中，上踞廁，見之。注：如淳曰：廁音則，謂牀邊，據牀視之。一云溷廁也。廁，牀邊側。《漢書》注：「如淳曰：廁，溷也。孟康曰：廁，邊①側也。師古曰：如説是也。仲馮曰：廁，當從孟説。」愚意古者見大臣，則御坐爲起，夫武帝固以奴隸待青，亦不應踞溷圊而見之。然漢文居霸北，臨廁，使慎夫人鼓瑟。注：「韋昭曰：高岸夾水爲廁。」即此推之，則凡廁者，皆取其在兩物間爲義。又《郅都傳》：賈姬如廁，有野彘入廁，命都擊之。則此之如廁，亦恐非是溷圊。他如《劉安别傳》：「謫守都廁三年。」《莊子·庚桑篇》「適其偃」注：偃，屏廁也。屏廁則以偃溲。《儀禮·既夕禮》：「甸人築坅坎，隸人温廁塞廁。」②《萬石君傳》：建取親中裙廁牏，身自浣洒。注：「孟康曰：廁，行清；牏，行中，受糞函也。」至於晉侯食麥脹如廁陷而卒，趙襄子如廁執豫讓，高祖鴻門會如廁召樊噲等，及如廁見柏人，金日磾如廁擒莽何羅，范雎佯死置廁中，李斯如廁見鼠，陶侃如廁見朱衣，王敦如廁食棗，劉寔誤入石崇廁，郭璞被髮廁上，劉季和廁上置香爐，沈慶之夢鹵簿入廁中，崔浩焚經投廁中，錢義廁神，李赤廁鬼，蒯聵盟孔悝於廁，曹植戒露頂入廁之類，則真溷圊矣。

---

① 「邊」上《漢書》注、《通鑑》注均有「牀」字。
② 「甸人築坅坎，隸人温廁塞廁」不見於《儀禮》，今本《齊東野語》作「甸人築泠坎，隸人涅廁塞廁」。

拗花

南方或謂折花曰拗花，唐元微之詩：「試問酒旗歌板地，今朝誰是拗花人。」又古樂府：「拗折楊柳枝。」

連枝秀

京師教坊官妓連枝秀，姓孫氏，蓋以色事人者，年四十餘，因投禮逸士風高老爲師，而主教者褒以「空湛静慧散人」之號。挾二女童，放浪江海間。偶至松江，愛其風物秀麗，將結數椽，爲棲息所。郡人陸宅之居仁。嘗往訪焉，秀頗不以禮貌。因其請作募緣疏，遂爲撰之。疏曰：「京師第一部教坊，占排場，曾使萬人喝采；道德五千言公案，抽鎖鑰，只因片語投機。向林下得大道高風，指雲間問前緣福地。一跳身纔離了百戲棚中圈子，雙擺手便作個三清門下閑人。赤緊地無是無非，到大來自由自在。識盡悲歡離合幻，打開老病死生關。交媾功成，陰陽炭燒空欲海；修持行滿，雌雄劍劈破愁城。七星冠剛替下鳳頭釵，合歡帶生紉做鹿皮袋。空非空，色非色，色即是空；道可道，名可名，强名曰道。往常時紅裙翠袖生綃帕，猛可里草履麻衣匾皂絛。銷金帳冷落風情，養丹爐消磨火性。半世連枝帶葉，算從前歷盡虚花。一朝剗草除根，到此際方成結果。尋幾個煙霞外逍遥伴侣，抵多少塵埃中浮浪男兒。存一點志誠心，百事可做；少幾處風流債，一筆都①勾。試問他濁酒狂歌，争如我清茶淡話。迷魂陣當時落陷，人負我，我負人，總是虚脾；玄關竅今日點開，心即道，道即心，無非妙用。牢着眼看烏飛兔走，急回頭怕鶴怨猿啼。五陵人買笑追歡，掉頭不顧；三島客談玄論道，稽首相迎。大都來幾個知音，多管是前生有分。玉樓花下千鍾酒，幾番歌《白苧》遏行雲；紙帳梅邊一炷香，從此誦《黄庭》消永日。桃花扇深藏明月影，椰子瓢長醉白雲鄉。皓齒細腰，打疊少年歌舞；錦心繡腹，宣揚老子經文。發科打諢，不離機鋒；課嘴撩牙，長存道眼。燒夜香非尋佳偶，披鶴氅星月下禮拜茅君；登臺不望遠人，駕鸞車雲霄上追尋蕭史。歌館化爲仙館静，戲房番②作道房幽。淨洗胭脂，見全真本來面目；輕敲檀板，聽步虚别是宫商。人盡誇七真堂添上個小孫姑，我只道五城山册立下新王母。不比尋常鈎子，曾經老大鉗鎚。百煉不回，萬夫難③敵。疇昔微通一笑，白面郎争與纏

① 「都」，元本、明初本作「咸」。
② 「番」，戴本作「翻」。
③ 「難」，戴本作「莫」。

頭；如今頓悟三生，青眼客①便當擡手。既不作入夢朝雲暮雨，也須撇等閑秋月春風。若教了蒲團上工夫，便可到蓬壺中境界。肯莊嚴一處千年香火，是成就到頭陸地神仙。金銀鈔等物，是必大塊子捨來；福禄壽利錢，擬定加倍兒還你。得道者多助，看琳宮寶殿，日月交輝；愛人者必親，仗玉磬②金鐘，晨昏報德。」疏文一出，遠邇傳誦，以資笑談。秀不可留，遂宵遁。然文雖新奇，固近於俳③，視厚德君子有間矣，而其帷箔之不修者，豈偶然哉！

卻鞭

文真王阿憐帖木兒之夫人舉月思的斤以賢行稱，一日，有獻馬鞭於王者，鞭内暗藏一鐵簡，拔靶取之則得。王喜，持示夫人，將酬以幣。夫人曰：「君平昔若嘗害人，則防人之必我害也。苟無此心，焉用爲？」王悟，亟還之。

---

① 「客」，戴本作「人」。
② 「磬」，原誤作「罄」，據元本、明初本、戴本改。
③ 「俳」，原誤作「徘」，據元本、明初本、戴本改。

奉母避難

泰州人袁氏兄弟二人同居養母，至正壬辰，紅巾壓境，兄弟負母逃避。至中途，兄念妻子不置，辭母歸，惟弟與母借居田舍。後城陷，其一房盡遭殺戮，獨弟之妻子獲免，乘間奔避，適夫婦父子相會，時傳爲孝行所感。

匠官仁慈

杭州行金玉府副總管羅國器，世榮。郡人也，天性仁慈，有匠人程限稽違，案具，吏請引決。羅曰：「吾聞其新娶，若責之，舅姑必以新婦不利，口舌之餘，不測繫焉。姑置勿問，後或再犯，重加懲治可也。」夫羅職在造作耳，尚能知此，而受民命之寄者，則反貪墨苛慘，惟以鞭朴立威爲務，哀哉！

著衣吃飯

諺云：「三代仕宦，學不得著衣吃飯。」按《魏書》，文帝詔羣臣云：「三世長者知被服，五世長者知飲食。」則古已有此語。

文章政事

吕仲實先生思誠。僉浙西憲司事時，有自首不合令女習學謳唱者，先生案議云：「男女無父母之命，私有所從①，王法不許。父母違男女之願，置之非地，公論豈容。所首宜不准，合依律杖斷。」又有年七十之上而毆人者，案議云：「既能爲不能爲之事，必當受不當受之刑。」先生文章政事，皆過人遠甚，而廉潔不污，家甚貧。至正間，官至中書左丞。先生未顯時，一日晨炊不繼，欲攜布袍質②米於人，室氏有吝色，因戲作一詩曰：「典卻春衫辦早廚，老妻何必更躊躕。

① 「從」，戴本作「往」。
② 「質」，原誤作「貿」，據元本、明初本、戴本改。

瓶中有醋堪燒菜，囊裏無錢莫買魚。不敢妄爲些子事，只因曾讀數行書。嚴霜烈日皆經過，次第春風到草廬。」後果及第。

浙江潮候

浙江一名錢唐江①，一名羅刹江。所謂羅刹者，江心有石，即秦望山脚，横截波濤中，商旅船到此，多值風濤所困而傾覆，遂呼云。此事見吴越時僧贊寧傳載中。其晝夜二潮甚信，上人以詩括之曰：「午未未未申，申卯卯辰辰，巳巳巳午午，朔望一般輪。」此晝候也，初一日午未，初二日未初，十五日如初一；夜候則六時對衝，子午丑未之類。漢東宣伯聚②先生昭③。嘗作《浙江潮候圖説》云：「大江而東，凡水之入於海者，無不通潮，而浙江之潮獨爲天下奇觀，地勢然也。浙江之口有兩山焉，其南曰龕山，其北曰赭山，並峙於江海之會，謂之海門。下有沙灘，跨

---

① 「錢唐江」，元本、明初本作「錢塘江」。

② 「宣伯聚」，戴本作「宣伯聚」。案《書史會要》：「宣昭字伯絅，號艮齋，漢東人，有雅行，博通古今。天文地理、陰陽術數百氏之學，無不諳詣，尤精翰墨，正書師歐陽率更，字字該備八法。」

③ 「昭」，原缺，據元本、明初本、戴本補。

江西東三百餘里，若伏檻然。潮之入於浙江也，發乎浩渺之區，而頓就斂束，逼礙沙灘①，回簿②激射，折而趨於兩山之間。拗怒不拽③，則奮而上隮，如素蜺横空，奔雷殷地，觀者膽掉，涉者心悸，故爲東南之至險，非他江之可同也。原其消長之故者，曰天河激湧，曰地機翕張。揆其晨夕之候者，曰依陰而附陽，曰隨日而應月。地志濤經，言殊旨異，胡可得而一哉！蓋圓則之運，大氣舉之；方儀之静，大水承之。氣有升降，地有浮沉，而潮汐生焉。月有盈虚，潮有起伏，故盈於朔望，虚於兩弦，息於朓朒，消於朏魄，而大小準焉。月爲陰精，水之所生；日爲陽宗，水之所從。故晝潮之期，日常加子；夜潮之候，月必在午，而晷刻定焉。卯酉之月，陰陽之交，故潮大於餘月。大梁析木，河漢之津也。朔望之後，天地之變，故潮大於餘日。寒暑之大，建丑未也。一晦一明，再潮再汐；一朔一望，再虚再盈，天一地二之道也。月經於上，水緯於下，進退消長，相爲生成，曆數可推，毫釐不爽，斯天地之至信，幽贊於神明而古今不易者也。杭之爲郡，枕帶江海，遠引甌閩，近控吴越，商賈之所輻湊，舟航之所駢集，則浙江爲要津焉。而其行止之淹速，無不畢聽於潮汐者，或違其大小之信，爽其緩急之宜，則必至於傾墊底滯，故不可以不之謹也。

① 「灘」，原誤作「潭」，據元本、明初本及上文改。
② 「回簿」，戴本作「回薄」，疑是。
③ 「拽」，戴本作「洩」。

某承乏兹郡，屬兵革未弭之秋，信使之往來，師旅之進退，雖期會紛紜，邊陲警急，必告之曰：謹候潮汐，毋躁進以自危。然而迹累肩摩，晨馳夕騖，有不能人喻而户説之者。考之郡志，得《四時潮候圖》，簡明可信，故爲之説，而刻石於浙江亭之壁間，使凡行李之過此者，皆得而觀之，以毋蹈夫觸險躁進之害，亦庶乎思患而預防之意云。」

此説博極羣書，辭理超詣，而古今之論潮汐者，蓋莫能過之矣。因並録之。

貞烈墓

千夫長李某戍天台縣日，一部卒妻郭氏有令姿，見之者無不嘖嘖稱賞，李心慕焉。去縣七八十里，有私盜出没處，李分兵往戍，卒遂在行。既而日至卒家，百計調之，郭氏毅然莫犯。經半載，夫歸，具以白，爲屬所轄，罔敢誰何。一日，李過卒門，卒邀入，治茶，忽憶得前事，怒形於色，亟轉身持刃出，而李幸脱走。訴於縣，縣捕繫窮竟，案議持刃殺本部官，罪死，縣桎梏囹圄中。從而邑之惡少年，與官之吏胥皂隸輩，無有不起覬覦之心者。郭氏躬饋食於卒外，閉户業績紡，以資衣食，人不敢一至其家。久之，府檄調黄巖州一獄卒葉其姓者至，尤有意於郭氏，乃顧視其卒，日飲食之，情若手足，卒感激入骨髓。忽傳有五府官出。五府之官，所以斬決罪囚者。葉報卒知，且謂曰：「汝或可活，我與爲義兄弟。萬一不保，汝之妻尚少，汝之子若女纔八九歲耳，奚以依？顧我尚未娶，寧肯俾爲我室乎？若然，我之視汝子女，猶我子女也。」卒喜諾。葉遂令郭氏私見卒，卒謂曰：「我死有日，此葉押獄性柔善，未有妻，汝可嫁之。」郭氏曰：「汝之死，以我之色，我又能二適以求生乎？」既歸，持二幼痛泣而言曰：「汝爹①行且死，娘死亦在旦夕，我兒無所怙恃，終必死於飢寒，我今賣汝與人，娘豈忍哉？蓋勢不容已，將復奈何？汝在他人家，非若父母膝下比，毋仍似是嬌癡爲也。天苟有知，使汝成立，歲時能以卮酒奠父母，則是我有後矣。」其子女頗聰慧，解母語意，抱母而號，引裾不肯釋手。遂攜二兒出市，召人與之，行路亦爲之墮淚。邑人有憐之者，納其子女，贈錢三十緡。郭氏以三之一具酒饌，攜至獄門，謂葉曰：「願與夫一再見。」葉聽入，哽咽不能語。既而曰：「君擾押獄多矣，可用此少禮答之。又有錢若干，可收取自給。我去一富家執作，爲口食計，恐旬日不及看君，故也相别。」垂泣而出，走至仙人渡溪水中，危坐而死。此處水極險惡，竟不爲衝激倒仆。人有見者，報之縣，縣官往驗視，得實，皆驚異失色，爲具棺斂，就葬於死所之側山下。又爲申達上司，仍表其墓曰「貞烈郭氏之墓」，大書刻石墓上。至正丙戌，朝廷遣奉使宣撫循行列郡，廉得其事，原卒之情，釋之，人遂

① 「爹」，戴本作「爺」。

付還子女，終身誓不再娶。

特健藥

《墨藪》載《徐氏書記》云：平一齠齓之歲，見育宫中，嘗睹先后閲書法數軸，將榻以賜藩邸，令女學内人出六十餘函，於億歲殿曝之。多裝以鏤牙軸，紫羅褾，云是太宗時所裝。其中有故青綾褾玳瑁軸者，云是梁氏舊迹，楷書，每函可二十餘卷。别有一小函，有十餘卷。所記憶者，是扇書《樂毅》《告誓》《黄庭》。私訪於所主女學，問其函出盡否，答云尚有，不知其幾。至中宗神龍初，貴戚寵盛，宫禁不嚴，御府之珍，多歸私室，先盡金璧①，次及書法，嬪主之家，因此擅出。或有報安樂公主者，於内出二十餘函。駙馬武延秀久踐虜庭無功，於此徒聞二王之迹，强效寶持。時呼薛稷、鄭愔及平一，詳其善惡，諸人隨事答稱。上者登時去牙軸紫褾，易以漆軸黄麻紙褾，題云『特健藥』，云是虜語。其書合作②者，時有太宗御筆於後題之，嘆其雄逸云。及考

① 「璧」，原誤作「壁」，據戴本改。
② 「合作」二字原爲小字注，戴本作大字，元本、明初本大字單作「合」。

之《書苑菁華》，特健藥作①「特健樂」，恐是鋟梓誤耳。

乞求

世之曰乞求，蓋謂正欲若是也，然唐時已有此言。王建《宫詞》：「只恐他時身到此，乞求自在得還家。」又花蕊夫人《宫詞》：「種得海柑纔結子，乞求自過與君王。」

張道人

曁陽之南門橋軍人張旺者，人咸稱之曰張牌，素凶狠無賴，嘗夜盜城西田父菜，被執，濡其首溺池而釋之，以故恨入骨髓，每思有以爲報而未能。一夕，宿火瓦罌，往燒其家，道由觀溝。時月色微明，畫師吴碧山尚未寢，偶聞步履聲，穴窗窺之，見張前行，而殤鬼百數踵其後。飯頃，又聞步履聲，復窺之，則張回，而青衣童子二人前導焉。吴甚驚怪。蓋張乃吴常所厚善者，詰旦，往叩張。張初不承，及語之審，因以前事告，且曰：「我實欲毁其室以快所憤，因念冤冤相報，

① 「作」下原有「云」字，據戴本删。

無有了時，遂棄火歸，他無見也。」吴乃告以其詳。張大感悟，曰：「一念之頃，可不謹哉！」即捨俗出家，人又咸稱之曰張道人，後竟得道云。此在至正五年事也。

陰德延壽

昔真州一巨商，每歲販粥至杭。時有挾姑布子之術曰鬼眼者，設肆省前，言皆奇中，故門常如市。商方坐下坐，忽指之曰：「公，大富人也，惜乎中秋前後三日内數不可逃。」商懼，即戒程。時八月之初，舟次揚子江，見江濵一婦，仰天大號。商問焉，答曰：「妾之夫作小經紀，止有本錢五十緡，每買鵝鴨過江貨賣，歸則計本於妾，然後持贏①息易柴米，餘貲盡付酒家，率以爲常。今妾偶遺失所留本錢，非惟飲食之計無所措，亦必被棰死，寧自沉。」商聞之，嘆曰：「我今厄於命，設令鑄金可代，我無虞矣。彼乃自夭其生，哀哉！」亟贈錢一百緡，婦感謝去。商至家，具以鬼眼之言告父母，且與親戚故舊敍永訣，閉户待盡。父母親故宛轉寛解，終弗自悟。逾期，無他故，復之杭。舟阻風，偶泊向時贈錢處，登岸散步②，適此婦襁負嬰孩，遇諸道，迎拜，且告曰：

① 「贏」，原誤作「羸」，據戴本改。
② 「散」下原脱「步」字，據元本、明初本、戴本補。

「自蒙恩府持拔，數日後乃産，母子二人没齒感再生之賜者，豈敢忘哉！」商至杭，便過鬼眼所，鷩顧曰：「公中秋胡不死？」乃詳觀形色而笑曰：「公陰德所致，必曾救一老陰少陽之命矣。」商異其術，捐錢若干以報之。

帝師①

巴思八帝師法號曰「皇天之下一人之上開教宣文輔治大聖至德普覺真知佑②國如意大寶法王西天佛子大元帝師板的達巴思八八合失」。

① 此條見《山居新語》。
② 「佑」，戴本、今本《山居新語》作「祐」。

南村輟耕録卷十三

中書鬼案

中書省准陝西行省咨，察罕腦兒宣慰司呈八匝街禮敬坊王弼告：至正三年九月内，到義利坊平易店，見有算卦王先生，因問來歷致争。當月二十九日夜，睡房窗下似風吹葫蘆聲，不時有之。請到李法師①遣送。虚空人言：「算卦先生使我來。」哭聲内稱冤枉。弼祝之曰：「爾神爾鬼，明以告我。」鬼云：「我是豐州黑河村周大親女月惜，至正二年九月十七日夜，因出後院，被這王先生將我殺了，做奴婢使唤，如今教在你家作怪。」哭者索要衣服，抄寫所説，赴官陳告。差盧捕盜等與社長吴信甫，於王先生房内搜獲木印二顆、黑羅繩二條，上釘鐵鍼四個，魘鎮女身小紙人八個，五色彩，五色絨，上俱有頭髮相纏。又小葫蘆一個，上拴紅頭繩一條，内盛琥珀珠二顆，外包五色絨，朱

① 「李法師」，戴本作「李江法師」。

書符命一沓。又告：十二月初三日，有鬼空中言：「我是奉元路南坊開張機房耿大第二男頑驢，這先生改名頑童。我年一十八歲，被那老先生引三個伴當殺了我。」二十二日，又有鬼空中云：「我是察罕腦兒李帖家孩兒延奴，又名搶灰，那老賊殺了我，改名買賣①。我被殺時，年十四歲。」

勘問得犯人王萬里即王先生，狀招，年五十一②歲，江西省吉安路民，於襄陽周先生處習會陰陽課命。至順二年三月内到興元府，逢見劉先生，云：「我會使術法迷惑人心，收采生魂，使去人家作禍，廣得財物。我有收下的，賣與你一個。」隨於身畔取出五色彩帛，並頭髮相結一塊，言稱這個小名唤延奴。我課算，揀性格聰明的童男童女，用符命法水咒語迷惑，活割鼻、口唇、舌尖、耳朵、眼睛，咒取活氣，剖腹，掏割心肝各小塊，曬乾，搗羅爲末，收裹，及用五色彩帛，同生魂頭髮相結，用紙作人形樣，符水咒遣往人家作怪。根隨到伊下處，至夜，劉先生焚香念咒燒符，聽得口言，不見形影。問師父：「你教我誰家裏？索甚去？」劉先生分付李延奴：「你與這先生做伴去。」説罷，將咒語收禁。萬里與訖鈔七十五兩，買得五色彩帛、頭髮相結一塊，稱説可改名買賣③，傳教采生、遣使、收禁符命咒水。又云：牛、狗肉破法，休吃。

①「買賣」，元本、明初本、戴本作「買買」。
②「五十一」，元本、戴本作「五十二」。
③「買賣」，元本、明初本、戴本作「買買」。

續後於房州山地面經過，逢見廣州舊識鄺先生，云：「我亦會遣使鬼魂，我有收下的生魂，賣與你。」萬里與訖鈔一錠，鄺先生取出五色彩帛、頭髮相結紙人兒一個，云此名耿頑童。萬里將與李買賣①一處遣使，以課算爲由，前到大同路豐州黑河村地面往來。至正二年八月内，到於周大家課命，將伊女周月惜八字看算，性格聰慧，要將殺害，收采生魂。至九月十七日夜，於周大住宅後院墻下黑影内潛藏，間見一人往後院内來，認得係是月惜。在彼出後，萬里密念咒語，向前拖拽，往東奔走。將月惜禁止端立，脱下沿身衣服，用元帶魚刀將其額皮割開，扯下懸蓋眼膽，及將頭髮割下一縷，用紙人並五色采帛絨線相結作塊，一如人形様，然後割下鼻、口唇、舌、耳尖、眼睛、手十指梢、脚十趾梢，卻剖開胸腹，纔方倒地氣絶。又將心、肝、肺各割一塊，曬乾擣末，裝於小葫蘆内。至正三年九月内，來到察罕腦兒平易店安下，開張卦肆，與王弼相争挾仇，令生魂周月惜等三名前往本家作禍。爲買馬肉食，因店内將牛肉作馬肉賣與，因此不能收禁。

事發到官，及責得李福寶即李帖，狀結，生到孩兒延奴，常有疾病，於五岳觀口許出家，落在紙灰内，改名搶灰。天曆二年二月内，令其趕牛牧放，不歸。此時饑荒，想得被人虧害，不曾根尋。及行移奉元路咸寧縣並大同路豐州，照勘耿頑童、周月惜致死緣由相同，呈乞咨請施行。

① 「買賣」，元本、明初本、戴本、徐本、毛本均作「買買」。

准此，送據刑部。擬得王萬里殘忍不道，合令凌遲處死，其妻子遷徙海南安置。

烏寶傳

余幼時嘗見胡石塘先生《玄寶傳》，今不能記其全篇。有人出永嘉高則誠明。《烏寶傳》相示，雖曰以文爲戲，要亦有關於世教。傳曰：「烏寶者，其先出於會稽楮氏，世尚儒，務詞藻，然皆不甚顯。至寶，厭祖父業，變姓名，從墨氏遊，盡得其通神之術，由是知名。初，寶之先有錢氏者，亦以通神之術顯，迨寶出，而錢氏遂廢，然其術亦頗相類，故不知者猶以爲錢云。寶輕薄柔默，外若方正，内實垢污，善隨時舒卷，常自得聖人一貫之道，故無入而不自得，流俗多惑之。凡有謀於寶，小大輕重，多寡精粗，無不曲隨人所求。自公卿以下，莫不敬愛。其子姓蕃衍，散處郡國者，皆官給廬舍而加守護焉。其有老死者，則官爲聚其屍而焚之，蓋知墨之末俗也。寶之所在，人争迎取邀致，苟得至其家，則老稚婢隸無不忻悦，且重扃邃宇，敬事保愛，惟恐其他適也。然素趨勢利，其富室勢人，每屈輒往，雖終身服役弗厭；其窶人①貧氓，有傾心願見，終不

① 「窶人」，原誤作「屨人」，據元本、明初本、戴本改。

肯一往。尤不喜儒，雖有暫相與往來者，亦終不能久留也。蓋儒墨之素不相合若此。竇好逸惡勞，愛儉素，疾華侈，常客於弘農田氏，田氏朴且嗇，竇竭誠與交。田氏没，其子好奢靡，日以聲色宴遊爲事，竇甚厭之。鄰有商氏者，亦若田氏父之爲也，遂挈其族往依焉，蓋墨之道貴清淨故也。然其爲人也多詐，反覆不常，凡達官勢人，無不願交，而率皆不利敗事，故其廉介自持者，率不與竇交。自竇之術行，挾詐者往往僞爲竇術以售於時，後皆敗死，故竇之術益尊。是時，昆侖抱璞公、南海玄珠子、永昌從革生，皆能濟人，與世俯仰，曲隨人意，而三人者亦願爲①竇交，苟得竇一往，則三人亦無不可致，故時譽咸歸於竇焉。竇族雖夥，然其狀貌、技術亦頗相似，知與不知，咸謂之烏竇云。」

論曰：烏氏見於《春秋》《世本》《姓苑》，若存餘技，烏獲皆爲顯仕。至唐承恩、重胤始盛，迨竇而益著。竇裔本褚氏，而自謂烏氏，則變詐亦可知矣。竇之學雖出於墨，而其害道傷化尤甚，雖孟軻氏復生，不能闢也。然使竇生於唐虞三代時，其術未必若是顯。然則竇之得行其志者，亦其時有以使之。嗚呼！豈獨竇之罪哉！

---

① 「爲」，戴本作「與」。

緑窗遺稿

新喻傅汝礪先生若金。嘗志其妻殯云：「君諱淑，字蕙蘭，姓孫氏，其先汴人。年二十三，歸我於湘中，五月①而卒。君高朗秀惠，生六歲，母卒，父教以書。稍長，習女工。晨起，獨先盥櫛，適父母所，問安畢，佐諸母具食飲，退治女工。晡時，觀經史，或鳴琴自休。既夕，聚家人瞑坐，説古貞女孝婦傳。燭至，治女工如初。富貴家多求婚，父不許，及以許余，家人不悦。一日，有幸余疾者，欲因動之。君曰：『大人以愛子許人，必慎所擇矣，即有不諱，命也，若等謂我且慕世俗富貴而改聘耶？有死而已。』皆愧謝，不敢復言。事繼母，盡孝道。死之日，母大慟。既瞑目久，忽徐起止母哭，令自寬。及母出，私泣告余曰：『妾爲父母所偏愛，即死，必傷其心，然終必死矣，爲將奈何？君後富貴，幸念之。』言既，復瞑目，泰定五年八月廿有一日也。後三日，寓殯湘中。」

及序其遺稿，云：「故妻孫氏蕙蘭，早失母，父周卿先生以《孝經》《論語》及凡女誡之書教之。詩固未之學也，因其弟受唐詩家法於庭，取而讀之，得其音格，輒能爲近體五七言，語皆閑

① 「五月」，元本、明初本、戴本作「五日」。

雅可誦，非苟學所能至者，然不多爲。又恒①毁其稿，家人或竊收之，令勿毁，則曰：『偶適情耳，女子當治織紝組紃以致其孝敬，辭翰非所事也。』既卒，家人哭而稱之，因出其稿，得五言七首、七言十一首、五七言未成章者廿六句，特爲編集成帙，題曰《緑窗遺稿》，序而藏之。」

五言詩曰：

窗裏人初起，窗前柳正嬌。
捲簾銜落絮，開鏡見垂條。
坐對分金線，行防拂翠翹。
流鶯空巧語，倦聽不須調。右一。
小閣烹香茗，疏簾下玉鈎。
燈光翻出鼎，釵影倒沉甌。
婢捧消春困，親嘗散暮愁。
吟詩因坐久，月轉晚妝樓。右二。
燈前催曉妝，把酒向高堂。

① 「恒」，元本、明初本作「常」。

但願梅花月，年年映壽觴。右三。
采閣閉朝寒，妝成擬問安。
忽聞春雪下，唤婢捲簾看。右四。
粲粲梅花樹，盈盈似玉人。
甘心對冰雪，不愛豔陽春。右五。
小小春羅扇，團團秋月生。
蟠桃花樹裏，繡得董雙成。右六。
自拂雙眉黛，何曾慣得愁。
若教如翠柳，便恐不禁秋。右七。
七言詩曰：
樓前楊柳發青枝，樓下春寒病起時。
獨坐小窗無氣力，隔簾風亂海棠絲。右一。
緑窗寂寞掩殘春，繡得羅衣懶上身。
昨日翠帷新病起，滿簾飛絮正愁人。右二。
小妹方纔習《孝經》，可憐嬌怯性偏靈。

自尋《女誡》窗前讀，嗔道家人不與聽。右三。

幾點梅花發小盆，冰肌玉骨伴黄昏。

隔窗久坐憐清影，閑劃金釵記月痕。右四。

繡被寒多未欲眠，梨花枝上聽春鵑。

明朝又是清明節，愁見人家買紙錢。右五。

春雨隨風濕粉墻，園花滴滴斷人腸。

愁紅怨白知多少，流過長溝水亦香。右六。

春風昨夜碧桃開，正想瑶池月滿臺。

欲折一枝寄王母，青鸞飛去幾時來。右七。

空階日晚雨纔乾，小婢相隨倚畫闌。

金釵誤挂緋桃落，羅袖愁依翠竹寒。右八。

小窗今夕繡鍼閑，坐對銀蟾整翠鬟。

凡世何曾到天上，月宫依舊似人間。右九。

乞巧樓前雨乍晴，彎彎新月伴雙星。

鄰家小女都相學，鬭取金盆看五生。右十。

庭院深深早閉門，停鍼無語對黄昏。
碧紗窗外初生月，照見梅花欲斷魂。右十一。
未成章詩曰：
露下庭梧葉，風吹月桂花。
登樓聞過雁，開户見棲鴉。
繡簾當雪卷，銀燭背風然。
雪晴山顯翠，風暖水生紋。
萱草當階緑，櫻桃落地紅。
芍藥開時病，荼蘼落處愁。
玉釵簪茉莉，羅扇繡芙蓉。
窗前垂柳分春色，鏡裏幽蘭對曉妝。
花間影過那知燕，柳外聲來不見鶯。
慈親教婢回金剪，驕①妹嗔人奪繡鍼。

① 「驕」，戴本作「嬌」。

妝成寶鏡楊花過，行出珠簾燕子歸。
自傾瓮裏春泉水，親灌階前石竹花。
海棠帶雨胭脂重，楊柳凝煙翡翠濃。
先生既丧妻，哀戚之情，多見於詩。《悼亡》曰：
驚飆吹羅幕，明月照階戺。
斯人藴淑德，夙昔明詩禮。
春草忽不芳，秋蘭亦同死。
靈質奄獨化，孤魂將安止。
迢迢湘西山，湛湛江中水。
水深有時極，山高有時已。
憂思何能齊，日月從此始。右一。
皇天平四時，白日一何遽。
勤儉畢婚姻，新人忽復故。
衾裳歛遺襲，棺椁無完具。
送葬出北門，徘徊怛歸路。

玉顏不可恃，況乃紈與素。
纍纍花下墳，鬱鬱塋西樹。
他人亮同此，胡爲獨哀慕。右二。
新婚誓偕老，恩義永且深。
旦暮爲夫婦，哀戚奄相尋。
涼月燭西樓，悲風鳴北林。
空帷奠巾櫛，中房虚織紝。
辭章餘婉孌，琴瑟有餘音。
眷言瞻故物，惻愴内不任。
豈無新人好，焉知諧我心。
掩穴撫長暮，涕下霑衣襟。右三。
人生貴有别，室家各有宜。
貧賤遠結婚，中心兩不移。
前日良宴會，今爲死别離。
親戚各在前，臨訣不成辭。

傍人拭我淚，令我要裁悲。
共盡固人理，誰能心勿思。右四。
《感獨》曰：
幽幽蕙草晚，靡靡蘭芳斷。
皎皎夜泉人，冥冥不復旦。
流塵棲暗壁，涼吹經虛幔。
無論歡意消，日復愁思亂。
魂傷夕方永，氣變秋將晏。
當窗慘斷素，捐篋悲柔翰。
憶初成好合，誓且同憂患。
何言遂長終，獨處增永嘆。
寤寢忽如在，展轉驚復散。
念兹何嗟及，哀至聊自判。
《百日》曰：
人生悲死別，矧在心相知。

新婚未及久，杳杳遽何之。
昔爲連理木，今爲斷腸枝。
相去時幾何，百日奄在兹。
虧月有圓夕，逝水無還期。
棄置非人情，何以慰①我思。
《入室》曰：
妝閣閉長夜，幽蘭坐復春。
猶疑挑錦字，不見掩羅巾。
故物空在目，蕭條生網塵。右一。
虛窗明月滿，芳砌緑苔滋。
花間時染翰，尚憶解題詩。
寂寞幽泉下，貞心空自知。右二。
《追和蕙蘭》曰：

①「慰」，原誤作「爲」，據元本、明初本、戴本改。

小窗開盡碧桃枝，憶得青鸞化去時。昨夜秋風妒①幽怨，夢中吹斷素琴絲。右一。

江上愁時復值春，帶圍寬盡不宜身。階前舊種櫻桃樹，日暮飛花故著人。右二。

嗟夫！孫氏之詩，依乎禮義；先生之詩，哀而不傷。舉得性情之正，是可傳也已。

爲將嗜殺

王皮者，住鳳翔府城外八九里許。盛暑中，入城買皮料，歸至中途，憩道旁大樹下，忽有二卒來前，狀貌奇怪，似非凡世間人。遽問曰：「汝王皮與？」王竊疑懼，然不敢不以實對，乃曰：「某是已。」卒曰：「陰府攝汝。」王曰：「某平生無他過惡，望賜矜憐。」卒不諾。又告曰：「容到家與妻子一別，可乎？」卒乃諾。將及門，卒力挽之，不能入。王大叫：「救我！救我！」比妻子來前，王已仆地氣絶。既斂，胸間微暖如生，經宿未敢蓋棺。王於冥漠中隨卒至一所，儼若王者

① 「妒」，戴本作「動」。

之庭，儀衛吏隸，無不備具。問曰：「汝爲秦白起偏將，坑趙降卒四十萬，知其罪否？」王答曰：「某傭工，平生不曾讀書，不知白起爲何人，亦不知降卒爲何事。」於是令王起，凡再歷二庭，問亦如之，答亦如之。乃反接王一大池邊，取池中泥塗其胸，寒氣凜冽，洞腹透背。王即悟曰：「某已記前身事矣。」遂解其縛，復引至原問第三庭。王告曰：「某曾爲白起偏將，其當年殺趙降卒時，某曾力諫，不從，非某之罪。」頃間，牽一荷鐵校者跪王側，王認得似是白起，而形骸骨立，又若非似，蓋因久囚故也。起見王曰：「子來矣，余復何言。」方招承。庭吏發王還第一庭，檢録陽壽，及閲籍，尚有若干年，即命原攝卒引至原憩樹下，一推，而王乃在棺中跳躍而起。妻子親鄰既驚且喜，叩問之，備言其故。有傳之至京師者，差進士禼哲篤來鳳翔覆察，果實。時王元吉爲本府照磨，元吉能備言其詳，且有抄録公文。此一事然雖若幻誕，端可爲爲將而嗜殺人①之戒，故略節大概如上。

釋怨結姻

揚州泰興縣馬駝沙農夫司大者，其里中富人陳氏之佃家也。家貧，不能出租以輸主，乃

① 戴本「人」下有「者」字。

將以所佃田轉質於他姓。陳氏田旁有李慶四者，亦業佃種，潛賂主家兒，約能奪田與我而不以與陳氏者，以所酬錢十倍之一分之。家兒素用事，因以利啖其主，主聽奪田歸李氏，司固無可奈何。既以穀田不相侔，輕其直十之一，司愈不平。會歸，而李與嘗所用力及爲立券者，殺雞飲酒，司因隨所之。李欲卻司，輒先將一巵酒飲之。司忿恨去，對妻語所以與李怨仇之故。妻苦口諫曰：「吾之窮，命也，奈何仇人哉？」不聽，夜持炬火往燒其家。忽聞得内有人娩，司竊念：吾所仇者，其家公也，何故殺其母子？遂棄火溝中而歸。司無以爲養生計，即所償錢爲豆乳釀酒，貨賣以給食。久之，不復乏絶，更自有餘，而李日益貧。更十年，李復出所佃田質陳氏，司還用李計復其田，過種之錢比前又損其一。爲券悉值前，人相視驚嘆。司記爲李所辱時，今幸可一報復，遂具雞酒，飲亦如之。李忘前過，不自責，反怨薄己，怒甚，歸積膏火破盎中，夜抵司家。司妻方就蓐，李猶豫間，聞人啓户，懼事覺，遺火亟走，而司家實不有人。旦，得火器場中，驗器底有「李」字，因悟昔我焚彼家，以其家人産子，不欲焚；今彼焚我家，而我之妻亦産子，而不被焚，此天也，非人也。持錢五千往李，曰：「昨日小人無狀，失禮義，不得共飲，兹願少伸謝意，幸毋督過。」李疑，紿以疾，臥不起。强請不已，遂同之酒家，邀酤兒與飲。酒半，自起酌酒，勸李曰：「子之孫某年月日夜子時生，而吾子亦夜者子時生，怨仇之事，慎勿復爲。」具白前所仇事，瀝酒爲誓，語酤兒曰：「子識之，試用此警世間人，不善，慎勿爲也。」劇飲盡歡，乃更約爲婚姻。自是李亦不貧，兩家至今豐給。此在至正初元間。吾謂司氏婦之極諫，與司氏之易慮時，天固以①監之，所以李不復可加害也。向使司氏決快所欲，未必能復田；縱復田，未必不無禍。一念之善，從而兩家子孫皆蒙其利澤。《書》曰：「天道福善禍淫。」又曰：「惟上帝不常。作善，降之百祥；作不善，降之百殃。」嗚呼！天豈遠人哉！天豈遠人哉！

杜荀鶴詩

嘗讀杜荀鶴詩，其《亂後逢村叟》曰：「經亂衰翁居破村，村中何事不傷魂。因供寨木無桑柘，爲著鄉兵絶子孫。還似平寧徵賦税，未嘗州縣略安存。至於雞犬皆星散，日落前山獨倚門。」《山中寡婦》曰：「夫因兵死守蓬茅，麻苧衣衫鬢髮焦。桑柘廢來猶納税，田園荒後尚徵苗。時挑野菜和根煮，旋斫生柴帶葉燒。任爾深山更深處，也應無計避徵徭。」《旅泊遇郡中亂》②曰：「握手相看誰敢言，軍家刀劍在要邊。遍搜寶貨無藏處，亂殺平人不怕天。古寺拆爲修寨

① 「以」，元本、明初本、戴本作「已」。
② 「旅泊遇郡中亂」，《唐風集》作「旅泊遇郡中叛亂示同志」。

木，荒墳掘①作甃城磚。郡侯逐去②渾閑事，正是鑾輿幸蜀年。」然方之今日，始信其非寓言也。

太公

今人③謂曾祖父曰太公，此蓋相承之謬，當稱祖父爲是。後漢李固之父郃爲司空，固女當固伏誅日，曰「太公以來」云，注：「太公謂祖父郃也。」

剛介

御史臺准陝西行臺咨，監察御史烏古孫良禎呈：「伏④聞綱常者，天之所以經天下者也，天子所以爲天守綱常者也。臣而不忠，子而不孝，凡觸罪於綱常者，不容於死，又烏可處以相位，

① 「掘」，《唐風集》作「開」。
② 「去」，《唐風集》作「出」。
③ 「人」，元本、明初本作「之」。
④ 「伏」，原誤作「狀」，據元本、明初本、戴本改。

俾之重任乎？謹按遼陽行省丞相答失帖木兒即駙馬丞相也。心懷陰險，行畜姦邪，敗壞彝倫，反側不道，通天之罪，無所於容。昔在晉邸，擢登首相，居百僚之上，極一品之榮，受任托孤，躬承顧命，君臣分義，至重且深。及乎大事之時，干戈之際，盡領北土之兵，以救顛危。本官陰畜二心，坐觀成敗，南至紅橋，逗遛不進，致於敗亡。不能死義，靦面入降，大虧臣節，反以藉口，矜爲己功。天下義士聞之，莫不爲恥。昔丁公爲項王一將耳，嘗二心於漢，及天下定，高帝誅之，後世稱其明斷。方楚之與漢，敵國之勢未分，尚以大義責之，以示垂戒。今答失帖木兒之於晉邸，爵禄之寵已崇，君臣之分素定，較之丁公不忠之罪，又有甚焉。況天曆之初，嘗充樞密知院，御史已嘗糾言，又復賄賂權臣，出爲江西行省丞相，兩居江浙，至與房隣拜降都運，賄賂交通，壞亂鹽法，至今官民皆被其害。中間徇私敗政，不可枚舉。所至之處，流毒一方。今則移置遼陽，遼陽民奚罪焉。原其本官，昔既不忠，今豈盡節？又兼遼陽即係東方重鎮，反覆之人，豈宜處此？脱有邊釁，關係非輕。似此賣國賣臣之罪，使其人已死，猶當追貶。今既未死，得以幸逭天誅①，設居相位，是國法不行，邪正不辨，愚恐姦臣賊子接迹彷效，甚非國家之福。伏望聞奏，爲天下正綱常之義，將答失帖木兒流竄遐荒，追奪累受宣命，庶幾人臣分嚴，罪於綱常者，死有餘

---

① 「天誅」，原誤作「天禄」，據徐本、毛本改。

辜，以爲不忠不道之勸。其於治道不爲小補，天下幸甚！公論幸甚！至正元年八月十二日。别理怯不花怯薛第一日、忽魯秃納鉢裏有時分、雲都赤汪家奴、殿中伯撒里、大夫亦憐真班、經歷藏吉、蒙古必闍赤朵朵等奏：「臺官備著西臺文書，俺商量來，行與省家文書，將他見行的勾當黜罷了呵，怎生？」奏呵，奉聖旨：「那般者。欽此。」

初，良禎之父江東建康道①肅政廉訪使潤甫公澤。年五十未有子，夫人杜氏深以爲憂，屢請公再聘，公不允。仕西廣時，聞寡居王安人者，美而宜子，夫人自爲公謀聘之。既歸，執婦禮甚恭。長夫人數歲，夫人推讓正寢以居之，相處雍睦，宛若姊娣，飲食起居，罔有不同。公獨内不自安。越明年，夫人生良禎。一日，王氏告公曰：「君自有婦，所以再娶妾者，爲嗣續計耳。今夫人既生子，妾何事焉？」即出道家冠服一襲以示，曰：「妾之志決矣，請從此辭。」夫人固留不得。公因謂夫人曰：「向吾再娶，懼無後也。若不改圖，人其以我爲汰乎？」乃聽王氏去，奩貲萬金悉返之。自是出居一女道庵，戒行嚴謹，人未嘗能見其面，而夫人歲時問遺彌至。後良禎貴顯，迎以歸，事之如親母。

嗟夫！自古求忠臣於孝子之門，今良禎外有嚴君，内有賢母，教誨造就之道有過人者，宜乎

---

① 「江東建康道」，戴本作「福建閩海道」。

在家爲孝子，而在朝爲忠臣也。然其揚歷臺省，秉性剛介，不畏强禦，事無不言，言必有中。如駙馬丞相，恃居國戚，莫敢孰何，乃必發其底裏，直使去位而後已。推此一節，則凡忠君之事，類可知矣。後至中書左丞而卒。

發墓

至元間釋氏豪横，改宫觀爲寺，削道士爲髡，且各處陵墓發掘迨盡。孤山林和靖處士墓，屍骨皆空，惟遺一玉簪。時有人作詩以悼之曰：「生前不繫黄金帶，身後空餘白玉簪。」

南村輟耕録卷十四

忠烈

蕭景茂，漳州龍溪隔洲里人，儒而有文，以謹厚信於鄉里。後至元間，漳寇亂，景茂率鄉人立栅保險，堅不可破。會旁里有人導之從間道入，景茂被執。賊使拜，曰：「汝賊也，何拜？」賊欲脅之降，以從民望，景茂罵曰：「逆賊！國家何負汝而反，汝族汝里何負汝而坐累之。」賊相語曰：「吾殺官軍將吏多矣，至吾砦，皆懦靡求生，未有若此餓夫之倔强者，察其志，終不爲吾用，留之只取辱耳。」遂縛之於樹，刲其肉，使自啖之，且嚼且罵曰：「我食我肉，無若汝賊行將萬段，狗彘棄不食。」賊怒，絶其舌而死。

又江州路總管李黼，字子威，汝寧人。泰定丁卯狀元及第，至正十年庚寅來守是郡，政修民和。明年辛卯夏五月，紅巾寇逼淮西，公即申告江西行省，以謂九江爲豫章藩屏之地，蘄、黄乃九江唇齒之邦，不可不早爲進兵守護。或者非其過慮，公乃張文榜以諭民曰：「爲臣死忠，爲子死孝，在黼之分，惟知盡死守土而已，所謂城存與存，城亡與亡者也。」聞者悚然。秋九月，寇侵蘄、黄屬邑，公復上言，宜速乘機進援，苟淮西失守，長江之險，與彼共之，非所恃矣。行省不報，既而蘄州陷。冬十月，黄州陷。十一月二十五日，行省平章禿堅不花奉中書省命，領兵至。公極陳攻守之策，禿堅不花以堤備把截爲辭。越明年，壬辰春正月初二日，行省左丞孛羅帖木兒奉總兵御史大夫領樞密院也先帖木兒命，領兵進攻淮西，亦來屯住，逗遛不前。十四日，武昌陷。十六日，藩王、大臣、官民舟航蔽江而下，我民解散。十九日，禿堅不花、孛羅帖木兒皆遁去，僚佐司屬，悉爲一空。公亟發廩賑民，收召士卒。數日，稍輯，機務繁劇，不遑寢食，以二十三日臥病，然猶扶憊乘肩輿，領兵出境。行省以公忠誠昭著，授本省參知政事，行江州南康①軍民都總管，便宜行事。二月初九日，禿堅不花懼臺憲公議，自三山移兵入城。十一日，寇忽至城下甘棠湖，縱火焚西門。公立城上，身當矢石，禿堅不花從北門遁去。日中，勢益熾，分衆攻北門，城遂陷，公猶執鐵撾指揮左右迎戰。衆驚潰，公被執，脅以刃，不肯降，口罵不絶聲，遂殺之。姪男秉昭亦遇害。初，武昌陷時，公謂子秉方曰：「我，國之守臣，當死此土，汝可奉母往下江依伯父，以存吾後。」秉方曰：「父死國，子死父，有何不可？」公怒曰：「汝不遵命，是不孝也。」秉昭

① 戴本「南康」下有「路」字。

亦告其兄曰：「兄不去，則叔父無後，不孝莫大於是。某當與叔父同死生矣，兄無慮焉。」秉方不獲已，買舟奉母夫人行。舟次何家堡，遲留不忍捨。公聞之，手批責以大義，遂去。不半月，公死。

又江浙行省參知政事樊執敬，字時中，鄆人。是年秋七月初十日，紅巾自徽犯杭，時公守宿衛於省，有報已入北關門，省吏皆次第引去，公獨被甲上馬，率宿衛兵急出省，將救關。從者止之。公曰：「吾封疆之守，不守而去，是以私利廢臣道。」行至清河坊口，遇他走將，又以兵孤且散，控其馬首返。公怒，引佩刀斫其人，曰：「城不守，何適？」遂躍馬逆戰以死，死時猶嚼齒罵不絶聲。死之所，則天水橋也。

又福寧州尹王伯顔，字伯敬，濱州人，由湖廣行省知印，歷官至兹任，撫字多方，政教大行。是年春，除福建鹽運司同知。將行，會鄰境賊衆勢頗張，州民羣擁馬前，拜且泣曰：「公，吾之父母，豈容捨我去？方今兵戈蜂起，公去，吾民將孰賴？」父老千餘人詞①上司乞留公，遂復留。至秋，賊衆自邵武間道迫福寧，公募民兵，得一千五百餘人，爲守禦備。冬十一月庚辰，賊進至青皎，屯楊梅嶺。公與中子相引兵直抵其營，與戰，破之。既而益衆，復進。我兵僅千餘人，乃分爲二道拒之，公以五百人還守州治。壬午，賊衆萬餘，平旦攻西門，衆寡不敵，吏卒奔潰，公獨

① 「詞」，戴本作「詣」。

身奮，以死自誓。俄馬中流矢，遂爲賊所執。其魁首王兼善者謂曰：「聞公廉能著稱，欲屈再尹此州。」公厲聲叱曰：「我天子守臣，義當殺賊，不幸敗，有死耳。」魁怒，令公跪。公曰：「此膝豈跪賊耶？」魁益怒，令左右毆之。公曰：「我爲人臣，當爲國死。」乃齧舌出血，噴其面，罵曰：「殺我即殺，毆何也？然可殺我，不可害吾民。官軍旦暮且至，殺爾等無噍類矣。」會其執達魯花赤阿撒都剌至，責之曰：「汝何得與王尹①同起兵拒我？」阿撒都剌股慄口噤，不能對。公曰：「吾義當起兵殺賊，何名拒汝？」因大罵不絶口，且曰：「吾死當爲神以殺汝曹。」魁大怒，遂害之。臨死，色不變，立而受刃，頸斷，微有血如乳，時年七十矣。子相亦被執，魁欲官之，相曰：「汝逆吾君，又殺吾父，義不共戴天。我忠臣子，詎能事賊邪？」魁知不可屈，亦殺之。相妻潘氏逃民間，有惡少欲亂之，不從，執獻魁。潘慟哭曰：「吾既失所天，義豈受辱！」乃絶不飲食，及其二幼女皆死。

又溧陽儒學教授林夢正，字古泉，吾鄉人，中書以著述薦，得官。是歲，賊衆寇溧陽，獲其魁張某。先生問曰：「爾何人也？」應曰：「我父爲軍千户，紅巾入境，逼我父爲帥，父以年老，不堪從事，令我代。」先生痛駡之曰：「爾之父祖，世爲國家臣子，而爾忍僞耶？」既而其勢復盛，竟

---

① 「尹」，原誤作「君」，據元本、明初本、戴本改。

奪張去，下令曰：「生得林教授者有賞。」先生匿他處，搜得。張曰：「前日罵我者非爾邪？」先生曰：「然。」張曰：「降我，則俾爾爲元帥，同享富貴。」先生曰：「爾僞也，我何爲降？」再三，終不屈。縛於樹，不解衣冠而殺之。

又江浙行省員外郎楊乘，字文載，濱州人，蚤爲天官小史，辟中書參議掾，歷官至穀城、介休二縣尹，拜監察御史，擢今任。是年，杭州陷，公與郎中赫德爾、王仲温、員外月忽難、都事張鏞俱坐黜，公退居松江之青龍鎮。後御史臺以公等職在贊理，不當罪，宜復其官爵。上之，事遂白。十六年丙申，淮人陷平江，連陷松江。秋七月十八日，遣所署官吴縣丞張經等，齎禮幣造請。公遣人告曰：「吾廢處田里久，不足以辱使者，吾當擇日受命，請以幣置里門外。」經等如其言。公命子卣、卓具牲醴告祖禰。既竣事，復命酒飲。逮暮，起行後圃中，顧西日晴好，慨然曰：「晚節如是，足矣。」命卣等治畦，處置家事如平日。撫其孫虎林，若怡怡自得也。歸，坐至夜分，二子立侍，命曰：「二子行且休，吾將就寢。」公儉約，無姬侍，其燕息寢處，人莫得與俱。詰旦，卣等怪寢門未啓，發視之，則公已自經。得手書遺語，大意言死生晝夜之理，且以得全①晚節爲快。

---

①「全」，戴本作「存」。

又西臺監察御史張公，謝職居確山①縣，而②陷賊，賊魁者素聞公有治績，置公上坐，脅之受僞官。公唾罵之，遂縛公妻奴③九人至前，先殺妾，次殺子女以及妻，每殺一人，則諭公曰：「御史若降，餘可免。」公弗爲動容，其罵如初。魁怒，拽下坐，殺之。此在至正辛卯秋八月間。公諱桓，字彦威。

南村野史曰：天下之事戰争，十有餘年於兹矣。爲臣辱國，爲將辱師，敗降奔竄，不可勝計。甚者含詬忍恥，偷生冒榮，以爲得志。名節大閑，一蕩去弗顧，求其忠義英烈於千百之中，莫克什一。噫！忠義英烈雖出於天性，要亦講之有素，處之甚安，故於造次顛沛之際，決然行之而無疑。如李總管黼、王州尹伯顔、樊參政執敬、張御史桓、林教授夢正、蕭處士景茂之殺身成仁，視死如歸，是必講之熟而處之當。一旦出於人所不肯爲，遂以驚動天下，而精英忠烈之氣，在宇宙間與嵩華相高者，自不容泯。若桓之居在閑地，乘之久坐廢黜，夢正之分顓講教，視握將帥之權，受民社之托，任大而責重者，有間矣，一皆從容就義，是尤難也。景茂，里中一儒生耳，

① 「確山」，原誤作「雄山」，據戴本改。案《元史·忠義傳》：「張桓字彦威，真定藁城人。父木，知汝寧府，因家焉。……未幾，汝寧盗起，桓避之確山。」

② 「而」，戴本作「縣」。

③ 「奴」，戴本作「孥」。

初未嘗得斗升之禄以養其父母，尺寸之組以榮其身，始於保民，終於保國①，臨大節而不可奪，古稱烈丈夫，又豈能過是與！至於子爲父死，婦爲夫死，聲光赫奕，照映史册，使百世而下，知綱常大義之不可廢，天理人心之不可滅如此，其有功於名教爲何如。是亦深仁厚澤涵養所致，孰謂百年之國而無人哉！

瘞鶴銘

《瘞鶴銘》，華陽真逸撰。上皇山樵，鶴壽不知其紀也，壬辰歲得於華亭，甲午歲化於朱方。天其未遂，吾翔廖廓耶？奚奪之遽也？迺裹以玄黄之幣，藏乎②兹山之下。仙家無隱，我故立石旌事，篆銘不朽。詞曰：相此胎禽，浮丘著經。乃徵前事，我傳爾銘。余欲無言，爾其藏靈。雷門去鼓，華表留形。義惟仿佛，事亦微冥。爾將何之，解化惟寧。後蕩洪流，前固重扃。右割荆門，歷③下華亭。奚集真侶，瘞爾作銘。丹陽外仙尉江陰真宰。

---

① 「保國」，元本、明初本、戴本作「報國」。

② 「乎」，原缺，據元本、明初本、戴本補。案《瘞鶴銘》碑文亦有「乎」字。

③ 「歷」，戴本作「未」。

右刻在鎮江焦山下頑石上，潮落方可模，相傳爲晉王右軍書，惟宋黄睿①《東觀餘論》云爲陶隱居書，良是。其曰：今審定文格字法，殊類陶弘景。弘景自號華陽隱居，今號真逸者，豈其別號與？又其著《真誥》，但云己卯歲，而不著年名，其他書亦爾。今此銘壬辰歲、甲午歲，亦不書年名，此又可證。云壬辰者②，梁天監十一年也。甲午者，十三年也。按隱居天監七年東遊海岳，權駐會稽、永嘉。十一年，始還茅山。乙未歲③，其弟子周子良仙去，爲之作傳。即十一年、十三年正在華陽矣。後又有題丹陽尉、江陰宰數字，當是效陶書故題於石側也。王逸少以晉惠帝太安二年癸亥歲，年五十九，至穆帝升平五年辛酉歲卒，則成帝咸和九年甲午歲，逸少方年三十二④。

① 「黄睿」，各本同，疑即黄長睿。案《宋史·黄伯思傳》：「黄伯思字長睿，其遠祖自光州固始徙閩，爲邵武人。……伯思頗好道家，自號雲林子，别字霄賓。……二子：詔，右宣教郎、荆湖南路安撫司書寫機宜文字；訒，右從事郎、福州懷安尉，裒伯思平日議論題跋爲《東觀餘論》三卷。」

② 「者」，原誤作「歲」，據戴本及下文改。案《東觀餘論》亦作「者」。

③ 「十一年，始還茅山。乙未歲」原倒作「十一年乙未歲，始還茅山」，各本同，據《東觀餘論》改。案天監十一年爲壬辰歲，乙未歲爲天監十四年。

④ 「三十二」，原誤作「二十三」，據戴本改。案王羲之若於晉惠帝太安二年生，至成帝咸和九年，當爲三十二歲，《東觀餘論》亦作「三十二」。

至永和七年辛亥歲，年三十八①，始去會稽閑居，不應三十二②歲已自稱真逸也。又未官於朝，及閑居時不在華陽。以是考之，決非王右軍書也審矣。歐陽文忠公以爲不類王右軍法，而類顔魯公，又疑是顧況，云道號同，又疑王瓚，皆非。睿字長孺，號雲林子，邵武人。

又董逌《書跋》第六卷載南陽張舉子厚所記云：《瘞鶴銘》，今存於焦山，凡文字③句讀之可識，及點畫之僅存者，百三十餘言，而所亡失幾五十字。計其完書蓋九行，行之全者二十五字，而首尾不預焉。熙寧三年春，余索其逸遺於焦山之陰，偶得十二字於亂石間。石甚迫隘，偃臥其下，然後可讀，故昔人未之見，而世不傳。其後又有「丹陽外仙、江陰真宰」八字，與「華陽真逸、上皇山樵」爲，似是真侣之號。今取其可考者，次序之如此。又董君自書其後云：「文忠《集古録》謂得六百字，今以石校之，爲行凡十八④，爲字二十五，安得字至六百？疑書之誤也。余於崖上又得唐人詩，詩在貞觀中已列銘後，則銘之刻非顧況時可知，《集古録》豈又並詩繫之耶？」君字彦遠，號廣川，東平人。

---

① 「三十八」，各本同，疑誤。據生卒年當作「四十九」，《東觀餘論》作「四十九」。

② 「三十二」，原誤作「二十三」，據戴本改。案《東觀餘論》亦作「三十二」。

③ 「文字」，原誤作「文章」，據元本、明初本、戴本改。案董逌《廣川書跋》亦作「文字」。

④ 「十八」，《廣川書跋》作「十」。

又國朝鄭杓《衍極》第二卷論《瘞鶴銘》，而劉有定釋云：《潤州圖經》以爲王羲之書。或曰華陽真逸，顧況號也。蔡君謨曰：「《瘞鶴》文非逸少字。東漢末多善書，惟隸最盛，至於晉魏之分，南北差異，鍾王楷法，爲世所尚。元魏間盡習隸法，自隋平陳，中國多以楷隸相參。《瘞鶴》文有楷隸筆，當是隋代書。」曹士冕曰：「焦山《瘞鶴銘》筆法之妙，爲書家冠冕，前輩慕①其字而不知其人。最後②雲林子以爲華陽隱居爲陶弘景，及以句曲所刻隱居《朱陽館帖》參校，然後衆疑釋然，其鑒賞可謂精矣。」

以余考之：一本「山樵」下有「書」字，「真宰」下有「立石」二字。一本「我傳爾銘」作「出於上真」，「爾其藏靈」作「紀爾歲辰」。張舉本作「丹陽外仙」，邵亢本作「丹陽仙尉」，又有作「丹陽外仙尉」者，且中間詞句亦多先後不同，尚俟挐舟過揚子，手自模印，以稽其得失之一二可也。

風入松

吾鄉柯敬仲先生九思。際遇文宗，起家爲奎章閣鑒書博士，以避言路居吴下。時虞邵庵先

①「慕」，戴本作「摹」。
②《衍極》「最後」二字上有「或以爲逸少，或以爲顧況」十字。

生在館閣，賦《風入松》長短句寄博士云：「畫堂紅袖倚清酣。華髮不勝簪。幾回晚直金鑾殿，東風軟、花裏停驂。書詔許傳宮燭，香羅初翦朝衫。御溝冰泮水挼藍。飛燕又呢喃。重重簾幕寒猶在，憑誰寄、錦字泥緘。報道先生歸也，杏花春雨江南。」詞翰兼美，一時争相傳刻，而此曲遂遍滿海内矣。「翦」，一作「試」。

四卦

睦人邵玄同先生桂子。嘗作忍、默、恕、退四卦，揭之坐隅，真得保身慎言、絜矩知止之道者矣。其忍卦曰：「忍，亨。初難，終吉，利君子，貞，不利小丈夫。象曰：忍，剛發乎内，柔制乎外，故亨。初若甚難，乃終有吉。唯君子爲能動心忍性，不利小丈夫，其中淺也。象曰：刃在心上，忍，君子以含容成德。初一，小不忍則亂大謀。象曰：小不克忍，成大亂也。次二，必有忍，其乃有濟。象曰：能忍於中，事克濟也。次三，一朝之忿，亡其身，以及其親。象曰：一朝之忿，至易忍也。亡身及親，禍孰大焉。次四，出於跨下，以成漢功，韓信以之。象曰：跨下之辱，小辱也；成漢之功，大功也。次五，張公藝九世同居，書一『忍』字以對於天子。象曰：同居之義，忍克致也。積而九世，有容德也。上六，血氣方剛，戒之在鬬。象曰：方剛之氣，忍則滅也。

形而爲鬭，自求禍也。」

其默卦曰：「默，無咎，可貞，不利有所言。象曰：默，不言也。亂之所生也，則言語以爲階。是以君子慎密而不出，故無咎。默以自守，其道可貞也。不利有所言，尚口乃窮也。象曰：口尚玄曰默，君子以去辨養静。初一，守口如瓶，終吉。象曰：守口如瓶，謹所出也。其初能默，終則吉也。次二，多言不如守中。象曰：言不如默，得中道也。次三，駟不及舌，有悔。象曰：駟不及舌，滕口説也。一言之失，悔何追也。次四，無以利口亂厥官，卿士戒之。象曰：位高而言輕，亦可戒也。次五，聖人之教，不言而信。象曰：不言而信，淵默之化也。上六，君子之道，或默或語。象曰：時然後言，默不可長也。」

其恕卦曰：「恕，有孚，終吉。象曰：恕之爲道，善推其所爲而已。以己之心，合人之心；己所不欲，勿施於人，故有孚。能以一言終身而行之，其吉可知矣。象曰：如心，恕。君子以明好惡，同物我。初一，强恕而行，求仁莫近焉。象曰：强而行之，恕之始也。行而不已，違道不遠也。次二，君子有絜矩之道。象曰：絜矩之道，恕也。次三，好人之所惡，惡人之所好，是謂拂人之性，災必逮夫身。象曰：拂人從欲，身之災也。次四，己欲立而立人，己欲達而達人。象曰：立而達，恕以從人也。次五，聖人與衆同欲。象曰：與衆同欲，聖人之恕也。上六，責己重以周，待人輕以約。象曰：待人之法，可用恕也。責己之道，不可自恕也。」

其退卦曰：「退，勿用有攸往。象曰：退，止也。勿用有攸往，知止也。日中則退而昃，月盈則退而虧。四時之運，成功者退，而況於人乎？退之時義大矣哉。象曰：艮止其所退，君子以晦藏於密。初一，退，無咎。象曰：其進未鋭，義無咎也。次二，難進易退。象曰：難進易退，可事君也。次三，兼人，凶。象曰：兼人之凶，勇不知退也。次四，見可而進，知難而退。象曰：知難而退，終無尤也。次五，終日如愚，以退爲進，顔子以之。象曰：顔子之退，進不可御也。上六，螾蝂升高，躓而不悔。象曰：螾蝂升高，其道窮也。躓而不悔，亦可戒也。」

點鬼録

文章用事填塞故實，舊謂之點鬼録，又謂之堆垛死屍。見江氏《類苑》。

房中術

今人以邪僻不經之術，如運氣、逆流、采戰之類，曰房中術。按史，周有房中樂。《漢書·禮樂志》：高祖時，有《房中祠①樂》，唐山夫人所作。武帝時，有《房中歌》。又云：房中者，情性之極，至道之際，是以聖王制外樂以禁内情，而爲之節文。樂而有節，則和平壽考。及迷者弗顧，以生疾而殞性命。《禮記·曾子問》：「衆主人、卿、大夫、士、房中皆哭。」注：「房中，婦人也。」然房中之謂，豈取此一書與？

婦女曰娘

娘字②，俗書也，古無之，當作「孃」。按《説文》：煩擾③也，肥大也。從女，襄聲。女良切。其義如此，今乃通爲婦女之稱。故子謂母曰娘，而世謂穩婆曰老娘，女巫曰師娘，都下及江南謂男覡亦曰師娘，娼婦曰花娘，達旦又謂曰草娘，苗人謂妻曰夫娘，南方謂婦人之無行者亦曰夫娘，謂婦人之卑賤者曰某娘、曰幾娘，鄙之曰婆娘。考之《風俗通》，漢何敞爲鬼蘇珠娘，按誅亭長龔壽。《隋書》：韋世康爲絳州刺史，與子弟書云：況娘春秋已高，温清宜奉。《教坊記》：北

---

① 「祠」，原誤作「詞」，據元本、明初本改。案《漢書·禮樂志》亦作「祠」。
② 「字」，原誤作「子」，據元本、明初本、戴本改。
③ 「煩擾」，原誤作「頻擾」，據戴本改。案《説文》亦作「煩擾」。

齊時，丈夫着婦人衣行歌，旁人齊和，云「踏謡娘」。《南史》：梁元徐妃與帝左右暨季江私通，季江曰：「徐娘雖老，尚猶多情。」又：梁臨川王宏侵魏，魏遺以巾幗，歌曰：「不畏蕭娘與吴①姥，但畏合肥有韋虎②。」謂韋睿、吕僧珍也。《大業拾遺》：隋煬帝宫婢曰雅娘。《唐史》：張旭草書，見公孫大娘舞劍器而通神。又：武承嗣聞喬知之婢窈娘美，奪取之。杜工部詩：「耶娘妻子走相送。」又：「黄四娘家花滿蹊。」白樂天詩：「吴娘暮雨蕭蕭曲。」韋應物③詩：「春風一曲杜韋娘。」柳子厚《下殤女墓磚記》：始名和娘。《樂府雜録》：張紅紅唱歌丐於市，韋青納爲姬。敬宗召入宫，號「記曲娘」④。又：《望江南》曲，始自朱崖李太尉鎮浙西日，爲姬謝秋娘所製。《明皇雜録》：呼白鸚鵡爲雪衣娘。《甘澤謡》：武三思晚獲一妓，曰綺娘。狄仁傑至，遂逃壁隙中，曰：「我天上花月之妖也。」《樊川集》：「杜秋娘，年十五，爲李錡妾。錡敗，入宫，後坐譴歸故里。」又：「竇桂娘，父良，建中初爲汴州户曹掾，李希烈破汴州，取桂娘去。」《李賀集》：「賀撰

① 「吴」，《南史・臨川靖惠王宏傳》作「吕」。
② 「韋虎」，《南史・臨川靖惠王宏傳》作「韋武」。
③ 「韋應物」，各本同，或有誤。案《本事詩・情感》：「劉尚書禹錫罷和州，爲主客郎中、集賢學士，李司空罷鎮在京，慕劉名，嘗邀至第中，厚設飲饌。酒酣，命妙妓歌以送之。劉於席上賦詩曰：『鬟髻梳頭宫様粧，春風一曲杜韋娘。司空見慣渾閑事，斷盡江南刺史腸。』李因以妓贈之。」《全唐詩》亦歸此詩於劉禹錫名下。
④ 「記曲娘」，各本同，《樂府雜録》作「記曲娘子」。

《申胡子觱篥歌》成，朔①客喜，擎觴起立，命花娘出幕，徘徊拜客。」《劉賓客集》：「泰娘，本韋尚書家主謳者。」《河東記》：唐進士段何臥病，遇妊娘②留詩而愈。《傳奇》：崔氏鶯鶯婢曰紅娘。《霍小玉傳》：長安中，有媒氏鮑十二娘③，薛蒼駙馬青衣也。《余媚娘敍録》：陸希聲娶余媚娘，媚娘約媒曰：陸郎中若必得兒侍巾櫛，須立誓，不置側室及女奴。《圖經》：蠶神謂之馬頭娘。《杜陽雜編》：南海貢奇女盧媚娘，工巧無比。《麗情集》：陳敏④兄妾越娘貌美，兄死，遂與款狎。《續齊諧記》：齊穎寓山陰，夜見前宰妾萬文娘。《墨莊漫録》：李后主令宮嬪窅娘，以帛繞脚，令纖小。

右略舉一二，不能悉載。是則今之云云，皆有所本。然都下自庶人妻以及大官之國夫人，皆曰娘子，未嘗有稱夫人、郡君等封贈者。載考之史，隋柴紹妻李氏起兵應李淵，與紹各置莫府，號「娘子軍」。唐平陽公主兵與秦王定京師，號「娘子軍」。花蕊夫人《宮詞》「諸院各分娘子位」，韓昌黎有《祭周氏二十娘子文》⑤。以此推之，古之公主、宮妃，已與民間共稱娘子，則今之

---

① 「朔」，原誤作「翔」，據元本、明初本、戴本改。案《昌谷集》亦作「朔」。
② 「妊娘」，各本同，《太平廣記》引《河東記》作「姹娘」。
③ 「十二娘」，各本同，《霍小玉傳》作「十一娘」。
④ 「陳敏」，各本同，《剪燈新話》引《麗情集》作「陳敏夫」。
⑤ 「祭周氏二十娘子文」，《韓愈集》作「祭周氏侄女文」。

不分尊卑，亦自有來矣。

古刻

至正壬辰春，城平江，於古城基①内掘得一碑，其文云：「三十六，十八子，寅卯年，至辰巳，合收張翼同爲利。不在常，不在揚，切須款款細思量。且卜水，莫問米，浮圖倒地莫扶起。修古岸，重開河，軍民拍手笑呵呵。日出屋東頭，鯉魚山上游。星從月裏過，會在午年頭。」右不曉所言何事，姑識之。或者以爲三十六，四九也；張翼，巳午之交也。今張太尉第行九四，而同首亂者適十八人，即十八子②也，豈其然與？

上頭入月

今世女子之笄曰上頭，而倡家處女初得薦寢於人亦曰上頭。花蕊夫人《宫詞》：「年初十五

---

① 「基」，元本、明初本作「墓」。
② 「即十八子」四字原脱，據元本、戴本補。

最風流，新賜雲鬟使上頭。」

又天癸曰月事。《黄帝内經》：女子二七而天癸至，月事以時下。又曰：女子不月。《史記》：濟北王侍者韓女病月事不下，診其腎脈，嗇而不屬，故曰月不下。又：「程姬有所避，不願進。」注：「天子諸侯羣妾以次進御，有月事者止不御，更不口説，故以丹注面目的的①爲識，令女史見之。」王察《神女賦》「施玄的的」，即上所云也。然「入月」二字尤新，王建《宫詞》：「密奏君王知入月，唤人相伴洗裙裾。」

人腊

至正乙巳春，平江金國寶袖人腊出售，余獲一覩。其形長六寸許，口、耳、目、鼻與人無異，亦有髭鬚，頭髮披至臀下，須髮皆黄色，間有白髮一②根，遍身黄毛，長二分許，臍下陰物，乃男子也。相傳云：至元間，世皇受外國貢獻，以賜國公阿你哥者，無幾何時即死，因剖開背後，剜

① 「的的」，各本同，《史記》作「旳旳」。
② 「一」，戴本作「二」。

去腸臟，實以他物，仍縫合烘乾，故至今無恙。按《漢武故事》：東郡送一短人，長七寸①，名巨靈。《神異經》：西海有一鶴國，人長七寸。《山海經》：「有小人國，名靖人。」《詩含神霧》：東北極有人長九寸。殆謂②此小人也。「靖」或作「竫」，音同。然古尺短，今六寸，比之周尺，將九寸矣。則所腊者，豈其人與？

張翰林詩

「天子臨軒授鉞頻，東南無地不紅巾。鐵衣遠道三軍老，白骨中原萬鬼新。義士精靈虹③貫日，仙家談笑海揚塵。都將兩眼淒涼淚，哭盡平生幾故人」。此至正辛丑間，張蛻庵承旨翥。在都下寄浙省周玉坡參政伯琦。詩也。夫翰苑詞臣而寓言如此，則感時之意從可知矣。

① 「七寸」，各本同，《漢武故事》作「五寸」。
② 「謂」，原誤作「爲」，據元本、戴本改。
③ 「虹」，原誤作「紅」，據元本、戴本改。

南村輟耕録卷十五

淳化閣帖①

《淳化閣帖》，非精於鑒賞者，莫能辨其真僞；非博於討論者，不可得其源流。第六卷中嘗記祖石刻之説，今復究研大略於稽古之書，質正是否於好事之人，用贅於此云。

宋太宗留意翰墨，淳化中，出御府所藏，命侍書王著臨榻，以棗木鏤刻，釐爲十卷，於每卷末篆題云：「淳化三年壬辰歲十一月六日，奉聖旨模勒上石。」至仁宗，又詔僧希白刻石於秘閣，前有目録，卷後無篆題。世傳以爲二王府帖者，非也。蓋元祐中，親賢宅從禁中借板墨百本，但用潘谷墨，光輝有餘，而不甚黟黑，又多木横裂紋，時有皴皵失字處。親賢宅，魏王所居。魏王，二王也。又有高宗紹興中國子監本，其首尾與淳化略無少異。當時御前拓者多用

① 此條見元人鄭杓《衍極》。

匱紙，蓋打金銀箔者也。自後碑工作蟬翼本，且以厚紙覆板上，隱然爲銀鋌①櫝②痕以愚人，但損剥，非復拓本之遒勁矣。初，徽宗建中靖國間，出内府續所收書，令刻石，即今《續法帖》也。大觀中，又奉旨摹榻歷代真迹，刻石於太清樓，字行稍高，而先後之次，與《淳化》則少異。其間數帖，多寡不同。各卷末題云：「大觀三年正月一日，奉聖旨摹勒上石。」此蔡京書也。而以建中靖國《續帖》十卷，易去歲月名銜，以爲後帖。又刻孫過庭《書譜》及《貞觀十七帖》，總爲二十二卷，謂之《大觀太清樓帖》。《絳帖》者，尚書郎潘師旦以官帖摹刻於家，爲石本，而傳寫字多訛舛，世稱爲《潘駙馬帖》，凡二十卷，其次序卷帙③雖與淳化官帖不同，而實則祖之，特有所增益耳。

單炳文曰：淳化官本法帖，今不復多見。其次《絳帖》最佳，而舊本亦已艱得。嘗以數本較之，字畫多不侔。煒家藏舊本，比之今本，第九卷内今本多誤，筆法且俗。曹士冕曰：「帖總二十卷，元無字號及斷眼數目。」單炳文、曹士冕各有模刻本。

世傳潘氏析居，法帖分而爲二，其後絳州公庫乃得其一，於是補刻餘帖，名東庫本。第九卷

---

① 「鋌」，原誤作「挺」，據元本、明初本、戴本改。又《衍極》作「錠」。

② 「櫝」，各本同，《衍極》作「樣」。

③ 「帙」，原誤作「帖」，據明初本改。

之舛誤，蓋始於此，且逐卷逐段各分字號，以日、月、光、天、德等二十字爲次第。後避金主亮諱，但《庾亮帖》内「亮」字，皆去右邊轉筆，謂之亮字不全本。

又有新絳本、北方别本、武岡新舊本，福清、烏鎮、彭州、資州本、木①本前十卷等，類皆絳帖之别也。

潭帖者，慶曆中劉丞相帥潭日，以淳化官帖命慧照大師希白模刻於石，置之郡齋，增入《傷寒》、《十七日》、王濛、顔真卿諸帖，而字行頗高，與淳化閣本差不同。逐卷有「慧照大師希白重模」字，而歲月各異。中間繆處甚多，朱文公譏其「極爲可笑者」是也。潭帖之别，則有劉丞相私第本、長沙碑匠新刻本、三山木本、蜀本、廬陵蕭氏本等類甚多。

戲魚，即臨江帖也。元祐間，劉次莊以家藏《淳化閣帖》十卷摹刻於戲魚堂，除去篆題而增釋文。慶元中，四川總領權安節又重摹於利州。

黔江者，黔人秦世章於長沙買石，摹僧寳月《古法帖》十卷。寳月，慧照也，謀舟載入黔中，壁之黔江之紹聖院。後題云「長沙湯正臣重摹鼎帖板本」，校諸帖增益最多。

灃陽石刻散失，僅存者右軍數帖而已。

① 「木」，各本同，《衍極》作「泉」。

又有淳熙修内司本，北方印成本，烏鎮張氏、福清李氏本，若此之類，大抵皆法帖一再之翻摹，殊失筆意，無足觀者。

汪逵，字季路，衢州人，官至端明殿學士，建集古堂，藏奇書秘蹟、金石遺文二千卷，著《淳化閣帖辨記》共十卷，極爲詳備。末云：其本乃木刻，計一百八十四版，二千二百八十七行。其逐段以一二三四刻於旁，或刻人名，或有銀鋌①印痕，則是木裂。其墨乃李廷珪墨，黑甚如漆。其字精明而豐腴，比諸刻爲肥。

劉潛夫曰：近人多不識《閣帖》，某家寶藏本，皆非真。真者字極豐穰，有神采。如潭、絳則太瘦，臨江則太媚。又用李廷珪墨印造。

余始得汪端明所記閣帖行數，恨無真帖參校。晚使江左用二千楮致一本，尤伯晦見之，曰：「寶物也。」

夫真帖可辨者有數條：墨色，一也。他本刊卷數在上，版數在下，惟此本卷數、版數字皆相聯屬，二也。他本行數字比帖字小而瘦，此本行數字比帖中字皆大而濃，三也。余所得江左②

①「鋌」，各本同，《衍極》作「錠」。
②「左」，各本同，《衍極》作「東」。

本，每版皆全紙，無接黏處。一部十卷，無一版不與端明所記合，乃知昔人裝背之際，寧使每版行數或多或寡，而不肯剪截凑合者，欲存①舊帖之真面目，四也。

幽圄

太師丞相脱脱之死，蓋副樞哈馬與其弟雪雪，並詹事顙哥失里等，所以擠陷之也。哈兄弟得侍上帷幄，而顙在東宫爲近侍②，故哈黨顙，而私相誓曰：「若太師去位後，我能作右相，則左相必詹事矣。」既而入中書，又虞顙來，其權不顓，奏除宣政使，而以弟雪爲御史大夫，顙殊失所望。未幾，哈得罪杖死，雪亦仰藥死。初，顙有侍從人亦曰桑哥失里，止桑、顙一字之異爾。服勞執事，得顙意，顙舉充院宣使。一日，奄然長逝，經日乃醒，云：「方坐臥室榻上，見二卒自外躍入，導之往都城隍廟，轉發岳祠③。祠④吏曰：『來矣，可亟解去。』旋又行，入祠西

① 「存」，原缺，據元本、明初本、戴本補。
② 「侍」，戴本作「幸」。
③ 「祠」，原誤作「詞」，據元本、明初本、戴本、徐本、毛本改。
④ 「祠」，原誤作「詞」，據元本、明初本、戴本、徐本、毛本改。

北隅大林内，有殿宇若王者居。入拜殿下，已，仰視之，則太師也。太師曰：『我所攝者院使也，於汝無預。』因俾左右引之觀幽圄，見哈兄弟括髪鬭械，顧桑泣下。及出，太師謂曰：『汝可即歸，此非人間世也。』退而覺，恍若一夢然。」明日，同寅有來約往院使家，桑辭疾，且曰：「君幸毋泄，吾恐院使不久生矣。」衆問其故，告以詳，皆相顧驚愕，曰：「昨日院使將上馬，以體少不安而入，豈遽至此乎？」語未終，有報院使已暴卒。近見浙西憲司經歷何伯大所説甚悉，此特其略耳。

煮豆帖

黄山谷《煮豆帖》云：「庭堅頓首：失牛兒來，終日惘然，至今頭昏眼痛，雖取所喜者爲之，亦不能如意也，以是不能修問。辱手誨，喜承日用輕安。所須諸方，既無人可抄，又意緒不佳，懶動耳。煮黑豆法：確豆一升，挼莎極淨，用貫衆一斤，細剉如骰子①，同豆斟酌水多少，慢火煮，豆香熟，日乾之，翻覆令展盡餘汁，簸取黑豆，去貫衆，空心日啖五七粒，食百草木枝葉皆有

---

① 「骰子」，戴本作「投子」。

味，可飽也。世間不强學力行，自致於古人者，不可不畜此方。庭堅頓首翰禮秘校足下。」

妓妾守節

妓妾之以色藝取憐，妒寵於主家者，亦曰我之富與貴有以感動其中耳。設遇患難貧病，彼必戚戚然求爲脱身之計，又肯守志不貳者哉？如金谷園緑珠、燕子樓盼盼，韓香之於葉氏，愛愛之於張逞者，真絶無而僅有也。大元混一以來，得三人焉。

李翠娥，維揚名倡也，石九山萬户納置别業。石没，李誓不適他姓以辱身，終日閉閤誦經而已。年及七十餘，萬户之子若孫，遇歲時咸往拜之。樂籍中相傳以爲盛事。

王巧兒，京師上色也，陳雲嶠同知與之狎，攜至杭。陳卒，奉正室鐵氏，以清慎勤儉終其身。

汪憐憐，湖州角妓也，湼古伯經歷常屬意焉。汪曰：「君若不棄寒微，當以側室處妾，鼠竊狗偷，妾決不爲此態。」湼乃遣媒妁，備財禮娶之。經三載，死，汪髡髮尼寺。時公卿士夫①有往訪之者，汪故毁其身形，以絶狂念，卒老於尼。若此者，亦可以追蹤前古之懿德矣。

①「夫」，原誤作「大」，據元本、明初本、戴本改。

與妓下火文

錢唐道士洪丹谷與一妓通，因娶爲室。病且革，顧謂洪曰：「妾死在旦夕，卿須自執薪，還肯作一轉語乎？」夫妾，歌兒也，卿能集曲調，於妾未死時，使預聞之，雖死無憾矣。」洪固滑稽輕佻者，遂作文曰：「二十年前我共伊，只因彼此太癡迷。忽然四大相離後，你是何人我是誰。共惟稱呼，秀鍾谷水，聲遏楚雲。玉交枝堅一片心，錦傳道①餘二十載。遽成如夢令，休憶少年遊。哭相思，兩手托空，意難忘，一筆勾斷。且道如何，是一筆勾斷。孝順哥終無孝順，逍遥樂永遂逍遥。」聽畢，一笑而卒。

因記《中吴紀聞》載一事云：昆山倡周氏，係籍部②中，張子韶爲守時，倡暴亡，適道川來訪，因命作下火文云：「可惜許，可惜許，大家且道可惜許個甚麽。可惜巫山一段雲，眼如新水點絳唇。昔年繡閣迎仙客，今日桃源憶故人。休記醜奴兒臉子③，便須抖擻好精神。南柯夢斷

① 「錦傳道」，戴本作「錦纏道」。
② 「部」，《中吴紀聞》作「郡」。
③ 「臉子」，各本同，《中吴紀聞》作「怪臉」。

如何也，一曲離愁别是春。大衆還知某人，向甚麽處去。這裏分明會得，驀山溪畔，頭頭盡是喜相逢。芳草渡頭，處處《六么》《花十八》。其或未然，更聽下句：咦，與君一把無明火，燒盡千愁萬恨心。」其事頗相類，並附於此云。

賀人妾得子啓

陸伯麟側室育子，友人陸象翁以啓戲賀之，曰：「犯簾前禁，尋竈下盟。玉雖種於藍田，珠將還於合浦。移夜半鷺鷥之步，幾度驚惶。得天上麒麟之兒，這回喝采。既可續詩書禮樂之脈，深嗅得油鹽醬醋之香。」蘇東坡咏婢謔詞，有「揭起裙兒，一陣油鹽醬醋香」之句。

弔四狀元詩

平江一驛舟中，有題弔四狀元詩者，不知誰所作。詩曰：「四榜狀元逢此日，他年公論定難逃。空令太守提三尺，不見元戎用六韜。元舉何如兼善死，公平争似子威高。世間多少偷生者，黄甲由來出俊髦。」元舉，王宗哲字也，至正戊子科三元進士，時爲湖廣憲僉。兼善，泰不華字也，時爲台州路達魯花赤。公平，李齊字也，時爲高郵府知府。子威，李黼字也，時爲江州路總管。此四公者，或大虧臣節，或盡忠王事，或遇難而亡，故云。若論其優劣，則江州第一，台州次之，高郵又次之，憲僉不足道也。

雞妖

至正丁酉春三月，上海李勝一家，雞伏七雛，一雛作大雞狀，鼓翼長鳴。明年戊戌春正月，錢唐盧子明家，一雞伏九雛，一雛有三足，二足在前，一足在後。三月，諸暨袁彦城家，一雞伏五雛，一雛有四足，二足在翼下。不數日皆死，而各家亦無他異。

胡烈女

越嵊縣剡溪胡氏，諱妙端，適同邑祝某。至正庚子春，爲苗獠虜至金華縣，將妻之，義不受辱，乘間嚙指血題詩壁上，已，赴水而死，三月廿四日也。獠帥服其節，爲立廟祀之，邑人咸曰烈女廟。詩曰：「弱質空懷漆室憂，捜山千騎入深幽。旌旗影亂天同慘，金鼓聲淫鬼亦愁。父母劬勞何日報，夫妻恩愛此時休。九泉有路還歸去，那個雲邊是越州。」

蛙獄

盧伯玉文璧。至正初尹荆山日，忽有一巨蛙登廳前，兩目瞠視，類有所訴者。令卒尾之行，去縣六七里，有廢井，遂跳入不出。既得報，往集里社，汲井，獲死屍，乃兩日前二人同出爲商，一人謀其財而殺之。掩捕究問，抵罪。死者之家屬云其在生不食蛙，見即買放。豈一念之善，爲造物者固已鑒之。蛙能雪冤，良有以也。

沁園春

宋劉改之先生，過①。詞贍逸有思致，賦《沁園春》二首，以咏美人之指甲與足者，尤纖麗可愛。一曰：銷薄春冰，碾輕寒玉，漸長漸彎。見鳳鞋泥污，偎人强剔，龍涎香斷，撥火輕翻。學

① 「過」，原誤作「造」，據元本、明初本、戴本改。案《咸淳玉峯續志》：「劉過字改之，自號龍洲，本廬陵人，客昆山，依妻家而居。」

撫瑤琴，時時欲剪，更掬水、魚鱗波底寒。纖柔處，試摘花香滿，鏤棗成斑。時將粉淚偷彈。記綰玉、曾教柳傳看。算恩情相著，搔便玉體，歸期暗數，畫遍闌干。每到相思，沉吟靜處，斜倚朱唇皓齒間。風流甚，把仙郎暗掐，莫放春閑。

一曰：洛浦淩波，爲誰微步，輕塵暗生。記踏花芳徑，亂紅不損，步苔幽砌，嫩緑無痕。襯玉羅慳，銷金樣窄，載不起盈盈一段春。嬉遊倦，笑教人款捻，微褪①些根。有時自度歌聲。悄不覺、微尖點拍頻。憶金蓮移换，文鴛得侶，繡茵催衮，舞鳳輕分。懊恨深遮，牽情半露，出没風前煙縷裙。知何似，似一鈎新月，淺碧籠雲。

近邵青溪②亨貞。嗣其體調以咏眉目，真雋永有味。

一曰：巧鬬彎環，纖凝嫵媚，明妝③未收。似江亭曉玩，遥山拂翠，宫簾暮捲，新月横鈎。掃黛嫌濃，塗鉛訝淺，能畫張郎不自由。傷春倦，爲皺多無力，翻做嬌羞。填來不滿横秋。料著得、人間多少愁。記魚箋緘啓，背人偷斂，雁鈿膠並，運指輕揉。有喜先占，長顰難效，柳葉輕黄金在否。雙尖鎖，試臨鸞一展，依舊風流。

① 「褪」，戴本作「捉」。

② 「邵青溪」，原誤作「邵清溪」，據元本、明初本、戴本改。案邵青溪即邵亨貞，字復孺，號青溪野史。

③ 「妝」，原誤作「裝」，據元本、明初本、戴本改。

一曰：漆點填眶，鳳稍侵鬢，天然俊生。記隔花瞥見，疏星炯炯，倚闌凝注，止水盈盈。端正窺簾，夢騰並枕，睥睨檀郎長是青。端相久，待嫣然一笑，密意將成。困酣曾被鶯驚。强臨鏡，挼挲猶未醒。憶帳中親見，似嫌羅密，尊前相顧，翻怕燈明。醉後看承，歌闌鬭弄，幾度孜孜頻送情。難忘處，是絞綃揾透，别淚雙零。

恭敏坊

李恭敏公者，所居在江陰之南門，其門首巷坊亦題曰恭敏，不知當日名坊之義，而七八十年來，子孫消削，第宅傾圮殆盡。棄遺故址，竟爲里豪薛得昭所吞，土木一新，鄉閭健羡。忽有人獻諂於薛云：「若不除去舊坊，終非君家利也。」薛深然之，指數恭敏之族尊且長者，惟李唐卿可主其事，乃呼至，贈泉百緡，李欣然撤之。一夕，囈語呻吟甚苦，妻急呼之，覺，問其故，曰：「我夢見袍笏大官，自云是我祖，責以不能世守其業，又毁其坊，既罵且撻，我負痛叫號，故致此耳。」語既，暴死莫救。又數年，城燬於兵，薛氏室屋財産悉空，貧無爲計，遂執幹役於時貴之家。噫！子孫之不肖，强霸之用心，皆可爲後人鑒也。

隱趣

余家天台萬山中，茅屋可以芘①風雨，石田可以具饘粥，雖行江海上，而泉石草木之勝，未嘗不在夢寐時見也。偶讀廬陵羅景綸大經。所著《鶴林玉露》曰②：「唐子西云③：『山静似太古，日長如小年。』余家深山之中，每春夏之交，蒼蘚盈階，落花滿徑，門無剥啄，松影參差，禽聲上下。午睡初足，旋汲山泉，拾松枝，煮苦茗啜之。隨意讀《周易》《國風》《左氏傳》《離騷》《太史公書》，及陶杜詩、韓蘇文數篇。從容步山徑，撫松竹，與麛犢共偃息於長林豐草間。坐弄流泉，漱齒濯足。既歸竹窗下，則山妻稚子作筍蕨，供麥飯，欣然一飽。弄筆窗間，隨大小作數十字，展所藏法帖、墨蹟、畫卷縱觀之。興到則吟小詩，或草《玉露》一兩段，再烹苦茗一杯。出步溪邊，邂逅園翁溪友，問桑麻，説粳稻，量晴校雨，探節數時，相與劇談一餉。歸而倚杖柴門之下，則夕陽在山，紫緑萬狀，變幻頃刻，恍可人目。牛背笛聲，兩兩來歸，而月印前溪矣。味子西此

---

① 「芘」，戴本作「蔽」。

② 「曰」上元本、明初本、戴本有「有」字。

③ 「云」上《鶴林玉露》有「詩」字。

句，可謂絶妙。然此句妙矣，識其妙者蓋少。彼牽黄臂蒼，馳獵於聲利之場者，但見衮衮馬頭塵，匆匆駒隙影耳，烏知此句之妙哉！人能真知此妙，則東坡所謂『無事此静坐，一日是兩日。若活七十年，便是百四十』。所得不已多乎？」

此羅君語也，余蓋亦知此妙久矣。風塵澒洞，豺虎咬人，幾賦歸與之詩。計無所得，又未知何日可以遂吾志也。掩卷爲之三嘆。

日書三萬字

江浙平章子山公書法妙一時，自松雪翁之後，便及之。嘗問客：「有人一日能寫得幾字？」客曰：「聞趙學士言，一日可寫萬字。」公曰：「余一日寫三萬字，未嘗以力倦而輟筆。」公號正齋、恕叟，又號蓬累叟，康里人。

妓出家

李當當者，教坊名妓也，姿藝超出輩流，忽翻然若有所悟，遂著道士服。江浙儒學提舉段吉甫先生天祐。贈之以詩曰：「歌舞當今第一流，洗妝拭面别青樓。便隨南嶽夫人去，不爲蘇州刺史留。璚館月明簫鳳下，綺窗雲散鏡鸞收。卻嫌癡絶潯陽婦，嫁得商人已白頭。」《能改齋漫録》云：唐陽郇伯作《妓人出家》詩曰：「盡出花鈿與四鄰，雲鬟剪落向殘春。暫驚風燭難留世，便是池蓮不染身。貝葉欲翻迷錦字，梵聲初落①誤梁塵。從今豔色歸空後，湘浦應無解佩人。」《湘山野録》乃謂陳彭年作，此不考之過也。

吁！二先生之風流餘韻，於此可以想見矣。

河南王

河南王卜憐吉歹②。爲本省丞相時，一日，掾吏田榮甫抱牘詣府請印，王留田侍宴，命司印開匣，取印至前，田誤觸墜地，王適更新衣，而印朱濺污滿襟，王色不少動，歡飲竟夕。又一日行郊，天氣且暄，王易涼帽，左右捧笠侍，風吹墮石上，擊碎御賜玉頂。王笑曰：「是有數也。」諭令毋懼。噫！此其所以爲丞相之量。

① 「落」，戴本作「學」。《能改齋漫録》亦作「學」。
② 「卜憐吉歹」，原誤作「十憐吉歹」，據元本、明初本、戴本改。

妖異

至正辛卯夏，松江普照寺僧舍一弊帚開花。又嘉興儒學閽人陶氏磨上木肘發青條，開白花。又吴江分湖里煅工一柳樹樁，以安鐵砧者，且十餘年矣，發長條數莖如葦。三家雖有此怪而皆無恙，豈非關係國家之氣數乎？

塔影入屋

平江虎丘閣版上有一竅，當日色清朗時，以掌大白紙承其影，則一寺之形勝，悉於此見之，但頂反居下耳。此固有象可寓，非幻出者。松江城中有四塔，西曰普照，又西曰延恩，西南曰超果，東南曰興聖。夏監運家乃在四塔之東，而小室内卻有一塔影，長五寸許，倒懸於西壁之上，不知從何而來，然不常有，或時見之焉，是又不可曉也。

錢唐懷古詞

傅按察者，忘其名，錢唐懷古，嘗作一詞云：「静中看。記昔日湖山隱隱，宛若虎踞龍蟠。下襄樊，指揮湘漢；鞭雲騎，圍繞江干。勢不成三，時當混一，過唐之數不爲難。陳橋驛，孤兒寡婦，久假當還。挂征帆，龍舟催發，紫宸初卷朝班。禁庭空，土花暈碧；輦路悄，呵喝聲乾。縱餘得西湖風景，花柳亦凋殘。去國三千，遊仙一夢，依然天淡夕陽間。昨宵也，一輪明月，還照臨安。」蓋《鴨頭緑》①調也。

① 案《鴨頭緑》雙調一三九字，此詞僅一二一字，闕漏尚多。清人朱彝尊《詞綜》所録傅按察《鴨頭緑·錢塘懷古》即出於此。晚清丁紹儀《聽秋聲館詞話》曰：「元人失名之傅按察《錢塘懷古》前調云：『静中看，循環興廢無端。記昔日淮山隱隱，宛若虎踞龍蟠。下襄樊，指揮湘漢；鞭雲騎，圍繞江干。勢不成三，時當混一，過唐之數不爲難。誰知道倉皇南渡，半壁幾何間。陳橋驛，孤兒寡婦，久假當還。挂征帆，龍舟催發，紫宸初卷朝班。禁庭空，土花暈碧；輦路悄，呵喝聲乾。去國三年，遊仙一夢，依然天淡夕陽閑。縱餘得西湖風景，花柳亦凋殘。昨宵也，一輪明月，還照臨安。』通首本屬完善，《詞綜》未經細考，於調名即訛爲《鴨頭緑》，前段脱落『循環』句六字、『誰知』二句十二字，遂只有一百二十一字。後段『去國』三句又誤在「縱餘」二句之下，致文理亦不貫，此錯落之最甚者。」

人命至重

後至元間，同知兩浙都轉運鹽使司事趙君伯常，休日與書吏談官府政事，因曰：「吾曩爲中書提控掾史時，夜坐私第一室，忽有兩隸①來前，傳都堂鈞旨呼唤，遂即上馬。隸前導，至一官府，樹木陰翳，大官危坐廳事上，問曰：『河南饑，省咨至，乃緩七日不報，彼處死者甚衆，汝知之乎？』吾答曰：『某提控耳，該掾稽遲之罪，已嘗呈舉。』官沉思良久，曰：『非汝過也，汝退。』又命前隸曰：『可急追該掾某人來。』吾遂夢覺也。明日晨起，令人覘之，夜暴死矣。人命至重，爾輩其慎之。」

度量宏深

建德路達魯花赤古篤魯丁，字志道，守贛州路，任滿聽除。時有故吏丘往臨江貼補，介魯尺牘見總管木八剌木，即日録用，就遣丘持俸鈔五十定饋魯。蓋魯以廉故，家甚貧，朋友間每分財

---

① 「隸」，戴本作「吏」。

以濟之，丘竟匿其鈔。後木數得魯書，而謝不及此，疑焉，因便使問之。魯知爲丘匿有，即具書請失謝之罪。丘聞此，惶赧無地，令兒子奉鈔還，魯終不受，且爲隱其惡，未嘗與人言。夫魯，西域人也，度量之宏深乃如是，可謂厚德君子矣。若丘者，名教中所不可容，尚孰責哉？

高麗氏守節①

中書平章闊闊歹之側室高麗氏有賢行，平章死，誓弗貳適。正室子拜馬朵兒赤説其色，欲妻之而不可得，乃以其父所有大答納環子獻於太師伯顔，此物蓋伯顔所屬意者。伯顔喜，問所欲，遂白前事，伯顔特爲奏聞。奉旨命拜馬朵兒赤收繼小母高麗氏。高麗氏夜與親母逾垣而出，削髮爲尼。伯顔怒，以爲故違聖旨，再奏。命省臺洎侍正府官鞫問。諸官奉命惟謹，鍛煉備極慘酷。時國公闊里吉思於鞫問官中獨秉權力，侍正府都事帖木兒不花數致語曰：「誰無妻子，安能相守至死。得有如此守節者，莫大之幸，而反坐以罪，恐非我治朝之盛典也。」國公悟，爲言於伯顔之前，宛曲解釋，其事遂已。帖木兒不花漢名劉正卿，後至監察御史而卒。

① 此條内容又見《山居新語》，文字出入頗大。

寒號蟲

五臺山有鳥名寒號蟲，四足，有肉翅，不能飛，其糞即五靈脂。當盛暑時，文采絢爛，乃自鳴曰：「鳳凰不如我。」比至深冬嚴寒之際，毛羽脱落，索然如鷇雛，遂自鳴曰：「得過且過。」嗟夫！世之人中無所守者，率不甘湛涪鄉里，必振拔自豪，求尺寸名，詫九族儕類，則便志滿意得，出肆入揚，以爲天下無復我加矣。及乎稍遇貶抑，遽若喪家之狗，垂首貼耳，摇尾乞憐，惟恐人不我恤，視寒號蟲何異哉！是可哀已。

鄧思賢

嘗見人戲呼一嘩訐者爲鄧思賢，初不可曉，後讀《筆談》，始得其説云：「世傳江西人好訟，有一書名《鄧思賢》，皆訟牒法也。其始則教以侮文，侮文①不可得，則欺誣以取之；欺誣不可得，

①「文」，原缺，據元本、明初本、戴本補。

則求其罪劫之。蓋思賢，人名也，人①傳其術，遂以名書，村校中往往以授生徒。」

醫科

醫有十三科，考之《聖濟總録》，大方脉、雜醫科、小方脉科、風科、産科兼婦人雜病科、眼科、口齒兼咽喉科、正骨兼金鏃科、瘡腫科、鍼灸科。祝由科則通兼言。

① 「人」，《夢溪筆談》作「始」。

南村輟耕録卷十六

陶氏二譜

宋泰山王質所著《雲韶堂紹陶録》，《録》中首載《栗里》《華陽》二譜，惟先生之大節高風，流播千古，而質者乃能次第其出處，作爲年譜，且以名吾書《紹陶》之志，是可尚已，遂録於此云。

書陶栗里譜

元亮高風，發於宋晉去就之際。君曾祖事晉，懋著勳勞。自宋武帝芟元復馬，逆揣其末流，即不出。武帝將收賢士以繫人心，見要亦不應。陶、謝皆世臣，君世地色言俱僻①，而靈運爲武帝秉任，最後乃欲詭忠義，雜江海。遠師送君過虎溪，而卻靈運不入蓮社，素心皆所鑒知。《譜》具左方。

① 「僻」，戴本作「辟」，今本《紹陶録》作「避」。

興寧三年乙丑晉哀帝。

君生於潯陽柴桑，今德安縣楚城市是。父軼名。《命子》詩云：「於穆仁考，澹焉虚止。寄迹風雲，宜①兹慍喜。」陶氏自侃以武功擅世，後裔稍襲故風，多流亂岐。蓋折翼之祥，發之旁派。傳淡、傳君父子，皆以隱德著稱。侃女適孟嘉，嘉女適君父，是生君。其氣所傳，造化必有可言者。

太元元年丙子晉武帝。

君年十二。失母。《祭妹文》云：「慈妣早世，我年二六。」

太元九年甲申

君年二十。失妾。《楚調》詩云：「弱冠逢世阻，始室喪其偏。」妻②翟氏偕老，所謂「夫耕於前，妻鋤於後」，當是翟湯家。湯、莊、矯、法賜四世，以隱行知名，亦柴桑人③。

太元十九年甲午

君年三十。有《歸園田④》詩云：「誤落塵網中，一去三十年。」初爲州祭酒，當在其前，不

---

① 「宜」，戴本作「置」、今本《紹陶録》亦作「置」。
② 「妻」，原誤作「妾」，據元本、明初本、戴本改。
③ 「人」，原缺，各本同，據《叢書集成初編》本及今本《紹陶録》補。
④ 「歸園田」，《紹陶録》及《陶淵明集箋釋》均作「歸園田居」。

堪，乃解歸，故云：「久在樊籠裏，復得返自然。」尋亦卻主簿。

隆安四年庚子晉安帝。

君年三十六。五月，有《從都還阻風規林》詩，當是參鎮軍，銜命自京都上江陵，故在《始作鎮軍參軍經曲阿》詩後。父在柴桑，故云「一欣侍温顔」，又云「久遊戀所生」。父爲人度不肯適都，當是已舍單行，見《還舊居》詩。軍僚差疆郡吏，故云：「時來苟冥會，婉戀憩通衢。投策命晨裝，暫與田園疏。」

隆安五年辛丑

君年三十七。正月，有《遊斜川》詩云「開歲倏五十」，方三十七，作「五日」是。當是故歲五月還潯陽，今歲七月適江陵，有《赴假還江陵夜行途中》詩。留潯陽逾年，當是予告在鄉，至是往赴。云「閑居三十載」，自未參鎮軍以前，得三十六年，當是不堪勞役，遂起歸意，故云：「詩書敦宿好，園林無俗情。如何捨此去，遥遥至南荆。」失父。《祭妹文》云「昔在江陵，重罹天罰」，「觸事未遠，書疏猶存」，當是妹自武昌報江陵，時父在柴桑。

元興二年癸卯

君年三十九。正月，有《始春懷古田舍》詩，當是自江陵歸柴桑，復適京都，宅憂居家，思溢城，故有《懷古田舍》，又云《良苗懷新》。十二月，有《與從弟敬遠》詩，云「寢迹衡門下」，在都亦當是處野。

元興三年甲辰

君年四十。有《連雨獨飲》詩云「僶仰①四十年」。有《飲酒詩》云：「是時向立年，志氣②多所恥。遂盡分然介③，終死歸田里。」當是在壬辰、癸巳爲州祭酒之時，所謂「投耒去學仕」。又云：「冉冉星氣流，亭亭復一紀。」至是，得十二年。

義熙元年乙巳

君年四十一。三月，有《爲建威參軍使都經錢溪》詩，當是故歲自都還里。即吉。庚子，始事鎮軍，繼事建威，中經罹憂，至是得六年。復銜命至都，其家尚未歸柴桑。《還舊居》詩云：「疇昔家上京，六載去還歸。」往來時經鄉閭，不常留，稍成疏，故云：「阡陌不移舊，邑屋或時非。履歷周故居，鄰老罕復遺。」至是始定居，斷他適。十一月，有《歸去來辭》。九月，家留柴桑，身往彭澤。至是免歸，當是不堪軍役，故求縣；不堪縣役，故歸家。所謂「風波未定，心憚遠役。彭澤去家百里，公田足以爲酒。少日，眷然有歸與之情」，平生之志始決。見《序》及《辭》甚詳。

① 「僶仰」，《紹陶録》及《陶淵明集箋注》均作「僶俯」。
② 「氣」，《紹陶録》及《陶淵明集箋注》均作「意」。
③ 「分然介」，《紹陶録》及《陶淵明集箋注》均作「介然分」。

失妹，所謂「情在駿奔，自免去職」。是歲，劉將軍録尚書。

義熙三年丁未

君年四十三。有《祭程氏妹文》。自乙巳至是，所謂「服制再周」。

義熙四年戊申

君年四十四。有《六月遇火》詩云「奄出四十年」。

義熙五年己酉

君年四十五。有《九日》詩。

義熙六年庚戌

君年四十六。有《西田穫早稻》詩。

義熙七年辛亥

君年四十七。有《祭從弟敬遠文》，云「絶粒委務，考槃山陰」，「晨采上藥，夕閑素琴」。當時同志，見文甚詳。

義熙十年甲寅

君年五十。有《雜詩》云「奈何五十年」。棄官來歸，至是得十年，故云「荏苒經十載，暫爲人所羈」。

義熙十一年乙卯

君年五十一。有《與子儼等疏》云「年過五十」。又云：「見樹木交蔭，時鳥變聲，亦復欣然①。五、六月，北窗下臥，遇涼風暫至，自號羲皇上人。」見《疏》甚詳。

義熙十二年丙辰

君年五十二。有《下潠田舍穫》詩，云：「曰余爲②此來，三四星火頽。」當是得此在癸丑、甲寅之間。

義熙十四年戊午

君年五十四。《楚調》云「僶俛六九年」。召爲著作佐郎，不應。是歲，宋公爲相國。

元熙元年己未晉恭帝。

君年五十五。王休元爲江州，自造不得見，遣其故人龐通之等齎酒，於半道栗里要之，即引酌野亭。休元出與相聞③，極歡終日。嘗九日把菊無酒，休元餉之。有《九日閑居》詩，所謂「秋

---

① 「欣然」，《紹陶録》作「歡然」，《陶淵明集箋注》作「歡然有喜」。
② 「爲」，《紹陶録》及《陶淵明集箋注》均作「作」。
③ 「聞」，《紹陶録》作「見」。

菊滿園，時醪靡至」，當時未獲所遺。休元在江州幾①六載，未審的在何年。自乙巳至丁卯，訖死未嘗他適，獨暫爲休元入州。

永初元年庚申宋武帝。

君年五十六。同隱周續之召至都②，爲顔延之連挫。義熙間，檀韶爲江州，邀續之在城北講禮讎書。有《示周掾祖謝》詩，云：「馬隊非講肆，校書亦已勤。」又云：「但願還渚中，從我潁水濱。」江城尚不欲周往，奚況京師？劉遺民亦同隱，有《和劉柴桑》詩云「挈杖還西廬」，又云「春醪解飢劬」。其還以春，有《酬劉柴桑》云「嘉穟眷③南疇」。又云「慨然知已秋」，其還，至是及秋。初自西廬移南村，有《移居》詩云：「聞多素心人，樂與數朝夕。」又云：「過門更相呼，有酒斟酌之。」遷居殆爲遺民之徒。尋還西廬，度相距亦不遠，與遺民更相酬酢不改，賞文析義之時，未審的在何年。或恐劉柴桑似縣令，劉或嘗爲此縣，存此呼，或有命不爲，猶續之嘗命爲撫軍參軍不就，因呼周掾，皆不可知。但非時爲宰者，語皆冷交，非熱官。《酬④丁柴桑》詩云：「秉直

① 「幾」，《紹陶録》作「凡」。
② 「都」，《紹陶録》作「都下」。
③ 「眷」，《紹陶録》及《陶淵明集箋注》均作「養」。
④ 「酬」，原缺，據《紹陶録》及《陶淵明集箋注》補。

司聰，於惠百里。」此乃當官無疑。尋詩，鍾情於劉，過厚於周，遺民自隱之餘無聞，續之在隱之中微婉。君與周、劉號「潯陽三隱」，校情義，稍有淺深。是歲，宋武帝踐祚。

景平元年癸亥晉營陽王。

君年五十九。顔延之爲始安，過潯陽日，造飲酣醉。臨去，留二萬錢，悉①送酒家。相知久間，驟見益歡。延之未審何時來柴桑，所謂「自爾介居，及我多暇②。伊好之洽，接簷鄰舍」，當是不詣劉穆之之時。又未審何時去柴桑，當是爲豫章世子參軍之時。據《誄》參《傳》略見。

元嘉三年丙寅宋文帝。

君年六十二。檀道濟爲江州。時抱羸疾，多瘠餒。往候，饋以粱肉，不受。

元嘉四年丁卯

君年六十三。有《自祭文》云「律中無射」。《擬挽歌》詩云：「嚴霜九月中，送我出遠郊。」當是杪秋下世。顔延之《誄》云：「視化如歸，臨凶若吉。藥劑弗嘗，禱祠弗恤。」其臨終高態，見《誄》甚詳。君平生好談歸盡，蕭統以爲處百齡之内，居一世之中，倏忽白駒，寄寓逆旅，與大塊

①「悉」，原缺，據元本、明初本、戴本補。

②「暇」，原誤作「假」，據元本、明初本、戴本改。

而榮枯，隨中和而放蕩，豈能勞於憂畏，役於人間。最知深心，《形贈》《影答》《神釋》，本趣略見，所謂「縱浪大化中，不喜亦不懼。應盡便須盡，無復獨多慮」。惟患不知，既已洞知，安坐待此①，夫復何言。杜甫許避俗，未許達道，識者更詳之。

書陶華陽譜②

通明高風，發於梁、齊、宋去就之際。君祖父皆食宋禄，身又生宋代，自齊高帝代宋，旋引去。梁武帝代齊，益退藏。平時以師待君，然大節有定操，豈復以恩禮推移。暫至丹陽，應簡文之命。不少至京都，慰武帝之懷。抑何其堅忍，壯年果於遺世。照之審，故判之不疑。《譜》具左方。

孝建三年丙申宋世祖。

君生於丹陽秣陵，今上元縣治村是。母郝氏，夢兩天人持鑪③爇香④來前，有娠。今世爲君，再世爲孫思邈，兩世肇啓於郝，故其兆先形。當是本居天仙趣，報盡還入人趣。植根弗凡，

---

① 「此」，各本同，《紹陶録》作「化」。
② 「書陶華陽譜」，《紹陶録》作「書陶通明譜」。
③ 「鑪」，戴本作「壚」，《紹陶録》作「爐」。
④ 「爇香」，各本同，《紹陶録》作「焚香」。

受形亦異。生以火年火月，又夏至極陽日，悉稟純陽，多起飛心，累功積行，所升當益高。推佛言，參君迹，略見。

大明四年庚子

君年五歲。常持荻畫灰學書。

泰始元年乙巳宋明帝。

君年十歲。得葛洪《神仙傳》，即有志養生。語人：仰青天，睹白日，不覺爲遠。及長，博讀書，邃解文武諸伎。自後天文、地理、人事，雖至淵妙，咸臻底極。當時已罕傳，歷年愈遠，行世寖稀。《梁傳》所載十二種，今傳惟三種。《傳》不能紀十種。《唐志》所載九種，今傳惟四種。《傳》有《志》無八種，《傳》無《志》有五種。《本草》後人增衍，考正益詳，間與《集注》差異。

元徽二年甲寅宋蒼梧王。

君年十九。蕭將軍録尚書，引爲諸王侍讀。故事，止典文學，無他務。除奉朝請。故事，止奉朝會請召，本不爲官，雖在宦途，亦居静地。及求縣，乃不遂，緣勢可見。

永明十年壬申齊世祖。

君年三十七。家貧，求宰縣，不遂，脱朝服，挂神武門去。止句曲山，體即輕捷。性嗜山水，所歷必吟咏盤旋不已。語人①：「吾見朱門廣廈，雖適其華樂，而無欲往之心。望高巖，瞰大澤，知難立止，自常欲就之。永明中求禄，得輒差舛。不爾，豈得爲今日之事，亦緣勢使然。」此語甚真。是事先有根，次有緣，次有勢，相符乃入。所謂「道生之，德畜之，物形之，勢成之」。惟難契，故曠世難就。

隆昌元年癸酉齊鬱林王。

君年三十八。沈約爲東陽，屢要不至，自棲句曲不出。所謂遍歷名山，求訪仙藥，或未然。一至句章，禮育王塔。一至丹陽，應太子召。他適皆無考。又言往東陽從孫遊嶽授②符圖經法，亦無考。惟楊羲靈寶五符，傳句容葛粲，粲以傳陸修静③，陸以傳孫、許翽。《二景歌》，東陽章靈民出都遇得，以與孫。度所得止在秣陵、句曲之間，非遠適而後傳。

永元元年己卯齊東昏侯。

君年四十四。在句曲築樓，高④三層，身處其上，弟子居其中，賓客至其下。與物遂絶，不

① 《紹陶録》「語人」下有「曰」字。
② 「授」，各本同，《梁書·陶弘景傳》及《紹陶録》均作「受」。
③ 「陸修静」，各本同，《紹陶録》作「陸静修」。
④ 「高」，各本同，《紹陶録》作「凡」。

娶，無子，他眷亦不通。先斷此根，可議他事。特愛松風，庭院皆植松，聆響爲樂，閑獨遊泉石。此門忌濁便清，神仙上景多雲霞，下景多山水，物多金玉，色多紫碧，他皆類是。所謂熟之、養之、覆之。若欲成辨，必加將護，大要離塵換境爲上。

中興元年辛巳齊和帝。

君年四十六。蕭都督至新林，遣弟子戴猛之迎謁。初，齊末作水丑木之歌，至是，援讖文成梁字，令弟子進之，遂以梁建國。後覆没，亦預言朱點己巳詩，嘆朝陽重離，七元卒驗。雖隱茅山，不卻人主詢謀。中大通初，獻善勝、成勝二刀。度武帝狃陳慶之覆魏洛陽，好大之心寖侈，參會侯景，大觸駭機，豈盡忘救世者，但觀時耳。蚤慕張良甚深，黄石編書，蓋傳真秘，諜①兵法。其間餘事，推己及物，亦致平緒術。此門隱除魔，顯定亂，學道者問②及君著《水鏡》《握鏡》，當是早爲，豈挂晚念。

天監元年壬午梁高祖。

君年四十七。梁武帝在西邸，與遊。及即位，恩禮彌篤，問訊弗絶。屢招不出，畫兩牛一

① 「諜」，戴本作「諜」。
② 「問」，各本同，《紹陶録》作「聞」。

牧，放水草之間，一金絡頭，人執杖驅之，知不可復致。旁族季直，亦不肯事梁。武帝嘗嘆：「梁有天下，遂不見此人，門風何繇乃爾。」

天監四年乙酉

君年五十。移居積金澗，泉石益奇，無蛇虎，有佳木及雜藥。初乏青林，及來居，皆自茂。在句曲東壟。

中大通元年己酉

君年七十四。遇異人宣闓，以《本草》用虻蟲、水蛭之屬傷物，遲一紀，可解形，至期果化尸解，凡十餘種。世傳闓自青城來句曲，先升，以君聞帝，録其積水之功，化後爲蓬萊都水監。見《仙傳》及《拾遺》，甚略。今茅山相傳稍詳，但微涉異。

大同二年丙辰

君年八十一。隻①眼或方，夢勝力菩薩授《菩提記》，乃詣鄮縣，禮阿育王塔，自誓受戒。世傳吕巖從鍾離權受劍訣，後二百餘年來參黄龍惠南，始竟佛言。不修正覺，别得生理。休止深山大島，絶於人境。報盡還來，散入諸趣。晚年始堅此願。《唐志》有所著《草堂法師傳》。當時

---

① 「隻」，各本同，《紹陶録》作「雙」。

佛教雖隆，禪宗未開，圓覺以大通元年至，以是年去，留臺城十九日，度君不及相見。

大同六年庚申

君年八十五。逆克亡日，仍①爲《告逝詩》。及卒，顏色如常，香氣彌山。《華陽頌》云：「號期行當滿，亥數未終丁。迨乃承唐世，將賓來聖庭。」化後，一遇丁亥，爲陳臨海王光大元年。再遇丁亥，爲唐太宗貞觀元年。升平之盛，降古②所稀，聖庭當是此時。初，隋文帝輔周，以國子博士召孫思邈，不應。密言：「後五十年有聖人出，吾且助以濟人。」宣政元年至貞觀元年，適滿五十年，應命來見。太宗官之，不受，辭歸太白山。風素極類隱居，他無種不類，形有轉移，神無變易。自是至丁卯，獨孤信鎮洛陽之時，正七歲。至丁亥，太宗召至長安之時，得八十七歲。暮齡有少容，所以驚嗟。盧照鄰稱其自謂生開皇辛酉，當時已不信。若爾，豈得聖童之稱、博士之召？貞觀丁亥，方二十七歲，豈得少容之嘆？若言數百歲，豈得七歲弱冠之譽？度思邈之生，適繼隱居之没，其爲後身何疑？《挻契頌》又云「重離倘或似」，謂簡文與武帝俱非令終。又云「七夕③乃扶胥」，謂武帝凡七改元。世稱推戴爲策立，侯景嘗爲懷朔鎮功曹吏，至是篡梁稱漢，故云

①「仍」，各本同，《紹陶録》作「乃」。
②「降古」，各本同，《紹陶録》作「隆古」。
③「七夕」，各本同，《紹陶録》作「七元」。

「扶胥」。所謂篇中字皆有義旨，後人自以篇中事①求之，則《機萌》一頌二十字，顧豈虚設，矧又彰明。《業運頌》又云：「濟神既有在，去留從所宜。」神既濟矣，在於何所？華原孫氏，即其所在也已。當知佛言報盡還來，及捨生趣生，至確可②信，識者更推之。

藥譜

《清異録》二卷，乃宋陶翰林穀。所撰，凡天文、地理、君道、官志、人事、女行、君子、幺麽、釋族、仙宗、草木、花果、蔬藥、禽獸、蟲魚、支體、作用、居室、衣服、妝飾、陳設、器具、文用、武器、酒漿、茗荈、饌羞、喪葬、鬼妖，皆創爲異名新説，而《藥譜》一則尤奇甚，因備録之。

藥譜

苾蒭清本良於醫，藥數百品，各以角貼，所題名字詭異。余大駭，究其源底，答言：「天成中，進士侯寧極戲造《藥譜》一卷，盡出新意，改立别名，因時多艱，不傳於世。」余以禮求假録③

① 「事」，各本同，《紹陶録》作「字」。
② 「可」，原誤作「何」，據元本、明初本、戴本改。
③ 「録」，原缺，據元本、明初本、戴本補。

一通，用娱閑暇。

假君子牽牛。昌明童子川乌頭。淡伯厚朴。木叔胡椒。

雪眉同氣白扁豆。含丸使者花椒①。醎毒仙預知子。貴老陳皮。

遠秀卿沉香。化米先生神麯。九日三官吴茱萸。焰叟硫黄。

三閭小玉白芷。中黄節士麻黄。時美中蒔蘿。導河掾木豬苓。

嗽神五味子。削堅中尉三稜。曲方氏防風。白大壽吴术。

洞庭奴隸枳殻。黄英古②檀香。緑劍真人菖蒲。魏去疾阿魏。

禹孫澤瀉。槖籥尊師仙靈脾。風棱御史史君子。雪如來白芨。

風味團頭縮砂。赦肺侯款冬花。骨鯁元君萆薢。苦督郵黄芩。

調睡參軍酸棗仁。黑司命茯苓。知微老白薇。太青尊者朴硝。

既濟公升麻。冷翠金剛石楠葉。脱核嬰兒桃仁。澀翁訶梨勒。

抱雪居士香附子。隨湯給事中甘遂。斜枝大士③草龍膽。野丈白頭翁。

---

①「椒」上原脱「花」字，據元本、明初本補。

②「古」，各本同，《清異録》作「石」。

③「斜枝大士」，各本同，《清異録》作「斜枝大夫」。

建陽八座蛇床子。　玄房仲長統皂莢。　蘗生藥王覆盆子。　仁棗川楝子。
石仲寧滑石。　命門録事安息香。　隱上座郁李仁。　水狀元紫蘇。
飛風道者牙硝。　畢和尚蓽澄茄。　金山力士自然銅。　麝男甘松。
冰喉尉薄荷。　草東牀大腹皮。　腎曹都護①葫蘆巴。　壽祖威靈仙。
玲瓏霍②去病藿香。　千眼油蕤人③。　延年卷雪桑白皮。　水銀腊輕粉。
黄香影子梔子。　六停劑④五味子。　顯明羓阿膠。　出樣珊瑚木通。
中央粉蒲黄。　瘡帚何首烏。　支解香丁皮⑤。　洗瘴丹檳榔。
海腊騏驎⑥竭。　水磨橄欖金鈴子。　無名印地榆。　無憂扇枇杷葉。
鬼木串槐角。　黑殺星夜明砂。　續命筒乾漆。　蠻龍舌血没藥。
清涼種香薷。　羽化魁五加皮。　度厄錢連翹。　聖蘢鬆瞿麥。

---

①「都護」，各本同，《清異録》作「都尉」。
②「霍」，原誤作「藿」，據元本、明初本改。
③「蕤人」，明初本作「蕤仁」。
④「六停劑」，各本同，《清異録》作「六亭劑」。
⑤「丁皮」，各本同，《清異録》作「丁香」。
⑥「騏驎」，元本、明初本及《清異録》均作「麒麟」。

翻胃木常山。　湯主山茱萸。　醒心杖遠志。　玉黄瓜①馬兜鈴。
偷蜜珊瑚甘草。　德兒杏仁。　混沌螟蛉寄生。　永嘉聖脯乾薑。
紅心石赤石脂。　藥本五靈脂。　静風尾荆介。　正坐丹砂附子。
迎湯子②兔絲子。　山屠黄蘗。　脾家瑞氣肉豆蔻。　甜面淳于蜜陀僧。
剔骨香青皮。　痰宫劈歷半夏。　玉虚飯龍腦。　鎖眉根苦參。
黑龍衣鼈甲。　小帝青青鹽。　百辣雲生薑。　綬帶米麥蘗。
半夏精天南星。　夜金雄黄。　沙田髓黄精。　無聲虎大黄。
小昌明草烏頭。　草兵巴豆。　巢煙九肋烏梅。　百子堂草果子。
皺面還丹③人参。　琥珀孫松脂。　賊参薺苊。　不死麪茯苓。
火泉竹瀝。　比目沉香烏藥。　陸續丸蔓荆子。　地白瓜蔞根。
天豆破故紙。　滴膽芝黄連。　新羅白肉白附子。　瘦香嬌丁香。
破關符蓬莪术。　玉絲皮杜仲。　血櫃牡丹皮。　川元蠢川芎。

①「玉黄瓜」，「玉」字原誤作「王」，據元本、明初本、戴本改；「黄」，元本、明初本、戴本作「皇」。
②「迎湯子」，元本、明初本及《清異録》均作「迎陽子」。
③「皺面還丹」，原誤作「雛面還丹」，據元本、明初本、戴本改。

九女春鹿茸。百藥綿黄耆。英華庫益智。通天柱杖牛膝。
赤天佩薑黄。丹田霖雨巴戟。百丈①鬚石斛。飛天蕊旋覆花。
安神隊杖麥門冬。鄆芝天麻。錦繡根芍藥。草魚目薏苡。
茅君寶篋蒼朮。尉佗圭②桂。煉形松子柏子仁。蘆頭豹子柴胡。
丑寶牛黄。肚裏屏風艾。九畹菜澤蘭。女二天當歸。
大通緑木香。旱水晶硼砂。還元大品地黄。兩平章③羌活。
死冰白僵蠶。一寸樓臺蜂窠。三④尸籙枸杞。無情手硇砂。
拔萃團麝香。緑鬚薑細辛。笑靨金菊花。走根梅乾葛。
八月珠茴香。銀條德星山藥。埋光⑤烏藥良薑。椹聖蓽撥。
破軍殺大戟。吉祥杵桔梗。金母蛻鬱金。線子檀茅香。

---

① 「百丈」，原誤作「百文」，據元本、明初本改。
② 「尉佗圭」，各本同，《清異録》作「尉陀生」。
③ 「兩平章」，原誤作「兩平草」，據元本、明初本改。
④ 「三」，原誤作「二」，據元本、明初本、戴本改。
⑤ 「埋光」，原誤作「理光」，據明初本、戴本改。

良醫匕首亭歷。　產家大器秦艽。　滴金卵延胡索。　鬼丹盧會。
宜州樣子白豆蔻。　瓦壟斑貝母。　孝梗知母。　萬金茸紫菀。
秦尖疾黎。　西天蔓前胡。　蕨臣卷柏。　五福鸞白斂。
保生叢藁本。　狨奴狗脊。　蒜腦薯百合。　備①身弩芫花。
帝膏蘇合香。　玉靈片石膏。

世系

宋馬永卿《嬾真子録》云：古人重譜系，故雖世胄綿遠，可以考究。淵明《命子》詩云：「天集有漢，眷于②愍侯。赫赫愍侯，運當攀龍。撫劍風邁，顯兹武功。參誓山河，啓土開封。」按《漢·功臣表》：開封愍侯舍，以左③司馬從漢破代，封侯。昔高帝與功臣盟云：「使黄河如帶，泰山若礪，國以永存，爰及苗裔。」所謂「參誓山河」，謂此盟也。高帝功臣百有二十人，捨其一也。

① 「備」，原誤作「脩」，據元本、明初本、戴本改。
② 「于」，《嬾真子録校釋》作「予」。
③ 「左」，《嬾真子録校釋》、《漢書·高惠高后文功臣表》均作「右」。

又云：「亹亹丞相，允迪前從①。渾渾長源，鬱鬱洪柯。羣川載導，衆條載羅。時有語默，運同隆窊。」此蓋謂青也。《功臣表》：開封愍侯舍，封十一年薨。十二年，夷侯青嗣，四十八年薨。所謂「羣川」「衆流②」，以諭支派之分散也；「語默」「隆窊」，以言自青後未有顯者也。淵明乃長沙公之曾孫，然《侃傳》不③載世家，獨於此見之。後世累經亂離，譜籍散亡，然又士大夫因循滅裂，不如古人，所以家譜不傳於世，惜哉！

① 「從」，《嬾真子録校釋》作「蹤」。
② 「衆流」，《嬾真子録校釋》及上文均作「衆條」。
③ 「不」上原有「亡」字，據元本、明初本删。

南村輟耕録卷十七

古銅器

宋番陽張世南《游宧紀聞》①云：「辨博書畫古器，前輩蓋嘗著書矣。其間有論議而未詳明者，如臨、摹、硬黄、響榻，是四者各有其説，今人皆謂臨摹爲一體，殊不知臨之與摹，迥然不同。臨，謂置紙在旁，觀其大小、濃淡、形勢而學之，若臨淵之臨。摹，謂以薄紙覆上，隨其曲折，婉轉用筆曰摹。硬黄，謂置紙熱熨斗上，以黄蠟塗匀，儼如枕角，毫釐必見。響榻，謂以紙覆其上，就明窗牖間，映光摹之。

辨古器則有所謂款識，臘茶色、朱砂斑、真青緑、井口之類，方爲真古。其製作有雲紋、雷紋、山紋、輕重雷紋、垂花雷紋、鱗紋、細紋、粟紋、蟬紋、黄目、飛廉、饕餮、蛟螭、虬龍、麟鳳、熊

① 「游宧紀聞」，原誤作「宧游紀聞」，據戴本改。案《直齋書録解題》著録《游宧紀聞》十卷，「鄱陽張士南光叔撰」。

虎、龜蛇、鹿馬、象鸞、夔犧、蜼皃、雙魚、蟠虺、如意、圜絡、盤雲、百乳、鶚耳、貫耳、偃耳、直耳、附耳、挾耳、獸耳、虎耳、獸足、夔足、百獸、三螭、縱草、瑞草、篆帶、若蚪結之勢。星帶、四旁飾以星象。輔乳、鐘名，用以節樂者。碎乳、鐘名，大乳三十六，外復有小乳周之。立夔、雙夔之類。凡古器制度，一有合此，則以名之。如雲雷鐘、鹿馬洗、鶚耳壺之類是也。如有款識，則以款識名，如周叔液鼎、齊侯鐘之類是也。

古器之名，則有鐘、大曰特，中曰鎛，小曰編。鼎、尊、罍、彝、舟、類洗而有耳。卣、音酉，又音由，中尊器也。有攀蓋，足類壺。瓶、爵、斗、有耳，有流，有足，流即觜也。巵、觶、之豉切，酒觴也。角、類彝而無柱。杯、敦、簠、其形方。簋、類鼎而矮蓋，有四足。豆、甗①、牛偃切，無底甑也。錠、徒徑切，又都定切。斝、觚、鬲、形製同鼎，《漢志》謂空足曰鬲。鍑、方②宥切，《玉篇》云：似釜而大，其實類小瓮而有環。盉、户戈切，又胡臥切，盛五味之器也，似鼎而有蓋，有觜，有執攀。壺、其類有四：曰圓，曰匾，曰方，曰温。奩、於含切，覆蓋也。似洗樣而腰大，有足，有提攀。瓿、蒲後切，類壺而矮。鋪、類豆，鋪陳薦獻之義。罌、類釜。鑑、盛水器，上方如斗，鏤底如風窗，下設盤以盛之。匜、弋③支切，沃盥器。盤、洗、盆、鋗、呼玄切，類洗。《玉篇》云：小盆也。杅、磬、

---

① 「甗」，原誤作「獻」，據戴本改。案今本《游宦紀聞》亦作「甗」。

② 「方」，原誤作「才」，據元本、戴本改。

③ 「弋」，原誤作「代」，戴本誤作「戈」，據今本《游宦紀聞》改。案《廣韻》：「匜，弋支切。」

錞、鐸、鉦、類鐘而矮。鐃、戚、鐓、飾物柄者。奩、鑑、即鏡。節、鉞、戈、矛、盾、弩、機、表坐、旂鈴、刀筆、杖頭、蹲龍、宫廟乘輿之飾，或云闌楯間物。鳩車、兒戲之具。提梁、龜蛇、硯滴、車輅、托轅之屬。此其大概，難於盡備。然知此者，亦思過半矣。

所謂款識，乃分二義。款，謂陰字，是凹入者，刻畫成之；識，謂陽字，是挺出者。正如臨之與摹，各自不同也。臘茶色，亦有差别，三代及秦漢間器，流傳世間，歲月寖久，其色微黄而潤澤。今士大夫間論古器，以極薄爲真，此蓋一偏之見也。亦有極薄者，有極厚者，但觀製作色澤，自可見也。亦有數百年前句容所鑄，其藝亦精，今鑄不及。必竟黑而燥，須自然古色，方爲真古器也。」

趙希鵠《洞天清録集·古鐘鼎彜器辨》云：「夏尚忠，商尚質，周尚文，其製器亦然。商器質素無文，周器雕篆細密，此固一定不易之論。而夏器獨不然，余嘗見夏雕戈，於銅上相嵌以金，其細如髮。夏器大抵皆然，歲久金脱，則成陰竅，以其刻畫者成凹也。銅器入土千年，純青如鋪翠，其色子後稍淡，午後乘陰氣，翠潤欲滴。間有土蝕處，或穿或剥，並如蝸篆自然，或有斧痕，則是僞也。銅器墜水千年，則純緑色，而瑩如玉。未及千年，緑而不瑩，其蝕處如前。今人皆以此二品體輕者爲古，不知器大而厚者，銅性未盡，其重止能減三分之一，或減半。器小而薄者，銅性爲水土蒸淘易盡，至有鋤擊破處，並不見銅色。惟翠緑徹骨，或其中有一線紅色如丹，然尚有銅聲。傳世古，則不曾入水土，惟流傳人間，色紫褐而有硃砂班，甚者其班凸起如上等辰砂。

入釜，以沸湯煮之，良久，斑愈見。僞者，以漆調朱爲之，易辨也。三等古銅，並無腥氣，惟土古。新出土尚帶土氣，久則否。若僞作者，熱摩手心以擦之，銅腥觸鼻。所謂識紋、款紋亦不同。識乃篆字，以紀功，所謂銘書鐘鼎，夏用鳥迹篆，商則蟲魚，周以蟲魚大篆，秦用大小篆，漢以小篆隸書，三國隸書，晉、宋以來用楷書，唐用楷、隸。三代用陰識，謂之偃蹇字，其字凹入也。漢已來，或用陽識，其字凸，間有凹者，或用刀刻，如鐫碑。蓋陰識難鑄，陽識易爲，決非三代物也。古款，乃花紋，以爲飾。古器款居外而凸，識居内而凹。夏、周器有款有識，商器多無款有識。古人作事精緻，工人預四民之列，非若後世賤丈夫之事，故古器款必細如髮，匀整分曉，無纖毫模糊。識文之筆畫，宛宛如仰瓦，而不深峻，大小深淺如一，亦明淨分曉，無纖毫模糊。此蓋用銅之精者，並無砂顆，一也。良工精妙，二也。不吝工夫，非一朝夕所爲，三也。今設有古器，款稍或模糊，必是僞作。質色臭味，亦自不同。句容器非古物，蓋自唐天寶間，至南唐後主時，於昇州句容縣置官場以鑄之，故其上多有監官花押。其輕薄漆黑款細雖可愛，要非古器，歲久亦有微青色者。世所見天寶時大鳳環瓶，此極品也。僞古銅器，其法以水銀雜錫末，即今磨鏡藥是也。先上在新銅器上，令匀，然後以釅醋調細硇砂末，筆蘸匀上，候如臘茶面色，急入新汲水滿浸，即成臘茶色。候如漆，急入新水浸，成漆色，浸稍緩，即變色矣。若不入水，則成純翠色。三者並以新布擦，令光瑩。其銅腥爲水銀所匱，並不發露。然古銅聲微而清，新銅聲濁而鬨，不能逃識者之見。古人惟鐘鼎祭器，稱功頌德，則有識。盤盂寓戒，則有識。他器亦有無識者，不可遽以爲非，但辨其體質、款紋、顔色、臭味足矣。」

夫二書之論銅器，固已粲然具備，然清修好古之士，又不可不讀經傳紀録以求其源委。如薛尚功《款識法帖》及重廣《鐘鼎韻》七卷者，《宣和博古圖》、吕大臨《考古圖》、王俅《嘯堂集古録》、黄睿《東觀餘論》、董逌《廣川書跋》等書，皆當熟味遍參而斷之以經，庶可言精鑒也。

石敢當

今人家正門適當巷陌橋道之衝，則立一小石將軍，或植一小石碑，鐫其上曰「石敢當」，以厭禳之。按西漢史游《急就章》云石敢當，顔師古注曰：衛有石碏、石買、石惡，鄭有石制，皆爲石氏。周有石速，齊有石之紛如，其後以命族。敢當，所向無敵也。據所説，則世之用此，亦欲以爲保障之意。

方頭

俗謂不通時宜者爲方頭，陸魯望詩云：「頭方不會王門事，塵土空緇白紵衣。」

七十二

《玉臺》詩：「入門時左顧，但見雙鴛鴦。鴛鴦七十二，羅列自成行。」孟東野《和薔薇歌》：「仙機軋軋飛鳳凰，花開七十有二行。」詩皆用七十二，不知何所祖。

旃檀佛

京師旃檀佛，以靈異著聞海宇，王侯公相，士庶婦女，捐金莊嚴，以丐福利者，歲無虛日。故老相傳云：其像四體，無所倚着，人君有道，則至其國。國初時，尚可通一線無礙，今則不然矣。

按翰林學士程鉅夫《瑞像殿碑刻》云：「釋迦如來初爲太子，生七日，母摩耶棄世，生忉利天。佛既成道，思念母恩，遂升忉利天，爲母説法。優填國王自以久失瞻仰於如來，欲見無從，乃刻旃檀爲像。目犍連尊者慮有闕陋，躬以神力，攝三十二匠升忉利天，諦觀相好，三返，乃得其真。既成，國王臣民奉之猶真佛焉。及佛自忉利天復至人間，王率臣庶同往迎佛。此像騰步空中，向佛稽首，佛爲摩頂授記曰：『我滅度千年之後，汝從震旦，東土也。廣利人天。』由是西土一千二百八十五年，龜兹六十八年，涼州十四年，長安一十七年，江南一百七十三年，淮南三百六十七年，復至江南二十一年，汴梁一百七十七年，北至燕京，居聖安寺十二年，北至上京大儲慶寺二十年，南還燕宫内殿五十四年。丁丑歲三月，燕宫火，迎還聖安寺居，今五十九年。乙亥歲，當今大元世祖皇帝至元十二年也，帝遣大臣孛羅等四衆，備法駕仗衛音伎，迎奉萬壽山仁智殿。丁丑，建大聖安寺。己丑歲，自仁智殿迎安寺之後殿，大作佛事。瑞像，計自優填王造始之歲，至今延祐丙辰，凡二千三百有七年。」

又《釋氏感通録》云：「梁武帝遣郝騫等往天竺國迎佛旃檀像，其王模刻一像付騫。天監十年，至建康，帝迎奉太極殿，建齋度僧，大赦斷殺，自是蔬食絶欲。」據此説，又與碑文不同。即今聖安寺所安之像，抑優填之所刻歟？天竺之摹刻歟？

傳席

今人家娶婦，輿轎迎至大門，則傳席以入，弗令履地。然唐人已爾，樂天《春深娶婦家》詩云：「青衣轉去聲。氈褥，錦繡一條斜。」

歸婦吟

吉之永豐劉氏女，天兵南下日，爲東平王郎中宥。所虜。後王聞其父母兄弟舅姑夫子咸在，因放之歸，且作《歸婦吟》以送之，詩曰：「烈火都將玉石焚，死生契闊憶中分。信音一絶思青鳥，望眼雙穿見白雲。①殘日鶺鴒還有難，北風鴻雁正離羣。新詩送爾還家去，重續當年織錦紋。」吁！固雖劉氏有莫大之幸，而王亦仁人者矣。

穿耳

或者謂晉唐間人所畫士女多不帶耳環，以爲古無穿耳者。然《莊子》曰：天子之侍御，不爪揃②，不穿耳。則穿耳自古亦有之矣。

---

① 「望眼雙穿見白雲」，戴本作「淚眼雙穿望白雲」。

② 「不爪揃」，今本《莊子》作「不翦爪」。

丫頭

吴中呼女子之賤者爲丫頭。劉賓客《寄贈小樊》詩：「花面丫頭十二三，春來綽約向人時。」

點心

今以早飯前及飯後、午前、午後、晡前小食爲點心。唐史：鄭傪爲江淮留後，家人備夫人晨饌，夫人則顧其弟曰：「治妝未畢，我未及餐，爾且可點心。」則此語唐時已然。

奴婢

今蒙古色目人之臧獲，男曰奴，女曰婢，總曰驅口。蓋國初平定諸國日，以俘到男女匹配爲夫婦①，而所生子孫永爲奴婢。又有曰紅契買到者，則其元主轉賣於人，立券投税者是也。

① 「夫婦」，戴本作「夫妻」。

故買良爲驅者有禁。又有陪①送者，則摽撥隨女出嫁者是也。奴婢男女止可互相婚嫁，例不許聘娶良家，若良家願娶其女者聽。然奴或致富，主利其財，則俟②少有過犯，杖而錮之，席捲而去，名曰抄估。亦有自願納其財以求脱免奴籍，則主署執憑付之，名曰放良。刑律：私宰牛馬，杖一百。毆死驅口，比常人減死一等，杖一百七。所以視奴婢與馬牛無異。按《周禮》：「其奴，男子入於皂隸，女子入於舂藁。」《説文》：「奴婢，皆古罪人。」夫今之奴婢，其父祖初無罪惡，而世世不可逃，亦可痛已。又奴婢所生子，亦曰「家生孩兒」。按《漢書・陳勝傳》：「秦令少府章邯免驪山徒人奴産子。」師古曰：「奴産子，猶人云『家生奴』也。」則家生兒亦有所據。

愠羝

愠羝，謂腋氣也。唐崔令欽《教坊記》云：「范漢女大娘子，亦是竿木家，開元二十一年，出内，有姿媚，而微愠羝。」

① 「陪」，原誤作「倍」，據元本、明初本、戴本改。
② 「俟」，元本、明初本作「候」。

天子争臣

張公可與者，濟南人。律身廉正，持法公平，苟可以納忠於國，雖斧鉞有所不避。爲中書郎中日，先帝時，一大姦以元惡受顯戮，後二子夤緣入侍，幸沐天眷，特各授行省平章。陛辭，叩首言曰：「先臣在九原，弗獲霑一命之榮，當不瞑目。臣敢昧死請。」上命左右傳旨中書，獨公不奉詔。越數日，上召丞相面諭之。丞相退，謂公曰：「聖意寵遇之深，當復奈何？」公曰：「朝廷果欲舉行贈典，必須雪其非罪。若然，是先帝不合誅之，以先帝爲何如主哉？則上之於先帝，反不若大姦之有後矣，不孝孰大焉？」丞相備公言以聞，上爲動容而止。公以病在告，都堂有人訴宗室謀逆，奏送刑部問狀。逮鞫，有證驗，而死於獄。宗室之妻見上，泣曰：「臣妾夫某，無罪枉死。」上但知送部，而不謂其已死。聖怒，命御史臺鞫問。丞相懼，謀之公，即扶疾至省，取牘補署花押，衆皆愕然。丞相曰：「恐掾史所行有錯，欲照略耳，非謂此也。」公曰：「自丞相以下，皆當聽問，某何獨求免邪？」既而緘牘令該掾抱詣臺，臺官首問曰：「張郎中曾書卷否？」曰：「然。」臺官議曰：「張郎中所行未嘗差錯，況此一事，中書得旨施行，執法者復何罪？」因覆奏曰：「臣等取省案根勘，宗室某之死不枉。」上頷之，其事遂寢。如公者，誠天子之争臣也矣。

嬸妗

宋張文潛《明道雜志》云：「經傳中無『嬸妗』二字。嬸字，乃世母字二合呼。妗字，乃舅母字二合呼也。」二合，如真言中合兩字音爲一。

黄金縷

蘇小小見諸古今吟咏者多矣，而世又圖寫以玩之，一何動人也如此哉。《春渚紀聞》云：「司馬才仲初在洛下，晝寢，夢一美姝牽帷而歌曰：『妾本錢唐江上住，花開花落，不管流年度。燕子銜將春色去，紗窗幾陣黄梅雨。』才仲愛其詞，因詢曲名，云是《黄金縷》，且曰：『後日相見於錢唐江上。』及才仲以東坡先生薦，應制舉中等，遂爲錢唐幕官，其廨舍後堂，蘇小墓在焉。時秦少章爲錢唐尉，爲續其詞後云：『斜插犀梳雲半吐，檀板輕敲，唱徹黄金縷。夢斷彩雲無覓處，夜涼明月生春浦。』不逾年，而才仲得疾，所乘畫水輿，艤①泊河塘，柁工遽見才仲攜一麗人登舟，即前聲喏，而火起舟尾。蒼忙走報，家已慟哭矣。」

《能改齋漫録》云：「劉次莊《樂府解題》曰：『錢唐蘇小小歌。蘇小小非唐人，世見樂天、夢得詩多稱咏，遂謂與之同時耳。』次莊雖知蘇小小非唐人而無所據。余按郭茂倩所編引《廣題》曰：『蘇小小，錢唐名娼也，蓋南齊時人。』」

西陵在錢唐江之西，故古辭云：何處結同心，西陵松柏下。余嘗記《虞美人》長短句云：槐陰別院宜清晝，入②坐春風秀。美人圖子阿誰留，都是宣和名筆内家收。鶯鶯燕燕分飛後，粉淡梨花瘦。只除蘇小不風流，斜插一枝萱草鳳釵頭。」亦蘊藉可喜，乃元遺山先生所作也。

哨遍

某人以善經紀，積貲至巨萬計，而既鄙且嗇，不欲書其姓名。其尊行錢素庵者，抱素。逸士也，多遊名公卿間，善詩曲，有集行於世。某嘗以貴富驕之，故作今樂府一闋譏警焉。

〔哨遍〕試把賢愚窮究，看錢奴自古呼銅臭。徇已苦貪求，待不教泉貨周流。忍包羞，油鐺

① 「艤」，原誤作「檥」，據元、明初本、戴本改。

② 「入」，元本作「人」。

插手，血海舒拳，肯落他人後。曉夜尋思機彀，緣情鈎鉅，巧取旁搜，蠅頭場上苦驅馳，馬足塵中廝追逐，積攢下無厭就。捨死忘生，出乖弄醜。

〔耍孩兒〕安貧知足神明佑，好聚斂多招悔尤。王戎遺下舊牙籌，夜連明計算無休。不思日月搬烏兔，只與兒孫作馬牛。添消瘦，不調裀鼎，恣逞戈矛。

〔十煞〕漸消磨雙臉春，已凋颼兩鬢秋。終朝不樂眉長皺，恨不得、櫃頭錢五分息招人借，架上紹一週年不放贖。狠毒性如狼狗，把平人骨肉，做自己膏油。

〔九〕有心待拜五侯，教人喚甚半州。忍饑寒攢得家私厚。待壘做錢山兒，倩軍士喝號提鈴守。怕化做錢龍兒，請法官行罡布氣留。半炊兒八遍把牙關叩，只願得無支有管，少出多收。

〔八〕虧心事盡意爲，不義財盡力掊，那裏問親弟兄親姊妹親姑舅。只待要春風金谷嬌王凱①，一任教夜雨新豐困馬周。無親舊，只知敬明眸②皓齒，不想共肥馬輕裘。

〔七〕資生利轉多，貪婪意不休。爲錙銖捨命尋爭鬪。田連阡陌心猶窄，架插詩書眼不瞅。也學采東籬菊，子是個裝呵元亮，豹子浮丘。

① 「王凱」，各本同，疑爲「王愷」之誤。
② 「眸」，原誤作「侔」，據元本、明初本、戴本改。

〔六〕恨不得揚子江變作酒，棗穰金積到斗。爲幾文賻背錢受了些旁人咒。一斗粟與親眷分了顔面，二斤麻把相知結下寇讎。真紕繆，一味的驕而且吝，甚的是樂以忘憂。

〔五〕這財曾然了董卓臍，曾梟了元載頭。聚而不散遭殃咎。怕不是堆金積玉連城富，眨眼早野草閑花滿地愁。干生受，生財有道，受用無由。

〔四〕有一日大小運並在命宫，死囚限纏在卯酉。甚的散得疾，子爲你聚來得驟。恰待調和新曲歌金帳，逼臨得佳人墜玉樓。難收救，一壁相投河奔井，一壁相爛額焦頭。

〔三〕窗隔每都颭颭的飛，椅桌每都出出的走。金銀錢米，都消爲塵垢。山魈木客相呼唤，寡宿孤辰厮趁逐。喧白晝，花月妖將家人狐媚，虚耗鬼把倉庫潛偷。

〔二〕惱天公降下災，犯官刑，繫在囚。他用錢時難參透，待買他土木①驢釘子輕輕釘，弔脊筋鈎兒淺淺鈎，便用殺難寬宥。魂飛蕩蕩，魄散悠悠。

〔尾〕出落他平生聚斂的情，都寫做臨刑犯罪由。將他死骨頭告示向通衢裏甃，任他日炙風吹慢慢的朽。

樂府中押逐、贖、菊字韻者，蓋中州之音輕，與尤字韻相近故也。此曲雖曰爲某而作，然亦

---

①「土木」，戴本作「上木」。

可以爲世勸。

花蕊夫人

蜀主孟昶納徐匡璋女，拜貴妃，别號花蕊夫人，意花不足擬其色，似花蕊之翾輕也。或以爲姓費氏，則誤矣。

崔麗人

余向在武林日，於一友人處見陳居中所畫《唐崔麗人圖》，其上有題云：「並燕鶯爲字，聯徽氏姓崔。非煙宜采畫，秀玉勝江梅。薄命千年恨，芳心一寸灰。西廂舊紅樹，曾與月徘徊。」余丁卯春三月，銜命陝右，道出於蒲東普救之僧舍，所謂西廂者，有唐麗人崔氏女遺照在焉，因命畫師陳居中繪模真像，意非登徒子之用心，迨將勉情鍾始終之戒。仍拾四十言，使好事者知百勞之歌以記云。泰和丁卯林鐘吉日，十洲種玉大誌宜之題。延祐庚申春二月，余傳命至東平，顧市粥《雙鷹圖》，觀久之，弗見主人而歸。夜宿府治西軒，夢一麗人，綃裳玉質，逡巡而前曰：君玩《雙鷹圖》，雖佳，非君几席間物。妾流落久矣，有雙鷹名冠古今，願托君爲重。覺而怪之，未卜其何祥。遲明欲行，忽主人攜《鷹圖》來，且四軸，余意麗人雙鷹，符此數耳。繼出一小軸，乃夢所見，有詩四十字，跋語九十八，識曰：「泰和丁卯，出蒲東普救僧舍，繪唐崔氏鶯鶯真，十洲種玉大誌宜之題。」吁！畫、詩、書皆絶，神品也。余驚詫良久。時有司羣官吏環視，因縮不目，托以跋語佳勝，贖之。余嘗謂物理相感，果何如耶？豈法書名畫自有靈耶？抑名不朽者隨神耶？遇合有定數耶？余嘗謂關雎碩人，姿德兼備，君子之配也；琴心雪句，才豔聯芳，文士之偶也。自詩書道廢，丈夫弗學，況女流乎？故近世非無秀色，往往脂粉腥穢，鴉鳳莫辨，求其仿佛待月章之萬一，絶代無聞焉，此亦慨世降之一端也。因歸於我，義弗辭已。宜之者，蓋前金趙愚軒之字，曾爲鞏西簿。遺山謂泰和有詩名，五言平淡，他人未易造，信然。泰和丁卯，迨今百十四年云。其月二日，壁水見士思容題。」

右共五百九字，雖不知壁水見士爲何如人，然二君之風韻可想見矣。因俾嘉禾繪工盛懋臨寫一軸，適舅氏趙公待制雝。見而愛之，就爲録文於上。

按唐元微之傳奇鶯鶯事，以爲張生寓蒲之普救寺，適有崔氏孀婦，亦止兹寺。崔氏婦，鄭氏也，生出於鄭，視鄭則異派之從母。因丁文雅軍擾掠蒲人，鄭惶駭不知所措。生與將之黨①善，

① 「黨」，原誤作「靈」，據明初本、戴本改。

請吏護之，不及於難。鄭厚生德，謂曰：「姨之弱子幼女，當以仁兄之禮奉承。」命鶯鶯出拜，顔色豔異，光輝動人。生問其年紀，鄭曰十七歲矣。生自是惓之，私禮鶯鶯之侍婢紅娘，間道其意。既而詩章往復，遂酬所願。中間離合多故，然不能終諧伉儷。説者以爲生即張子野。宋王性之著《傳奇辨正》，按微之作《姨母鄭氏墓銘》云：「其既喪夫，遭軍亂，微之爲保護其家。」又作《陸氏誌》云：「余外祖睦州刺史鄭濟。」白樂天作微之母《鄭氏誌》，亦言鄭濟女。而唐《崔氏譜》：「永寧尉鵬，娶鄭濟女。」則鶯鶯乃崔鵬之女，於微之爲中表也。傳奇言生年二十二，樂天作《微之墓誌》，以太和五年薨，年五十三，即當以大曆十四年己未生，至貞元庚辰，正二十二歲。凡此數端，決爲微之無疑，特托他姓以避就耳。事具《侯鯖録》中。

江浙省地分

江浙行省，建治所於杭，陸路赴都，三千九百二十四里；若水程，則四千四百四十里。東至大海，四百九里，順風，海洋七日七夜可到日本國。西至鄱陽湖，接連江西省南康路界，一千三百四十五里。南至汀州路，接連廣東潮州界，二千四百二十里。北至揚子江，接連淮南省揚州界，七百二十里。東到大海，四百九里。西到江西省南康路，一千七百五里。南到廣東潮州路，二千五百一十里。北到淮南省揚州路，七百六十五里。東南到漳州路海岸，二千四百九十九里。西南到江西省建昌路，一千五百九十里。東北到松江海岸，五百二十二里。西北到池州路，接連河南省安慶路，一千三百四十二里。此四至八到也。今割福建道立行省，則又不同矣。

改常

今人謂易其所守者曰改常。《北夢瑣言①》：「左軍容使嚴遵美，閹官中仁人也。嘗一日發狂，手足舞蹈，旁有一貓一犬，貓忽謂犬曰：『軍容改常也。』」

---

① 「北夢瑣言」，原誤作「北夢鎖言」，據元本、明初本、戴本改。

南村輟耕録卷十八

敍畫

唐張彦遠著《歷代名畫記》十卷，自軒轅時至會昌元年，能畫者三百七十餘人。其《敍畫之源流》曰：夫畫者，成教化，助人倫，窮神變，測幽微，與六籍同功。古先聖王受命應籙，則有龜字效靈，龍圖呈寶。自巢、燧已來，皆有此瑞。庖犧氏發於滎河中，典籍圖畫萌矣。軒轅氏得於温洛中，史皇、蒼頡狀焉。是時也，書畫同體而未分，象制肇創而猶略，無以傳其意，故有書；無以見其形，故有畫。按字學之部，其六曰鳥書，在幡信上書端象鳥頭者，則畫之流也。顔光禄云：「圖載之意有三：一曰圖理，卦象是也；二曰圖識，字學是也；三曰圖形，繪畫是也。」又《周官》教國子以六書，其三曰象形，則畫之意也。是故知書畫異名而同體也。洎乎有虞作繪，繪畫明矣。既就彰施，仍深比象。於是禮樂大闡，教化由興，故能揖讓而天下治。《廣雅》云：

「畫，類也。」《爾雅》云：「畫，形也。」《說文》云：「畫，畛也。象田①畛畔，所以畫也。」《釋名》云：「畫，挂也，以采色挂物象也。」故鐘鼎刻則識魑魅而知神姦，旂章明則昭軌度而備國制，清廟肅而尊彝陳，廣輪度而疆理辨。以忠以孝，盡在於雲臺；有烈有勳，皆登於麟閣。見善足以戒惡，見惡足以思賢。故陸士衡云：宣物莫大於言，存形莫善於畫。此之謂也。

其《論畫六法》曰：昔謝赫云：「畫有六法：一曰氣韻生動，二曰骨法用筆，三曰應物象形，四曰隨類傅采，五曰經營位置，六曰傳模移寫。自古畫人，罕能兼之。」彦遠試論之曰：古之畫，或能遺其形似而尚其骨氣，以形似之外求其畫，此難可與俗人道也。今之畫縱得形似，而氣韻不生，以氣韻求其畫，則形似在其間矣。上古之畫，迹簡意淡而雅正，顧、陸之流是也；中古之畫，細密精緻而臻麗，展、鄭之流是也；近代之畫，焕爛而求備，今人之畫，錯亂而無旨，衆工之迹是也。夫象物必在乎形似，形似須全其骨氣，骨氣形似，皆本乎立意而歸乎用筆。顧愷之曰：「畫人最難，次山水，次狗馬。其臺閣一定器耳，差易爲也。」斯言得之。至於鬼神人物，有生動之可狀，須神韻而後全。故《韓子》曰：「狗馬難，鬼神易。狗馬乃凡俗所見，鬼神乃譎怪之狀。」斯言得之。至於經營位置，則畫之總要。然今之畫人，粗善寫貌，得其形似則無其氣韻，具

① 「田」，原誤作「曰」，據元本、明初本、戴本改。案《歷代名畫記》《説文解字》均作「田」。

其彩色則失其筆法，豈曰畫也？

其《論畫體工用榻寫》曰：「夫畫物特忌形貌采章，歷歷具足，甚謹甚細，而外露巧密，所以不患不了，而患於了。既知其了，亦何必了，此非不了也。若不識其了，是真不了也。夫失於自然而後神，失於神而後妙，失於妙而後精，精之爲病也而成謹細。自然者爲上品之上，神者爲上品之中，妙者爲上品之下，精者爲中品之上，謹而細者爲中品之中。余今立此五等，以包六法，以貫衆妙。其間詮量，可有數百等，孰能周知？非夫神邁識高，情超心慧者，豈可議乎知畫？」

宋郭若虚著《圖畫見聞志》六卷，自唐會昌元年至神宗熙寧七年，能畫者二百七十四人。其《論製作楷模》曰：大率圖畫，風力氣韻，固在當人，其如種種之要，不可不察。畫人物，必分貴賤氣貌、朝代衣冠。釋門①有善功方便之顔，道像②具修真度世之範，帝王崇上聖天日之表，外夷得慕華欽順之情，儒賢見忠信禮義之風，武士多勇悍英烈之貌，隱逸識肥遁高世之節，貴戚尚紛華侈靡之容，天帝明威福嚴重之儀，鬼神作醜䰩尺者反。馳趡于鬼反。之狀，士女宜秀色婑烏果

①「釋門」下《圖畫見聞志》有「則」字。
②「道像」下《圖畫見聞志》有「必」字。

反。婧奴坐反。之態，田家有醇甿樸野之真。畫衣紋、林石①，用筆全類於書。衣紋有重大而調暢者，有縝細而勁健者，勾綽縱掣，理無妄下，以狀高側、深斜、卷摺、飄舉之勢。林木有樛枝、梃幹、屈節、皴皮、紐裂多端，分敷萬狀，作怒龍驚虺之勢，聳凌霄②翳日之姿。山石多作礬頭，亦爲棱面，落筆便見堅重之性，皴淡即生窊凸之形，破墨之功尤難。畫畜獸，全要停分向背，筋力精神，肉質肥圓，毛骨隱起。畫龍，窮游泳蜿蜒之妙，得回蟠升降之宜。畫水，湯湯若動，使觀者有浩然之氣③。畫屋木，折算無虧，筆畫匀壯，深遠透空。畫花竹，有四時景候，陰陽向背，笋篠老嫩，苞萼先後，自然豔麗閑野，逮諸園蔬野草，咸有出土體性。畫禽鳥，識形體名件之異，悟翔舉飛集之態。

其《論氣韻非師》曰：謝赫六法精論，萬古不移，然而骨法用筆以下，五法④可學。如其氣韻，必在生知，固不可以巧密得，復不可以歲月到，默契神會，不知然而然。

其《論用筆得失》曰：凡畫，氣韻本乎遊心，神采生於用筆，意在筆先，筆周意内，畫盡意在，

---

① 「林石」，《圖畫見聞志》作「林木」。
② 「霄」，《圖畫見聞志》作「雲」。
③ 「使觀者有浩然之氣」，「氣」，元本、明初本、戴本作「思」；《圖畫見聞志》作「使觀者浩然有江湖之思爲妙也」。
④ 「五法」，《圖畫見聞志》作「五者」。

像應神全。夫内自足，然後神閑意定；神閑意定，則思不竭而筆不困也。畫有三病，皆繫用筆：一曰版，二曰刻，三曰結。版者，腕弱筆痴，全虧取與，物狀平褊，不能圓混也。刻者，運筆中疑，心手相戾，勾畫之際，妄生圭角也。結者，欲行未行，當散不散，似物凝滯①，不能流暢也。

其《論古今優劣》曰：佛道、人物、士女、牛馬，近不及古；山水、林石、花竹、禽魚，古不及近。何以明之？且顧愷之、陸探微、張僧繇、吴道元及閻立德、立本，皆純重雅正，性出天然。吴生之作，爲萬世法，號曰畫聖。張萱、周昉、韓幹、戴嵩，氣韻骨法，皆出意表，後之學者終莫能到，故曰近不及古。如李成、關仝、范寬、董源之迹，徐熙、黄筌、居宷之蹤，前不籍師資，後無復繼踵者。借使二李、三王之輩復起，邊鸞、陳庶之倫再生，亦將何以措手於其間哉？故曰古不及近。

鄧椿著《畫繼》十卷，自熙寧七年至孝宗乾道三年，能畫者二百一十九人②。

其《論遠》曰：畫之爲用大矣，盈天地③間者萬物，悉皆含豪運思，曲盡其態。而所以能曲盡者，止一法耳。一者何也？曰：傳神而已矣。世徒知人之有神，而不知物之有神。此若虚深

① 「凝滯」，《圖畫見聞志》作「凝礙」。
② 「二百一十九人」，原誤作「一百一十九人」，據戴本改。案《畫繼》序稱「二百一十九人」。
③ 「天地」下《畫繼》有「之」字。

鄙衆工，謂雖曰畫而非畫者，豈①止能傳其形，不能傳其神也。故畫法以氣韻生動爲第一，而若虚獨歸於軒冕巖穴，有以哉！

又曰：自昔鑒賞家分品有三：曰神、曰妙、曰能。獨唐朱景真撰《唐賢畫録》，三品之外，更增逸品。其後黄休復②作《益州名畫記》，乃以逸爲先，而神、妙、能次之。景真雖云逸格不拘常法，用表賢愚，然逸之高，豈得附於三品之末，未若休復③首推之爲當也。

又有《畫繼補遺》一卷，不知誰所撰，則自乾道以後至理、度間，能畫者八十餘人。爾後陳德輝著《續畫記》一卷，再自高宗建炎初至幼主德祐乙亥，能畫者一百五十一人，然與《畫繼補遺》則相出入者耳。二書僅可考閲姓名，無足觀也。

趙希鵠《洞天清録集》云：古畫多直④幅，至有畫身長八尺者，雙幅亦然。横披始於米氏父子，

---

①「豈」，徐本、毛本作「蓋」。《畫繼》亦作「蓋」。

②「黄休復」，原誤作「王休復」，據《畫繼》改。案《郡齋讀書志》著録《益州名畫録》三卷，「皇朝黄休复纂」。

③「休復」，原誤作「復休」，據《畫繼》改。

④「直」，原誤作「值」，據元、明初本、戴本改。

非古制也。河北絹，經緯一等，故無背面。江南絹，則經粗而緯細，有背面。唐人畫或用擣熟絹爲之，然止是生擣，令絲褊，不礙筆，非如今煮練加漿也。古絹自然破者，必有鯽魚口與雪絲，僞作者則否。古畫色墨或淡黑，則積塵所成，自有一種古香可愛。若僞作者，多作黄色而鮮明，不塵暗，此可辨也。

米芾《畫史》云：

古畫若得之不脱，不須背褾。若不佳，换褾一次，背一次，壞屢更矣，深可惜。蓋人物精神髮采，花之穠豔蜂蝶，只在約略濃淡之間，一經背多，或失之也。

古畫至唐初皆生絹，至吴生、周昉、韓幹，後來皆以熟湯。湯半熟，搥如銀版，故作人物精采入筆。今人收唐畫必以絹辨，見紋粗，便云不是唐，非也。張僧繇、閻令畫皆生絹，南唐畫皆粗絹，徐熙絹或如布。

絹素百破①必好畫，裂文各有辨。長幅横卷，裂紋横；横幅直卷，裂紋直，各隨軸勢裂也。直斷不當一縷，歲久，卷自兩頭蘇開，斷不相合。不作毛，掏亦蘇，不可僞作。其僞者，快刀直過，當縷兩頭，依舊生作毛起，掏又堅韌也。濕染者，色棲縷間；乾熏者，煙臭，上深下淺，古紙素有一般古香。

① 「破」，《畫史》作「片」。

真絹色淡，雖百破而色明白，精神采色如新。惟佛像多經香煙熏，損本色。染絹作温香①色，棲塵文間，最易辨。仍蓋色上作一重，古破不直裂，須連兩三經，不可僞作。

國朝東楚湯垕，字君載，號采真子，著《畫鑒》一卷，論歷代名畫，悉有依據。其《雜論》曰：古人作畫，皆有深意，運思落筆，莫不各有所主。况名下無虚士，相傳既久，必有過人處。

今人看畫，出自己見，不經師授，不閲記録，但合其意者爲佳，不合其意者爲不佳，及問其如何是佳，則茫然失對。僕自十七八歲時，便有迂闊之意，見圖畫，愛玩不去手，見鑒賞之士，便加禮問，遍借記録，仿佛成誦。詳味其言，歷觀名迹，參考古説，始有少悟。若不留心，不過爲聽聲隨影②，終不精鑒也。

燈下不可看畫，醉餘酒邊不可看畫，俗客尤不可示之。捲舒不得其法，最爲害物。至於庸人孺子，見畫必看，妄加雌黄品藻，本不識物，亂訂真僞，令人短氣。

古人畫稿謂之粉本，前輩多寶畜之，蓋其草草不經意處，有天然之妙。宣和、紹興所藏粉

①「温香」，戴本作「濕香」。《畫史》亦作「濕香」。
②「影」，《畫鑒》作「形」。

本，多有神妙。

古人作畫，有得意者多再作之。如李成《寒林》、范寬《雪山》、王詵《煙江疊障》，不可枚舉。看畫如看美人，其風神骨相，有體肌之外者①。今人看古迹，必先求形似，次及傅染，次及事實，殊非賞鑒之法也。

元章謂好事家與賞鑒家自是兩等，家多資力，貪好名勝②，遇物收置，不過聽聲，此謂好事。若鑒賞則天資高明，多閲傳録，或自能畫，或深③畫意，每得一圖，終日寶玩，如對古人，不能奪也。觀六朝畫，先觀絹素，次觀筆法，次觀氣韻。大概十中可信者一二，有御府題印者，尤不可信。古畫東移西掇，擣補成章，此弊自高宗朝莊宗古始也。

余友人吴興夏文彦，字士良，號蘭渚生，其家世藏名迹，鮮有比者，朝夕玩索，心領神會，加以遊於畫藝，悟入厥趣，是故鑒賞品藻，萬不失一。因取《名④畫記》《圖畫見聞志》《畫繼》《續畫

① 「其風神骨相，有體肌之外者」：《畫鑒》作「其風骨須在肌體之外」。
② 「貪好名勝」，《畫鑒》作「貪名好勝」。
③ 「深」下《畫史》有「曉」字。
④ 「名」，原誤作「各」，據元本、明初本改。

記》爲本，參以《宣和畫譜》、南渡七朝《畫史》，齊、梁、魏、陳、唐、宋以來諸家畫録，及傳記雜説百氏之書，搜潛剔秘，網羅無遺。自軒轅時至宋幼主德祐乙亥，得能畫者一千二百八十餘人，又女真三十人。本朝自至元丙子至今九十餘年間二百餘人，共一千五百餘人。其考核誠至矣，其用心良勤矣。所論畫之三品，蓋擴前人所未發。論曰：「氣韻生動，出於天成，人莫窺其巧者，謂之神品。筆墨超絶，傅染得宜，意趣有餘者，謂之妙品。得其形似而不失規矩者，謂之能品。古人畫，墨色俱入絹縷，精神迥出，僞者雖極力仿佛，而粉墨皆浮於縑素之上，神氣亦索然。蓋古人筆法圓熟，用意精到，初若率易，愈玩愈佳。今人雖極工緻，一覽而意盡矣。唐及五代絹素粗厚，宋絹輕細，望而可別也。御題畫真僞相雜，往往有當時名筆臨摹之作，故秘府所藏臨摹本，皆題爲真迹，惟明昌所題最多，具眼自能識也。」吁，可謂真知畫者哉！

記宋宫殿

廉訪使楊文憲公，奐①。字焕然，乾州奉天人。嘗作《汴故宫記》云：「己亥春三月，按部至

① 「奐」，原誤作「焕」，據元本、明初本改。案《元史·楊奐傳》：「楊奐字涣然，乾州奉天人。」

於汴，汴長史宴於廢宮之長生殿，懼後世無以考，爲纂其大概云。皇城南外門曰南薰，南城之北，新城門曰豐宜，橋曰龍津，橋北曰丹鳳，而其門三。丹鳳北曰州橋，橋少北曰文武樓，遵御路而北，横街也。東曰太廟，西曰郊社。正北曰承天門，而其門五。雙闕前引，東曰登聞檢院，西曰登聞鼓院。檢院之東曰左掖門，門之南曰待漏院。鼓院之西曰右掖門，門之南曰都堂。承天之北曰大慶門，而日精門、左昇平門居其東，月華門、右昇平門居其西。正殿曰大慶殿，東廡曰嘉福樓，西廡曰嘉瑞樓。大慶之後曰德儀殿，德儀之東曰左昇龍門，西曰右昇龍門。正門①曰隆德，曰蕭牆，曰丹墀，曰隆德殿。隆德之左曰東上閤門，右曰西上閤門，皆南向。東西二樓，鐘鼓之所在，鼓在東，鐘在西。隆德之次曰仁安門，仁安殿東則内侍局，内侍之東曰近侍局，近侍之東曰嚴祗門，宫中則曰撒合門。少南曰東樓，即授除樓也，西曰西樓。仁安之次曰純和殿，正寢也。純和西曰雪香亭，雪香之北，后妃位也，有樓。樓西曰瓊香亭，亭西曰涼位，有樓。樓北少西曰玉清殿，純和之次曰寧福殿，寧福之後曰苑門。由苑門而北曰仁智殿，有二大石，左曰敷錫神運萬歲峯，右曰玉京獨秀太平巖，殿曰山莊，莊之西南曰翠微閣。苑門東曰仙韶院，院北曰湧翠峯，峯之洞曰大滌湧翠，東連長生殿，殿東曰湧金殿，湧金之東曰蓬萊殿。長生西曰浮玉殿，浮玉之西曰瀛洲

---

① 「正門」，原誤作「王門」，據元本、明初本、戴本改。

殿。長生之南曰閲武殿，閲武南曰内藏庫。由嚴祇門東曰尚食局，尚食東曰宣徽院，宣徽北曰御藥院，御藥北曰右藏庫，右藏之東曰左藏。宣徽東曰點檢司，點檢北曰秘書監，秘書北曰學士院，學士之北曰諫院，諫院之北曰武器署。點檢之南曰儀鸞局，儀鸞之南曰尚輦局。宣徽之南曰拱衛司，拱衛之南曰尚衣局，尚衣之南曰繁禧門，繁禧南曰安泰門。安泰西與左升龍門直，東則壽聖宫，兩宫太后位，本明俊殿試進士之所。宫北曰徽音殿，徽音之北曰燕壽殿，燕壽殿垣後少西曰震肅衛司，東曰中衛尉司。儀鸞之東曰小東華門，更漏在焉。中衛尉司東曰祗肅門，祗肅門東少南曰將軍司。徽音、壽聖之東曰太后苑，苑之殿曰慶春。慶春與燕壽並，小東華與正東華對。東華門内正北尚廐局，尚廐西北曰臨武殿。左掖門正北尚食局，局南曰宫苑司。宫苑司西北曰尚醖局、湯藥局、侍儀司，少西曰符寶局、器物局，西則撤合門。嘉瑞樓西曰三廟，正殿曰德昌，東曰文昭殿，西曰光興殿，並南向。德昌之後，宣宗廟也。宫西門曰西華，與東華直，其北門曰安貞。二大石外，凡花石、臺榭、池亭之細，並不録。觀其制度簡素，比土階茅茨則過矣。視漢之所謂千門萬户、珠璧①華麗之室則無有也。然後之人因其制度而損益之，以求其稱，斯可矣。」

公又有《録汴梁宫人語》五言絶句一十九首，雖一時之所寄興，亦不無有傷感之意，今並附

---

① 「璧」，原誤作「壁」，據明初本、戴本改。

於此。詩曰：

一入深宫裏，經今十五年。長因批帖子，呼到御牀前。右一。

歲歲逢元夜，金蛾鬧簇巾。見人心自怯，終是女兒身。右二。

殿前輪直罷，偷去賭金釵。怕見黄昏月，殷勤上玉階。右三。

翠翹珠掘背，小殿夜藏鈎。驀地羊車至，低頭笑不休。右四。

内府頒金帛，教酬賀節盤。兩宫新有旨，先與問孤寒。右五。

人間多棗栗，不到九重天。長被黄衫吏，花攤月賜錢。右六。

仁聖生辰節，君王進玉巵。壽棚兼壽表，留待北還時。右七。

邊奏行臺急，東華夜啓封。内人催步輦，不候景陽鐘。右八。

畫燭雙雙引，珠簾一一開。輦前齊下拜，歡飲辟寒杯。右九。

聖躬香閣内，只道下朝遲。扶杖嬌無力，紅綃貼玉肌。右十。

今日天顔喜，東朝内宴開。外邊農事動，詔遣教坊回。右十一。

駕前雙白鶴，日日候朝回。自送鑾輿去，經今①更不來。右十二。

① 「經今」，戴本作「經年」。

陡覺文書静，相將立夕陽。傷心寧福位，無復夜熏香。右十三。
二后睢陽去，潛身泣到明。卻回誰敢問，校似有心情。右十四。
爲道圍城久，妝奩闘犒軍。入春渾斷絶，饑苦不堪聞。右十五。
監國推梁邸，初頭静不知。但疑牆外笑，人有看宫時。右十六。
别殿弓刀響，倉皇接鄭王。尚愁宫正怒，含淚强添妝。右十七。
一向傳宣唤，誰知不復還。來時舊針線，記得在窗間。右十八。
北去遷沙漠，誠心畏從行。不如當日死，頭白若爲生。右十九。

陳隨應《南度行宫記》云：杭州治，舊錢王宫也，紹興因以爲行宫。皇城九里，入和寧門，左進奏院、玉堂，右中殿外庫至北宫門，循廊左序，巨璫幕次，列如魚貫。祥曦殿朵殿接修廊爲後殿，對以御酒庫、御藥院、慈元殿外庫、内侍省、内東門司、大内都巡檢司、御廚、天章等閣。廊回路轉，衆班排列。又轉内藏庫，對軍器庫。又轉便門，垂拱殿五間，十二架，修六丈，廣八丈四尺，簷屋三間，修廣各丈五。朵殿四，兩廊各二十間。殿門三間，内龍墀折檻。殿後擁舍七間，爲延和殿。右便門通後殿，殿左一殿，隨時易名，明堂郊祀曰端誠，策士唱名曰集英，宴對奉使曰崇德，武舉及軍班授官曰講武。東宫在麗正門内、南宫門外，本宫會議所之側，入門垂楊夾道，間芙蓉，環朱闌，二里至外宮門。節堂後爲財帛、生料二庫，環以官屬直舍。轉外窑子，入内宮門，廊右爲贊導、春坊直舍。左講堂七楹，扁新益，外爲講官直舍。正殿向明，左聖堂，右祠堂。後凝華殿、瞻箓堂，環以竹，左寢室，右齊安位，内人直舍百二十楹。左彝齋，太子賜號也。接繡香堂便門，通繹巳堂，重簷複屋，昔楊太后垂簾於此，曰慈明殿。前射圃，竟百步，環修廊。右博雅樓十二間，左轉數十步，雕闌花甃，萬卉中出秋千，對陽春亭、清霽亭，前芙蓉，後木樨，玉質亭梅繞之。由繹己堂過錦胭廊，百八十楹，直通御前。廊外即後苑，梅花千樹，曰梅崗，亭曰冰花亭，枕小西湖，曰水月境界，曰澄碧。牡丹曰伊洛傳芳，芍藥曰冠芳，山茶曰鶴，丹桂曰天闕清香，堂曰本支百世。祐聖祠曰慶和泗洲，曰慈濟鍾吕，曰得真。橘曰洞庭佳味，茅亭曰昭儉，木香曰架雪，竹曰賞静，松亭曰天陵偃蓋。以日本國松木爲翠寒堂，不施丹艧，白如象齒，環以古松，碧琳堂近之。一山崔嵬，作觀堂，爲上焚香祝天之所。吴知古掌焚修，每三茅觀鐘鳴，觀堂之鐘應之，則駕興。山背芙蓉閣，風帆沙鳥履舄下。山下一溪縈帶，通小西湖，亭曰清漣。怪石夾列，獻瑰逞秀。三山五湖，洞穴深杳，豁然平朗，翬飛翼拱。凌虚樓對瑞慶殿、損齋、緝熙。崇正殿之東，爲欽先、孝思、復古、紫宸等殿。木圍即福寧殿，射殿曰選德。坤寧殿，貴妃、昭儀、婕妤等位宫人直舍蟻聚焉。又東過閣子庫、睿思殿、儀鸞、修内、八作、翰林諸司，是謂東華門。

右二記書法詳贍，宋之宫闕概可見矣。

廉察

徐文獻公任浙西①廉訪使日，遇有訴訟者，必歷問其郡邑官吏臧否，分爲三等，載諸籍②。第一等，純臧者；第二等，臧否相半者；第三等，極否者。又用覆察相同，候分司按巡時，遂以畀之，曰：第一等，褒舉之；第二等，勿問；第三等，懲戒之，使改可也，慎勿罷其職役。分司遵奉，一道肅清。

宣髮

人之年壯而髮斑白者，俗曰筭髮，以爲心多思慮所致。蓋髮乃血之餘，心主血，血爲心役，不能上蔭乎髮也。然《本草》云蕪菁子「壓油塗頭，能變蒜髮」，則亦可作蒜。《易・説卦》：巽爲寡髮。陸德明曰：寡，本作宣，黑白雜爲宣髮。據此，則當用「宣」字爲是。

① 「浙西」，原誤作「西浙」，據元本、明初本、戴本改。
② 「籍」，原誤作「集」，據元本、明初本、戴本改。

檄書露布

檄書露布，何所起乎？漢陳琳草檄，曹操見之，頓愈頭風，遂謂檄起於琳。《説文》：「檄，二尺書。」徐鍇《通釋》曰：「檄，徵兵之書也。漢高祖以羽檄徵天下兵，有急，則插以羽。」《爾雅》：「木無枝爲檄。」注：「檄，擢直上也。」《文心雕龍》有張儀《檄楚書》、隗囂《檄亡新文》，《文選》有司馬相如《喻蜀檄文》，則檄非自琳始也明矣。《隋·禮儀志》：後魏每戰克，書帛於漆竿上，名露布。《世説》：桓宣武征鮮卑，唤袁粲①作露布，倚馬，手不輟筆，俄成七紙。如《隋志》《世説》所云，則露布起於後魏，而晉因之。然《漢官儀》：凡制書皆璽封②，唯赦贖令司徒印，露布州郡。又《漢書》：賈洪爲馬超作伐曹操露布。則漢時已然。及讀《初學記》引《春秋佐助期》曰：「武露布，文露沉。宋均云：甘露見其國，布散者人上③武，文采者則甘露沉重④。」豈露布之義

① 「袁粲」，《世説新語》作「袁虎」。

② 「璽封」，原誤作「彌封」，據明初本、戴本改。

③ 「上」，《初學記》作「尚」。

④ 「沉重」，《初學記》作「凝重」。

當取於此與？

靸鞋

西浙之人以草爲履而無跟，名曰靸鞋。婦女非纏足者，通曳之。《炙轂子雜録》引《實録》云：「靸鞋、舄，三代皆以皮爲之，朝祭之服也。始皇二年遂以蒲爲之，名曰靸鞋。二世加鳳首，仍用蒲。晉永嘉元年用黄草，宫内妃御皆著，始有伏鳩頭履子。梁天監中，武帝易以絲，名解脱履。至陳、隋間，吴、越大行，而模様差多。唐大曆中進五朵草履子，建中元年進百合草履子。」據此，則靸鞋之制，其來甚古。然《北夢瑣言》載「霧是山巾子，船爲水靸鞋」之句，抑且咏諸詩矣。靸，悉合切，在颯字韻下，今俗呼與趿同音者，誤。

書手

世稱鄉胥爲書手，處處皆然。《報應記》：「宋衎，江淮人，應明經舉。元和初至河陰縣，因疾病廢業，爲鹽鐵院書手。」蓋唐時已有此名。

南村輟耕録卷十九

脈

人稟天地五行之氣以生，手三陽三陰，足三陽三陰，合爲十二經，以環絡一身，往來流通，無少間斷，其脈應於兩手三部焉。夫脈者，血也，脈不自動，氣實使之，故有九候之法。《内經》云：脈者，血之府。《説文》云：血，理分衺行體者，從𠂢從血，亦作脈。《通釋》云：五藏六府之氣血分流四體也。《釋名》云：脈，幕也。幕絡一體，字從肉從𠂢，𠂢音普拜切，水之邪流也。脈字從𠂢，取脈行之象。無求子云：脈之字從肉從𠂢，又作衇，蓋脈以肉爲陽，衇以血爲陰。華佗云：脈者，血氣①之先也。氣血盛則脈盛，氣血衰則脈衰，血熱則脈數，血寒則脈遲，血微則脈弱，氣血平則脈緩。晉王叔和分爲七表八裏，可謂詳且至矣。然文理繁多，學者卒難究白。宋

① 「血氣」，《類證活人書》作「氣血」。

淳熙中，南康崔子虛隱君嘉彦。以《難經》於《六難》專言浮沉，《九難》專言遲數，故用爲宗，以統七表八裏而總萬病。其説以爲浮者爲表爲陽，外得之病也。有力主風，無力主氣，浮而無力爲芤，有力爲洪。又沉爲實，沉者爲裏爲陰，内受之病也。有力主積，無力主氣，沉而極小爲微，至骨爲伏，無力爲弱。遲者爲陰，主寒，内受之病也。有力主痛，無力主冷，遲而少快爲緩，短細爲澀，無力爲濡。數者爲陽，主熱，外得之病也。有力主熱，無力主瘡，數而極弦爲緊，有力爲弦，流利爲滑。他若九道六極之殊，三焦五藏之辨，與夫持脈之道，療病之方，其間玄妙，具在《四脈玄文》及《西原脈訣》等書，世以爲秘授。始由隱君傳之劉復真先生，先生傳之朱宗陽煉師，煉師傳之張玄白高士，今往往有得其法者，學者其求諸。

四司六局

俗稱四司六局者，多不能舉其目。《古杭夢游録》云：官府貴家置四司六局，各有所掌，故筵席排當，凡事整齊，都下街市亦有之。常時人户，每遇禮席，以錢倩之，四司六局皆可致。四司者，帳設司、廚司、茶酒司、臺盤司也。六局者，果子局、蜜煎局、菜蔬局、油燭局、香藥局、排辦局也。凡四司六局人祗應慣熟，便省賓主一半力。

稽古閣①

《博古圖》，宋徽廟朝所修書，故世知有博古之名，而不知更有稽古等閣。蔡京《保和殿曲燕記》云：宣和元年九月十二日，皇帝召臣京等燕保和殿，臣儵等東曲水朝於玉華殿。上步西曲水，循酴醾架至太寧閣，登層巒、林②霄、騫鳳、垂雲亭，始至保和殿，三楹，楹七十架。兩挾閣，中楹置榻，東西二間列寶玩與古鼎彝器玉③。左挾閣曰妙有，設古人儒書史子楮墨。右曰日宣，道家金櫃玉笈之書，與神霄諸天隱文。上步前行稽古閣，有宣王石鼓。歷邃古、尚古、鑒古、作古、傅古、博古、秘古諸閣，藏祖宗訓謨，與夏商周尊、彝、鼎、鬲、爵、斝、卣、敦、盤、盂，漢、晉、隋、唐書畫，多不知識。上親指示，爲言其概。

---

① 此條又見南宋陳均《九朝編年備要》、王明清《揮麈後録餘話》。

② 「林」，《九朝編年備要》《揮麈後録餘話》均作「琳」。

③ 《九朝編年備要》「玉」下有「芝」字。

經紀

今人以善能營生者爲經紀。唐滕王元嬰與蔣王皆好聚斂，太宗嘗賜諸王帛，敕曰：「滕叔、蔣兄自能經紀，不須賜物。」韓昌黎作《柳子厚墓誌》云舅弟盧遵「又將經紀其家」，則自唐已有此言。

龐居士

世斥貪利之人，必曰「汝便是龐居士矣」。蓋相傳以爲居士家貲巨萬，殊用勞神，竊自念曰：若以與人，又恐人之我若，不如置諸無何有之鄉。因輦送大海中，舉家修道，總成證果。又以爲居士即襄陽龐德公。釋氏《傳燈録·龐居士傳》云：襄州居士龐藴者，衡州衡陽縣人也，字道玄，世本業儒，志求真諦。德宗貞元初，謁①石頭遷禪師，豁然有省。後參馬祖，問：不與萬法爲侣者是甚麼人？答曰：待汝一口吸盡西江水，卻向汝道。遂於言下頓悟玄旨，乃留駐參

① 「謁」，原誤作「碣」，據元本、明初本、徐本、戴本改。

承。有偈曰：「有男不婚，有女不嫁，大家團圞頭，共説無生話。」元和六年，北遊襄漢，隨處而居，女靈照賣竹漉籬以供朝夕。將入滅，謂曰：視日早晚以報①。靈照遽曰：「日已中矣，而有蝕也。」居士出户觀視，即②登父座，合掌坐亡。居士曰：「我女機鋒捷矣。」更延七日。州牧于公頔聞之，來問，居士謂曰：「但願空諸所有，慎勿實諸所無。好住世間，皆如影響。」言訖，枕公膝而化。龐婆走田中謂其子龐大曰：「汝父死矣。」龐大曰：「嗄。」停鋤脱去，婆爲焚燒畢，自後莫知其所。

按此傳，知非龐德公明矣，但亦不言其富，何耶？輦財之説，特恐後人所傅會耳。然今之積金畜穀，倍息計贏，校斗斛合龠，詐欺不得自休息，又否則射歉飢發積，授枚識出，布籌會入，窮日疲極而睡者，能以居士之事便作真想，豈不爲養生之福哉！

宋朝家法

鄭遂昌言：宋巨璫李太尉者，國亡，爲道士，號梅溪。余童時嘗侍其遊故内，指點歷歷如在。過葫蘆井，揮涕曰：「是蓋宋之先朝位，上釘金字大牌曰：『皇帝過此，罰金百兩。』」

① 「視日早晚以報」，《傳燈録》作「視日早晚及午以報」。
② 《傳燈録》「即」上有「靈照」二字。

近周申父言：先表叔祖金一提舉，住杭州暗門①，其室氏乃宋内夫人，余年十四五，尚猶識之，但兩鬢俱秃。問知，在宮中任此職者，例裹巾，巾帶之末，各綴一金錢，每晨用以掠髮入巾，故久而致然也。因曰：「吾爲内夫人日，每日輪流六人侍帝左右，以紙一番，從後端起筆，書帝起居，旋書旋捲，至暮，封付史館。内夫人别居一宮，宮門金字大牌曰：『官家無故至此，罰金一鎰。』」

以二者言之，可見宋朝家法之嚴。

闌駕上書

至正乙酉冬，朝廷遣官奉使宣撫諸道，問民疾苦，然而政績昭著者十不二三。明年秋，江右儒人黄如徵邀駕上書，指數散散、王士宏等罪狀，且及國家利害。斧鉞在前，有所不避，古之所謂豪傑之士，如徵其人者與？天子親覽其書，喜見於色，又虞如徵必爲權豪所中，顧近臣館穀以俟。越數日，特授江西等處儒學提舉，敕侍衛護送出都。如徵感上德意，受命而不領職，天下共

---

①「暗門」，原誤作「暗問」，據元本、明初本改。

賢之。散散、王士宏等雖免譴責，終以不顯死。其書略曰：江西布衣書生黄如徵百拜上書皇帝陛下：如徵忝生僻土，遭遇明時，用竭愚衷，冒干天聽，伏望采覽萬一焉。夫皇朝版圖之廣，歷古所無，法制之良，萬世莫易，而水旱災變，連年不息者，實由官皆污濫，民悉怨咨之所致也。欽惟陛下憂民之心，日夕孜孜，遂於去年冬分遣大臣奉使宣撫諸道，正欲其察政事之臧否，問生民之疾苦，禮賢德，振貧乏，信冤抑，起淹滯，俾所至之處，如陛下親臨焉。苟能宣布聖澤，各盡乃職，則雍熙泰和之治，正在今日。然江西、福建一道，地處蠻方，去京師萬里外，傳聞奉使之來，皆若大旱之望雲霓，赤子之仰慈母。而散散、王士宏等不體聖天子撫綏元元之意，鷹揚虎噬，雷厲風飛，聲色以淫吾中，賄賂以緘吾口，上下交征，公私朘剥，贓吏貪婪而不問，良民塗炭而罔知，閭閻失望，田里寒心。乃歌曰：「九重丹詔頒恩至，萬兩黄金奉使回。」又歌曰：「奉使來時驚天動地，奉使去時烏天黑地。官吏都歡天喜地，百姓卻啼天哭地。」又歌曰：「官吏黑漆皮燈籠，奉使來時添一重。」如此怨謡，未能枚舉，皆百姓不平之氣鬱結於懷，而發諸聲者然也。此蓋廟堂遴選非人，使生民感陛下憂恤之虚恩，受奉使掊剋之實禍，陛下於此而不察，將何以取法於後世哉？如徵無官守，無言責，所以不憚江河之險，不畏斧鉞之誅，而詣闕以陳其事者，正恐散散、王士宏等回覲之日，各飾巧言，妄稱官清民泰，欺詐百端，昏蔽主聽。陛下不悟，爲姦邪所賣，擢任省臺，恣行威福，流毒四海，則江西、福建一道之痛苦，與天下共之。以此而望陰陽和，風雨時，年歲登，邊陲静，不亦難乎？倘陛下不棄蒭蕘之言，委官察其實蹟，責以欺天罔民之罪，投諸遐荒，雪江西、福建一道之痛苦，以爲百官勸，則天下幸甚，萬世幸甚。如陛下以爲誹謗大臣，置而不問，非惟今日禍起蕭牆，抑且天下萬世之不幸矣。如徽鄙語俗言，不知避諱，觸犯清蹕，罪在不赦，請伏鑕以俟命。

錢武肅鐵券

吾鄉錢叔琛氏𧷤。乃武肅王之諸孫也，其家在郡城外東北隅，亭臺沼沚，聯絡映帶，猶是先朝賜第。與余相友善，嘗出示所藏鐵券，形宛如瓦，高尺餘，闊二尺許。券詞黄金商嵌，一角有斧痕，蓋至元丙子天兵南下時，其家人竊負以逃而死於難，券亦莫知所在。越再丙子，漁者偶網得之，乃在黄巖州南地名澤庫深水内，漁意寶物，試斧擊之，則鐵焉，因棄諸幽。一村學究與漁鄰，頗聞賜券之説，買以鐵價，然二人皆不悟其字乃金也。有報於叔琛之兄者，用十斛穀易得，青氈復還，誠爲異事。

時余就録券詞一通，叔琛又出武肅當日謝表稿，並録之。昨晚檢閲經笥，偶得於故紙中，轉首已三十餘年矣。人生能幾何哉，謾志於此。

詞云：「維乾寧四年歲次丁巳八月甲辰朔四日丁未，皇帝若曰，咨爾鎮海鎮東等軍節度、浙江東西等道觀察處置營田招討等使、兼兩浙鹽鐵制置發運等使、開府儀同三司、檢校太尉、兼中書令、使持節閩①越等州諸軍事、兼閩②越等州刺史、上柱國、彭城郡王、食邑五千户、食實封一百户錢鏐。朕聞銘鄧隲之勳，言垂漢典；載孔悝之德，事美魯經。則知褒德策勳，古今一致。頃者董昌僭僞，爲昏③鏡水，狂謀惡貫④，渫染齊人。而爾披攘凶渠，蕩定江表，忠以衛社稷，惠以福生靈。其機也氛祲清，其化也疲羸泰。拯甌越於塗炭之上，師無私焉；保餘杭於金湯之間，政有經矣。志獎王室，績冠侯藩。溢於旂常，流在丹素。雖鍾繇刻五熟之釜，竇憲勒燕然之山，未足顯功，抑有異數。是用錫其金版，申以誓詞，長河有似帶之期，泰山有如拳之日，唯我念功之旨，永將延祚子孫，使卿長襲寵榮，克保富貴。卿恕九死，子孫三死，或犯常刑，有司不得加責。承我信誓，往惟欽哉，宜付史館，頒示天下。」

表云：「恩主賜臣金書鐵券一道，臣恕九死、子孫三死者，出於睿眷，形此綸言。録臣以絲

① 「閩」，各本同，疑爲「潤」字之誤。案吴越武肅王錢鏐於唐末曾任潤州刺史。
② 同上。
③ 「昏」，原誤作「皆」，據元本、明初本改。
④ 「惡貫」，原誤作「惡慣」，據元本、明初本、戴本改。

髮之勞，賜臣以山河之誓，鎸金作字，指日成文，震動神祇，飛揚肝膽。伏念臣爰從筮仕，迨及秉麾，每自揣量，是何叨忝。所以行如履薄，動若持盈，惟憂福過禍生，敢忘慎初護末？豈期此志，上感宸聰。憂臣以處極多危，慮臣以防微不至，遂開聖澤，永保私門，屈以常刑，宥其必死。雖君親囑念，皆云必恕必容。而臣子爲心，豈敢傷慈傷愛。謹當日慎一日，戒子戒孫。不敢因此而累恩，不敢乘此而賈禍。聖主萬歲，愚臣一心。」

按史，唐僖宗①乾符五年，王仙芝餘黨曹師雄寇掠二浙，杭州募兵，使石鏡、都將董昌等將以討之，臨安人錢鏐以驍勇事昌，爲兵馬使。中和元年，昌爲杭州刺史。光啓二年，昌謂鏐曰：「汝能取越州，吾以杭授汝。」鏐攻克之，昌遂徙越，以鏐知杭州事。三年，昌爲越州觀察使，鏐爲杭州刺史。昭宗景福元年，爲武勝軍防禦使。二年，爲鎮海節度使。乾寧二年，昌僭號，鏐遺書曰：「與其關門作天子，與九族百姓俱陷塗炭，豈若開門作節度使，終身富貴耶！」昌不聽。鏐以狀聞，削奪昌官爵，委鏐討之。三年，昌伏誅。鏐令吏民上表，請兼領浙東。朝廷不得已，以爲鎮海鎮東節度使，改威勝曰鎮東。天復二年，進爵越王。天祐元年，更封吴王。梁太祖開平元年②，

① 「僖宗」，原誤作「禧宗」，據戴本改。
② 「元年」，原誤作「九年」，據戴本改。案《舊五代史・梁書・太祖紀》載開平元年五月「兩浙節度使錢鏐進封吴越王」。

以爲吴越王。乾化二年，加尚父。末帝貞明二年，以爲諸道兵馬元帥。三年，以爲天下兵馬元帥。龍德三年，以爲吴越王。鏐始建國，儀衛名稱多如天子之制，惟不改元。置百官，有丞相、侍郎、客省等使。唐明宗天成四年，削鏐官爵。

初，鏐嘗遺安重誨書，辭禮甚倨。及朝廷遣奉使烏昭遇、韓玫使鏐還，玫奏，昭遇見鏐，稱臣拜舞。重誨奏賜昭遇死，鏐以太師致仕，自餘官爵皆削之。長興三年①，鏐卒。鏐寢疾，出印鑰授子元瓘，曰：「子孫善事中國，勿以易姓廢事大之禮。」卒年八十一。

史稱乾寧三年秋九月，以鏐爲鎮海鎮東節度使，而券詞乃四年秋八月，何耶？史稱儀衛名稱多如天子之制，惟不改元。程大昌《演繁露②》云：「寶正六年，歲在辛卯，見封落星石制書。」以辛卯乃唐明宗長興二年。寶太元年羅隱《記新城縣記》云癸未歲，癸未乃唐莊宗同光元年。以此知吴越雖稟中原正朔，既長興、同光年號，與其寶正、寶太同歲而名不同，知吴越自嘗改元審矣。又僧文瑩《湘山野録》云：唐昭宗以錢武肅平董昌，拜爲鎮海鎮東節度使、中書令，賜鐵券，羅隱爲撰謝表。殆莊宗入洛，又遣使貢奉，懇請玉册金券。有司定議，非天子不得用，後竟賜

---

① 「三年」，原誤作「二年」，據元本、明初本、戴本改。《新五代史·吴越世家》：「長興三年，鏐卒，年八十一，謚曰武肅。」

② 「演繁露」，原誤作「演蕃露」，徑改。

之。鏐即以節鉞授其子元瓘，自稱吳越國王，名其居曰殿，官屬悉稱臣。又於衣錦軍大建玉册、金券、詔書三樓，遣使册東夷諸國，封拜其君長，幾極其勢，與向之謝表所陳「處極、防微、累恩、貫禍」之誡，殊相戾矣。禪月貫休嘗以詩投之，有「滿堂花醉三千客，一劍霜寒十四州」之句。鏐愛其詩，遣客吏諭之曰：「教和尚改十四爲四十，方與見。」休性褊介，謂吏曰：「州亦難添，詩亦不改，然閑雲野鶴，何天而不飛耶！」遂飄然入蜀。鏐後果爲安重誨奏削王爵，以太師致仕。重誨死，明宗乃復鏐爵位。夫武肅之逾越，固莫逃乎二書所論。

射字法

有教予射字法，必須彼我二人俱聰明，熟於翻切，優於記問者，方乃便捷。倘遇人以詩詞或言語示我，彼在隔坐，不及知聞，我則拊掌，彼便説出，與所示同。然片段文章，皆可成誦，非特一句一字而已。用拊掌代擊鼓，殊無勾肆市井俗態。此天下太平，優遊無事，謾以取一時之笑樂耳。使聾鼓之聲震天，干戈之鋒耀日，又能留情於此耶！

其法：七字詩十二句，逐句排寫，前四句括定字母，後八句括定叶韻。詩曰：

輕輕牽。兵兵邊。平平便。明明眠。逢〇〇。興興掀。征征煎。

經經堅。迎迎年。僊僊偏。停停田。應應煙。成成涎。聲聲膻。
清清千。澄澄纏。星星鮮。晴晴涎。丁丁顛。檠檠虔。盈盈延。
能能□。稱稱千。非□□。精精煎。零零連。汀汀天。橙橙纏。

東蒙鍾江支兹爲，
微魚胡模齊乖佳。
灰咍真諄臻匡虧，
元魂痕寒歡關山。
先森蕭宵爻豪歌，
戈麻陽唐耕斜榮。
青蒸登尤侯車侵，
潭譚鹽添横光凡。

如欲切春字，清諄清清千春，清字在第三行第一字，諄字在第七行第四字，拊掌則前三後一。少歇，又前七後四。夏字平聲，爲霞盈麻盈盈延霞，盈字在第三行第七字，麻字在第十行第二字，拊掌則前三後七。少歇，又前十後二。少歇，又三。蓋夏字去聲，所以又三也。若入聲則四矣。餘仿此，但字母不離二十八字，而叶韻莫逃五十六字，此爲至要。

後見《賓退録》一則，與此略同，並志之。其曰：俗間有擊鼓射字之伎，莫知所始。蓋全用切字①，該以兩詩，詩皆七言。一篇六句四十二字，以代三十六字母，全用五支，至十二齊韻，取其聲相近，便於誦習。一篇七句四十九字，以該平聲五十七韻，而無側聲。如一字字母在第三句第四字，則鼓節前三後四②，叶韻亦如之。又以一、二、三、四爲平、上、去、入之别，亦有不擊鼓而揮扇之類，其實一也。詩曰：「西希低之機詩資，非卑妻欺癡梯歸。披皮肥其辭移題，攜持齊時依眉微。離爲兒儀伊鋤尼，醯雞篦溪批毗迷。」此字母也。「羅家瓜藍斜凌倫，思戈交勞皆來論，流連王郎龍南關，盧甘林巒雷聊鄰，簾櫳嬴婁參辰闌，楞根灣離驢寒間，懷横榮鞋庚光顔」，此叶韻也。

神人獅子

松江之横雲山，古冢纍纍，然世傳以爲多晉陸氏所藏。山人封生，業盜冢，至正甲辰春，發一冢，冢磚上有「太元二年造」五字。按太元，東晉武帝時也，逆數而上，計九百一十餘年矣。或

---

① 「切字」，《賓退録》作「切韻之法」。

② 「前三後四」，《賓退録》作「先三後四」。

者謂冢有志石，但恐事泄，秘弗示人。冢中得古銅罍、勺、壺、洗、尊、鼎、雜器之物二百餘件。内一水滴，作獅子昂首軒尾走躍狀，而一人面部方大，髭鬚飄蕭，騎獅子背，左手握無底圓桶，右手臂鷹。人之腦心爲竅，以安吸子。吸子頂微大，正蓋胸心，儼一席帽胡人。衣褶及獅鷹羽毛，種種具備。通身青緑，吸子渾若碧玉。論其製作膚理，則非晉人所能，乃漢器無疑。必其平生寶惜，而以殉葬。約長五寸，高四寸許，誠奇物也。至秋夏，士安偶過生，生出以售①，捐錢五十緡買之歸。剔鑿沙土，飾澤蠟石，神氣百倍於昔，韞櫝寶藏，時以示博古好雅者。一日，爲有勢力時貴奪去。昔鮮于困學公嘗畜一水滴，正與士安者大同小異，相承曰「蠻人獅子」，愛之未嘗去手。寓杭州斷橋日，臨湖有水閣，倚闌把玩，偶墮吸子於湖水中，百計求之不可見，悒怏慨嘆，形神爲之凋枯。既他往，逾三年，復來杭，仍居昔所寓舍，追懷故物，往視湖波，適當霜降水静之時，吸子儼在土内，亟命僕下取，欣然如獲至珍，即易號曰「神人獅子」。遂序述顛末，求館閣諸老與夫騷人雅士，歌咏以張之，浸成巨軸。公殁，子孫不能世守，水滴與詩卷皆歸婺州陶氏。陶亦不能久有，又將求善賈而沽諸，今不知所在。自我朝百餘年來，僅聞公得其一於先，而士安得其一於今，非若他古銅器比，可以屈指數也。

---

① 「以售」，原誤作「售以」，據戴本改。

至元鈔樣

中書左丞葉公亦愚，李。錢唐人，宋太學生，上書詆賈似道公田關子不便，專權誤國。似道怒，嗾林德夫告公泥金飾齋扁不法，令獄吏鞫之，云：「只要你做一個麻糊。」公即口占一詩曰：「如今便一似麻糊，也是人間大丈夫。筆裏無時那解有，命中有處未應無。百千萬世傳名節，二十三年非故居。寄語長安朱紫客，盡心好上帝王書。」遂遭黥，流嶺南。及蒙恩放還，與似道遇諸途，公以詞贈云：「君來路，吾歸路，來來去去何時住。公田關子竟何如，國事當時誰汝①誤。雷州户，厓州户，人生會有相逢處。客中頗恨乏蒸羊，聊贈一篇長短句。」

歸附後，入京上書言時相，並獻至元鈔樣。此樣在宋時固嘗進呈，請以代關子，朝廷不能用，故今別改年號而復獻之。世皇嘉納，使用鑄板，以功累官至今任而終。

---

① 「汝」，清徐釚所撰《詞苑叢談》及馮金伯所輯《詞苑萃編》均作「與」。

妓聰敏

歌妓順時秀，姓郭氏，性資聰敏，色藝超絶，教坊之白眉也，翰林學士王公元鼎甚眷之。偶有疾，思得馬版腸充饌，公殺所騎千金五花馬，取腸以供，至今都下傳爲佳話。時中書參政阿魯温尤屬意焉，因戲謂曰：「我比元鼎如何？」對曰：「參政，宰相也。學士，才人也。燮理陰陽，致君澤民，則學士不及參政；嘲風咏月，惜玉憐香，則參政不如學士。」參政付之一笑而罷。郭氏亦善於應對者矣。

日無光

至正辛丑四月朔日，日未没三四竿許，忽然無光，漸漸作蕉葉樣，天且昏黑如夜，星斗粲然。飯頃，方復舊，天再開①，星斗亦隱。又少時，乃没。按《天官書》、王隱《晉書》曰：日無光，臣有

① 「開」，戴本作「明」。

陰謀。京房《易傳》曰：臣專刑，兹謂分威，蒙微而日不明。

松江志異

至正壬寅八月中，上海縣三十四保辰字圍金壽一家，已閹雄狗生小狗八，其一嘴爪紅如鮮血。然犬之爲妖，多見於占驗之書，而未有若此者。若男變爲女，男子孕育，則嘗聞之古昔，蓋陽衰陰盛，兵戈亂離之兆。今夫牡物而生兒，陽化陰也。又犬屬火，一嘴爪紅，紅亦火也，豈非主兵主火者與？甲辰四月十五日，華亭縣五保楊巷邵浦雲之西清庵廊屋一十九間，每間屋柱皆有聲，其聲若以桶覆水面而擊其底者，人以手按之，則振掉而起，經時乃止。按《乾坤變異録》：人君宫室無故有音聲，主兵起；若人家，主家亡。六月二十三日夜四更，松江近海去處，潮忽驟至，人皆驚訝，以非正候，至辰時潮方來，乃知先非潮也。後見湖泖人説，湖泖素不通潮，忽平擁起，高三四尺，若潮漲之勢，正與此時同。又聞平江、嘉興亦如之。按《五行志》：水自盈溢，主兵興。《乾坤變異録》：河水大壅，臣下執政，有背叛。

郡縣君

國朝品官母妻，四品贈郡君，五品贈縣君，然古邦君之妻，邦人曰小君。禮：士喪，妾不得匹其夫，必曰君，妻曰女君。後世封羊祜妻爲萬歲君，則此可謂令甲之原。

面不畏寒

人之四支百骸，莫不畏寒，獨面則否。醫書謂頭者，諸陽之會，諸陰脈至頸及胸而還，獨諸陽脈上至頭，所以然也。

南村輟耕録卷二十

納音

六十甲子之有納音，世人鮮知其理。嘗觀《筆談》有曰：六十甲子納音，蓋六十律旋相爲宫也。一律合①五音，十二律納六十音也。凡氣始於東方而右行，音起於西方而左行，陰陽相錯而生變化。所謂②氣始於東方者，四時始於木，右行傳於火，火傳於土，土傳於金，金傳於水。所謂音始於西方者，五音始於金，左旋傳於火，火傳於木，木傳於水，水傳於土。納音與《易》納甲同法，乾納甲而坤納癸，始於乾而終於坤。納音始於金，金，乾也；終於土，土，坤也。納音之法，同類娶妻，隔八生子。此《漢志》語也。此律吕相生之法也。五行先仲而後孟，孟而後季，此遁甲三元之紀也。甲子，金之仲，黄鐘之商。同位娶乙丑，大吕之商。同位謂甲與乙、丙與丁之類，下皆仿此。隔八下生壬申，

---

① 「合」，《夢溪筆談》作「含」。

② 「所謂」，原誤作「所以」，據戴本及下文改。案《夢溪筆談》亦作「所謂」。

金之孟。夷則之商。隔八謂大吕下生夷則也，下皆仿此。壬申同位娶癸酉，南吕之商。隔八上生庚辰，金之季。姑洗之商。此金三元終。若只以陽辰言之，則依遁甲逆轉①仲、孟、季。若兼妻言，則順傳孟、仲、季也。庚辰同位娶辛巳，仲吕之商②。隔八下生戊子，火之仲。黄鐘之徵，金三元終。則左行傳南方火也。戊子娶己丑，大吕之徵。生丙申，火之孟。夷則之徵。丙申娶丁酉，南吕之徵。生甲辰，火之季。姑洗之徵。甲辰娶乙巳，仲吕③吕之徵。生壬子，木之仲。黄鐘之角，火三元終，則左行傳於東方木。如是左行至於丁巳，中吕之宫，五音一終。復自甲午金之仲，娶乙未，隔八生壬寅，一如甲子之法，終於癸亥。謂蕤賓娶林鍾，上生太簇之類。自子至於巳爲陽，故自黄鐘至於中吕皆下生；自午至於亥爲陰，故自林鍾至於應鍾皆上生。甲子、乙丑金與甲午、乙未金雖同，然甲子、乙丑爲陽律，陽律皆下生；甲午、乙未爲陽吕，陽吕皆上生。六十律相反，所以分爲一紀也。

得此一説，固已判然。及讀《瑞桂堂暇録》，亦論及此，則尤明白簡易。其曰：六十甲子之納音，此以金木水火土之音而明之也。一、六爲水，二、七爲火，三、八爲木，四、九爲金，五、十爲土。然五行之中，惟金、木有自然之音，水、火、土必相假而後成音，蓋水假土，火假水，

①「轉」，《夢溪筆變》作「傳」。
②「商」，原誤作「南」，據元本、明初本、戴本改。
③「仲吕」，元本、明初本、戴本、今本《夢溪筆談》均作「中吕」。案下文亦作「中吕」。

土假火。故金音四、九，木音三、八，水音五、十，火音一、六，土音二、七。此不易之論也。何以言之？甲巳、子午，九也；乙庚、丑未，八也；丙辛、寅申，七也；丁壬、卯酉，六也；戊癸、辰戌，五也；己亥，四也。甲子、乙丑，其數三十有四。四者，金之音也，故曰金。戊辰、己巳，其數二十有八。八者，木之音也，故曰木。庚午、辛未，其數三十有二。二者，火也，土以火爲音，故曰土。甲申乙、酉，其數三十。十者，土也，水以土爲音，故曰水。戊子、己丑，其數三十有一。一者，水也，火以水爲音，故曰火。凡六十甲子皆然，此納音之所起也。大抵六十甲子，曆也。納音，律也；支干，納音之别也。此天地自然之數。河圖，生數也。生者左旋，故以中央之土而生西方之金，西方之金而生北方之水，北方之水而生東方之木，東方之木而生南方之火，南方之火而復生中央之土。洛書，克數也。克者右轉，故以中央之土而克北與西北之水，北與西北之水而克西與西南之火，西與西南之火而克南與東南之金，南與東南之金而克東與東北之木，東與東北之木而又克中央之土。此圖書生克自然之數也。

又見日家一書，專解海中、爐中之類，其辭雖鑿，亦自頗通，因并録之。曰：甲子、乙丑，海中金者，子屬水，又爲湖，又爲水旺之地，兼金死於子，墓於丑，水旺而金死墓，故曰海中金也。丙寅、丁卯，爐中火者，寅爲三陽，卯爲四陽，火既得地，又得寅卯之木以生之，此時天地開爐，萬物始生，故曰爐中火也。戊辰、己巳，大林木者，辰爲原野，巳爲六陽，木至六陽，則枝榮葉茂，以茂盛之木而在原野之間，故曰大林木也。庚午、辛未，路傍土者，未中之木而生午位之旺火，火旺，則土於斯而受刑，土之始生，未能育物，猶路傍土若也，故曰路傍土也。壬申、癸酉，劍鋒金者，申酉，金之正位，兼臨官申，帝旺酉，金既生旺，則成剛矣。剛則無逾於劍鋒，故曰劍鋒金也。甲戌、乙亥，山頭火者，戌亥爲天門，火照天門，其光至高，故曰山頭火也。丙子、丁丑，澗下水者，水旺於子，衰於丑，旺而反衰，則不能爲江河，故曰澗下水也。戊寅、己卯，城頭土者，天干、戊己屬土，寅爲艮山，土積而爲山，故曰城頭土也。庚辰、辛巳，白蠟金者，金養於辰，生於巳，形質初成，未能堅利，故曰白蠟金也。壬午、癸未，楊柳木者，木死於午，墓於未，木既死墓，雖得天干壬癸之水以生之，終是柔弱，故曰楊柳木也。甲申、乙酉，井泉水者，金臨官申，帝旺酉。金既生旺，則水由以生，然方生之際，力量未洪，故曰井泉水也。丙戌、丁亥，屋上土者，丙丁屬火，戌亥爲天門，火既炎上，則土非在下而生，故曰屋上土也。戊子、己丑，霹靂火者，丑屬土，子屬水，水居正位，而納音乃火，水中之火，非龍神則無，故曰霹靂火也。庚寅、辛卯，松柏木者，木臨官寅，帝旺卯，木既生旺，則非柔弱之比，故曰松柏木也。壬辰、癸巳，長流水者，辰爲水庫，巳爲金長生之地，金生則水性已存，以庫水而逢生金，則泉源終不竭，故曰長流水也。甲午、乙未，沙中金者，午爲火旺之地，火旺則金敗，未爲火衰之地，火衰則金冠帶，敗而方冠帶，未能斫伐，故曰沙中金也。丙申、丁酉，山下火者，申爲地户，酉爲日入之門，日至此時而藏光，故曰山下火也。

戊戌、己亥，平地木者，戌爲原野，亥爲木生之地，夫木生於原野，則非一根一株之比，故曰平地木也。庚子、辛丑，壁上土者，丑雖土家正位，而子則水旺之地，土見水多，則爲泥也，故曰壁上土也。壬寅、癸卯，金箔金者，寅卯爲木旺之地，木旺則金羸，又金絶於寅，胎於卯，金既無力，故曰金箔金也。甲辰、乙巳，覆燈火者，辰爲食時，巳爲禺中，日之將中，豔陽之勢，光於天下，故曰覆燈火也。丙午、丁未，天河水者，丙丁屬火，午爲火旺之地，而納音乃水，水自火出，非銀漢不能有也，故曰天河水也。戊申、己酉，大驛土者，申爲坤，坤爲地，酉爲兑，兑爲澤，戊巳之土加於坤澤之上，非其他浮薄之土也，故曰大驛土也。庚戌、辛亥，釵釧金者，金至戌而衰，至亥而病，金既衰病，則誠柔矣，故曰釵釧金也。壬子、癸丑，桑柘木者，子屬水，丑屬金，水方生木，金則伐之，猶桑柘方生，人便以餵蠶，故曰桑柘木也。甲寅、乙卯，大溪水者，寅爲東北維，卯爲正東，水流正東，則其性順，而川澗池沼俱合而歸，故曰大溪水也。丙辰、丁巳，沙中土者，土庫辰絶巳，而天干丙丁之火至，辰冠帶巳，臨官土，既庫絶，旺火復與生之，故曰沙中土也。戊午、己未天上火者，午爲火旺之地，未中之木，又復生之，火性炎上，及逢生地，故曰天上火也。庚申、辛酉，石榴木者，申爲七月，酉爲八月，此時木則絶矣，惟石榴之木反結實，故曰石榴木也。壬戌、癸亥，大海水者，水冠帶戌，臨官亥，水臨官冠帶，則力厚矣，兼亥爲江，非他水之比，故曰大海水也。

化氣

甲己土，乙庚金，丁壬木，丙辛水，戊癸火，此十干化五行真氣也。其法：取歲首月建之干，如甲己丙作首，丙屬火，火生土，故化土，餘仿此。又一説亦通，謂遇龍則化。龍，辰也，甲己得戊辰，戊屬土，故化土。乙庚得庚辰，庚屬金，故化金。丙辛以下皆然。

應聘不遇

胡石塘先生嘗應聘入京，世皇召見於便殿，趨進張皇，不覺笠子欹側。上問曰：「秀才何學？」對曰：「修身齊家治國平天下之學。」上笑曰：「自家一笠尚不端正，又能平天下耶？」然憐其貧，特①授揚州路儒學教授。吁！以先生之學行，而不見遇於明君，是果命矣夫！

①「特」，原誤作「時」，據明初本、戴本改。

皇舅墓

河間路景州蓨縣河滸一土阜，相傳爲皇舅墓。自國家奄混區夏，即有謡云：「皇舅墓門閉，運糧向北去。水渰墓門開，運糧卻回來。」至正辛卯，中原大水，舟行木杪間。及水退，土阜崩圮，墓門顯露。繼後天下多事，海道不通。

先是，張蜕庵翥。嘗有詩云：「青州刺史河上墳，墳不可識碑仍存。維舟上讀半磨滅，使君乃緣戚里恩。當時賜葬宜過厚，冢闕樹立須雄尊。豈知陵谷有遷變，石馬盡没龜趺蹲。驛夫指我元傍岸，縣官恐墜移高原。岸濱往往多古冢，零落空餘秋草根。至今父老傳讖記，野人之語那足論。我疑其藏必深錮，或謂已被湍流吞。安得壯士塞河水，萬古莫令開墓門。」讀公之詩，傷今之世，則讖緯之説，誠不可誣矣。

真率會

林昉《田間書》載《會友人遊山檄》云：人有殘縑敗素，繪一山一水，愛之若寶，售之必千金。

至於目與真景會，則略不加喜，毋乃貴僞而賤真耶！求樂之真，今日正在我輩。春雪既霽，春風亦和，或坐釣於鷗邊，或行歌於犢外，百年瞬息，歡樂幾何？肴核杯盤，隨意所命，毋以豐約拘也。檄書馳告，盍勇而前。

此文殊清新。向予避兵雲間泗濱時，其地有林泉之勝，而無烽燧之虞。同時嘉遯者皆文人高士，因仿司馬温公故事，俾予作約語云：「百歲光陰，萬物乃天地逆旅；四時行樂，我輩亦風月主人。幸居同泗水之濱，況地接九山之勝。儘可傍花隨柳，庶幾遊目騁懷。節序駸駸，莫負芒鞋竹杖；杯盤草草，何慚野蔌山肴。雖云一餉之清歡，亦是百年之嘉話。敢煩同志，互作遨頭。慨元祐之耆英，衣冠遠矣；集永和之少長，觴咏依然。訂約既勤，踐言弗替①。」用附於此，以見真率之會，不讓遊山之樂也。

珠簾秀

歌兒珠簾秀，姓朱氏，姿容姝麗，雜劇當今②獨步，胡紫山宣慰極鍾愛之，嘗擬《沉醉東風》

---

① 「弗替」，元本、明初本、戴本作「勿替」。
② 「當今」，元本、明初本作「今時」。

小曲以贈云：「錦織江邊翠竹，絨穿海上明珠。月淡時，風清處，都隔斷落紅塵土。一片閑情任捲舒，挂盡朝雲暮雨。」馮海粟先生亦有《鷓鴣天》云：「十二闌干映遠眸，醉香空斷楚天秋。鰕鬚影薄微微見，龜背紋輕細細浮。香霧①斂，翠雲收，海霞爲帶月爲鈎。夜來捲盡西山雨，不着人間半點愁。」皆咏珠簾以寓意也。由是聲譽益彰。

漢兒字聖旨

至元丙子秋八月，宋揚州守臣朱焕以城降，後於焕之孫道存家，欽睹世祖招諭詔旨，其文曰：「上天眷命大元皇帝聖旨，諭淮安州安撫朱焕：據陳楚客奏，臣與朱安撫同年，又有通家之好，自戊午歸順之後，不相見者十有八載。今王師弔伐，諸道並進，數内一路，領漣河、清河將士，攻取淮東未附州郡。切恐城陷之日，玉石俱焚，臣於故人情分，不容緘默。且彼所以嬰城自守者無他，原其本心，但未知趨向之方，初無執迷抗拒之意。今大江南北，西至全蜀，悉入版圖。若蒙聖慈特發使命，宣示德音，開其生路，彼亦識時達變之士也，寧不以數萬生靈爲念乎？臣昧

① 「香霧」，元本、明初本、戴本作「紅霧」。

死上言，伏候敕旨。准奏。今遣使持旨①前去，宣布大信，若能識時達變，可保富貴。應在城守禦將帥同謀歸順者，意不殊此，故兹詔示，想宜知悉。至元十二年七月日。」白麻正書，北方謂之「漢兒字聖旨」。

此詔歲月在城未降一載先，則焕之來歸，必先有所期矣。焕之子德輝，承父蔭，仕至漢陽同知。道存，德輝之子也，亦以父蔭仕至江陰知事。既而復受僞周户部主事之職，將命揚州，被執至淮安，殺之。弟兄子侄客居上海，又悉死於苗獠之刧掠。焕之宗族，所遺殆無噍類。夫焕既不能盡忠於前，而道存又不能盡忠於後，被執遭戮之地，適在揚州、淮安，天之報施，固其宜也。謾書於此，以爲叛逆之勸。

碧瀾妾

吴興趙公碧瀾，宋宗室也，老而益貧。二妾方少艾，慮無以安其心，因遣之去，咸弗肯嫁，數獻肴酒致殷勤焉。公於卒也，覆諸水，曰：「慎毋再見。昔吾割情忍愛以去爾，爾弗我忘，只攪

① 「持旨」，原誤作「特旨」，據元本、明初本改。

我心耳。」既而各與其父母俱至，泣而言曰：「妾家每歲請給，足可養贍，願執事終身，爲尼以報主恩。」公遂復留之。他日，公死，果如所言。公有寡女，復資育之。四明黄伯成先生玠。嘗有詩曰：「感之以誠感必深，應之以真應必捷。真情一合了弗離，聽我長歌碧瀾妾。碧瀾亦是諸王孫，世殊事異老且貧。少陵尚愛燕玉暖，況是當時真貴人。春衣典盡春寒峭，二妾朱顔正姝好。忍將羅帶拆同心，懊恨浮生頭白早。珠鈿翠靨幸僅存，此時猶及嫁夫君。十二樓頭燕子去，揮手不可留仙裙。去妾相悲兩相約，既去猶煩送肴酌。主君詎忍覆棄之，見此翻令心緒惡。一心專天天得知，忍著主衣還事誰。遂攜衾襆與俱來，後君死者當爲尼。碧瀾堂下雙溪水，使客往來豈知此。不願新歡戀舊恩，千萬人中兩人耳。」

箕仙咏史

懸箕扶鸞召仙，往往皆古名人高士來格，所作詩文，間有絶佳者，意必英爽不昧之鬼，依馮精魄，以闡揚其靈怪耳。友人檇李顧元凱舜舉。亦善此術，嘗召一仙至，大書曰：「獨樂園主也，可命題。」衆以咏史請，鸞不停留，作成長篇，自非熟於史學者弗能焉，殊不知此等爲何如鬼也。詩曰：「三皇之前不可傳，堯舜垂衣化自然。夏衰商敗兵革起，征討有罪非傳賢。蒼姬種德極深厚，歷載八百何綿綿。孔丘孟軻不得位，唯有文字登書編。春秋筆削嚴一字，誅惡褒善持大權。丘明作傳詳本末，下迨戰國何茫然。秦皇并吞六王畢，始廢封建迷井田。功高自謂傳萬世，仁義不施徒托仙。東遊弗返祖龍死，赤靈火德明中天。漢朝文景稱至治，刑措可比成康前。無端雜用黄老術，是以未得稱其全。王莽賊臣篡漢祚，賴有光武如周宣。雲臺名將應列宿，婉婉良策扶戎軒。絶勝高祖醢彭越，可比周召終天年。崇儒往謁曲阜①廟，典章燦燦羅星躔。後人不省創業苦，寵任閹宦皆貂蟬。西園粥爵誠可恥，黨錮忠士災何延。一朝曹氏帝稱魏，銅駝荆棘生荒煙。關張早死後主弱，典午自帝開坤埏。五胡②雲擾亂中國，五馬南渡何翩翩。六朝興廢有得失，豈知合並歸楊堅。瓊花城裏建宫闕，汴河春水浮龍船。亂離思治否復泰，唐室高祖催飛騫。秦王神武不可及，遂承天祚傳高玄。大綱不正有慚色，我嘗撫卷思其淵。紛紛女禍握神器，擾擾藩鎮横戈鋋。乘輿避亂數奔竄，翠華幾度游西川。黄巢殘賊不忍説，白骨山積血成泉。侵凌漸使唐祚絶，江海雖大猶涓涓。朱温降將乃一賊，僭號暫時得復失。後唐石晉曁知遠，但以功利不尚德。周家亦僭登天基，獨有世宗明治術。我朝列聖皆深仁，天下蒼生得蘇息。

① 「曲阜」，原誤作「典阜」，據元本、明初本、戴本、徐本、毛本改。
② 「五胡」，原誤作「五湖」，據元本、明初本、戴本改。

史書浩浩充屋棟，人主欲觀寧遍及。小臣纂集作通鑑，治亂興亡明似日。願言乙夜細垂觀，比美成王戒無逸。」

夫婦同棺

張春兒，葉縣軍士李青之妻也，年二十，青疾革，顧謂春曰：「吾殆矣，汝其善事後人。」春截髮示信，誓弗再適。未幾，青死，春慟垂絶，且囑匠人曰：「造棺宜極大，將以盡納亡者衣服弓劍之屬。」匠如其言。既斂，乃自經，鄰里就用此棺同葬之。事奏上於朝，旌其墓，時至正戊子也。嗚呼！春兒生長寒微，不閑禮節，尚知夫婦大義如此。顧世之名門巨族，動以衣冠自眩，往往有夫骨未寒，而求匹之念已萌於中者，豈不爲春兒萬世之罪人也與！

宋幼主詩

「寄語林和靖，梅花幾度開。黄金臺下客，應是不歸來」，此宋幼主在京都所作也。始終二十字，含蓄無限淒戚意思，讀之而不興感者幾希。

孔掾史

孔某者，皇慶癸丑間，爲江浙省掾史，身軀短小，僅與堂上公案相等。凡呈署牘文，必用低凳閣足令高，脱歡丞相以其先聖子孫，而且才學優長，甚禮遇之。時有詔許文正公從祀夫子廟庭，公之子參知政事惡孔風度不雅，因小過，叱之退。丞相曰：「他祖公容得參政父親坐，參政反不容他一個子孫立耶？」許大慚。

挽文教授詩

至元間，宋文丞相有子，出爲郡教授，行數驛而卒，人皆作詩以悼之。閩人翁某一聯云：「地下修文同父子，人間讀史各君臣。」獨爲絶唱。

狷潔

鄭所南先生，思肖。福州連江人，宋太學上舍，應博學宏詞科，剛介有立志。會天兵南，叩闕上疏，犯新禁，衆争目之，由是遂變今名。曰肖，曰南，義不忘趙，北面他姓也。隱居吴下，一室蕭然，坐必南向。歲時伏臘①，望南野哭而再拜，乃返，人莫識焉。誓不與朔客交往，或於朋友坐上見有語音異者，便②引去。人咸知其狷潔，亦弗爲怪。工畫墨蘭，不妄與人，邑宰求之不得，聞先生有田三十畝，因脅以賦役取。先生怒曰：「頭可斫，蘭不可畫。」嘗自寫一卷，長丈餘，高可五寸許，天真爛熳，超出物表，題云：「純是君子，絶無小人。深山之中，以天爲春。」《過齊子芳之書塾》云：「此世但除君父外，不曾别受一人恩。」《寒菊》云：「禦寒不籍水爲命，去國自同金鑄心。」其忠肝義膽，於此可見。晚年究竟性命之學，以壽終。

雁書

「零落風高恣所如，歸期回首是春初。上林天子援弓繳，窮海纍臣有帛書。中統十五年九月一日放雁，獲者勿殺。國信大使郝經書於真州忠勇軍營新館」，右五十九字，郝公書也。公字伯常，澤州陵川人，世皇召居潛邸。歲己未，扈從濟江，授江淮宣慰司副使。中統元年，拜翰林

① 「伏臘」，原誤作「伏獵」，據戴本改。
② 「便」，原誤作「使」，據元本、明初本、戴本改。

侍讀學士，充國信使。宋館於真州，凡十有六年，始得歸。此書當在至元十一年，是時南北隔絶，但知紀元爲中統也。先是，有以雁獻，命畜之。雁見公，輒鼓翼引吭，似有所訴者。公感悟，擇日率從者具香案，北向拜，舁雁至前，手書尺帛，親繫雁足而縱之。後虞人獲之苑中，以聞，上惻然曰：「四十騎留江南，曾無一人雁比乎？」遂進師南伐。越二年，宋亡。至今秘監帛書尚存。

碑刻印識

李和，錢唐人，國初時尚存①，粥故書爲業，尤精於碑刻，凡博古之家，或有贋本求一印識，毅然弗從。其印文「李和鑒定」，石刻印。

九姑玄女課

吴楚之地，村巫野叟及婦人女子輩多能卜九姑課。其法：折草九莖，屈之爲十八，握作

① 「存」，元本、明初本、戴本作「在」。

一束，祝而呵之，兩兩相結，止留兩端，已而抖開，以占休咎。若續成一條者，名曰黃龍儻仙；又穿一圈者，名曰仙人上馬；圈不穿者，名曰蟢窠落地，皆吉兆也。或紛錯無緒，不可分理，則凶矣。

又一法曰九天玄女課。其法：折草一把，不計莖數多寡，苟用算籌亦可，兩手隨意分之。左手在上，豎放，右手在下，横放，以三除之，不及者爲卦。一豎一横曰大陽，一豎二横曰靈通，二豎二横曰老君，二豎三横曰太吴，三豎一横曰洪石，三豎三横曰祥雲，皆吉兆也。一豎二横曰太陰，一豎三横曰懸崖，三豎二横曰陰中，皆凶兆也。愚意俗謂九姑，豈即九天玄女歟？《離騷經》云：「索瓊茅以筳篿兮，命靈氛爲余卜。」注曰：「瓊茅，靈草也。筳，小破竹①也。楚人名結草折竹以卜曰篿。」據此，則亦有所本矣。

白翎雀

《白翎雀》者，國朝教坊大曲也。始甚雍容和緩，終則急躁繁促，殊無有餘不盡之意。竊嘗

---

① 「破竹」，《楚辭章句》作「折竹」。

病焉，後見陳雲嶠先生云：「白翎雀生於烏桓朔漠之地，雌雄和鳴，自得其樂，世皇因命伶人①碩德閭製曲以名之。曲成，上曰：『何其末有怨怒哀嫠②之音乎？』時譜已傳矣，故至今卒莫能改。」會稽張思廉憲。作歌以咏之曰：「真人一統開正朔，馬上鞮鞻手親作。教坊國手碩德閭，傳得開基太平樂。檀槽𥫗呀鳳凰齶，十四銀環挂冰索。摩訶不作兜勒聲，聽奏筵前《白翎雀》。霜皠皠，風殼殼，白草黄雲日色薄。玲瓏碎玉九天來，亂撒冰花灑毡幕。玉翎琤珄起盤礴，左旋右折入寥廓。崒嵂孤高繞羊角，啾嘲百鳥紛參錯。須臾力倦忽下躍，萬點寒星墜叢薄。砉然一聲震雷③撥，一十四弦喑一抹。鴐鵝飛起暮雲平，鷙鳥東來海天闊。黄羊之尾文豹胎，玉液淋漓萬壽杯。九龍殿高紫帳暖，踏歌聲裏歡如雷。《白翎雀》樂極哀。節婦死，忠臣摧。八十一年生草萊，鼎湖龍去何時回。」

天下士

《漫浪野録》云：蘇子瞻泛愛天下士，無賢不肖，歡如也。嘗自言上可以陪玉皇大帝，下可

---

①「伶人」，原誤作「令人」，據元本、明初本、戴本改。

②「哀嫠」，原誤作「哀婺」，據元本、明初本、戴本改。

③「震雷」，元本、明初本、戴本作「震龍」。

以陪卑田院乞兒。子由晦默，少許可，嘗戒子瞻擇交，子瞻曰：「吾眼前見天下無一個不好人，此乃一病。」以余言之，先生，天下士也，此其所以泛愛天下士。顧今之忌才嫉能，口堯舜而心盜蹠者，使先生視之，乃土苴之不若矣。」

南村輟耕録卷二十一

宫闕制度

至元四年正月，城京師，以爲天下本。右擁太行，左注滄海，撫中原，正南面，枕居庸，奠朔方，峙萬歲山①。浚太液池，派玉泉，通金水，縈畿帶甸，負山引河，壯哉帝居，擇此天府！

城方六十里，里二百四十步，分十一門：正南曰麗正，南之右曰順承，南之左曰文明，北之東曰安貞，北之西曰健德，正東曰崇仁，東之右曰齊化，東之左曰光熙，正西曰和美，西之右曰肅清，西之左曰平則。

大内南臨麗正門，正衙曰大明殿，曰延春閣。宫城周回九里三十步，東西四百八十步，南北六百十五步，高三十五尺，磚甃。至元八年八月十七日申時動土，明年三月十五日即工。

① 「萬歲山」，戴本作「萬壽山」。案下文均作萬壽山。

分六門：正南曰崇天，十二間，五門。東西一百八十七尺，深五十五尺，高八十五尺。左右趓樓二，趓樓登門兩斜廡，十門。闕上兩觀皆三趓樓，連趓樓東西廡，各五間。西趓樓之西，有塗金銅幡竿。附宫城南面，有宿衛直廬。凡諸宫門，皆金鋪、朱户、丹楹、藻繪、彤壁，琉璃瓦飾簷脊。崇天之左曰星拱，三間，一門，東西五十五尺，深四十五尺，高五十尺。崇天之右曰雲從，制度如星拱。東曰東華，七間，三門，東西一百十尺，深四十五尺，高八十尺。西曰西華，制度如東華。北曰厚載，五間，一門，東西八十七尺，深高如西華。角樓四，據宫城之四①隅，皆三趓樓，琉璃瓦飾簷脊。直崇天門，有白玉石橋三虹，上分三道，中爲御道，鐫百花蟠龍。星拱南有御膳亭，亭東有拱辰堂，蓋百官會集之所。東南角樓。東差北有生料庫，庫東爲柴場。夾垣東北隅有羊圈，西南角樓。南紅門外，留守司在焉。西華南有儀鸞局，西有鷹房。厚載北爲御苑，外周垣紅門十有五，内苑紅門五，御苑紅門四。此兩垣之内也。大明門在崇天門内，大明殿之正門也。七間，三門，東西一百二十尺，深四十四尺，重簷。日精門在大明門左，月華門在大明門右，皆三間，一門。大明殿，乃登極、正旦、壽節、會朝之正衙也，十一間，東西二百尺，深一百二十尺，高九十尺。柱廊七間，深二百四十尺，廣四十四尺，高

①「四」，原誤作「西」，據元本、明初本、戴本改。

五十尺。寢室五間，東西夾六間，後連香閣三間，東西一百四十尺，深五十尺，高七十尺。青石花礎，白玉石圓碣、文石甃地，上藉重茵，丹楹金飾，龍繞其上。四面朱瑣窗，藻井間金繪，飾燕石，重陛朱闌，塗金銅，飛雕冒。中設七寶雲龍御榻，白蓋金縷褥，並設后位，諸王百寮怯薛官侍宴坐牀，重列左右。前置燈漏，貯水運機，小偶人當時刻捧牌而出。木質銀裹漆瓮一，金雲龍蜿繞之，高一丈七尺，貯酒可五十餘石。雕象酒桌一，長八尺，闊七尺二寸。玉瓮一，玉編磬一，巨笙一，玉笙、玉箜篌①咸備於前。前懸繡緣朱簾，至冬月，大殿則黄貓皮壁幛，黑貂褥。香閣則銀鼠皮壁幛，黑貂暖帳。凡諸宮殿乘輿所臨御者，皆丹楹、朱瑣窗，間金藻繪，設御榻，裀褥咸備，屋之簷脊皆飾琉璃瓦。文思殿在大明寢殿東，三間，前後軒，東西三十五尺，深七十二尺。紫檀殿在大明寢殿西，制度如文思，皆以紫檀香木爲之，縷花龍涎香，間白玉飾壁，草色髹緑，其皮爲地衣。寶雲殿在寢殿後，五間，東西五十六尺，深六十三尺，高三十尺。鳳儀門在東廡中，三間，一門，東西一百尺，深六十尺，高如其深。門之外有庖人之室，稍南有酒人之室。麟瑞門在西廡中，制度如鳳儀。門之外有内藏庫二十所，所爲七間。鐘樓，又名文樓，在鳳儀南；鼓樓，又名武樓，在麟瑞南，皆五間，高七十五尺。嘉慶

① 「箜篌」，原誤作「箜簇」，據元本、明初本、戴本改。

門在後廡寶雲殿東，景福門在後廡寶雲殿西，皆三間，一門，周廡一百二十間，高三十五尺，四隅角樓四間，重簷。凡諸宮周廡並用丹楹、彤壁、藻繪，琉璃瓦飾簷脊。延春門在寶雲殿後，延春閣之正門也，五間，三門，東西七十七尺，重簷。懿範門在延春左，嘉則門在延春右，皆三間，一門。延春閣九間，東西一百五十尺，深九十尺，高一百尺，三簷重屋。柱廊七間，廣四十五尺，深一百四十尺，高五十尺。寢殿七間，東西夾四間，後香閣一間，東西一百四十尺，深七十五尺，高如其深。重簷，文石甃地，藉花毳裀，簷帷咸備。白玉石重陛，朱闌，銅冒楯，塗金雕翔其上。閣上御榻二，柱廊中設小山屏牀，皆楠木爲之，而飾以金。寢殿楠木御榻，東夾紫檀御榻，壁皆張素畫，飛龍舞鳳。西夾事佛像。香閣楠木寢牀，金縷褥，黑貂壁幛。慈福殿又曰東暖殿，在寢殿東，三間，前後軒，東西三十五尺，深七十二尺。明仁殿，又曰西暖殿，在寢殿西，制度如慈福。景耀門在左廡中，三間，一門，高三十尺。清灝門在右廡中，制度如景耀。鐘樓在景耀南，鼓樓在清灝南，各高七十五尺，周廡一百七十二間，四隅角樓四間。玉德殿在清灝外，七間，東西一百尺，深四十九尺，高四十尺，飾以白玉，甃以文石，中設佛像。東香殿在玉德殿東，西香殿在玉德殿西，宸慶殿在玉德殿後，九間，東西一百三十尺，深四十尺，高如其深。中設御榻，簾帷裀褥咸備。前列朱闌，左右闢二紅門，後山字門三間。東更衣殿在宸慶殿東，五間，高三十尺。西更衣殿在宸慶殿西，制度如東殿。隆福殿在大内之西，興聖宫①之前。南紅門三，東西紅門②各一，繚以磚垣。南紅門一，東紅門一，後紅門一。光天門，光天殿正門也，五間，三門，高三十二尺，重簷。崇華門在光天門左，膺福門在光天門右，各三間，一門。光天殿七間，東西九十八尺，深五十五尺，高七十尺。柱廊七間，深九十八尺，高五十尺。寢殿五間，兩夾四間，東西一百三十尺，高五十八尺五寸。重簷，藻井，瑣窗，文石甃地，藉花毳裀，縣朱簾，重陛，朱闌，塗金，雕冒楯。正殿縷金雲龍樟木御榻，從臣坐牀重列前兩傍。寢殿亦設御榻，裀褥咸備。青陽門在左廡中，明暉門在右廡中，各三間，一門。翥鳳樓在青陽南，三間，高四十五尺。驂龍樓在明暉南，制度如翥鳳。後有牧人宿衛之室。壽昌殿又曰東暖殿，在寢殿東，三間，前後軒，重簷。嘉禧殿又曰西暖殿，在寢殿西，制度如壽昌。中位佛像，傍設御榻。針線殿在寢殿後，周廡一百七十二間，四隅角樓四間。侍女直廬五所，在針線殿後。又有侍女室七十二間，在直廬後。及左右浴室一區，在宫垣東北隅。文德殿在明暉外，又曰楠木殿，皆楠木爲之，三間。前後軒一間，盝頂殿五間，在光天殿西北角樓西，後有盝頂小殿。香殿在宫垣西北隅，三間，前軒一間，前寢殿三間，柱廊三間，後寢殿三間，東西夾各二間。

① 「興聖」下原缺「宫」字，據戴本補。
② 「紅門」下原有「宫」，疑上文「興聖」下之「宫」字闌入者，據戴本删。

文宸庫在宫垣西南隅，酒房在宫垣東南隅，内庖在酒房之北。興聖宫在大内之西北，萬壽山之正西，周以磚垣。南闢紅門三，東西紅門各一，北紅門一。南紅門外，兩傍附垣有宿衛直廬，凡四十間。東西門外各三間，南門前夾垣内，有省院臺百司官侍直板屋。北門外，有窨花室五間。東夾垣外，有宦人之室十七間，凌室六間，酒房六間。南北西門外，棋置衛士直宿之舍二十一所，所爲一間。外夾垣東紅門三，直儀天殿弔橋。西紅門一，達徽政院。門内差北，有盝頂房二，各三間。又北，有屋二所，各三間。差南，有庫一所，及屋三間。北紅門外，有臨街門一所，三間。此夾垣之北門也。興聖門，興聖殿之北門①也，五間，三門，重簷，東西七十四尺。明華門在興聖門左，肅章門在興聖門右，各三間，一門。興聖殿七間，東西一百尺，深九十七尺。柱廊六間，深九十四尺。寢殿五間，兩夾各三間，後香閣三間，深七十七尺。正殿四面，朱縣瑣窗，文石甃地，藉以毳裀，中設扆屏榻，張白蓋簾帷，皆錦繡爲之。諸王百寮宿衛官侍宴坐牀，重列左右。其柱廊寢殿，亦各設御榻，裀褥咸備。白玉石重陛，朱闌，塗金冒楯，覆以白磁瓦，碧琉璃飾其簷脊。弘慶門在東廡中，宣則門在西廡中，各三間，一門。凝暉樓在弘慶南，五間，東西六十七尺。延顥樓在宣則南，制度如凝暉。嘉德殿在寢殿東，三間，前後軒各三間，重簷。寶慈殿

① 「北門」，元本、明初本、戴本作「正門」。

在寢殿西，制度同嘉德。山字門在興聖宫後，延華閣之正門也。正一間，兩夾各一間，重簷，一門，脊置金寶瓶。又獨脚門二，周閣以紅版垣。延華閣五間，方七十九尺二寸，重阿，十字脊，白琉璃瓦覆，青琉璃瓦飾其簷，脊立金寶瓶，單陛，御榻、從臣坐牀咸具。東西殿在延華閣西，左右各五間，前軒一間。圓①亭在延華閣後。芳碧亭在延華閣後圓亭東，三間，重簷，十字脊，覆以青琉璃瓦，飾以緑琉璃瓦，脊置金寶瓶。徽青亭在圓亭西，制度同芳碧亭。浴室在延華閣東南隅東殿後，傍有盝頂井亭二間，又有盝頂房三間。畏吾兒殿在延華閣右，六間，傍有窨花半屋八間。木香亭在畏吾兒殿後。東盝頂殿在延華閣東版垣外，正殿五間，前軒三間，東西六十五尺，深三十九尺。柱廊二間，深二十六尺。寢殿三間，東西四十八尺。前宛轉置花朱闌八十五扇。殿之傍有盝頂房三間，庖室二間，面陽盝頂房三間，妃嬪庫房一間，縫紉女庫房三間，紅門一。

盝頂之制，三椽，其頂若笥之平，故名。西盝頂殿在延華閣西版垣之外，制度同東殿。東殿之傍，有庖室三間，好事房二，各三間，獨脚門二，紅門一。妃嬪院四，二在東盝頂殿後，二在西盝頂殿後。各正室三間，東西夾四間，前軒三間，後有三椽半屋二間。侍女室八十三間，半在東

---

① 「圓」，原誤作「園」，據元本、明初本、戴本及下文改。

妃嬪院左，西向；半在西妃嬪院右，東向。室後各有三椽半屋二十五間。東盝頂殿紅門外，有屋三間，盝頂軒一間，後有盝頂房一間。庖室一區，在凝暉樓後，正屋五間，前軒一間，後披屋三間，又有盝頂房一間，盝頂井亭一間，周以土垣，前闢紅門。酒房在宫垣東南隅庖室南，正屋五間，前盝頂軒三間，南北房各三間，西北隅盝頂房三間，紅門一，土垣四周之。

學士院在閣後西①盝頂殿門外之西偏，三間。生料庫在學士院南。又南，爲鞍轡庫。又南，爲軍器庫。又南，爲庖人牧人②宿衛之室。藏珍庫在宫垣西南隅，制度並如酒室，惟多盝頂半屋三間，庖室三間。

萬壽山在大内西北太液池之陽，金人名③瓊花島，中統三年修繕④之，至元八年賜今名。其山皆疊玲瓏石爲之，峯巒隱映，松檜隆鬱，秀若天成。引金水河至其後，轉機運斛，汲水至山頂，出石龍口，注方池，伏流至仁智殿後。有石刻蟠龍，昂首噴水仰出，然後由東西流入於太液池。山前有白玉石橋，長二百餘尺，直儀天殿後。橋之北有玲瓏石，擁木門五，

---

① 「西」，原誤作「四」，據元本、明初本、戴本改。
② 「庖人牧人」，元本、明初本、戴本作「牧人庖人」。
③ 「名」，元本、明初本作「爲」。
④ 「修繕」，原誤作「修膳」，據元本、明初本、戴本改。

門皆爲石色。内有隙地，對立日月石。西有石棋枰，又有石坐牀，左右皆有登山之徑，縈紆萬石中，洞府出入，宛轉相迷。至一殿一亭，各擅一景之妙。山之東有石橋，長七十六尺，闊四十一尺半，爲石渠以載金水，而流於山後以汲於山頂也。又東，爲靈圃，奇獸珍禽在焉。廣寒殿在山頂，七間，東西一百二十尺，深六十二尺，高五十尺，重阿藻井，文石甃地，四面瑣窗，板密其裹，遍綴金紅雲，而蟠龍矯蹇於丹楹之上。中有小玉殿，内設金嵌玉龍御榻，左右列從臣坐牀。前架黑玉酒瓮一，玉有白章，隨其形刻爲魚獸出没於波濤之狀，其大可貯酒三十餘石。又有玉假山一峯，玉響鐵一縣。殿之後有小石笋二，内出石龍首，以噀所引金水。西北有廁堂一間。仁智殿在山之半，三間，高三十尺。金露亭在廣寒殿東，其制圓，九柱，高二十四尺，尖頂上置琉璃珠。亭後有銅幡竿。玉虹亭在廣寒殿西，制度同①金露。方壺亭在荷葉殿後，高三十尺，重屋八面，重屋無梯，自金露亭前複道登焉，又曰線珠亭。瀛洲亭在温石浴室後，制度同方壺。玉虹亭前仍有登重屋複道，亦曰線珠亭。荷葉殿在方壺前，仁智西北，三間，高三十尺，方頂，中置琉璃珠。温石浴室在瀛洲前，仁智西北，三間，高二十三尺，方頂，中置塗金寶瓶。圜亭，又曰胭粉亭，在荷葉稍西，蓋后妃添妝之所也，八面。介福殿在

① 「同」，戴本作「如」。

仁智東差北，三間，東西四十一尺，高二十五尺。延和殿在仁智西北，制度如介福。馬湩室在介福前，三間。牧人之室在延和前，三間。庖室在馬湩①前。東浴室更衣殿在山東平地，三間，兩夾。

太液池在大内西，周回若干里，植芙蓉。儀天殿在池中圓坻上，當萬壽山，十一楹，高三十五尺，圍七十尺，重簷，圓蓋頂。圓臺址，甃以文石，藉以花茵，中設御榻，周闢瑣窗，東西門各一間，西北廁堂一間。臺西向，列甃磚龕，以居宿衛之士。東爲木橋，長一百廿尺，闊廿二尺，通大内之夾垣。西爲木弔橋，長四百七十尺，闊如東橋。中闕之，立柱，架梁於二舟，以當其空。至車駕行幸上都，留守官則移舟斷橋，以禁往來。是橋通興聖宫前之夾垣，後有白玉石橋，乃萬壽山之道也。犀山臺在儀天殿前水中，上植木芍藥。隆福宫西御苑在隆福宫西，先后妃多居焉。香殿在石假山上，三間，兩夾二間，柱廊三間，龜頭屋三間，丹楹，瑣窗，間金藻繪，玉石礎，琉璃瓦。殿後有石臺，山後闢紅門，門外有侍女之室二所，皆南向並列。又後直紅門，並立紅門三。三門之外，有太子斡耳朵荷葉殿二，在香殿左右，各三間。圓殿在山前，圓頂上置塗金寶珠，重簷。後有流杯池，池東西流水圓亭二，圓殿有廡以連之。歇山殿

① 「馬湩」，原誤作「焉湩」，據元本、明初本、戴本改。

在圓殿前，五間。柱廊二，各三間。東西亭二，在歇山後左右，十字脊。東西水心亭在歇山殿池中，直東西亭之南，九柱，重簷。亭之後，各有侍女房三所。所爲三間，東房西向，西房東向。前闢紅門三，門内立石以屏内外，外築四垣以周之，池引金水注焉。棕毛殿在假山東偏，三間，後盝頂殿三間。前啓紅門，立垣以區分之。儀鸞局在三紅門外西南隅，正屋三間，東西屋三間，前開一門。

史官虞集曰："嘗觀紀籍所載，秦漢隋唐之宫闕，其宏麗可怖也。高者七八十丈，廣者二三十里。而離宫别館，綿延聯絡，彌山跨谷，多或至數百所。嘻！真木妖哉！由余有言：使鬼爲之，則勞神矣；使人爲之，則苦人矣。由余①當秦穆公之時爲是，俾見後世之侈何如也。雖然，紫宫著乎玄象，得無棟宇有等差②之辨，而茅茨之簡，又烏足以重威於四海乎？"集佐修《經世大典》，將作所疏宫闕制度爲詳，於是知大有徑庭於古也。方今幅員之廣，户口之夥，貢税之富，當倍秦漢而參隋唐也。顧力有可爲而莫爲，則其所樂不在於斯也。孔子曰：禹，吾無間然矣，卑宫室而盡力乎溝洫。重於此則輕於彼，理固然矣。

① "由余"，原誤作"余由"，據元本、明初本、戴本及上文改。
② "等差"，元本、明初本作"等衰"。

公宇

中書省

吏部

户部

都提舉萬億綺源庫　都提舉萬億賦源庫　都提舉萬億寶源庫

都提舉萬億廣源庫　提舉富寧庫　諸路寶鈔都提舉司①

順承行用庫　文明行用庫　光熙行用庫

健德行用庫　和義行用庫　崇仁行用庫

順承平準庫②　大都平準庫　寶鈔總庫

印造寶鈔庫　燒鈔西庫　燒鈔東庫

印造茶鹽引局　抄紙坊

①「提舉司」上原脱「都」字，據元本、明初本、戴本補。

②「平準庫」，原誤作「行準庫」，據戴本改。

禮部

會同館　教坊司　鑄印局　白紙坊　油磨坊

兵部

刑部

工部

覆實司　提舉都城所　提舉右八作司

提舉左八作司　備章總院　大都人匠總管府

大都等路諸色民匠總管府　紋繡總院　繡局

諸路雜造總管府　茶迭兒局諸色人匠總管府　提舉諸司局

諸司局人匠總管府　大都金銀器盒局　大都氊局

織染局　花毯蠟布等局　簾局

撒答剌欺等局人匠提舉司　造船提舉司　諸物庫

符牌庫　受給庫　左右廂

樞密院

右衛親軍都指揮使司　左衛親軍都指揮使司　中衛親軍都指揮使司

前衛親軍都指揮使司　後衛親軍都指揮使司　武衛親軍都指揮使司
蒙古侍衛親軍都指揮使司　虎賁侍衛親軍都指揮使司　唐兀侍衛親軍都指揮使司
欽察侍衛親軍都指揮使司　貴赤侍衛親軍都指揮使司　西域侍衛親軍都指揮使司
御史臺
殿中司　察院
也可扎魯忽赤
司獄司
徽政院
宮正司　掌謁司　掌醫署
掌膳署　内宰司　備用庫
藏珍庫　掌儀署　文成庫
供須庫　儀從庫　衛候司
右都威衛使司　左都威衛使司　延慶司
隨路諸色人匠都總管府　瑪瑙玉局　大都等路諸色民匠提舉司
織染雜造人匠總管府　綾錦局　織染局

文綺局　諸路怯怜口民匠都總管府　大護國仁王寺財用規運都總管府

宣徽院

尚舍監　諸物庫　尚食局　生料庫　光禄寺　尚醖局

尚飲局　醴源倉　闌遺監　提舉太倉　柴炭提舉司　沙糖局

中政院

奉宸庫　官領隨路民匠打捕①鷹房納綿總管府

集賢院

國子監　國子學　興文署

翰林院

國子監　國子學

翰林國史院

宣政院

資善庫

①「打捕」，原誤作「打鋪」，據戴本改。案《元史・百官志》載中政院設有翊正司，「至元三十一年，始置御位下管領隨路民匠打捕鷹房納綿等户總管府，正三品，復隸正宮位下」。

昭文館

太常寺

太廟署　大樂署　社稷署　禮直署

大司農司

廣濟署　籍田署　豐贍①署　供膳司　昌國署　濟民署

大都護府

通政院

廩給司

秘書監

著作局　秘書庫

大府監

内藏庫　右藏庫　左藏庫　器備庫

①「豐贍」，原誤作「豐瞻」，據戴本改。

中尚監

資成庫　雜造局諸色人匠提舉司　鐵局

木局　怯怜口諸色人匠提舉司　大都等路種田人匠織染局

利用監

資用庫　怯怜口皮局人匠提舉司　大都雜造雙線局

熟皮局　店皮局　貂鼠局

大都軟皮局

章佩監

御帶庫　異珍庫

典瑞監

大都留守司兼少府監

修内司　大木局　小木局　泥瓦局

妝釘局　銅局　車局　繩局

祗應局　畫局　油漆局　器備局

器物庫　鐵局　儀鸞局　大都諸色人匠提舉司

犀象牙局　雕牙局　雕木局　采石局
木場局　上林局　大都門尉
將作院
諸路金玉人匠總管府　玉局提舉司　瑪瑙局提舉司
石局　金絲子局　大小雕木等局
鞓帶斜皮局　瓘玉局　畫局
温犀玳瑁局　漆紗冠冕局　珠子局
異様等局總管府　異様紋繡兩局　綾錦織染兩局
金絲顔料總庫　尚衣局　御衣局
泉府司
富藏庫
侍儀司
法物庫
武備寺
壽武庫　利器庫　甲匠提舉司　箭局　弦局

都水監

大都河道提舉司

尚乘寺

諸路雜造總管府　諸路旋匠提舉司　綱簾局　資乘庫

太僕寺

太史院

司天臺

回回司天臺

太醫院

御藥局　御藥院　回回藥物院　回回藥物局　大都惠民司　廣惠司

崇福司

拱衛直都指揮使司

儀從司

大司徒領異様金玉人匠總管府

塑局　出蠟局　銀局　銅局　鑄瀉等銅局　唐像畫局

梵像局　雜造提舉司　鑌鐵局　玉局　諸物庫

孛克孫

儀鳳司

安和署

京畿都漕運使司

萬斯南倉　萬斯北倉　千斯倉　相因倉　豐閏倉　通濟倉

廣貯倉　永平倉　永濟倉　惟億倉①　既盈倉②　盈衍倉

大積倉　豐實倉　廣衍倉　順濟倉

大都等路都轉運鹽使司

大都税課提舉司　大都酒課提舉司

大都南北兩兵馬都指揮使司

北兵馬司

---

①「惟億倉」，原誤作「惟憶倉」，據戴本改。案《元史・百官志》載「惟億倉，既盈倉，大有倉」並係皇慶元年置。

②「既盈倉」，原缺，據元本、明初本、戴本補。

内史府
省架閣庫
左右部架閣庫
長信寺

喝盞

天子凡宴饗，一人執酒觴，立於右階；一人執柏板，立於左階。執板者抑揚其聲，贊曰斡脱，執觴者如其聲和之，曰打弼，則執板者節一板，從而王侯卿相合坐者坐，合立者立，於是衆樂皆作，然後進酒詣上前。上飲畢，授觴，衆樂皆止。别奏曲，以飲陪位之官，謂之喝盞①。蓋沿襲亡金舊禮，至今不廢，諸王大臣非有賜命不敢用焉。斡脱、打弼，彼中方言，未暇考求其義。

① 「喝盞」，原誤作「謁盞」，據戴本改。案虞集《道園學古録・孫都思氏世勳之碑》：「國家凡宴饗，自天子至親王，舉酒將釂，則相禮者贊之，爲之喝盞，非近臣不得執其政。」

碧珠示讖

文宗潛邸金陵日，歲當戊辰，適太平興國寺鑄大鐘，爲金數萬斤。方在冶，上至其所，取相嵌碧珠指環默祝曰：「若天命在躬，此當不壞。」即投液中。鐘成，其款有曰「皇帝萬歲」，珠宛然在其上，若故識之，而堅固完好，光采明發，不以灼毁。萬目驚睹，歡嘆如一。及登大寶，方與近侍言向時祝天之讖。

南村輟耕録卷二十二

聖門弟子

孔門弟子姓字，見諸《家語》《論語》《史記》等書。金華張君孟兼稽考異同，集爲章句，以便記誦，即古急就之義也。其文曰：繄昔聖門，弟子三千。身通六藝，七十二人①。德行著稱，顔回子淵，冉耕伯牛，閔損子騫，及冉雍仲弓，爲四科之先。宰予子我，並魯人。端木賜子貢，衛人。言語是稱，賜言多中。乃多才藝，仲由季路，陳人。冉求子有，魯人。政事並著。言偃子游，吴人。卜商子夏，衛人。文學著名，孰可方駕。曾參子輿，純孝全歸。父點子皙，浴沂舞雩。回父無繇，並魯人。仲由同字。有公晳哀，齊人。字以季次。縣成子祺，左郢子行。並魯人。樂欬亡。顔噲，同字子聲。其字子羽，澹臺滅明。並魯人。子之是字，公祖句兹。亡。其有

① 「人」，戴本作「賢」。

秦非，亦字子之。孔忠子蔑，叔仲會子期。乃子旗字者，粤巫馬施。顔之僕子叔，申棖子續。商瞿子木，並魯人。蘧瑗伯玉。衛人。有若子有，公伯寮子周。並魯人。其申黨一作續。者，止字曰周。亡。司馬犂耕，宋人。乃字子牛。顓孫師子張，陳人。公冶長子長。齊人。一字子禽，其陳亢子亢。陳人。名而不字，唯句井彊。高柴子羔，並衛人。公肩定子中。亡。有南宫适子容，魯人。薛邦子從。亡。公西箴魯人。及公西輿如，亡。字子上同。穰駟赤子徒，秦人。廉潔子庸衛人。漆雕開魯人。琴牢，子開字同。宓不齊子賤，並衛人。步叔乘子車。齊人。其漆雕哆、邽巽、子斂字俱。並魯人。粤梁鱣者，其字叔魚。齊人。秦祖子南，秦人。樊須子遲。齊人。亦有后處，字以里之。亡。原憲魯人。燕伋①，亡。同字子思。鄭國榮旂，字子徒子祺。伯虔子析②，公首夏③子乘。施之常子恒，並亡。公良孺子正。陳人。冉孺子魯，冉季子産。字子柳者顔幸，並魯人。字子象者縣亶。石作蜀子明，並亡。公孫龍子石。楚人。商澤子季，奚谷箴④子皙。狄黑奚⑤之，

---

① 「燕伋」原在「秦祖子南」下，疑竄亂，據戴本移至「原憲」下。案燕伋字子思，與原憲字同。

② 「子析」，原誤作「子柝」，據戴本改。案《史記·仲尼弟子傳》：「伯虔字子析，少孔子五十歲。」

③ 「公首夏」，各本同，疑爲「公夏首」之誤。案《史記·仲尼弟子列傳》：「公夏首字乘。」

④ 「奚谷箴」，各本同，疑爲「奚容箴」之誤。案《史記·仲尼弟子傳》：「奚容箴字子皙。」箴，一作葴。

⑤ 「狄黑奚」，原缺，據元本、戴本補。

罕父黑子索。其原亢籍，仍字子籍。並亡。字子丕①者，曰惟秦商。楚人。秦冉字開，顔祖字襄。並亡。任不齊子選，楚人。曹卹子循。漆雕徒父，字曰子文。顔高一作刻。子驕，鄡單子家。並亡。顔何字冉，公西赤子華。並魯人。猗與多賢，升堂入室。慨舉世之所傳，名固逾乎七十。乃稽紀載，尚遺其實。《家語》、史遷，所録不一。嗟嗟小子，何敢忘逸。爰重列以自識，俾蒙士之易述。其不銓次，豈緣聲律。不韙之罪，莫敢自恤。尚同好事之君子，幸有以釘愚之失。

顔無繇音遥。《正義》云音由。　縣成縣音玄。

公祖句兹句音鈎。　句井疆句，《正義》作勾。

宓不齊宓音密，《正義》云當作伏。　漆雕哆音赤者反②。

邽巽邽音圭。　鄡單上音苦堯反，下音善。

---

① 「字子丕」上原衍「字子丕」三字，據元本、戴本删。

② 「赤者反」，原誤作「亦者反」，據戴本改。案《史記集解》亦謂「音赤者反」。

黃河源

潘昂霄《志》曰：「延祐乙卯春，聖天子以四海萬國之廣，軫念庶民艱虞罔控告也，分使詣外郡諸道，布揚德心，戚休興替之，清汚揚激之，畿甸密邇，獨不得均其澤。越五月，詔前翰林學士承旨臣闊闊出、翰林侍讀臣昂霄，奉使宣撫京畿西道。臣昂霄承命，驚悸罔措，唯務罄竭忠赤，盡民瘼後已。闊公一日語昂霄：『余嘗從余兄榮禄公都實抵西國，窮河源。』耳之，不覺瞿然以駭，有是乎哉？請畢其語。公曰：世祖皇帝至元十七年，歲在庚辰，欽承聖諭：黄河之入中國，夏后氏導之，知自積石矣，漢唐所不能悉其源。今爲吾地，朕欲極其源之所出，營一城，俾番賈互市，規置航傳，凡物貢水行達京師，古無有也，朕爲之，以永後來無窮利益，蓋難其人。都實，汝舊人，且習諸國語。往圖汝諧，授招討使，佩金虎符以行。是歲四月，至河州，州東六十里有寧河驛，驛西南五六十里，山曰殺馬關，林麓穹隘，譯言泰石答班，啓足寖高，一日程至巔，西邁愈高。四閱月，約四五千里，始抵河源。冬還，圖城傳位置以聞。上悦，往營之，授土蕃等處都元帥，仍金虎符，置寮寀督工。工師悉資内地，造航爲艘六十。城傳措工物完，闊闊出驛聞，適相哥征昆哥臧不回力沮，遂止。翼歲，兄都實旋都。

河源在土蕃朵甘斯西鄙，有泉百餘泓，或泉或潦，水沮洳散涣，方可七八十里，且泥淖溺，不勝人迹，逼觀弗克。旁履高山，下視燦若列星，以故名火敦惱兒。火敦，譯言星宿也。羣流奔湊，近五七里，匯二巨澤，名阿剌腦兒。自西徂東，連屬吞噬。廣輪馬行一日程，迤邐東鶩①成川，號赤賓河。二三日程，水西南來，名亦里出，合赤賓。三四日程，南來，名忽蘭。又水東南來，名也里术，合流入赤賓。其流寖大，始名黄河，然水清，人可涉。又一二日，歧裂八九股，名也孫斡論，譯言九度，通廣六七里，馬亦可度。又四五日程，水渾濁，土人抱革囊，乘馬過之，民聚落糾木幹象舟，傅毛革以濟，僅容兩人。繼是兩山峽束②，廣可一里、二里或半里，深叵測矣。朶甘思東北鄙有大雪山，名亦耳麻不莫剌，其山最高，譯言騰乞里塔，即昆侖也。山腹至頂皆雪，冬夏不消，土人言遠年成冰時，六月見之。自八九股水至昆侖，行二十日程。河行昆侖南半日程地，又四五日程，至地名闊即及闊提，二地相屬。又三日程，地名哈剌别里赤兒，四達之衝也，多寇盜，有官兵鎮防。昆侖迤西，人簡少，多處山南，山皆不穹峻，水亦散漫，獸有髦牛、野馬、狼、狍、羱羊之類。其東山益高，地亦漸下，岸狹隘，有狐可一躍越之者。行五六日程，有水西南來，名納鄰哈剌，譯言細黄河也。又兩日程，水南來，名乞兒馬出，二水合流入河。河北行，轉西，至昆侖北。一日程地，水過之北流，少東，又北流。約行半月程，至貴德州，地名必赤里，始有州事官府。州隸河州，置司土蕃等處，宣慰司所轄。又四五日程，至積石州，即《禹貢》積石。五日程，至河州安鄉關。

① 「鶩」，原誤作「鶩」，據戴本改。案《元史·地理志》亦作「鶩」。
② 「峽束」，原誤作「峽束」，據元本改。案《元史·地理志》亦作「峽束」。

一日程，至打羅坑。東北行一日程，洮河水南來入河。又一日程，至蘭州。其下過北卜渡，至鳴沙州，過應吉里州，正東行，至寧夏府南。東行，即東勝州，隸西京大同路地面。自發源至漢地，南北澗溪，細流傍貫，莫知紀極。山皆草山、石山，至積石，方林木暢茂。世言河九折，彼地有二折，蓋乞兒馬出及貴德州必赤里也。漢張騫使絶域，覊聯拘執，艱厄百罹，歷大宛、月氏等數國，其傍大國五六，皆稱傳聞，以爲窮河源，烏能睹所謂河源哉？史稱河有兩源，一出于闐，一出葱嶺。于闐水北行，出葱嶺河，注蒲類海，不流，洑至臨洮出焉。今洮水自南來，非蒲類明矣。詢之土人，言于闐葱嶺水，其下流散之沙磧。又有言河與天河通，尋源得織女支機石以歸，亦妄也。昆侖至①嵩高五萬里，閬風、玄圃、積瑶、華蓋，仙人所居，又何耶？《唐史·土蕃傳》：『河上流，由河洪濟梁南②二千里，水益狹，春可涉，秋夏乃勝舟。其南三百里，三山中高而四下，曰紫山，古所謂昆侖。』其言頗類，然止稱河源，其間云國家敭天威，亘天所覆燾，無間海内外，冠帶萬國，罔非臣妾，視漢唐爲不足訝，故窮河源，去萬里，若步閨闥。嘻！盛典也，不可不志，因志之。都實族女真蒲察氏，統烏思藏路，暨招討都元帥，凡三至吐蕃。闊闊出，今除甘肅行省參知

① 「至」，元本、戴本作「去」。

② 「南」，《新唐書·土蕃傳》作「西南」。

政事。是歲八月初吉，翰林侍讀學士、中奉大夫、知制誥、同修國史臣潘昂霄謹述。」

柯九思序云：「河源有志，自本朝始，前乎此曷爲未有志？河源者，道路遼阻，所傳聞異辭，莫能究河之源也。《山經》曰：敦薨之水，西流注於泑澤，出於昆侖之東北陬，實惟河源。而《水經》載河出昆侖，經十餘國，乃至泑澤。《山經》又稱：陽紆之山，河出其中；凌門之山，河出其中。《穆天子傳》亦云：陽紆之山，河伯①馮夷所居，是惟河宗氏。釋氏《西域志》稱：阿耨達大山上有大淵水，即昆侖山也，《地里志》亦稱昆侖山在臨羌西。而《漢書》載河出兩源，或稱有，或稱無，而河源所著異同，況世殊代易，名地亦異，終莫能有究之者。我太祖皇帝二十有一年春正月，征西夏。夏，取甘肅等城。秋，取西涼府，遂過沙陀，至黄河九渡。按昆侖當九渡下流，則昆侖固已歸我職方氏矣。憲宗皇帝二年，命皇太弟旭烈帥諸部軍征西域，凡六年，闢封疆四萬里，於是河源及所注枝出者，盡在封域之内。當時在行有能記其説，皆得於目擊，非放也。逮世祖皇帝功成治定，天下殷富，遂命臣都實置郡河源，故翰林侍讀學士潘公得究其詳實，搜源析派，而作斯志，乃知更昆侖行一月，始窮河源。於戲！當四海混一之盛，聞廣見核，致數千載莫能究者，俾後世有考而傳信焉，豈斯文之光，實邦家無疆之休也。公之子詡，能不墜其先業，增光而

---

①「河伯」，原誤作「河曰」，據元本、戴本改。

潤色之，至順間，以同知嘉定州事來吴，將刊是書行於世，屬九思敍其説於篇端。元統元年冬十有一月日南至，奎章閣學士院、鑒書博士、文林郎柯九思序。」

皇太子署牒

國朝政事，正六品以下官，中書奉敕署牒以命之。牒具，中書官位最尊者，令也。署牒者，自丞相以下，而不敢以煩令。惟皇太子立，必兼中書令、樞密使。皇太子既受册，即中書上日，獨署一牒。明日，省臣以其名聞，天子即以宣命超拜五品官。其人自非素親近有譽望最①於羣臣者不得也。

禽戲②

余在杭州日，嘗見一弄百禽者，蓄龜七枚，大小凡七等。置龜几上，擊鼓以使之，則第一等大者先至几心伏定，第二等者從而登其背，直至第七等小者登第六等之背，乃竪身直伸其尾向

① 「最」，原誤作「取」，據元本、戴本改。
② 元本、明初本無此條。

上，宛如小塔狀，謂之烏龜疊塔。

又見蓄蝦蟆九枚，先置一小墩於席中，其最大者乃踞坐之，餘八小者左右對列。大者作一聲，衆亦作一聲；大者作數聲，衆亦作數聲。既而小者一一至大者前，點首作聲，如作禮狀而退，謂之蝦蟆説法。

至松江，見一全真道士，寓太古庵，一日，取二鰍魚，一黄色，一黑色，大小相侔者，用藥塗利刃，各斷其腰，互换接綴，首尾異色，投放水内，浮游如故。郡人衛立中以盆池養之，經半月方死。疊塔、説法，固教習之功，但其質性蠢蠢，非他禽鳥可比，誠難矣哉！若夫斷而復續，死而復生，藥歟？法歟？是未可知也，但劇戲中似此者，果亦罕見哉！

虎禍

大德間，荆南境内有九人，山行值雨，避於路傍舊土洞中。忽有一虎來踞洞口，哮咆怒視，目光射人。内一人素愚，八人者密議，虎若不得人，惡得去。因紿愚者先出，我輩共掩殺之。愚者意未決，遂各解一衣，縛作人形，擲而出之。虎愈怒，八人並力排愚者於外，虎即銜置洞口，怒視如前。須臾，土洞壓塌，八人皆死，愚者獲生。夫當顛沛患難之際，乃欲以八人之智而陷一人之愚，其用心亦險矣，天道果夢夢耶！

河南婦死

河南婦，世爲河南民家。天兵下江南，婦被虜，姑與夫行求數年，得之湖南，婦已妻千户某，饒於財，情好甚洽，視夫姑若塗人。會有旨，凡婦人被虜，許銀贖，敢匿者死。某懼罪，亟遣婦，婦堅不行。夫姑留以俟，婦閉其室，弗與通，遂號慟頓絶而去。行未百步，青天無雲而雷，回視，婦已震死。錢唐白湛困先生記以詩曰：「從軍古云樂，獲罪禱應難。母望明珠復，夫求破鏡完。押衙逢義士，公主奉春官。爲報河南婦，天刑不可干。」

玉堂嫁妓

姚文公燧。爲翰林學士承旨日，玉堂設宴，歌妓羅列。中有一人，秀麗閑雅，微操閩音。公使來前，問其履歷。初不以實對，叩之再，泣而訴曰：「妾乃建寧人氏，真西山之後也。父官朔方時，禄薄不足以給，侵貸公帑無償，遂賣入娼家，流落至此。」公命之坐，仍遣使詣丞相三寶奴，請爲落籍。丞相素敬公，意公欲以侍巾櫛，即令教坊檢籍除之。公得報，語一小史黄球，後至①顯官者。曰：「我以此女爲汝妻，女即以我爲父也。」史忻然從命。京師之人相傳以爲盛事云。

嘉興貝闕嘗有詩曰：「斷絲棄道邊，何日緣長松。墮羽別炎洲，不復巢梧桐。昔在至元日，六合車書同。玉堂盛文士，燕集來雍雍。金刀手割鮮，酒給葡萄濃。坐有一枝春，秀色不可雙。叶。娉婷劉碧玉，綽約商玲瓏。寶釧金雀釵，已覺燕趙空。或聞操南音，未解歌北風。上客驚且疑，姓字初未通。問之慚復泣，乃起陳始終。妾本建寧女，遠出西山翁。父母生妾時，謂是金母童。梨花鎖院落，燕子窺簾櫳。迢迢官朔方，位卑食不充。侵貸國有刑，桎梏加父躬。粥女以自贖，白璧②淪泥中。秋娘教歌舞，屢入明光宫。永爲娼家婦，遂屬梨園工。京華多少年，門外嘶青驄。不如孟光醜，猶得嫁梁鴻。自傷妾薄命，失落似秋蓬。客聞爲三嘆，天道何懵懵。遣使白宰相，削籍歸舊宗。小史十八九，勿恨相如窮。配爾執箕箒，今夕看乘龍。鴛鴦並玉樹，鸜鵒開金籠。棄汝桃花扇，紅牙不復從。提瓮自汲水，絺綌自御冬。時多困轗軻，事或忻遭逢。安知百尺井，忽登羣玉峯。借問爲者誰，内相姚文公。」

---

① 「至」，原缺，據元本補。

② 「白璧」，原誤作「白壁」，據元本、戴本改。

數讖

至元甲子，阿合馬拜中書平章，領制國用使司。時樂府中盛唱《胡十八》小令，知讖緯者謂其當擅重權十八年，人未之信，果於至元壬午伏誅。越五年丁亥閏二月，桑哥拜中書平章，立尚書省，貪暴殘忍，又十陪於阿合馬。人亦謂「桑」字拆而爲四十八，「桑」字後改作「相」字，亦拆①爲四十八，竟不知應之於壽，或應之於職。然自立省之日，至辛卯正月敗績，恰四十八月，其神驗如是。

戎顯再生

大德戊戌二月二十日，張漢臣尚書、趙松雪學士、費北山漕侯同在杭州，泛舟過西湖，至毛家步上岸，乘肩輿，將遊水樂洞。行里餘，逢一尼寺，趙公偕二公入寺訪親。俄而從人來報，張公之老僕戎顯卒死矣。亟回至其所，呼救不省，氣絶身僵。忽有二道士過，一老一幼，云②不妨

① 「拆」，原誤作「折」，據戴本改。
② 「云」上元本有「老」字。

事。老者即於死人面上吹呵，幼者就籬落間摘一青葉度於老者，若作法書符狀，置死人頂上，隨即再生。頃間，失二道士所在。或云恐是洞賓變現，隱括其姓如此耳。

算命得子

檇李郭宗夏嘗見建德路總管趙良臣，言都下有李總管者，官三品，家巨富，年逾五十而無子。聞樞密院東有術者，設肆算命，談人休咎，多奇中。試往叩焉，且語之曰：「吾之禄壽，已不必言，但推有子與否？」術者笑曰：「君有子矣，何爲紿我？」李曰：「吾實無子，豈紿汝耶？」術者怒曰：「君年四十當有子，今年五十六矣，非紿我而何？」同坐者皆軍官，見二人争執，甚訝之。李沉吟良久，曰：「吾年四十時，一婢有娠，吾以職事赴上都，比歸，則吾妻粥之矣，莫知所往。若有子，則此是也。」術者曰：「此子終當還君。」相别而出。時坐中一千户，邀李入茶坊，告之曰：「十五年前，吾亦無子，因到都，置一婢，則已有孕。到家時，適吾妻亦有孕。前後一兩月間，各生一男，今皆十五六矣，豈君之子也？」兩人各言婦人之容貌歲齒相同。李歸語於妻，妻往日誠悍妒，至是見夫無嗣，心頗慚而憐之。翼日，邀千户至家，享以盛饌，與之刻期而别。千户先歸南陽府，李以實告於所管近侍大官，乞假前往。大官曰：「此美事也，我當與汝奏聞。」既而有旨，得給驛以行，凡筵席之費皆從官辦。李至，衆官郊迎，往千户宅。設大宴，李所以饋獻千户並其妻子僕妾之物甚侈。千户命二子出拜，風度不殊，衣冠如一，莫知何者爲己子，致請於千户。千户曰：「君自認之。」李諦視良久，天性感通，前抱一人曰：「此吾子也。」千户曰：「然。」於是父子相持而哭，坐中皆爲墮淚，舉杯交賀，大醉而罷。明日，千户答禮會客如昨，謂李曰：「吾既與君子矣，豈可使母子分離，今並其母以奉。」李喜出望外，回都，攜見大官，大官曰：「佳兒也。」引之入覲，通籍宿衛，後亦官至三品。大抵人之有子無子，數使之然，非人力所能也，而術士之業亦精矣。

夫婦入道

王氏守素，錢唐民家女，其夫丁，棄家爲全真道士於吴山之紫陽庵。一日，召守素入山，書付四句云：「懶散六十三，妙用無人識。逆順兩俱忘，虚空鎮常寂。」坐抱一膝而逝。方外者流謂之騎鶴化。守素遂亦束髮簪冠，着道士服，奉夫遺屍，二十年迹不下山，年逾七十，幾於得道者。神仙渺茫，故未暇論，貞守一節，乃可尚也。丁卯，進士薩都剌天錫贈之詩曰：「不見遼東丁令威，舊遊城郭昔人非。鏡中春去青鸞老，華表山空白鶴歸。石竹淚乾斑雨在，玉簫聲斷彩雲飛。洞門花落無人迹，獨坐蒼苔補道衣。」

項節婦

燕山項氏，其夫江南人，行賈燕薊間，聘項與居。未幾，夫死。項時年二十，奉柩回江南，誓以夫餘貲養姑以自終。比至，姑已改適，勵志孑居，以守夫祀。盱江李宗列①閔其事而賦之，詩曰：「少無依倚老何堪，白髮婆娑亂不簪。夢裏尚思江北好，悔將夫骨葬江南。」

西域奇術

任子昭云：「向寓都下時，鄰家兒患頭疼，不可忍。有回回醫官，用刀割開額上，取一小蟹，堅硬如石，尚能活動，頃焉方死，疼亦遄止。當求得蟹，至今藏之。」夏雪簑云：「嘗於平江閶門，見過客馬腹膨脹倒地，店中偶有老回回見之，於左腿内割取小塊出，不知何物也，其馬隨起②，

① 「李宗列」，元本、戴本作「李宗洌」。
② 「起」，原缺，據元本、明初本、戴本補。

即騎而去。」信西域多奇術哉！

童子屬對

湖廣行省平章歸自雨中，有一童子年七八歲，直造傘下避雨。平章問曰：「學生能屬對否？」曰：「能。」平章曰：「青衿來避雨。」即應聲曰：「紫綬去朝天。」平章喜，引至家，遺以果肴。明日，除書至，拜中書平章之命。復大喜，再以楮幣彩繒贈之。

先輩風致

龍麟洲①先生過福建，憲府設宴，命官妓小玉帶佐觴。酒半，憲使舉杯請曰：「今日之歡，皆玉帶爲也，願先生酬之以詩，先生其毋辭。」時先生負海内重名，雅畏清議，又不能違憲使之請，

①「龍麟洲」，原誤作「龍鱗州」，據戴本改。案《元儒考略》：「龍仁夫，字觀復，永新人，博究經史，以道自任，仕元爲湖廣儒學提舉，晚年僑居黄州，著《周易集傳》十八卷，多發前儒之所未發，其他文尤奇逸流麗，學者稱麟洲先生，元史入《儒學傳》。」又《輟耕録》卷二十四「陳公子」條、卷二十八「爵禄前定」條均作「龍麟洲」。

遂書一絶句云：「菡萏池邊風滿衣，木樨①亭下雨霏霏。老夫記得坡仙語，病體難禁玉帶圍。」於是舉席稱嘆，盡歡而散。蓋前輩既不肯拂人意，又不欲失所守，而且用事清切，一時風致可想見，信非野儒俗士所能及也。

司馬善諫

御史大夫也先帖木兒與夫人不睦已數年矣，翰林學士承旨阿目茄八剌死，大夫遣司馬明里往唁之。及歸，問其所以，明里云：「承旨帶罟罟娘子十有五人，皆務争奪家財，全無哀戚之情，惟正室坐守靈幃，哭泣不已。」大夫默然。是夜，遂與夫人同寢，歡愛如初。若司馬者，可謂善於寓諫者矣。

俞竹心

術士俞竹心者，居慶元，嗜酒落魄，與人寡合。順其意者，即與推算，醉筆如飛，略不構思，

① 「木樨」，元本、明初本、戴本均作「木犀」。

頃刻千餘言，道已往之事極驗，時皆以爲異人。至元己卯間，婁敬之爲本路治中，嘗以休咎叩之，答曰：「公他日直至一品便休。」婁深信其説，棄職别進。適值壬午更化，俯就省掾，陞除益都府判，改换押字，再宛然真書一品二字。未幾，卒於官所。此偶然耶？抑數使然耶？

犬脅生子

元貞丙申秋，大都南城武仲祥家有乳犬懷胎，左脅下忽腫成瘡。六七日後，於瘡生五子，色皆青蒼，每當脊梁，自頂至尾，生逆毛一道，他無所異。又數日，瘡亦平復。

南村輟耕録卷二十三

書畫褾軸

唐貞觀開元間，人主崇尚文雅，其書畫皆用紫龍鳳紬綾爲表，緑文紋綾爲裏，紫檀雲花杵頭軸，白檀通身柿心軸。此外又有青赤琉璃二等軸，牙籤錦帶。大和間，王涯自鹽鐵據相印，家既羨於財，始用金玉爲軸。甘露之變，人皆剥剔無遺。南唐則褾以回鸞墨錦，籤以潢紙。宋御府所藏，青紫大綾爲褾，文錦爲帶，玉及水晶、檀香爲軸。靖康之變，民間多有得者。高宗渡江後，和議既成，榷場購求爲多。裝褫之法，已具《名畫記》及《紹興定式》，兹更不贅。姑以所聞見者，使賞鑒之士有考焉。

錦褾

克絲作樓閣　克絲作龍水　克絲作百花攢龍　克絲作龍鳳

紫寳階地　紫大花　五色簟文俗呼山和尚。　紫小滴珠方勝鸞鵲青緑簟文俗呼闍婆，又曰蛇皮。
紫鸞鵲一等紫地紫鸞鵲，一等白地紫鸞鵲。

紫百花龍
紫龜紋
紫珠焰
紫曲水俗呼落花流水。

紫湯荷花
紅霞雲鸞
黄霞雲鸞俗呼絳霄，其名甚雅。

青樓閣閣又作臺。
青大落花
紫滴珠龍團
青櫻桃

皂方團白花
褐方團白花
方勝盤象
毬路

衲
柿紅龜背
樗蒲
宜男

寶照
龜蓮
天下樂
練鵲

方勝練鵲
綬帶
瑞草
八花暈

銀鉤暈
紅細花盤雕
翠色獅子
盤毬

水藻戲魚
紅遍地雜花
紅遍地翔鸞
紅遍地芙蓉

紅七寶金龍
倒仙牡丹
白蛇龜紋
黄地碧牡丹方勝

皂木

綾引首及托裏

碧鸞
白鸞
皂鸞
皂大花
碧花

姜牙
雲鸞
樗蒲
大花
雜花

盤雕　濤頭水波紋　仙紋　重蓮　雙雁

方棊　龜子　方轂紋　鸂鶒　棗花

鑑花　疊勝　白毛遼國。　回文金國。　白鷲

花並高麗國。

贉卷紙

高麗　蠲　夾背蠲　揩光

軸

出等白玉碾龍簪頂或碾花。　白玉平頂　瑪瑙漿水紅。　金星石

珊瑚　水晶　蠟沉香　古玉　象牙

犀角

軸杆

檀香木

匣

螺鈿宋高宗內府皆鈿匣。

爐鳴

至元庚寅冬，江浙行省官立相哥沙不丁輩德政碑，穹窿莫比，特闕坐石。時趙若晦者，素善諂媚，因以楊和王墳域所有爲言，役人夫數千，拖拽而至。畢工之日，是夜，省堂中火爐鳴，直至昧爽方休，嗣是夜以爲常。又梟鳴梁壓，虎入城市。越明年春，相哥敗，諸公俱罹奇禍，豈非事有先兆與？

田夫人

劉公復新爲上都留守時，有令史亢子春者，值公退食，偶與同列據案判事以戲，遂爲仇家發之。公大怒，責問罪狀，枷項示衆。及歸，怒容未霽。其夫人田氏問公何故不樂，公語其故。夫人曰：「此小節耳，何足怒也。」即令人呼亢至，請公爲脱其枷，且勞以酒，云：「此一杯與汝壓驚，此一杯與汝慶喜。男子大丈夫，何所不至①？留守之位何患不到②？」亢感謝而退。不數年，

① 「至」，元本、明初本作「到」。

② 「到」，元本、明初本作「至」。

公卒而無子，止一女，適田直長。直長遄卒，女病雙瞽。後亢官湖廣參政，迎夫人母子歸，没齒敬養不怠。公乃廉訪使劉廷幹之從祖父也。

嗓

大名王和卿，滑稽挑達，傳播四方。中統初，燕市有一蝴蝶，其大異常，王賦《醉中天》小令云：「挣破莊周夢，兩翅駕東風。三百處名園，一采一個空。難道風流種，諕殺尋芳蜜蜂。輕輕的飛動，賣花人搧過橋東。」由是其名益著。時有關漢卿者，亦高才風流人也，王常以譏謔加之，關雖極意還答，終不能勝。王忽坐逝，而鼻垂雙涕尺餘，人皆嘆駭。關來弔唁，詢其由，或對云：「此釋家所謂坐化也。」復問鼻懸何物，又對云：「此玉箸也。」關云：「我道你不識，不是玉箸，是嗓。」咸發一笑。或戲關云：「你被王和卿輕侮半世，死後方才還得一籌。」凡六畜勞傷，則鼻中常流膿水，謂之嗓病。又愛訐人之短者，亦謂之嗓，故云爾。

金蓮杯

楊鐵崖耽好聲色，每於筵間見歌兒舞女有纏足纖小者，則脱其鞋，載盞以行酒，謂之金蓮杯。予竊怪其可厭，後讀張邦基《墨莊漫①録》載王深②輔道《雙皇詩》云：「時時行地羅裙掩，雙手更擎春潋灩。傍人都道不須辭，儘做十分能幾點。春柔淺醮蒲萄暖，和笑勸人教引滿。洛塵忽浥不勝嬌，剗蹈金蓮行款款。」觀此詩，則老子之疏狂有自來矣。

大佛頭

宋高宗朝，錢唐喻氏出家爲沙門，名思淨，建妙行院於北關，接待供僧三百萬。畫阿彌陀佛，入於神妙。楊侍郎傑贊爲喻彌陀，人從而稱之。淨又於西湖之北鐫石爲大佛頭，父老相傳，云此石乃秦始皇繫纜石。蓋是時皆浙江耳，初無西湖之名，始皇將登會稽，爲風浪所阻，故泊舟此處。

揚州白菜

揚州至正丙申、丁酉間，兵燹之餘，城中屋址遍生白菜，大者重十五斤，小者亦不下八九斤，

---

① 「漫」，原誤作「鏝」，徐本、毛本誤同，元本、明初本、戴本誤作「謾」，徑改。
② 「王深」，各本同，疑爲「王寀」之誤。案《宋史・王寀傳》：「寀字輔道。好學，工詞章。登第，至校書郎。」

有膂力人所負纔四五稟耳，亦異哉。

譎誕有配

天下之事未嘗無配，雖譎詐誕妄之談，亦有然者。松江衛山齋有材譽，時庸醫兒孫華孫頗知嗜學，山齋因獎予之，使得儕於士類。山齋既死，華孫忽謂人曰：「嘗夢天使持黄封小合授吾曰：『上帝有敕，以衛山齋聲價畀汝。』吾受命謝恩而寤。」華孫才思極遲，凡作一詩，必數十日乃就，則曰「吾登溷偶得一聯」，或又曰「枕上得此」。故人戲贈以詩，有「浪得詩名索價高」及「山齋聲價黄封合」之句。陸居仁每謂人曰：「吾讀書至得意時，見慶雲一朵現，家人皆不能睹。又一日，讀《詩集傳》有不安處，思所以易之，忽若夢寐中見尼父拱立於前而呼吾字曰：『陸宅之，朱熹誤矣，汝説是也。』」偶與友人之黠者言及此，友人曰：「足下得非禀受素弱乎？」曰：「何爲？」曰：「吾見足下眼目眊眩，又夢寐顛倒，故知其然也。」居仁慚赧，不復辨。客來談及，拊几大笑，命筆識之。

檢田吏

「有一老翁如病起，破衲氀毶瘦如鬼。曉來扶向官道傍，哀告行人乞錢米。時予奉檄離江城，邂逅一見憐其貧。倒囊贈與五升米，試問何故爲窮民。老翁答言聽我語，我是東鄉李福五。我家無本爲經商，只種官田三十畝。延祐七年三月初，賣衣買得犁與鋤。朝耕暮耘受辛苦，要還私債輸官租。誰知六月至七月，雨水絶無潮又竭。欲求一點半點水，卻比農夫眼中血。滔滔黄浦如溝渠，農家争水如争珠。數車相接接不到，稻田一旦成沙塗。官司八月受災狀，我恐徵糧吃官棒。相隨鄰里去告災，十石官糧望全放。當年隔岸分吉凶，高田盡荒低田豐。縣官不見高田旱，將謂亦與低田同。文字下鄉如火速，逼我將田都首伏。只因嗔我不肯首，卻把我田批作熟。太平九月開旱倉，主首貧乏無可償。男名阿孫女阿惜，逼我嫁賣陪官糧。阿孫賣與運糧户，即目不知在何處。可憐阿惜猶未笄，嫁向湖州山裏去。我今年已七十奇，饑無口食寒無衣。東求西乞度殘喘，無因早向黄泉歸。旋言旋拭腮邊淚，我忽驚慚汗沾背。老翁老翁勿復言，我是今年檢田吏。」此袁介《踏災行》也，足可以爲民牧不恤民瘼者之勸。介，字可潛，嘗掾松江，蓋能以儒術飾吏事者，因載之。

玉鹿盧

霍清甫治書云：《考古圖》載古衣服，今有玉轆轤、玉具劍。古樂府曰「腰間轆轤劍」，此器以塊然之璞，既解爲環，中復爲轉關，而上下之隙，僅通絲髮，作宛轉其間。今之名玉工者，往往嘆其所未睹。按《漢雋》：不疑帶櫑鏂同。具劍。晉灼曰：古長劍首以玉作井轆轤形，上刻木作山形，如蓮花初生未敷時。今大劍末首，其狀如此。

前説乃宋李公麟之所紀也。余昔宦遊錢唐，因識吴和之者，性慧巧，博物，收一轆轤，玉青色，形如吕字，環口中間，轆轤旋轉，無分毫縫罅，形色極古，人皆以爲鬼工。因土漬，用白梅熬水煮之，良久，脱開。詳視竅中，有雙玉軸在焉。中嵌一物，形若牛筋，意度必是當間煮之胖脹，撑塞雙軸，入竅關住，所以宛轉無礙，年深腐敗縮瘦，因而煮脱。試用乾牛筋搥實，置軸兩間，對勘孔竅，以線縛定煮之，少時，雙軸果湧入竅中，須臾取出，依前動轉不脱。後余亦收一小者，狀若旋環，製作大約相似，後因損折，轉軸中亦有一物，形似翎桶，想亦同一關捩。其玉具劍，自三代有之，今止以兩漢爲始，至於宋朝，且千餘年，未有能窮其轆轤底藴，今偶以煮脱，乃得其機軸，亦云奇矣。

猴盜

夏雪簑云：嘗見優人杜生彦明，説向自江西回，至韶州，寓宿旅邸。邸先有客曰相公者居焉，刺繡衣服，琢玉帽頂，而僅皮履。生惑，具酒肴延款，問以姓名履歷，客具答甚悉，初不知其爲盜也。次日，客酬讌，邀至其室，見柱上鎖一小猴，形神精狡。既而縱使周旋席間，忽番語遣之，俄捧一楪至，復番語詈之，即易一碗至。生驚異，詢其故，客曰：「某有婢得子，彌月而亡。時此猴生旬有五日，其母斃於獵犬，終日叫號可憐，因令此婢就乳之。及長成，遂能隨人指使，兼解番語耳。」生別後，至清州，留吴同知處，忽報客有攜一猴入城者，吴語生云：「此人乃江湖巨盜，凡至人家，窺見房室路徑，並藏蓄所在，至夜，使猴入内偷竊，彼則在外應接。吾必奪此猴，爲人除害也。」明日，客謁吴，吴款以飯，需其猴。初甚拒，吴曰：「否則就此斷其首。」客不得已，允許，吴酬白金十兩。臨去，番語囑猴，適譯史聞得，來告吴曰：「客教猴云：汝若不飲不食，彼必解爾縛，可亟逃來，我只在十里外小寺中伺也。」吴未之信。至晚，試與之果核水食之類，皆不食。急使人覘之，此客果未行。歸報，引猴撾殺之。

盜有道

後至元間，盜入浙省丞相府。是夕，月色微明，相於紗帷中窺見之，美髭髯，身長七尺餘。時一侍姬亦見之，大呼有賊，相急止之，曰：「此相府，何賊敢來？」蓋虞其有所傷犯故也。縱其自取七寶繫腰，金玉器皿，席捲而去。翼旦，責令有司官兵肖形掩捕，刻期獲解。沿門搜索，終不可得。越明年，纔於紹興諸暨州敗露。掠問其情，乃云初至杭，寓相府之東，相去三十餘家。是夜，自外大醉歸，倒於門外，主人扶掖登樓而卧。須臾，嘔吐，狼籍滿地。至二更，開樓窗，緣房簷進府内。脚履尺餘木級，面帶優人假髯。既得物，直攛至江頭，置於白塔上，復回寓所。侵晨，邏者至，察其人，酒尚未醒，酣睡正熟，且身材侏儒，略無髭髯，竟不之疑。數日後，方攛所盜物抵浙東，因此被擒。盜亦有道，其斯之謂歟？

預知改元

省掾李孟容度。爲余言：元統間，在都門見一全真先生，年五十餘，相貌魁偉，嘗坐省東茶肆中，所言輒有驗。因訪其寓所，乃在五門外第二橋民家，遂以出處叩之。全真曰：「汝仕不在北方，且宜南歸，四十後，方可食禄。」臨别，偶問及時事，全真曰：「此後當改至元，至元後改至貞，天下亂矣。」僕曰：「國初已有至元。」全真曰：「汝第識之。」僕南還，至閘河，聞改至元，心益信之。及改至正，則知貞者，正也。四十後，方補饒州府史。夫全真之言，如燭照數計，特不知果何術也，豈非至人者乎？

醉太平小令

「堂堂大元，姦佞專權，開河變鈔禍根源，惹紅巾萬千。官法濫，刑法重，黎民怨。人吃人，鈔買鈔，何曾見？賊做官，官做賊，混愚賢，哀哉可憐。」右《醉太平》小令一闋，不知誰所造，自京師以至江南，人人能道之。古人多取里巷之歌謡者，以其有關於世教也。今此數語，切中時病，故録之以俟采民風者焉。

譏省臺

集慶失守，行御史臺移置紹興路，前御史大夫納璘再任。時浙省丞相達失帖木兒得便宜行事，民間頗言其貪。後又以大夫子安安判行樞密院，護臺治，大夫之政，一聽決於院判。有人作詩云：「舊省新丞相，新臺舊大夫。大夫聽子語，丞相愛金珠。」又有人大書於臺之門曰：「包苴賄賂尚公行，天下承平恐①未能。二十四官徒獬廌，越王臺上望金陵。」

①「恐」，原誤作「德」，據元本、明初本、戴本改。

造物有報復

會稽陳思可睿。云：至正丙申，御史大夫納璘開行臺於紹興。於時，慶元慈溪則有縣尹陳文昭，本路餘姚則有同知禿堅，在城則有録事達魯花赤邁里古思，皆總制團結民義者。納璘之子安安以三人爲不易制，思有以去之，乃先紿召禿堅至，拘留寶林寺，夜半，率臺軍擒殺之。從而方國珍亦執陳文昭，沉之海，獨存邁里古思一人耳。人皆以禿堅之死歸罪於邁里古思不能力救，殊不知當時之執禿堅，乃所以擒邁里古思也。執禿堅之謀，出於潘子素，子素亦爲安安繿諸途。執子素之謀出於辛敬所，敬所艱關投張士誠，客死平江僧舍。及拜住哥代納璘爲大夫，又不能容邁里古思，撾殺於其私第。拜住哥以弟搠思監拜中書右相，詔入朝。既得罪，兄弟誅戮，家無噍類，但未知安安死所耳。静而思之，若有尸於冥冥之中者，不知造物果如何也。

鎖鎖

回紇野馬川有木曰鎖鎖，燒之，其火經年不滅，且不作灰。彼處婦女取根製帽，入火不焚，如火鼠布云。

葉氏還金①

葉公政字克明，淮陰人，行②宣政院都事季實之子，翰林直學士蟾心之從子也。至正甲午，公政以浙西幕史，奉卜顔平章檄，轉餉鄂閫。時丹陽富民束子章，先與是役，會飲於蘄，志相合，即以兄禮事公政。未幾，子章起赴沔，泣别公政曰：「弟今濟大江，涉重地，兄言行篤信，願以貲囊相托。」公政辭，弗獲，俾子章手緘，而爲謹藏之。越兩月，子章之友朱君讓率其奴來謁，曰：「子章不幸入蓮臺湖，遇盜死矣。子章昔寄囊中亦有某物在，間欲啓囊而請之。」公政曰：「汝寓物，子章未嘗語我，子章已矣，家固無恙也，義必質諸其家，明以付汝。」君讓以公政匿爲己有，銜之，去。明年，既竣事，還坐丹陽驛門，要束、朱二氏父子，啓囊緘，得鈔二百五十緡、黄金五十兩、銀三百兩、珠八千枚，衣帛有差，歸之束氏。餘鈔五十緡、黄金五兩、銀五十兩、珠千枚，有朱題封，歸之朱氏。盛具酒饌以謝，辭之。前翰林院編修膠西張復初嘉公政義，爲作傳。且稱公

① 案此條出自元代王逢《梧溪集·葉公政還金辭（有序）》。

② 「行」上《梧溪集·葉公政還金辭（有序）》有「國初」二字。

政幼知讀書，嘗從平章克池之諸縣，破蘭溪渠魁徐真一，平蘄水寨，司輜糧四年，無纖芥譴何。平章凡七薦中書，不報。人謂公侯子孫必復其始，天道豈獨遠耶！江陰王逢詩曰：「蘄春肥羊采石酒，君爲玉昆我金友。夜談接膝晝握手，乾坤意氣同高厚。霜風吹蘆客衣薄，濕雲羈鴻飛漠漠。蓬窗篝燈照囊橐，嗟君遠行感君托。蓮臺湖深浪拍①銀，鷓鴣杜若傷心神。天生禍亂有今日，誰謂交遊無故人。葉郎還金，何愧竇禹鈞。」

傅氏死義

傅氏，紹興諸暨人，年十八，適同里章瑜。瑜爲苛吏脅，軍興期會，迫死道上。訃至，傅氏蒲伏抱屍歸，號泣三日夜，不忍入櫬。屍有腐氣，猶依屍呵玲，曰冀甦。既入棺，至嚙其棺成穴。及葬，投其身壙中，母强挽以出。制未百日，母欲奪志，語聞，遂大慟，連日不食，母囑侍婢謹視之。閲數日，紿婢：「吾當浴，若輩理沐具俟予。」既而失所在。明日，婢汲井，見二足倒植井中，乃傅氏也。

楊鐵史維禎嘗贊之曰：「余讀古節婦事，至青綾臺及祝英氏，以爲後無繼者，世道降也久

---

①「拍」，原誤作「泊」，據戴本改。案王逢《梧溪集·葉公政還金辭（有序）》作「拍」。

矣，今瑜妻乃爾，謂世降德薄者，吾信歟？夫婦倫與君臣等，世之稱臣子者，獨不能以瑜妻之義於夫者義其君歟？噫！」

武官可笑

張氏據有平江日，其部將左丞吕珍守紹興，參軍陳庶子、饒介之在張左右。一日，陳賦詩，饒染翰，題一紈扇以寄吕云：「後來江左英賢傳，又是淮西保相家。聞説錦袍酣戰罷，不驚越女采荷花。」饒素負書名，且詩語俊麗，爲作者所稱。吕俾人讀罷，忽大怒曰：「吾爲主人守邊疆，萬死鋒鏑間，豈務愛女子而不驚之耶？見則必殺之。」

又元帥李其姓者，杭州庚子之圍解，頗著功勞。一士人投之以詩，將有求焉。其詩有「黄金合鑄李將軍」之句，李大怒曰：「吾勞苦數年，止是將軍，今年纔得元帥，乃復令我爲將軍耶？」命帳下策出之。

右①二事雖相傳以爲笑，亦可因以爲戒云。

① 「右」，原誤作「又」，據戴本改。

鞫獄

吴人高伯厚云：元統間，某吏杭東北録事。一日，有部民某甲與某乙鬭毆，某甲之母勸解，被某乙用木棒就腦後一擊，仆地而死。適某承該檢驗，腦骨、唇齒皆有重傷。某乙招伏，繫獄。經二載，遇赦，以非謀殺合宥。既得釋放，來致謝，因言與某甲鬭毆時，其母來勸，力牽其子之裾，手脱仰跌，自搕其腦，昏絶在地。鄰里用①剪刀挑母唇齒灌藥，不甦，乃死。故腦、唇有傷，實未嘗持棒擊之也。某問何爲招伏，某乙言：「倉皇之際，惟恐箠楚，但欲招承償命，弗暇計也。鄰里見我已招，遂皆不復言矣。」吁！今之鞫獄者，不欲研窮磨究，務在廣陳刑具，以張施厥威。或有以衷曲告訴者，輒便呵喝震怒，略不之恤，從而吏隸輩奉承上意，拷掠鍛煉，靡所不至，其不置人於寃枉者鮮矣。使聞伯厚之言，寧不知懼乎？

① 「用」，原誤作「有」，據戴本改。

聖鐵

杭州張存，幼患一目，時稱張眼子。忽遇巧匠，爲安一磁睛障蔽於上，人皆不能辨其僞。至元丙子後，流寓泉州，起家販舶。越六年壬午，回杭，自言於蕃中獲聖鐵一塊，厚闊僅及二寸，作法撒沙布地，噙鐵於口，刀刃不能傷其身。後傳聞既廣，有烏馬兒奉使來，取試，以鐵納於羊口，籠其首，作法撒沙驗之，劍果無所傷。去鐵復揮，應手首落，遂就進呈。

鬼爺爺

元統間，杭州鹽倉宋監納者，嘗客大都，求功名不遂，甚至窮窘，然頗慎行止，不敢非爲，遂出齊化門求一死所。望見水潭，將欲投入，虛空中有鬼作人聲云：「宋某陽壽未終，不可死也。」四顧，一無所有，於是默默而回。中途拾得一紙帖云：「宋某可於吏部某令史下某典吏處習學書寫。」翼日，物色之，果得其人，遂獲進步。再得一帖云：「汝可求托某人，謀請俸禄。」因依所言，一舉而成。凡歷俸數拾月，至於受敕命，獲財寶，取妻買妾，生子育女，爲富家翁，一皆陰冥所佑。平昔卻未嘗睹其形狀，只見一矮小影子而已。但有所見，即便祭獻，稱名爺爺。忽一日，有一帖云：「我要葉子金一百八十兩。」索之甚急，未免數數祭獻求免。因問云：「爺爺要此何用？」一帖云：「我要去揚州天寧寺妝佛也。」又一夕，其妻臂上失去金釧金鐲，急告之，一帖云：「在汝第幾隻箱内，權且付還。」又一日，失去熟羊背皮，一帖云：「我借用了，明日當還。」次日，一大綿羊自外走入。如此等類甚多，不可枚舉。及宋受前職，鬼亦隨到，恐被竊其所有，乃令人詣龍虎山求天師符命，懸於所寓室内。晨興，但見一樣四十道，皆倒懸之，莫可辨其真僞。及禮請功行法師驅治，而壇内牌位顛倒錯亂，弗能措手而止。又一日，鹽倉印信不知所在，告之哀切，一帖云：「在汝第四十幾隻箱内第幾個段子下。」開尋，果有。時與張大使同寅，將印寄於伊家，一帖飛告云：「印信當長官收掌，若不送還，一棒打碎汝頭也。」大使驚恐，急送還之。後有一過路道人詣門，偶以始末訴之，道人曰：「我當爲汝遣之。」乃於桃樹上斫取朝向東南大枝，作一搥一椹，便以椹釘東南隅地上，囑云：「每月逢五，則擊五下，當自絶也。」後果寂無影響，竟不知何等鬼也。江陰陳範、季模與宋交代，所以極知其詳。季模，蓋余友也。

死護文廟

胡善，字師善，紹興諸暨人，泰定進士，胡一中高第弟子也。至正乙未，以憲僉趙公舉，爲松江儒學經師。越明年二月，苗寇至，欲燬孔子廟。善坐經席罵寇，寇怒，殺之，廟得免於災。先是，善以死自許，題詩於壁曰：「領檄來司教，臨危要致身。」及難，死，果不誣。今校官貌其像，祀於先賢堂。

南村輟耕録卷二十四

結交重氣義

國初，張公可與、李公仲方、鮮于公伯機同仕於朝，既而張除浙省郎中，李除都事，鮮于除浙東宣慰經歷，胥會於杭，驩甚。李卒於官，張移書鮮于曰：「仲方殁矣，家貧子幼①，吾輩若不爲之經紀，則孤寡何所依也？吾以一女許配其仲子矣，公以爲何如？」鮮于聞訃，哀祭成禮，亦以一女許贅其長子，即從善也，後官至紹興推官。仲子字復初，官至淮安總管。於此可見前輩結交重義氣，不以貴賤貧富易其心，誠可敬也。張公官至中書左丞。

① 「幼」，戴本作「小」。

帝廷神獸

國朝每宴諸王大臣，謂之大聚會。是日，盡出諸獸於萬歲山，若虎豹熊象之屬，一一列置訖，然後獅子至，身才短小，絶類人家所蓄金毛猱狗。諸獸見之，畏懼俯伏，不敢仰視，氣之相壓也如此。及各飼以雞鴨野味之類，諸獸不免以爪按定，用舌去其毛羽，惟獅子則以掌擎而吹之，毛羽紛然脱落，有若燖洗者，此其所以異於諸獸也。古云獅子吼，蓋不易於吼，一吼則百獸爲之辟易也。

勾闌壓

至元壬寅夏，松江府前勾欄鄰居顧百一者，一夕夢攝入城隍廟中，同被攝者約四十餘人，一皆責狀畫字。時有沈氏子，以搏銀爲業，亦夢與顧同，鬱鬱不樂。家人無以紓之，勸入勾欄觀排戲，獨顧以宵夢匪貞，不敢出門。有女官奴習嘔唱，每聞勾欄鼓鳴，則入。是日，入未幾，棚屋拉然有聲，衆驚散。既而無恙，復集焉。不移時，棚阽壓，顧走入抱其女，不謂女已出矣，遂斃於顛木之下。死者凡四十二人，内有一僧人、二道士，獨歌兒天生秀全家不損一人。其死者皆碎首折脅，斷筋潰髓。亦有被壓而幸免者，見衣朱紫人指示其出。不得出者，亦曲爲遮護云。

鶉鴿傳書

顔清甫，曲阜人，顔子四十八代孫。嘗臥病，其幼子偶彈得一鶉鴿，歸以供膳，於梢翎間得書一緘，書上題云：「家書付男郭禹開拆。」禹乃曲阜縣尹郭仲賢也，蓋其父自真定寄至者。時仲賢改授遠平縣尹去，鴿未及知，盤桓尋覓，遂遇害。清甫見之，責其子，便取木匣函鴿，候病稍愈，直抵仲賢官所，獻書與鴿，且語其故。仲賢戚然曰：「畜此鴿已十七年矣，凡有家書，雖隔數千里，亦能傳致，誠異禽也①。」命左右瘞之。以清甫長厚君子，留之累日，商及②子弟出處，仲賢③告言：「長子國祥頗習儒業。」及仲賢知霍州，召補州史，貢山東廉訪，奏差陞書吏，後官至漢中廉訪使。

---

① 「也」，元本、明初本作「矣」。
② 「商及」，戴本作「問及」。
③ 「仲賢」，各本同，據上下文意當作「清甫」。

待士鄙吝

嘉興林叔大鏞。掾江浙行省時，貪墨鄙吝，然頗交接名流，以沽美譽。其於達官顯宦，則封羔殺豕，品饌甚盛；若士夫君子，不過素湯餅而已。一日，延黄大癡作畫，多士畢集，而此品復出，捫腹闊步，譏誚交作。叔大赧甚，不敢仰視，遂揖潘子素，求題其畫。子素即書一絶句云：「阿翁作畫如説法，信手拈來種種佳。好水好山塗抹盡，阿婆臉上不曾搽。」大癡笑謂曰：「好水好山，言達官顯宦也；阿婆臉不搽，言素面也。」言未已，子素復加一句云：「諸佛菩薩摩訶薩。」俱不解其意。子素曰：「此謝語，即僧家懺悔也。」哄堂大笑而散，叔大數日羞出見客。人之鄙吝，一至於此，亦可憐已。

陳公子

陳雲嶠，柏。泗州人，性豪宕結客。其祖平章，故宋制置，即龍麟洲題琵琶亭以譏之者。凡積金七屋，不數年，散盡。嘗爲侍儀舍人，館閣諸老，朝省名公，莫不折輩行與交，咸稱之曰公子。其妻，鐵大保女也，恃富貴近戚，偶以一言驕之，遂終身不見。嘗被命監鑄祭器於杭，無錫倪元鎮慕其名，來見之。張燕湖山間，羅設甚至，酒終爲别，以一帖饋米百石。雲嶠命從者移置近所，舉巨觥，引妓樂騶從者而前，悉分散之。顧倪曰：「吾在京時，即熟爾名，云南士之清者，它無與比。其所以章章者，蓋以米沽之也，請從今日絶交。」且駡諸嘗譽之者。時張伯雨在坐，不勝踼蹐。其豪氣類如此。嘗雪中騎牛拜米南宫墓，詩云：「少年不解事，買駿輕千金。何如小黄犢，踏雪空山深。小小雙牧童，吹笛穿松林。醉拜南宫墓，地下有知音。」言世上無知音也。平日喜居錢唐，好古有餘，而治才不足，又不樂小官，怒駡宰相，年逾六十，不得志而死。其畢命時，作偈云：「前身本是泗州僧。」

漢魏正閏

霍治書云：紫陽楊焕然先生讀《通鑑》，至論漢魏正閏，大不平之，遂修《漢書》，駁正其事。因作詩云：「風煙慘淡駐三巴，漢燼將燃蜀婦髽。欲起温公問書法，武侯入寇寇誰家。」後攻宋軍回，始見《通鑑綱目》，其書乃寢。順德劉道濟先生尤不平之，修書名《三爲》，亦見《綱目》，閟而不行。中統改元，陵川郝伯常先生使宋，被留儀真，執不得還，就買書作《續漢史》。既脱稿，會同僚苟正甫諸公飲，至數行，忽長嘆曰：「某辛苦十餘年，莫不被高頭巾輩已做了也。」皆對云不聞之。至元丁亥，予分臺江西，購得蕭常《續漢書》全部，因喟然曰：「惜乎！郝君不及見此。」

剛卯

剛卯者，按許慎《說文》：毅音開。改，大剛昴，以逐鬼①也。《玉篇》：開改，剛卯大印，以辟鬼也。《廣韻》：毅改，大開堅也。《王莽傳》服虔注曰：「剛卯，以正月卯日作佩之，長三寸，廣一寸，四分②。或用玉，或用金，或用桃，著③佩之。」又注：當中央從穿作孔，以彩絲葺其底，刻其上，文曰：「正月剛卯既央，靈殳四方，赤青白黃，四色是當。帝令祝融，以教夔、龍，庶疫剛癉，莫我敢當。」又曰：「疾日嚴卯，帝令夔化，順爾國化④，伏⑤茲靈殳。既正既直，既觚既方，庶使⑥剛癉，莫我敢當。」凡六十六字。毅改者，佩印也，以正月卯日作，故謂剛卯，又謂之大堅，以辟邪

---

① 「鬼」，《説文解字》作「精鬼」。
② 「四分」，各本同，疑爲「四方」之誤。案《漢書・王莽傳》服虔注作「四方」，下文亦作「四方」。
③ 「著」下《漢書・王莽傳》服虔注有「革帶」二字，下文同此。
④ 「國化」，《漢書・王莽傳》服虔注作「固伏」。
⑤ 「伏」，《漢書・王莽傳》服虔注作「化」。
⑥ 「使」，《漢書・王莽傳》服虔注作「疫」。

也。金刀之利者，皆不得行。服虔曰：剛卯，以正月卯日作佩之，長三寸，廣一寸四分。或用金，①或用桃，著革帶佩之。今有玉在者，銘其一面曰『正月剛卯』。金刀，莽所鑄之錢也。晉灼曰：剛卯長一寸，廣五分，四方。當中央從穿作孔，以彩絲葺其底，如冠纓頭蕤。刻其上面，作兩行書，文曰：「正月剛卯既央，靈殳四方。云云同前。」其一銘曰：「疾日嚴卯，帝令夔化。順爾故一作固。伏，化茲靈殳。云云同前。」師古曰：「今往往於②土中得玉剛卯者，按大小及文，服説是也。莽以劉字上有卯，下有金，旁又有刀，故禁剛卯及金刀也。」『博謀卿士，僉曰天人同應，昭然著明。其去剛卯，莫以爲佩。除刀錢勿以爲利，承順天心，快百姓意。乃更作小錢，徑六分，重一銖，文曰『小錢直一』，與③『大泉④五十』者爲二品，並行。」

《後漢・輿服志》：佩雙印，長寸二分，方六分。乘輿、諸侯及王、公、列侯以白玉，中二千石以下至四百石皆以黑犀，三百石⑤以至私學弟子皆以象牙。上合絲，乘輿以縢貫白珠，赤罽蕤，

---

① 「或用金」上《漢書・王莽傳》服虔注有「或用玉」三字。
② 「於」，《漢書・王莽傳》顔師古注作「有」。
③ 「與」下《漢書・王莽傳》有「前」字。
④ 「大泉」，《漢書・王莽傳》作「大錢」。
⑤ 「三百石」，《後漢書・輿服志》作「二百石」。

諸侯王以下以綔赤絲蕤，縢綔各如其印質。刻書曰：「正月剛卯既決，云云同前。慎爾周伏，化兹靈殳。云云同前。」。凡六十六字。

前書注云「正月剛卯作」，霍治書清甫云：「嘗於吴中得白玉剛嚴雙印四枚，完具者二，剛卯銘詞三十四字，嚴卯銘詞三十二字，其二字筆畫損缺，剛卯無『既央』二字，餘十字難辯。嘗考《王莽傳》《輿服志》《説文》，剛卯銘與《説文》及《王莽傳》同，《輿服志》『央』爲『決』。嚴卯疾『日』爲『曰』，疑《志》誤。又『順爾故化伏』與《莽傳》同，《説文》作『順爾國化伏』，《輿服志》作『填爾周化伏』，未詳孰是。」

其服用制度，遞相引據，亦不同。後見徐容齋參政藏剛卯一，梁貢父尚書藏剛嚴二，並係古玉篆體。剛卯銘三十四字，字畫亦損缺，制度銘詞，與前雙印大約不異。續收嚴卯二，一以玉爲之，一若琴瑟。俗傳葛仙翁煉丹頭，又名藥注子，其文曰：「制曰嚴卯，帝命莫忘。日資唯是，黑青白黄。既正既直，既觚既方。庶使罔談，莫我敢當。」與前嚴卯銘詞並差。鮮于伯機經歷收一枚，高彦敬尚書收二枚，並真楷書，皆似近代制作，未見所出。偶得金陵學宫所刻黄山谷先生《辯剛卯遺蹟》，其説與前相同，但云：「綔，絲繩也，音護，古文無此字。」按：五紐，繩器也。罟，兔罟也。豈紉絲繩與兔罟相類，故同此音耶？

又馬永卿《嬾真子録》云：漢人以正月卯日作，佩之，銘其一面，曰剛卯。乃知今人立春或戴春勝，亦古制也。蓋剛者，强也；卯者，劉也，正月佩之，尊國姓也。與陳湯所謂强漢者同義。

倜儻好義

顧仲庸，泰州人，以財雄一鄉，倜儻好義，有古豪俠風。自奉甚薄，而禮賢養士無虚日，名公巨儒多館其家，張蜕庵承旨亦其人也。仲庸與保定張文友交，文友嵊縣尹秩滿，僑居江陰，一日暴卒。時仲庸留京師，友人以訃告，戒勿泄。友詢其故，曰：「文友賢而貧，在六品選人中，吾將與其子爲地。」即走告當路者曰：「張文友未疾病矣，願致仕。」因代入狀中書，遂獲以奉政大夫嘉定知州致仕。既領宣命，數月，又代文友之子告蔭，尋注常州晉陵縣尉，便其養母也。其家悉無所知。仲庸南歸，遣人致賻奠，奉宣敕以授其子，聞者驚嘆。仲庸行事類如此。

道士壽函

會稽陽明洞天在秦望山後，禹廟之西南，云即古禹穴，越之勝境也。諸峯環聳盤鬱，空曲中有東嶽行祠及老子宫，余嘗宿留其間。一老道士者，朱顔鶴髮，延至其室。室横一空棺，云已十餘年矣，未能即棄浮世而入此匣也。其後兵攻越城，遊騎四出，道士乃沐浴冠佩，絶粒飲，與衆永訣，臥於其中，七日不死。軍至，發棺，挈之出。兵退，乃入城，一病而卒。向之棺不可得矣，豈非分定歟？

餛飩方

喬公仲山官吏部郎中，好古博雅，仍喜諧謔，所交皆名人才士。公家製餛飩得法，常苦賓朋需索。一日，於每客前先置一帖，且戒云：「食畢展卷。」既而取視，乃製造方法也，大笑而散。自後無復言矣。

精塑佛像

劉元，字秉元，薊之寶坻人，官至昭文館大學士、正奉大夫、秘書監卿。元嘗爲黄冠，師事青州杞道録，傳其藝非一，而獨長於塑。至元七年，世祖建大護國仁王寺，嚴設梵天佛像，特求奇工爲之，有以元薦者。及被召，又從阿尼哥國公學西天梵相，神思妙合，遂爲絶藝。凡兩都名刹，有塑土範金，摶換爲佛，一出元之手，天下無與比。所謂摶換者，漫帛土偶上而髹之，已而去其土，髹帛儼然像也。昔人嘗爲之，至元尤妙。摶丸又曰脱活，京師語如此。

繆孝子

繆孝子倫，字叔彝，東平人，侍父宦遊，寓居錢唐。至正十六年，淮兵寇城，執其父，將殺之。倫哀號乞免，弗聽。傾家貲以贖，又弗聽。乃自縛請代，於是殺倫而釋其父。甚哉，賊之不仁也！

趙孝子

趙孝子天爵，字伯廉，平陽解州夏縣人。嘗爲吏，多平反。惇行孝弟，治家甚嚴，三子皆頎然玉立。母喪，廬墓三年。父繼喪，又如之。惟蔬食菜羹，不飲酒食肉，不與妻妾見。有司以聞於朝，旌表其門閭，復其身。

王義士

王義士天爵，字仁傑，亦夏縣人。家饒於財，有善行。以粟貸人，不圖重息。年豐，僅取十之二三；稍饑，但收其本；大凶，則皆已之。鄉里不知字，咸稱義士云。每值生身之辰，寢苫一月，以報父母。

木冰

朝廷於歲首例遣使祭嶽瀆。至正乙巳，翰林應奉李國鳳代祀嵩、恒、醫無閭。抵汴，路閉，即城中望祭嵩嶽，時閏月下旬也。二月十三日，遊相國寺，池上羣僧方聚觀，從之仰視，日旁一月一星，月如初弦者。又十日，雨木冰，狀如樓閣，人物冠帶、鳥獸卉木，百態具備，殆非人工。高林大樹，珠葆羽幢，彌望不絶。凡五日，始解。又十日，復冰，自汴至中灤皆然。不一歲，盜陷汴，據之。

龍湫獻靈

亦集乃路在西北方，有山曰蹇占，山北多龍湫，土人欲有所事，則投之。吉安道士劉學仙嘗至其地，見有烹羔桐酪祠焉，數皮而沉之，祝曰：「神爲我鞣而治之。」爲期而去。至期，復祠之，則得成革矣，若有曰鬼工然，不可測也。歸，語於虞邵庵先生，先生初以爲誑，及質諸其土人之在京師者，則始信。蓋其人習以爲常，不以爲異耳。

王一山

杭州屬邑有一巨室，怙財挾勢，虐害良善，邑官貪墨，莫敢誰何①。衆不可堪，走訴憲府，巨室逃匿。憲使怒，督責有司，示罪賞，揭大逵，且家至壁白：「隱藏者罪連坐，首捕者賞萬緡。」其友人王一山者，世業儒，居湖山第一樓，儔彼於密，期月不發。鄰家察知，圖給賞錢，告報於官。

① 「誰何」，元本、明初本、戴本作「孰何」。

官搜索得之，並王逮繫囚。見憲使，使問云：「女知彼所犯乎？」王曰：「知之。」「女聞國有制乎？」曰：「知之。」「女見揭示罪賞乎？」曰：「見之。」「女奚不就利避害乎？」曰：「朋友顛連來奔，乘其危以售之，則名教中有所不容，某誠弗忍爲。事覺連坐，乃甘心焉。」使竦然曰：「君子所謂臨難毋苟免，其人踐之矣，真義士也！若加以罪，是吾政苛而刑濫，民何以勸？」遂釋之。使即許文正公子也。

誤墮龍窟

徐彦璋云：商人某，海舶失風，飄至山島，匍匐登岸，深夜昏黑，偶墜入一穴。其穴險峻，不可攀緣。比明，穴中微有光，見大蛇無數，蟠結在内。始甚懼，久，稍與之狎，蛇亦無吞噬意。所苦飢渴不可當，但見蛇時時舐①石壁間小石，絶不飲啖，於是商人亦漫爾取小石噙之，頓忘飢渴。一日，聞雷聲隱隱，蛇始伸展，相繼騰升，纔知其爲神龍，遂挽蛇尾得出。附舟還家，攜所噙小石數十至京城，示識者，皆鵶鶻等寶石也，乃信神龍之窟多異珍焉。自此貨之，致富。彦璋親

---

① 「舐」，原誤作「砥」，據戴本改。

見商人，道其始末如此。

雞司晨有準

嘗至松江鍾山淨行庵，見籠一雄雞，置於殿之東簷，請問其故。寺僧云：「蓄此以司晨，蓋十有餘年矣，時刻不爽。」余竊記張公文潛《明道雜志》云：雞能司晨，見於經傳，以爲至論，而未必然也。或天寒雞懶，至將旦而未鳴；或夜月出時，鄰雞悉鳴。大抵有情之物，自不能有常而或變也。若然，則張公之言非歟？因舉似以詢其所以，僧云：「司晨之雞必以童，若壞其天真，豈能有常哉！」蓋張公特未知此理故耳。

黃道婆

閩、廣多種木綿，紡績爲布，名曰吉貝。松江府東去五十里許，曰烏泥涇，其地土田磽瘠，民食不給，因謀樹藝，以資生業，遂覓種於彼。初無踏車椎弓之製，率用手剖去子，線弦竹弧置按間，振掉成劑，厥功甚艱。國初時，有一嫗名黃道婆者，自崖州來，乃教以做造捍彈紡織之具，至於錯紗配色，綜線挈花，各有其法，以故織成被褥帶帨，其上折枝團鳳，棋局字樣，粲然若寫。人既受教，競相作爲，轉貨他郡，家既就殷。未幾，嫗卒，莫不感恩灑泣而共葬之。又爲立祠，歲時享之。越三十年，祠毀，鄉人趙愚軒重立。今祠復毀，無人爲之創建，道婆之名日漸泯滅無聞矣。

天隕魚

至正丙午八月辛酉，上海縣浦東俞店橋南牧羊兒三四，聞頭上恰恰有聲，仰視之，流光中隕一魚，刺麻佳上成二創，其狀不常見，自首至尾根，僅盈尺，似闊霸而短。是日晴，無陰雲，亦無雕鶚之類，是可怪也。日昳時，縣市人哄然指流星自南投北，即此時也。橋下一細家取欲烹食，其妻鹽而藏之，來者多就觀焉。或者曰《志》有云：天隕魚，人民失所之象。

十二生子

至元丁丑，民間謡言拘刷童男女，以故婚嫁不問長幼而亂倫者多矣。平江蘇達卿，時爲上海吏，有女年十二，贅里人浦仲明之子爲婿，明年，生一子。

劉節婦

劉節婦，泰州坂埨人。至正丙申春，隨父渡江，居吴門，適張士誠部將曹某。方數月，夫陣亡，劉不避凶險，躬至死所，求得其屍歸葬，欲以身殉，父不許。既而權貴人聞劉美且賢，争欲强委禽焉。劉誓死不貳，遂削髮爲比丘尼。夫劉本一閭閻女子，其操行乃爾，蓋有貴爲后妃而莫之及者，謂非天性也歟？

歷代醫師

三皇

僦貸季　天師岐伯　鬼臾區　少師　少俞

伯高　桐君　太乙雷公　馬師皇

五帝

巫咸　伊尹

周

巫彭　矯氏　俞氏　盧氏　醫緩

醫竘　文摯　醫和　范蠡　鳳綱

秦

長桑君　李豹　神應王扁鵲　子陽　安期先生

太醫令李醯　崔文子

西漢

樓護　元里公楊慶①　公孫光　秦信　太倉公淳于意②

王遂　宋邑　馮信　高期　王禹

唐安　杜信　玄俗

---

① 「元里公楊慶」，各本同，疑爲「元里公乘陽慶」之誤。案《史記·扁鵲倉公列傳》謂太倉公淳于意「少而喜醫方術，高后八年，更受師同郡元里公乘陽慶」。《史記正義》曰：「《百官表》云公乘，第八爵也。顔師古云：『言其得乘公之車也。』」

② 「太倉公淳于意」，各本皆誤作「太倉公」和「淳于意」二人。案《史記·扁鵲倉公列傳》：「太倉公者，齊太倉長，臨菑人也，姓淳于氏，名意。」

東漢

張機仲景。　郭玉　程高　涪翁　沈建

張伯祖　杜度　魏沉①　淮南子②

蜀漢

李譔　唐慎微③　韓保昇④　孟昶⑤

魏

華佗　李當⑥　吴普　青牛道士封君達

樊阿　韓康

---

①「魏沉」，各本同，疑爲「衛沉」之誤。案張杲《醫説》引《仲景方》曰：「衛沉，不知何郡人也，仲景弟子，知書疏，有小才，撰《四逆三部厥經》及《婦人胎臟經》《小兒顱顖經方》三卷，皆其所制，知名當代。」

②「淮南子」，係淮南王劉安，西漢人，各本皆誤屬東漢。

③「唐慎微」，北宋醫者，各本皆誤屬蜀漢。案《郡齋讀書志》著録《證類本草》三十二卷，「皇朝唐慎微撰」。

④「韓保昇」，五代後蜀人，各本均誤屬蜀漢。案《通志》著録《蜀本草》二十卷，「僞蜀韓保昇等撰」。

⑤「孟昶」，係五代後蜀高祖孟知祥第三子，後蜀末代國主，各本均誤屬蜀漢。

⑥「李當」，各本同，疑爲「李當之」之誤。案張杲《醫説》引《七録》曰：「李當之者，不知何許人也，華佗弟子，少通醫經，尤精藥術。」

吴

吕博　負局先生　董奉

西晉

王叔和　李子豫　仰道士　殷仲堪　李法存①

皇甫謐②玄晏先生。張苗　裴頠　裴顗

劉德　史脱　宫泰　靳邵　張華

蔡謨　趙泉　阮德③

---

① 「李法存」，各本同，疑爲「支李法」之誤。案張杲《醫説》引《千金方序》曰：「支法存者，嶺表僧人也，幼慕空門，心希至道，而性敦方藥，尋覓無厭，當代知其盛名。自永嘉南渡，晉朝士夫不襲水土，所患皆腳弱，唯法存能拯濟之。」

② 「皇甫謐」，各本皆誤作「皇甫謚」。案《晉書・皇甫謐傳》：「皇甫謐，字士安，幼名静，安定朝那人，漢太尉嵩之曾孫也。出後叔父，徙居新安。……沉静寡欲，始有高尚之志，以著述爲務，自號玄晏先生。著《禮樂》《聖真》之論。」

③ 「阮德」，各本同，疑爲「阮德如（即阮侃）」之誤。案《隋書・經籍志》：「《攝生論》二卷，晉河内太守阮侃撰。」《世説新語》劉孝標注引《陳留志名》謂阮共少子侃，「字德如，有俊才，而飭以名理。風儀雅潤，與嵇康爲友。仕至河内太守」。張杲《醫説》引《晉書》曰：「阮侃字德如，陳留尉氏人也。幼而聰惠，長而好學。性沉静，有大度，以秀才爲郎，遊心方伎，無不通會，於本草經方療治之法，尤所耽尚。官至河内太守。」

東晉

葛洪抱朴子。　范汪①　程據

南宋

少主元徽　王纂　胡洽　徐熙秋夫。　徐道度②秋夫長子。

徐叔嚮道度弟。　薛伯宗　徐仲融　徐文伯　徐嗣伯

僧深　劉涓子　羊晰③　秦承祖

南齊

張子信　馬嗣明　張遠遊

---

① 「范注」，各本同，疑爲「范汪」之誤。案《晉書·范汪傳》：「范汪字玄平，雍州刺史晷之孫也。」又《隋書·經籍志》著録《范陽東方》一百五卷，録一卷，范汪撰。張杲《醫説》引《晉中興書》曰：「范汪字玄平，不知何郡人。……性仁愛，善醫術，嘗以拯恤爲事。凡有疾病，不以貴賤，皆治之，所活十愈八九。」

② 「徐道度」，原誤作「徐道」和「度」二人。案《南史·張邵傳》附：「（張）融與東海徐文伯兄弟厚。文伯字德秀，濮陽太守熙曾孫也。熙好黄老，隱於秦望山，有道士過求飲，……生子秋夫，彌工其術，仕至射陽令。……秋夫生道度、叔嚮，皆能精其業。……道度生文伯，叔嚮生嗣伯。文伯亦精其業，兼有學行，倜儻不屈意於公卿，不以醫自業。」

③ 「羊晰」，各本同，疑爲「羊欣」之誤。案《宋書·羊欣傳》：「羊欣字敬元，泰山南城人也。曾祖忱，晉徐州刺史。祖權，黄門郎。父不疑，桂陽太守。……素好黄老，……兼善醫術，撰《藥方》十卷。」又《隋書·經籍志》著録《羊中散藥方》三十卷，「羊欣撰」。

北齊

顧歡　李元忠　李密　崔季舒　祖珽

褚澄　鄧宣文　顏光禄　龍樹王菩薩　徐之才

徐林卿之才長子。　徐同卿林卿弟。

梁

貞白先生陶弘景①　蘇恭②

後魏

王顯　徐謇　徐雄謇長子。

---

① 「貞白先生陶弘景」，各本皆誤作二人，且「貞白先生」與「陶弘景」之間有「蘇恭」。案《梁書·陶弘景傳》：「陶弘景字通明，丹陽秣陵人也。……性好著述，尚奇異，顧惜光景，老而彌篤。尤明陰陽五行，風角星算，山川地理，方圖産物，醫術本草。……大同二年卒，時年八十五，顔色不變，屈伸如恒。詔贈中散大夫，謚曰貞白先生。」

② 「蘇恭」，各本同，或係唐人蘇敬。案《唐會要》載唐顯慶二年，右監門府長史蘇敬上言陶弘景所撰本草「事多舛謬，請加删補」。《舊唐書·藝文志》著録蘇敬《本草圖經》《新修本草》《新修本草圖》《本草音》四種。《古今姓氏書辯證》卷三四：「敬，宋廟諱，……政和中有詔改爲恭氏。」《能改齋漫録》：「考唐顯慶中，監門衛長史蘇恭撰《唐本草》，……」

後周

徐之範　杜善方

隋

徐敏齋①　許智藏　巢元方　楊善

唐

金元起②　真人孫思邈　許胤宗　宋俠　藥王韋慈藏

甄權　甄立言　王冰啓玄子。　張文仲　孟詵

蘭陵處士蕭炳　李虔縱　楊玄操　元珠先生　楊損之

王方慶　秦鳴鶴　許孝宗③　陳士良　李含光

---

① 「徐敏齋」，各本同，疑爲「徐敏齊」之誤。案張杲《醫説》引《隋書》曰：「徐敏齊，太常卿之範之子也，工醫，博覽多藝，開皇中贈朝散大夫。」

② 「金元起」，各本同，或係隋人全元起。案《隋書・經籍志》著録有全元起注《黄帝素問》八卷，《宋史・藝文志》亦著録《素問》八卷，「隋全元起注」。

③ 「許孝宗」，各本同，疑爲「許孝崇」之誤。案《唐會要》載顯慶二年（657），詔令檢校中書令許敬宗、太常寺丞吕才、太史令李淳風、禮部郎中孔志約、尚藥奉御許孝崇「增損舊本，徵天下郡縣所出藥物，並書圖之」。《新唐書・藝文志》著録《圖經》七卷，謂顯慶四年尚藥奉御許孝崇等撰」。

張鼎　陳藏器

五代

日華子

宋

趙從古　謝復古　劉温舒　朱肱無求子。　孫用和

紀天錫　劉元賓通真子。　翟煦　劉禹錫①　初虞世

道士馬志　寵安時②　宋道方　許叔微　王從藴

吴復圭③　張洞　曹孝忠　林億　秦宗古

---

① 「劉禹錫」，各本同，疑爲「掌禹錫」之誤。案《宋史・掌禹錫傳》：「掌禹錫字唐卿，許州郾城人。……禹錫矜慎畏法，居家勤儉，至自舉几案。嘗預修《皇祐方域圖志》《地理新書》，奏對帝前，王洙推其稽考有劳，賜三品服。及校正《類篇》《神農本草》，載藥石之名狀爲《圖經》。」

② 「寵安時」，戴本作「龐安時」，疑是。案《宋史・龐安時傳》：「龐安時字安常，蘄州蘄水人。兒時能讀書，過目輒記。父，世醫也，授以脈訣。」又《直齋書録解題・醫書類》著録《龐氏家藏秘寶方》五卷，「蘄水龐安時安常撰。安時以醫名世，所著書傳於世者，惟《傷寒論》而已。此書南城吴炎晦父録以見遺」。

③ 「吴復圭」，各本同，疑爲「吴復珪」之誤。案《宋史・藝文志》著録吴復珪《小兒明堂針灸經》一卷，又著録吴復圭《金匱指微訣》一卷。

丁德用　賈祐　蘇頌　朱有章　孫兆
王惟一　王光祐　蔣淮　安自良　張素
陳遇明　劉翰

金

成無已　何公務　劉守真①　侯德和　張子和②
馬守素③　楊從政　李道源　張元素潔古老人。　袁景安

① 劉守真即劉完素。《金史·方伎傳》:「劉完素,字守真,河間人。……好用涼劑,以降心炎、益腎水爲主。自號『通元處士』云。」

② 張子和即張從正。《金史·方伎傳》:「張從正字子和,睢州考城人。精於醫,貫穿難、素之學,其法宗劉守真,用藥多寒涼,然起疾救死多取效。」

③「馬守素」,各本同,或當爲「馬宗素」。案《千頃堂書目》著録馬宗素《傷寒醫鑑》一卷,又《續通志·藝文略》著録《傷寒醫鑑》一卷,「元馬宗素撰」。

南村輟耕録卷二十五

論秦蜀

秦皇坑儒，武侯相漢，未有置異議於其間者。偶讀宋蕭森①《希通録》，及俞文豹《吹劍録》，而得其説，可采。

森曰：李斯曰：「非博士官所職，天下敢有②藏《詩》《書》百家語者，皆詣守尉雜燒之。」則是天下之書雖焚，而博士官猶有存者。惜乎入關收圖籍而不及此，竟爲楚人一炬耳。前輩嘗論之，但坑儒一事，未有究極之者。僕按史書，所坑特侯生、盧生四百六十餘人，非能盡坑天下儒者。爲其所坑，又非儒者。何以知之？始皇三十二年，使盧生求羨門，刻碣石門，壞城郭，決通堤防。又盧生入海還，因奏録圖書曰：「亡秦者胡也。」始皇乃遣蒙恬發兵三十萬人北伐匈奴，

① 「蕭森」，各本同，或當作「蕭參」。案《稗乘》收有《希通録》一卷，題「元蕭參撰」。
② 「敢有」，《希通録》作「有敢」。

起臨洮，築遼水。又盧生説始皇曰：「日方中，人主時爲微行，以辟惡鬼。惡鬼辟，真人至。願上所居宫，毋令人知，然後不死之藥殆①可得也。」其後建阿房宫，千間萬落，必自此言發之。觀其二事，皆盧生稔其惡，又縱臾之，特方伎之流耳，豈所謂儒者哉？始皇因封禪之議，謗口紛紛，已懷殺意。及其一怒而坑之，或者天理之不容。方其求藥海上也，則挾童男童女以行，皆取於民間，奪其無告之孤，肆厥不軌之狀，如今所謂妖教，竊②其中死無辜者多矣。此一罪也。因亡胡之讖，興北伐之師，築長城，斷地脈，南北生靈，因是役而死者，不可勝算。骸積如山，血流成川，調發頻仍，剥及閭左。原始要終，誰生厲階？此二罪也。獻辟鬼之術，覬真人之來。咸陽宫觀二百七十，複道相連，有言其所幸之處者罪死。梁山之上，其語一泄，時在旁者盡殺之，自是莫知行之所在。此三罪也。有一於此，罪不容於死，況兼有之。以四百六十餘人之坑，償萬人之命，良不爲過。天網恢恢，疏而不漏，真可畏哉！始皇曰：「盧生等，吾尊賜之甚厚，今乃誹謗我。諸生在咸陽者，吾使廉問，或爲妖言以亂黔首。」於是使御史按問，諸生傳相告引。僕亦信盧生非吾儒中人，況始皇自謂尊賜甚厚，豈非如前三者方術圖讖之類，有以中其欲，故尊賜之，

---

① 「殆」，《希通録》作「始」。
② 「竊」，《希通録》無。

初不聞其誦孔子之言以進。古今相承，皆曰坑儒，蓋惑於扶蘇之諫。扶蘇曰：「諸子①皆誦法孔子，皇上皆重法繩之，臣恐天下不安。」嗚呼！至若盧生者，何嘗誦法孔子？自扶蘇言②之誤，使儒者蒙不韙之名，自我一洗，亦萬世之快也。不然，如兩生、四皓、伏生之流，鴻飛冥冥，弋人何慕，肯摇唇鼓吻，自投於陷穽哉？僕故曰盧生四百六十餘人，皆方伎之士也。天下之大，所謂儒者固不止此，其坑之者，此而已矣。有道之士，秦不能坑。火德一炎，兩生以講禮聞，四皓以羽翼之功聞，伏生以口授古書聞，豈非天壽其脈，留此數公以見吾儒不可磨滅，而朋姦黨惡小人終不能爲長久計。商君以變法禍秦，竟遭車裂；盧生以方伎禍秦，坑於咸陽，其罪等也。天其或者假手於秦歟？商君裂矣，盧生坑矣，而秦以不祀，抑亦自相擠陷之明報，而禍淫之道爲不遍矣。僕③惡夫坑儒之名，故論其顛末如此。

文豹曰④：古今論孔明者，莫不以忠義許之，然余兄文龍嘗考其顛末，以爲孔明之才，謂之識時務則可，謂之明大義則未也；謂之忠於劉備則可，謂之忠於漢室則未也。其説有四：一

---

① 「諸子」，《希通録》作「諸生」。
② 「言」，《希通録》作「一言」。
③ 「僕」下《希通録》有「甚」字。
④ 案「文豹曰」以下見宋人俞文豹《吹劍録》。

者，備雖稱爲中山靖王之後，然其服屬疏遠，世數難考，温公謂猶宋高祖自稱楚元王後，故《通鑑》不敢以紹漢統。況備又非人望之所歸，周瑜以梟雄目之，劉巴以雄人①視之，司馬懿以詐力鄙之，孫權以猾虜呼之，亮獨何見而委身焉？藉使以爲劉氏族屬，然獻帝在上，猶當如光武之事更始，東征西伐，一切聽命焉可也。二者，備之枉駕草廬也，始謀不過曰「主上蒙塵，孤不度德量力，欲伸大義於天下」，其辭甚正，其志甚偉。自亮開之以跨荆、益，成霸業之利，而備之志向始移，無復以獻帝爲念。由建安舉兵以來二十四年，天子或都許，或居長安，或幸洛陽，宫室煨燼，越在籬棘間，備未嘗使一介行李詣行在所。今年合衆萬餘，明年合衆三萬，未嘗一言稟命朝廷，而亮亦未嘗一談及焉。蓋其帝蜀之心，已定於草廬一見之時矣。三者，曹操欲順流東下，求救於吴，無一言及獻帝，而獨説以鼎足之説。夫鼎足之説，始於蒯通。然通之説韓信以此，猶有漢之一足。當三國時而爲是説，則獻帝無復染指之望矣。賴周瑜漢賊之罵，足以激怒孫權，故能成赤壁之勝。若亮若備，何以厲將士之氣，服曹操之心哉？荆楚之士，從之如雲，非從備也，乃從漢也。四者，備之稱王漢中，則建安二十四年也，獻帝在上，而敢於自王。及稱帝武擔，則聞獻帝之遇害也，亮不能如董公説高祖，率三軍爲義帝縞素，仗大

① 「雄人」，原誤作「誰人」，據元本、明初本、戴本改。案《吹劍録》亦作「雄人」。

義，連孫、吴，聲罪討賊，乃遽乘此即帝位，而反鋒攻吴。晉文公有言：「父死之謂何，又因以爲利。」故費詩以爲大敵未克，便先自立，恐人心疑惑，而諫以高祖不敢王秦之事，亮反怒而黜之。夫以操之姦雄，其王其公，猶必待天子之命，荀彧且以此憤死。以丕之篡逆，亦必待獻帝之禪，楊彪且不肯臣之。備雖稱宗室①，而亦臣也，何所禀命，而自王自帝？固方嘵嘵以興復漢室爲辭，不知興復漢室，爲獻帝耶？爲劉備耶？亮即有心於帝備矣，萬一果能興復，將置獻帝於何地？《出師》一表，雖忠誠懇懇，特忠於所事耳，其於大義，實有所未明也。管仲、樂毅之事，君子所羞道者，以其但知有燕、齊而不知有王室也。亮乃以管、樂自許，宜其志慮之所圖回，功業之所成就，止於區區一蜀耳。或者但爲②備劉氏宗也，備帝蜀，則漢祚存矣，亮忠於備，即忠於漢矣。吁！無獻帝則可，有獻帝在，而君臣自相推戴，則赤眉之立盆子③，亦有辭於世矣。春秋之末，諸侯争强，周室微弱，孔子無一日不以尊王爲心。若如亮之見，則魯同姓也，亦可奉之爲王矣。天下後世，惟持此見，故於亮之事，無敢置異議於其間。文中子曰：「通也敢忘大皇昭烈之懿識，孔明、公瑾之盛心。」噫！漢之君既稱獻帝，魏之君又稱武帝，吴之君又稱大皇帝，蜀

① 「宗室」上戴本及《吹劍録》均無「稱」字。
② 「爲」，《吹劍録》作「謂」。
③ 「盆子」，《吹劍録》作「劉盆子」。

之君又稱昭烈①皇帝，天無二日，民無二王，一天下而四帝並立，可乎？」通之見如此，宜其爲《續書》②之僭也。余兄嘗以是説取解於同文館。

院本名目

唐有傳奇，宋有戲曲、唱諢、詞説，金有院本、雜劇、諸宫調。院本、雜劇，其實一也。國朝院本、雜劇，始釐而二之。院本則五人：一曰副淨，古謂之參軍；一曰副末，古謂之蒼鶻，鶻能擊禽鳥，末可打副淨，故云；一曰引戲；一曰末泥；一曰孤裝，又謂之五花爨弄。或曰：宋徽宗見爨國人來朝，衣裝鞋履巾裹，傅粉墨，舉動如此，使優人效之以爲戲。又有焰段，亦院本之意，但差簡耳，取其如火焰，易明而易滅也。其間副淨有散説，有道念，有筋斗，有科泛。教坊色長魏、武、劉三人，鼎新編輯。魏長於念誦，武長於筋斗，劉長於科泛，至今樂人皆宗之。偶得院本名目，用③載於此，以資博識者之一覽。

① 「昭烈」，原誤作「照烈」，據上文及戴本改。案《吹劍録》亦作「昭烈」。
② 「續書」，原誤作「讀書」，據戴本改。案《吹劍録》亦作「續書」。
③ 「用」，原缺，據元本、明初本、戴本補。

和曲院本

月明法曲　鄆王法曲　燒香法曲　送香①法曲　上墳伊州

燒花新水　熙州駱駝　列良羸府　病鄭逍遥樂　四皓逍遥樂

四酸逍遥樂　賀貼萬年歡　掆廩降黄龍　列女降黄龍

上皇院本

壺春堂　太湖石　金明池　戀鼇山　六變妝

萬歲山　打草陣　賞花燈　錯入内　問相思

探花街　斷上皇　打毬會　春從天上來

題目院本

柳絮風　紅索冷　墻外道　共粉淚　楊柳枝

蔡消閑　方偷眼　呆太守　畫堂前　夢周公

梅花底　三笑圖　窄布衫②　呆秀才　隔年期

---

① 「送香」，元本、明初本、戴本作「送使」。

② 「窄布衫」，戴本作「脱布衫」。

賀方回　王安石　斷三行　競尋芳　雙打梨花院

霸王院本

悲怨霸王　范增霸王　草馬霸王　散楚霸王　三官霸王

補塑霸王

諸雜大小院本

喬記孤①　旦判孤　計算孤　雙判孤　百戲孤

哨咕孤　燒棗孤　孝經孤　菜園孤　貨郎孤

合房酸　麻皮酸　花酒酸　狗皮酸　還魂酸

別離酸　王纏酸②　謁食酸　三揲酸③　哭貧酸

插撥酸　酸孤旦　毛詩旦　老孤遺旦　纏三旦

禾哨旦　哮賣旦　貧富旦　書櫃兒　紙襴兒

---

① 「喬記孤」，戴本作「喬托孤」。

② 「王纏酸」，元本、明初本、戴本作「三纏酸」。

③ 「三揲酸」，元本、戴本作「三楪酸」。

蔡奴兒　剁毛兒①　喜牌兒　卦册兒　繡篋兒
粥碗兒　似娘兒　卦鋪兒　師婆兒　教學兒
雞鴨兒　黄丸兒　棱角兒　田牛兒　小丸兒②
醜奴兒　病襄王　馬明王　鬧學堂　鬧浴堂
寛布衫　泥布衫　趕湯瓶　紙湯瓶　鬧旗亭
芙蓉亭　壞食店　鬧酒店　壞粥店　莊周夢
花酒夢　蝴蝶夢　三出舍　三入舍　瑶池會
八仙會　蟠桃會　洗兒會　藏鬮會　打五臟
蘭昌宫　廣寒宫　鬧結親　倦成親　强風情
大論情　三園子　紅娘子　太平還鄉　衣錦還鄉
四論藝　殿前四藝　競敲門　都子撞門　呆大郎
四酸擂　問前程　十樣錦　長慶館　癩將軍
兩相同　競花枝　五變妝　洪福無疆　白牡丹

---

① 「剁毛兒」，戴本作「剁手兒」。
② 「小丸兒」，戴本作「小九兒」。

赤壁鏖兵	窮相思	金壇謁宿	調雙漸	官吏不和
鬧巡鋪	判不由己	大勘刀	同官不睦	鬧平康
趕門不上	賣花容	同官賀授	無鬼論	四酸諱偌
鬧棚闌	雙藥盤街	鬧文林	四國來朝	雙捉婿
酒色財氣	醫作媒	風流藥院	監法童	漁樵問話
鬪鵪鶉	杜甫遊春	鴛鴦簡	四酸提候①	滿朝歡
月夜聞筝	鼓角將	鬧芙蓉城	雙鬪醫②	張生煮海
賒饅頭	文房四寶	謝神天	陳橋兵變	雙揭榜
矇啞質庫	雙福神	院公狗兒	告和來	佛印燒豬
酸賣徠	琴劍書箱	花前飲	五鬼聽琴	白雲庵
讶鼓二郎	壞道場	獨脚五郎	賣花聲	進奉伊州
錯上墳	醫五方	打五鋪	拷梅香	四道姑

① 「四酸提候」，戴本作「四酸提猴」。
② 「雙鬪醫」，戴本作「雙鬧醫」。

隔簾聽　硬行蔡①　義養娘　呫師姨　論秋蟬

劉盼盼　墻頭馬　刺董卓　鋸周朴　四柏板②

大論談　捧龍舟　擊梧桐　滰藍橋　入桃園

雙防送　海棠春　香藥車　四方和　九頭頂

鬧元宵　趕村禾　眼藥孤　兩同心　更漏子

陰陽孤　提頭巾　三索債　防送哨　偌賣旦

是耶酸　怕水酸　回回梨花院　晉宣成道記

院么

海棠軒　海棠園　海棠怨　海棠院　魯李王

慶七夕　再相逢　風流婿　王子端捲簾記　紫雲迷四季

張與夢孟楊妃　女狀元春桃記　粉墻梨花院　妮女梨花院　龐方溫道德經

---

① 「硬行蔡」，戴本作「硬竹蔡」。

② 「四柏板」，明初本作「四拍板」。

大江東注　吴彦舉①　不抽關②　不掀簾　紅梨花

玎瑺天賜暗姻緣

諸雜院爨

鬧夾棒六么　鬧夾棒法曲③　望贏法曲　分拐法曲　送宣道人歡

逍遥樂打馬鋪　撦彩延壽樂　諱老長壽仙　夜半樂打明星　歡呼萬里

山水日月　集賢賓打三教　打白雪歌　地水火風　夜深深三磕胞

佳景堪遊　琴棋書畫　喜遷鶯剁草鞋　太公家教　十五郎

滕王閣鬧八妝　春夏秋冬　風花雪月　上小樓衮頭子　噴水胡僧

汀④注論語　恨秋風鬼點偌　詩書禮樂　論語謁食　下角瓶大醫淡

再遊恩地　累受恩深　送羹湯放火子　擂鼓孝經　香茶酒果

船子和尚四不犯　徐演黃河　單兜望梅花　皇都好景　四偌大提猴

---

① 「吴彦舉」，戴本作「吴彦皋」。

② 「不抽關」，戴本作「不抽開」。

③ 「鬧夾棒法曲」，「夾」原誤作「來」，據元本、明初本、戴本改。

④ 「汀注論語」，「汀」，毛本作「江」，元本、明初本、戴本作「打」。

雙聲疊韻　上皇四軸畫　三偌一卜　調猿卦鋪　倬刀饅頭
河轉迓鼓　背箱伊州　酒樓伊州　簑衣百家詩　埋頭百家詩
偷酒牡丹香　雪詩打樊噲　抹麵長壽仙　四偌賈諢①　四偌祈雨
松竹龜鶴　王母祝壽　四偌抹紫粉　四偌劈馬樁　截紅鬧浴堂
和燕歸梁　蘇武和番　羹湯六么　河陽舅舅　偌請都子
雙女賴飯　一貫質庫兒　私媒質庫兒　清朝無事　豐稔太平
一人有慶　四海民和　金皇聖德　皇家萬歲　背鼓千字文
變龍千字文　摔盒千字文　錯打千字文　木驢千字文　埋頭千字文
講來年好　講聖州序　講樂章序②　講道德經　神農大説藥
食店提猴　人參腦子爨　斷朱温爨　變二郎爨　講百果爨
講百花爨　講蒙求爨　講百禽爨　講心字爨　變柳七爨
三跳澗爨　打王樞密爨　水酒梅花爨　調猿香字爨　三分食爨

① 「四偌賈諢」，元本、明初本、戴本作「四偌賣諢」。
② 「講樂章序」，戴本作「講樂章集」。

煎布衫爨　賴布衫爨　雙揲紙爨　謁金門爨　跳布袋爨
文房四寶爨　開山五花爨

衝撞引首

打三十　打謝樂　打八哥　錯打了　錯取兒①
説狄青　憨郭郎　枝頭巾　小鬧摑　鶯哥貓兒
大陽唐　小陽唐　歇貼韻　三般尿　大驚睡
小驚睡　大分界　小分界　雙雁兒　唐韻六貼
我來也　情知本分　喬捉蛇　鐺鍋釜竈　代元保
母子御頭　粫苗兒　山梨柿子　打淡的　一日一個
村城詩　胡椒雖小　蔡伯喈　遮截架解　窄磚兒
三打步　穿百倬　盤榛子　四魚名　四坐山
提頭帶　天下樂　四怕水　四門兒　説古人

① 「錯取兒」，元本、明初本、戴本作「錯取鬼」。

山麻稭　喬道傷①　黃風蕩蕩　貪狼觀　通一母
串梆子　拖下來　啞伴哥　劉千劉義　歡會旗
生死鼓　搗練子　三鞏頭　酒糟兒②　淨瓶兒
賣官衣　苗青根白　調笑令　鬪鼓笛　柳青娘
調劉衮　請車兒　身邊有藝　論句兒　霸王草
難古典　左必來　香供養　合五百　奶奶嗔③
一借一與　已巳己　舞秦始皇　學像生　支道饅頭
打調劫　驢城白守　呆木大　定魂刀　説罰錢
年紀大小　打扇　盤蛇　相眼　告假
捉記　照淡　矇啞　投河　略通
調賊　多筆　僉押　扯狀　羅打
記水　求楞　燒奏　轉花枝　計頭兒

①「喬道傷」，戴本作「喬道場」。
②「酒糟兒」，元本、明初本、戴本作「酒槽兒」。
③「奶奶嗔」，元本、明初本、戴本作「奶奶嗔」。

長嬌怜　歇後語　蘆子語　回且語　大支散

拴搐豔段

襄陽會　驢軸不了　拋繡球①　鞭敲金鐙　門簾兒
天長地久　眼藥里②　衙府則例　金含楞　天下太平
歸塞北　春夏秋冬　鬪百草　叫子蓋頭　大劉備
石榴花詩　啞漢書　説古棒　唱拄杖　日月山河
胡餅大　揹搵地　屋裏藏　罵吕布　張天覺
打論語　十果頑　十般乞　還故里　劉金帶
四草蟲　四廚子　四妃豔　望長安　長安住
罵江南　風花雪月　錯寄書　睡起教柱　打婆束③
三文兩撲　大對景　小護鄉　少年遊　打青提

---

① 「拋繡球」，原爲空格，據元本、明初本、戴本補。
② 「眼藥里」，原爲空格，據元本、明初本、戴本補。
③ 「打婆束」，戴本作「打婆來」。

千字文　酒家詩　三拖旦　睡馬杓　四生厲①
喬唱諢　桃李子　麥屯兒　大菜園　喬打聖
杏湯來　謝天地　十隻脚　請生打納　建成
縛食　毬棒豔　破巢豔　開封豔　鞍子豔
打虎豔　四王豔　蝗蟲豔　撅子豔　七捉豔
修行豔　般調豔　棗兒豔　鑾子豔　快樂豔
慈烏豔　眼裏喬　訪戴　衆半②　陳蔡
范蠡　扯休書　鞭塞　杴扒掃竹　感吾智
諸宮調　金鈴　雕出板來　套靴　舌智
俯飯　釵髮多　襄陽府　仙哥兒

打略拴搐

星象名　果子名　草名　軍器名　神道名
燈火名　衣裳名　鐵器名　書集名　節令名

---

① 「四生厲」，戴本作「四生屬」。
② 「衆半」，戴本作「衆牛」。

齏菜名　縣道名　州府名　相撲名　法器名

門名　草名　軍名　魚名　菩薩名

賭撲名①

照天紅　琴家弄　著棋名　衮骸子②　樂人名

悶葫蘆　握龜

官職名

説駕頭　敲待制　上官赴任　押刺花赤

飛禽名

青鶻　老鴉　厮料　鷹鷂雕鶻

花名

石竹子　調狗　散水

---

① 「睹撲名」，戴本作「賭撲名」。

② 「衮骸子」，元本、明初本、戴本作「衮骰子」。

吃食名

廚難偌　孽茹菜

佛名

成佛板　爺娘佛

難字兒

盤驢　害字　劉三　一板子

酒下㧺

數酒　三元四子

唱尾聲

孟姜女　遮蓋了　詩頭曲尾　虎皮袍

猜謎

杜大伯　大黄

和尚家門

禿醜生　窗下僧　坐化　唐三藏

先生家門

入口鬼　則要胡孫　大燒餅　清閑真道本

秀才家門

大口賦　六十八頭　拂袖便去　紹運圖　十二月

胡説話　風魔賦　獠丁賦　捧著駱駝　看馬胡孫

列良家門

説卦象　由命賦　混星圖　柳簸箕　二十八宿

春從天上來

禾下家門

萬民快樂　咬的響　莫延　九斗一石　共牛

大夫家門

三十六風　傷寒賦①　合死漢　馬屁勃　安排鍬钁

三百六十骨節　撒五穀　便癰賦

---

①「傷寒賦」，原缺「賦」字，據元本、明初本、戴本補。

卒子家門

針兒線　甲仗庫①　軍鬧　陣敗

良頭家門

方頭賦　水龍吟

邦老家門

脚言脚語　則是便是賊

都子家門

後人收　桃李子　上一上

孤下家門

朕聞上古　刁包待制　絹兒來

司吏家門②

罷筆賦　是故榜

---

①「甲仗庫」，「甲」原誤作「田」，據元本、明初本、戴本改。

②「司吏家門」，「門」原誤作「聞」，據元本、明初本、徐本、毛本、戴本改。

仵作行家門

一遍生活

撅倈家門

受胎成氣

諸雜砌

模石江　梅妃　浴佛　三教　姜武

救駕　趙娥娥　石婦吟　變貓　水母

玉環①　走鸚哥　上料　瞎脚　易基

武則天　告子　拔蛇　鹿皮　新太公

黃巢　恰來　蛇師　没字碑②　臥草③

衲襖　封碑④　鋸周朴　史弘筆⑤　懸頭梁上

---

①「玉環」，原誤作「王環」，據元本、明初本、戴本改。

②「没字碑」，「没」原誤作「汲」，據元本、明初本、戴本改。

③「臥草」，元本、明初本、戴本作「臥單」。

④「封碑」，戴本作「封陟」。

⑤「史弘筆」，各本同，疑當作「史弘肇」。

遁母

錢唐戴厚甫，淳。鄧文肅公之婿也，精遁甲法。戴之母常寢處樓上，忽一夕，驚見紅光貫室，忽①開幃，細視之，乃是一美婦人，獨立榻前，自拔金釵遺母，既而無所見。母以語戴，答曰：「適某祭遁神，遂致此耳。遁母見，某必不久於人世矣。」由是悒悒不樂，逾數月，果卒。

天竺觀音

今杭州之上天竺寺觀音像，長不盈五尺，而疊著②靈異，官民信奉甚恭，凡旱潦，禱之必應。嘗考釋氏紀録云：後晉天福己亥，僧道翊一夕見山間光明，往視之，得奇香木，命良工刻成觀世

① 「忽」，戴本作「急」。

② 「著」，原誤作「箸」，據元本、明初本、戴本改。

音菩薩像，白光煥發，繼以晝夜。後漢乾祐戊申，有僧從勳，以古佛舍利置毫相中，舍利時現冠頂。宋咸平庚子，浙西自春徂夏不雨，給事中知杭州張去華率僚屬具幡蓋鼓吹，迎禱於梵天寺，繼時霔雨，四境沛足。如此，則自有像已四百餘年，其所由來遠矣。

南村輟耕録卷二十六

傳國璽

御史中丞崔彧進傳國璽，牋曰：資德大夫、御史中丞臣崔彧言：至元三十一年，歲次甲午，春正月既旦，臣番直宿衛，御史臺通事臣闊闊朮即衛所告曰：太師國王之孫曰拾得者，嘗官同知通政院事，今既殁矣，生産散失，家計窘極，其妻脱脱真縈病，一子甫九歲，托以玉見貿，供朝夕之給。及出玉，印也。闊闊朮蒙古人，不曉文字，兹故來告。聞之，且驚且疑，乃還私家取視之，色混青緑而玄，光采射人。其方可黍尺四寸，厚及方之三不足，背紐盤螭，四厭方際，紐盡璽堮之上，取中通一横竅，可徑二分，舊貫以韋條，面有篆文①八，刻畫揵徑，位置勾適，皆若蟲鳥魚龍之狀，别有②仿佛有若「命」字、若「壽」字者。心益驚駭，意謂無乃當此昌運，傳國璽出乎？

① 「篆文」，原誤作「象文」，據元本、明初本、戴本改。
② 「有」，戴本作「其」。

急召監察御史臣楊桓至，即讀之曰「受命於天，既壽永昌」，此傳國寶璽文也。聞之，果合前意，神爲肅然。乃加以淨綿，複以白帕，率御史臣楊桓、通事臣闊闊术等，直趨青宫，因鎮國上將軍都指揮使詹事王慶端、嘉議大夫家令臣阿散罕、少中大夫詹事院判臣僕散壽導謁，進獻皇太后御前。徽①仁裕聖皇后。啓曰：此古傳國璽也。秦以和氏璧所造，厥後有天下者寶之，以君萬國。然自前代失之久矣，今當宫車晚出，諸大臣僉議迎請皇太孫成宗。龍飛之時，不求而見，此乃天示其瑞應也，宜早達於皇太孫行殿，以符靈貺。已蒙嘉納。翼日，令資善大夫中書右丞詹事臣張九思、少中大夫詹事院判臣僕散壽傳皇太孫，親爲付授。此蓋皇太妃懿慮深遠，非臣愚所能及也。

臣前又啓：收藏寶璽之家，不知甄别，循常以玉求粥，臣見而識之，特持來獻，彼猶未知，望恩恤其家。傳旨：賜收玉之家楮幣二千五百貫，並逮臣等進辨其寶者三人衣段各一表裏紋金，綺素有差，以爲異日旌賞②之徵。臣等已詣府前敬受訖，自惟無狀，不勝慚赧。是日，金紫光禄大夫中書右丞相臣完澤，率集賢翰林侍從諸臣入賀御前，命出寶璽遍示羣臣，此又出於皇太妃

① 「徽」，原誤作「微」，據戴本改。案《元史·后妃傳》作「徽仁裕聖皇后」。
② 「旌賞」，原誤作「旌賓」，據元本、明初本、戴本改。

至正至大之量。翰林學士臣董文用等前啓曰：「此誠神物，出當其時，若非皇太妃、皇太孫聖感，何以臻此？」丞相以下臺臣等次第上壽。自是内外稱慶，咸曰天命有歸。臣聞《詩序》曰：「文王有明德，故天復命武王。」今神寶之出，蓋因先帝有明德，故天命復歸於皇太孫也。又曰：「皇天親有德，享有道。」以言皇天非有德有道則不親不享也。又聞之《書》曰：「皇天無親，惟德是輔。」又曰：「天命有德，克享天心，受天明命。作善，降之百祥。」歷觀上世《詩》《書》之旨，未有無德而能致天命之歸也。欽惟太祖聖武皇帝秉資神格，始爲天下除禍定亂，隆功盛德，簡在天心，受命而爲天下主。以至我憲天述道仁文義武大光孝皇帝，德配乾坤，功包海嶽，孝格宗廟，子育黎元。輿地所記，悉主悉臣，照臨無幽，咸遂生樂。施及明孝太子，天錫仁慈之德，上感君親之悦，下係億兆之望，至元建號，日月重明，無爲而治者迨廿年。雖由太子進德修業之洪溢，亦賴元妃内助之淵密也。敬惟皇太妃聰明淑懿，母儀崇嚴，德量溥厚，孝敬慈恕，出乎天性，往古未有也。自明孝太子升遐，内則皇孫翼翼，訓導端嚴，外則百司班班，臨御整飭，由是聖上君父，大見倚重。雖於時皇太孫未昭儲副之托，而詹事之司未嘗一日廢闕，以見皇天定命於青宫之位，無時不在，誠非人力所能爲也。欽惟皇太孫殿下德資剛明，才兼文武，英謀獨斷，大肖祖宗，族屬係望，遐邇歸心。聖祖憲天述道仁文義武大光孝皇帝，灼知天命之所在，久存隆顧，將付以撫軍之重，於至元三十年夏六月二十一日，賜以皇太子金寶，大正儲位，而後詔以出師之期。天下聞之，室家胥慶，和氣穰穰，出於兩間。是歲秋稔，數年罕遇。臣切念天象無言，托命不爽，豈期又於大行皇帝宫車晚出之後甫八日，傳國神寶不求而出於大功臣子孫之家，速由臺諫耳目之司，直達於皇太妃御前。斯蓋皇天授命，皇太孫誕膺龍飛，以正九五之位，俾符寶璽之文，既壽而永，永而又昌。臣又見皇天之心，大賴我皇元繼體之君，不疾不遲，景命適至，以允四海之望者，其瑞應之兆有三。按唐史，代宗之將爲太子，先封楚王，及位正儲副而監國，楚州獻定國寶一十有三，因曰：楚者，太子之封，今天降寶於楚，宜建元寶應，蓋以寶爲太子瑞應也。昔明孝太子封爲燕王，今皇太孫，燕王之子也，將主神器，而神寶出於燕，適與前事相符，此瑞應之兆一也。又寶璽之出，正當皇元聖天子六合一統之時，宫車晚出之近朝，以見天心正爲繼體之君設也，此瑞應之兆二也。又寶璽之出，適當月之三十日，有終而復始之象，以見先聖皇帝御世太平之功既成，俾繼體之君復其始也，此瑞應之兆三也。今以此三兆觀之，益見天命之來，際合於青宫也。臣區區之情，無任傾向，輒罄所見，以贊其萬一。

謹將寶璽之出處古今始末，詳據考按。許慎《説文》：璽，王者①印也。以守土，故爲文

---

① 「王者」，原誤作「玉者」，據戴本改。案《説文解字》：「璽：王者印也，所以主土，從土爾聲。」

從爾，從土。其義蓋曰：天付爾此器，俾寶之以守爾土也。至周，太史籀易爲從爾從玉，義取天付爾此玉寶，以爲天下君也。三代以上，璽文無所考。諸史籍並《寶璽篆文圖説》曰：傳國璽方四寸，其文文飾如前。楚以卞和所獻之璞，琢而成璧，後求婚於趙，以納聘焉，秦昭王請以十城易之而不獲。始皇并六國，得之，命李斯篆其文，玉工孫壽刻之。《太平御覽》又以爲藍田玉所刻。二世子嬰，奉璽降沛公於軹道旁。高祖即位，服其璽，因世傳之，謂爲傳國璽。厥後孺子未立，藏於長樂宫。及莽篡位，使安陽侯王舜迫太后求之，太后怒，罵而不與，舜言益切，出璽投之地，璽因歸莽。及更始滅莽，校尉公賓得璽，詣宛獻於更始。赤眉殺更始，立盆子，璽爲盆子所有。後盆子面縛，奉璽於光武。至獻帝，董卓作亂，掌璽者投於井中，孫堅征董卓，於井中得之。袁術奪於堅妻。術死，荆州刺史徐璆聞帝爲曹操迎在許昌，以璽送之。帝後遜位，並以璽歸魏。常道鄉公①禪位，璽歸於晉。懷帝遇劉聰之害，璽歸於聰。聰死，歸曜。曜爲石勒所滅，璽入於勒。勒滅，入於冉閔。閔敗，見收於閔之將軍蔣幹，晉征西將軍謝尚購得之，以還東晉，時穆帝永和八年也。自璽寄於劉、石，共五十三年，晉復得之。是後宋、齊、梁、陳相傳，以至於隋滅陳，蕭后與太子正道，並傳國璽，

① 「常道鄉公」，「常」字各本皆誤作「帝」，徑改。

並入於突厥。唐太宗即位，寶璽未獲，乃自刻玉曰「皇帝景命，有德者昌」。貞觀四年，蕭后與正道自突厥奉璽歸於唐，唐始得焉。朱温篡唐，璽入於温。莊宗定亂，璽入於後唐。莊宗遇害，明宗嗣立，再傳養子從珂，是爲廢帝。石氏①篡立，自焚，自是璽不知所在。至宋哲宗，咸陽民段義獻玉璽。及徽宗，爲金所虜，凡有寶璽，金皆取之，内璽一十有四，青玉傳國璽一，其色與今所獻玉璽相同，則知宋之南遷二百年，無此寶璽也明矣。然自金既取於宋之後，寶璽出處得失，亦未見明説。以及我元，適集皇太孫寶命所歸之際，應期而出，臣職總御史，親會盛事，不可以不録。

又圖中别有璽，其文亦八，旁注曰：「此傳國璽背文也。」今見寶璽之背，皆刻螭形蟠屈，凹凸不齊，遍②猒四際，無地可置此文。按《太平御覽》，晉③秦光④十九年，雍州刺史郄恢表慕容永稱藩奉璽，方六寸，厚七分，蟠螭爲鼻。今高四寸六分，四邊龜文，下有字曰「受天之命，皇帝壽昌」。原其所由，未詳厥始。以斯言之，當别是一璽，非今傳國璽也。

① 「石氏」，原誤作「后氏」，據戴本改。
② 「遍」下原有「廢」字，據元本、明初本、戴本删。
③ 「晉」，原缺，據元本、明初本、戴本補。
④ 「秦光」，各本同，疑爲「泰光」之誤。按東晉無「秦光」年號。又《太平御覽》作「泰光」。

此又不可不辨。臣彧誠惶誠恐，頓首頓首，謹奉牋上進以聞，伏希聽覽，微臣不勝瞻望之至。謹言。

此文乃桓所撰。桓，字武子，兖州人，幼警悟，爲人寬厚，事親篤孝，博覽羣籍，尤精篆籀之學，由儒學教授仕至國子司業，卒。闊闊朮，拓跋氏，成宗即位，近臣以其事聞，授漢中廉訪司僉事，仕至湖廣廉訪使，卒。國史於《按札①兒傳》謂拾得乃國王速渾察之子，謂桓辯其文曰「受命於天，既壽永昌」。於《桓傳》謂桓辯其文曰「受天之命，既壽永昌」。蓋秦别有「受天之命，皇帝壽昌」一璽，又非此璽，此則史之誤也。今取宋薛尚功所②編《歷代鐘鼎彝器款識法帖碑本》第十八卷内璽文，模勒於後，以備博古者之一覽云。

尚功云：「二璽文本只一器，緣傳摹字畫不同，形制大小有異，因並刻之，亦疑以傳疑之意也。」

---

① 「札」，原誤作「禮」，據明初本改。案《元史·按札兒傳》：「至元三十一年，國王速渾察之子拾得既没，其家有故璽，王將鬻之，命闊闊朮以示中丞崔彧、御史楊桓，辯其文曰：『受命於天，既壽永昌。』蓋秦璽也。或請獻之徽仁裕聖皇后，后以鈔二千五百貫賜拾得家，金織文段二賜闊闊朮。成宗即位，近臣以其事聞，授闊闊朮漢中廉訪僉事，仕至湖南廉訪使。」

② 「所」，原誤作「此」，據戴本改。

向巨源本

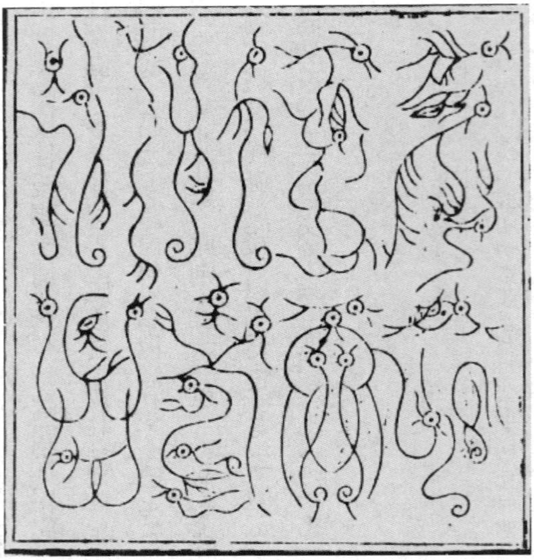

蔡仲平本

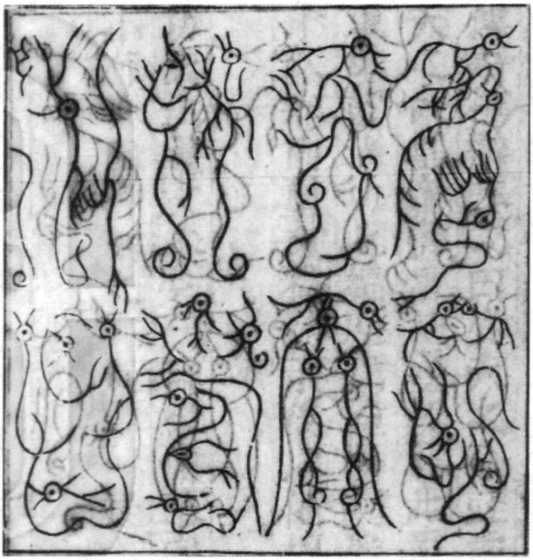

畢景儒本

「受天之命，皇帝壽昌」，其文玄妙淳古，無過於此，雖龍飛鳳翥不足以擬其執摹印之祖也。

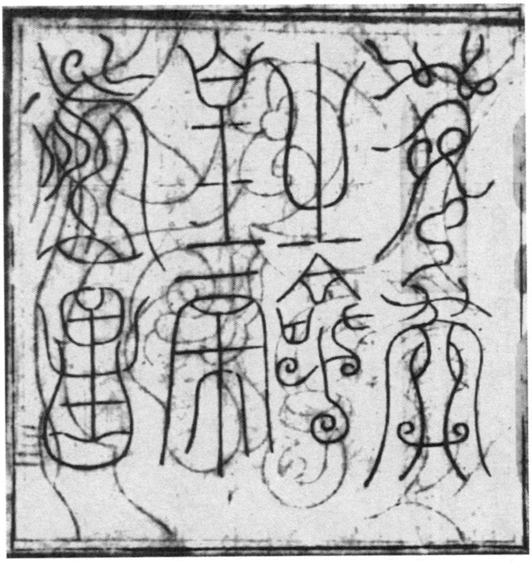

螭紐，新增。

瑞應泉

湖州長興州金沙泉，唐時用此水造紫笋茶進貢，泉不常出，有司具牲牢祭之，始得水，事訖即涸。宋季屢加浚治，泉迄不出。至元十五年歲戊寅，中書省遣官致祭，一夕水溢，可溉田千畝，遂賜名瑞應泉。

疑冢

曹操疑冢七十二，在漳河上。宋俞應符有詩題之曰：「生前欺天絶漢統，死後欺人設疑冢。人生用智死即休，何有餘機到丘壟。人言疑冢我不疑，我有一法君未知。直須盡發疑冢七十二，必有一冢藏君屍。」此亦詩之斧鉞也。

盧橘

世人多用盧橘以稱枇杷，按司馬相如《遊獵賦》①云：「盧橘夏熟，黄柑橙楱，枇杷橪而善切。柿。」夫盧橘與枇杷並列，則盧橘非枇杷明矣。郭璞注：蜀中有給客橙，冬夏花實相繼，通歲食之，謂即盧橘也。意者橙橘惟熟於冬，而盧橘夏亦熟，故舉以爲重歟？《唐三體詩》裴庾注云：《廣州記》：盧橘皮厚，大如柑，酢多，至夏熟，土人呼爲壺橘，又曰盧橘。

五龍車

葉公李爲宋太學生時，上書極言賈似道權姦誤國，幾爲所害。及世祖平江南，即召見，官之，至中書右丞。凡有軍國大事，必問曰：「曾與蠻子秀才商量否？」蓋指李也。一日，議事大廷，乃不在列，問其故，則病足，遂以所御五龍車召之至，命坐而諮決焉。嘗於其孫以道處，見當

① 「遊獵賦」或當作「上林賦」。案「盧橘夏熟，黄柑橙楱，枇杷撚柿」出《上林賦》。

時所畫《應召圖》，五龍車中坐一山野質朴之老，其遭遇有如此者。使無賈似道以發其正大之論，直一書生耳，而望功名顯天下，亦難矣。

伏波將軍

瓊州一水，南北有兩伏波將軍廟，世人莫明其故。嘗考之《史記》及《東漢書》，蓋漢元鼎五年，衛尉路博德爲伏波將軍，出桂林，下匯水，不特馬援爲伏波將軍也。

至元鈔料

至元印造通行寶鈔，分一十一料：貳貫、壹貫、伍伯文、叁伯文、貳伯文、壹伯文、伍拾文、叁拾文、貳拾文、壹拾文、伍文。

雕傳

某人浮湛里中，無以爲生，偵民有小不平，嗾之訟，佐之請謁，己旁緣自資，且既餌臨政者，因持其短長，以蠹民梗政，遂有人作《雕傳》以警之。傳曰：

昔黄帝少皥氏之世，鳳鳥適至，故爲鳥師而鳥名，命鳳凰爲百禽長。當是時，南山有鳥，其名曰雕。雕之性，鷙而健，貪而狡，稻粱之甘，木實之美，雕不屑焉，資衆禽之肉以爲食。雕之徒實繁，其與雕同氣而異質者，鷹、鸇、鳶、隼、鷂、鶻、鴟、鴞，皆助雕爲虐者也。其異類而同姓者，鵰鴞、鵂鶹、梟鳩、訓狐、鬼車，其惡與雕同，特其材異爾。然雕有大小，小者從鵨鶵、鷃雀，力可制則制之，大者雖鴻鵠不畏也。故雕之所在，衆禽皆逃散遠去，摽枝無安巢，灌叢無息羽。雕無所得食，則遣操詭辭，招衆禽之過而訴諸鳳曰：「鴻雁背北而來南，是叛者也；鸚鵡舍禽言習人語，是姦者也；倉庚出幽谷遷喬木，是冒越者也；鷦鷯秋冬遠遁，是避役者也。烏知吉凶，言妖祥以惑衆聽。鵲填河以阻水利，鳲鳩攘鵲之居，鴛鴦荒淫無度，鷗好閑，雞好鬭毆相傷，鳧鷖、鵜鴨習水戰，鸕鷀、白鷺得魚不税，孔雀有異相，杜鵑催歸令戍卒逃亡，提壺勸人飲酒生事，是皆有罪，不治，將益甚。」鳳凰惑焉，命爽鳩氏治之。雕與爽鳩相爲表裏，窮山谷，搜林麓，禽之出者，搏之逐之，攫之拏之，啄齧扼吭，裂肪絶筋，磔毛揚風，灑血殷地，凡遇之者無噍類。其餘皆周章振掉，謀所以免禍者。毁巢破觳，空所積以奉爽鳩，且以賂雕，使勿執。於是雕之勢益張，而衆禽之生理日蹙。其爪距稍利者，慕雕所爲，則起而效之。其鈍者，深藏遠竄，餒死於草莽相藉也。而鳳凰始憂之。聞蓬萊之顛，有胎仙焉，胎仙名鶴，號青田翁，廉介而潔白，和平而好生，於是徵爽鳩，使鶴乘軒而治之。鶴乃與鳳凰謀曰：「夫雕，其始一而已，自子之不戒，而使之蔓延，今之爲雕者何其多耶？昔之雕，名雕，字雕，形雕，性雕，本爲雕者也。今有非雕而雕者，何也？雕則得食，不雕則不得食；雕則有利而無害，不雕則利未見而害常隨之，故不容其不雕也。今禽之産子者願爲雕，鶵之習飛者學爲雕，形狀與雕異者又冒爲雕，不誅其渠魁，殲其凶醜，以勵其餘，吾恐鸞鶚、鵷鸑、神雀、大鵬、金翅皆化爲雕耳。」鳳凰曰：「善。」奏請於帝，帝遣虞人持弓矢，張網羅，隨雕而磔之。雕之徒盡斃，敕天下無留雕，故其餘黨皆屏迹匿形不敢出，衆禽始得安於生養，以盡其天年。此皆少暤氏之恩，鳳凰與鶴之力也。太史公曰：「雕，姦禽也，暴惡受誅，固宜。吾獨懼今之人子務養雕，意有所欲，舉雕而放之，求衆禽之血肉以肥其軀，殊不知少暤氏之戒也。嗟夫！害物而日益者，刑雖未及，天必譴之，其雕，豈足恤哉！」

三瓦戒

陳衆仲先生嘗題樂全堂，有「能守不成三瓦戒」之句，人多不知所出。按《史記·龜策傳》云：「天尚不全，故世爲屋，不成三瓦而陳之。」注：「陳猶居也。」

酸齋辭世詩

貫酸齋先生臨終有辭世詩曰：「洞花幽草結良緣，被我瞞他四十年。今日不留生死相，海天秋月一般圓。」洞花、幽草，乃先生二妾名。

高昌世家

虞文靖公集撰《高昌王世勳碑》，序其世家曰：畏吾兒之地，有和林山，二水出焉，曰虎忽剌，曰薛靈哥。一夕，有天光降於樹，在兩河之間，國人即而候之，樹生癭，若人妊身然，自是光恒見者。越九月又十日，而癭裂，得嬰兒五，收養之，其最稚者曰卜吉可罕。既壯，遂能有其民人、土田，而爲之君長。傳三十餘君，是爲玉倫的斤，數與唐人相攻戰，久之，乃議和親，以息民而罷兵，於是唐以金蓮公主妻玉倫的斤之子葛勵的斤，居和林別力跛力答，言婦所居山也。後遷交州，至太祖龍飛朔漠。當是時，巴而术①阿而忒的斤亦都護在位。亦都護者，其國王號也。舉國入朝，太祖嘉之，妻以公主，曰也立安敦，自是子孫皆封王。

后德

今上皇后弘吉剌氏，名伯顔忽都，武宗宣懿惠聖皇后之侄，毓德王孛羅帖木兒女，後至元二年丁丑三月立。性節儉，不妒忌，動以禮法自持。第三皇后奇氏素有寵，居興聖西宫。帝希幸東内，左右以爲言，后無幾微怨望意。嘗從帝時巡上京，次中道，帝遣内官傳旨欲臨幸，辭曰：「莫夜非至尊往來之時。」内官往來再三，竟拒不納，帝益賢之。居坤德殿，終日端坐，未嘗妄逾户閾。至正二十五年乙巳八月丁未崩，年四十二。

文宗能畫

文宗居金陵潛邸時，命臣房大年畫京都萬歲山，大年辭以未嘗至其地。上索紙，爲運

---

① 「巴而术」，原誤作「巴而木」，據戴本改。案《元史》有《巴而术阿而忒的斤傳》。

筆布畫位置，令按稿圖上。大年得稿，敬藏之。意匠經營，格法遒整①，雖積學專工，所莫能及。

武當山降筆

至元十三年，江南初内附，民間盛傳武當山真武降筆書長短句曰《西江月》者，鋟刻於梓，黄紙模印，貼壁間。其詞云：「九九乾坤已定，清明節候開花。米田天下亂如麻，直待龍蛇繼馬。繼一作暨。依舊中華福地，古月一陣還家。當初指望作生涯，死在西江月下。」

箕仙有驗

虞邵庵先生布衣時，落落不偶，久客錢唐。一日，偕友人楊公仲弘、薛公宗海、范公德機訪方外宰淵微煉師於西湖之曲，求召鬼仙，以卜行藏。煉師即置箕懸筆，書符作法。有頃，箕動筆運而附降云：「某非仙，乃當境神也。」煉師叱曰：「吾不汝召，汝神何來？」神附云：「某欲乞虞

---

① 「遒整」，原誤作「道整」，據元本、明初本、戴本改。

公撰一保文，申達上帝，用求遷陞耳。」因衆勸先生其無辭神請，先生遂諾。翼日文成，火於湖濱。逾旬，再詣煉師禱卜，神復降云：「某已獲授城隍，謹候謁謝。公必貴顯，幸毋自忽。」既而先生由校官至奎章閣侍書學士，贈江西行中書省參知政事，封仁壽郡公，謚文靖，以文章名四海。豈非先世積有餘慶，天將報施於先生之躬，而鬼神預有知耶！

詩畫題三絶

高文簡公一日與客遊西湖，見素屏潔雅，乘興畫奇石古木。數日後，文敏公爲補叢竹。後爲户部楊侍郎所得。虞文靖公題詩其上云：「不見湖州三百年，高公尚書生古燕。西湖醉歸寫古木，吴興爲①補幽篁妍。國朝名筆誰第一，尚書醉後妙無敵。老蛟欲起風雨來，星墮②天河化爲石。趙公自是真天人，獨與尚書情最親。高懷古誼兩相得，慘澹酬酢皆天真。侍郎得此自京

① 「爲」，原誤作「有」，據元本、明初本、戴本改。案虞集《道園學古録·題高彦敬尚書趙子昂承旨共畫一軸爲户部楊侍郎作》亦作「爲」。

② 「墮」，原誤作「隨」，據戴本改。案虞集《道園學古録·題高彦敬尚書趙子昂承旨共畫一軸爲户部楊侍郎作》亦作「墮」。

國，使我觀之三嘆息。今人何必非古人，淪落文章付陳迹。」此圖遂成三絶矣。

浙西園苑

浙江園苑之勝，惟松江下砂瞿氏爲最古，宋秀州守方岳亦有詩留題壁間。後紫陽虚谷翁來遊，繼題十絶，其一云「壁間墨客掃龍蛇，所寫詩佳字亦佳。忽見一詩①增感慨，吾家宗伯老秋厓」是也。次則平江福山之曹、横澤之顧，又其次則嘉興魏塘之陳。當愛山全盛時，春二、三月間，遊人如織，及其卒，未及數月，花木一空，廢弛之速，未有若此者。自後其地吴氏之園曰竹莊，蓋元有池陂數十畝，天然若湖。瑩之嘗買得水殿圖，據圖位置，構亭水心，瀟灑莫比。譁訐之徒，欲聞諸官，亟塑三教像於中，易曰三教堂，人不可得而入矣。瑩之卒，薦遭兵燹，今無一存者。福山、横澤、下砂，皆無有久矣，可勝嘆哉！

① 「一詩」，戴本作「題詩」。

吴江長橋

吴江長橋七十二間，作橋者，僧從雅師立總其役，崇敬率衆以給其費，居士姚行獨任勞以終事。經始於泰定乙丑二月，期年而成。後九年，州守的斤海牙作巨閣，奉觀音像於上。

南村輟耕録卷二十七

四位配享封爵

顔子，唐玄宗太極元年壬子二月，贈太子太師，配享孔子廟。宋真宗大中祥符二年己酉四月，封兖國公。

曾子，同前，贈太子太保，配享孔子廟。宋理宗①咸淳三年癸卯②二月，封郕國公，配食大成殿。

子思，宋度宗咸淳三年丁卯二月，封沂國公，配食大成殿。

---

① 「宋理宗」，各本同，疑爲「宋度宗」之誤。案咸淳乃宋度宗年號，又《宋史·禮志》：「咸淳三年，詔封曾參郕國公，孔伋沂國公，配享先聖。」

② 「癸卯」，各本同，疑爲「丁卯」之誤。案咸淳三年係丁卯年。又下文曰：「子思，宋度宗咸淳三年丁卯二月，封沂國公，配食大成殿。」

孟子，宋神宗元豐七年甲子五月，追封鄒國公，配享先聖，位次兖國公下。

宋黄震云①：往歲顔、孟配享，並列先聖左，近升曾子、子思，又並列先聖左，而虚其右，不以相向。震聞太學博士陸鵬舉云：初制，顔、孟配享，左顔而右孟。熙、豐新經盛行，以王安石爲聖人，没而躋之配享，位顔子下，故左則顔子及安石，右則孟子。未幾，安石女婿蔡卞當國，謂安石不當在孟子下，遷安石於右，與顔子對，而移孟子位第三，次顔子之下，遂左列顔、孟而右列安石。又未幾，蔡卞再欲升安石，壓孟子，漸次而升，爲代先聖張本。優人有以藝諫於殿下者，設一大言之士，戲薄先聖，顔子出，争之，不勝；子貢出，争之，不勝；子路出而盛氣争之，又不勝。然後設爲公冶長，有擊②其首而叱之曰：「汝何不出一争？且看他人家女婿。」蓋蔡卞，安石婿，而公冶長，先聖婿也。蔡卞聞之，遂不敢進安石於顔子上，顔、孟左而安石右，遂爲定制。南渡後，安石罷配享，宜遷孟子以對顔子，如舊制。議者失於討論，故安石既去，其右遂虚，而顔、孟並列於左。岳珂嘗記其事，近歲增曾子、子思，又並列於左，亦未有討論者。

---

① 「宋黄震云」以下文字出自黄震《黄氏日鈔》。
② 「擊」，原誤作「繫」，據元本、明初本、戴本改。

金果

成都府江瀆廟前，有樹六株，世傳自漢唐以來即有之。其樹高可五六十丈，圍約三四尋，挺直如矢，無他柯幹，頂上纔生枝葉，若椶櫚狀，皮如龍鱗，葉如鳳尾，實如棗而加大。每歲仲冬，有司具牲饌祭畢，然後采摘，金鼓儀衛迎入公廨，差點醫工，以刀逐個劙去青皮，石灰湯焯過，入熬熟，冷蜜浸五七日，漉起控乾，再换熟蜜。如此三四次，卻入瓶缶，封貯進獻。不如此修製，則生澀不可食。泉州萬年棗三株，識者謂即四川金果也，番中名爲苦魯麻棗，蓋鳳尾蕉也。

李哥貞烈

河南理幕沈易云：灞州倡女李哥，年十二三時，母教之歌舞，哥泣曰：「女率有工，緊我獨爲此乎？」母告以業不可廢，哥曰：「若此聽母，母亦當從我好，否則有死而已。」母陽許之。因是①不

① 「因是」，戴本作「自是」。

粉澤，不茹葷，所歌多仙曲道情。有召者，必先詢主客姓名，然後往。人亦預相戒，毋戲狎。哥凝立筵前，酒行歌闋，目不流盼。與之酒，弗飲。州判官嘗忤哥，徑還，誓不與見。孟津縣達魯花赤厚賂哥母，夜抵舍，哥懷利刃，閉臥内，駡之曰：「汝職在牧民，而狗彘之不若，可急去，不且血汙吾刃矣！」慚怒以回。明日，知州聞之，嘆曰：「州有貞女而吾不知，是一失也。吾次子明經舉秀才，真若配。」以禮聘娶之。未幾，紅巾入寇，夫婦被執，見哥妍麗，將殺其夫，哥走前抱夫項大呼曰：「吾斷不從汝求活。」寇並殺之。

劉節婦

劉節婦，冀之衡水人，通古文《孝經》、小學書，適同郡曹泰財。紅巾陷河朔，因避兵聊城村。賊掩至，大掠，見節婦居羣人中，特妍整，持刀驅之行。節婦曰：「吾婦人，惟知從夫而已，不從賊也。」賊欲移其心，乃盛陳金玉珠璣，仍用錦繡衣服被節婦身，節婦裂碎之。强擁上馬，墮地者數四。賊怒，繩其項，就馬上曳之。節婦以手爪地，以頭觸石流血，駡賊不絶聲，遂遇害。

病潔

毘陵倪元鎮有潔病，一日，眷歌姬趙買兒，留宿别業中，心疑其不潔，俾之浴。既登榻，以手自項①至踵，且捫且嗅。捫至陰，有穢氣，復俾浴。凡再三，東方既白，不復作巫山之夢，徒贈以金。趙或自談，必至絶倒。

雜劇曲名

稗官廢而傳奇作，傳奇作而戲曲繼。金季國初，樂府猶宋詞之流，傳奇猶宋戲曲之變，世傳謂之雜劇。金章宗時，董解元所編《西廂記》，世代未遠，尚罕有人能解之者，況今雜劇中曲調之冗乎？因取諸曲名，分調類編，以備後來好事稽古者之一覽云。

① 「項」，戴本作「頂」。

正宮

端正好　袞繡毬　倘秀才　脱布衫　小梁州
朝天子　四換頭　十二月　堯民歌　收尾
叨叨令　醉太平　呆古朵　笑和尚　蠻姑兒
伴讀書　剔銀燈　道和　柳青娘　雙鴛鴦
攤破滿庭芳　月照庭　塞鴻秋　白鶴子中呂出入。　快活三中呂出入。

黄鐘

願成雙　醉花陰　喜遷鶯　出隊子　刮地風
四門子　神仗兒①　挂金索②　水仙子　興龍引
金殿樂三臺　侍香金童　降黄龍袞　塞雁兒　接接高

南呂

一枝花　梁州第七　賀新郎　牧羊關　隔尾

---

①「神仗兒」，原誤作「神伏兒」，據戴本改。案周德清《中原音韻》亦作「神仗兒」。
②「挂金索」，原誤作「桂金索」，據元本、明初本、徐本、毛本改。

紅芍藥　菩薩梁州　三煞　罵玉郎　感皇恩
采茶歌　隨煞尾　鬬蝦蟆　四塊玉　哭皇天
烏夜啼　隔尾黃鐘煞　攤破采茶歌　楚天秋　隔尾隨煞

中呂

粉蝶兒　醉春風　迎仙客　石榴花　鬬鵪鶉
上小樓　快活三正宮出入。　鮑老兒　般涉　哨遍
耍孩兒　收尾　紅繡鞋　喜春來　堯民歌
滿庭芳　鮑老來①　醉高歌　十二月　普天樂
叫聲　雙鴛鴦　白鶴子正宮出入。　窮河西　朝天子
乾荷葉　剔銀燈　菩薩蠻　墻頭花　喬捉蛇
鶻打兔　酥棗兒　鎮江回　鵪鶉兒　鴛鴦兒
風流體　賣花聲　蔓菁菜

---

①「鮑老來」，徐本、毛本、元本、明初本、戴本作「鮑老衮」。

仙呂

賞花時①	點絳唇	油葫蘆	天下樂	那吒令
鵲踏枝	六么序	後庭花	青哥兒	賺煞
混江龍	金盞兒	醉中天	村里迓鼓	元和令
上馬嬌	聖葫蘆	江西後庭花	柳葉兒	寄生草
賺煞尾	擲破天下樂	醉扶歸	低過金盞兒	八聲甘州
遊四門	賺尾	憶王孫	一半兒	得勝樂
雁兒	祆神急	翠裙腰	六么遍	大安樂
柳葉兒				

商調

集賢賓	逍遥樂	梧葉兒	後庭花	雙雁兒
金菊香	浪來里	醋葫蘆	青哥兒	上京馬
隨調煞	柳葉兒仙呂出入。	黃鶯兒	踏莎行	垂絲釣

① 「賞花時」，原誤作「賣花時」，據戴本改。按《中原音韻》亦作「賞花時」。

蓋天旗

大石

青杏子　好觀音　六國朝　念奴嬌　歸塞北
初問口　怨別離①　擂鼓體　雁過南樓　憨郭郎
催拍子　玉翼蟬　荼蘼香　女冠子　林里雞近
驀山溪　喜秋風　淨瓶兒　鷓鴣天

雙調

新水令　駐馬聽　甜水令　折桂令　落梅風
沉醉東風　小將軍　清江引　碧玉簫　雁兒落
德勝令　喬牌兒　挂玉鈎　川撥棹　殿前歡
七弟兄　梅花酒　收江南　水仙子　滴滴金
鴛鴦煞　步步嬌　攪箏琶　豆葉黄　風入松
撥不斷　慶東原　沽美酒　太平令　一錠銀

① 「怨別離」，原誤作「怨離別」，據元本、明初本、戴本改。案《中原音韻》亦作「怨別離」。

荊湘怨　阿納忽　夜行船　鎮江回中呂出入。　胡十八
挂玉鈎序　伍供養　行香子　梧桐樹　離亭宴煞
鴛鴦兒煞尾　太平歌　十棒鼓　小婦孩兒　挂打燈
喬木查　蝶戀花　慶宣和　棗卿調　石竹子
山石榴　山丹花　醉娘子　駙馬還朝　大拜門
雕刺鵰①　不拜門　喜人心　忽都白　倘兀歹
風流體中呂出入。

燕南芝庵先生《唱論》

古之善唱者三人

韓秦娥　沈古之　石存符

帝王知音者五人

唐玄宗　後唐莊宗　南唐後主　宋徽宗　金章宗

① 「雕刺鵰」，戴本作「鵰刺鵰」。

三教所尚

道家唱情　僧家唱性　儒家唱理

近世所謂大曲

蘇小小《蝶戀花》　鄧千江《望海潮》　蘇東坡《念奴嬌》　辛稼軒《摸魚子》

晏叔原《鷓鴣天》　柳耆卿《雨霖鈴》　吴彦高《春草碧》　朱淑真《生查子》

蔡伯堅《石州慢》　張子野《天仙子》

歌之格調

抑揚頓挫　頂疊垛換　縈紆牽結　敦拖嗚咽　推題丸轉①

摇欠遏透②

歌之節奏

停聲　待拍　偷吹　拽棒　字真③

句篤　依腔　貼調

---

① 推題丸轉，「丸」原誤作「九」，據元本、明初本、戴本改。

② 「摇欠遏透」，各本同，《唱論》作「揺欠遏透」。

③ 「字真」，原誤作「宇真」，據元本、明初本改。案《唱論》亦作「字真」。

凡歌一聲，聲有四節

起末　過度　揾簪　攧落

凡歌一句，句有聲韻

一聲平，一聲背，一聲圓。聲要圓熟，腔要徹滿。

凡一曲中，各有其聲

變聲　敦聲　杌聲　啀聲　困聲

三過聲

偷氣　取氣　换氣　歇氣　就氣

愛者有一口氣

歌聲變件

三臺　破子　遍子　攧落　實催

全篇　尾聲　賺煞　隨煞　隔煞

羯煞　本調煞　拐子煞　三煞　十煞

唱曲門户

小唱　寸唱　慢唱　壇唱　步虚

道情　撤煉　帶煩　瓢叫

唱曲題目

曲情　鐵騎　故事　采蓮　擊壤

叩角　結席　添壽　宮詞　禾詞①

花詞　湯詞　酒詞　燈詞　江景

雪景　夏景　冬景　秋景　春景

凱歌　棹歌　漁歌　挽歌　楚歌

杵歌

歌之所

桃花扇　竹葉尊　柳枝詞　桃葉怨　堯民鼓腹

壯士擊節　牛童馬僕　閭閻女子　天涯遊客　洞裏仙人

閨中怨女　江邊商婦　場上少年　闤闠優伶　華屋蘭堂

衣冠文會　小樓狹閣　月館風亭　雨窗雪屋　柳外花前

---

① 「禾詞」，原誤作「采詞」，據元本、明初本、戴本改。案《唱論》亦作「禾詞」。

凡聲音各應律吕，分六宫十一調，共十七宫調

仙吕宫唱清新綿邈，南吕宫唱感嘆傷悲。中吕宫唱高下閃賺，黄鐘宫唱富貴纏綿。正宫唱惆悵雄壯，道宫唱飄逸清幽。大石唱風流醖藉，小石唱旖旎嫵媚。高平唱條物滉漾，般涉唱拾掇坑塹。歇指唱急并虚歇，商角唱悲傷宛轉。雙調唱健棲激裊①，商調唱淒愴怨慕。角調唱嗚咽悠揚。宫調唱典雅沉重，越調唱陶寫冷笑。

有子母調，有姑舅兄弟，有字多聲少，有聲少字多，所謂一串驪珠也。比如仙吕《點絳唇》，大石《青杏兒》，人唤作殺唱的劊子。

有愛唱的，有學唱的，有能唱的，有會唱的，有高不揭、低不咽，有排字兒，打截兒，放掯兒②，唱意兒，有明掯兒、暗掯兒、長掯兒、短掯兒、碎掯兒。

有一曲入數調者，如《啄木兒》《女冠子》《抛毬樂》《鬬鵪鶉》《黄鶯兒》《金盞兒》之類是也。

凡唱曲有地所

東平唱《木蘭花慢》，大名唱《摸魚子》，南京唱《生查子》，彰德唱《木斛沙》，陝西唱《陽關三

① 「健棲激裊」，《中原音韻》作「健捷激裊」。

② 「放掯兒」，原誤作「放指兒」，據戴本及下文改。

疊》《黑漆弩》。

凡唱所忌

子弟不唱作家歌，浪子不唱及時曲。男不唱豔詞，女不唱雄曲。南人不唱，北人不歌。

凡人聲音不等，各有所長。有川嗓，有堂聲，皆合破①簫管。有唱得雄壯的，失之村沙；唱得蘊拽的，失之乜斜；唱得輕巧的，失之寒賤；唱得本分的，失之老實；唱得用意的，失之穿鑿；唱得打稻的，失之本調。

凡唱節病，有困的、灰的、涎的、叫的、大的，有樂官聲、撒錢聲、拽鋸聲、貓叫聲。不入耳，不著人，不徹腔，不入調。工夫少，遍數少，步力少，官場少。字樣訛，文理差，無叢林，無傳授。嗓拗，劣調，落架，漏氣。

凡唱聲病

散散	焦焦	乾乾	咧咧	啞啞
嗄嗄	尖尖	低低	雌雌	雄雄
短短	憨憨	濁濁	赸赸	格嗓

① 「破」，戴本作「被」。

囊鼻　搖頭　歪口　合眼　張口
撮唇　撇口　昂頭　咳嗽

凡添字病

則他　兀那　是他家　俺子道　我不見
兀的　不呢　一條弓①　唇撒了　一片子
團圞子　茄子了

大忌

鄭衛之淫聲，續雅樂之後。絲不如竹，竹不如肉，以其近之也。又云：取來歌裏唱，勝向笛中吹。成文章曰樂府，有尾聲曰套數，時行小令曰葉兒。套數當有樂府氣味，樂府不可似套數。詞山曲海，千生萬熟，三千小令，四十大曲。

莊蓼塘藏書

莊蓼塘住松江府上海縣青龍鎮，嘗爲宋秘書小史，其家蓄書數萬卷，且多手鈔者，經史子

①「一條弓」，戴本作「一條了」。

集，山經地志，醫卜方伎，稗官小説，靡所不具，書目以甲乙分十門。蓼塘既没，子孫不知保惜，或爲蟲鼠蝕嚙，或爲鄰識盜竊，或供飲博之需，或應糊覆之用，編帙散亂，所存無幾。至正六年，朝廷開局修宋、遼、金三史，詔求遺書，有以書獻者，予一官。江南藏書多者止三家，莊其一也。繼命危學士樸特來選取，其家慮恐兵遁圖讖干犯禁條，悉付祝融氏。及收拾燼餘，存者又無幾矣。其孫羣玉悉載入京，覬領恩澤，宿留日久，仍布衣而歸。書之不幸如此。

買假山

陳愛山買顧氏廢族石假山一所，移置家園。一日，邀淵白觀之，指而謂曰：「此公族中之物。」淵白笑答曰：「東搬西倒。」陳嘿然。

戴氏絶嗣

華亭楓涇戴君實，其家巨富，妻王氏妒悍無比，僅有一女，贅謝季初爲婿。君實納一妾於嘉興外舍，得男。王聞之，蚤夜怒詈。君實不得已，遣其妾，取兒以歸。而女恐其長大分我財産，遂於襁褓中酷加陵虐，致成驚疾，又不容醫療，竟就夭亡，大爲喜幸。越三年，自孕將産，夢抱此兒。及娩，得男，後隨殞於蓐，兒亦不育。此婦女妒悍之報。今戴氏絶嗣，天道豈遠也哉！事在至正十五年四月上旬也。

妓妾守志

汪佛奴，歌兒也，姿色秀麗，嘉興富户濮樂閑以中統鈔一千錠娶爲妾。一日，桂花盛開，濮置酒，佛奴奉觴，濮有感於中，潸然墮淚。佛奴請問其故，濮曰：「吾老矣，非久於人世者，汝宜善事後人。」佛奴亦泣下，誓無貳志，人莫之信。既而濮果死，佛奴獨居尼寺，深藏簡出，操行潔白，以終其身。

譏伯顔太師

重紀至元間，太師丞相伯顔專權蠹政，貪惡無比，以罪左遷南恩州達魯花赤，至隆興，卒，寄棺驛舍。滑稽者題於壁云：「百千萬定猶嫌少，垛積金銀北斗邊。可惜太師無運智，不將些子到黃泉。」

譏方士

丙子歲，松江亢旱，聞方士沈雷伯道術高妙，府官遣吏齎香幣過嘉興，迎請以來。驕傲之甚，以爲雨可立致，結壇仙鶴觀，行月孛法，下鐵簡於湖泖潭井，日取蛇燕焚之，了無應驗，羞赧宵遁。僧柏子庭有詩，其一聯云：「誰呼蓬島青頭鴨，來殺松江赤練蛇。」聞者絶倒。

燕都賦

檇李顧淵白恃才傲物，嘗入京獻《燕都賦》，翰長元公復初不喜，曰：「今大朝四海一統，六合一家，燕蓋昔時戰國名，何燕之稱？」慚恨而歸。晚年始得領教岳陽，高照庵先生以詩送之云：「豪氣欲吞天下士，冷官初到岳陽城。」切中其實。淵白自出一對句云：「天下秀才爺。」有刀鑷人對之曰：「村中和尚種。」

裱背十三科

世人但知醫有十三科，畫有十三科，殊不知裱背亦有十三科。一織造綾錦絹帛，一染練上件，一抄造紙札，一染製上件顔色，一糊料麥麪，一糊藥礬蠟，一界尺裁版杆帖，一軸頭，或金，或玉，或石，或瑪瑙、水晶、珊瑚、沉檀、花梨、烏木。每軸上①用一色，所以只歸一科。一糊刷，一鉸煉，一絛，一經帶，一裁刀。數内闕其一，則不能成全畫矣。其糊刷、裁尺，亦皆有名。糊刷，棕軟者謂之平分，棕硬者謂之糊桀，大小得中者謂之黏合，狹小者謂之寸金。裁尺，極等闊者曰滿手，次等曰三指，又次等曰兩指，最狹者曰單指。

厲狄

越人朱仲桓武云：至正丙申歲，大旱，余在蕭山，觀方士陳希微禱雨於北嶺將軍廟。累日，

① 「上」，戴本作「止」。

俄降筆云：「吾秦人厲狄也，與項羽起事山陰，雖功不竟而死，然有德於民，其父老不忘我者，俾血食於此。爾來幾千五百年，世代雲變，遂湮我姓名，至蔑焉無聞，故以相告。」目擊其事，感嘆彌日。

旗聯

中原紅軍初起時，旗上一聯云：「虎賁三千，直抵幽燕之地；龍飛九五，重開大宋之天。」其後毛貴一賊横行山東，侵犯畿甸，駕幸灤京，賊勢猖獗，無異唐末。

桃符識

張之翰，字周卿，邯鄲人，由翰林學士除授松江知府，自題桃符云：「雲間太守過三載，天下元貞第二年。」是歲卒，亦讖也。

金甲

嘉定州大場沈氏，因下番買賣致巨富。一日，自番中還，先報家信，有云：番船今到何處，發金甲先回。金甲者，碓坊甲頭也。後因逐一幹僕，僕出此書首告，以爲玉印未到，金甲先回。沈厚賂官府，得理，聞者亦可爲戒。

藺節婦

許叔珙璞。① 云：陳友諒部屬稱鄧平章者，陷江西某縣，有婦藺氏，其夫以財雄一鄉，因賂鄧之帥某，丐免剽戮。帥聞藺有殊色，輒殲其家，獨生藺及四歲嬰，將納之。藺曰：「帥貴人，妾事之無恨。然吾良人以禮幣聘妾爲婦者若干年，與生二子，妾不忍即背恩。軍中禮不備，請持一月喪服，乃爲帥婦未晚。」帥許之。服未終，移兵別縣，帥曰：「吾如汝約，今夕諧吾婚乎？」藺曰：「諾！」既而帥上馬他之，使二卒守。藺曰：「爲取雞酒，具香火，今夕吾爲帥婦，敢告先良人靈。」卒俱出，乃先殺嬰，嚙指血書壁曰：「涇渭難分濁與清，此身不幸厄紅巾。孤兒未忍更他姓，烈婦何曾嫁二人。白刃自揮心似鐵，黄泉欲到骨如銀。荒村日落猿啼處，過客聞之亦慘神。」書罷，即自刎。帥返，驚嘆，訊二卒，欲罪之。卒指壁間題，倩人讀其詩，馳白鄧，鄧聞之陳，

① 「璞」，元本、明初本、戴本作「環」。

陳爲立廟旌表云。

忠孝里

至正壬辰秋七月，紅巾陷錢唐。九月，陷吴興延陵。冬十月，陷江陰州。州大姓許晉字德昭者，有武略，善格鬭，仲子如璋亦英勇，遂相謀曰：「烏合之衆，敗亡可待，我族我里，何忍坐累焉。」乃潛聚無賴惡少，資以飲食，保護鄰井。日有餘黨，四散抄掠，則誘使深入，悉殪而埋之。所居素隱僻，賊無知者。尋聞官軍駐近郊，陰遣人約爲内應。十一月八日，浙東宣慰元帥觀孫統兵入城，晉率所募應之。官軍少卻，晉弗之知，尚與賊戰於城北之祥符寺前。會賊黨自他所來，掎其後，如璋遂與家僮往救，手刃數人，破圍而入，偕父力戰，衆寡不敵，父子皆死。明日，官軍復進攻，賊遂潰。家人得父子屍，斂而葬之，柩車相繼於道，見者無不墮淚。鄉之父老誄之曰：「父死於忠，子死於孝。」私表其里曰忠孝。郡上其事於朝，不報。

胡仲彬聚衆

胡仲彬乃杭州勾闌中演説野史者，其妹亦能之，時登省官之門，因得夤緣注授巡檢。至正十七①年七月内，招募遊食無藉之徒，文其背曰「赤心護國，誓殺紅巾」八字作號，將遂作亂。爲乃叔首告，搜其書名簿，得三册，纔以一册到官，餘火之，亦誅三百六十餘人。

扶箕詩

「天遣魔軍殺不平，不平人殺不平人。不平人殺不平者，殺盡不平方太平」，此扶箕語，驗之今日，果然。

① 「十七」，戴本作「十四」。

南村輟耕録卷二十八

非程文

各行省鄉試，則有人取發解進士姓名，一如登科記，鋟梓印行，以圖少利。至正四年甲申，江浙揭曉後，乃有四六長篇，題曰《非程文語》，與抄白省榜同時版行，不知何人所造，而路府州縣盛傳之。語曰：

設科取士，深感聖世之恩；倚公挾私，無奈吏胥之弊。豈期江浙之大省，壞於禹疇之小劉。名錫，眉山人，當該掾史。斯文孔艱，衷情痛憤。待士無禮，呼名散餅於路傍；懷璧①有謀，打號貼圖於墻上。廚傳用猾吏，内外之消息可通；試官取貪夫，上下之機關不泄。陽揭題駕言無弊，實自生姦宄之心；覓厚賂力舉還魂，特欲箝是非之口。五服之親不避，故違國朝之典章；雜犯

① 「懷璧」，原誤作「懷壁」，據戴本改。

之卷俱抄，恐失手本之名字。應才杭州。鼓勇於終場之日，局長之信已通；劉環即環翁，杭州。知名於未榜之前，代筆之錢盡去。萬户侯之關節可驗，丈人峯之氣力何勤。吕將鉛山萬户吕天澤。監門，進樂平之八子；許瑗、董彝、徐復、鄒成、操琬、汪綍、許道傳、戴用。海郎吴縣主簿海魯丁。受卷，通括蒼之二林。松慶、彬祖。本生之地增輝，同列之情不薄。黄璋松江。稱幹首，二三月已買試官；飽恂嘉興。在榜中，十四名全賴妻父。建德知事俞鎮。藉開元真人之力，葉氏葉瓚，信州。禮經；依永嘉縣尹林泉生。之門，江郎兄弟。暉、晃，建寧。劉大希賢，慶元。在列，賴爲省郎之師；沈小惟時，杭州。登科，誰知運吏之婿。黄巖趙藺，友藺。得家兄寧海丞由欽。爲簾外之官；瑞安高明，托館主有堂上之友。紛紛在眼，歷歷難言。許瑗饒州。作魁，三百定賣幾千株之木；鄒成饒州。駝牓，十八日納七萬户吕天澤。之錢。左者如斯，右其可見。尺牘先來於柏府，仕宦勢高；稿文潛出於棘闈，師生情密。遞手帖全憑巡綽，寫懷挾不避軍人。四子入場，代筆有此劉之手；一家在牓，瞞人起各路之文。所謀不臧，其忠何在？王賀紹興，備牓。省中典吏，不讀書亦解成名；李思思齊。婺山村童，未知禮焉宜中選。錯《春秋》之年分，臨海夢龍；姓趙，備牓。亂《周易》之陰陽，平江俞鼎。耳目之所及者如此，心術之潛運者難知。

姑舍舉人，更陳坐主。俞鎮建德知事。夤緣考試，這番豐卒歲之貲；吴暾峽州知事。買題登科，方得證舊時之本。麟經錯亂因賂取，林泉之生生何如？永嘉尹林泉生。《易》義駁雜以名尋，夏日之孜孜安用？會稽尹夏日孜。其餘泛泛，不必叨叨。分經考卷，得便私情，自開科曾無此例；出院改文，以欺公論，雖刊板乃是訛傳。歷觀解據之非，益見文衡之繆。指實告官者反罹其罪，懷才抱藝者虛費其勞。趙俶、蔣堂，空仰天而嘆息；江孚、沈幹，徒踏地以咨嗟。潘伯修、蔡餘慶，兩舉奚爲？聞夢吉、陸居仁，再來告免。嗚呼！文運已矣，吾道安之？何等主司，汙濫壞今年之選舉；既生聖世，進修冀異日之公明。此非一口之經陳，實乃衆賢之願告。有人心者，念天理焉。

至二十二年壬寅，復有作彈文云：

文運重開，多士歡騰於此日；科場作弊，醜聲莫甚於今年。啓姦人僥倖之門，負賢相賓興之意。事既如此，人其奈何！切惟考試官實文章之司命，詎宜僞定於臨期；員外郎執科舉之權衡，安可公然而受賂。憸謀既遂，清議難容。聞人樞膚淺之學，翰林懷賓主之舊情；啜靄山遊狹之徒，座主念梓桑之宿好。只因厚契，便擢科名。尸位憲賓，進鄉閭之十子；居喪臺掾，升里閈之三王。沈庭珪錯破《書》經，混死生於同列；戰惟肅不明《詩》意，强今古於已然。朱舜民乃瀕海之强梁，喻宜之實許門之童子。新昌庭瑞，輸彩段之幾縑；霅水莫孜，奉白金之一錠。張誼罔知象象，皆徐中造就之私；楊明不辨春秋，拜周溥作成之賜。施省憲貼書之手段，壞鄉閭整肅之綱常。唐肅以詞賦而見收，明經安在；柯理以梯媒而得中，對策何長。舍弟致謀，甚矣有心之唐溥；家兄代筆，嗟哉無學之鄭沂。靖而思之，良可醜也。白頭錢宰，感綈袍戀戀之情；碧眼倪中，發倉廪陳陳之粟。俞潛、徐鼎，三月初早買試官；丘民、韓明，五日前預知題目。元孚乃泉南之大賈，揮金不啻於泥沙；許徵實雲間之富家，納粟猶同於瓦礫。拔穎之於陋巷，餘波有自於楊明；超宋杞於窮途，主意必資於張誼。既正榜之若此，則備選之可知。姑舍前言，更陳餘意。屈仲孚於受卷，《易》經可謂失人；進公甫於考文，麟史大孤衆望。不分報賽，叔通豈可與言《詩》；繆講進修，孺子烏足以論《易》。重載連檣之白粲，始諧校藝於青藜。逯信止素乏文才，嗟老夫之已耄；孟天暐每稱好背，奈舉業之久疏。大壞士風，難逃輿論。嗚呼！天之將喪斯文，實係興衰之運；士欲致用於國，豈期貢舉之私。此非一口之誣謀，實乃衆情之公論。用書既往，以警將來。

于闐玉佛

丞相伯顔嘗至于闐國，於其國中鑿井，得一玉佛，高三四尺，色如截肪，照之，皆見筋骨脈絡，即貢上方。又有白玉一段，高六尺，闊五尺，長十七步，以重不可致。

處士門前怯薛

杜清碧先生本。應召，次錢唐，諸儒者爭趨其門。燕孟初作詩嘲之，有「紫藤帽子高麗靴，處士門前當怯薛」之句，聞者傳以爲笑。用紫色棕藤縛帽，而製靴作高麗國樣，皆一時所尚。怯薛，則内府執役者之譯語也。

憲僉案判

松江府儒學直學沈伯雲，因花破錢糧，乃與教授陳仲微有隙。伯雲之父曰君實者，老吏也，一日率婢妾詈箠仲微於途，適憲僉呂公思誠分按至府，具狀以訴。公怒其詬辱師表，有傷風化，勾攝赴官，服辜。君實年逾七旬，乞以銅贖。公判云：「既能爲不能爲之事，正當受不當受之刑。」卒杖斷之。

詩讖

張起，字起之，四明人，有詩名，嘗作一聯云：「别來越樹長爲客，看盡吴山不是家。」未幾，卒。詩亦有讖歟？

丘機山

丘機山，松江人，宋季元初，以滑稽聞於時，商謎無出其右。遨遊湖海間，嘗至福州，譏其秀才不識字，衆怒，無以難之。一日，構思一對，欲令其辭屈心服。對云：「五行金木水火土。」丘隨口答曰：「四位公侯伯子男。」其博學敏捷類如此。

不孝陷地死

杭州楊鎮一凶徒，素不孝於母，尤凌虐其妻。有子三歲，愛惜甚至，妻常抱負，偶失手，攧損其頭，泣而謂姑曰：「夫歸，婦必被毆死，不若先溺水之爲幸。」姑曰：「汝第無憂，但云是我之誤，我卻去避汝小姑處，俟其怒息而還。」至晚，夫歸，見兒頭破，徑捽妻，欲殺之。妻告曰：「非我過也，婆擲之耳。懼汝怒，已往小姑家去。」遂釋之。次日，持刀尋母。中途，藏諸石下，卻到妹家，好言誘母還。至石邊，忿躁詈罵，取刀殺母，竟失藏刀所在，惟見巨蛇介道，畏怯退縮，不覺雙足陷入地中，須臾，即没至膝，七竅流血，聲罪自咎。母急扶抱，無計可施，走報於婦。婦掘地，隨掘隨陷，啖以飲食，三日乃死。觀者日數千人，莫不稱快。時至正甲辰六月也。

嘲回回

杭州薦橋側首，有高樓八間，俗謂八間樓，皆富實回回所居。一日娶婦，其婚禮絶與中國殊，雖伯叔姊妹，有所不顧。街巷之人，肩摩踵接，咸來窺視，至有攀緣簷闌窗牖者，踏翻樓屋，賓主婿婦咸死，此亦一大怪事也。郡人王梅谷戲作下火文云：「賓主滿堂歡，閭里盈門看。洞房忽崩摧，喜樂成禍患。壓落瓦碎兮，倒落沙泥；彎都釘折①兮，木屑飛揚。玉山摧坦腹之郎，金谷墜落花之相。難以乘龍兮，魄散魂消；不能跨鳳兮，筋斷骨折。氈絲脱兮塵土昏，頭袖碎

① 「折」，原誤作「析」，據元本、戴本改。

兮珠翠黯。壓倒象鼻塌，不見貓睛亮。嗚呼！守白頭未及一朝，賞黄花卻在半餉。移廚聚景園中，歇馬飛來峯上。阿剌郎葛反。一聲絶無聞，哀哉樹倒胡孫散。」阿老瓦、倒剌沙、別都丁、木偰非，皆回回小名，故借音及之。象鼻、貓睛，其貌也。㲲上聲。絲、頭袖，其服色也。阿剌，其語也。聚景園，回回叢冢在焉。飛來峯，猿猴來往之處。

白縣尹詩

嘉興白縣尹得代，過姚莊，訪僧勝福州①，閑遊市井間，見婦人女子皆濃妝豔飾，因問從行者，或答云：「風俗使然。少艾者，僧之寵。下此，則皆道人所有。」白遂戲題一絶於壁云：「紅紅白白好花枝，盡被山僧折取歸。只有野薇顔色淺，也來鈎惹道人衣。」勝見，亟命去之，然已盛傳矣。

廢家子孫詩

秀之斜塘，有故宋大姓居焉，家富饒，田連阡陌，宗族雖盛衍，而子孫多不肖，祖父財産，廢

---

① 「福州」，戴本作「福林」。

敗罄盡。郡人金方所談辭滑稽，爲賦誦，好嫚戲，因摭其事，成近體一律云：「興廢從來固有之，爾家忒煞欠扶持。諸墳掘見黄泉骨，兩觀番成白地皮。宅眷皆爲撑目兔，舍人總作縮頭龜。强奴猾斡欺凌主，説與人家子弟知。」夫兔撑目望月而孕，則婦女之不夫而妊也。其家有道觀二所。語雖鄙俚，然爲人後者見此，寧不知懼也哉？

樂曲

韃靼樂器，如箏、秦琵琶、胡琴、混不似之類，所彈之曲，與漢人曲調不同。

大曲

哈八兒圖　口温　也葛儻兀　畏兀兒　閔古里

起土苦里　跋四土魯海　舍舍弼　摇落四　蒙古摇落四

閃彈摇落四　阿耶兒虎　桑哥兒苦不丁江南謂之孔雀，雙手彈。

答罕謂之白翎雀，雙手彈。　苦只把失品弦。

小曲

阿厮蘭扯弼回盞曲，雙手彈。　阿林捺花紅。　哈兒火失哈赤黑雀兒叫。

洞洞伯　曲律買　者歸　牝幃兀兒　把擔葛失

削浪沙　馬哈　相公　仙鶴　阿丁水花

回回曲附

伉里　馬黑某當當　清泉當當

爇梅花文

周申父之翰。寒夜擁罏爇火，見瓶内所插折①枝梅花冰凍而枯，因取投火中，戲作《下火文》云：寒勒銅瓶凍未開，南枝春斷不歸來。這回勿入梨雲夢，卻把芳心作死灰。共惟地罏中處士梅公之靈，生自羅浮，派分庾嶺。形若槁木，棱棱山澤之臞；膚如凝脂，凜凜雪霜之操。春魁占百花頭上，歲寒居三友圖中。玉堂茅舍總無心，金鼎商羹期結果。不料道人見挽，便離有色之根；夫何冰氏相凌，遽返華胥之國。玉骨擁罏烘不醒，冰魂剪紙竟難招。紙帳夜長，猶作尋香之夢；筠窗月淡，尚疑弄影之時。雖宋廣平鐵石心腸，忘情未得；使華光老丹青手段，摸索難

---

①「折」，原誤作「拆」，據戴本改。

真。卻愁零落一枝春，好與茶毗三昧火。惜花君子，還道這一點香魂，今在何處？咦！炯然不逐東風散，只在孤山水月中。

如夢令

一人娶妻無元，袁可潛贈之《如夢令》云：「今夜盛排筵宴，准擬尋芳一遍。春去已①多時，問甚紅深紅淺。不見，不見，還你一方白絹。」

黄門②

世有男子雖娶婦而終身無嗣育者，謂之天閹，世俗則命之曰黄門。晉海西公嘗有此疾，北齊李庶生而天閹。

按《黄帝針經》曰：「人有具傷於陰，陰氣絶而不起，陰不能用，然其鬚不去，宦者之獨去，何

① 「已」，戴本作「幾」。
② 此條出自《齊東野語》。

也？願聞其故。」岐伯曰：「宦者去其宗筋，傷其衝脈，血寫①不復，皮膚内結，唇口不榮，故鬚不生。」黄帝曰：「其有天宦者，未嘗被傷，然其鬚不生，其故何也？」岐伯曰：「此天之所不足，其任衝不盛，宗筋不成，有氣無血，唇口不榮，故鬚不生。」

又《大般若經》載五種黄門云：梵言扇搋丑皆切。②半擇迦，唐言黄門，其類有五。一曰半擇迦，總名也，有男根用而不生子。二曰伊利沙半擇迦，此云妒，謂他行欲即發，不見即無，亦具男根而不生子。三曰扇搋半擇迦，謂本來男根不滿，亦不能生子。四言博叉半擇迦，謂半月能男，半月能女③。五曰留拏半擇迦，此云割，謂被割形④者。此五種黄門，名爲人中惡趣受身處。然《周禮》閹人，鄭氏注云：「閹，真氣藏者。」

宋趙忠惠帥維揚日⑤，幕僚趙參議有婢慧黠，盡得儕輩之歡。趙昵之，堅拒不從，疑有異，强即之，則男子也。聞於有司，蓋身二形，前後姦狀不一，遂置之極刑。近李安民嘗於福州得徐

① 「寫」，各本同，《齊東野語》作「瀉」。
② 「丑皆切」，原誤作「五皆切」，據戴本改。案宋本《廣韻》作亦「丑皆切」。
③ 「半月能女」，《齊東野語》作「半月不能男」。
④ 「形」，《齊東野語》作「刑」。
⑤ 「趙忠惠帥維揚日」以下内容見載《癸辛雜識》前集《人妖》。

氏處子，年十五六，交際一再，漸具①男形，蓋天真未破，則彼亦不自知。然小説中有池州李氏女及婢添喜事，正相類，而此外絶未見於古今傳記等書，豈以爲人之妖而污筆墨，不復載乎？《晉·五行志》謂之人痾。惠帝時，京洛有人兼男女體，亦能兩用人道，而性尤淫亂，此亂氣所生也。《玉曆通政經》：「男女兩體，主國淫亂。」而《二十八宿真形圖》所載心、房二星皆兩形，與丈夫、婦女更爲雌雄，此又何耶？《異物志》云：「靈貍一體，自爲陰陽，故能媚人。」《褚氏遺書》曰：「非男非女之身，精血散分。」又曰：「感以婦人則男脈應診，動以男子則女脈順指，皆天地不正之氣也。」事載周密《癸辛雜識》。

花山賊

中原紅寇未起時，花山賊畢四等僅三十六人，内一婦女尤勇捷，聚集茅山一道宫，縱横出没，略無忌憚。始終三月餘，三省撥兵，不能收捕，殺傷官軍無數。朝廷召募鹾徒朱陳，率其黨與，一鼓而擒之。從此天下之人，視官軍爲無用，不三五年，自河以南，盜賊充斥，其數也夫！

---

① 「具」，原誤作「且」，據戴本改。案《癸辛雜識》亦作「具」。

爵禄前定

宇文公諒，字子貞，湖州人。初領鄉貢，入浙省試院。頭場，占一席舍，其案上有「宇文同知」四字，不知何人書。試官考卷，以文不中式，將黜之。時坐主龍麟洲先生，江西老儒也，年八十餘，始過江浙，力主此卷，卒置榜中。及會試，果登高第，授同知婺源州事。雖曰爵禄前定，蓋亦陰德所致，人鮮有知者。公年少時，嘗館授巨室，其閨愛中夜來奔，堅拒不納。明旦，托以他故，歛書告别。此非陰德也與？

醋鉢兒

俞俊，其先嘉興人，今占籍松江上海縣，娶也先普化次兄丑驢女。也先普化長兄觀觀死，蒸長嫂而妻之。次兄丑驢死，又蒸次嫂而妻之。俊妻母也，既而亦死。俊縛彩繒爲祭亭，綴銀盘十有四於亭兩柱，書詩聯盘中云：「清夢斷柳營風月，菲儀表梓里葭莩。」蓋柳營，暗藏「亞夫」二字，菲儀謂菲人，表梓謂婊子，總賤娼濫婦之稱，葭莩，皆是夫也。郡人莫不多其才而譏其輕薄如此。又嘗詣妻父墓所，題於廬壁曰：「柏舟在河，可謂節乎？二嫂治棲，可謂義乎？覆宗絶祀，可謂孝乎？」先刺妻母，中刺也先普化，末刺妻之弟博顔帖木兒也。博顔帖木兒無他兄弟，因利也先之財，願繼其後，竟不恤親父小宗之祀爲重，故云。博顔帖木兒將赴鄉試，謂人曰：「若忝一薦，有司以禮敦遣，先就北宅上馬，赴府公宴畢，卻歸新宅下馬。」北宅，丑驢所居；新宅，也先普化所居。人戲之曰：「昔人有二天，今子有二父，何其幸歟！」博顔帖木兒赧甚。俊弱冠時，從顧瑛淵白遊，負氣傲物。當伯顔太師柄國日，嘗賦《清平樂》長短句云：「君恩如草，秋至還枯槁。落落殘星猶弄曉，豪傑消磨盡了。放開湖海襟懷，休教鷗鷺驚猜。我是江南倦客，等閑容易安排。」手稿留葉起之處，後與葉交惡，竟訴於官，必欲構成其罪。夤緣賄賂，浙省移准中書省咨，札付儒學提舉司，議得古人寄情遺興，作爲閨怨詩詞，多有指夫爲君者，然此亦當禁止，以故獲免罪戾，而所費已幾萬定矣。

至正丙申春，張士誠僭號誠王，據有平江日，又以賄通松江僞尹鄭焕，署宰華亭，用酷刑朘剥，邑民恨入骨髓。郡士袁海叟有詩曰：「四海清寧未有期，諸公衮衮正當時。忽然一日天兵至，打破王婆醋鉢兒。」或者不知醋鉢之義，以問叟。叟曰：「昔有不軌伏誅，暴屍於竿。王婆買醋，經過其下，適索朽屍墜，醋鉢爲其所壓，着地而碎。王婆年老無知，將謂死者所致，顧謂之曰：『汝只是未曾吃惡官司來。』」聞者皆絶倒。

棋譜

通玄集　通遠集　清遠集　清樂集　幽玄集

機深集　增廣通遠集　玄玄集　忘憂集

軍前請法師

謝景陽居松江北郭，結壇於家，行召鬼法。至正十一年，官兵下海剿捕方國珍，傳云賊中有人能呼召風雨，必得破其法者，乃可擒討。千户也先等遂以謝薦，總兵官給傳致請，省札有云：「參裁軍事，必訪異人。既達天時，當爲世用。」時知府王克敏廉介端嚴，有聲於時，不得已親造其廬，起赴軍前。其術一無所驗，自後全軍敗衄。吁！宰臣統大兵數十萬，剿除草竊，如拉朽耳，而乃延一方士，則其機略安在哉？

凌總管出對

嘉興總管凌師德以文章政事自居，同僚莫敢與抗，然其行實貪污，頗聞人有譏議，因出對云：「竹本無心，外面自生枝節。」頁推官對云：「藕因有竅，中間抽出絲毫。」蓋諷之也。

承天寺

平江承天寺遭回禄，殿宇一空。僧悦楚南來住持，施財者雲集，遂大興土木之工，金碧殊勝，有加於昔。或勸題梁，悦不從，曰：「當有俗人來暫居。」悦升領徑山，卒。高郵兵攻破城，張士誠據以爲宫，佛像悉毁，壞銅觀音鑄爲錢。既投降，作太尉，别造府。越四五年，復爲寺。

義丈夫

吴興錢泰窩云：至正初，二賈自嘉興來平江，買舟至海口，收市舶貨。行二十餘里，兩道人詣舟求度，一負磬，一持鬼神像。既上舟，去巾服，乃兩甲者。從像中出二長刀，叱曰：「吾逐盗至此，汝真盜也。」舟人陽應曰：「我固知爲盜，顧無以發，今壯士誠與吾意合，此未可，前途乃可耳。」故紆行，且曰：「二盜已落公手，願治酒助公勇。」遂命妻取酒勸甲者。遲暮，醉，抽其刀斫賊，其一躍起，復斫之，二盜盡死。舟還，二賈泣且拜曰：「非公吾幾不免虎口。」遂以白金二餅爲舟人壽。

吁！決死生於阽危之際，不負賈之托，不謂之義丈夫，可乎？

解語杯

至正庚子秋七月九日，飲松江泗濱夏氏清樾堂上。酒半，折正開荷花，置小金卮於其中，命歌姬捧以行酒。客就姬取花，左手執枝，右手分開花瓣，以口就飲，其風致又過碧筩遠甚。余因名爲「解語杯」，坐客咸曰然。

戲題小像

張句曲戲題黄大癡小像云：「全真家數，禪和口鼓。貧子骨頭，吏員臟腑。」唐伯剛題郛仲誼小像云：「七尺軀威儀濟濟，三寸舌是非風起。一雙眼看人做官，兩隻脚沿門報喜。仲誼云是誰是誰，伯剛云是你是你。」

水仙子

張明善作北樂府《水仙子》譏時云：「鋪眉苦眼早三公，裸袖揎拳享萬鍾，胡言亂語成時用。大綱來，都是烘，上聲。說英雄誰是英雄。五眼雞岐山鳴鳳，兩頭蛇南陽臥龍，三脚貓渭水非熊。」

銅錢代蓍

今人卜卦以銅錢代蓍，便於用也。又有以錢八文，周圍鋪轉，而取六爻，名曰金井闌，但乾卦初爻及復之泰不可變，蓋止有六十二卦耳，此法不可用。

刑賞失宜

至正十二年歲壬辰秋，蘄黄徐壽輝賊黨攻破昱嶺關，徑抵餘杭縣。七月初十日，入杭州城。

僞帥項蔡、楊蘇，一屯明慶寺，一屯北關門妙行寺，稱彌勒佛出世以惑衆。浙省參政樊執敬死於天水橋，寶哥與妻同溺於西湖。其賊不殺不淫，招民投附者，署姓名於簿籍。府庫金帛，悉輦以去。至二十六日，浙西廉訪使自紹興率鹽場竈丁過江，同羅木營官軍克復城池，賊遂潰散。三平章定定逃往嘉興，郎中脱脱過江南。越數日，攜省印來會，權署省事。至是，亦回。四平章教化自湖州統軍歸，舉火焚城，殘蕩殆盡。附賊充僞職者范縣尹等，明正典刑。里豪施遵禮、顧八，爲迎敵官軍剮於市，家産悉没縣官，明慶、妙行亦然。省都事以下，坐失守城池，罷黜不敍，省官復任如故。朝廷法度既隳，刑賞失宜，欲天下宴安，不可復得矣。

畫家十三科

佛菩薩相　玉帝君王道相　金剛鬼神羅漢聖僧　風雲龍虎　宿世人物
全境山林　花竹翎毛　野騾走獸　人間動用　界畫樓臺
一切傍生　耕種機織　雕青嵌緑

南村輟耕録卷二十九

紀隆平

張士誠弟兄四，淮南泰州白駒場人。泰州地濱海，海上鹽場三十有六，隸兩淮運鹽使司。士誠與弟士義、士德、士信，並駕運鹽綱船，兼業私販，初無異於人。先是，中書省右丞相脱脱在任，災異疊見，黄河變遷。至正十一年，遣工部尚書賈魯役民夫一十五萬，軍二萬，決河故道，民不聊生。河南韓山童首事作亂，以「彌勒佛出世」爲名，誘集無賴惡少，燒香結會，漸致滋蔓，陷淮西諸郡，繼而湖廣、江西、荆襄等處，皆淪賊境。山東杜遵道以李氏子爲主，起汝寧蕭縣。李二、老彭、張君用攻陷徐州，李二號芝麻李。鄒普勝、徐壽輝即真一，據蘄黄，鎮南班，據江東。又有毛貴、陳友諒輩，不可枚數，分據各處。方國珍弟兄嘯聚台州海上。朱定一、陳賢五、江宗三作亂江陰。初，王克柔者，亦泰州人，家富好施，多結遊俠，將爲不軌，高郵知府李齊①收捕於獄。李華甫與艸張四素感克柔恩，謀聚衆劫獄。齊以克柔解發揚州，後招安華甫爲泰州判，四爲千夫長。十三年五月，士誠又與華甫同謀起事。未幾，士誠黨與十有八人，共殺華甫，遂并其衆，焚掠村落，驅民爲盜，陷通、泰、高郵，自號誠王，改元天祐，設官分職，把截要衝，南北梗塞。立淮南行中書省於揚州，以厄其勢，既而亦招安之，立義兵元帥府以官其黨。然狙詐百出，卒不就降，殺知府李齊②。十五年五月，攻破揚州路，殺淮南行省參政趙璉。士義被獲，伏誅，既而退還高郵。至九月二十五日，又攻破揚州，適湖廣行省右丞阿魯恢引苗軍來，十月初一日，復退。丞相脱脱親總大軍以擒之，衆號百萬，旌旗輜重，首尾千里，以爲高郵刻日可平。然脱脱與弟御史大夫也先帖木兒專權日久，及出師，遂有議其後者。詔脱脱安置淮安路，也先帖木兒安置寧夏路，别選相臣統其兵。詔未下時，部將董摶霄每對脱脱言：「天兵南下，勢如破竹，今老師費財，何面目歸報天子？不若先攻其易。」脱脱從其言，分兵破天長、六合，賊皆潰散，所殺者悉良民。及攻高郵，墮其外城，城中震恐，自分亡在旦夕。忽聞詔解其權，勇氣百倍，出城拒敵，諸衛鐵甲軍抱不平者，盡皆散去，或相聚山林爲盜，高郵不可得而復矣。江

---

① 「李齊」，原誤作「季齊」，據元本改。案《元史·忠義傳》：「會張士誠爲亂，突起海濱，陷泰州、興化，行省遣兵討之，不克，乃命高郵知府李齊往招諭之。」

② 「李齊」，原誤作「季齊」，據元本、戴本改。

陰羣寇互相吞啖，江宗三、朱英分黨戕殺。宗三將入城殺英，時英就招安，爲判官，州之僚佐無如之何，遂申白江浙行省，云朱英謀反。省差元帥觀孫壓境，觀孫利其貨賂，逗遛不進，英因乘間挈家逸去，過江求救於士誠，仍質妻子，借兵復仇。士誠初亦疑惑，弗聽。英盛陳江南土地之廣，錢糧之多，子女玉帛之富，以動其中。於是先遣士德率高郵賊衆，撃横埛，渡鏑山。十六年正月朔，攻破常熟州。江南自兵興以來，官軍死鋒鏑，郡縣薦罹饑饉，鄉村農夫，離父母，棄妻子，投充壯丁，生不習兵，而驅之死地，以故烏合瓦解，卒無成功。江浙行省丞相達識帖木兒，有旨得便宜行事，陞漕運萬户。脱因爲參政，統領官軍民義，捍禦境上。平江達魯花赤六十病亡，陞松江府達魯花赤哈散沙爲平江達魯花赤，領兵出戰。除都水庸田使貢師泰爲平江總管，巡守城池。吴江境上，止有元帥王與敬，官軍一戰而敗，死者過半，殘兵千餘，欲走入城，城中閉門不納，退屯嘉興，旋抵松江。士誠賊衆纔三四千人，長驅而前，直造北門，弓不發矢，劍不接刃，明旦，緣城而上，遂據有平江路，二月壬子朔也。劫掠姦殺，慘不忍言。脱因匿俞家園，自刎不死，遊兵殺之。哈散沙在境外，聞城破，自溺死。既而崑山、嘉定、崇明州人相繼來降。維揚蘇昌齡比先避亂居吴門，士德用爲參謀，稱曰蘇學士。毁承天寺佛像爲王宫，易平江路爲隆平郡，立省院六部百司，凡有寺觀庵院、豪門巨室，將士争奪，分占而居，了無虚者。幾月，進攻嘉興，全師覆没。與敬據松江叛，以城降。常州豪俠黄貴甫間道歸款，許爲内應，不戰而城破，易爲毗陵郡。分兵入湖州，一鼓而得，易爲吴興郡。隆平太守周仁，家本鍛工，稍習吏事，性資深刻，與士德同心僇力，躬親細故。三月癸巳，士誠來自高郵，服御器用，皆假乘輿，改至正十六年爲天佑三年，國號大周，曆曰明時。設學士員，開弘文館，以陰陽術人李行素爲丞相，弟士德爲平章，提調各郡兵馬。蔣輝爲右丞，居内省，理庶務。潘元明爲左丞，鎮吴興。史文炳爲樞密院同知，鎮松江。郡州縣正官，郡稱太守，州稱通守，縣仍曰尹，郡同知稱府丞，知事曰從事，餘則損益而已。南向欲取嘉興，嘉興則有參政楊完者，統領苗、獠、猺、獞，名曰答刺罕，守禦甚堅，屢攻不克。秋八月，文炳大舉兵，臨其東門，悉爲所殲，文炳僅以身免。士德又與與敬提兵入杭州，軍氣甚鋭，杭州大軍斂鋒不敵，丞相退避蕭山，士德軍檢刮虜掠。羅木營萬户普賢奴，乃慶元路萬户全駒兒之子，年未弱冠，智勇過人，率兵先出，完者都領①苗軍繼進，民亦挺身巷戰。士德大潰，收拾殘兵，十喪八九。及攻海鹽，又爲乍浦鍾氏所撓。後得馬道驍勇，禽獲苗軍無算，西南接境，賴此無虞，不然，松江非士誠有矣。崑山數爲方國珍海軍攻擊，托丁氏往來説合，結爲婚姻，崑山之民，幸遂蘇息。湖之長興、武康與廣德相界，

---

① 「都領」，戴本作「部領」。

花槍軍出没之地，雖互爲①勝負，然亦不勝其苦，所跨三州，皆鄰勍敵，可畏者特集慶一軍最盛。陸路則無錫、宜興、長興，水路則太湖，士馬震耀，舳艫相銜。自後長興陷，常州又陷。士德戰敗被擒，俘致②集慶，俾其作書勸士誠歸附，士德以身徇之，終無降意。士誠勢窮力迫，願就丞相招安，使者往返，訖莫成就。仁親詣江浙省堂，具陳自願休兵息民之意，議始定，時十八年秋八月也。朝廷詔赦其罪，後授士誠太尉，開府③平江，士誠以下，授爵有差。立江淮分省江浙分樞密院於平江，以設其官屬。

降真香

道家者流爲人典行醮事，曰高功。其有行業精白者，則必移檄南岳魏夫人，請借仙鶴，或二隻，或四隻，青鸞導衛，翔鶱澄空，昭揚道妙，往往親見之。偶讀《本草》有云：「降真香出黔南，伴和諸雜香，燒煙直上天，召鶴，得盤旋於上。」注：按《仙傳》云：「燒之，或引鶴降。醮星辰燒

① 「互爲」，元本、戴本作「互有」。
② 「俘致」，戴本作「縛致」。
③ 「開府」，原誤作「開封」，據元本、戴本改。

之甚爲第一，度籙燒之，功力極驗。」若然，則鶴之來，香所致也，非歟？

宋二十一帝

《長編》所載宋二十一帝，蓋自順、宣、僖三祖，及太祖、太宗、真、仁、英、神、哲、徽、欽、高、孝、光、寧、理、度、少帝，並端宗、帝昺也。

字音

吾衍子行《閑居録》云：「舜生諸馮及馮婦等，皆音皮冰切，古不音符容切也。馮婦與徐夫人皆男子。」三國時有曁艷，乃吴人，附《陸抗①傳》，當音結，不音曁也。

---

① 「陸抗」，原誤作「陸杭」，據戴本改。案《三國志·吴書·陸遜傳》作「陸抗」。

許負

絳侯①周亞夫，自未侯爲河内守時，許負相之，曰：「君後三歲而侯。」見《史記·絳侯傳②》。注謂：《索隱》曰：「應劭云：『負，河内温人，老嫗也。』」按《楚漢春秋》，高祖封負爲鳴雌侯。是知婦人亦有封邑。

李玉溪先生

趙公琪，字元德，官至贈湖廣行省參政，謚文惠，臨淄人。飄然有神仙思。常使方士燒水銀、硫黄、朱砂、黄金等物爲神丹，以資服食。有玉溪李簡易先生者，得道爲神仙，數訪公，授以其術，久久隱去，人或以爲不死。公思之，一日，見其至，喜而固留之。先生曰：「吾遠來，甚熱，請具浴。」公即具浴。先生就浴室，久之，不聞聲。日且暮，公親候之，見有光昱然在水上，圓如

① 「絳侯」，元本、戴本作「條侯」。
② 「絳侯傳」，《史記》作「絳侯周勃世家」。

初日出，不復見先生所在。先生書藏公家，今稍稍傳人間。虞文靖序其事如此云。

稱地爲雙

嘗讀金黄華老人詩，有「招客先開四十雙」之句，殊不可曉。近讀《雲南雜誌》曰：「夷有田，皆種稻。其佃作三人，使二牛，前牽、中壓而後驅之。犁一日，爲一雙，以二乏爲己，二己爲角，四角爲雙，約有中原四畝地。」則老人之詩意見矣。

骨咄犀

骨咄犀，蛇角也，其性至毒而能解毒，蓋以毒攻毒也，故曰蠱毒犀。《唐書》有古都國，必其地所産，今人訛爲骨咄耳。

一門五節

奉化陳氏婦以貞節稱者五人。初，陳元娶竺氏，生子侗，而元卒，竺氏年纔二十二，義不再適，後三十三年卒。侗娶璩氏，生子瑞、泰二人，侗亦以疾夭，璩氏年二十六，後五十八年卒。瑞娶王氏，生子通甫，而瑞復夭，王氏年三十，後五十五年卒。通甫娶樓氏，樓氏甫笄，歸於陳，至二十六而寡，父母欲奪其志，泣不從，其姑王氏年老，樓氏事之尤謹，姑卒，歛葬悉如禮。子四人，長養才，娶樓氏，生子孟雍、孟熙，而養才遇①疾不愈，方卒時，樓氏年二十六，所守如其姑云。

一門三節

隴西李子平氏子茂德，聘同郡張氏女，年十七歸李氏，生子庸，甫六歲而寡。舅姑憐其少也，欲嫁之，使左右風之，即引刀截髮以見志，乃止。茂德之弟仲德亦早卒，其妻張氏年二十有八，生子慶，方齓，亦誓不再適。從弟希賢妻陳氏二十有四，希賢卒，時其子度方孕四月，守志益堅。一門三婦，以貞白聞。庸，至正間仕至同知濟南路總管府事，推恩贈父同知益州路總管府事、隴西郡伯，母封隴西郡夫人。再調關襄宣慰，階中奉大夫，而夫人始卒。

---

①「遇」，戴本作「遘」。

黄龍洞

黄龍洞在吴興郡北，去城闉廿里，枕太湖。其山皆怪石林立，中有一石最尊，上大，其本小，危立如種①。自石上湧起，輕撼則摇動，稍加力排，輒不動，人甚異之。洞旁壁立千仞，頫瞰不能見底，投以石，不應，以聲呼，則相答，深窅不測。每歲旱，郡民禱之。東坡先生曾遊，題詩述龍之迹。山谷先生書「黄龍洞」三字，刻猶存。

黏接紙縫法

王古心先生《筆録》内一則云：方外交青龍鎮隆平寺主藏僧永光，字絶照，訪予觀物齋，時年已八十有四。話次，因問光：「前代藏經，接縫如一綫，日②久不脱，何也？」光云：「古法用楮樹

① 「種」，戴本作「幢」。
② 「日」，戴本作「歲」。

汁、飛麵、白芨①末三物調和如糊，以之黏接紙縫，永不脱解，過如膠漆之堅。」先生，上海人。

井珠

人欲娶妻而未得，謂之尋河覓井。已娶而料理家事，謂之擔雪填井。男婚女嫁，財禮奩具，種種不可闕，謂之投河奔井。凡納婢僕，初來時曰擂盤珠，言不撥自動；稍久曰算盤珠，言撥之則動；既久曰佛頂珠，言終日凝然，雖撥亦不動。此雖俗諺，實切事情。

一錢太守廟

一錢太守劉寵廟，在紹興錢清鎮。王叔能參政過廟下，賦詩曰：「劉寵清名舉世傳，至今遺廟在江邊。近來仕路多能者，也學先生揀大錢。」

---

① 「白芨」，原誤作「白笈」，據戴本改。

全真教

《全真紀實》云：金主亮貞元元年，有吏員咸陽人王中孚者，倡全真教，談、馬、丘、劉和之，其教盛焉。章宗泰和四年，元學士作《紫微觀記》，所載詳悉。

馬孝子

馬伯傑，山東鄒縣人。父某，拜江南行臺監察御史，不以家行，傑獨與母居。盜起汝、潁，轉略齊、魯境，傑負母匿草間。母死，倉卒不能具棺斂，聚石葬鄆地西。盜入鄆城，傑伏於墓上，衆欲驅而前，脅以白刃，傑大慟曰：「母在此！母在此！」盜曰：「此孝子也。」乃捨之，復遺以衣糧。既而邑刳於兵，失墓所在，求之二年，得於榛莽中，故衣尚存，始克遷祔祖塋。御史轉浙西憲僉，留江南者八年，遂冒鋒鏑間走數千里省之，錢唐人咸稱爲馬孝子云。

楊貞婦

天台金沙里女王静安，年十七，歸同邑楊伯瑞。瑞爲樞密院斷事官，未幾，死於兵。静安守節不嫁，權貴争求之，至截髮自剄不殊。

窑器

宋葉寘《坦①齋筆衡》云②：「陶器自舜時便有，三代迄於秦漢，所謂甓器是也。今土中得者，其質渾厚，不務色澤。末俗尚靡，不貴金玉而貴銅磁，遂有秘色窑器。世言錢氏有國日，越州燒進③，不得臣庶用，故云秘色。陸龜蒙詩：『九秋風露越窑開，奪得千峯翠色來。如向中霄盛沆瀣，共稽中散鬭遺杯。』乃知唐世已有，非始於錢氏。本朝以定州白磁器有芒，不堪

---

① 「坦齋筆衡」，原誤作「垣齋筆衡」，據戴本改。案《説郛》亦作「坦齋筆衡」。

② 「宋葉寘《坦齋筆衡》云」以下内容實見《説郛》本《負暄雜録》。

③ 「進」下《説郛》本《負暄雜録》有「者」字。

用，遂命汝州造青窑器，故河北唐、鄧、耀州悉有之，汝窑爲魁。江南則處州龍泉縣，窑質頗粗厚。政和間，京師自置窑燒造，名曰官窑。中興渡江，有邵成章提舉後苑，號邵局，襲故京①遺製，置窑於修内司，造青器，名内窑。澄泥爲範，極其精緻②，油色瑩徹，爲世所珍。後郊壇③下别立新窑④，比舊窑大不侔矣。餘如烏泥窑、餘杭⑤窑、續窑，皆非官窑比。若謂舊越窑，不復見矣。」

墨

上古無墨，竹挺點漆而書。中古方以石磨汁，或云是延安石液。至魏晉時，始有墨丸，乃漆煙松煤夾和爲之。所以晉人多用凹心硯者，欲磨墨貯瀋耳。自後有螺子墨，亦墨丸之遺製。唐

① 「故京」，《説郛》本《負暄雜録》作「徽宗」。
② 「精緻」，原誤作「精製」，據元本、戴本改。
③ 「後」下《説郛》本《負暄雜録》無「郊壇」二字。
④ 「窑」下《説郛》本《負暄雜録》有「亦曰官窑」四字。
⑤ 「餘杭」，《説郛》本《負暄雜録》作「餘姚」。

高麗歲貢松煙墨，用多年老松煙和麋鹿膠造成。至唐末，墨工奚超與其子廷珪，自易水渡江，遷居歙州，南唐賜姓李氏，廷珪父子之墨，始集大成，然亦尚用松煙。廷珪初名廷邽，故世有奚廷珪墨，又有李廷珪墨，或有作庭珪字者，僞也，墨亦不精。宋熙豐間，張遇供御墨，用油煙入腦、麝、金箔，謂之龍香劑。元祐①間，潘谷墨見稱於時。自後蜀中蒲大韶、梁杲、徐伯常，及雪齋、齊峯、葉茂實、翁彦卿等出，世不乏墨。惟茂實得法，清黑不凝滯，彦卿莫能及。中統、至元以來，各有所傳，可以仿古。

唐

祖敏　奚鼐易水。　奚鼎鼐之弟。　奚起鼎之子。　陳朗兖州。

王君得　柴珣並唐末五代。

南唐

李超鼐之子，始居歙州，南唐賜姓李氏。　李廷珪　李廷寬　李承宴皆超之子。

李文用承宴之子。　李惟慶　李惟一　李仲宣皆文用子。　耿遂仁歙州。

耿文政　耿文壽皆遂仁子。　耿德　耿盛　盛匡道宣州。

---

①「元祐」，原誤作「元佑」，據元本、戴本改。

盛通　盛真　盛舟　盛信　盛浩

宋

張遇　潘衡　蒲大韶款曰書窗輕煤、佛帳餘韻。

葉世英嘗造德壽宮墨。　朱知常款曰朱知常香齊。　梁杲

李世英款曰叢佳堂①李世英。　胡友直　潘衡孫秉彝　徐知常

葉邦憲嘗造復古殿墨。　雪齋款曰雪齋墨寶。　周朝式

李世英男克恭　樂温　蒲彥輝　劉文通　郭忠厚

鏡湖方氏　黄表之　齊峯　劉士先嘗造緝熙殿墨。

寓庵得李潘心法。　俞林　丘攽　謝東　徐禧

葉茂實三衢。　翁彥卿

元

潘雲谷清江。　胡文忠長沙。　林松泉錢唐。　於材仲宜興。　杜清碧武夷。

衛學古松江。　黄脩之天台。　朱萬初豫章。　丘可行金溪。　丘世英

---

① 「叢佳堂」，戴本作「叢桂堂」。

丘南傑皆可行子。

斵琴名手

隋

趙取利

唐

雷霄　雷威①　雷珏　雷文　雷迅

郭亮一作諒。皆蜀人。　沈鐐　張鉞皆江南人。　金儒大中進士。

僧三慧大師

宋

蔡睿　朱仁濟　衛中正慶曆中道士。　趙仁濟興國中。

馬希仁　馬希先一作仙，崇寧中。　金淵紹興初。

---

① 「雷威」，原誤作「雷盛」，據戴本改。案姚寬《西溪叢語》：「李巽伯云：先公得雷威琴，錢氏物也，中題云『嶧陽孫枝，匠成雅器。一聽秋堂，三月忘味』，故號忘味云。爲當代第一。」

金公路即金道，紹興初。　陳亨道高宗朝。　嚴樽①　馬大夫

梅四官人　龔老應奉。　林杲東卿。

元

嚴古清恭，字子安，樽之孫，梅四之婿。　施溪雲　施谷雲　施牧州

古琴名

冰清　春雷　玉振　黄鵠　秋嘯

鳴玉　瓊響　秋籟　懷古　南薰

大雅　松雪　浮磬　奔雷　存古

寒玉　百衲　響泉　冠古　韻磬

涉深　天球　混沌材　萬壑松　雪夜冰

玉澗鳴泉　石上清泉　秋塘寒玉　九霄環珮

---

① 「嚴樽」，戴本作「嚴撙」，下同。

戲語

至正丙申，高郵兵累攻嘉興不克，或人撰戲語云：史帥一日下令行兵，參謀掌史進言：「自古行師，必先祭旗。」史曰：「王元帥破松江時，曾祭否？」答曰：「不祭。」史曰：「王元帥不祭，我也不祭。」蓋祭、濟字音同，傳以爲笑。又有一說：紅軍與苗軍戰不勝，禀主帥曰：「彼中軍前有十丈大旗，旗上篆字①『大元統兵官』五字。」帥曰：「我此間亦效之。」旗成，軍吏禀所寫何字，帥曰：「八分書，寫『趙王令』。」既而寫「趙」字未成，纔寫得「走」字，傳報苗軍到，走，走，走。二説皆可捧腹。

日家安命法

日家者流，以日、月、五星及計、羅、炁、孛四餘氣，躔度過宫遲留伏逆，推人之生年月日時②，

① 「篆字」，戴本作「篆書」。
② 「月日時」，原誤作「日月時」，據元本、戴本改。

可以知休咎，定壽夭。其書曰《百中經》，經首有安命法，曰周天宿度十二宫，安命例凡十葉。有術士以其例節爲一葉，簡明易見。其法：但看本生日太陽所躔何度，便以本生時加在上，向下逐宫虛數，如下面已盡，則又於此行，自上而下，見卯住，即是此度安命。真捷徑也。

子	女二	三	四	五	六	七	八	九	十
丑	斗四	五	六	七	七	九	十	十一	十二
寅	尾三	四	五	六	八	八	九	十	十一
卯	氐二	三	四	五	六	七	八	九	十
辰	軫十	十一	十二	十三	十四	十五	十六	十七	十八
巳	張十五	十六	十七	翌一	二	三	四	五	六
午	柳四	五	六	七	八	九	十	十一	十二
未	井九	十	十一	十二	十三	十四	十五	十六	十七
申	畢七	八	九	十	十一	十二	十三	十四	十五
酉	胃四	五	六	七	八	九	十	十一	十二
戌	奎二	三	四	五	六	七	八	九	十
亥	危十三	十四	十五	十六	室一	二	三	四	五

續表

子	十一	虛一	二	三	四	五	六	七	八	九	危一
丑	十三	十四	十五	十六	十七	十八	十九	二十	廿一	廿二	廿三
寅	十二	十三	十四	十五	十六	十七	十八	箕初	一	二	三
卯	十一	十二	十三	十四	十五	房一	二	三	四	五	心初
辰	角一	二	三	四	五	六	七	八	九	十	十一
巳	七	八	九	十	十一	十二	十三	十四	十五	十六	十七
午	星初	一	二	三	四	五	張初	一	二	三	四
未	十八	十九	二十	廿一	廿二	廿三	廿四	廿五	廿六	廿七	廿八
申	觜初	一	參初	一	二	三	四	五	六	七	八
酉	十三	十四	十五	昴初	一	二	三	四	五	六	七
戌	十一	十二	十三	十四	十五	十六	十七	婁一	二	三	四
亥	六	七	八	九	十	十一	十二	十三	十四	十五	十六

續表

子	二	三	四	五	六	七	八	九	十 一十	十二
丑	牛初	一	二	三	四	五	六	七	女初	一
寅	四	五	六	七	八	九	斗初	一	二	三
卯	一	二	三	四	五	六	尾初	一	一	三
辰	亢一	二	三	四	五	六	七	八	九	氐一
巳	十八	十九	二十	軫一	二	三	四五	六	七八	九
午	五	六	七	八	九	十	十一	十二	十三	十四
未	廿九	三十	鬼初	一	二	三	柳初	一	二	三
申	九	井初	一	二	三	四	五	六	七	八
酉	八	九	十	十一	畢一	二	三	四	五	六
戌	五	六	七	八	九	十	十一	胃一	二	三
亥	十七	十八	壁初	二	三四	五	六	七	奎初	一

淮渦神

泗州塔下，相傳泗州大聖鎖水母處，繆也。按地志云：水神在臨淮縣龜山之下，形若獼猴，縮鼻高額，青軀白首，金目雪牙，頸伸百尺，力逾九象。禹獲之，鎖其頸於龜山之足，淮水乃安流注海。邇來漁者知鎖所在。《古嶽瀆經》云：禹治水，三至桐柏山，獲淮渦水神，曰無支祈，乃命庚辰制之，鎖於龜山之足，淮水乃安。唐永泰初，楚州有漁人夜釣山下，其鈎爲物所掣，沉水視之，見大鐵鎖繞山足，一獸形如青猿，兀若昏醉，涎沫腥穢，不可近。又東坡《濠州塗山》詩「川鎖支祈水尚渾」，注：程演曰：《異聞集》載《古嶽瀆經》，禹治水，至桐柏山，獲淮渦水神，名曰巫支祈，善應對，辨淮之淺深，源之遠近。而神曰庚辰者，鎖於龜山之足，淮乃安流。唐時有漁者，釣得一古鎖，牽出，其末有如獼猴者，蓋此物也。《國史補》曰：楚州漁人於淮中釣得古鐵鎖，刺史李陽大集人力引之，鎖窮，有青獼猴躍出水而逝。《山海經》：水獸好爲雲雨，禹鎖於軍山之下，其名無支祈。

寄衣

洞庭劉氏，有夫葉正甫，久客都門，因寄衣，侑以詩云：「情同牛女隔天河，又喜秋來得一過。歲歲寄郎身上服，絲絲是妾手中梭。剪聲自覺和腸斷，線脚那能抵淚多。長短只依先去樣，不知肥瘦近如何。」「先去」亦作「舊時」。

南村輟耕録卷三十

印章制度

《周禮》璽節，鄭氏注云：「璽節者，今之印章也。」按許慎《説文》云：「印，執政所持信也。」徐鍇曰：「從爪，手以持信也。」衛宏曰：「秦以前，民皆以金玉爲印，龍虎鈕，惟其所好。然則秦以來，天子獨以印稱璽，獨又①以玉，羣臣莫敢用也。」七雄之時，臣下璽始稱曰印。

漢制：諸侯王金璽。璽之言信也。古者，印、璽通名。《漢舊儀》云②：諸侯王黄金璽，槖佗鈕③，

①「獨又」，戴本作「又獨」。案《史記·秦始皇本紀》《集解》引衛宏語作「又獨」。
②《漢舊儀》云」下見《漢舊儀補遺》，文字出入較大。
③「佗鈕」，《漢舊儀補遺》作「駝鈕」。

又①曰璽，謂刻曰某王之璽。列侯黄金印，龜鈕，文曰某侯之章。② 丞相、太尉與三公、前後左右將軍黄金印，龜鈕，文曰章。中二千石銀印，龜鈕，文曰章。千石、六百石、四百石至二百石以上皆銅印，鼻鈕，文曰印。

建武元年，詔諸侯王金印綟綬，公侯金印紫綬，中二千石以上銀印青綬，千石至四百石以下銅印黑綬及黄綬。

陳制：金章或龜鈕、貔鈕、獸鈕、豹鈕，銀章或龜鈕、熊鈕、羆鈕、羔鈕、鹿鈕，銀印或珪鈕、兔鈕，銅印率環鈕。

吾衍云③：漢有摹印篆，其法只是方正，篆法與隸相通，後人不識古印，妄意盤屈，且以爲法，大可笑也。多見故④家藏得漢印，字皆方正，近乎隸書，此即摹印篆也。王球⑤《嘯堂集古録》所載古印正與相合。凡屈曲盤回，唐篆始如此。今碑刻有魯公官誥尚書省印，可考

① 「又」，《漢舊儀補遺》作「文」，據下文似當作「文」。
② 「文曰某侯之章」，《漢舊儀補遺》作「文曰印(謂刻曰某侯之印)」。
③ 「吾衍云」下至「《宣和譜》四卷」上之内容出自《學古編》。
④ 「故」，原誤作「古」，據元本、戴本改。案《學古編》亦作「故」。
⑤ 「王球」，戴本作「王俅」，《學古編》作「王球」。案《四庫全書總目・嘯堂集古録》：「宋王俅撰，俅字子弁，一作球，字夔玉，米芾《畫史》又作夔石，未詳孰是。」

其說。

漢晉①印章，皆用白文，大不過寸許。朝爵印文皆鑄，蓋擇日封拜，可緩者也。軍中印文多鑿，蓋急於行令，不可緩者也。古無押字，以印章爲官職信令，故如此耳。唐②用朱文，古法漸廢。至宋南渡，絶無知此者。故後宋印文皆大繆。

白文印皆用漢篆，平正方直，字不可圓，縱有斜筆，亦當取巧寫過。

三字印，右一邊一字，左一邊兩字者，以兩字處與一字處相等，不可兩字中斷，又不可十分相接。

四字印，若前二字交界有空，後二字無空，須當空一畫別之，字有有脚無脚，故言及此，不然，一邊見分，一邊不分，非法度也。

軒齋等印，古無此式，唯唐相李泌有「端居堂③」白文玉印，或可照例，終是白文，非古法，不若只從朱文。

朱文印或用雜體篆，不可太怪，擇其近人情，免費辭說。

① 「漢晉」，《學古編》作「漢魏」。
② 「唐」上《學古編》有「自」字。
③ 「端居堂」，《學古編》作「端居室」。

白文印用崔子玉寫張平子碑上字，及漢器上並碑蓋印章等字，最爲第一。

凡姓名表字，古有法式，不可用①雜篆及朱文。

白文印必逼於邊，不可有空，空便不古。

朱文印不可逼邊，須當以字中空白得中處爲相去，庶免印出與邊相倚，無意思耳。字宜細，四旁有出筆，皆帶②邊，邊須細於字。邊若一體，印出時四邊虛紙皆昂起，未免邊肥於字也。非見印多，不能曉此。黏邊朱文，建業文房之法。

多有人依款識字式作印，此大不可。蓋漢時印法不曾如此，三代時卻又無印，學者慎此。《周禮》雖有璽節及職金，掌③其媺惡，揭而璽之之説，注曰：印，其實手執之印④也。正面刻字，如秦氏璽，而不可印，印則字皆反矣。古人以之表信，不問字反，淳朴如此。若戰國時蘇秦六印，制度未聞。《淮南子·人間訓》曰：魯君召子貢，授以大將軍印。劉安寓言而先⑤

① 「用」上《學古編》有「隨俗」二字。
② 「帶」，《學古編》作「滯」。
③ 「掌」下《學古編》有「辨」字。
④ 「印」，《學古編》作「卩」。
⑤ 「先」，《學古編》作「失」。

辭耳。

道號，唐人雖有，不曾有印，故不可以道號作印用也。三字屋扁，唐印有法。

凡印文中，有一二字忽有自然空缺，不可映帶者，聽其自空，古印多如此。

凡印，僕有古人印式二册，一爲官印，一爲私印，具列所以，實爲甚詳，不若《嘯堂集古録》所載只具音釋也。

凡名印，不可妄寫，或姓名相合，或加印章等字，或兼用印章字。曰姓某印章，不若只用印字最爲正也。二名者，可回文寫，姓下著印字在右，二名在左是也。單名者，曰姓某之印，卻不可回文寫①。名印内不得著氏字，表德可加氏字，宜審之。

表字印只用二字，此爲正式。近人欲②並③姓氏於其上，曰某氏某，若作姓某父，古雖有此稱，係他人美己，卻不可入印。人多好古，不論其原，不爲俗亂可也。漢人三字印，非複姓及無印字者，皆非名印。蓋字印不當用印字以亂名。漢張安④字幼君，有印曰張幼君。右一字，左二

① 「寫」下《學古編》有「若曰姓某私印，不可印文墨，只宜封書，亦不可回文寫」二十一字。
② 「欲」，原誤作「或」，據元本、戴本改。案《學古編》亦作「欲」。
③ 「並」下《學古編》有「加」字。
④ 「張安」，《學古編》作「張長安」。

字。唐吕温字化光，有印曰吕化光。此亦三字表德式。諸印①下有空處，懸之最佳，不可妄意伸開，或加屈曲，務欲填滿。若寫得有道理，自然不覺空也。字多無空，不必問此。

李陽冰曰②：摹印之法有四：功侔造化，冥受鬼神，謂之神；筆畫之外，得微妙法，謂之奇；藝精於一，規矩方圓，謂之工；繁簡相參，布置不紊，謂之巧。

趙彦衛云：古印文作白文，蓋用以印泥，紫泥封詔是也。今之米③印及倉敖印近之矣。自有紙，始用朱字，間有爲白字者。

《通典》云：北齊有木印，長一尺④，廣二寸五分，背上爲鼻鈕，長九寸，厚一寸，廣七分，腹下隱起篆文曰「督攝萬幾」，惟以印籍縫。今鋋合縫條印，蓋原於此。

秦有八體書，三曰刻符，即古所謂繆篆。五曰摹印，蕭子良以刻符摹印合爲一體。徐鍇謂：

---

① 「印」下《學古編》有「文」字。
② 「李陽冰曰」下至「《宣和譜》四卷」上出自元代盛熙明《法書考》。
③ 「米」，《法書考》作「木」。
④ 「長一尺」，《通典》作「長尺二寸」。

符者，竹而中刻①之。字形半分，理應别爲一體。摹印屈曲填密②，則秦璽文也。子良誤合之。

《宣和譜》四卷，楊克一《圖書譜》一卷，又名《集古印格》。王厚之《復齋印譜》，顔叔夏《古印譜》二卷，姜夔《集古印譜》一卷，吾衍《古印文》二卷，趙孟頫《印史》二卷。

銀工

浙西銀工之精於手藝表表有聲者，屈指不多數也。

朱碧山嘉興魏塘。　謝君餘平江。　謝君和同上。　唐俊卿松江。

祖孝子

祖孝子浩然，字養吾，建寧浦城人，世儒家。至元中，盗黄華起政和，朝廷命將帥師往討，未至，盗已就縛。回軍經浦城，焚其廬舍，孝子母全氏遭掠而北。是時孝子年六歲，母子相失，獨

①「刻」，《法書考》作「剖」。
②「填密」，《法書考》作「縝密」。

與父居，不聞問者二十又八年。至大三年，福建閫府檄爲三山書院山長。將之任，或告之曰：「而母在河南，而不能名其處。」孝子欣然棄職辭父，爲河南行。既渡江，抵河南，每舍逆旅，行道途間，聞操南音者，必就與語，庶幾有所遇也。當時從軍之人猶有存者，或曰：「此有趙副使，故爲軍校，歸自軍中，得婦人全氏，非而母也耶？趙死而家替，全氏歸一蒙古氏，挈之而南，當在汝、鄧間耳。」孝子知母定在，驚喜，遂回汝州。抵鴉路山，不遇。行八百里，至牛蹄、白石，不遇。又行七百餘里，至棗陽崔橋，又不遇。然自離汝州，行路既遠，知母所鄉，停車道旁，投宿旅舍，舉其狀以問人，頗有相酬答，可物色。或指唐州以告曰：「彼有别蓋山，可尋討也。」孝子夢神人顧而言，有「月圓再圓」之語。既寤，言猶在耳，益喜忭①。自崔橋三百餘里至别蓋，訪其母，在焉。既見，相與抱持涕泣，七月之望也。神人之言，於是有徵矣。留别蓋半月，舟具，奉母南歸。當時聞其事者，自朝廷達官，以至湖海名勝，莫不②歌詩以美之，多至數十百篇，往往舉朱壽昌事以爲比。會稽韓莊節先生性。作《孝子傳》，行於世。

---

① 「忭」，元本、戴本作「抃」。
② 「不」下戴本有「爲」字。

白日圜文

周易癡處館講授，賓主不合，遂作《白日圜文》，飄然而去。其文曰：

聽之不聞，視之不見，子以我爲隱乎？用之則行，捨之則藏，吾亦從此逝矣。未得青雲路，且坐白日圜。飯疏食，樂亦在中。素貧賤，不願乎外。兹承賢主人，不取通士，乃求拘儒。匪我求童蒙，取其交以道，饋以禮。擇師教子弟，蓋亦據於德，依於仁。圜土而居，重門以待。當爾耳不聽淫，目不視惡，將以塞其兑，閉其聰。然而口不絶吟，手不停披，安能存其心，養其性？黄芽若就，白髮已空。常念流地上之白水真人，且作鎖洞門之清溪道士。子其子，親其親，固宜造次必於是，顛沛必於是；爾爲爾，我爲我，安肯哀矜而辟焉，敖惰而辟焉？不越文字之間，自行束脩以上。受風魔貶，爲自在囚。口出雌黄，用狙翁朝四暮三之術；目生虚白，披羲皇天一地二之圖。有朋自遠方來，與進也，與退也；使君從此中入，或止之，或尼之。俾我行其庭不見其人，而子過我門不入我室。望而未見，招之不來。所不與同心，指蒼天而爲證。亦欲從遊耳，曰黄昏以爲期。不以我爲貧，知有時爲養。所願諸生，人十己千，以一識百。師也過，商也不及，尚得夫子之中庸；參也魯，回也如愚，竟傳聖人之道統。而某詩書無祟，筆墨有靈。蟬蛻污濁之中，鳳翔塵埃之表。排雲叫閶闔，吐三千丈豪氣之沈埋；乘風歸蓬萊，訴百萬億顛厓之辛苦。藩籬既剖，門闥洞開。縱意所如，從吾所好。口説五千言，乘牛出函谷，願與關門令尹遊乎？腰纏十萬貫，騎鶴上揚州，皆曰閉户先生來也。

金靈馬

凡宮車晏駕，棺用香楠木，中分爲二，刳肖人形，其廣狹長短，僅足容身而已。殮用貂皮襖、皮帽，其靴襪、繫腰、盒鉢，俱用白粉皮爲之。殉以金壺瓶二，盞一，碗、碟、匙、箸各一。殮訖，用黄金爲箍四條以束之。輿車用白氊青緣納失失爲簾，覆棺亦以納失失爲之。前行，用蒙古巫媪一人，衣新衣，騎馬，牽馬一匹，以黄金飾鞍轡，籠以納失失，謂之金靈馬。

髹器

黑光　凡造碗碟盤盂之屬，其胎骨則梓人以脆松劈成薄片，於旋牀上膠黏而成，名曰捲素。髹工買來，刀刳膠縫，乾淨平正，夏月無膠泛之患。卻煬牛皮膠，和生漆，微嵌縫中，名曰梢當。去聲。然後膠漆布之，方加粗灰。灰乃磚瓦擣屑篩過，分粗、中、細是也。膠漆調和，令稀稠得所。如髹工自家造賣低歹之物，不用膠漆，止用豬血厚糊之類，而以麻筋代布，所以易壞也。粗灰過停，令日久堅實，砂皮擦磨，卻加中灰，再加細灰，並如前。又停日久，磚石車磨，去灰漿，潔淨①二三日，候乾燥，方漆之，謂之糙漆。再停數月，車磨糙漆，絹帛挑上聲。去漿迹，纔用黑光。黑光者，用漆斤兩若干，煎成膏。再用漆，如上一半，加雞子清打勻，入在內，日中曬翻三五度，如栗殼色，入前項所煎漆中和勻，試簡看緊慢，若緊，再曬；若慢，加生漆，多入觸藥，觸藥即鐵漿沫。用隔年米醋煎此物，乾爲末，入漆中，名曰黑光。用刷蘸漆，漆器物上，不要見刷痕。停三五日，待漆內外俱乾，置陰處晾之，然後用揩光石磨去漆中纇。雷，上聲。揩光石，雞肝石也，出杭州上柏三橋埠牛頭嶺。再用篛帉，次用布帉，次用菜油傅，卻用出光粉揩，方明亮。

朱紅 修治布灰，一一如前，不用糙漆，卻用賻朱桐葉色，然後用銀朱，以漆煎成膏子，調朱。如朱一兩，則膏子亦一兩。生漆少許，看四時天氣，試簡加減，冬多加生漆，顏色暗，春秋色

---

①「潔淨」下戴本有「停」字。

居中，夏四、五月，秋七月，此三月顏色正，且紅亮。

鰻水　好桐油煎沸，以水試之，看躁也。方入黄丹、膩粉、無名異，煎一滚，以水試，如蜜之狀，令冷，油水各等分，杖棒攪勻。卻取磚灰一分，石灰一分，細麪一分，和勻，以前項油水攪和調①黏，灰器物上，再加細灰，然後用漆，並如黑光法，或用油亦可。

只孫宴服②

只孫宴服者，貴臣見饗於天子則服之，今所賜絳衣是也。貫大珠以飾其肩背膺間③，首服亦如之。

---

① 「調」，戴本作「稠」。

② 此條内容出自元代虞集《道園學古録・曹南王勳德碑》。

③ 「膺間」，原誤作「間膺」，據戴本改。案《道園學古録・曹南王勳德碑》亦作「膺間」。

三教一源圖

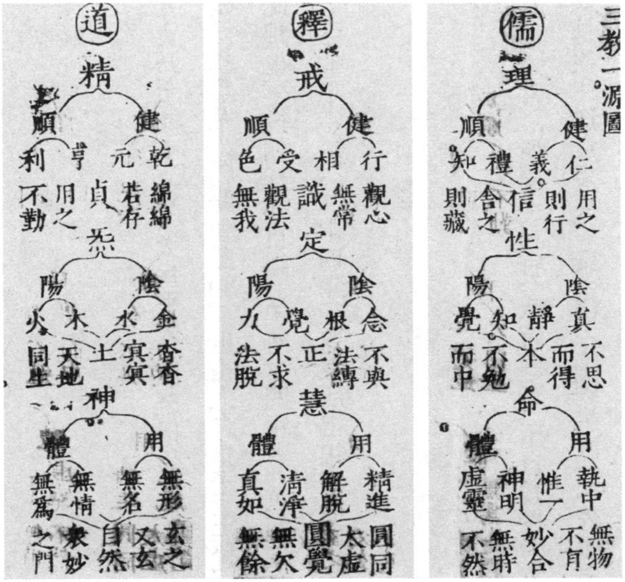
三教一源圖
儒
理
順 健
仁 義 禮 知
用之 則行 信 含之 則藏
性
陰 陽
真 靜 知 覺
不思 而得 本 不勉 而中
命
用 體
執中 惟一 神明 虛靈
無物 不有 妙合 無時 不然
釋
戒
健 順
行 相 受 色
觀心 無常 識 觀法 無我
定
陰 陽
念 根 覺 九
不與 法縛 正 不求 法脫
慧
用 體
精進 解脫 清淨 真如
圓同 太虛 圓覺 無欠 無餘
道
精
健 順
乾 元 亨 利
綿綿 若存 貞 用之 不勤
炁
陰 陽
金 水 木 火
杳杳 冥冥 土 天地 同生
神
用 體
無形 無名 無情 無爲
玄之 又玄 自然 衆妙 之門

銀錠字號

銀錠上字號，揚州元寶乃至元十三年，大兵平宋，回至揚州，丞相伯顏號令搜撿將士行李，所得撒花銀子，銷鑄作錠，每重五十兩，歸朝獻納。世祖大會皇子、王孫、駙馬、國戚，從而頒賜，或用貨賣，所以民間有此錠也。後朝廷亦自鑄，至元十四年者，重四十九兩，十五年者①；重四十八兩。遼陽元寶乃至元二十三年、二十四年征遼東所得銀子而鑄者。

學宮講説

凡學宮朔望講説，乃禮之常。所屬上司官，或省憲官，至自教授學官，暨學賓齋諭等，皆講説一書。然儒生未達時宜，往往迕意多矣。泰定甲子，開吴淞江，省臺憲僚咸集。時治書劉公濼源，北方學者，首謁先聖先師。其年值閏，詹肖巖講《書·堯典》「三百有六旬有六日，以閏月

---

① 「者」，原缺，據戴本補。

定四時成歲」，大咈其意，以爲學校講説，雖賤夫皂隸、執鞭墜鐙之人，皆令通曉，今乃稽算度數何爲，肖巖由是悒快而卒。至元己卯冬，分憲老老公檢踏災傷，以復熟糧爲急，陸宅之講省刑罰、薄税斂一章，公變色而作。至正辛巳，知府楊侯鋭意浚河，以興利除害爲己任，時憲僉某謁學宫，王玉巖講禹别九州，隨山浚川，結意皆歸美於知府，憲僉不悦而罷。丁酉歲，張士誠據有姑蘇日，遣蘇守周仁來，王可權講《易·泰卦》，蓋君子道長、小人道消之義，周以爲譏訕，累及諸職事，皆停月廩。惟錢先生伯全父作訓導時，行刑官至，講「欽哉欽哉，惟刑之恤哉」，講畢，稱賞不已。前數君子，亦可爲後人戒也。

松江之變

王與敬，字可權，淮西安豐人，由浙省典吏充宣使，後於董搏霄部下立功，擢松江府判，未任，轉省都鎮撫，陞元帥。至正丙申二月朔，僞誠王張士誠紅軍破平江，時與敬兵敗，徑趨嘉興，又與苗軍①參政楊完者不協，乃投松江，名曰守禦，實欲戀倡婦董賽兒故也。達魯

① 「苗軍」，戴本作「苗人」。

花赤八都帖木兒、知府崔思誠皆無制變之術，激成其禍。蓋其至也，不郊迎之，已自不悦。越二日，浙省又命元帥帖古列思等提兵而來，鎮守城池，二帥抗衡①，不相上下。帖點兩倉脚夫，散口糧，給器械，發號施令，蓋意在逐與敬行。十八日，帖宴軍民官，無一人至者。至夜，與敬下萬户戴列孫等，率引軍卒，自西門放火，鼓譟而叛。官僚潰散，寺觀民房，悉化焦土。檢刮金銀財物，塞滿舟船。自與敬以下，人口輜重皆出西門。二十四日，完者下元帥蕭亮、員成等，率苗軍突至，兵不與敵，遂北出通波塘而去，投降士誠。子女玉帛，悉爲苗軍所有，民亦持梃相逐，列孫、孔鎮撫等，死者過半。苗軍恣肆檢刮，截人耳鼻。城中女婦，多爲淫污。房舍間有存者，皆爲焚燬，靡有孑遺。居民兩遭鋒鏑，死者填街塞巷，水爲不流。四月初十日，士誠下元帥史文炳一部兵馬，自湖泖入古浦塘，舳艫相銜，旗幟蔽日，苗軍一矢不交，竟潰散而去。

南村野史曰：「天下本無事，庸人自擾之。」卓哉斯言也！初，王與敬之戾止，苟得一守土官能以智慮處之，則不致若是。況松江尚侈靡、習淫風者久矣，余嘗扼腕而嘆，必有後日之患，終爲一賤倡，禍及數萬家，非小變也。與敬負逆賊之名，遺臭萬年；戴氏逞匹夫之勇，卒喪其生，

---

① 「抗衡」，戴本作「抗行」。

皆自取之也。悲夫！

果典坐

嘉興天寧寺有老僧曰果典坐，平生不蓄積，得錢輒買酒飲。長老念空海，每歲遺衣段。至正癸巳正月一日，無疾而卒，年一百二歲。

詩讖

「潮逢谷水難興浪，月到雲間便不明」，松江古有此語。谷水、雲間，皆松江別名也。近代來作官者，始則赫然有聲，終則闒茸貪濫，始終廉潔者鮮。兩句竟成詩讖。

書畫樓

松江自來無大火災。至正丙戌閏十月廿九日夜，普照寺西業製帽民姚不謹於火，延燎三千①餘家，重門邃館，靈宮梵宇，悉爲煨燼。而夏愛閑氏收藏古法書名畫樓巋然獨存，豈有神物護之也耶？抑亦數耶？

物必遇主

松江普照寺門首刀鑷胡，忽見街上有小片②荷葉，舒捲不已，一人拾置懷中去。胡叩之曰：「汝得何物？但欲見之，以決所疑。」及出示，乃至元鈔三十文。又同郡夏氏僕，嘗見小花蛇盤旋道左，行人捉藏諸袖。生頗訝，問其所以，則至元鈔貳拾文。

右二事絶相類。吁！三十文、二十文，直微末耳，尚必待主。今之積金蓄穀，倍息計贏③，孳孳以利爲念者，於此寧不可鑒哉！

① 「三千」，戴本作「五千」。
② 「小片」，戴本作「一片」。
③ 「贏」，原誤作「羸」，據戴本改。

鎗金銀法

嘉興斜塘楊滙髹工鎗去聲。金鎗銀法：凡器用什物，先用黑漆爲地，以針刻畫，或山水樹石，或花竹翎毛，或亭臺屋宇，或人物故事，一一完整，然後用新羅漆。若鎗金，則調雌黄；若鎗銀，則調韶粉。日曬後，角挑挑嵌所刻縫罅，以金薄或銀薄，依銀匠所用，紙糊籠罩，置金銀箔在内，遂旋細切取，鋪已施漆上，新綿揩拭牢實。但著漆者自然黏住，其餘金銀都在綿上，於熨斗中燒灰，甘鍋内鎔鍛，渾不走失。

磨兜堅箴

磨兜鞬，已見第九卷。昔李侍郎敦立嘗揭「磨兜堅」三字於座隅。磨兜堅者，古之慎言人也，其善於自防者哉！金華宋濂爲著箴曰：「磨兜堅，慎勿言，口爲禍門，昔人之云。磨兜堅，人各有心，山高海深。磨兜堅，高不知極，深不知①測。磨兜堅，言出諸口，禍隨其後。磨兜堅，鐘

① 「不知」，戴本作「不可」。

鼓之聲，因叩而鳴。磨兜堅，不叩而鳴，必駭衆聽。磨兜堅，惟口之則，守之以默，是曰玄德。磨兜堅，磨兜堅，慎勿言。」

三笑圖

楊鐵厓云：坡翁跋石恪所畫，以爲三人皆大笑，至衣服冠屨皆有笑態，其後之童子亦罔知而大笑。永叔書室圖三笑於壁，想見石恪所作，與此無異。然坡翁所跋三笑，不言爲誰，山谷特實以遠公、陶、陸事。陳賢良舜俞《廬山記》，亦謂舉世信之。有趙彦通者，作《廬岳獨笑》一篇，謂遠公不與脩静同時。樓攻媿亦言脩静元嘉末始來廬山，時遠公亡已三十餘年，淵明亡亦二十餘年。其不同時，信哉！後世傳訛，往往如此，使坡翁見之，亦當絶倒也。

官制字訛

按古官制取義皆有所主，非徒名也。後世或訛其音者有矣，音雖訛而義則不訛也。如僕射，秦官。僕，主也。古者重武事，每官必有主射以督課之。射音神夜反，關中人訛爲寅許反①，韻書不取其義於神夜反中，卻收在寅射反下。尚書，亦秦官。秦世，少府遣吏四人，在殿中主發書，故謂之尚書。尚，猶主也，如尚方、尚食、尚醫、尚衣、尚冠、尚浴、尚席之尚，並音時亮反，後世乃以《尚書》之「尚」訛爲辰羊反，陸德明②亦音平聲，韻書遂兩收之。洗馬，《前漢志》：太子太傅、少傅屬官有先馬。張晏曰：先馬，員十六人，秩比謁者。如淳曰：前驅也。《國語》載勾踐親爲夫差先馬。先，先之也，從先見反，今韻書作蘇典反，字作洗。愚意此類並當從其正義，不當從其訛音。今人但見讀「僕射」之「射」作神夜反，「尚書」之「尚」作時亮反，「洗馬」之「洗」作先見反，便非哂之，不究其義故也。此類甚多，今姑舉其顯者。

巾幘考

巾幘，《釋名》：巾，謹也，當自謹於四教③。《儀禮》：二十成人，士冠，如字。庶人巾。《説文》：髮有巾曰幘。幘即巾也。又《方言》：覆髻謂之幘。《漢書》：卑賤執事不冠者所服，或謂

---

① 「寅許反」，元本作「寅許反」。
② 「陸德明」，原誤作「陸德名」，據戴本改。
③ 「巾，謹也，當自謹於四教」，《釋名》作：「帽，冒也。巾，謹也。二十成人，士冠，庶人巾，當自謹修於四教也。」

之承露。按《儀禮》：「士冠，庶人巾。」則古者士以上有冠無巾，幘惟庶人戴之。秦謂民爲黔首，漢謂①僕隸爲蒼頭，《漢書》謂卑賤者所服，此其證也。後世上下通用之，謂之燕巾。蔡邕《獨斷》曰：漢元帝額有壯髮，不欲人見，故加巾幘以包之也。然則巾自巾，幘自幘，不獨卑賤者所服，雖尊者亦服之矣。至王莽冠内加巾，故詩人云「王莽禿，幘施屋」。又光武岸幘見馬援。又按《魏志》注：太祖以天下凶荒，資財乏匱，擬皮弁，裁縑帛爲帢。或作幅，乞洽反。合乎簡易隨時之義②，以色别其貴賤，本施軍飾，非爲國容。韻書：弁缺四隅謂之帢。前時軍人弓手所戴小白帽是也。一曰按頭使下，故曰帢。《增韻》③、《埤蒼》皆曰帽也。《晉・輿服志》：哀帝立秋御讀令，改用素白帢。漢末，王公名士多委王服，以幅巾爲雅，魏武始制帢。成帝制，使尚書八坐丞郎、門下三④省侍官乘車，白帢低幃，出入掖門。又二宫直官⑤著烏紗帢，往往士人宴居皆著帢矣。帢雖冠弁遺制，去古益遠，用巾幘爲近之。

---

① 「謂」，原誤作「爲」，據元本、戴本改。
② 「義」，原誤作「議」，據元本、戴本改。
③ 《增韻》全稱《增修互注禮部韻略》。
④ 「三」，原誤作「二」，據元本、戴本改。案《晉書・輿服志》：「成帝咸和九年，制聽尚書八座丞郎、門下三省侍官乘車，白帢低幃，出入掖門。」
⑤ 「直官」，原誤作「直宫」，據元本改。

一説秦加武將首飾爲絳帕，後稍稍作顔題。漢興，續其顔，卻摞音羅。之，施巾連題，卻覆之，即喪幘也，名之曰幘。至孝文帝，乃高顔題，續之以耳，崇其巾爲屋，合後施巾上下，文者長耳，武者短耳。古者冠制皆硬殼，自額上至於頂，如今禮冠者然。後世乃作小冠，廑以束髮，冠下施幘，冠幘之上，又總施巾，皆效漢元帝所服之制也。夫歷代損益，隨其所宜，苟不害於義，從俗可也。孔子居宋衣縫掖，居魯冠章甫，亦從俗也。

屨舃履考

屨、舃、履，《屨人》注：襌下曰屨，複下曰舃。《説文》無舃字。舃本鵲字，今借爲履舃字也。陸佃云：「舃通爲舃履之舃，古人居欲如燕，行不欲如鵲，故借爲舃字，所以爲行戒也。」然借鵲爲舃，作思積反者，蓋舃履也。《古今注》：「以木置履①下，乾腊，不畏泥濕，故曰舃。」以是知舃履②之下，必再用木矣。《士喪禮》：「夏葛屨，冬皮屨。」

① 「履」，原誤作「屨」，據元本改。案《古今注》亦作「履」。
② 「履」，原誤作「屨」，據元本、戴本改。

《屨人》注又謂：凡屨①、舄各象其裳色。引《士冠禮》曰：玄端黑屨，青絇𫄨。繶億。純。准。素幘白屨，緇絇繶純。爵弁纁屨，黑絇繶純是也。絇，《説文》：「纑繩絇也。」《玉藻》注：「履，頸飾也。」《韻會》：狀如刀衣，鼻在屨頭。言拘者取自拘持，使低目，不暇顧視。一曰用繒一寸，屈爲之頭，著屨頭以受穿貫。繶，《屨人》注：「縫中紃也。」《博雅》：「紃，絛也」。純，《屨人》注：「緣也。」言繶必有絇純，言絇必有繶純，三者相將，則屨、舄皆有絇、繶、純矣。凡絇、繶、純，皆一色。又按《屨人》注：「舄有三等，赤舄、白舄、黑舄也，赤舄爲上。冕服之舄，《詩》曰：「王錫韓侯，玄衮赤舄。」則諸侯與王同矣。所謂玄舄、青舄，王后祭服之舄也。凡屨之飾，如繡次也，黄屨白飾，白屨黑飾，黑屨青飾。天子諸侯，吉事皆舄②，其餘服冕著舄耳。士爵弁纁屨，黑絇繶純，尊祭服之屨，飾從繢也。

至若履者，《説文》：「足所依也，從尸，從文，從舟，象履形。」毛氏曰：「舟能載物，履能載人。」又草曰扉，芳未反。麻曰屨，凡布皆可謂之麻。皮曰履。按履無別制，《説文》：「屨，履也，從履省，婁聲，又鞮也。」徐曰：「鞮，革履也。舄，韻會，履也。」《古今注》：「以木置履下，乾腊，不畏

① 「屨」下脱「舄各象其裳色。引《士冠禮》曰：玄端黑屨」十五字，據元本補。
② 「舄」，原誤作「寫」，據元本、戴本改。

泥濕，故曰舄。」以是知屨①，舄、屨之異名也。但有禪下、複下，用木之異耳。

古人舄、屨、履，至階必脱，唯著襪而入。《禮》：「户外有二屨。」②是脱屨而入者也。漢賜劍履上殿，是不賜則不敢著履上殿明矣。諫不行則納履而去，納，結也。言納履，則在外明矣，是脱履而入者也。王喬入朝，雙舄化鳧先至，是脱舄而入者也。古者堂上皆有席，所以著襪爲宜，況襪又從韋乎。又按《鄉飲酒》云：説屨，揖讓如初，升堂③。疏云：凡堂上揖行禮不脱屨，坐則脱屨，理固然也。由是觀之，凡宗廟堂室之間行禮，亦必不脱屨矣。夫降而脱屨，然後升坐，禮也。其後賓與主人酬酢之時，皆在兩階之間，又須降而著屨，復升於階。酬酢之禮畢，又降而脱屨，復升於坐也。古人禮繁如此，今何略也。

---

① 「屨」，戴本作「履」。

② 案《禮記・曲禮上》：「户外有二屨，言聞則入，言不聞則不入。」

③ 案《儀禮・鄉飲酒禮》：「衆賓皆降。説屨，揖讓如初，升，坐。」

附録

附録一：陶宗儀傳記資料

1．孫作《陶先生小傳》

先生諱宗儀，字九成，姓陶氏。其先由閩之長溪徙永嘉陶山，再徙台之黄巖。黄巖之族二，曰赤山，曰陶夏。陶夏諱泰和者，宋皇祐裹溪都巡檢也，復徙湫水，是謂先生之始祖。曾大父居安，太府寺簿。大父應雷，太學録。父煜，贈承事郎、福建江西等處行樞密院都事。先生沖襟粹質，灑然不凡，少舉進士第，一不中，即棄去。務古學，無所不窺。出遊浙東西，師潞國張公翥、永嘉李孝光、京兆杜本，問文章爲事，故其繩檢家法，過人遠甚。尤刻志字學，工舅氏趙集賢雍篆筆。家甚貧，抵淞，教授弟子。遇人無夷險佞直，一接以誠。平居寡言笑，至論古今人物，上下數千年，竟日不倦。至正間，浙帥泰不華、南臺御史丑閭辟舉行人、校官，皆不就。未幾，太尉淮東張士誠開閫姑蘇，數郡之士畢至，其部帥議以軍諮屈先生，亦謝不往，入職方。洪武辛亥，詔取天下士。癸丑，命守令舉人才，又以病免。或誚讓之，曰：「黄金白璧，重利也；駟馬高蓋，榮勢也。天下之士，孰不靡然向風，而子矯矯若是？」先生嘆曰：「捧檄而喜，所以爲親。禄不逮養，適增悲耳。況今賢良輩出，草莽之臣，老死太平，幸莫大矣。逾分之榮，其敢覬乎？」藝圃一區，果蔬薯蕷，度給賓祭而已。餘悉種菊，栽接溉壅，身自爲之。間遇勝日，引觴獨酌，歌所自爲詩，撫掌大噱，人莫測也。先生崎嶇亂離，幾二十年，喪葬祭禮，備盡其力，人以孝稱。由避兵家淞城之北，泗水之南，諸生買地結廬，遂居以老。晚益閉門著書，世所共傳《説郛》一百卷、《輟耕録》三十卷、《書史會要》九卷、《四書備遺》二卷，其未脱稿者不與焉。

贊曰：古云：「雖無老成人，尚有典刑。」老成邈矣，得見典刑者斯可矣。憶余幼侍先君子采宋故實，至走杭之遺老年八九十者，録而傳焉，言極必流涕太息。曠四十餘年，世無其人久矣，不自意文獻之徵，猶有如《輟耕録》者在。然不百年，吾恐未知是書之爲寶也。使知爲寶，則先生心術之微，雖無余言，有不傳耶？（明孫作《滄螺集》卷四①）

2. 徐伯齡《南村外史傳》

南村外史者，丹丘人，名宗儀，字九成，姓陶氏。性迂懶，不治産，又不能廢居爲業，放浪三吴者三十年。與人言若甚訥，或遇事輒極論是非曲直，雖權臣亦不少借，人由是憚之。嘗習舉子業，晚悉棄去，曰：「是不足成吾名。吾文當師古人，而世之所好，非吾之所工，宜其不入繩墨也。吾又焉

---

① 此傳又見徐球重修本《南村輟耕録》卷首。

能捨其所工，求合世之所好，與兒童角短長於一日哉？姑務其大者。」乃去，之雲間之泗水上，有田廛，築草堂以居，閉門著書，自號南村外史。凡見聞所及，必録而識之。耕暇則課家僮，灌花蒔菊，與野人方士飲酒爲樂。好讀《莊》《老》書，而於《黄庭内景》一經，好之尤篤，以爲廣成子所告黄帝長生之道，要不出於此。蓋其蚤負經世學，而行與時忤，久而益困，故折而從彼，以釋其抑鬱無聊而已。所著書有《四書備遺》二卷、《説郛》一百卷、《南村輟耕録》三十卷、《書史會要》九卷、《廣薈蕞》八卷。昔荀卿廢居蘭陵，嫉濁世之政，因推儒墨道德，行事興懷，著書數萬言，今外史亦有荀卿之志哉！觀其所述，閎博該備，知不滅没，與草腐木弊無疑也。於此可見科舉取士不足盡天下之才，而老於大山長谷者何可勝數，然皆不能有所著，以自見於世如外史者，悲夫！

右《南村外史小傳》，檇李貝瓊（闕）之所撰也，予讀《松江誌》，因爲録之。（明徐伯齡《蟫精雋》卷十三）

3.《正德松江府志·陶宗儀傳》

國朝陶宗儀，字九成，其先由閩之長溪徙永嘉陶山，再徙台之黄巖。始祖泰和，宋皇祐裏溪都巡檢，復徙湫水。父煜，承事郎、福建江西等處行樞密院都事。宗儀沖襟粹質，灑然不凡，少舉進士，一不中，即棄去。務古學，無所不窺。出遊浙東、西，師潞國張公翥、永嘉李孝光、京兆杜本，問文章爲事，故其繩檢家法，過人遠甚。尤刻志字學，工舅氏趙集賢雍篆筆。家甚貧，抵淞教授弟子。遇人無夷險佞直，一接以誠。平居寡言笑，至論古今人物，上下數千年，竟日不倦。至正間，浙帥泰不華、南臺御史丑閭辟舉行人、校官，皆不就。張士誠據蘇，議署軍咨，不往。洪武辛亥，詔取天下士。癸丑，命守令舉人才，又以病免。或誚讓之，嘆曰：「捧檄而喜，所以爲親。禄不逮養，適增悲耳。況今賢良輩出，草莽之臣，老死太平，幸莫大矣。逾分之榮，其敢覬乎？」藝圃一區，果蔬薯蕷，度給賓祭已，餘悉種菊，裁接溉壅，身自爲之。間遇勝日，引觴獨酌，歌所自爲詩，撫掌大噱，人莫測也。宗儀崎嶇亂離，幾二十年，喪葬祭禮，備盡其力，人以孝稱。由避兵家淞城之北，泗水之南，諸生買地結廬，遂居以老。晚益閉門著書，世所共傳《説郛》一百卷、《輟耕録》三十卷、《書史會要》九卷、《四書備遺》二卷，其未脱稿者不與焉。（《天一閣藏明代方志選刊續編·正德松江府志》卷三十一）

4. 徐象梅《兩浙名賢録·陶九成宗儀》

陶宗儀，字九成，台之黄巖人。博稽宏覽，善古文，尤精字學。性度沖粹，與人無夷險佞直，一接以誠。平居寡言笑，至論古今人物，上下數千年，竟日不倦。至正間，浙帥泰不花辟舉行人，不就，遂避地松江之亭林，力耕自食。張士誠據蘇，擬署軍咨，拒不往。洪武辛亥，詔取天下人才，郡邑以宗儀應，又以病免。或誚讓之，嘆曰：「一檄而喜，所以爲親。禄不逮養，適增悲耳。況今賢良輩出，草莽之臣，老死太平，幸矣。逾分之榮，其敢覬乎？」藝圃一區，果蔬薯蕷，量給賓客，其餘地悉種菊。間遇勝日，引觴獨酌花下，歌所自爲詩，撫掌大噱，人莫測也。宗儀崎嶇亂離，幾二十年，喪葬祭禮，備盡其力，人以孝稱。晚年尤好著述，世所共傳者，《説郛》一百卷、《輟耕録》三十卷、《書史會要》九卷、《四書備遺》二卷。（明徐象梅《兩浙名賢録》卷四十三）

5. 張樞《南村賦並序》

南村，九成陶先生别稱也。先生世家天台，幼岐嶷，十歲，父兄口授以伏生書，即成誦。二十有志於科名，執筆論當世事，主者忌之，即拂衣去。將返乎天台，守先壟，適寇砦於鄉，歸弗克，遂宿留乎雲間，因籍焉。樹藝往來，不離乎九峯之南，人皆以南村先生稱之。年已七十餘矣，著書累數十萬言，不自知其勤也。立身之潔，終始勿渝，真天下節義之士哉！陳留張樞同乎先生之出處，合乎先生之心志，年相若也，又相知爲最深，故特爲賦以道先生之高情云。

予將行乎，行何居乎，思取友於遐陬。慨名節之不立兮，將何徵乎時流。飾時妝以競好兮，曾弗赧夫前修。索瓊茹以筵篿兮，藐四海之焉求。靈氛盱衡以告予兮，道無法而不周。爾何瞀瞀於所從兮，務因之以遠遊。諒前聖之可徵兮，斯焉豈無君子。推古道以諮詢兮，固殷周之多士。山歲寒以落木兮，鬱蒼蒼乎松柏。鳳飛舞而綷繚兮，粲雲章之五色。爾何遺乎美好兮，棄荊璞而弗識。望隱處之嵯峨兮，泣平皋之廣衍。紛衆樹之蓊薆兮，冪文華以芳絢。彼美人之修嫮兮，眷行藏於婉娩。被慶雲以爲衣兮，濯甘泉以自潔。覽甕牖於朝光兮，聽天雞之嘲哳。表譔譔以無磷緇兮，矧規旋而矩折。挽芳馨以弭章兮，函菱芡以俟風也。矯中立曾弗倚兮，又何疑乎屢空也。亂曰：南有村兮雲間，煙九點兮倚似青山。星東壁兮燁煜，江西流兮潺湲。草生兮書帶，風轉蕙兮泛崇蘭。披汗竹兮霜班班，菊晚節兮桂花丹。鳶飛兮魚躍，波動蕩兮天寒。雲間非夫人吾誰與兮，又何訪遺逸乎商顏。（録自明汪砢玉《珊瑚網》卷三十五《書畫題跋》）

6. 沈鉉《南村草堂記》

南村草堂者，陶君九成先生隱居之所也。先生性沖澹，不樂仕進，厭囂塵湫隘，遂徙家南村焉。村之俗悉事農桑，溝洫後正，禾麻横從，雞犬聲相聞，桑梓之陰蔽野。當古溪水曲，喬木童童，若車蓋而秀鬱者，又不可以名狀也。俗尚淳龐，詭行異服者，屏不與處，而田叟野老知古今，非法言不道，率子弟之趨事赴功者弗後期。暇則相與飲勞，歲時伏臘有加焉。以故先生樂其里俗之美，願爲終老也。鉉齒少且賤，承交於先生者有年矣，不自意，終歲竟生浮湛，而所謂南村草堂者，嘗一接於夢寐間也。衰老荒落，焉能以文爲哉。竊惟爾祖陶處士爲晉一代偉人，方其居南村也，必曰聞多素心人，乃住居其宅，當時交際者，豈無名公巨卿，而堂高數仞，丹檻藻棁者，何欲而不得，而獨環堵蕭然，介然而不與世狎，其歡悰暢洽，乃見於田舍數人。由其素心暴白，以此而感彼，不以一毫有累於其中，千載之下，聞風而企慕焉，況在其子孫心同氣應者乎？詩曰：「維其有之，是以似之。」是爲記。（録自明汪砢玉《珊瑚網》卷三十五《名畫題跋》）

7. 《明一統志·陶宗儀傳》

陶宗儀，天台人，元末隱居華亭，負經世之學，與人言若訥，遇事輒極論，不少借。所著有《四書備遺》《説郛》《輟耕録》《書史會要》《廣薈蕞》等集。（《明一統志》卷九《松江府·流寓》）

8. 《萬姓統譜·陶宗儀傳》

陶宗儀，字九成，天台人。博物洽聞，明於處世。至元間，避地松江之亭林，力耕以給食，然雅好著述，雖在畎畝，恒以筆硯自隨。嘗預置一甕於樹間，遇有所得，輒書以投其中，久之，遂取次成帙，名曰《南村輟耕録》，行於世。（明凌迪知《萬姓統譜》卷三十二）

9.《國朝獻徵録·陶宗儀傳》

陶宗儀，字九成，其先由閩之長天之永嘉陶山，再徙台之黄巖。始祖泰和，宋皇祐裏溪都巡檢，復徙湫水。父煜，承事郎、福建江西等處行樞密院都事。宗儀沖襟粹質，灑然不凡，少舉進士，一不中，即棄去。務古學，無所不窺。出遊浙東、西，師潞國張公翥、永嘉李孝光、京兆杜本，問文章爲事，故其繩檢家法，過人遠甚。尤刻志字學，工舅氏趙集賢雍篆筆。家甚貧，抵松教授弟子，遇人無夷險佞直，一接以誠。平居寡言笑，至論古今人物，上下數千年，竟日不倦。至正間，浙帥泰不華、南臺御史丑閭辟舉行人、校官，皆不就。張士誠據蘇，議署軍諮，不往。洪武辛亥，詔取天下士。癸丑，命守令舉人才，又以病免。或誚讓之，嘆曰：「一檄而喜，所以爲親。禄不逮養，適人悲耳。況今賢良輩出，草莽之臣，老死太平，幸矣！逾分之榮，其敢覬乎？」藝圃一區，果蔬薯蕷，度給賓祭已，餘悉種菊，栽接溉壅，身自爲之。間遇勝日，引觴獨酌，歌所自爲詩，撫掌大噱，人莫測也。宗儀崎嶇亂離，幾二十年，喪葬祭禮，備盡其力，人以孝稱。由避兵家城北泗水之南，諸生賈地结廬，遂居以老。晚益閉門著書，世所共傳《説郛》一百卷、《輟耕録》三十卷、《書史會要》九卷、《四書備遺》二卷，其未脱稿者不與焉。（明焦竑《國朝獻徵録》卷一百一十五《藝苑》）

10. 朱謀垔《續書史會要·陶宗儀》

陶宗儀，字九成，號南村，天台人。寓居華亭，篆書得舅氏趙仲穆之傳。博學多聞，著《書史會要》《輟耕録》《説郛》等書傳世。

11. 何喬遠《名山藏·高道記·陶宗儀》

陶宗儀，字九成，黄巖人。元時舉進士，一不中，即棄去。學古無所不窺，遇人無夷险佞直，一接以誠。平居寡言笑，至於古今人物，上下數千年，竟日不倦。明初徵聘不就。藝圃一區，果蔬薯蕷，渡給宾祭，餘悉種菊，栽按溉壅，身自爲之。間遇勝日，引觴獨酌，歌所爲詩，撫掌大噱，人莫測也。晚益閉門著書，世所共傳。宗儀所著有《説郛》一百卷、《輟耕録》三十卷、《書史會要》九卷、《四書備遺》二卷。

12. 《明史·陶宗儀傳》

陶宗儀，字九成，黄巖人。父煜，元福建江西行樞密院都事。宗儀少試有司，一不中，即棄去。務古學，無所不窺。出遊浙東、西，師事張翥、李孝光、杜本。爲詩文，咸有程度，尤刻志字學，習舅氏趙雍篆法。浙帥泰不華、南臺御史丑驢舉爲行人，又辟爲教官，皆不就。張士誠據吴，署爲軍諮，亦不赴。洪武四年詔徵天下儒士，六年命有司舉人才，皆及宗儀，引疾不赴。晚歲，有司聘爲教官，非其志也。二十九年率諸生赴禮部試，讀《大誥》，賜鈔歸，久之卒。所著有《輟耕録》三十卷，又葺《説郛》《書史會要》《四書備遺》，並傳於世。（《明史》卷二八五《文苑傳》）

13. 邵遠平《元史類編·陶宗儀傳》

陶宗儀，字九成，黄巖人。父煜，爲福建行院都事。九成幼好古，灑落不凡，少舉進士，一不中，即棄去。工文章，尤刻意字學。至正間，浙帥泰不華、南臺御史丑閭辟舉行人、校官，皆不就。後避後三吴間，藝圃一區，躬耕之暇，每以筆墨自隨，時輟耕樹蔭，抱膝而嘆，每記一事，輒摘葉書之，貯一破盎，去則埋於樹根，人莫能測。如是者十年餘，遂累盎至數十。一日盡發其藏，萃而録之，合三十卷，題曰《南村輟耕録》。又有《説郛》一百卷、《書史會要》九卷、《四書補遺》二卷，其未脱稿者不與焉。（《元史類編》卷三十六《文翰》）

14.《浙江通志·陶宗儀傳》

元陶宗儀，字九成，黄巖人。少舉進士，不第，即棄去。務古學，於書無所不窺。出遊浙東、西，師潞國張翥、永嘉李孝光、京兆杜本。尤刻志字學，工篆筆。至正間，浙帥泰不華、南台御史丑閭辟舉行人、校官，皆不就。張士誠議以軍諮屈，亦不往。避地松江之亭林，力耕以給食。雅好著述，雖在畎畝，恒以筆研自隨。嘗置一甕於樹間，遇有所得，輒書以投其中。久之，取次成帙，名曰《南村輟耕録》，凡三十卷，行於世。又著《説郛》一百卷、《書史會要》九卷、《四書備遺》二卷。（《浙江通志》卷一八一）

15.《新元史·陶宗儀傳》

陶宗儀，字九成，黄巖人。父煜，爲福建行院都事。宗儀幼好古，灑落不凡。少舉進士，一不中即棄去。工文章，尤刻意字學。至正間，浙帥泰不華、南臺御史丑閭辟舉行人、校官，皆不就。藝圃一區，躬耕之暇，以筆墨自隨，時輟耕樹陰，抱膝而嘆，每記一事，輒摘葉書之，贮一破盎，去則埋於樹根，人莫能測。如是者十年，遂累盎至數十。一日，盡發其藏，萃而録之，合三十卷，題曰《南村輟耕録》。又有《説郛》一百卷、《書史會要》九卷、《四書備遺》二卷，其未脱稿者不與焉。（《新元史》卷二三八）

附録二：《南村輟耕録》序跋

1. 孫作《南村輟耕録序》

余友天台陶君九成，避兵三吴間，有田一廛，家於松南。作劳之暇，每以筆墨自隨，時時輟耕，休於樹陰，抱膝而嘆，鼓腹而歌。遇事肯綮，摘葉書之，貯一破盎，去則埋於樹根，人莫測焉。如是者十載，遂累盎至十數。一日，盡發其藏，俾門人小子萃而録之，得凡若干條，合三十卷，題曰《南村輟耕録》。上兼六經百氏之旨，下極稗官小史之談，昔之所未考，今之所未聞。其采摭之博，侈於《白帖》；研核之精，擬於洪《筆》。論議抑揚，有傷今慨古之思；鋪張盛美，爲忠臣孝子之勸。文章制度，不辨而明；疑似根據，可覽而悉。蓋唐宋以來，專門史學之所未讓。雖周室之藏，郯子之對，有不待環轍而後知，又豈抵掌談笑以求賢於優孟者哉！九成名宗儀，少工舉子業，晚乃棄去，闔户著書，此其一云。至正丙午夏六月，江陰孫作大雅序。（國圖藏元末初刻本《南村輟耕録》卷首）

2. 邵亨貞《南村輟耕録疏》

南村田叟陶君九成著書三十卷，凡六合之内，朝野之間，天理人事，有關於風化者，皆采而録之，非徒作也。然又能不忘稼穡艱難，蓋有取於聖門「餒在其中、禄在其中」之旨，乃名之曰《南村輟耕録》。朋遊間咸欲爲之版行，以備太史氏采擇，而未有倡首之者。於是僭爲疏引，以伸其意，同志之士有觀其書者，必皆樂聞而興起焉。

伏以兒寬帶經而鋤，名高前史；陶亮既耕還讀，教及後昆。顧服田力穡，乃士之常。然著書立言，於世爲重。比睹輟耕之録，實爲載道之文。凡例既明，書法尤備。鈎玄提要，匪按圖索驥之空言；考古驗今，得閉户斲輪之大意。盍亦寫諸琬琰，庶可緝於簡編。惟鏤板乃見全書，在司帑當無難色。同門曰朋，合志曰友，幸慫恿以相成；副墨之子，洛誦之孫，共流傳於不朽。學海之波瀾無障，研田之稼穡有秋。謹識。今月日疏。青溪野史邵亨貞。（國圖藏明初本《南村輟耕録》卷首）

3. 彭瑋《南村輟耕録跋》

《輟耕録》載發宋諸陵事未備。謹按元世祖二十一年甲申，桑哥爲相，與江南浮屠總攝楊輦真珈相表裏，嗾僧嗣古、妙高上言，欲毁宋諸陵。明年乙酉正月，桑哥矯制可其奏，於是發諸陵，實利其殉寶也。又哀諸帝遺骼，建白塔於杭故宫，曰鎮南，以厭勝之，截理宗頂以爲飲器。未幾，髠胡事敗，飲器亦籍入於官，以賜帝師。發陵時，義士唐珏玉潛雷門先生，與尚書省架閣林景熙竊痛之，陰相躬拾不盡遺骨，葬别山中，植冬青爲識，遇寒食則密祭之。珏後獲黄袍引兒報德之夢，果生子珙，爲名儒。羅雲溪爲傳其事，謝翺爲托度詞，作《冬青引》曰：

冬青樹，山南垂，九日靈禽居上枝。白衣穜年星在尾（寅月也），根到九泉護龍髓。恒星晝隕夜不見，七度山南與鬼戰。願君此心慎勿移，此樹終有開花時，山南金粟光離離。白衣人拜地下起，靈禽啄粟枝上飛。

解者曰：謂應在庚金，竄甲木也。胡運絶於甲辰，已開先於貞白之詩；宋鳥啄粟於甲木，又開先於晞髪之句。此豈偶然之作哉！輿鬼托枯骨之靈，靈禽托宋鳥之子，果天意耶？人事也？又按元文宗生年甲辰，紀元天曆，當時朝臣有引陶弘景《胡笳曲》「負扆飛天曆，終是甲辰君」之語，以爲受命之符者，甲木之謂也。又或問宋國祚於邵子，邵子對以「五更頭」，蓋謂五庚申也。而元讖亦有曰「大元之後有庚申」，而順帝以庚申生，纔六庚耳。貞白，弘景號；晞髪道人，謝翺也。珏又有《感雷震白塔》詩曰：

冬青花，不堪折，南風吹涼積香雪。

摇摇華蓋萬年枝，上有鳳巢下龍穴。

羊儿年，犬兒月，霹靂一聲天地裂。

其後至正十九年己亥，僞周張士誠遣平章張士信守杭，壞白塔甃城，塔亡而元亦馴至於亡矣。

大明洪武元年戊辰正月戊午，太祖高皇帝遣工部主事谷秉彝，即北平索飲器於西僧汝納鑒藏深惠，詔應天府尹函而瘞諸鳳臺門高座寺之西北。明年己酉六月庚辰，上覽浙省進宋諸陵圖，遂命啓瘞南歸，藏諸舊陵云。嗚呼！數百年羶腥之禍，至我朝而蕩滌殆盡，宋帝泉壤之冤亦隨以雪，而義士忠憤之氣亦得以伸。高皇帝之功德，巍巍乎冠絶前古，天高而地厚，至矣哉！

夷考其顛末，似亦數存焉。然是録所載重複，羅傳年月不同，白塔一節可據，鄭傳已自與前後不同，無可據；癸辛録年月同。失理宗首一節，爲飲器張本，可據。唐、林二義士本同事者，《梧溪集》羅、鄭傳之，乃各立異，不免傳疑。今據史臣宋景濂、高季迪，並儒先楊維禎、王逢原諸集，以訂補其未備，觀者詳之。成化己丑中秋日華亭彭瑋識。（玉蘭草堂本《南村輟耕録》卷四、《津逮秘書》本《南村輟耕録》卷末）

4. 錢溥《南村輟耕録敍》

《輟耕録》者，南村陶九成先生輯也。先生天台人，少負雋才，一不利於場屋，遂棄去，而來隱於松南横泖之上，故自號南村。攻於著述，甚富，而《輟耕録》其一也。録凡三十卷，自六經百家子史以及稗官小吏，叢説而得其旨，輒隱括無遺。蓋一紀事必關節義忠孝之大，一纂言必極制度文爲之詳。幽怪類《左氏》而不誣，風刺合《韓傳》而不妄，博非《六帖》之繁，約有一覽之要，豈雜家者流，漫羨而無所指歸也。惜傳寫訛舛，久失其真，近得陝右白公大本，由内臺守吾淞之，又明年，政教孚洽，有教於禮文之事，訪求得先生的本，不以自私。及質於督學侍御史浮梁戴公廷珍，覽則是之，刻置郡横而囑予序。噫！是録抑鬱且百年，而一旦行於今，豈顯晦有時而作興待人乎？夫史自漢唐以來，莫詳於宋，莫略於元，詳多失之不同，略故病其不足。先生於宋則傳而聞，於元則見而知，故能得其實也。是録豈不有補宋元之遺，而上佚漢唐之膾哉！孔子曰：「史失而求之野。」吾於斯録觀之，信然。成化十年歲舍甲午夏五之望，賜進士翰林侍讀學士奉直大夫協正庶尹國志總裁直文華殿賜一品服改掌南京翰林院事華亭錢溥撰。（國圖藏戴珊本《南村輟耕録》卷首）

5．徐球《輟耕録引》

《南村輟耕録》，海内士人愛而刻之，刻而傳者衆矣。邇來惜乏善本，友人楊君有是刻，頗可觀，予藏之室，幾三越寒暑，緣多病，置之不問。入春病漸可，乃思而閲之，中間缺雜數十板，予爲之補輯成編，得不爲棄物，不敢自私，將以廣播諸四方，因著其顛末如此。若夫是書之合作，則先達諸公之論已列簡端，予烏能贅一辭？萬曆戊寅歲冬月華亭徐球識。（國圖藏徐球重修本《南村輟耕録》卷首）

6．毛晉《輟耕録跋》

南村平生著書四種，《説郛》百卷，未能卒業，《書史會要》不過廣《海嶽名言待訪》所未備，《四書補遺》又泯没無傳，惟《輟耕録》三十卷，上自廊廟實録，下逮村里膚言，詩話小説，種種錯見。其譜靖節、貞白世系，尤簡韻可喜。意自負爲陶氏兩公後一人耶？至若載發宋諸陵事，未免訛逸，已詳見彭跋云。湖南毛晉識。（《津逮秘書》本《南村輟耕録》卷末）

7．盧文弨《輟耕録跋》

南村在元時未嘗出仕，而多知國朝之典故，輯史乘者資焉。至其援引證辨，頗有益於學者，下及細瑣諧謔之事，亦可以廣見聞，釋疑滯，未至有傷雅道也。孫大雅序謂其拾樹葉而書之，夫樹葉非竹簡、羊革比也，其能容百名以上乎？殆同戲論。郎仁寶譏其剿《廣客談》以爲己説，此自秦漢以來諸子之書已有互相出入者，即郎氏《七修類稿》中不亦有間取是書者乎？然著書家誠能自抒新得，不襲陳編，更足貴也。此書舊刻難得，今行得多脱去數葉，而書賈因並其目亦刊除之，後此益無由睹完書矣。余所收亦近時坊本，訪諸藏書家，始得鈔録以補其闕，閲者尚珍惜之。（盧文弨《抱經堂文集》卷十一）

8. 錢大昕《跋〈南村輟耕録〉》

昆山顧氏謂今之回回即唐之回紇者非也，其謂元之畏兀即回鶻之轉聲則是也。元時畏兀兒亦稱畏吾兒，趙子昂撰《趙國文定公碑》云：「回鶻北庭人，今所謂畏吾兒也。」歐陽原功撰《高昌偰氏家傳》云：「偉兀者，回鶻之轉聲也。其地本在哈剌和林，今之和寧路也。後徙居北庭，北庭者，今之别失八里城也。會高昌國微，乃並取高昌而有之。高昌者，今哈剌和綽也。今偉兀稱高昌地，則高昌人則回鶻也。」偉兀亦畏兀之異文，而回鶻即回紇，趙、歐二公言之悉矣。回回與回鶻，聲雖相近，而實非一種。《元史·太祖紀》：「汪罕走河西、回鶻、回回三國。」《世祖紀》：「定擬軍官格例，以河西、回回、畏吾兒等依各官品充萬户達魯花赤。」《文宗紀》：「各道廉訪司官，用蒙古二人，畏兀、河西、回回、漢人各一人。」《薛塔剌海傳》：「從征回回、河西、欽察、畏吾兒諸國。」《明史·哈密傳》云：「其地種落雜居，一曰回回，一曰畏兀兒，一曰哈剌灰，其頭目不相統屬。」又云：「哈密故有回回、畏兀兒、哈剌灰三種。」則回回與回鶻故區以别矣。惟阿合馬本回回人，而《元史·姦臣傳》以爲回紇，此或轉寫之訛。今據《南村》所載色目三十一種，有畏吾兀，又有回回，則顧氏謂回回即回紇，其不足據明矣。（錢大昕《潛研堂文集》卷三十）

9.《輟耕録提要》

臣等謹案《輟耕録》三十卷，元陶宗儀撰。宗儀有《國風尊經》，已著録。此書乃雜記聞見瑣事，前有至正丙午孫作序。書中稱明兵曰集慶軍，或曰江南遊軍，蓋丙午爲至正二十七年，猶未入明時所作也。郎瑛《七修類稿》謂宗儀多録舊書，如《廣客談》《通本録》之類，皆攘爲己作。今其書未見傳本，無由證瑛説之確否。但就此書而論，則於有元一代法令制度，及至正東南兵亂之事，紀録頗詳。所考訂書畫文藝，亦多足備參證。惟多雜以俚俗戲謔之語，閭里鄙穢之事，頗乖著作之體。葉盛《水東日記》深病其所載猥褻，良非苛論。然其首尾賅貫，要爲能留心於掌故。故朱彝尊《静志居詩話》謂宗儀練習舊章，元代朝野舊事，實借此書以存。而許其有裨史學，則雖瑜不掩瑕，固亦論古者所不廢矣。惟第三卷中載楊維楨《正統辨》二千六百餘言，大旨欲以元承南宋之統，而排斥遼、金，考隋先代周，繼乃平陳，未聞唐宋諸儒謂隋承陳不承周也，持論殊爲紕繆。後維楨編《東維子集》不載此文，蓋已自悟其謬而削之，宗儀乃掇拾縷載，尤爲寡識，今删除此條，用昭公義焉。乾隆四十六年正月恭校上，總纂官臣紀昀、臣陸錫熊、臣孫士毅、總校官臣陸費墀。（文淵閣《四庫全書》本《輟耕録》卷首）

10. 沈濤《元槧本〈南村輟耕録〉跋》

陶南村《輟耕録》，海虞毛氏刻入《津逮秘書》中，蓋據成化間華亭彭氏之本，末有成化己丑中秋日華亭彭瑋跋語。予在洺州得一本，於帝、后、太子等字皆空一格，其標題曰《南村輟耕録》，蓋元時初刊本，前有青溪野史邵亭貞募刻疏一篇，爲毛本所無。録目後有「凡五百捌拾肆事」一語，較毛本二十二卷少禽戲一事，餘俱相同。其中可訂毛本之誤者不一而足，即如第七卷「官制資品」一條，「從七、從仕郎」，考《元史·百官志》：文散官四十二，有從事郎，從七品，《元典章》作「從仕」。予所見元人碑刻皆作「從仕郎」，無作「從事郎」者。此本作「仕」，正與《元典章》合，而毛本作「事」，蓋淺人據誤本《元史》所改。洵乎閣帖以祖石爲珍，蘭亭以初拓爲貴也。（沈濤《十經齋文集》卷四）

11. 李鼎元題記

此書有陸耳山①珍藏印。耳山之徵赴也，余方試南宮，戊戌叨列詞館，同校《四庫全書》。死未三十年，而子孫已不能守其書籍，況玩好乎！可慨矣。墨莊。（國圖藏李鼎元批校玉蘭草堂本《南村輟耕録》卷首）

12. 張穆題記

癸卯九月，客濟南，復將由濟南作淮上之遊。從祝七公子，公子得此書，以遣車中日月。余家舊有此書，丙申春在里曾翻閱一次。此明刻本，又爲耳山舊物，信亦可貴。書中頗多經墨筆評乙，蓋即此號墨莊者所爲也。殷齋居士。（國圖藏李鼎元批校玉蘭草堂本《南村輟耕録》卷首）

---

① 陸耳山即陸錫熊，字健男，號耳山，上海人。乾隆二十六年進士，以文學受知高宗，曾奉命編《通鑑輯覽》，又任《四庫全書》總纂官。

13. 翁心存題記

墨莊者，四川綿州李雨邨之從弟鼎元也。鼎元以乾隆四十三年戊戌入詞垣，授職檢討，改官中書，陞兵部主事。殷齋居士，山西平定孝廉張石州穆也，有才無命，淪廢終身，有《殷齋文集》行世。耳山先生之子，予年十七八時曾識之於金陵號舍，時年五十許，樸實人也，今忘其名字矣。雨邨擁厚資歸里，園林聲伎之盛，甲於蜀中。殁後三十餘年，其子孫流落不偶，予道光壬辰使蜀，曾周恤之。閲此書不勝感喟。拙叟①記。（國圖藏李鼎元批校玉蘭草堂本《南村輟耕録》卷首）

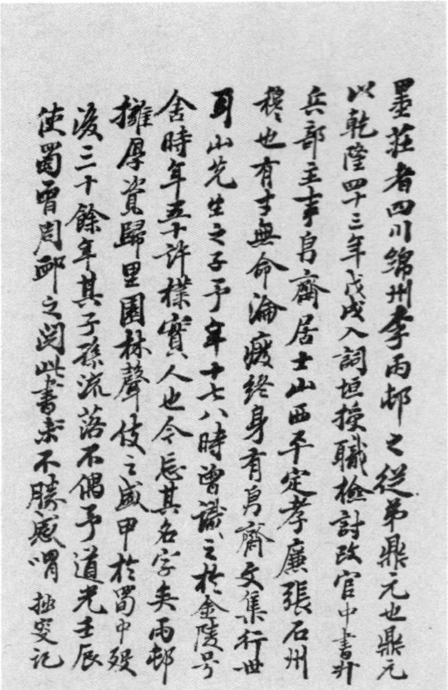
墨莊者四川綿州李雨邨之從弟鼎元也鼎元
以乾隆四十三年戊戌入詞垣授職檢討改官中書升
兵部主事殷齋居士山西平定孝廉張石州
穆也有才無命淪廢終身有殷齋文集行世
耳山先生之子予年十七八時曾識之於金陵号
舍時年五十許樸實人也今忘其名字矣雨邨
擁厚資歸里園林聲伎之盛甲於蜀中殁
後三十餘年其子孫流落不偶予道光壬辰
使蜀曾周恤之閲此書不勝感喟　拙叟記

---

① 拙叟係翁心存，翁同龢之父，字二銘，號邃庵，江蘇常熟人，官至體仁閣大學士，又稱「知止齋學人」。

14. 翁同書題記

殷齋居士張穆原名瀛暹，余舊友也，績學工書，齎志以没。閲册端題字，爲之憮然。同治元年二月四日，𢍰齋學人識。

殷齋係平定州優貢生，又記宣武門外上斜街路南一宅，湯海秋鵬①舊寓也，白日見怪異，殷齋於道光戊申挈家居之，妻子皆暴病矣，殷齋悒悒，旋下世。（國圖藏李鼎元批校玉蘭草堂本《南村輟耕録》卷首）

15. 朱學勤題記

汲古閣刻本中有脱去數葉者，此爲舊本，最不易得。予以每帙八緡購之廠肆，爲之喜劇，暇時當作跋以誌之。丁巳初夏，結一庵主人朱學勤識。（國圖藏李鼎元批校玉蘭草堂本《南村輟耕録》卷首）

16. 傅增湘題記

此明成化刊本，余昔年得之翰文書坊，中多補版，又鈔補二册。友人陶蘭泉假去覆刊，刊成而第四册乃失去，因以新紙補印一卷配入，居然完好矣。此本誤字極多，陶氏付梓時，取明初小字本、玉蘭堂本合校，庶幾正定可傳焉。乙亥正月下浣，藏園老人記。（國圖藏戴珊遞修本《南村輟耕録》卷首）

---

① 湯鵬字玉溟，號海秋，湖南益陽人，道光三年進士，曾任禮部、户部主事，轉户部員外郎，改山東監察御史。

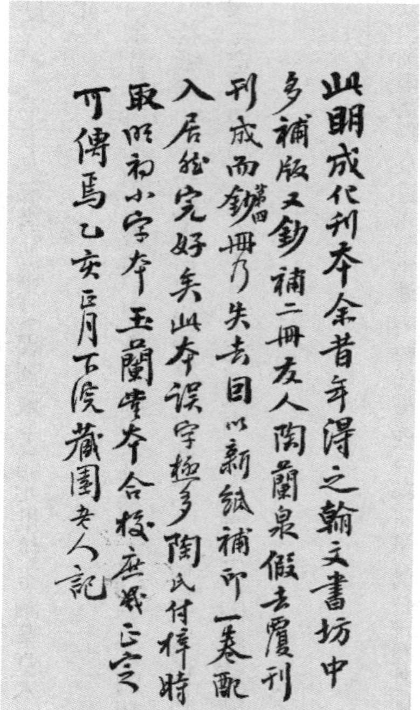
此明成代刊本余昔年得之翰文書坊中多補版又鈔補二册友人陶蘭泉假去覆刊刊成而鈔第四册乃失去因以新紙補印一卷配入居然完好矣此本誤字極多陶氏付梓時取明初小字本玉蘭堂本合校庶幾正之可傳焉乙亥正月下澣藏園老人記

17. 張元濟跋

宗儀生當元、明之際，是本前有孫作至正丙午《敍》。《四庫》著録，稱爲未入明時所作。《敍》後有青溪野史邵亨貞《募刻疏》，雖不著年月，然書中語涉元帝均提行空格，是必刊於元代。史稱宗儀爲教官，洪武二十九年率諸生赴禮部試，則是書之刻，尚在中年，且必爲成書後第一刻本也。明成化有松江刻本，至萬曆又有玉蘭堂覆本，今均罕見。《歷代小史》《津逮秘書》先後覆刻，然非單行，《歷代》本且節録，無足取。《四庫提要》稱其詳於有元法令制度，考訂書畫、文藝，足備參證，且不止此。戲劇之學至元極盛，是書於院本、雜劇曲名、歌調考訂極詳，他如園林、建築、書畫、褾軸、製墨、斫琴、窑器、髹漆，無一不羅而列之，其有裨於時人之研習藝術者非淺。吾友陶蘭泉嘗以元刻鋟版行世，大板精雕，然不易得，故仍縮印以便讀者。海鹽張元濟。（《四部叢刊三編》本《南村輟耕録》卷末）

18. 黄裳題記

去冬余於修文堂孫實君得見有常熟寄來書單一紙，中有正德刊《讕言長語》、元刊殘本《輟耕録》等，即囑其寄來一閱。後《讕言長語》已來，即收之矣，而殘元本則久未至也，後乃知其售於吴瀚。今日吴估又來，遂又以此本示余，即論價收之。取與鐵琴銅劍樓所藏本對觀，板式全同，只字畫筆鋒微有異處，不知何故。滂喜齋尚有元板一部，聞爲十行本，亦未能取校。以余目驗，此殆有明初葉所刊也。按丁氏《善本書室藏志》有成化刊本，云前有成化十年華亭錢溥序，謂刊於松江郡庠者，亦未能定是此本否。姑懸一解於此，以待他日考定。原書佚去尾三卷，尚冀他日更遇殘卷配全。假以暇日，取舊紙手録，尚亦非難事也。余本有玉蘭草堂本一部，印已在後，不如此本遠甚。前已與抱經堂主人易書時换去，今齋中只存此不全本矣。辛卯穀雨前二日黄裳記。

今日讀莫氏五十萬卷樓所藏成化本，題記云半葉十行廿二字，卷後且加刻三葉，知非此本。然則此真元刻矣，喜而書此。辛卯三月廿六日書。

武進陶氏景元本即十行廿二字本，體式未古，大似經廠刻，少加勘對，異文頗多，甚悵無暇作此書之事也。辛卯四月初九夜坐雨書，天已焕暖似初夏矣。今年春天在苦雨中度去，令人悵惘。黄裳。（國圖藏明初本《南村輟耕録》卷首）

19. 日本林羅山《南村輟耕録》抄本跋

《書史會要》《輟耕録》《説郛》，陶九成所編也，我家嘗插牙籤於《書史會要》有年矣，其後繕寫《輟耕録》全部三十卷，藏諸家塾。今兹以皇明版本再校讎之，塗朱於人名、地名、年號並句讀處，不日而終篇，雖然，它日風葉可再掃歟！癸未孟夏朔，退自公而書。羅山道春叟。（日本内閣文庫藏林羅山抄本《南村輟耕録》卷末）

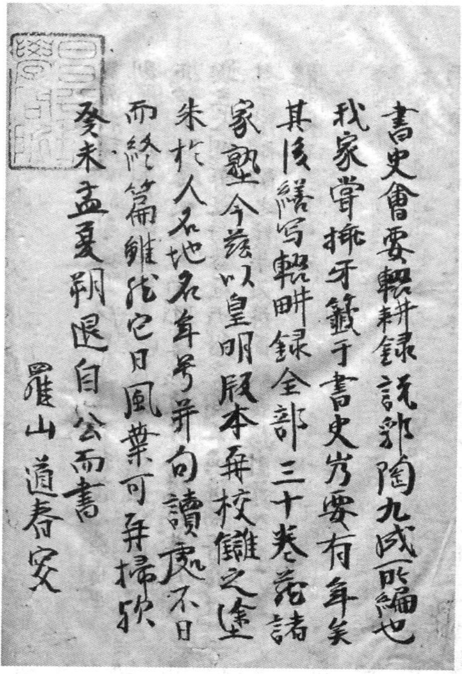
書史會要輟耕録説郛陶九成所編也
我家嘗挿牙籤于書史會要有年矣
其後繕写輟耕録全部三十卷藏諸
家塾今茲以皇明版本再校讎之塗
朱於人名地名年号并句讀處不日
而終篇雖然它日風葉可再掃歟
癸未孟夏朔退自公而書
羅山道春叟

圖書在版編目(CIP)數據

南村輟耕録 /（明）陶宗儀撰；王雪玲校點. —上海：上海古籍出版社，2022.9（2024.7重印）
（歷代筆記叢書）
ISBN 978-7-5732-0316-8

Ⅰ.①南… Ⅱ.①陶… ②王… Ⅲ.①筆記小説—小説集—中國—明代 Ⅳ.①I242.1

中國版本圖書館 CIP 數據核字(2022)第 107550 號

歷代筆記叢書
南村輟耕録
（明）陶宗儀 撰
王雪玲 校點
上海古籍出版社出版發行
（上海市閔行區號景路 159 弄 1-5 號 A 座 5F 郵政編碼 201101）
（1）網址：www.guji.com.cn
（2）E-mail：guji1@guji.com.cn
（3）易文網網址：www.ewen.co
上海展强印刷有限公司印刷
開本 850×1168 1/32 印張 21.875 插頁 2 字數 431,000
2022 年 9 月第 1 版 2024 年 7 月第 3 次印刷
印數：2,301—3,350
ISBN 978-7-5732-0316-8
K·3176 定價：98.00 元
如有質量問題，請與承印公司聯繫
電話：021-66366565